台湾先贤诗选

李宏健　注

暨南大學出版社
JINAN UNIVERSITY PRESS
中国·广州

图书在版编目（CIP）数据

台湾先贤诗选 / 李宏健注．—广州：暨南大学出版社，2014.3
ISBN 978－7－5668－0844－8

Ⅰ.①台…　Ⅱ.①李…　Ⅲ.①诗集—中国—近现代　Ⅳ.①I22

中国版本图书馆 CIP 数据核字（2013）第 265484 号

出版发行：暨南大学出版社

地　址：中国广州暨南大学
电　话：总编室（8620）85221601
营销部（8620）85225284　85228291　85228292（邮购）
传　真：（8620）85221583（办公室）　85223774（营销部）
邮　编：510630
网　址：http：//www.jnupress.com　http：//press.jnu.edu.cn

排　版：弓设计
印　刷：佛山市浩文彩色印刷有限公司

开　本：850mm×1168mm　1/16
印　张：34
字　数：821 千
版　次：2014 年 3 月第 1 版
印　次：2014 年 3 月第 1 次

定　价：69.80 元

序 言

多年来在大陆，关于李宏健先生，人们知道最多的是他的台湾会计专业人士、学者身份，以及20多年前大陆出版社出版他所著的《现代管理会计》一书。李宏健先生是台湾学者，会计专业人士。早年毕业于台湾政治大学企业管理研究所，是首批台湾公派留学美国加州大学攻读博士学位的留学生，后在台北做执业会计师，并在台湾中兴大学、东吴大学兼职教授管理会计课程。

其实李宏健先生自幼传承家学，有着相当深厚的文学功底。多年来，在会计师繁忙业务之余，他一直从事着中华古典诗词的研究与教学。他是目前两岸仅存的能够用古韵吟读古诗的学者之一，懂吟诗作赋，书法亦颇有功底。这些年来，他先后注释并在台湾出版了《笠翁对韵声律启蒙合璧》、《历代咏花诗选》等著作。

前年李宏健先生赠予我一本他注释的台湾版《台湾先贤诗选》，浏览之余，我告诉李先生，温家宝总理曾经在一个记者招待会上引用过台湾著名诗人丘逢甲的诗句"四百万人同一哭，去年今日割台湾"，可惜此书未见收录此诗，李先生说，他正在着手编辑和注释《丘逢甲先生诗选》，会特别留意辑录此诗。

认识李宏健先生，与我的博士生导师即中南财经大学杨时展先生和我大学同班同学文硕（当时任民办的"用友现代会计审计研究所"所长）分不开。1989年，文硕去厦门公务之余，在鼓浪屿遥望金门岛时，突然想到，为什么我们两岸会计界不能彼此交流一下呢？他找到香港中文大学的教师任枝明谈及此事，后者将此意向转告他台湾的朋友李宏健先生，于是就有了1989年秋天在北京举行的"海峡两岸会计审计理论研讨会"。经李宏健先生牵线，台湾逢甲、淡江、东吴三所大学的会计学者组团参加。当时大陆会计主管部门对此活动有些犹豫，因为这毕竟是没有先例的由一个民间组织发起的海峡两岸的专业交流活动。但这次活动确实非常成功，打破了海峡两岸自1949年以来互不来往的局面，从此也开启了海峡两岸会计界的交流之路。当时我随杨时展先生参加了此次会议，并随后在武汉先生的家中，见到前来拜访的李宏健先生。李宏健先生曾经与台湾会计界著名学者鲍尔一先生同事，而20世纪40年代鲍尔一曾经与杨时展先生在杭州英士大学一起任教，因此李宏健先生总是以对待师长的态度对待杨时展先生。此后多年间，两人的来往一直没有中断。

1993年冬，经李宏健先生邀请，杨时展先生和中南财经大学郭道扬教授，暨南大学的何任远、胡仁宽教授踏上访台之路。李宏健先生对杨时展先生一行关照备至。在台期间，在李宏健先生的安排和陪同下，杨时展先生一行专程拜望了他的老校长陈立夫先生，90多岁的陈立夫先生在著名的台北园山饭店设宴招待他这位也已经80周岁的学生。在我见到过的大量杨时展先生晚年的照片中，都是先生坐着，其他人站着；唯独与陈立夫先生的这张合照，是陈先生坐着，杨时展先生毕恭毕敬站在后面。杨时展先生曾任武汉市政协副主席，是当时到过台湾的大陆方面最高级别的人士。杨先生向陈立夫先生介绍了大陆改革开放以来的变化，并邀请陈立夫先生方便时到大陆观光访友。1995年，再次应李宏健先生邀请，杨时展先生又踏上了台湾宝岛。那次我有幸陪同先生在台湾活动，一起游览了台湾著名的风景区太鲁阁。1997年秋天杨时展先生去世，1999年我请中国财经出版社出版了他的遗著《1949—1992年中国会计的演进》，李宏健先生读后写过一副对联“读史常怀千古恨，举杯每叹故人稀”。

从20世纪90年代初到2001年间，经李宏健先生邀请，大陆各大学陆续有数十位学者赴台湾进行学术访问与交流，两岸大学之间，也逐步形成交流的常态化。比如在广州的暨南大学，自1998年以来，会计专业及后来的税务专业、法律专业开始成班地招收台湾籍的研究生，最初也是由李宏健先生牵线的。常言道“饮水不忘掘井人”，李宏健先生就是两岸人民交流的“掘井人”。

请暨南大学出版社出版李宏健先生注释的《台湾先贤诗选》和《丘逢甲先生诗选》的简体字版，目的是支持海峡两岸的文化交流，让大陆诗词爱好者和研究人员了解和欣赏近代台湾诗人的作品，同时也为了感谢李宏健先生多年来守护中华文化和在两岸专业和文化交流方面所作出的卓越贡献。广州市政府为此书出版提供了资助，在此一并申谢！

张杰明

2013年秋于广州

自 序

自明末郑成功迁台以后，已有三四百年的历史。早期来台的人士，包括反清复明的义士、明朝遗老、渡海垦荒和定居的移民。其中有进士、举人、秀才及著名的诗人，他们感于神州陆沉，义愤填膺。因此每于春秋佳日，作诗吟咏，以抒发情感；或对台湾之山川文物及风土民情，见景书怀，直抒胸臆，发为吟咏。迨至中日甲午战争，清廷将台湾割让日本之后，许多文人志士，因秉持民族气节和春秋大义，或不满日本异族之高压统治，或欲振兴汉族文化，乃以孤臣孽子之心情，在各地纷纷组织诗社，多以击钵催诗，唱和联欢，交相砥砺或互通声气，并以慷慨悲歌反映抗敌复国的豪情壮志。他们扬风扢雅，弘扬诗教，而其遗留的作品往往感人肺腑，掷地有声，蔚为大观。只可惜耆旧凋零，学术界对这些作品缺乏系统的整理和介绍，甚至任其散轶，以致现代莘莘学子，对这些文学瑰宝竟然十分陌生，无法领悟或欣赏，甚至敬而远之。笔者有鉴于此，乃经漫长之努力而撰成本书。

本书共搜集116位诗人的作品，从中筛选出1 144首古典诗作，并对深奥的典故及词句详加注释，俾读者对台湾近四百年来的文学、历史、文化能有更深刻的认识。

台湾近四百年来，虽然名家辈出，文人如云，写下千古不朽的诗篇，作品之水平亦直追唐、宋，但颇多诗篇未付剞劂，或早已亡轶，以致沧海遗珠，使本书未尽网珊，实乃重大之遗憾。为此，千祈仁人君子惠予提供珍藏之先贤作品，以为再版时充实之用，无任感盼。

笔者公私栗六，加以才疏学浅，挂一漏万之处，殆所难免，敬请海内方家不吝指正，实所殷望。

本书得以在大陆顺利出版，全仗好友张杰明（原暨南大学教授，现任广州市审计局局长）之热心支持与鼓励，以及暨南大学出版社有限责任公司之鼎力协助，高谊隆情，谨此致谢。

李宏健 谨识

二〇一三年十月于心无挂碍无嗔念时刻

目 录

孙元衡

刘铭传

陈维英

洪以南

谢汝铨

魏清德

李建兴

陈逢源

赵益山

林尔嘉

林景仁

林熊祥

苏镜潭

李腾岳

王梦痴

李如月

黄水沛

郑用锡

郑用鉴

郑如兰

郑家珍

郑秋涵

郑鹏云

王　松

陈槐泽

郑登瀛

林占梅

吴汤兴

张津梁

陈薰南

黄运和

彭镜泉

李逸樵

陈　瑚

陈　贯

许天奎

杜香国

庄　龙

林朝崧

林资修

林资铨

梁启超

林献堂

傅锡祺

林炳煌

陈肇兴

许荫亭

蔡世贤

洪　繻

庄　嵩

赖绍尧

陈怀澄

吕敦礼

吴德功

杨树德

陈枕山

施梅樵

林玉书

张李德和

陈　辉

章　甫

胡殿鹏

施琼芳

施士洁

罗秀惠

洪铁涛

许南英

谢国文

连　横

黄　欣

杨廷理

李望洋

李灿煌

颜云年

王少涛

杨仲佐

叶炼金

王贻瑄

林松祁

李天民

庄棣荫

赵钟麒

郑成功

郑成功（1624—1662），明末福建南安人。父郑芝龙，母日本女子田川氏。七岁返福建，名森，字大木；唐王赐姓朱，改名成功，人称国姓爷。一六四六年芝龙降清，成功反对。一六五八年桂王立，封为延平郡王。一六五九年为反清复明，出师长江，攻南京，为清军所败，退守金门、厦门。一六六一年，率船登台湾台南鹿耳门，击败荷兰人，收复台湾。次年，以积劳之身，忧愤而死。

春三月，至虞[1]谒牧斋[2]师，同孙受世兄游剑门[3]

西山何其峻，巉岩[4]暨穹苍[5]。藤垂涧易陟[6]，竹密径微凉。
烟树绿野秀，春风草路香。乔木倚高峰，流泉挂壁长。
仰看仙岑[7]碧，俯视菜花黄。涛声怡我情，松风吹我裳。
静闻天籁[8]发，忽见林禽翔。夕阳在西岭，白云渡石梁[9]。
巘崿[10]争突兀[11]，青翠更苍茫。兴尽方下山，归鸟宿池傍。

注释

①虞：山名。上虞，今江苏省常熟市西北。
②牧斋：钱谦益，号牧斋，常熟人。明万历进士。工于诗。
③剑门：山名。在江苏省常熟市虞山之南。
④巉岩：险峻的山岩。
⑤穹苍：天空。
⑥陟：登也。
⑦岑：小而高的山。
⑧天籁：发于自然的音响。
⑨石梁：石桥。
⑩巘崿：山崖，峰峦。音 yǎn è。
⑪突兀：高貌。

复台（即东都[1]）

开辟荆榛[2]逐荷夷[3]，十年始克复先基。
田横[4]尚有三千客，茹苦[5]间关[6]不忍离。
（太师[7]会兵积粮于此，出仕[8]后为红毛荷兰夷酋弟窃据）

注释

①东都：指明郑时候的台湾。永历十五年，郑成功攻克台湾，改台湾为东都。

②荆榛：荆，楚木；榛，落叶乔木。芜杂丛生之草木。

③荷夷：荷兰人。

④田横：秦末狄人。本齐王田荣弟，击项羽，复齐地，立荣之子广为齐王，自为相，专国政。

⑤茹苦：吃苦。

⑥间关：状道途之艰险。

⑦太师：指郑芝龙，郑成功之父。

⑧出仕：出来做官。

出师讨满夷，自瓜州至金陵

缟素[①]临江誓灭胡[②]，雄师[③]十万气吞吴。
试看天堑[④]投鞭[⑤]渡，不信中原不姓朱[⑥]。
（拟并复吴会[⑦]州县）

注释

①缟素：白色丧服。

②胡：指清朝。

③雄师：雄劲善战的军队。

④天堑：天然的壕沟，言其险要可以隔断交通，多指长江。

⑤投鞭：扔掉马鞭。

⑥朱：明朝皇族姓朱。

⑦吴会：今江苏省苏州市吴中区和相城区。

晨起登山看远近情势

旭日[①]东升万壑[②]明，高林秋爽气纵横[③]。
千峰无语闲云过，瀑布湍[④]飞系我情。

注释

①旭日：刚出的太阳。

②万壑：形容山谷极多。

③纵横：恣肆，雄健奔放。

④湍：急流。音 tuān。

陈吏部[①]逃难南来，始知今上幸[②]缅甸，不胜悲愤；成功僻在一隅，势不及救，抱罪千古矣！

其　一

闻道[③]吾皇赋《式微》[④]，哀哀二子首阳薇[⑤]。
频年海岛无消息，四顾苍茫[⑥]泪自挥。
（痛惜瞿、何二督师前已殉节[⑦]；使有一人在，今日必不至此）

注释

①吏部：官署名，为旧官制六部之一，主管官吏的选任、铨叙、勋阶等事。

②幸：天子有所至。此处指永历帝之入缅甸。

③闻道：听说。

④《式微》：《诗·邶风》篇名。式，发语词；式微，言至微。以君被逐既微，又见卑贱，是至微也。今用为衰落之意。

⑤二子首阳薇：商孤竹君二子伯夷、叔齐耻食周粟，隐于首阳山，采薇而食，遂饿死。

⑥苍茫：旷野无边，视野迷茫的样子。

⑦殉节：守节不屈而死。

其　二

天以艰危付吾俦[①]，一心一德[②]赋同仇[③]。
最怜忠孝两难尽，每忆庭闱[④]涕泗[⑤]流。

（太师[⑥]为满酋诱执，迫成功降，再四思量，终无两全之美，痛愤几不欲生；惟有血战，直渡黄龙[⑦]痛饮，或可迎归终养[⑧]耳，屈节[⑨]污身不为也）

注释

①俦：同辈。音 chóu。

②一心一德：同心同德。

③同仇：同仇敌忾，同心一致对付共同的敌人。

④庭闱：父母。

⑤涕泗：眼泪和鼻涕。

⑥太师：指郑芝龙，郑成功之父。

⑦黄龙：府名。辽太祖置，宋名将岳飞说：“直捣黄龙府。”即指此。在今吉林省农安县。

⑧终养：指辞官归家以奉养年老的长亲，使其能终享天年。
⑨屈节：降低身份相从，谦恭的样子。

郑经

郑经（1642—1681），郑成功长子，字贤之，号式夫。工诗赋，善弓马。成功五弟郑袭及部下以经违反父命，拥兵自立，郑经因率兵平定。以陈永华为辅，在位十九年病死。

痛孝陵沦陷

故国①河山在，孝陵②秋草深。
寒云自来去，遥望更伤心！

注释

①故国：祖国、家乡、故乡。
②孝陵：明太祖陵，在今南京市东北。此处借指南京。

满酋使①来，有不登岸，不易服之说，愤而赋之

王气中原尽，衣冠②海外留。
雄图③终未已，日日整戈矛④。

注释

①满酋使：清廷派来游说郑经投降的使者。
②衣冠：衣以章身，冠以敛发，士大夫所服御也。
③雄图：远大的抱负，宏伟的谋略。
④戈矛：戈和矛，亦泛指兵器。

与群公分地赋诗得“京口”①

京口②瓜州③指顾④间，春风几度到钟山⑤。
迷离⑥绿遍江南地，千里怀人去不还。

注释

①得“京口”：诗人聚会拈字赋诗，郑经拈得“京口”两字，故将两字列入诗句内。
②京口：地名。在今江苏省镇江市。
③瓜州：地名。在今江苏省南京市六合区东南，东临长江。
④指顾：谓手指目视之间，形容短暂。
⑤钟山：即紫金山，在南京市。
⑥迷离：模糊不明。

效《行行重行行》[①]

昔与君别离，杨柳绿依依[②]。今我来相思，雨雪已霏霏[③]。
岁月易如驰，音书一何稀。相隔万余里，何从知音徽[④]。
朝愁南浦[⑤]云，暮惊孤雁飞。思君寝不寐，皓月透素帏[⑥]。
中夜[⑦]起踯躅[⑧]，白屋霜四围。芳年度华月，良人[⑨]归不归。

注释

①《行行重行行》：《古诗十九首》之一。
②依依：轻柔拂披貌。《诗·小雅·采薇》：“昔我往矣，杨柳依依。”
③霏霏：雨雪盛貌。
④音徽：音容。
⑤南浦：南面的水边，常用称送别之地。
⑥素帏：白色的帷帐。
⑦中夜：半夜。
⑧踯躅：徘徊不进貌。音 zhí zhú。
⑨良人：妻子称丈夫。

效《迢迢牵牛星》[①]

皎皎[②]明月光，烈耿[③]银河凉。牵牛为之阻，织女以彷徨[④]。
相隔复几许，欲渡河无梁[⑤]。旧愁未能识，新思萦[⑥]其肠。
玉泪和秋风，盈盈[⑦]遥相望。

注释

①《迢迢牵牛星》：《古诗十九首》之五。
②皎皎：明也。

③烈耿：光明，辉煌。
④彷徨：徘徊。
⑤梁：桥。
⑥萦：回旋缠绕。
⑦盈盈：仪态美好貌。

效《涉江采芙蓉》①

琼蕊②何峨峨③，郁④彼山之阿⑤。采采⑥盈怀袖，郁郁⑦思谁何？
怅望⑧故闾里⑨，冷冷⑩归云过。归云不寄音，踯躅⑪发悲歌。

注释

①《涉江采芙蓉》：《古诗十九首》之二。
②琼蕊：指芙蓉花。
③峨峨：盛美、高貌。
④郁：盛也。
⑤阿：大的丘陵，泛指山。音 ē。
⑥采采：盛多貌。
⑦郁郁：沉闷也。
⑧怅望：惆怅地看望或想望。
⑨闾里：里巷，平民聚居之处。
⑩冷冷：寒凉的样子。
⑪踯躅：徘徊不进貌。音 zhí zhú。

沈光文

沈光文（？—1688），明朝浙江鄞县人。字文开，号斯庵。明思宗死，福王即位，任光文为太常博士，转太仆寺少卿。永历三年，为避清军而至福建。后二年到台湾，成为入台的第一位文人，以行医讲学为生。郑成功对之加以礼遇，后因批评郑经而一度逃亡，最后死于诸罗（即今嘉义）。

秋 吟

其 一

爽气横飞野况佳，溯回[1]对水漫[2]兴怀。芙蓉露湿红妆[3]冷，江海风生白浪排。
敌忾[4]深同袍泽[5]谊，招舟广订弟兄侪[6]。即今天缺尤须补[7]，孰上秋旻[8]继女娲[9]。

注释

①溯回：逆水而上。

②漫：聊且。

③红妆：荷花。

④敌忾：共同抵御所仇恨的敌人，也指共同御敌的愤怒情绪。

⑤袍泽：长袍与内衣。泽，通“襗”。现在军人彼此相称为同袍或袍泽，即患难相共的意思。

⑥侪：等辈、共同。音 chái。

⑦天缺尤须补：上古时天柱倾折，大地崩裂，烈火洪水和猛兽鸷鸟危害人类，女娲遂炼石补天，用鳌足撑天的四极，使人民得以安生。

⑧秋旻：秋天。

⑨女娲：神话中的人物，相传是人类始祖，又说她曾用黄土造人。娲，音 wā。

其 二

潮水如从天上来，澄光[1]一片隐楼台。东山兴倦投游屐[2]，栗里[3]花稀覆酒杯。
熟惯穷愁诗债[4]逼，久安寂寞道心开。洗兵[5]欲挽河犹远，利涉当前藉大才。

注释

①澄光：秋天明洁的月光。

②东山兴倦投游屐：东山，在今浙江省上虞市。南朝谢灵运寻山涉岭，所着木屐，上山去其前齿，下山则去后齿。灵运初为永嘉太守，纵情山水，不理政务，免归，隐东山。

③栗里：古地名。在今江西省九江市西南。晋陶渊明曾居此。

④诗债：指他人乞诗或索和未及酬答。

⑤洗兵：洗刷兵器，收藏起来，即停止战争。

葛衣[①]吟

永乐[②]时，有河南佣者常衣葛衣，余绍兴出奔亦只衣葛，今已两载。

岁月复相从，中原起战烽；难违昔日志[③]，未定一时踪。

故国山河远，他乡忧恨重；葛衣宁[④]敢弃，还逊[⑤]鲁[⑥]家佣[⑦]。

注释

①葛衣：用葛布制成的夏衣。

②永乐：明成祖年号（1403—1424）。

③难违昔日志：难以违背昔日的志向。

④宁：岂。

⑤逊：不如。

⑥鲁：粗鲁。

⑦佣：佣人。

挽定西侯[①]

方喜廉颇[②]老未曾，骇闻骑箕[③]竟归升！只因心血回天[④]竭[⑤]，会看精英[⑥]作厉[⑦]能。

瀇水[⑧]潮头凭怒立，秣陵[⑨]城外识云凝。留将背字同埋土，黯黯[⑩]重泉[⑪]恨较增。

（背上刺有“赤心报国”字）

注释

①定西侯：明末，福王遇害后，唐王（？—1646）即位于福州，改元隆武（1645），封郑成功之叔父鸿逵为定西侯。鸿逵与成功合力抗清，在泉州、潮州一带与清军作战，后卒于浯州（金门）。

②廉颇：战国时期赵国良将。赵惠文王时，破齐兵，拜上卿，与蔺相如为刎颈交。后赵困于秦，欲用廉颇，使者接受廉颇仇人之贿赂，说廉颇年老，遂未被召用。

③骑箕：去世。

④回天：喻力量之大，能左右或扭转难以挽回的局势。

⑤竭：亡也。

⑥精英：俊秀的英才。

⑦厉：鬼。

⑧瀇水：大水沸涌。

⑨秣陵：古地名。即今南京市。

⑩黯黯：昏暗不明。

⑪重泉：地下也，哀挽死者辄用之。

隩[1]草（戊戌[2]仲冬和韵）

其　一

未伸博浪[3]志，居此积忧忡[4]。一命依麋侣[5]，全军傍蜃宫[6]。

身闲因性懒，我拙任人工。岛上风威厉，蓬蓬震太空[7]。

注释

①隩：水边。

②戊戌：公元一六五八年。清顺治十五年。

③博浪：地名，在今河南省新乡市南。东南有地曰博浪沙，即张良使力士椎击秦始皇处。

④忧忡：忧心忡忡，内心忧愁的样子。

⑤麋侣：谓隐居山林，与麋鹿为侣。

⑥蜃宫：蜃楼，蜃阁。古人谓蜃气变幻成的楼阁，即海市蜃楼。蜃，传说中有角的蛟。

⑦蓬蓬震太空：一作“衾寒梦未终”。蓬蓬，风吹动貌。

其　二

采薇[1]往古事，敢曰继其踪。散弃[2]成吾逸[3]，逢迎[4]自昔慵[5]。

屐枯邀雨润，诗瘦倩[6]云烘[7]。即此烟霞[8]外，心清听晚钟。

注释

①采薇：《史记·伯夷列传》：“武王已平殷乱，天下宗周，而伯夷、叔齐耻之，义不食周粟，隐于首阳山，采薇而食之，及饿且死，作歌曰：‘登彼西山兮，采其薇矣。以暴易暴兮，不知其非矣。神农虞夏，忽焉没兮，我安适归矣。于嗟徂兮，命之衰矣！’”

②散弃：四散弃置，随意弃置。

③逸：隐遁、逃亡。

④逢迎：谄媚、接待。

⑤慵：懒也。

⑥倩：借。

⑦烘：烘托渲染。

⑧烟霞：烟雾霞光，泛指山水景色。

其三

不改栖迟[1]趣，偏因诗酒降。晨风摇远树，夜月照寒矼[2]。
地静长留古，心忧[3]岂逐尨[4]。兴来怀友处，结韵[5]老梅桩[6]。

注释

①栖迟：游息。

②寒矼：寒釭，寒灯。

③心忧：一作“心幽”。

④尨：多毛的狗。音 máng。《诗·召南·野有死麕》：“无感我帨兮，无使尨也吠。”

⑤结韵：完成诗作。

⑥梅桩：梅花桩。树木等砍伐后残留在地上的部分，称为桩。行军扎营时，用竹木杂植地上，以阻碍敌人接近，也称为梅花桩。

其四

蓬蒿[1]长仲蔚[2]，卜亦卖成都[3]。独钓丝千尺，分耕云一区。
乐饥水有泌[4]，行乞市非吴[5]。但是栖依者，相从莫问途。

注释

①蓬蒿：蓬草和蒿草。亦泛指草丛、草莽。

②仲蔚：张仲蔚隐居平陵，蓬蒿满宅，唯开一径行。

③卜亦卖成都：卖卜成都。严遵，字君平，蜀人也。隐居不仕，常卖卜于成都。

④泌：隐居之处。《毛诗》：“衡门之下，可以栖迟，泌之洋洋，可以疗饥。”

⑤行乞市非吴：《史记·范雎列传》：“伍子胥至于陵水，无以糊其口，鼓腹吹篪，乞食于吴市。”篪，一作箫。

其五

宁[1]不怀乡国[2]？并州[3]说暂居。无枝空绕树，弹铗又歌鱼[4]。
炼骨危疑集，盈头珍惜梳。感追无限际，悔绝昔年裾[5]。

注释

①宁：何也，岂也。

②乡国：家乡、祖国。

③并州：地名。虞舜时分冀州东部恒山之地为并州。刘皂《渡桑乾》诗：“无端更渡桑乾水，却望并州是故乡。”此处借指台湾。

④弹铗又歌鱼：战国时期齐人冯谖为孟尝君门下食客，以食无衣、出无车、无以为家，三兴弹铗之歌，孟尝君悉从之。

⑤悔绝昔年裾：晋元帝初镇江左时，刘琨都督并、冀、幽三州军事，居河朔，使左长史温峤至江南，奉表劝进，峤欲将命，其母崔氏固止之，峤绝裾而去。裾，衣服的前襟或后襟。

其　六

随时欲不闷，而闷实难排。浪撼江空雨，风翻天半[①]霾[②]。

热肠[③]知未冷，晚节[④]慎无乖[⑤]。荣辱渔家少，乘潮又泛簰[⑥]。

注释

①天半：半空中。

②霾：飞沙蔽天、日色无光貌。

③热肠：杜甫《赠卫八处士》："访旧半为鬼，惊呼热中肠。"此因悲歌之甚，故肝肠沸热也。亦以称有血性者，如云古道热肠。

④晚节：晚年之节操，末世。

⑤乖：违背、不和、离。

⑥泛簰：泛舟。簰，筏。

其　七

义旗[①]嗟[②]越绝[③]，剩[④]得此顽民[⑤]。矫矫[⑥]心如石，丝丝鬓欲银。

中山几度醒[⑦]，故国十三春。尚慎虚瞻陟[⑧]，天寒夜泣旻[⑨]。

注释

①义旗：义师。

②嗟：忧叹之辞。

③越绝：隔绝。

④剩：尽也。

⑤顽民：不顺服之民。

⑥矫矫：武也，勇也。

⑦中山几度醒：相传中山人狄希能造千日酒，饮后能醉千日。

⑧瞻陟：极目远望。《诗·魏风·陟岵》："陟彼岵兮，瞻望父兮。"

⑨旻：天空。

其　八

得兴灵武[1]业，谁作李长源[2]？天宝[3]人凭说，渔阳[4]鼓尚喧。
居辽当日管[5]，卧雪此时袁[6]。仆更痴[7]于我，安然懒出门。

注释

①灵武：地名。安禄山之乱，玄宗幸蜀，肃宗即位于此。

②李长源：唐朝李泌，字长源。安禄山作乱，肃宗即位于灵武，奔赴行在，甚见亲重。泌自称山人，固辞官爵，而总掌枢务，权逾宰相。

③天宝：唐玄宗年号。

④渔阳：鼓曲名。渔阳一带的民间鼓曲。《后汉书·文苑传·祢衡》："衡方为渔阳参挝，蹀躞而前。"参挝，击鼓的一种方法。

⑤居辽当日管：三国魏管宁举行皆高，避乱辽东，拒绝征聘，甘守清贫。

⑥卧雪此时袁：汉时袁安未达时，洛阳大雪，人多出乞食，安独僵卧不起，洛阳令按行至安门，见而贤之，举为孝廉，除阴平长、任城令。

⑦痴：不慧，糊涂，癫狂。

其　九

一自椎秦[1]后，同人在海山。冠裳[2]不可毁，节义[3]敢轻删！
受冻频坚骨，樱霜茂长颜。南阳高卧稳[4]，罔识[5]世途[6]艰。

注释

①椎秦：椎击秦皇。张良为韩报仇，悉以家财求客刺秦始皇。

②冠裳：衣冠。

③节义：节操与义行。

④南阳高卧稳：诸葛亮曾隐居高卧于南阳（在今河南省新野县北）之卧龙冈。

⑤罔识：不识。

⑥世途：尘世的道路，人生的历程。

其　十

往事英雄恨，株牵[1]且俟河[2]。瓶藩[3]谁遣触，蝎[4]命竟成磨。
海屿薇[5]原少，天南雁不过。支扉[6]当夜静，霜月照渔蓑[7]。

注释

①株牵：以一人之罪而牵连多人，有如根株之牵连。

②俟河：俟河之清。古人以为黄河清，天下便太平。俟河之清，是指等待黄河水清，比喻等太平日子的到来，不知要等到什么时候。

③羝藩：公羊角钩在篱笆上，比喻进退两难。《周易·大壮》："羝羊触藩，不能退，不能遂。"

④蝎：节肢动物。

⑤薇：菜名。《诗·召南·草虫》："陟彼南山，言采其薇。"

⑥支扉：用手支撑门扇。

⑦渔蓑：渔翁所穿的蓑衣。

其十一

非仅谋衣食，人闲心却忙。声联随地义，力任一身纲。

无憾敢言敝[①]，加餐尚乏粮。将何消旅夜，薄酒胜茶汤[②]。

注释

①敝：破旧，比喻破旧衣服。《论语·子罕》："衣敝缊袍，与衣狐貉者立，而不耻者，其由也与。"

②薄酒胜茶汤：苏轼《薄薄酒》："薄薄酒，胜茶汤。粗粗衣，胜无裳。"

其十二

勋名[①]虚幻[②]耳，身世一轻舟。远寄西山[③]耻，重将南渡尤[④]。

渔樵[⑤]联几岁，禾黍泣[⑥]同秋。曝背劳心处，于时更觉悠。

注释

①勋名：功名。

②虚幻：空幻不真实。

③西山：即首阳山。伯夷、叔齐不耻食周粟，隐居于此。

④南渡尤：晋五胡乱华，元帝渡江，自洛阳迁都建业，史称南渡；又宋徽、钦二宗，为金人所执，高宗渡江，自汴梁迁都临安，亦称南渡。尤，罪过与耻辱。

⑤渔樵：渔人和樵夫。

⑥禾黍泣：为昔日宫室胜景变成庄稼地而发出的哭泣。

其十三

门外苍茫[①]势，神龙且寄髯[②]。困方嗟褐短，人岂借泉廉[③]。

善受知珍鼎[④]，需调用作盐[⑤]。呈[⑥]身原不惯，应合与时潜[⑦]。

注释

①苍茫：广阔无边、模糊不清的样子。

②神龙且寄髯：《史记·封禅书》："黄帝采首山铜，铸鼎于荆山下。鼎既成，有龙垂胡髯下迎黄帝。黄帝上骑，群臣后宫从上者七十余人，龙乃上去。余小臣不得上，乃悉持龙髯，龙髯拔，堕，堕黄帝之弓。"

③泉廉：晋吴隐之操守清廉，为广州刺史，未至州二十里，地名石门，有水曰贪泉，相传饮此水者，即廉士亦贪。隐之酌而饮之，因赋诗曰："古人云此水，一歃怀千金；试使夷齐饮，终当不易心。"

④知珍鼎：知道调和鼎鼐。调和五味，喻指宰相治理天下。

⑤需调用作盐：《书·说命下》："若作和羹，尔惟盐梅。"盐味咸，梅味酸，古代调味品。后以"调盐"喻指宰相治理国政。

⑥呈：进也。

⑦潜：藏也，隐居。

其十四

不当矜[①]著述[②]，已闭白云函[③]。是衲[④]全留发，云庵[⑤]半在岩。
寡亲时属旅，感物义为咸[⑥]。半世栖栖[⑦]意，逢人说大凡[⑧]。

注释

①矜：悯也、怜也、惜也。
②著述：写作。
③函：密布周围。
④衲：僧徒。
⑤云庵：建造在高山顶上的房舍。
⑥咸：法则。
⑦栖栖：不安之貌。
⑧大凡：大要。

寄迹效人吟

忆自丙戌[①]乘桴[②]，南来闽海；或经年泛宅[③]或偶寄枝栖[④]，忧从中来，兴亦时有。每假题咏，聊混居诸。戊子[⑤]入粤，所吟亦多。辛卯[⑥]复来借居海岛，登山问水，靡不有诗，尤喜步和人韵。虽丘壑情深，觉感激时露。今秋简阅笥[⑦]中，顿生悔愧；不论闲题间偶记，悉付祖龙[⑧]。仲冬小窗冷坐，欲再发抒飘泊情事，机神[⑨]数窒[⑩]；偶得郑哲三《海泊吟》，不禁勃勃[⑪]步韵[⑫]。然哲三，余未识面也。

其 一

不道十余载，犹然若故时。因人作事缓，连我信天疑。
燕雁春秋易，沧桑[13]日月迟。为兴靡骋[14]感，且滞水之湄[15]。

注释

①丙戌：公元一六四六年，清顺治三年。
②乘桴：航行也。桴，小的竹木筏子。
③泛宅：以船为家。
④枝栖：《庄子·逍遥游》："鹪鹩巢于深林，不过一枝。"今谓谋职事，曰觅一枝栖。
⑤戊子：公元一六四八年，清顺治五年。
⑥辛卯：公元一六五一年，清顺治八年。
⑦笥：盛衣物的方形竹器。
⑧付祖龙：言被焚也。祖龙，指秦始皇。祖，始也；龙，皇帝也。
⑨机神：机微玄妙，机灵敏捷。
⑩窒：堵塞，闭塞不通。
⑪勃勃：盛也。
⑫步韵：赠答诗中，和人之作，仿照他人来诗的韵脚并按其先后次序所写的诗。
⑬沧桑：沧海变桑田的简称，比喻时势的变迁或人事的变化。
⑭靡骋：靡，尽也；骋，让情怀随意奔驰。
⑮湄：岸边，水和草相接的地方。

其 二

分得青天在，盘桓[1]且振裾[2]。行春依雨歇，问月借春舒。
早咎[3]张椎误[4]，兼之荆剑疏[5]。将传岛上史，末路[6]漫踌躇[7]。

注释

①盘桓：不进貌，徘徊。
②振裾：振衣，抖衣去尘，整衣。
③咎：罪过。
④张椎误：秦始皇东游，张良与客击秦始皇于博浪沙中，误中副车。
⑤荆剑疏：战国时荆轲好读书击剑，燕太子丹客之，欲令劫秦王，反诸侯侵地，不可，因而刺杀之。轲请樊於期首，怀匕首及督亢地图以行。至秦，献秦王，图穷而匕首见，揕秦王，不中。
⑥末路：路程终止之地，犹言下风。
⑦踌躇：犹豫；从容自得，志得意满。音 chóu chú。

其　三

望水途知隔，隔江风景殊。艰难依鹭渚[①]，愤发愤虬须[②]。
仙近饥留朔[③]，山移子继愚[④]。闲鸥不厌我，且共与为徒[⑤]。

注释

①鹭渚：鹭鸶经常栖息的水中小块陆地。

②虬须：卷曲的胡须。

③朔：汉朝东方朔。相传西王母种桃，三千年一结子，朔三偷，乃被谪降人间。

④愚：愚公。中国古代神话，北山有愚公，年将九十，决心把屋前太行与王屋两山铲平，智叟笑他愚蠢，愚公说："我死有子，子又有孙，孙又生子，而山不增，何苦而不平?"

⑤徒：跟班，跟随的人。

其　四

只说暂来耳，淹留[①]可奈何。驱羊劳叱石[②]，返舍拟挥戈[③]。
我耻先施[④]倦，人闻遍谪[⑤]多。旅途宜自惜，慨[⑥]以当长歌。

注释

①淹留：久留。

②叱石：《神仙传》："皇初平牧羊，为一道士引至金华山石室中，四十余年未归。其兄初起寻访至山，问羊何在，答云：'在山东。'兄往视，但见白石，不见羊。平曰：'羊在耳，兄自不见。'平乃往，言：'叱！叱！羊起！'于是白石皆起成羊数万头。"

③返舍拟挥戈：鲁阳公与韩构难，战酣日暮，援戈而挥之，日为之返三舍。

④先施：《礼・中庸》："所求乎朋友，先施之未能也。"疏："欲求朋友以恩惠施己，则己当先施恩惠于朋友也。"

⑤谪：罚罪。

⑥慨：不得志而愤激也。

其　五

于我应当饿，家人苦未能。凭胸携旧积，就史接多朋。
致牍[①]童傒[②]厌，分粮雁鹜[③]憎[④]。谋身[⑤]尚不足，王业[⑥]几时兴。

注释

①致牍：送信。

②童傒：童仆。
③雁鹜：鹅和鸭。
④憎：嫌恶。
⑤谋身：为自身打算。
⑥王业：帝王的功业。

其　六

烟霞岛上满，落日鬼豪[1]侵。支命全亏骨，包[2]愁总在心。
径荒陶兴浅[3]，袍吝范寒深[4]。起舞徒虚事，频年听翰音[5]。

注释

①豪：恣意。
②包：总揽其事。
③径荒陶兴浅：晋陶潜《归去来兮辞》："三径就荒，松菊犹存。"
④袍吝范寒深：战国魏人范雎，字叔。尝从魏中大夫须贾使齐。既归，须贾以雎有通齐之嫌告魏相。魏相魏齐大怒，使舍人笞击雎，折肋折齿，雎佯死得免。乃伏匿，更姓名曰张禄。后随秦使王稽赴秦，以远交近攻，加强王权之策说秦昭王。昭王大悦，用以为相。范雎相秦，秦号曰张禄，而魏不知。魏闻秦将伐韩魏，使须贾赴秦。范雎布衣微行，至客馆见须贾。须贾大惊，曰："范叔固无恙乎？"又曰："范叔一寒如此哉！"乃取一绨袍赐之。
⑤翰音：鸡飞向高空的声音，比喻徒有虚声。

菊所风残，零落不堪矣；又复枯燥无雨，累累[1]发花虽不足观，亦聊慰我也

天风吹不尽，憔悴复舒英[2]。似有催诗意，还多望洭情。
虽当枯亦发，是乃困而亨[3]。即景聊相遣，休嫌涸辙[4]生。

注释

①累累：形容瘦弱疲惫的样子。
②英：花也。
③亨：通达，顺利。
④涸辙：比喻穷困的境地。《庄子·外物》："庄周家贫，故往贷粟于河监侯。河监侯曰：'诺。我将得邑金，将贷子三百金，可乎？'庄周忿然作色曰：'周昨来，有中道而呼者。周顾视车辙中，有鲋鱼焉。周问之曰："鲋鱼来！子何为者邪？"对曰："我，东海之波臣也。君岂有斗升之水而活我哉？"周曰："诺。我且南游吴越之王，激西江之水而迎

子，可乎？”鲋鱼忿然作色曰：“我失我常与，我无所处。吾得斗升之水然活耳，君乃言此，曾不如早索我于枯鱼之肆！”’”

别洪七峰[1]

鹭岛[2]初来便识君，东山[3]又共学耕耘。发肤无恙[4]悲徒老，著述方成悔欲焚。

忽作闲心同倦鸟，俄[5]焉长揖[6]别高云。从今只合言于野，理乱[7]都将置不闻。

注释

①洪七峰：人名。疑为洪旭（字九峰，福建同安人，为郑成功部将）之族人，客居台湾。

②鹭岛：厦门。

③东山：山名。在浙江省上虞市，谢安曾居此。后引申为隐居之处。又福建省东南之岛称，旧称铜山，亦名东山。

④无恙：平安无疾。

⑤俄：即将，马上。音é。

⑥长揖：拱手高举自上至下，是旧时不分尊卑的相见礼。

⑦理乱：治与乱。

往宁靖园[1]亭修谒

旸谷[2]生辉尚未炎，滕王[3]亭子绿新添。雨余折角[4]诚堪异，海外依人[5]半受嫌。

寻路入来皆茂草，隔溪望处映珠帘。主翁有恙[6]因辞客，名纸[7]须通属典签[8]。

注释

①宁靖园：宁靖王名朱术桂，字天球，别号一元子，明太祖九世孙辽王之后，永历十八年三月来台。施琅伐台，郑克塽议降，术桂自缢，葬于竹沪（今高雄市路竹区）。

②旸谷：古人以为日出的地方。

③滕王：楼阁名。故址在今江西省新建县西章江门上，西临大江，唐朝滕王所建。此处借指宁靖园亭。

④雨余折角：东汉郭泰，字林宗。尝过雨，巾一角沾湿而折叠起来，时人慕效，故意折一角的头巾，称为“林宗巾”。

⑤依人：依靠亲友。

⑥恙：不安，有疾。

⑦名纸：名片。

⑧典签：官名。本为掌理文书的小吏，南朝时诸王国置典签帅，威权甚重，梁以后渐废。唐代诸王府也设典签，但皆只掌文书。

州守新构僧舍于溪南，人多往游，余未及也

沿溪傍水便开山，我亦闻之拟往还。一日无僧浑[1]不可，十年作客几能闲。

书成短偈[2]堪留寺，说到真虚欲点顽[3]。正有许多为政处，仅将心事付禅关[4]。

注释

①浑：全。

②偈：佛家语，梵语偈陀音译的省略，四句为一偈，多为颂词，后佛家多称传道所唱的词句为偈。音jì。

③点顽：使顽石点头。讲说道理透彻，使不易感化的人信服。

④禅关：坐禅的房舍，禅的法门。

郊游分得“青”字[1]

和风催我出郊去，好鸟还宜载酒听。草色遥连春树绿，湖光倒映远山青。

歌喉润处花初落，诗韵拈来醉欲醒。逸兴[2]强寻豁目[3]处，颓然[4]独立望沧溟[5]。

注释

①分得“青”字：古时数人聚会作诗，共同选定数字为韵，并由各人分拈韵字，依韵赋诗，称为分韵。诗人因拈得“青”字，即须押“九青”韵作诗，并且要用分得的“青”字作为这首诗的一个韵脚。

②逸兴：超俗的兴致。

③豁目：开阔所见。

④颓然：年老力衰的样子。

⑤沧溟：大海，高远的天空。

咏　史

麒麟妖飓[1]涌江中，书剑[2]飘零任转蓬[3]。闭户不知新莽[4]腊[5]，抱关能屈信陵[6]雄。

文章草昧[7]开初祖，天地崎岖[8]老寓公[9]。何处汴京[10]望乡国[11]，青山一抹瘴云红。

注释

①麒麟妖飓：飓风。光文于永历三年，自金门航海将入泉州，舟过围头遇飓风，飘至台湾。台之烈者曰麒麟台，飙风也。

②书剑：古时文人随身之物。

③转蓬：飞蓬。

④新莽：王莽篡汉，国号新，世称新莽。

⑤腊：腊月，农历十二月。

⑥信陵：战国魏昭王子，名无忌。仁而下士，食客三千人。秦围赵，赵王求救于魏。信陵君救赵却秦。秦伐魏，信陵君率五国兵归救魏，大破秦兵。

⑦草昧：天地初开时的混沌状态。

⑧崎岖：形容地势或道路高低不平。困厄，历经险阻。

⑨寓公：古时诸侯失国寄寓他国者曰寓公。

⑩汴京：即今河南省开封市。

⑪乡国：故乡。

忆感

暂将一苇[1]向东溟[2]，来往随波总未宁。忽见游云归别坞[3]，又看飞雁落前汀[4]。

梦中尚有娇儿女，灯下唯余瘦影形。苦趣不堪重记忆，临晨独眺远山青。

注释

①苇：小舟。

②东溟：东海。

③坞：村落。四面高，中间低的山谷。

④汀：水边平地。

慨赋

忆自南来征迈[1]移，催人头白强扶持[2]。乐同泌水[3]风何冷，饮学秋蝉露不时。

最幸家贫眠亦稳，堪怜岁熟我何饥。仰天自笑浑[4]无策，欲向西山[5]问伯夷。

注释

①征迈：行进，经历。

②扶持：牵挽，搀扶。

③泌水：泉水涓流貌，亦指涓流之泉水。《诗·陈风·衡门》：“泌之洋洋，可以

乐饥。”

④浑：全。

⑤西山：山名，即首阳山。商孤竹君的儿子伯夷、叔齐，因彼此让位而逃离国内。殷亡后，耻食周朝的粮食，隐居首阳山，采薇而食，最后饿死。

孙元衡

孙元衡，字湘南，安徽桐城人，拔贡出仕。康熙四十二年，任台湾海防同知，慈惠爱民。著《赤嵌集》。

抵台湾

其　一

八幅[①]征帆落远空，苍龙衔烛晚波红。洲前竹树疑归后，天外云山似梦中。

鹿耳荡缨[②]分左路，鲲身沙线利南风。书名纸尾[③]知无补，著得诗筒[④]与钓筒。

（鹿耳门港路迂回，以缨缚竹竿别深浅，名曰荡缨。七屿相连名七鲲身，其尾有沙线，南风可泊）

注释

①幅：张。

②荡缨：鹿耳门港水皆沙，纵横布列，舟不可犯，出入者，插竹标以识，南白北黑，名曰荡缨。

③书名纸尾：书尾。书信、信函的末尾。

④诗筒：盛放诗的竹筒。

其　二

浪言[①]矢志[②]在澄清[③]，博得天涯汗漫[④]行。山势北盘乌鬼渡，潮戸南吼赤嵌城。

眼明象外三千界[⑤]，肠断人间十二更。我与髯苏[⑥]同不恨，兹游奇绝冠平生。

（渡海以更纪程，自厦至台计十二更）

渔洋先生[⑦]评：兴会笔墨都不减坡，欲不为海外之游，胡可得也。

注释

①浪言：轻率胡言。

②矢志：立心誓愿，以示决心。

③澄清：变污浊为清净，比喻拨乱反正。《世说新语·德行》：“陈仲举言为士则，行

为世范，登车揽辔，有澄清天下之志。”

④汗漫：广大，漫无边际。

⑤三千界：三千大千世界的省称。以须弥山为中心，七山八海交绕之，更以铁围山为外郭，是谓一小世界，合一千个小世界为小千世界，合一千个小千世界，为中千世界，合一千个中千世界为大千世界，总称为三千大千世界。

⑥髯苏：指苏轼。因其多髯而得名。

⑦渔洋先生：清王士祯，号阮亭，又号渔洋山人，山东新城人，顺治进士。论诗创“神韵”说。其诗多抒写个人情怀，早年作品清丽华赡，中年以后转为苍劲澄淡。擅长各体，尤工七绝，为一代宗师。在当时颇负盛名，门生众多，影响很大。

朔日[①]泛海赴安平镇

海国春回问鹿门[②]，风微浪静爱朝暾[③]。云屏列翠非孤凤，烟镜浮花漾[④]七鲲[⑤]。

古堠[⑥]初依新树色，灵槎[⑦]远赴碧天痕。未知铁骑[⑧]戈船[⑨]在，落落[⑩]罛寮[⑪]水上村。

注释

①朔日：农历每月的初一。

②鹿门：鹿耳门。

③朝暾：日出。

④漾：水的波光摇荡。

⑤七鲲：明清时期的七鲲身屿，在今安平附近。后因海水淤积，已与台南西边陆地相连。

⑥堠：伺望敌情的土台。

⑦灵槎：能乘往天河的船筏，也指船。

⑧铁骑：披甲的战马，也指精悍的骑兵。

⑨戈船：古战船名。因船上树立戈矛而得名。

⑩落落：稀散零落。

⑪罛寮：渔寮。罛，大渔网，音 gū。

重集梦蝶草堂[①]

楝榔[②]围古寺，故境野情迷。绕槛寒流细，排云碧笋齐。

尘清花弄色，市远鸟闲啼。曾作诗中画，山僧问旧题[③]。

注释

①梦蝶草堂：即梦蝶园，明遗老李茂春之别墅。故址在永康里，即今台南市之法华

寺。李茂春，福建龙溪人，明末举人，避乱，隐于台湾。

②楝榔：树名。叶可为帚。

③山僧问旧题：向山僧问过去所题的诗句。

秋日杂诗（十二首选二）

其 一

八月浑如夏，冰纹枕簟[①]斜。渴虹淹溽暑[②]，毒雾莽[③]风沙。

破梦无名鸟，伤心未见花。自怜情漫浪[④]，更拟著浮槎[⑤]。

注释

①簟：竹席。

②溽暑：盛夏，酷暑。

③莽：渺茫。

④漫浪：散漫放浪、不受世俗羁绊。

⑤浮槎：传说天河与大海相通，每年八月有木筏往来其间。槎，竹筏、木筏。

其 二

西偏惟落日，东向一烟峦。不爽盘针[①]路，无形铁板关。

（渡海以指南为信，曰针路。又台郡无形胜[②]可据，水底铁砂为害云。）

鱼舠[③]纷似叶，战舸[④]静如山。深稳成安宅，毋忧海国顽[⑤]。

注释

①盘针：罗盘上之指南针。

②形胜：地势险要。

③舠：形如刀的小船。

④舸：大船。音 gě。

⑤顽：凶恶，专横。

法华寺左新构草堂落成

绿野轩[①]车得偶停，沧溟[②]踪迹几浮萍[③]。香飘古寺昙花见，秋到闲园蝶梦醒。

（寺本梦蝶园旧址，有昙花一丛）

自有醉翁能载酒，不妨喜雨更名亭。应删恶竹添斜槛[④]，收取冈[⑤]山百丈青。

注释

①轩：车之通称。

②沧溟：沧海。

③浮萍：喻人漂泊无定。

④槛：阑干。

⑤冈：山脊。

咏佛桑花（亦名扶桑）

烧空处处佛桑燃，寒暖花魂[1]总放颠。大海东头当晓日，丹山脚下对晴烟。（四时常开）

眼明五月朱榴火[2]，泪溅一春红杜鹃[3]。粉白嫩黄相映发，遥情将向洛阳天。

渔洋先生评：余使东粤欲作佛桑诗而未果，只得二句云："怀人二月小寒食，照眼一枝红佛桑。"见湘南诗，令我爽然自失！

注释

①花魂：本指花的魂魄，今称花的精神。

②朱榴火：红色的石榴花。

③杜鹃：杜鹃花。

重阳日小憩[1]茄冬社[2]

竹翠山光扑面来，欲酬佳节在深杯。白衣[3]那遣文身[4]著，黄菊毋劳绝域[5]开。

已惯风多频落帽[6]，不因乡远罢登台。漫[7]言此地无鸿雁，省却辽天[8]一段哀。

注释

①憩：休息。音 qì。

②茄冬社：地名，在今屏东县佳冬乡。

③白衣：古代僮仆的衣服。也代指庶民、僮仆。

④文身：在人类皮肤上留下的永久性图案或花纹。文身一般都以针刺皮肤，再擦上如锅烟之类不易消失的原料。

⑤绝域：极远之地，与外界隔绝之地。

⑥落帽：指东晋孟嘉在重阳日落帽的故事，后来以落帽为重阳登高的典故。

⑦漫：随意，任意；放纵，不受拘束。

⑧辽天：遥远的天空。

返 署[1]

十日山中咏采薇[2]，万山回首尚依稀[3]。满城鸟语秋冬暖，小院兰香人独归。

生硬吏胥[4]铺印席，疏慵[5]僮仆启书帷[6]。开樽不道登临事，唱出新诗兴欲飞。

注释

①署：官府，官衙。

②咏采薇：比喻隐居不仕。周武王灭纣，伯夷、叔齐以为可耻，誓不食周粟，在首阳山归隐，采薇而食，以至于饿死，临死作歌："登彼西山兮，采其薇矣。"

③依稀：仿佛。

④吏胥：地方官府的小吏。

⑤疏慵：疏懒，懒散不受拘束。

⑥帷：围在四周的布幕。

春兴（六首选一）

其 三

北阙[1]南乡思不禁，抛将身事任浮沉[2]。宦情[3]老隔鲲鹏[4]路，归梦遥逢睍睆[5]音。

槛外花光红露满，门前春气碧云深。忘机[6]习静[7]饶生意[8]，叶叶甘蕉展故林。

注释

①北阙：建筑在宫殿北面的门楼。为古代大臣等朝见皇帝或上书奏事的地方，指帝王宫禁。也为朝廷的别称。

②浮沉：随波逐流，谓追随世俗。喻升降、盛衰、得失。

③宦情：仕宦的欲望，做官的心情。

④鲲鹏：古代传说中的大鱼和大鸟。比喻至大之物。

⑤睍睆：清雅美好的样子。音 xiàn huàn。

⑥忘机：涤净与人计较或巧诈虚伪的心机。比喻心地纯朴，不与人争。

⑦习静：修习静养。

⑧生意：生机，生气。

答筱岫弟到榕城[1]见寄

鹡鸰[2]飞不到蛮天[3]，万里艰难梦宛然[4]。苏子[5]真成遥海望，惠连[6]果枉《济江》篇。（昨适梦见）

喜欢道上催春鸟，黯淡[7]滩头下水船。留柳[8]识韩[9]俱浪语[10]，浮名[11]抛弃是归年。

渔洋先生评：只觉其笔酣墨饱之乐，不似柳子厚“尖山剑铓”，但畏其苦也。

注释

①榕城：城市名。福建省闽侯县的别称。

②鹡鸰：鸟名。脚细长，呈黑色，捕食虫类，偶食鱼类。《诗·小雅·常棣》：“鹡鸰在原，兄弟急难。”后遂以鹡鸰喻兄弟。

③蛮天：指南方。

④宛然：真切貌，清晰貌。仿佛，很像。

⑤苏子：苏轼。

⑥惠连：南朝宋谢惠连，善属文。

⑦黯淡：黑暗不光明的样子。

⑧柳：唐柳宗元，字子厚。其《浩初上人同看山寄京华亲故》诗：“海畔尖山似剑铓，秋来处处割愁肠。”

⑨韩：唐韩愈，字退之，古文家、诗人。与柳宗元提倡散体，反对骈体时文。

⑩浪语：妄说、乱说。空话、不切实际的话。

⑪浮名：虚浮不实的名声。

即　事[1]

片石山人身似萍，远随鸥鸟聚沙汀。海邦耳目[2]多新获，岛市谈言各不聆[3]。

暮雨过时丛屿[4]黑，春潮到处晓天青。一从止酒添霜鬓，枉[5]向人间论醉醒。

渔洋先生评：第六句不减右丞[6]。

注释

①即事：有感于当前事物的诗，多以即事标题，故也称即事诗。

②耳目：眼线、探听消息的人。

③聆：听闻。

④屿：水上突出的陆地，大者为岛，小者为屿。

⑤枉：徒然，白费。

⑥右丞：唐诗人王维，累官至尚书右丞，也称王右丞。

揽镜

其　一

东归新镊[1]一霜髭[2]，不遣妻看怕婢知。

白到于今曾不恨，青铜[3]闲对数银丝。

渔洋先生评：似白傅[4]。

注释

①镊：拔去毛发。音 niè。

②霜髭：白髭。髭，生在嘴唇上边的短须，音 zī。

③青铜：古代的镜子多用青铜所铸，所以称镜为青铜。

④白傅：唐白居易于开成初，授太子少傅，故称白居易为白傅。

其　二

半生魂梦总飞扬[1]，关塞[2]须眉气老苍[3]。
更莫自疑还独笑，鬓边不是点吴霜[4]。

注释

①飞扬：高飞飘扬。放任不拘的样子。

②关塞：边关、边塞。

③老苍：苍老。

④吴霜：吴地的霜，比喻白发。

刘铭传

刘铭传（1836—1896），清末名将。合肥人。咸丰年间曾参与平定太平军有功，升为都司。同治间又平定东、西捻。光绪十年（1884），法国海军侵扰台湾北部，他受命为台湾巡抚，击退法军。后并开发山地，兴造铁路，颇有政绩。著有《大潜山房诗稿》。

遣　怀

自从家破苦奔波，懒向人前唤奈何[1]。名士无妨茅屋小，英雄总是布衣[2]多。
为嫌仕宦[3]无肝胆[4]，不惯逢迎[5]受折磨。饥有糗粮[6]寒有帛[7]，草庐安卧且高歌。

注释

①唤奈何：唤，呼也。《世说新语·任诞》：“桓子野每闻清歌，辄唤奈何。”晋桓伊小字子野，工音律，尤擅吹笛。

②布衣：庶民。

③仕宦：出任官职。

④肝胆：比喻心意诚恳或豪情状怀。

⑤逢迎：谄媚。

⑥糗粮：干粮。糗，音 qiǔ。

⑦帛：缯、绸等丝织物的总称。

将攻广德[1]、常州[2]，李春生太守投诗赠行，即步原韵[3]奉答

几年烽火乱离深，棠树[4]新栽咸受阴。天特生才为济世，我无壮志起归心。

大都[5]已有旁人复，元恶[6]何须独手擒。此去宣州[7]相隔远，鱼鸿[8]有便报佳音。

注释

①广德：地名。在今安徽省宣城市东。

②常州：地名。在今江苏省内。

③步原韵：次韵。诗人在和别人的诗时，仿照原诗用韵的次序作诗。

④棠树：即甘棠、棠梨。相传周时召伯巡行南国，曾在棠树下听讼断案，不厌劳烦，后人爱召伯而敬其树不忍剪伐，世因以棠阴为去官而有遗爱的美誉。

⑤大都：北京。

⑥元恶：大恶之人。

⑦宣州：地名，在今安徽省宣城市。

⑧鱼鸿：指书信。古代传说鱼与雁皆能传递书信。

久雨中秋晚晴

不期[1]久雨晚来晴，扫尽烟云见太清[2]。秋色莫如今夜好，月光总是故乡明[3]。

一灯诗酒增怀感，几日萧疏[4]洗甲兵[5]。举目山河无掩蔽，皖南[6]风景客中情。

注释

①不期：不料。

②太清：天也。

③月光总是故乡明：杜甫《月夜忆舍弟》：“露从今夜白，月是故乡明。”

④萧疏：清冷疏散。

⑤洗甲兵：洗净盔甲兵器，比喻停止战争。

⑥皖南：安徽合肥，刘铭传故乡。

和子务诸君重九登高赋诗即用原韵[①]

柳营[②]诗社是谁开？争去登高写捷才[③]。下马狂歌红叶处，一声长啸白云来。

归时头上插花满，酒尽人多击钵催[④]。更有苦吟[⑤]吟不就，山头怅望[⑥]独徘徊。

注释

①即用原韵：对子务重九登高诗所押的韵和诗。
②柳营：汉周亚夫为将军，军细柳以备胡。后世泛称军营曰柳营。
③捷才：才智敏捷。
④击钵催：击钵为号催促诗人交稿。
⑤苦吟：为推敲诗句，一再吟诵。
⑥怅望：落寞之际有所想望。

咏狼山[①]署[②]中送来菊花

其　一

西风帘卷正徘徊，千里传书送菊来。

分付[③]小童勤灌养[④]，好留晚节[⑤]占花魁[⑥]。

注释

①狼山：山名。在江苏省南通市南，位于长江北岸。
②署：官衙。
③分付：吩咐。
④灌养：灌溉培养。
⑤晚节：晚年，老年，岁末。
⑥花魁：古时品花，称群花之首为花魁。

其　二

惆怅重阳未赏新[①]，忽从江上出烟尘[②]。

风霜不折孤高[③]气，人比黄花[④]花胜人。

注释

①未赏新：未能欣赏今年新开的菊花。
②烟尘：边疆寇警。
③孤高：特立高耸。比喻志节卓立脱俗。
④黄花：菊花。

征雁

一声征雁[①]出云端，万里长空秋气寒。远塞[②]来时不容易，明年归路更艰难。
仰看结阵飞何处，欲寄相思到故关[③]。南去有人同怅望[④]，敢烦传语报平安[⑤]。

注释

①征雁：远飞的雁。
②塞：边界。指国家险要之地。
③故关：故乡。
④南去有人同怅望：去南方的人也同样怅望着故乡。
⑤传语报平安：岑参《逢入京使》："凭君传语报平安。"

赠别振轩

淮南[①]羽檄[②]忽飘驰[③]，流寇[④]纵横[⑤]命出师。昔日战争同患难[⑥]，故乡父老识旌旗[⑦]。
一军航海成功早，千里辞君绕道[⑧]迟。挥手挂帆过江去，关河[⑨]迢递[⑩]各相思。

注释

①淮南：淮河以南。
②羽檄：军中的紧急公文。
③飘驰：飞驰。
④流寇：到处转移、没有固定据点的盗匪。
⑤纵横：交错、众多。
⑥同患难：患难与共。
⑦旌旗：旗帜的总称，赵孟頫《岳鄂王墓》："中原父老望旌旗。"此处借指清军。
⑧绕道：不走最直接的路，改由其他途径迂回过去。
⑨关河：泛指一般山河险要之地。
⑩迢递：遥远的样子。

甲子[①]冬以师行还家夜中偶作

剪烛西窗夜话时[②]，旷谈[③]不觉夜眠迟。堂前灯火听儿读，枕上吟哦教妾诗。
风雪一家团骨肉[④]，干戈[⑤]何处望旌旗[⑥]。中兴愧我无功绩，且幸还乡慰别离。

注释

①甲子：清同治三年。

②剪烛西窗夜话时：李商隐《夜雨寄北》："何当共剪西窗烛，却话巴山夜雨时。"

③旷谈：广泛交谈。

④骨肉：骨和肉，比喻至亲。

⑤干戈：古时战争，多用干戈，因以干戈为兵器的总称。又引申为战事之意。

⑥何处望旌旗：赵孟頫《岳鄂王墓》："中原父老望旌旗。"旌旗，旗子的总称，此处指清朝的军队。

过泗州[1]，借住释迦寺，偶作兼赠聚一上人[2]

其　一

梦中曾被仙人诏[3]，怪我如何不出家。两眼尚包儿女泪[4]，此生自识果缘[5]差。
览游禅寺[6]思身隐[7]，流落风尘[8]念物华[9]。心事茫茫何所寄？大江东望浪淘沙[10]。

注释

①泗州：地名。在今安徽省境内。

②上人：佛家语，谓上德之人。为僧之专称。

③诏：告，告语。

④两眼尚包儿女泪：两眼尚含思念儿女的眼泪。

⑤果缘：因果。

⑥禅寺：佛寺。

⑦思身隐：想要辞官隐居。

⑧风尘：行于道上，多为风尘所苦，因用以形容行旅的艰辛。

⑨物华：风光景物，天地万物的精华。

⑩大江东望浪淘沙：唱大江东去及浪淘沙。大江东去，词牌名，即《念奴娇》调，因苏轼《赤壁怀古》词，首句为大江东去，故名。浪淘沙，词牌名。

其　二

岂劳脩炼[1]才成佛，若得清闲即是仙。如我长征[2]无息处，搅[3]君彻夜不安眠。
未辞辛苦行千里，且欲留连[4]住一天。愿待澄清[5]放归隐，好来方丈[6]结禅缘[7]。

注释

①脩炼：修炼。

②长征：远征旅行，常用以指军旅的远征。

③搅：打扰，扰乱。
④留连：依恋不忍离去。
⑤澄清：变污浊为清净，比喻拨乱反正。
⑥方丈：僧寺住持。
⑦禅缘：佛缘。

道经沛县[1]

沛公[2]阔达[3]真豪杰，四百年过今若何？关内[4]曾更秦法律[5]，眼前不见汉山河。

乡城御寇兵防紧，老大还家感慨多。莫谓高皇[6]情太薄，晚年犹唱《大风歌》[7]。

注释

①沛县：地名，在今江苏省徐州市铜山区西北。
②沛公：刘邦起兵于沛县，沛人立为沛公。
③阔达：大度，无所拘泥。
④关内：关中，指咸阳。
⑤曾更秦法律：萧何曾佐刘邦建立汉朝，并制定西汉的典章法律。
⑥高皇：汉高祖。
⑦《大风歌》：汉高祖定天下，经过沛县，留，置酒沛宫，悉召故人父老子弟纵酒，发沛中儿得百二十人，教之歌。酒酣，高祖击筑，歌曰："大风起兮云飞扬，威加海内兮归故乡，安得猛士兮守四方？"

送金太守[1]铁珊入都

其一

风雨连宵睡起迟，晓来床上坐披衣。初传客到情殊懒，忽报君[2]来乐不支[3]。

旧日雄谈全未减，高人狂态尚如斯[4]。故交相见宜长聚，何必忽忽话别离。

注释

①太守：官名，即知府。
②君：指金太守铁珊。
③乐不支：乐不可支，形容非常快乐的样子。
④如斯：如此。

其　二

客路逢秋雨满天，故人一见两欢然。行程往返三千里，别后睽违[1]五六年。
才大君应思报国，寇平我已望归田[2]。入都朋友如相问，只说寒蝉[3]不足传。

注释

①睽违：别离。

②归田：辞官归里，退隐。

③寒蝉：寒天的蝉。蝉到深秋天寒时不再鸣叫，用此比喻对事有所顾忌而默不作声。

淮上[1]送李少轩观察[2]归里

碧草迷南浦[3]，春风送客舟。骊歌[4]唱三叠[5]，别酒醉千瓯[6]。
淮上一挥手，潇湘[7]依旧游。风尘须郑重[8]，道路费勾留。
既涉洞庭水，拟登黄鹤楼。有诗先寄我，无恨莫生愁。
此去难为别，离君孰是俦[9]。军归我亦返，不愿觅封侯[10]。

注释

①淮上：淮河一带。

②观察：官名，缉捕人员的别称。

③南浦：泛指向南的水边，后来用以指送别的地方。

④骊歌：离歌，告别歌。

⑤三叠：古时奏曲反复咏唱某句三遍的方法。

⑥瓯：盂，小盆。

⑦潇湘：潇水、湘水。

⑧郑重：处事审慎。

⑨俦：伴侣，朋友。

⑩觅封侯：出外寻求荣华富贵。

陈维英

陈维英，字硕芝，号迂谷。清代淡水人。嘉庆十六年生，同治八年殁。岁考而取拔一等。曾任福州闽县教官，任满归台，应聘为仰山书院山长。以孝廉方正，奏旨朝廷，咸丰年间，荣膺鹗荐，北上春闱，入直紫薇省，退隐后，掌教学海书院。著有《乡党质疑》、《偷闲录》、《太古巢联集》等书。

题太古巢[1]

山中甲子[2]不知年，梦入华胥[3]一枕边。壤土原无盘古[4]墓，枯枝独辟有巢[5]天。

两仪[6]石上搜遗迹，八卦潭前隐散仙。自笑草庐开混沌[7]，结绳[8]坐对屋三椽[9]。

注释

①太古巢：作者晚年读书处。在今台北剑潭附近，基隆河西岸，中山桥西端。

②甲子：古代以天干和地支递次相配，共六十，故又称为六十甲子。古人用以纪日或纪年。亦泛指岁月、光阴。

③华胥：指理想的安乐和平之境，或作梦境的代称。

④盘古：中国神话中开天辟地首出创世的人。

⑤有巢：有巢氏，古帝，始教人以居处之法。

⑥两仪：天地。

⑦混沌：古代传说中指世界开辟前元气未分、模糊一团的状态。

⑧结绳：上古无文字，结绳以记事，事大，大结其绳；事小，小结其绳。

⑨椽：房屋的间数。

癸丑[1]之变，兄弟俱死于难

裹革[2]沙场[3]未几时，来收尔[4]骨不胜悲。封成马鬣[5]兄兼弟，地唱蚌珠[6]怪且奇。

饮恨[7]难消龙目井[8]，洗冤[9]空对虎形陂。寒斋独坐孤灯下，和泪挥毫暗写诗。

注释

①癸丑：公元一八五三年，咸丰三年。

②裹革：谓战死者，无棺盛殓，尸身以革裹之也。

③沙场：战场。

④尔：你。

⑤封成马鬣：坟墓封土的一种形状，亦指坟墓，或称马鬣封。

⑥地唱蚌珠：《淮南子·说林训》："明月之珠，蚌之病我之利。"比喻因不得志而写出好文章来。

⑦饮恨：抱恨而无由陈说。

⑧龙目井：井名。因龙目井有多处，详确地址无从确定。

⑨洗冤：昭雪冤屈。

九月十九日，朱丹园太守造[1]庐，商办止斗事，并嘱代撰文以祭厉[2]，燮理阴阳[3]，地方渐靖[4]

忽传北海[5]五骢[6]驱，太守由来是姓朱。促膝[7]蜗庐[8]甘下问，关心鸿野苦哀呼[9]。

厉坛[10]故鬼连新鬼，文苑[11]小巫见大巫[12]。费尽精神流尽泪，旱苗渐向雨中苏[13]。

注释

①造：至也，诣也。

②厉：恶鬼。

③燮理阴阳：调和阴和阳。

④靖：安也，静也。

⑤北海：北方近海之地。

⑥五骢：五花马。骢，马青白杂毛。

⑦促膝：古时席地或据榻而坐，对坐膝相接近，曰促膝。

⑧蜗庐：蜗居，居处隘陋之代词。

⑨鸿野苦哀呼：哀鸿遍野。

⑩厉坛：清代公祭亲人时祭祀鬼神的坛台。

⑪文苑：文人之所荟萃也。

⑫小巫见大巫：原指小巫的法术不如大巫。后用以比喻相形见绌。《三国志·吴志·张纮传》注引《吴书》曰："纮见陈琳作《武库赋》、《应机赋》，与琳书深叹美之。琳答曰：'自仆在河北，与天下隔，此间率少于文章，易为雄伯，故使仆受此过差之谭，非其实也；今景兴在此，足下与子布在彼，所谓小巫见大巫，神气尽矣。'"子布，张昭字，小巫琳自比，大巫指张纮、张昭，琳自谓不如二张也。

⑬苏：再生，复活。

太古巢[1]即事

其　一

白云为我锁柴扉[2]，俗客不来苔自肥。
露煮春茶将叶扫，风吹诗草并花飞。

注释

①太古巢：作者晚年读书处。故址在今台北剑潭附近，基隆河西岸，中山桥西端。

②柴扉：柴门，也指贫寒的人家。

其　二

隔一重江佛国[1]开，剑潭寺在碧林隈[2]。
山僧日日通音问，故遣钟声渡水来。

注释

①佛国：寺院。
②隈：隅，角落。

其　三

晴朝月夜最开怀，风雨来时景亦佳。
竹戛[1]琅玕[2]泉漱玉[3]，梵音[4]一洗古音谐。

注释

①戛：状声词。音 jiá。
②琅玕：美竹的别名。音 láng gān。
③漱玉：形容山泉激石，溅起水花，晶莹如玉。
④梵音：佛门各种法会上咏唱的佛曲。也称梵呗。内容多赞颂佛、法、僧三宝的功德与出世的思想。

其　四

绝好江山不染尘，诗书点缀[1]倍精神。
山灵[2]应共山僧语，多谢骚人[3]为写真[4]。

注释

①点缀：衬托、装饰。绘画的布局和着色。
②山灵：山神。
③骚人：诗人。
④写真：绘画人物的肖像。

洪以南

洪以南，字逸雅。台北艋舺（今万华区）人；后移居淡水，光绪年间生员。工书善画，日据时期任淡水街长。

游大窟湖

大窟湖在观音山麓西龙寺侧，丛竹数竿，境绝幽邃。湖畔有洞，口大可四尺，伛偻[①]而入，内渐高，宽丈余。石形如几榻，可坐卧。旁一穴，蛇形而上，曲折若羊肠，莫知所止；入者辄半途反，畏其险也。然洞夏凉而冬温。又临大海，自沪尾[②]刺舟[③]可至，从未游之者。率赋四绝，以酬山灵。

其一

剪江[④]一叶[⑤]快寻幽，曳杖[⑥]山腰半日游。
岚气浮青丛竹翠，了无仙迹洞空留。

注释

①伛偻：背脊弯曲，即驼背。音 yǔ lǚ。
②沪尾：地名。即今淡水。
③刺舟：撑船。
④剪江：船破浪行于江面。
⑤叶：轻便的小舟。
⑥曳杖：拿着拐杖。

其二

洞前落落[①]几人家，树老云深石作花。
闲与山翁谈逸事[②]，有人小隐[③]学餐霞[④]。

（方外[⑤]道士辉开不知何许人，六十年前避谷[⑥]此洞，二十余载羽化[⑦]，亦奇矣）

注释

①落落：稀散零落。
②逸事：轶事。亦指未经史书记载，为后人所不能详知，或容易遗忘的事迹。
③小隐：结庐于山林中而不出仕。与隐居于朝市的大隐相对。
④餐霞：以朝霞为食，为道教修炼之术。
⑤方外：世外。亦指仙境或僧道的生活环境。
⑥避谷：即辟谷。古称行导引之术，不食五谷，可以长生。
⑦羽化：飞升成仙。亦用作道徒死亡的婉辞。

其　三

据石吟哦[1]未忍归，风光世外想非非[2]。
荡胸[3]无际婆娑[4]海，万里波涛咽[5]夕晖。

注释

①吟哦：吟咏，仔细玩味。此处指推敲诗句。
②想非非：佛家语，似存不存，似尽非尽的意思。
③荡胸：洗涤心胸。
④婆娑：放纵闲散而逸乐的样子。舞动的样子。
⑤咽：吞入，吞食。

其　四

皓皓[1]平沙挖尾湾，秋风吹去复吹还。
篷窗[2]回首西龙寺，半在深林暮霭[3]间。

注释

①皓皓：洁白的样子。
②篷窗：船窗。
③暮霭：傍晚的云雾。

郑香圃[1]兄续弦[2]赋此以贺

洞房花烛瑞氛腾，春色洋洋[3]妙趣生。
弹罢瑶筝重鼓瑟，宜家宜室[4]乐和鸣。

注释

①郑香圃：字清渠，号梅痴，新竹人。
②续弦：古代常以琴瑟比喻夫妇，故称丧妻为断弦，再娶为续弦。
③洋洋：广大，盛大。
④宜家宜室：祝贺嫁女的颂词。指女子出嫁，能和合于夫家。

北投温泉

北地有温泉，浴之氛爽然。荡胸[①]忘俗虑，酣梦[②]恍神仙。
身净如无物，心澄[③]别有天。松涛[④]应一醉，风咏[⑤]迈前贤。

注释

①荡胸：洗涤心胸。
②酣梦：甜蜜的睡梦。
③心澄：心清。
④松涛：风撼松林，声如波涛，因称松涛。
⑤风咏：讽咏吟哦。

桃花浪

问津[①]迎送为谁忙？薄命春深只自伤。
绝欲[②]武陵人[③]迹至，高翻三尺阻渔郎[④]。

注释

①问津：询问渡口，指寻访或探求。
②绝欲：无欲。
③武陵人：指避居或隐居的人。
④渔郎：打鱼的年轻男子。

岁月照梅花

横斜疏影[①]隐朦胧[②]，大地阳回[③]淑气融[④]。处士缟衣酣鹤梦[⑤]，主人翠袖恋蟾宫[⑥]。
双标清格苍苍[⑦]里，独挺香氛淡淡[⑧]中。羞煞[⑨]群芳[⑩]都落后，一枝御苑[⑪]沐春风。

注释

①横斜疏影：林逋《山园小梅》："疏影横斜水清浅，暗香浮动月黄昏。"
②朦胧：微明，模糊不清貌。
③阳回：冬至。冬至节阴气尽而阳气始回，故称。
④融：和煦、暖和。
⑤处士缟衣酣鹤梦：处士，本指有才德而隐居不仕的人，后亦泛指未做官的士人。此处指宋朝林逋，于孤山植梅养鹤，人称他梅妻鹤子。缟衣，白绢衣裳。

⑥蟾宫：月宫，月亮。

⑦苍苍：天。

⑧淡淡：轻淡、微弱。

⑨羞煞：羞极、羞甚。

⑩群芳：各种芳草。

⑪御苑：帝王家的苑囿。

戏和问渔[1]社兄见示

妄说[2]人三畏[3]，纪游韵五微[4]。悬河[5]存故态[6]，入室失乾威[7]。

花事[8]隔墙语，汗珠[9]浃背[10]挥。唾声作狮吼[11]，吟魄[12]九霄[13]飞。

注释

①问渔：林知义（1874—1937），字问渔，另字宜津，新竹人，光绪十七年秀才，工诗善画。

②妄说：胡说。

③三畏：儒家指畏天命、畏大人、畏圣人之言。

④韵五微：以诗韵中之“五微”韵押韵作诗。

⑤悬河：比喻论辩滔滔不绝或文辞流畅奔放。

⑥故态：平昔的状态。

⑦乾威：阳威，男人的威严。

⑧花事：关于花的情事，喻指与女人的情事。

⑨汗珠：成滴的汗。

⑩浃背：汗流浃背，常用以形容惭愧或惶恐之甚。

⑪狮吼：狮子吼，喻悍妻怒骂之声。

⑫吟魄：诗人的魂魄。

⑬九霄：天之极高处，高空。

怀安番[1]通事吴凤[2]

为护同胞自杀身，三年赴约[3]以成仁。自抛眷属生前爱，却把仇雠[4]死后申。

从此汉村光日月，而今达社[5]辟荆榛[6]。余威百载罗山[7]在，俎豆[8]馨香[9]庙貌新。

注释

①番：指台湾早期之原住民。

②吴凤：清福建漳州人，幼随父母来台。乾隆年间，任阿里山通事。时原住民有猎首

祭神之恶习，感化束手，乃以身殉之，其习遂革。

③赴约：履行约会，践约。

④仇雠：仇人，冤家对头。

⑤达社：番社名，即达邦社，在嘉义县阿里山达邦村。

⑥荆榛：泛指丛生灌木，多用以形容荒芜情景。

⑦罗山：地名。即今之嘉义。

⑧俎豆：俎和豆，古代祭祀、宴飨时盛食物用的两种礼器。谓祭祀、奉祀。

⑨馨香：指用作祭品的禾稷，祷祝时心诚意切。

和青崖诗伯[①]瑶韵[②]，兼呈仙坡诗伯海正

杖履追随[③]载笔游，飞舟南渡海天秋。胸怀风月双清[④]地，价重文章五大洲。

入咏河山生特色，今盟鸥鹭洽[⑤]同流。超然物外[⑥]无官气，脱俗前身是子猷[⑦]。

注释

①诗伯：诗坛宗伯，诗坛领袖。

②瑶韵：对别人诗文的美称。

③杖履追随：追随左右。杖履，老者所用的手杖和鞋子。

④双清：谓思想及行事皆无尘俗气。

⑤洽：和谐，融洽。

⑥超然物外：超脱于尘世之外。

⑦子猷：王徽之，字子猷，晋会稽人，羲之子，卓荦不群，爱竹成癖。

病中吟

其　一

秋风涤[①]暑正消愁，远虑终难遏[②]近忧。

意外病魔漫[③]相扰，药炉活火[④]几时休。

注释

①涤：清除。

②遏：抑制，阻止。

③漫：多。

④活火：有焰的火，烈火。

其　二

昼无乐趣夜无眠，多病无愁百感牵。
尝尽个中风味苦，何殊哑子饮黄连[1]。

注释

①哑子饮黄连：哑子吃黄连，有苦说不出。

刘中甫、谢友我、魏博文诸先生同游东京及南清，即次友我词兄《留别》瑶韵以送之

麦浪云峰幻午天，采莲歌里纵吟鞭[1]。登程有伴衡门[2]客，连袂[3]同游陆地仙。
清淑湖山欣入梦，追随杖履[4]愧无缘。长风一啸人千里，好赋《蒹葭》[5]《秋水》[6]篇。

注释

①吟鞭：诗人的马鞭，多以代指行吟的诗人。

②衡门：以横木为门，比喻简陋的房屋，引申为隐居者的住宅。

③连袂：衣袖相连，比喻携手。

④杖履：老者所用的手杖和鞋子，引申为对老者、尊者的敬称。

⑤《蒹葭》：《诗·秦风》篇名。刺襄公未能用周礼，周之贤臣遗老隐处不肯出仕。《诗·秦风·蒹葭》："蒹葭苍苍，白露为霜，所谓伊人，在水一方。"

⑥《秋水》：《庄子》篇名。王夫之曰："此篇因《逍遥游》、《齐物论》而衍之，推言天地万物，初无定质，无定情，扩其识量而会通之，则皆无可据，而不足以撄吾心之宁矣。"《庄子·秋水》："秋水时至，百川灌河。"

谢汝铨

谢汝铨（1871—1953），字雪渔，署奎府楼主。台南府人。日据后迁台北市。乙未之役，佐许南英办团练以抗日。日据后，入台湾总督府国语学校国语部，后入台湾日日新报社汉文部。与洪以南倡设瀛社，并任第二任社长。著有《雪渔诗集》。

癸酉[1]灯节[2]

笙歌帘外怯春寒，宝鸭[3]香添爇[4]紫檀[5]。光映灯花猜谜语，声喧爆竹掷玄坛[6]。

应知繁盛上天贶[7]，不惜风流良夜欢。太乙[8]青燃藜火照[9]，欲为刘向[10]读书难。

注释

①癸酉：公元一九三三年，民国廿二年。

②灯节：元宵节。

③宝鸭：香炉。古代香炉多作鸭形，故名。

④爇：焚烧。音 ruò。

⑤紫檀：常绿乔木，檀香的一种。

⑥玄坛：道教祭拜、讲经的场所。

⑦贶：赐给。音 kuàng。

⑧太乙：天帝的别名。

⑨青燃藜火照：《三辅黄图·阁·天禄阁》：“刘向于成帝之末，校书天禄阁，专精覃思。夜有老人著黄衣，植青藜杖，叩阁而进见。向暗中独坐诵书，老父乃吹杖端燃藜，因以见向，授五行《洪范》之文。”

⑩刘向：西汉学术大家，长于经学、目录学及文学。尝任谏议大夫，以阴阳家五行灾异之术推论时政，详明灾祥得失，甚为时人所重。

冶春[1]词

其　一

桃李山间自落开，轻车闲与索花来。

谁家姊妹无风雅[2]，剪破红云[3]碎[4]绿苔[5]。

注释

①冶春：游春。

②风雅：风流儒雅。

③红云：指红花。

④碎：踏碎。

⑤绿苔：青苔。

其　二

骏马人驰碧草堤，暖风初剪柳眉[1]齐。

莺儿也作娇羞态，戢羽[2]枝头不敢啼。

注释

①柳眉：纤细柳叶。
②戢羽：敛羽而停止飞翔。戢，音jí。

其　三

画船徐蹴[1]绿波行，恐恼文禽[2]午梦清。
左右参差流荇菜[3]，新诗孰解绘心情。

注释

①蹴：踏。
②文禽：羽毛有美丽文采的鸟。
③左右参差流荇菜：荇菜，即莕菜。《诗·周南·关雎》："参差荇菜，左右流之。"

其　四

红杏林前飏[1]酒旂[2]，筠篮[3]人卖鳜鱼肥。
多情最是啣[4]泥燕，紫影风斜相对飞。

注释

①飏：飞扬，飘扬。
②酒旂：酒旗。
③筠篮：竹篮。
④啣：衔。

无花与南雅社骚人宴于魏润庵[1]君家席上同作

其　一

一春花事过清明，开尽荼蘼宿雨[2]晴。
已倦芳心愁扑蝶，乍醒香梦恼啼莺。

注释

①魏润庵：魏清德，字润庵。新竹人。瀛社第三任社长。
②宿雨：前夜所下的雨。

其二

好春开后不重花，顿失庭前一抹[①]霞。

自是歌残《金缕曲》[②]，有人惆怅玉钩[③]斜。

注释

①抹：轻淡的痕迹。
②《金缕曲》：即《金缕衣》，曲调名。
③玉钩：弯月，弦月。

春日农家漫兴[①]

落花飞絮晓风轻，喜听村歌唱太平。鸡鹜[②]合群知守分[③]，犬羊相聚见多情。

新泉抱瓮穿云汲[④]，旧陇扶犁趁雨耕。初涨一川流水碧，网鱼人去小舟横。

注释

①漫兴：随兴之所至，而率意赋诗。
②鹜：雁鸭科，也称鸭或家鸭。
③守分：安守本分，不做非分的事。
④汲：取水。

甲戌[①]旧元旦

卿云[②]叆叆[③]海东天，一样韶光无后先。官酿只应斟白堕[④]，春词不复写红笺[⑤]。

厌投权贵贺年刺[⑥]，喜散儿孙压岁钱。分得国花瓶几朵，英雄坐对气盎然[⑦]。

注释

①甲戌：公元一九三四年，民国廿三年。
②卿云：彩云，景云。
③叆叆：云多的样子。
④白堕：北魏河东人刘白堕善于酿酒，酒香异常。此处喻称美酒。
⑤红笺：唐代流行的一种小幅红纸，多用作名片、请柬或题写诗词。
⑥投权贵贺年刺：投递名帖以求见。权贵，有权势的人。
⑦盎然：盈溢的样子。

薄暮[1]昭和桥远望

烟迷官渡[2]泊孤舟，饮涧长虹[3]百丈浮。淡水奔潮通港嘴，屯山落日射江头。

授书黄石[4]人何在？祖道[5]青门客不留。极目[6]遥空新过雁，南飞苦为稻粱谋[7]。

注释

①薄暮：太阳快下山，暮色将尽的时候。即傍晚。

②官渡：地名，即今关渡。

③饮涧长虹：长桥，指昭和桥。

④授书黄石：秦时隐士黄石公，世俗称为圯上老人。相传张良游下邳时，在圯上遇一老父故意将鞋子遗落圯下，良下桥为他取鞋。老父后授以《太公兵法》。

⑤祖道：古人外出时，先祭祀道路之神的一种礼仪。后因称饯行为祖道。《史记·褚少孙补滑稽列传》："佩青緺绸出宫门，行谢主人。故所以同官待诏者，等比祖道于都门外。"

⑥极目：纵目，用尽目力远望。

⑦稻粱谋：飞鸟寻求食物，比喻为谋求衣食，营求生计。

竹子湖[1]观樱

步过山隈[2]又水隈，扶筇[3]聊为看花来。

竹栏深护新樱树，独向春风似锦开。

注释

①竹子湖：地名，在台北市阳明山上。

②隈：山的弯曲处，水流弯曲处。

③扶筇：拄杖。

泛舟登观音山祭先妻王氏墓

其　一

又是清明上冢时，酿花天气雨如丝。

一帆双桨顺流下，狮子山头叫怪鸱[1]。

注释

①鸱：鹞鹰，常盘旋于空中攫取鸡雏以为食者。鸱，音 chī。

其 二

相思树绿草离离[1]，无数新碑混旧碑。

土石堆中藏白骨，凤麟[2]枭獍[3]有谁知？

注释

①离离：繁盛的样子。

②凤麟：凤凰与麒麟，比喻才德出众之人。

③枭獍：旧说枭为食母的恶鸟，獍为食父的恶兽。比喻不孝或恶狠忘恩的人。

春 泥

懒唤哥哥不得行[1]，杏风吹送鹧鸪声。淤[2]深草色迟盘[3]马，滑遍花阴恼听声。

报喜有金人及第[4]，印痕无雪客遄[5]征。为霖[6]帝泽歌沾足，阡陌东西叱[7]犊[8]耕。

注释

①唤哥哥不得行：鹧鸪之鸣声曰："行不得也哥哥。"

②淤：滞塞，不流通。

③盘：旋转，回旋。

④及第：旧称科举中试为及第。进士登科，有金花帖子，为考试的登第录。

⑤遄：往来频繁而迅速。音 chuán。

⑥霖：甘霖。

⑦叱：大声斥责。

⑧犊：小牛。音 dú。

魏清德

魏清德，字润庵。新竹人。曾主《台湾日日新报》汉文版笔政数十年。曾任瀛社第三任社长。著有《润庵吟草》、《尺寸园瓿稿》等书。

答雅棠[1]

汝歌我和两无猜，不见裁诗[2]亦快哉。问汝能胜茶几椀，如余只酌酒三杯。

枕边诸念降龙[3]去，梦里分身化蝶[4]来。却怪泥牛双入海[5]，只今消息未曾回。

注释

①雅棠：连横，字雅棠，今台南市人。著《台湾通史》。

②裁诗：裁剪字句以成诗，即作诗。

③降龙：降服巨龙。

④化蝶：指庄周梦中化为蝴蝶，后用以称睡梦。

⑤泥牛双入海：泥牛入海，比喻一去不返。《景德传灯录·龙山和尚》："洞山龙山问和尚：'见什么道理，便住此山？'师云：'我见两个泥牛斗入海，直至如今无消息。'"

入宜兰

吴沙[1]事业岂寻常，只手[2]居然辟大荒[3]。

兰雨[4]今朝偏不雨，四山晴霁[5]照吟装[6]。

注释

①吴沙：（？—1798），清台湾兰阳平原的开拓者。原籍福建漳州。于乾隆末年进入兰阳，兰阳当时为噶玛兰族地。他在嘉庆元年（1796）以武装壮丁二百多人，开始进入头围（今头城）开垦耕种。

②只手：单手，独力。

③大荒：极远的地方。

④兰雨：宜兰地区多雨。

⑤霁：雨止。

⑥吟装：诗人的衣着。

望龟山

（山在宜兰海上）

车行峰忽转，远处见龟山。摆落[1]青天外，浮沉碧海间。

鲛人[2]宵织锦，龙女[3]晓梳鬟[4]。我欲遗名利，寻仙学驻颜[5]。

注释

①摆落：摆脱。

②鲛人：传说居住在海底的怪人，善织。

③龙女：龙王之女，八岁去灵鹫山，现成佛相。后世借指贤女。

④鬟：妇女把头发梳成环形的一种发型。

⑤驻颜：留住容貌，使不衰老。

画　石

其　一

胸中岳岳①浩难平，写为奇石势纵横。
瘦削②直疑神鬼凿，盘虬③乃与蛟龙争。

注释

①岳岳：耸立突出的样子，形容人刚直不阿。

②瘦削：减削，瘦损。

③虬：蜷曲的样子。

其　二

华堂置酒三叹息，赵氏连城①岂易得。
不如抱璞②入空山，卧看烟云守深黑。

注释

①赵氏连城：指价值连城的和氏璧。赵惠文王时，得楚和氏璧。秦昭王闻之，使人遗赵王书，愿以十五城请易璧。

②璞：未经琢磨加工的玉石。

洗　盏①

天阔云开霁，宵寒月复阴。乾坤双鬓短，形影一灯深。
春社②论分肉，仁言忆断金③。故人来访我，洗盏更重斟。

注释

①盏：小杯。

②春社：祭名。春日祭祀土地神，以求丰收。

③断金：比喻只要同心协力，即能克服艰难。《易·系辞上》：“二人同心，其利断金。”

次韵[①]酬[②]文访[③]并呈同社

咄咄[④]天骄[⑤]踞上头，等闲[⑥]花草亦牢愁。琴书逍遥中年业，诗酒沉酣[⑦]半日忧。

溷浊[⑧]已无清净土，空蒙[⑨]待泛水云[⑩]舟。自怜结想沧洲[⑪]趣，廿载因循[⑫]愿未酬。

注释

①次韵：诗人在和别人的诗时，仿照原诗用韵的次序作诗。也称步韵。

②酬：以诗文互相赠答。

③文访：林熊祥，字文访，板桥人。

④咄咄：感叹声。

⑤天骄：天之骄宠，有得天独厚的意思。

⑥等闲：平常，随便。

⑦沉酣：沉迷，醉心。

⑧溷浊：污浊不清，混乱黑暗。溷，音 hùn。

⑨空蒙：形容云烟或水汽迷茫的样子。苏轼诗："山色空蒙雨亦奇。"

⑩水云：水波与云，或指雾气。

⑪沧洲：水边，古时常用以称隐士的居地。

⑫因循：守旧不变，不振作。

李建兴

李建兴（1891—1981），字绍唐。台北县平溪人。幼家贫，曾为人牧牛。稍长即奋发求学。创立瑞三煤矿，成为矿业巨子。第二次世界大战期间，以"通谋祖国"罪嫌，被日本政府禁锢五年。光复后，历任瑞芳镇长、省府顾问、中央银行董事等职。曾任瀛社社长。遗有《绍唐诗存》等书。

国际桂冠诗人协会会长余松博士莅台为余加冕[①]赋谢

节值端阳雅会开，有朋欣自远方来。高标[②]古貌人争仰，文采风流[③]世共推。

不忝[④]诗盟称领袖，还搜箧[⑤]稿乞删裁。桂冠[⑥]此日劳亲授，纵附清班[⑦]愧乏才。

注释

①加冕：加冠礼。

②高标：高枝，借用为名列前茅之意，比喻造诣高深，志节高尚。

③文采风流：指优雅的举止，潇洒的风度。

④不忝：不辱于人。

⑤箧：藏物之器。

⑥桂冠：用月桂所制成的冠冕。古希腊竞技用以赠优胜者，后英国王室及今英国政府选拔诗人时也用，因此享有盛名的诗人遂称为桂冠诗人。

⑦清班：清贵的官，多指文学侍从一类臣子。

祝何上将敬公[①]八秩寿庆

上将豪雄爽亦明，威风凛凛[②]出羊城[③]。匡扶[④]革命九千日，扫荡敌人百万兵。

抗战御强公至勇，受降典礼国增荣。献桃仙子[⑤]从天降，朝野争先晋寿觥[⑥]。

注释

①何上将敬公：何应钦上将，字敬之。

②威风凛凛：威势烜赫，令人生畏。

③羊城：五羊城，今广州市。此处指广州黄埔军校。

④匡扶：辅助。

⑤献桃仙子：西王母。《武帝内传》："七月七日，西王母降，以仙桃四颗与帝。"

⑥寿觥：祝寿的酒樽。

跨越横贯公路一行全景

偷闲探胜岂辞艰，昨日遨游此日还。天道无私开宇宙，人工有志辟河山。

高峰万仞盘纡[①]外，峭壁千寻[②]指顾[③]间。自有金茎[④]仙掌[⑤]露，炼成丹药驻容颜[⑥]。

注释

①盘纡：回屈曲折。

②寻：八尺。

③指顾：以手指而目顾，因以喻迅捷之动作。

④金茎：铜柱，为擎承露盘之用。汉武帝作承露盘，承天露，和玉屑饮之，欲以求仙。

⑤仙掌：汉武帝为求仙，在建章宫神明台上造铜仙人，舒掌捧铜杯、玉杯，以承接天上的仙露，后称承露金人为仙掌。

⑥驻容颜：驻颜，留止容颜而不令衰老。

晚　渡

晚渡相携上野航[1]，石矶[2]西畔已斜阳。钟鸣彼岸僧归寺，鸥散寒林客依樯[3]。

柔橹[4]一声摇远浦[5]，渔灯数点映沧浪[6]。横江谁抱匡时[7]策，击楫[8]应追祖逖强。

注释

①野航：农家小船。

②石矶：突于水边的石滩。

③樯：船桅杆。

④柔橹：操橹轻摇。亦指船桨轻帆之声。

⑤浦：水滨，河岸。

⑥沧浪：水色清碧。

⑦匡时：匡救时势之艰危。

⑧击楫：《晋书·祖逖传》："逖统兵北伐，渡江，中流击楫而誓曰：'不能清中原而复济者，有如此江。'"后世以称有志澄清天下者。

蝴蝶兰

是花是蝶认分明，点缀[1]幽斋入梦清。纫佩风骚怀楚客[2]，蹁跹[3]体态悟庄生[4]。

素心不抱荣华思，嫩蕊还含雨露轻。南国由来王者贵[5]，双飞谁与共争名。

注释

①点缀：衬托，装饰。

②纫佩风骚怀楚客：郑交甫游汉皋台下，遇二女，与言曰："愿请子之佩。"二女与交甫，交甫受而怀之，超然而去，十步循探之，即亡矣，回顾二女，亦即亡矣。

③蹁跹：旋转的舞姿。音 piān xiān。

④庄生：庄周，曾于梦中梦化成蝴蝶。

⑤王者贵：兰为王者香。《琴操》："孔子见香兰独茂，喟然曰：'夫兰当为王者香。'"

淡江泛月

画船箫鼓[1]任风之，仿佛夜游赤壁时。露似真珠流上下，月如明镜照高卑[2]。

游鱼出听[3]诗声响，野鸟惊飞树影移。戍垒笳鸣人未睡，旌旗摇映义忠祠[4]。

注释

①箫鼓：箫与鼓，箫鼓的声音。

②高卑：高低。

③游鱼出听：比喻诗声佳妙。《琅琊代醉编·游鱼听琴》："伯牙鼓琴，游鱼出听。"

④义忠祠：即忠烈祠。

寿岳父六十华诞

一点丹诚叩上苍[①]，福星[②]拱照[③]满华堂。

悬弧[④]此日逢花甲，拜舞惭非坦腹王[⑤]。

注释

①上苍：上天。

②福星：古代以木星为岁星，所在有福，因此也称岁星为福星。

③拱照：众星围绕。

④悬弧：古代风俗尚武，家中生男孩，便在门左悬弓一张。后男子生日也称悬弧。

⑤坦腹王：晋郄鉴使门生求女婿于王氏，王氏诸子弟咸矜持，唯羲之东床坦腹卧，若不闻，鉴遂以女妻之。

洞房花烛夜（壬子小阳春）

人生合卺[①]本当然，父母凭媒说合先[②]。少小双方非恋爱，夫妻百岁是姻缘。

遵行古礼洞房夜，出嫁新娘花烛天。昔日于归[③]真小姐，看牛女配看牛仙[④]。

注释

①合卺：古婚礼，新婚夫妇饮酒交杯。卺是饮酒时使用的瓢。世因称夫妇成婚为合卺。卺，音 jǐn。

②父母凭媒说合先：先由媒人说合，再由父母之命才结婚。

③于归：女子出嫁。

④看牛仙：李建兴幼家贫，曾为人牧牛，故称看牛仙。

欢迎林景仁[①]席上拈韵[②]

吟坛[③]鏖战[④]日，夺锦[⑤]究何人。交卷心方定，呼名手欲伸。

文章由我作，甲乙任他遴[⑥]。纵得朱衣[⑦]点，休夸及第[⑧]新。

注释

①林景仁：字健人，号小眉，今新北市板桥区人。

②拈韵：用手指抽取诗韵，以为押韵作诗。

③吟坛：诗坛。

④鏖战：竭尽力量，苦战不休。此处指绞尽脑汁，费心推敲诗文。

⑤夺锦：武后游龙门，命群官赋诗，先成者赏锦袍，左史东方虬既拜赐，坐未安，宋之问诗复成，文理兼美，乃就夺袍衣之。喻诗文优美。

⑥遴：选。

⑦朱衣：欧阳修主持乡试，每阅卷，便觉得座后有一朱衣人，朱衣人点头的，文章就入格，回头看，却又不见人，因有“唯愿朱衣一点头”之诗句。

⑧及第：旧称科举中试为及第。

陈逢源

陈逢源（1893—1982），字南都，另字芳园。台南市人。早年潜修汉文，后游于南社、栎社、瀛社间。又曾与洪铁涛、王芷香、赵剑泉等人筹组春莺吟社。日据时期，从事抗日运动。第二次世界大战起，改事经营金融工商业。光复后，于经商之余，组“台湾诗坛”。朝夕吟咏于阳明山麓之“溪山烟雨楼”。遗有《溪山烟雨楼诗存》、《南都诗钞》等。

六十初度

其　一

不求闻达[①]不求名，思向蒙庄[②]问养生[③]。周甲[④]几人如我健，小春十日为谁晴。

未消冷战[⑤]兵氛满，还望余年海浪平。旨在斯民作喉舌[⑥]，可知气概尚峥嵘[⑦]。

注释

①闻达：有名望，显达。

②蒙庄：指战国时哲学家庄子（庄周）。

③养生：摄养身心使长寿。《庄子·养生主》：“文惠君曰：‘善哉！吾闻庖丁之言，得养生焉。’”

④周甲：六十年。

⑤冷战：（Cold War）是一种既非和平，又非战争，而是介于和、战之间的某种连续不断的斗争。此类斗争，作战双方相互使用政治、经济、科学、文化、心理及军事性质之各种手段。

⑥喉舌：喻代言者。

⑦峥嵘：高峻貌。

其　二

经世[①]无才早杖乡[②]，少游车马意何长。昔曾抗日轻缧绁[③]，老辄看花爱国香。

白雪楼高书万卷，丹枫秋好酒千觞。稻田两季年常熟，学道休论辟谷[④]方。

注释

①经世：治理国事。

②杖乡：《礼记·王制》："六十杖于乡。"谓六十岁可拄杖行于乡里。

③缧绁：捆绑犯人的绳索，引申为囚禁。音 léi xiè。

④辟谷：不食五谷，道家的一种修炼术。辟谷时，仍食药物，并须兼作导引等工夫。

寿南都[①]先生六十

陈含光[②]

东来初度作重阳，忆向阳明[③]问旧庄[④]。烟雨溪山人似画，江湖鸥鹭意相忘。

秦时大隐[⑤]推商岭[⑥]，汉代诸曹[⑦]重议郎[⑧]。来岁北归如有日，临行应为补称觞[⑨]。

注释

①南都：陈逢源，一字南都。

②陈含光：字延韡，江苏仪征人。十六岁时考取第一名秀才，授拔贡。工古文辞，擅诗书画。1957 年病卒台北，私谥元靖先生。

③阳明：阳明山。

④旧庄：指溪山烟雨楼。

⑤大隐：真正的隐士。隐居在大都市的贤者，与隐居在山林中的小隐对称。

⑥商岭：商山。秦末东园公、甪里先生、绮里季、夏黄公四人年皆八十余岁，须眉皓齿，避乱隐于此，号"商山四皓"。

⑦诸曹：犹言各部，亦借指各部的官员。

⑧议郎：官名，汉代设置，为光禄勋所属郎官之一，掌顾问应对，无常事。

⑨称觞：举杯祝酒。

九日溪山烟雨楼雅集（二首选一）

结庐[①]深爱水云限[②]，此地夙曾作啸台。糕节[③]喜陪觞咏[④]集，兵氛休逐浪涛来。

（楼筑在别馆之前面）

满山风叶秋痕老，两鬓霜华暮景催。眼见太平曾几日，莫辞同醉菊花杯。

注释

①结庐：构筑房舍。

②水云隈：水云乡。水云弥漫，风景清幽的地方，多指隐者游居之地。

③糕节：重阳节。古代重阳节有蒸糕的习俗，《东京梦华录·八》："九日重阳，……前一、二日，各以粉面蒸糕遗送。"

④觞咏：饮酒赋诗。

中南海公园[①]

流水浮觞[②]事已遥，廊连卍[③]字亦萧条。
多情太液池[④]边柳，依旧年年作舞腰。
（流水音在南海）

注释

①中南海公园：位于北京西城区，又称太液池。清代列为禁苑。

②流水浮觞：曲水流觞。

③卍：梵字。罗什、玄奘译为德字，意为吉祥云海，是一种象征的瑞相。佛陀三十二相之一。

④太液池：地名。在今北京故宫西华门外的北海、中海、南海三海。

南都[①]见示旧作走笔和之

妆台琼岛碧云遥，宫柳年年舞细条。
玉辇[②]不来花落尽，为谁作意折纤腰。
（瀛台在南海，德宗[③]幽闭于此）

注释

①南都：陈逢源，字南都。

②玉辇：天子所乘之车，以玉为饰。

③德宗：清光绪皇帝。信用维新党康有为等，锐意变法，被顽固大臣所猜忌，在太后面前毁谤德宗，于是太后幽禁德宗于瀛台。时当光绪二十四年（1898），岁次戊戌，所以称为"戊戌政变"。

春日贾老韬园[1]、张老鲁恂[2]、林季丞[3]、林文访[4]、吴梦周、曾今可、黄景南诸友雅集溪山烟雨楼

得闲偏喜住岩阿[5]，倾盖[6]车连就薜萝[7]。二老诗如龙马健，一楼春带雨烟多。

形抛物外[8]忘宾主，酒酌花前艳绮罗[9]。莲社[10]名流自超脱，良晨应许共吟哦。

注释

①贾老韬园：贾景德，山西沁水人，清光绪甲辰进士，曾任考试院院长，总统府资政。工诗文书法。

②张老鲁恂：张昭芹，广东省乐昌市人，光绪庚子辛丑科举人，历任县长等职。

③林季丞：林伯寿，板桥人。

④林文访：林熊祥，字文访，板桥人。

⑤岩阿：山的曲折处。

⑥倾盖：车上的伞盖靠在一起，亦指初次相逢或订交。

⑦薜萝：薜荔和女萝。两者皆野生植物，多指隐者的装束。

⑧物外：世外。

⑨绮罗：泛指华贵的丝织品或丝绸衣服。指穿着绮罗的人，多为贵妇、美女之代称。

⑩莲社：佛教净土宗最初的结社。晋代庐山东林寺高僧慧远，与僧俗十八贤结社念佛，因寺池有白莲，故称。

南都招饮溪山烟雨楼赋谢

贾韬园

鬓影鬅松[1]酒味柔，登堂杜孟[2]各风流。文章事业争千古[3]，烟雨溪山共一楼。

万卷弆藏[4]图史富，高歌消尽古今愁。大同指日开先路，准约云冈再度游。

（南都先生曾游山西大同县云冈石佛有诗纪事）

注释

①鬅松：松散纷乱貌。音 péng sōng。

②杜孟：杜甫、孟浩然。

③文章事业争千古：杜甫《偶题》："文章千古事，得失寸心知。"

④弆藏：收藏。弆，音 jǔ。

癸巳上巳于、贾二老[①]简招，诗坛同人雅集士林新兰亭修禊[②]，并赏兰花展

霭霭林坰[③]细雨濛，三年修禊一尊同。多年星散春莺侣，此日诗亲老鹤翁。
（台南春莺吟社上巳旧有小集，许世英、张鲁恂二老年逾八十）
正喜神传蝴蝶白，何来韵胜海棠红。亭中竞展娇千样，人力真能夺化工[④]。
（洋兰艳似海棠）

注释

①于、贾二老：于右任、贾景德（韬园）。于右任（1879—1964），陕西人，二十五岁中举人，曾任台湾监察院长。擅长诗歌，又工草书。

②修禊：古代民俗于农历三月上旬的巳日到水边嬉戏，以祓除不祥，称为修禊。

③林坰：郊野。坰，音 jiōng。

④化工：自然形成的工巧。

秋后山庄感兴

插架琳琅[①]万卷书，一灯依旧乐三余[②]。未除魔障[③]难成佛，已避名场似散樗[④]。
冷雨日催丹叶美，温泉时洗宿疴[⑤]祛[⑥]。而今午枕多佳梦，何必区区[⑦]笑宰予[⑧]。

注释

①琳琅：指优美诗文、珍贵书籍。

②三余：冬者岁之余，夜者日之余，阴雨者时之余。后以三余泛指空闲时间。

③魔障：修身的障碍，泛指成事的障碍、磨难。

④散樗：不成材之樗木，比喻无用之人。常用作自谦之辞。

⑤宿疴：旧病。

⑥祛：除去，消除。音 qū。

⑦区区：自得貌。愚拙，凡庸。

⑧宰予：春秋鲁人，孔子弟子。《论语·公冶长》："宰予昼寝，子曰：'朽木，不可雕也，粪土之墙，不可圬也，於予与何诛！'"

癸巳[①]春韬园[②]招饮小集

东阁[③]筵开荐八珍[④]，衣冠[⑤]多半白头人。公门桃李菁华[⑥]日，鸥社[⑦]壶觞[⑧]浩荡[⑨]春。
雅友有诗欣共赏，好花无语自传神。朝来气暖韶光丽，何似先生炙[⑩]可亲。

注释

①癸巳：公元一九五三年。

②韬园：贾景德，字韬园，曾任考试院院长、总统府资政等职。

③东阁：东厢的居室或楼房。古代称宰相招致、款待宾客的地方。

④八珍：俗以龙肝、凤髓、豹胎、鲤尾、鸮炙、猩唇、熊掌、酥酪为八珍。泛指珍馐美味。

⑤衣冠：衣和冠，代称缙绅、士大夫。

⑥菁华：精华。

⑦鸥社：鸥盟。与鸥鸟为友，比喻隐退。

⑧壶觞：酒器。

⑨浩荡：广大旷远。

⑩炙：熏陶，受到熏陶或教诲。音 zhì。

赠歌坛某姊妹花

记听歌声百啭娇，千金一刻在清宵。谁知海上无双[1]艳，不逊江东大小乔[2]。

此日花开人已老，旧时梦断恨难消。可怜生就身材好，何必湖湘[3]问细腰[4]。

注释

①无双：独一无二。

②大小乔：三国吴孙策妻称大乔，大乔之妹为小乔，皆国色，世称“二乔”。

③湖湘：湖北、湖南，旧为楚地。

④细腰：纤细的腰。《后汉书·马援传》：“楚王爱细腰，宫中多饿死。”

丁酉[1]春初偶咏

偶将佳趣寄清吟，黄鸟时来报好音。阅历[2]渐知衰盛理，折磨应灭傲骄心。

桃花红映仍如锦，柳色青垂略带金。难却尊前居上座，鬓边无那[3]雪霜侵。

注释

①丁酉：公元一九五七年。

②阅历：由经历得来的知识或经验。

③无那：无奈。

庚申[1]春偕连剑花[2]、许芷英稻江夜饮，赠真珠校书[3]

艳质[4]无双[5]淡扫眉[6]，温存[7]不让李师师[8]。魂销[9]合浦重逢[10]后，肠断[11]钟陵[12]小别时。

南国[13]遍生红豆子[14]，东风又长绿杨枝。宵来郭李[15]车如织，同向琼楼[16]醉酒卮[17]。

注释

①庚申：公元一九二〇年，民国九年。

②连剑花：连横，号剑花，台南市人，著有《台湾通史》、《台湾语典》、《台湾诗乘》、《剑花室诗集》、《文集》等书。

③校书：古代对有文才的妓女的雅称。

④艳质：美丽的姿质。

⑤无双：独一无二。

⑥淡扫眉：淡扫蛾眉，轻画眉毛，指妇女化妆淡雅。

⑦温存：温柔和顺。

⑧李师师：宋汴京名伎。传说幼年时曾舍身为尼，俗呼佛弟子为师，故名李师师。后为伎，与周邦彦等时相往来，名动京师。徽宗微行时宿其家，后入宫封瀛国夫人，靖康之乱后流落南方。

⑨魂销：灵魂离体而消失。

⑩合浦重逢：合浦珠还。合浦，地名，现属广西壮族自治区，在广东廉江市西，濒廉江东岸，南临北部湾。清光绪初，开为商埠，沿海产珠。东汉孟尝为合浦太守，珠去而复还，世因有“合浦珠还”之语。

⑪肠断：形容极度悲痛。

⑫钟陵：即钟山，又名紫金山，在今江苏省南京市东北。

⑬南国：泛指南方。

⑭红豆子：相思子的异名，也用以比喻爱情或相思，王维《相思》：“红豆生南国，春来发几枝，劝君多采撷，此物最相思。”

⑮郭李：东汉李膺与郭泰的并称，泛指一般名士。

⑯琼楼：对酒楼的美称。

⑰酒卮：酒杯。卮，圆形酒器，音 zhī。

晴云主人欢宴胡博士适之，走笔赋此，时傅斯年[1]、梁寒操[2]诸名流在座

声价[3]鹤林[4]隔海云，叨陪[5]今喜晤征君[6]。迳[7]从旧学[8]翻花样，曾涌新潮唱话文[9]。

故国[10]已无干净土，晴园自有鹭鸥[11]群。登楼且莫矜[12]诗赋，炮火临江[13]不忍闻。（安庆[14]告急）

注释

①傅斯年（1896—1950），史学家，山东聊城人，留学柏林大学，历任“中央大学”、北京大学教授，“中央研究院”历史语言研究所所长，台湾大学校长等职。

②梁寒操：诗人，书法家。

③声价：名誉和身份地位。

④鹤林：佛家语，指佛入灭的地方。泛指佛寺周围的树林。此处借指文坛。

⑤叨陪：陪侍他人的敬语，多用于对尊长。音 tāo péi。

⑥征君：征士的美称。古代有学问而才德高的人，经朝廷下诏书征召不仕者。

⑦迳：经过，直。

⑧旧学：中国旧时的传统学问，如义理、考据、辞章等，与西洋输入的文化，即新学相对称。

⑨话文：白话文。

⑩故国：故乡，指中国大陆。

⑪鹭鸥：鹭鸶与鸥鸟，常借指隐士或诗人。

⑫矜：自负贤能。

⑬江：指长江。炮火临江，谓解放军已进逼长江要塞。

⑭安庆：地名，即今安徽省怀宁县，濒长江北岸，江水三面绕之。

赵益山

赵益山，字文徽，号一山。淡水人。精岐黄之术。乙未割台后，悬壶稻江，设帐授徒。著有《剑楼诗稿》。

游剑潭寺

一摩①云水②叩③禅关④，古寺修篁⑤泊艇间。鸥梦定知沧海变⑥，桃源⑦能避几家闲。
入门忍读前时句，对面重看旧识山。为问龙泉⑧缘底事⑨，潭心不改碧潺潺⑩。

注释

①摩：逼近。

②云水：云和水。指行脚僧或游方道士，他们到处为家，行踪不定，有如行云流水。

③叩：敲，打。

④禅关：佛家语，坐禅的房舍。

⑤修篁：修竹，修长的竹子。

⑥沧海变：沧海变桑田。

⑦桃源：桃花源，又名武陵源。

⑧龙泉：宝剑名。《晋书·张华传》："焕到县，掘狱屋基，入地四丈余，得一石函，光气非常，中有双剑，并刻题，一曰龙泉，一曰太阿。"

⑨底事：何事。

⑩潺潺：水徐流的样子。

读梁成枬[①]《钓龙台》古风[②]，即用原韵赋七律呈政[③]

杰士胸襟郁勃[④]哉，狂歌啸起《钓龙台》。君王已逐骑鲸[⑤]去，神鬼群惊破壁来。

旧事兴亡麋鹿[⑥]感，长篇歌泣凤凰才[⑦]。登临无限云雷愿，横恣[⑧]翁山[⑨]华阵[⑩]开。

注释

①梁成枬：字子嘉，号钝庵，广东三水人。光绪割台前后，曾两度游台。作《钓龙台歌》。钓龙台，在福州。

②古风：诗体名，即古诗、古体诗。

③呈政：将自己的著作送请别人指正。

④郁勃：很茂盛的样子。

⑤骑鲸：乘鲸，借指死亡或隐遁。

⑥麋鹿：麋与鹿，皆鹿之属。一说兽名，俗称"四不像"。《史记·淮南衡山列传》："臣闻子胥谏吴王，吴王不用，乃曰：'臣今见麋鹿游姑苏之台也。'今臣亦见荆棘露沾衣也。"后用此比喻繁华之地变为荒凉之所，暗示国家沦亡。

⑦凤凰才：喻才品之高有如鸟中之鸾凤。

⑧横恣：强横恣肆。横，音 hèng。

⑨翁山：山名。在广东省翁源县东。山顶有石池，池由八泉汇成。传说池中有石人，或藏或见，须眉皓然，自称老翁。人居此源，皆享寿考，因名山为翁山。

⑩华阵：花木的行列。

和许蕴白[①]先生《留别》原韵（四首选一）

白日昭昭[②]与子期[③]，梅花铁石雪晴时。文章道合天涯近，父母邦亲月下离。

悱恻缠绵[④]何乃尔[⑤]，低回[⑥]往复匪夷思[⑦]。东宁[⑧]自是英雄地，万古云霄[⑨]义比谁？

注释

①许蕴白：诗人许南英，字蕴白，台南市人。光绪十六年恩科进士。

②昭昭：高朗，清朗。

③期：约会，邀约。

④悱恻缠绵：形容文辞之哀婉动人。此处形容人物的情感悲苦凄切。悱恻，忧思郁结。音 fěi cè。

⑤尔：如此。

⑥低回：流连。

⑦匪夷思：匪夷所思，不能用常理去推算、料想的。夷，平常。

⑧东宁：指明郑时代的台湾。郑成功攻克台湾改台湾为东都，郑经又改称为东宁。

⑨万古云霄：杜甫《咏怀古迹》："三分割据纡筹策，万古云霄一羽毛。"

林尔嘉

林尔嘉（1876—1951），字叔臧，一作菽庄。板桥林维源之长子。台湾割让日本后，归龙溪。民国后，被举为国会议员、福建行政评论会会长；段祺瑞执政，聘为华侨总会总裁。以积劳成疾，赴瑞士养病，康复后，漫游欧陆而归，自是幽居鼓浪屿菽庄。著有《菽庄花园文献》、《鹭江摩崖》、《庐山文献》、《莫干山西湖摩崖》、《戊辰三三小兰亭修禊诗存》、《戊辰九九登高诗存》等六种。

庚辰①冬十二月初三新除夕，消寒②第一期，在四女红荇家，寄怀鼓浪屿傲樵③

韵事难忘图九九④，有谁彩笔⑤画梅花。寻常风雪知衰老，游戏文章感岁华⑥。

寒会不堪茶当酒⑦，乱杂何用客思家。悬知⑧此日壶天⑨里，父子联吟兴最赊⑩。

注释

①庚辰：公元一九四〇年，即民国廿九年。

②消寒：消寒会。旧俗入冬后，亲朋相聚，饮宴作乐，谓之消寒会。此俗唐代即有。也叫暖冬会。

③傲樵：名沈琇莹，湖南衡阳人，曾寓鼓浪屿之菽庄。

④图九九：九九消寒图。

⑤彩笔：彩色笔。

⑥岁华：年华，岁月。

⑦寒会不堪茶当酒：北宋诗人杜耒《寒夜》："寒夜客来茶当酒。"

⑧悬知：预料，揣度。

⑨壶天：林尔嘉在鼓浪屿宅旁有小园名壶天。

⑩赊：长，久。

十九日展重阳，会于亦小壶天之静胜楼

曾经客里展重阳，回首前尘梦一场。三五来朋皆莫逆[①]，十千沽酒亦何伤。

攀莲峰上酬[②]佳节，采菊篱边味晚香。但得万般都放下，愁肠[③]依旧是诗肠[④]。

注释

①莫逆：本指心意相通，毫无阻逆，后世用来表示友谊的深厚。

②酬：答谢。

③愁肠：形容人内心忧伤，愁思萦绕。

④诗肠：作诗的情思。

丙辰[①]上元菽庄张灯感赋五律

江汉[②]皆春色，千门此夜情。俗难佳节废，月尚旧时明。

白社[③]词人集，清尊古意生。酒阑[④]重剪烛[⑤]，灯火话西京[⑥]。

注释

①丙辰：公元一九一六年，民国五年。

②江汉：长江、汉水。

③白社：地名，在今河南省洛阳市东，其地有丛祠，后人称隐士所居为“白社”。

④酒阑：饮酒过半，将完未完的时候。

⑤剪烛：李商隐《夜雨寄北》：“何当共剪西窗烛，却话巴山夜雨时。”后因以剪烛为促膝夜谈之典。

⑥西京：唐天宝初年，以长安为西京。

香山[①]不喜和韵[②]，如是我闻，适云声以《甲戌除夕感怀》一律索和，为之破戒，草草次韵[③]

击节[④]狂歌兴未阑[⑤]，骚坛霸业压齐桓[⑥]。声声腊鼓[⑦]催年去，点点诗灯照夜寒。

此夕围炉三雅爵[⑧]，明朝献岁五薰盘[⑨]。广平[⑩]别有梅花赋，春色江南一例看。

注释

①香山：唐诗人白居易，号香山居士。

②和韵：按照他人赠诗所用的韵来作诗，作为赠答。

③次韵：步韵。诗人在和别人的诗时，仿照原诗用韵的先后次序作诗。

④击节：配合音乐的节拍敲击，即打拍子。

⑤阑：将尽，将完。

⑥齐桓：春秋时齐侯，五霸之一，以管仲为相，尊周室，攘夷狄，会诸侯，一匡天下，遂成霸业。

⑦腊鼓：古时于腊八日击鼓以除疫的习俗。

⑧三雅爵：即三爵。雅，酒杯。以盛酒的多少分伯雅、仲雅、季雅。

⑨五薰盘：五辛。《太平御览》九一八引晋周处《风土记》："元日造五辛盘，正元日，五薰练形。"原注："五辛所以发五脏气。"五辛，五种辛味的蔬菜。薰，同"熏"。

⑩广平：唐宋璟，玄宗时名相，耿介有节，守法持正，封广平公，尝作《梅花赋》。

甲戌[1]展上元后一日，冒雨访王选闲孝廉[2]，见亭中牡丹盛开，有感而作

其一

鹭江[3]晓泛趁春风，访旧乌衣[4]急雨中。
我与名花缘不浅，良辰邂逅[5]古墙东。

注释

①甲戌：公元一九三四年，民国廿三年。

②孝廉：明清称举人为孝廉。

③鹭江：地名，即厦门。

④乌衣：乌衣巷，地名，在今南京市东南。三国吴于此建乌衣营，因兵士服乌衣而得名。晋代贵族如王导、谢安等皆居此。借指仕宦人家的住处。

⑤邂逅：不期而遇，无意中与人相遇。

其二

洛下称王[1]海上来，一枝红艳为谁开？
花如解语[2]应相问，记否年年进酒杯。
（往年养牡丹时，每花一枝，置酒一杯）

注释

①洛下称王：洛下指洛阳，古有"洛阳牡丹甲天下"之说。牡丹有花王之称。

②解语：能通晓人意。《开元天宝遗事·解语花》："明皇秋八月，太液池有千叶白莲数枝盛开，帝子贵戚宴赏焉。左右皆叹羡久之，帝指贵妃，示于左右曰：'如我解语花？'"

其 三

一家眷属《群芳谱》①，廿载经营小洞天②。
辜负丰台③好春色，无端④惜取买花钱。
（今春小园花事如旧，独缺牡丹）

注释

①《群芳谱》：书名。明王象晋撰。分天谱、岁谱、谷谱、蔬谱、果谱、茶竹谱、桑麻葛苎谱、药谱、木谱、花谱、卉谱、鹤鱼谱十二种。

②洞天：山洞中别有一番天地，道家称仙人所居之处，亦指未被世俗沾染的清洁地方。

③丰台：地名，位于河北省宛平县东，昔为京师种花之地。

④无端：没来由，无理由。

其 四

亦知富贵眼前花①，一刻千金爱物华②。
欲买胭脂③摹画本，何人声价似南沙④。

注释

①富贵眼前花：牡丹花象征富贵。

②物华：风光景物，天地万物的精华。

③胭脂：化妆品。

④南沙：清画家、学者蒋廷锡，号南沙，江苏常熟人，善绘花卉，康熙时赐进士。

甲戌元旦韵珊访我，出示《除夕》一律，次韵和之

相见自依依①，觉今是昨非②。事多如变幻，交莫与心违。
守拙③甘雌伏④，知还为倦飞。小园梅尽放，索笑客来稀。

注释

①依依：流连不忍分别的样子。

②觉今是昨非：领悟过去的不对，现在加以改正。

③守拙：以愚拙自安，不以巧伪与世周旋。

④雌伏：比喻退藏不前，屈居人下。

丁丑[①]避暑庐山，时逢国难，重阳书感

满山风雨难高会，送酒无人不举觞[②]。就菊空言频感叹，题餻[③]韵事岂寻常。
剧[④]怜遍地惊烽火，遑[⑤]问长年客异乡。万姓流离[⑥]逢此日，有谁记取古重阳。

注释

①丁丑：公元一九三七年，民国廿六年。

②送酒无人不举觞：无人送酒来，因此不饮酒。

③题餻：唐刘禹锡作《九日诗》，欲用“餻”字，以《五经》中无之，辍不复为。后遂以“题餻”作为重阳题诗的典故。“餻”同“糕”。

④剧：甚，极。

⑤遑：急迫。

⑥流离：流徙，逃难。

四女红荇以申江[①]鲥鱼正美，来书促归，诗以答之

闻道申江卖鲥鱼，怦然[②]心动赋归与[③]。
菊花天气新霜近，好共餐英[④]复识庐。

注释

①申江：春申江，即今上海市。

②怦然：心急，心动。怦，音 pēng。

③赋归与：归乡，返家。《论语·公冶长》：“子在陈曰：‘归与，归与。’”

④餐英：以落花为食，诗文中常用来指文人雅士高尚的情致。

乙亥[①]重阳后一日，五老峰[②]登高

天公作美新晴好，坐待晴亭自放歌。昨日菊觞[③]聊复尔[④]，今朝蜡屐[⑤]待如何？
悬崖古洞虚容膝[⑥]，似海奇云静不波。卖药人归游客散，各寻来路出山阿[⑦]。

注释

①乙亥：公元一九三五年，民国廿四年。

②五老峰：在庐山，五峰形如五老人并肩耸立，故称。

③菊觞：喝菊花酒。古代在菊花开时，采菊的茎叶和花杂放在高粱所酿造的酒中，到第二年的重阳节饮用，叫做菊花酒。

④聊复尔：姑且如此。

⑤蜡屐：用蜡润拭木屐。《世说新语·雅量》："或有诣阮，见自吹火蜡屐，因叹曰：'未知一生当着几量屐。'"

⑥容膝：形容面积狭小，仅能立足而已。

⑦山阿：山的曲折处。

丙子[1]除夕客中寄怀

随俗迎春话酒卮[2]，浪游[3]今又误归期。书传鱼雁[4]人千里，地隔东南水一涯。

快雪初晴题影句，暗香[5]傍晚赏梅诗。拥炉几度添商陆[6]，爆竹声中有所思。

注释

①丙子：公元一九三六年，民国廿五年。

②酒卮：酒杯。

③浪游：四方游荡。

④书传鱼雁：古代传说鱼与雁皆能传递书信。

⑤暗香：清幽的香气，指梅花。

⑥商陆：多年生草本，根粗壮。

乙丑[1]花朝[2]亦小壶天[3]修葺[4]竣工[5]，集亲友十二人，仿古[6]作真率会[7]并写照[8]，客多赋诗，旋[9]成七律一首纪之

图仿洛中[10]真率会，豪情雅致[11]笔难描。寿花[12]觅句[13]语尤吉，对月开尊[14]兴倍饶。

今昔不同休感喟[15]，安闲自爱且逍遥[16]。春光容易清明近，共待踏青[17]竞脚腰。

注释

①乙丑：公元一九二五年，民国十四年。

②花朝：俗称农历二月十二日为百花生日，称花朝，一说二月二日，一说二月十五日。

③亦小壶天：林尔嘉在台北稻江之别业为亦小壶天，在庐山之别业为小壶天。

④修葺：修缮、修补。

⑤竣工：完工。

⑥仿古：模拟古人。

⑦真率会：东晋时，新官上任，例需供馔宴客。时羊曼拜丹阳尹，依例行供馔终日，客来早者得盛馔，日暮迟来者不得盛馔。羊固拜临海守，竟日皆设美馔，虽迟至者，亦得

盛馔，论者谓固之丰腆，不如曼之真率。宋代司马光罢政在洛，常与故老交游欢聚，相约酒不过五行，食不过五味，取羊曼事为义，号真率会。

⑧写照：画像，写真。

⑨旋：立即，现时。

⑩洛中：洛阳。

⑪雅致：高雅的情致。

⑫寿花：在百花生日时给百花祝寿。

⑬觅句：诗人写作，深思苦吟以求美句。

⑭开尊：开樽。

⑮感喟：感叹。喟，音 kuì。

⑯逍遥：悠闲自得的样子。

⑰踏青：春天到野外郊游。古代踏青的日期，因各地习俗不同而有差异，有农历正月八日、二月初或三月初三的曲水宴。后世多以清明节出游为踏青。

沈岁霖夫妇适来自鹭江[①]，为余祝寿，意外重逢，诗以志之

其一

今日座中不速客[②]，双双适自鹭江来。
欣看故友佳儿妇，果是后生[③]出类[④]才。

注释

①鹭江：地名，即今厦门市。

②不速客：未招请而来之客人。

③后生：后辈，年少后进的人。

④出类：出乎其类，超群出众。

其二

休文[①]儒雅[②]最知音[③]，琴意兰心叙[④]更深。
卅载壶天[⑤]同砚席[⑥]，纵教[⑦]忍泪亦沾襟[⑧]。
（一见岁霖夫妇，不禁老泪滂沱[⑨]矣）

注释

①休文：喜文。《广雅·释诂》：“休，喜也。”

②儒雅：气度雍容，学问渊博。

③知音：比喻知己。

④叙：抒发，表达，陈述。

⑤壶天：林尔嘉在鼓浪屿宅旁有小园名壶天。

⑥砚席：笔砚和几席，指读书的地方。

⑦纵教：纵使，即使。

⑧沾襟：沾湿衣襟，多用以形容哭泣。

⑨滂沱：涕泗多流貌。

林景仁

林景仁（1893—1940），字健人，号小眉，别号蟫窟主人。板桥林维源之孙，林尔嘉长子。曾赴英国牛津大学进修，精通英、法、日、荷等国语文，并曾侍父漫游欧陆。民国廿一年赴东北，任北满外交部北美司司长，民国廿九年卒于沈阳。著《林小眉三草》。

重阳待菊寄菽庄[1]社侣

东篱[2]万里报平安，醉把茱萸[3]独倚栏。逆旅[4]佳辰都草草[5]，卷帘消息尚姗姗[6]。

莫愁傲骨知君晚，留取孤芳[7]与世看。风雨满城秋正剧[8]，却怜我亦出山难。

注释

①菽庄：林尔嘉，板桥林维源之长子，字叔臧，一作菽庄。

②东篱：东边的篱笆。陶潜的《饮酒》有“采菊东篱下，悠然见南山”的句子，所以就借以指菊花或种菊花的地方。

③茱萸：植物名。中国风俗以农历重阳节佩戴茱萸，以去邪气，避灾殃。

④逆旅：旅馆，客舍。

⑤草草：忧虑，劳心，扰乱不宁，匆忙，辛苦。

⑥姗姗：姗姗来迟，动作缓慢貌。

⑦孤芳：指菊花。

⑧剧：甚，极，激烈。

赠歌者

明月高楼落拓[1]身，花愁酒恶奈何春。

相逢解唱销魂[2]曲，独有何戡[3]是旧人。

注释

①落拓：贫困失意，景况凄凉。

②销魂：形容伤感或欢乐到极点，或魂魄离散躯壳。

③何戡：唐长庆时著名歌者，后亦借指遭逢乱世后幸存的歌者。

有赠

钿车[1]半夜走轻雷，豆蔻扬州十里开[2]。珠泪[3]壶中新聚恨，石华衣上久成灰。

散花[4]甘坠销魂狱，断酒能怜落魄[5]才。一样凤鸾飘泊[6]感，青衫[7]红粉[8]总堪哀。

注释

①钿车：用金花装饰的车子，为古代贵族妇女所乘坐。

②豆蔻扬州十里开：豆蔻，香草名，夏天开花，十分娇嫩美丽，因用以比喻年轻的少女。杜牧《赠别》："娉娉袅袅十三余，豆蔻梢头二月初。春风十里扬州路，卷上珠帘总不如。"

③珠泪：相贯如珠的眼泪。

④散花：佛家语，为礼佛而散布花朵以示敬意。佛家散花布地，是最尊敬的礼仪。

⑤落魄：穷困不得意。

⑥凤鸾飘泊：凤泊鸾飘。形容人不得志，到处漂泊，居无定所。

⑦青衫：青色的衣服。古代职位低的官员穿着青色的长衫。

⑧红粉：妇女妆饰所用的胭脂与白粉，指美女。

二十叠赠许赞元

芒鞋[1]踏遍九州[2]潮，斜日天涯弄短箫。家世清传箕水犊[3]，田园荒尽赤嵌枭[4]。

纪群[5]两世交情笃，李郭[6]千秋侠气消。共学鸱夷[7]三徙[8]计，未羞商贾[9]托周朝。

注释

①芒鞋：草鞋。

②九州：中国古代分全国为九州，后用以泛称中国。

③箕水犊：尧时有高士许由，尧以天下让之不受，遁耕于颍水之阳，箕水之下。尧又欲召为九州长，由不欲闻，迁犊洗耳于颍水之滨。

④赤嵌枭：指曾占据赤嵌城的荷兰人。枭，猫头鹰，借喻恶人。

⑤纪群：后汉末孔融与陈纪及其子群交友，后因称累世的交情为"纪群之交"。

⑥李郭：唐代大将李光弼与郭子仪齐名，同辅唐室，平定安史之乱，当时并称

"李郭"。

⑦鸱夷：春秋越国范蠡助勾践复国，知勾践为人不可以共安乐，乃乘舟离齐，变姓名，自号鸱夷子皮。

⑧三徙：三次迁徙。《史记·越王勾践世家》："范蠡三迁，皆有荣名。"

⑨商贾：商人之统称，以贩卖货物为业。《周礼·天官·太宰》："六日商贾，阜通货贿。"

雨夕江楼宴集示同好

江南词客惜飘蓬[①]，安顿清慰酒盏[②]中。吹笛谁沉秦代月？垫巾[③]雅爱汉家风。

凉蕉一滴吟髭[④]白，春蜡[⑤]三更舞鬓红。休问西园[⑥]旧丝竹[⑦]，云山迢递[⑧]梦难通。

注释

①飘蓬：飘浮不定的蓬草，比喻行踪漂泊不定。

②酒盏：玉制的酒杯。

③垫巾：折头巾的一角。东汉郭泰，字林宗，品学为时人所尊重，他所戴的折一角的头巾为时人所模仿，人称"林宗巾"。

④髭：生在嘴唇上边的短须。音 zī。

⑤蜡：蜡烛。

⑥西园：曹操所建的园林。《大明一统志·河南布政司·彰德府》："西园在邺县旧治，魏曹操所作，古今题咏甚多。"

⑦丝竹：指琴、瑟、箫、管之类的乐器，也用作音乐的总称。

⑧迢递：遥远的样子。

赠桂东原总领事兼以识别[①]

霸业惨淡古扶余[②]，鲛室[③]鳌宫[④]岛客居。喜我竟逢才子节，多君能报老夫书。

愁边诗酒春无赖[⑤]，劫后河山梦不舒。落照[⑥]苍茫[⑦]一挥手，剧[⑧]怜意气太粗疏[⑨]。

注释

①识别：记别。

②扶余：古国名。东汉时秽貊别族所建，位于松花江中游平原。

③鲛室：鲛人居住的地方。传说鲛人居住在海底，善织，织成的丝绢入水不湿。

④鳌宫：指禁中宫殿。因宫殿陛石镌刻巨鳌，故名。

⑤无赖：无聊。

⑥落照：落日，落日余晖。

⑦苍茫：广阔无边的样子，模糊不清的样子。
⑧剧：甚，极。
⑨粗疏：粗率，简陋而不精细。

九日邀雪渔[1]小饮

爽气西来满碧岑[2]，一樽随分[3]亦登临。人逢令节[4]翻[5]惆怅，秋在孤洲更莽深[6]。
作赋钟陵[7]虚此手，编年栗里[8]独何心？宵来为设迎晾脯[9]，应许跫然[10]慰足音。

注释

①雪渔：谢汝铨，字雪渔。台南市人。曾佐许南英办团练以抗日。
②碧岑：苍绿的山丘。
③分：情谊。
④令节：佳节。
⑤翻：反而。
⑥莽深：杂草丛生。
⑦钟陵：钟山，在南京市中山门外东北，又称紫金山。
⑧栗里：古地名，在江西九江西南，晋陶渊明曾居此。
⑨晾脯：晒干肉。
⑩跫然：脚步声。

闻乡人述近事感赋

海水群飞白日昏，瓜分豆剖[1]此乾坤[2]。欃枪[3]五夜[4]愁兵气，杜宇[5]三春泣帝魂。
劫燹[6]余灰文字贱，人材末造[7]斗筲[8]尊。早知荆棘铜驼[9]事，索靖[10]当年未忍言。

注释

①瓜分豆剖：比喻国土被人侵占瓜分。
②乾坤：天地。
③欃枪：星名，彗星的别名。
④五夜：五更。
⑤杜宇：古蜀帝名，相传死后其魂魄化为鸟，名杜鹃，后人因称杜鹃为杜宇。
⑥燹：兵火。音 xiǎn。
⑦末造：末世，末代。
⑧斗筲：量器名。斗，容十升；筲，竹器，容斗二升。比喻才智短浅、器量狭小的人。

⑨荆棘铜驼：宫殿荒废丛生荆棘，掩埋了门前的铜骆驼，形容变乱后的残破景象。
⑩索靖：晋朝人，知天下将乱，指洛阳宫门铜驼叹曰："会见汝在荆棘中耳！"

中秋夕

浩荡[①]天风振太清[②]，碧云秋净化人城。谁完破碎山河影，不尽团圆弟妹情。
故国[③]剩留名士饼，蛮乡小试竹王羹。何当便逐张骞[④]去，万里浮槎[⑤]探玉京[⑥]。
(时拟北上因事不果行)

注释

①浩荡：汹涌壮阔。
②太清：指天空，古人认为天清而空虚，故称为太清。
③故国：故乡。
④张骞：《荆楚岁时记》载汉武帝令张骞使大夏，乘槎经月而至天河。
⑤浮槎：传说天河与大海相通，每年八月有木筏往来其间。槎，竹筏、木筏。
⑥玉京：帝都。

重九[①]赠蕴叟[②]

萧疏[③]落叶下亭皋[④]，万里西风秋正豪。喜遇名山宜纵酒，为编诗历一题餻[⑤]。
怀人今夜肠应直，垂老蛮天鬓独搔。犹忆去年别家日，萸[⑥]残菊瘦怯登高[⑦]。

注释

①重九：农历九月九日，重阳节。
②蕴叟：许南英，号蕴白，台南市人，光绪十六年恩科进士。
③萧疏：清冷疏散。
④亭皋：水边的平地。
⑤题餻：唐刘禹锡作《九日诗》，欲用"餻"字，以《五经》中无之，辍不复为。后遂以"题餻"作为重阳题诗的典故。"餻"同"糕"。
⑥萸：茱萸。农历九月九日重阳节有佩戴茱萸，以去邪气，避灾殃的风俗。
⑦登高：农历九月九日有登上高处的风俗。

林熊祥

林熊祥，字文访，号宜斋，号署大屯山民。今新北市板桥区人。前台湾省文献委员会主任委员林衡道之父。曾入东京学习院高等科攻读哲学。工诗，善书法。曾任台湾省文献委员会主任委员。著有《台湾史略》、《书学原论》。

岁暮感事呈四叔

故里[1]刚逢岁尽头，樽前客满未应愁。诸公矢口[2]通民隐[3]，我辈开怀写百忧。

与世拼甘同曳尾[4]，宅心[5]只恐不虚舟[6]。匆匆甲子[7]休关意，春酒犹能强献酬。

注释

①故里：故乡。

②矢口：誓口。谓赌咒发誓，一口咬定。

③民隐：民间难以申诉的疾苦。

④曳尾：曳尾涂中。指宁愿保全生命，远离祸害，如同乌龟拖着尾巴行走在泥路上，而不愿毁身灭性，以取爵禄于庙堂之上。

⑤宅心：存心、居心、归心。

⑥虚舟：空船，用以比喻心胸坦荡。

⑦甲子：指岁月，年岁。

冬日呈小眉[1]哥并呈季丞四叔

同自天涯返，了知已往返。几年藏豹雾[2]，此日识家鸡。

（余与小眉俱新由京沪归）

丧志犹诗酒，参玄[3]尚径蹊[4]。寒松岁晚印，及此未分携[5]。

（连日吟唱虽云雅兴，不免玩物丧志）

注释

①小眉：林景仁，字小眉。今新北市板桥区人。

②藏豹雾：比喻隐居山林。《列女传·陶答子妻》："答子治陶三年，名誉不兴，家富三倍。……其妻独抱儿而泣曰：'……妾闻南山有玄豹，雾雨七日不下食者，何也？欲以泽其毛而成文章也，故藏而远害。'"

③参玄：佛家语，即参禅，佛禅宗修持方法。

④径蹊：小路，门径。

⑤分携：分手，别离。

早行圆山

还乡殊昼锦[①]，绮岁[②]坐书城[③]。索居[④]少心得，繁忧念友生。
何如指东郊，结伴课[⑤]晨征。缓行始亦疲，健步久愈精。
颇辨崖谷径，多识草木名。瞻眺[⑥]习所向，还往不计程。
露叶悬珠旒[⑦]，海日挂铜钲[⑧]。平畴[⑨]稻苗新，绕村田水清。
野芳沁脾[⑩]爽，林翠洗眼明。四舍起晨炊，西崦[⑪]饷[⑫]春耕。
灵景[⑬]舒宿郁[⑭]，浩气折朝酲。往事魂已游，他年梦当萦。
不虞[⑮]儿辈知，差[⑯]胜东山[⑰]情。

注释

①还乡殊昼锦：昼锦还乡，穿锦绣衣服回故乡，好让亲友知道。
②绮岁：青春，年少。
③坐书城：坐拥书城。书城，藏书很多，环列如城。
④索居：独居。
⑤课：试也。
⑥瞻眺：远望，观看。
⑦珠旒：比喻似珠饰冕旒之物，此处指露珠。
⑧铜钲：铜锣。锣形圆，似日，因用以形容日。
⑨平畴：平坦的田野。
⑩沁脾：沁人心脾。指吸入芳香、新鲜空气或喝了清凉饮料，使人感到舒适。
⑪西崦：西边的山。
⑫饷：给耕作者送食。
⑬灵景：美景。
⑭宿郁：很久以来的烦闷。
⑮虞：忧虑。
⑯差：略。
⑰东山：山名。在浙江省绍兴市上虞区西南。入山时，林壑幽深，登其巅，轩豁开朗。相传为晋谢安携妓宴游之所。南朝宋诗人谢灵运隐东山，作《山居赋》以自明。

七月十五日在缘督处作书竟日

炎凉[①]骤雨乐幽居，宾客盈门但索书。子敬[②]鹅群家法变，君谟[③]《荔谱》[④]典型如。
（缘督自廿四岁后，尽变几道[⑤]笔法）
焦桐[⑥]乱世惟供爨[⑦]，芳草危时合[⑧]自锄。多事怜君题岁月，他年覆瓿[⑨]枉欷歔[⑩]。
（缘督纸尾辄题岁月以自纪）

注释

①炎凉：气候的冷热。

②子敬：晋王献之，字子敬。工草隶，善丹青，书可与其父王羲之乱真。

③君谟：北宋书法家蔡襄，字君谟。福建仙游人。工诗文，通史学，并擅长书法。

④《荔谱》：《荔枝谱》，宋蔡襄撰，三卷，说明福建荔枝的本源品种、栽培、护理、产地以及制造果脯、贮藏等方法，是中国现存最早的有关荔枝的专书。

⑤几道：严复，清侯官人，字几道，留学英国，曾任北京大学校长，译西方书籍甚多，对近代学术思想产生重大影响。

⑥焦桐：东汉蔡邕以已焦的桐木为琴，后世因称琴为焦桐。

⑦爨：烧火煮饭。音 cuàn。

⑧合：应该。

⑨覆瓿：覆盖酱坛的口，比喻著作不受重视，只有这种用处。后常用以形容自己的著作没有价值。瓿，音 bù。

⑩欷歔：叹息声，抽咽声。音 xī xū。

访辜先生鸿铭[1]偶占[2]

辨发[3]忠犹寄，齐眉[4]愿竟虚，
还将尊王[5]论，遍布海东隅[6]。

注释

①辜先生鸿铭：即辜鸿铭，清厦门人。少时游学英、法、德等国，所至以文学鸣；归国后复精研经训，游张之洞幕，主办外交，各国语文均可通译，西人诧为奇才。

②偶占：不期然而然由口中念出而不用笔墨起草作诗。

③辫发：编发成辫子。本为夷狄之俗，清人入关之时，即下剃发之令，倡辫发之俗。

④齐眉：捧用饮食器与眉同高，表示夫妇相敬。

⑤尊王：主张帝制。

⑥东隅：日出之处，借指东方。

谒沈文肃[1]祠，祠后山上有亭，登焉

危亭[2]南郭俯郊畿[3]，结构崇祠[4]接翠微[5]。在昔犹迷门第[6]念，只今剩[7]见礼文非。
（文肃自书楹联云：“孙子不叨门第荫，华夷常问起居安。”）
暗香曲径烦纡步[8]，落日长风与振衣[9]。指点片帆归宿处，马江[10]官坞辨依稀。

注释

①沈文肃：沈葆桢，清侯官人，曾任江西巡抚，官至两江总督，卒谥文肃。

②危亭：高大的亭子。

③郊畿：城外，郊原。

④崇祠：帝王的城郭。

⑤翠微：青山。

⑥门第：家世，后指显贵之家。

⑦剩：仅。

⑧纡步：曲折步行。

⑨振衣：抖衣去尘。

⑩马江：水名。距福建省城廿五公里。为我国军港之一，也作马尾。港岸有造船厂、海军学校，为清同治六年左宗棠所创设。

知　非[①]

卫蘧[②]老益壮，知非在五十。纵浪廿九年，冉冉[③]忽而立[④]。
未绝外物诱，况求内念戢[⑤]。缅契[⑥]古圣贤，绠[⑦]短苦难汲[⑧]。
讵[⑨]罔省前非，因循[⑩]困结习[⑪]。斯世不足遁[⑫]，初无名相及。
慷慨刑加身，高明鬼瞰室[⑬]。但有纵笑讪[⑭]，云谁为之泣。
实腹强其骨，无乃所先及。强颜[⑮]且寻欢，应息便当息。

注释

①知非：悟已往之非事，觉今是而昨非。

②卫蘧：春秋时卫国大夫蘧瑗，字伯玉，孔子弟子，年五十而知四十九年之非，是一个求进甚急并善于改过的贤大夫。

③冉冉：岁月流逝的样子。

④而立：一般人到三十岁，在事业、品德各方面应有所成就。《论语·为政》：“三十而立。”

⑤戢：止息，敛。

⑥缅契：缅，遥想，思念。契，投合。

⑦绠：汲水所用的绳索。

⑧汲：取水。

⑨讵：岂，何。音jù。

⑩因循：守旧不变。

⑪结习：积久难除的习惯，佛教称烦恼。

⑫遁：隐避。

⑬高明鬼瞰室：《汉书·扬雄传下》："高明之家，鬼瞰其室。"高明，权力地位俱高的人。

⑭笑讪：讥笑。

⑮强颜：厚颜，指人不知羞耻。

苏镜潭

苏镜潭，字菱槎。福建晋江人，举人，曾署理晋江县令。民国年间曾数度来台，寓居台北。与林小眉各有《东宁杂咏》百首，多半为台湾史事地志之作。

中秋夜独酌忆雅棠[①]

其　一

败荻空江敛暮云，江头沽酒最思君。
十分无过中秋月，总被诗人占九分。

注释

①雅棠：连横，号雅棠，台南市人，著《台湾通史》。

其　二

沧洲[①]为客六逢秋[②]，取次[③]逢秋压客愁。
一酒一花兼一我，此时颇似谪仙[④]不[⑤]？

注释

①沧洲：水隈之地，常用以称隐者之居，借指台湾。

②六逢秋：历经六年。

③取次：次第。

④谪仙：极誉其人之清超拔俗，如谪降尘世之仙人，指李白。

⑤不：否。音 fǒu。

寄雅棠[①]

别后玉山似旧不[②]？待君商订选诗楼。猖狂[③]有意讥黄祖[④]，落拓[⑤]何人识马周[⑥]。
拼[⑦]作英雄甘一死，已教贫士占千秋[⑧]。暮云最是无情物，勾起羁肠片片愁。

注释

①雅棠：连横，号雅棠，台南市人，著《台湾通史》。

②不：否。音 fǒu。

③猖狂：恣纵无检制。

④黄祖：东汉末，黄祖为江夏太守，祖长子射，大会宾客，有献鹦鹉者，祢衡作赋，以出言不逊，为黄祖所杀，葬于鹦鹉洲。

⑤落拓：贫困失意，景况凄凉。

⑥马周：汉人，孤贫好学，精《诗》及《春秋》。初入长安，舍中郎将常何家。贞观中，诏百官言得失，周为何条陈二十余事，何武人，上怪其能，何以实对，帝即召见，大悦，授监察御史，擢中书令。

⑦拼：用手相搏。

⑧千秋：千年。

酬蕉麓《赠别》之作

罗隐①生晚唐，江东惜独步②。才名冠乙科，驰骋③长杨④赋。
床头金尽时，颜色已非故。垂老耽⑤苦吟，迟我台城⑥路。

注释

①罗隐：唐末余杭人。工诗，尤长咏史，唯性傲多讽，故屡举不第。

②江东惜独步：晋朝王坦，字文度，弱冠与郗超俱有重名，时人为之语曰："盛德绝伦郗嘉宾，江东独步王文度。"

③驰骋：涉猎。

④长杨：《长杨赋》，汉扬雄作。

⑤耽：乐。

⑥台城：晋、宋间谓朝廷禁省为台，故称禁城曰台城。

访鼓浪屿郑延平水操台故址

大鲸搅海海神泣，草鸡干头①海水白。洞天遗址水操台，台下怒涛卷寒石。
一朝碧眼②坐江东，天下全师皆辟易③。骨肉情多国仇恨，杯酒从容兵权释④。

注释

①草鸡干头：王渔洋《池北偶谈·厦门砖刻》："明季崇祯庚辰岁，有闽僧贯一者，居鹭门（即今厦门）。夜坐，见篱外坡陀有光，连三夕。怪之，因掘地得古砖，背印两圆

花突起，面刻古隶四行，其文曰：'草鸡夜鸣，长耳大尾。干头衔鼠，拍水而起。杀人如麻，血成海水。起年灭年，六甲更始。庚小熙皞，太平千纪。'凡四十字。闽县陈衎盘生，明末著《槎上老舌》一书，备记其语，至今癸亥四十四年矣。识者曰：鸡，'酉'字也，加草头大尾长耳，'郑'字也，干头，'甲'字，鼠，'子'字也。谓郑芝龙以天启甲子起海中为群盗也。明年甲子，距前甲子六十年矣。庚小熙皞，寓年号也。前年万正色克复金门、厦门，今年施琅克澎湖，郑克塽上表乞降，台湾悉平。六十年海氛一朝荡涤，此固国家灵长之福，而天数已预定矣，异哉！"

②碧眼：指荷兰人。

③辟易：惊退。

④杯酒从容兵权释：杯酒释兵权。指宋太祖以和平方式解除将领兵权的事件。建隆二年（961），宋太祖召集将领石守信、王审琦等宴饮，以高官厚禄为条件，解除了他们的兵权。开宝二年（969），又以同样手段解除了藩镇节度使的兵权，以加强中央集权统治，防止分裂割据。后因以"杯酒释兵权"称用非军事手段解除将领兵权。

台南谒[1]延平王祠

英雄立马拥专征[2]，故垒萧萧[3]赤嵌城。招讨[4]已颁唐[5]印绶，旌旗[6]犹是鲁诸生[7]。
浯州[8]一旅擎铜柱[9]，东海何年走大鲸[10]。回首扶桑[11]孤岛在，茫茫无地哭田横[12]。

注释

①谒：见也。

②专征：古侯伯有大功者，得专自征伐，不待奉天子之命也。

③萧萧：寒风之声。木因风摇动。

④招讨：招兵买马以讨伐清军。

⑤唐：唐朝，此处借指明朝。

⑥旌旗：旗之总称，借指军队。

⑦鲁诸生：鲁人，此处借指汉人。

⑧浯州：即今之金门。

⑨铜柱：东汉马援到交趾，立铜柱为汉之极界。

⑩走大鲸：骑鲸，即去世。

⑪扶桑：日所出处。

⑫田横：秦末狄人。本齐王田荣弟。荣既死，横代领其众，击项羽，复齐地，立荣之子广为齐王，自为相，专国政。此处借指郑成功。

赠魏润庵[1]

青山无恙[2]水冷冷[3]，文酒风流[4]海上萍[5]。终古才人原妩媚[6]，若论我辈太娉婷[7]。六年旧雨盟莲社[8]。三度秋霜醉洞庭[9]。除是身穷诗便好，只怜干死案头萤。

（余识君在乙未年）（三次渡台皆值秋季）

注释

①魏润庵：名清德。新竹人，曾任瀛社第三任社长。

②无恙：无忧无疾。

③冷冷：寒也。

④文酒风流：文人之交往酬酢。

⑤海上萍：有如海上之飘萍。

⑥妩媚：妍美。

⑦娉婷：美好。

⑧莲社：东晋僧侣慧远所组成的佛教社团，此处借指诗社。

⑨洞庭：洞庭湖，此处借指台湾。

东宁[1]百咏

其　一

朝天埋没土花班，龙种东都去不还。

寂寞秋深铜辇[2]路，茂陵[3]金碗出人间。

注：清咸丰年间，桶盘栈庄[4]人锄地，得一古玉，黝[5]然无色，长尺有八寸，宽二寸二分，厚四分半，重三斤许。法华寺僧以数金购归，值祝融[6]诞日，陈座上以供众览，上有识者辨之曰："此宁靖王[7]玉笏[8]也。"今尚存寺中。

注释

①东宁：指明郑时代的台湾。永历十五年，郑成功攻克台湾，改台湾为东都，郑经又改东都为东宁。

②铜辇：太子乘坐的车子，借指太子。

③茂陵：古地名，在今陕西省兴平市东北，汉武帝葬此。

④桶盘栈庄：地名，在今台南市南山公墓一带。一名桶盘浅庄。

⑤黝：微带青色的黑色。音 yǒu。

⑥祝融：火神。

⑦宁靖王：名朱术桂，字天球，别号一元子，明太祖九世孙辽王之后，永历十八年来台。施琅伐台，郑克塽议降，术桂自缢，葬于竹沪（今高雄市路竹区）。

⑧玉笏：玉制的笏。笏，古代自天子至士所执的手板。用玉、象牙或竹片制成，按照身份，各有定制。国君以笏出纳政教，臣僚对国君有事报告则书于其上，以备遗忘。

其　二

花开花落送前朝，玉笛江城[①]咽[②]暮潮。

二百五年鸿指地，将军大树尚飘萧[③]。

注：延平郡王手植梅一株，旧在鸿指园中，光绪元年沈文肃奏建王祠，移植于此。古干已半朽，旁茁孙枝[④]横斜直上，径丈许。余戊午游王祠下，曾作长歌纪之。

注释

①江城：指安平港。

②咽：吞入，吞食。

③飘萧：风吹的样子。

④孙枝：从树干上长出的新枝。

其　三

铁马金戈[①]动地来，家山残破村寒灰。

桃花零落无颜色，寒食山头战鬼哀。

注：沈佺期，字云又，福建南安人。崇祯十六年进士，授吏部郎中。隆武立，擢右副都御史。及帝陷汀州，佺期南下，随成功起兵于桃花山，为幕府上客。后卒于台湾。

注释

①铁马金戈：指战争、兵事。也形容威武雄壮的军旅兵马。

次韵答文访[①]并呈季丞[②]

六载饥驱雪打头，故乡乱讯入羁愁。便违叔度[③]易生吝，未信杜康[④]能解忧。

世事危于军背水[⑤]，客心忙似壑藏舟。异时瀛海[⑥]编诗话[⑦]，一集荆溪[⑧]旧唱酬[⑨]。

注释

①文访：林熊祥，字文访。今新北市板桥区人。曾任台湾省文献委员会主任委员。

②季丞：林季丞，一名林柏寿，今新北市板桥区人。林维源四子。

③叔度：东汉黄宪，字叔度。家世贫贱，以学行见重于时。陈蕃曾说："时月之间不见黄生，则鄙吝之萌复存乎心。"

④杜康：周人，善于酿，传说为最早酿酒的人。后用为酒的代称。

⑤背水：背向着或靠着河水，如背水一战。
⑥瀛海：指台湾。
⑦诗话：评论诗歌、诗人、诗派，或记载诗人言论、行事的书。
⑧荆溪：《荆溪集》，书名。
⑨唱酬：对方赠诗词，自己写诗来回报。对方写的诗是“唱”，自己答的诗称“酬”。

意园

三月意园春，都作可怜色。连宵风雨蛮，护花不得力。
愁鹃[1]日夕啼，落花坚拒客。花拒客勿来，园丁坐叹息。

注释

①愁鹃：即杜鹃鸟。

李腾岳

李腾岳（1895—1975），号鹭村，笔名梦痴、梦星，署木马山人。今新北市芦洲区人，卜居台北市。台湾总督府医学校毕业，开设宏仁小儿科医院，其后又考入台北医学专门学校，获医学士学位，嗣又进入台北帝国大学药理学教室，从杜聪明博士研究，其后又获日本京都帝国大学医学博士学位。光复后，历任省文献委员会编纂、委员、副主委及主委等职。退休后，闲居士林九亩园专事吟咏。

李腾岳长期从赵益山（一山）学诗，曾与同门诗人组织星社；又与黄纯青、林熊祥等人组织心社唱和。遗《李腾岳鹭村翁诗存》。

招文访[1]先生江山楼[2]小集

如此江山笑倚楼，闲情未改夜悠悠[3]。相将[4]诗酒联欢日，难忘乾坤板荡[5]秋。
换屋忽逢箕伯[6]虐，堕天何限杞人忧[7]。座中喜有嘉宾在，且共倾尊听越讴[8]。

注释

①文访：林熊祥，字文访，今新北市板桥区人。
②江山楼：酒楼名。故址在今台北市重庆北路之西，归绥街、甘州街交汇处。
③悠悠：闲静貌。
④将：行，进，携带。

⑤板荡：《板》与《荡》并《诗·大雅》篇名，皆言厉王之无道。后沿用为乱世之代辞。

⑥箕伯：风师。

⑦杞人忧：《列子·天瑞》："杞国有人忧天地崩坠，身亡所寄，废寝食者。"喻无谓之忧虑。

⑧越讴：越人歌。相传是楚王的母弟鄂君子晳，在河上泛舟时，越国船夫所唱的歌。此处泛指一般歌曲。

双溪访云萍[1]兄不遇忽接其书却寄[2]

夕阳一角好螺山，恰到双溪浅水湾。猿鹤可亲通笑语，园林新辟试跻攀[3]。

放怀草岭[4]屯峰[5]外，得句清泉翠石间。却造[6]幽居抱[7]高兴，柴扉[8]深掩白云闲。

注释

①云萍：杨云萍，名友濂，以字行。台北市士林人。曾任台湾大学历史学教授。

②却寄：回寄。

③跻攀：攀登。跻，音 jī。

④草岭：草山，台北市阳明山。

⑤屯峰：台北市大屯山。

⑥造：到，诣。

⑦抱：抒也。

⑧柴扉：柴门。

寿林春怀芸兄[1]古稀[2]

悬弧[3]恰值岁华新，酒晋霞觞[4]庆七旬。济世[5]有方兼活国，开怀得句总宜春。

白头情笃孟梁[6]敬，清福家传梅鹤亲[7]。最喜阶前兰桂盛，年年莱彩[8]戏嘉辰。

注释

①芸兄：对同门的尊称。

②古稀：称人年七十。

③悬弧：古代风俗尚武，家中生男孩，便在门左挂弓一张。后男子生日也称"悬弧"。

④霞觞：华丽的酒杯。

⑤济世：救济世人。

⑥孟梁：后汉梁鸿与孟光结为夫妇。梁鸿为人赁舂，每归，妻为具食，不敢于鸿前仰视，举案齐眉。

⑦梅鹤亲：宋林逋隐居西湖孤山，植梅畜鹤以自娱，人因称为梅妻鹤子。
⑧莱彩：春秋楚人老莱子性至孝，年七十，常穿五色彩衣，学作婴儿戏，以娱其亲。

庚寅[①]端午纪念屈灵均[②]雅集

蒲酒[③]延年艾[④]辟邪[⑤]，堆盘角黍[⑥]尚家家。唫[⑦]来楚些[⑧]情何限，活到湘累[⑨]恨转加。
香草美人[⑩]深爱国，澧兰沅芷[⑪]枉《怀沙》[⑫]。可怜胜会天南日，难吊忠魂汨水[⑬]涯。

注释

①庚寅：公元一九五〇年。
②屈灵均：战国楚人屈原，名平，字灵均。
③蒲酒：菖蒲酒。
④艾：艾草。
⑤辟邪：驱逐邪恶。
⑥角黍：粽子。
⑦唫：古吟字。
⑧楚些：《楚辞》、《招魂》句尾皆曰些，禁咒句尾皆称些，此乃楚人旧俗。
⑨湘累：不以罪死曰累，屈原赴湘死，故曰湘累。
⑩香草美人：屈原《离骚》一文以美人比君王，香草比君子，故后人称《离骚》为美人香草之辞。
⑪澧兰沅芷：《楚辞·九歌·湘君》："沅有芷兮澧有兰，思公子兮未敢言。"
⑫《怀沙》：《楚辞》篇名。屈原不忍与世同污，而立视宗国之亡，决意于死，故自述其沉湘而陈尸于沙碛之怀。司马迁曰："乃作《怀沙》之赋，遂自投汨罗以死。"
⑬汨水：汨罗江，在湖南省，战国楚大夫屈原在此投水自杀。

九亩园[①]小集

辟地漫教心力殚[②]，鹪鹩只藉一枝安[③]。匆匆岁月奔驰疾，草草园林点缀[④]难。
蓬岛[⑤]云山收镜里，东坝[⑥]文献萃毫[⑦]端。今朝喜迓花莲客[⑧]，添写龙钟[⑨]九老看。

注释

①九亩园：李腾岳士林之居处。
②殚：尽也。音 dān。
③鹪鹩只藉一枝安：《庄子·逍遥游》："鹪鹩巢于深林，不过一枝。"喻希求不多。
④点缀：衬托，装饰。
⑤蓬岛：海上仙山蓬莱，此处指台湾。

⑥东堧：借指台湾。堧，水边空地。音 ruán。

⑦毫：笔。

⑧花莲客：指居住花莲之诗人骆香林。

⑨龙钟：年老体衰的样子。

如月[1]堂姊与宗程兄结婚四十年有感次韵奉贺

其　一

摽梅[2]犹记正当年，乍缔良缘志不迁。嬿婉[3]自成仙眷属，唱随更富锦诗篇。

东床[4]无愧乘龙婿[5]，之子[6]堪方出水莲[7]。百两[8]盈门喧鼓乐，栞然花好月团圆[9]。

注释

①如月：李如月，新北市淡水区人，女诗人。

②摽梅：喻女子当嫁之时。摽，落也，言梅落则时已晚，女求男，恐不获及时而嫁，故今恒以“摽梅”喻女子当嫁之时。

③嬿婉：欢好，和美。美好貌。

④东床：女婿。

⑤乘龙婿：《初学记》：“黄尚为司徒，与李元礼俱娶太尉桓焉女，时人谓桓叔元两女俱乘龙，言得婿如龙也。”世称婿曰“乘龙”。

⑥之子：指如月。

⑦出水莲：出水芙蓉。

⑧百两：两百人。

⑨花好月团圆：花好月圆，祝颂人幸福美满之词。

其　二

结缡[1]荣庆卅年期，恩爱同斟白玉卮[2]。谢女[3]人推工咏雪，张郎[4]我识擅描眉。

传家福慧殷勤种，益世徽音[5]仔细施。最羡白头偕老侣，真如连理柏松枝。

注释

①结缡：男女结婚。

②卮：酒杯。

③谢女：东晋谢道韫。家尝内集，值天雪，叔父安曰：“何所似也?”安兄子朗曰：“散盐空中差可拟。”道韫曰：“未若柳絮因风起。”

④张郎：汉张敞闲居时为妻画眉，传为后世夫妻恩爱的典故。

⑤徽音：德音。有德者或在上位者所发的善言、教诲。

三月廿八日梅林书屋夜谈

碧桃花谢柳吹绵[1]，如梦江山入晚烟。佳日喜同鸥鹭[2]静，清谈思继竹林贤[3]。

纭纭[4]每闹三餐计，渺渺[5]常劳一念牵。我自惜春兼哭友，宵深泪落未成眠。

注释

①柳吹绵：吹柳绵。柳绵即柳絮。

②鸥鹭：沙鸥与白鹭，此处借指与会之诗人。

③竹林贤：魏晋之竹林七贤。

④纭纭：繁多。

⑤渺渺：微远貌。

乙亥[1]听纯甫[2]述闽中旅况，清明后一日黄楼[3]小集

谈余相约更敲诗[4]，那管宵深漏[5]已迟。我自心倾同社友，人多学愈少年时。

清明乍过销魂[6]雨，浊世[7]谁为宠运儿。每惜人才遭抑制[8]，莘莘[9]枉[10]尔[11]较盈亏[12]。

注释

①乙亥：公元一九三五年，民国廿四年。

②纯甫：新竹市诗人张纯甫。

③黄楼：黄水沛住家。

④敲诗：诗谜的一种。即以纸条约四五寸长者，摘录时下新刻诗句，于句中隐去一字，注于纸尾，用信套笼插，即在诗句之旁，添拟大意相通者四字，并纸尾原字则为五，另摊方纸于桌，划为五度，以便押钱，射中者每一文赔三文。亦指诗句的推敲。

⑤漏：古代计时器，时刻、时间。

⑥销魂：断魂。杜牧《清明》：“清明时节雨纷纷，路上行人欲断魂。”

⑦浊世：乱世。

⑧抑制：约束制止。

⑨莘莘：众多的样子，多用以指人。莘，音 shēn。

⑩枉：徒然，白费。

⑪尔：此也，犹如此也。

⑫较盈亏：计较得失。

王梦痴

王梦痴，女，本名冈市，字香禅，号留仙。台北艋舺（今台北市万华区）人，曾从连横及赵益山游。后嫁台南举人罗秀惠，已而仳离，改适新竹名人谢介石，偕同往满洲，旅居长春，未归。谢介石，号幼安，新村人。曾任伪满洲国外交总长、伪满驻日大使等职。

秋　夜

帘动波翻影，钗[1]横梦亦香。黄花围绣枕，璧月[2]照雕梁。

春意将云懒，秋心似水凉。明朝蓉镜[3]下，看《卅六鸳鸯》[4]。

注释

①钗：妇女发上的饰物。

②璧月：明月。

③蓉镜：饰芙蓉的镜子。

④《卅六鸳鸯》：书名。龙峒山人著，备记冶游之事，凡属所知，录事各评次诗，并系小传。

晓　起

绣被香仍暖，菱花镜[1]乍开。东南初日出，西北碧云来。

柳细余残黛[2]，兰销冷宿飞。楼头梳洗罢，卯饮[3]尽余杯。

注释

①菱花镜：古代铜镜中六角形或背面刻有菱花的称菱花镜。

②黛：微带青色的黑色。

③卯饮：在早上饮酒。

即　事[1]

雨后山亭淡似秋，花枝微动晚风柔。

春来小病闲情减，日把新诗课阿侯[2]。

注释

①即事：有感于当前事物的诗，多以即事标题，故也称即事诗。

②阿侯：古诗中人名。相传为莫愁子。唐人诗中用指少年、情郎。

天　花①

谁信天花不自由，秾春烟景惨于秋。
如何一例东皇②宠，红自含欢绿自愁。

注释

①天花：雪花。

②东皇：春神。

无　题

泪洒相思树，魂销①连理枝②。
重来寻佩浦③，但见柳依依④。

注释

①魂销：失魂。

②连理枝：不同的两棵树，其枝干相连为一。

③佩浦：《列仙传·江妃二女》："江妃二女，……出游于江、汉之湄，逢郑交甫，见而悦之。遂手解佩交与交甫，交甫悦，受而怀之，中当心，趋去数十步，视佩，空怀无佩，顾二女，忽然不见。"

④柳依依：形容杨柳茂盛而柔弱的样子。

绣佛①词（三首选一）

宿雨初晴日半斜，木犀②香度碧窗纱。
九华灯③下珊瑚④笔，描就西天称意⑤花。

注释

①绣佛：用彩色的丝刺绣或织成的佛像。

②木犀：桂花。

③九华灯：九莲灯，九盏相连成串的莲花灯。

④珊瑚：海洋中的腔肠动物，群体构成树枝状。其骨骼可供制名贵饰物。

⑤称意：如意，满意。

江干[1]晚眺

断岸低秋水，平皋[2]下夕阳。
一声渔笛晚，归雁正南翔。

注释

①江干：江边。
②皋：水边地，岸边。

秋夜有怀雅棠[1]先生

白云秋水雁来声，可记今宵正月明。黄浦滩[2]头逢故友，松花江畔话离情。
清尊评句推林叟，霜叶题诗寄曼卿[3]。十载此怀消未得，几回翘首[4]望蓬瀛[5]。

注释

①雅棠：连横，号雅棠，台南市人。著《台湾通史》。
②黄浦滩：地名，在上海。
③曼卿：人名不详。连横有《幼安、香禅邀饮杏花楼，并约曼君同往》诗。
④翘首：举首而望，也形容盼望殷切。
⑤蓬瀛：蓬莱与瀛洲，皆仙山名，此处借指台湾。

秋夜偶成

皎皎[1]霜华[2]淡淡天，木犀[3]亭畔月初圆。
醉闻花气三更后，一枕秋香梦里禅。

注释

①皎皎：光亮的样子。
②霜华：霜花。
③木犀：桂花。

李如月

李如月，女，字团卿，新北市淡水区人。先后拜邱仁秀才、张希衮及台南赵云石为师。

山行偶感

岩气侵衣举步迟，昨宵雨已涨春池。露浓蝶翅沾花粉，日暖莺声度柳枝。
为厌风尘情益懒，爱看山水性犹疑[①]。低回[②]不少沧桑[③]感，独对巍峰自咏诗。

注释

①犹疑：迟疑不决。

②低回：流连。

③沧桑：沧海变桑田。比喻时势的变迁或人事的变化。

黄水沛

黄水沛（1884—1959），台北市人。台湾总督府国语学校毕业，执教公学校数年。台湾光复后被推举为台北米谷同业公会理事长。民国卅八年任省文献会编纂。早年与林湘沅等人组星社，其后，又与张纯甫等创办《台湾诗报》，鼓吹诗学。著《黄楼诗》。

夏柳（十首选一）

蛙鼓[①]蝉吟遍石城，别来青帝[②]若为情。一春如梦槐南蚁[③]，卓午[④]深藏叶底莺。
炎节依依[⑤]烟树冷，轻阴濯濯[⑥]浪花平。渔洋[⑦]秋咏[⑧]应难似，未老丰姿[⑨]爱满盈。

注释

①蛙鼓：青蛙叫声很大，有如鼓气发怒。

②青帝：春神。

③如梦槐南蚁：唐李公佐著《南柯太守传》，称淳于棼在广陵郡一槐树下饮酒，梦至大槐安国，娶该国公主为妻，任南柯郡守二十年，享尽荣华，后与敌国作战失利，被遣回。醒后在槐树下见一蚁穴，南枝又有一小穴，即梦中的槐安国和南柯郡。后遂用以比喻人生如梦，富贵无常。

④卓午：正午，中午。
⑤依依：茂盛而柔弱。
⑥濯濯：清新的样子。
⑦渔洋：清诗人王士祯，号渔洋山人。
⑧秋咏：王士祯有《秋柳》诗。
⑨丰姿：容姿。

初春

初春微雨酿新寒，室里披裘出外难。求礼几人能向野[①]，解诗笼鸟系于栏。
浓云蔽处峰争耸，裨海[②]归流水自残。那管前贤钟秀[③]说，生涯习静[④]爱山峦。

注释

①求礼几人能向野：礼失，几人能求之于野?
②裨海：小海，是古代阴阳家所推想环绕九州的海洋。九州为大九州的九分之一，大九州外有大瀛海，所以裨海是与大瀛海相对而言。
③钟秀：钟灵毓秀。天地灵气所会聚的地方，特别能孕育出俊秀的人物。
④习静：习养静寂的心性。亦指过幽居生活。

南游途次[①]过筑客[②]寓斋

家有诸雏未寂寥，过谈仍喜老苍遥。贤郎学礼能予伯，高弟工诗即友僚[③]。
拱璧[④]依然珍子史[⑤]，《康衢》[⑥]曾许采童谣。如何风雨偏兰竹[⑦]，南北炎凉[⑧]每不调。

注释

①途次：旅次，途中停留。
②筑客：张津梁，字纯甫，号兴汉，又号寄民，别署老钝，新竹人。
③友僚：僚友。
④拱璧：大如两手拱抱的璧玉，即大璧。
⑤子史：经史子集。
⑥《康衢》：传说尧时童谣名。
⑦风雨偏兰竹：即俗语“竹风兰雨”。新竹多风，宜兰多雨。
⑧炎凉：气候的冷热。

新春得暇偶阅《维摩经》[1]

奋尘骐骥[2]任西东，十驾宁无[3]驽马[4]功。释氏[5]由他空色相[6]，圣人未自误明聪。

桃花谩[7]泄春消息，柏酒[8]尝来气郁葱[9]。偶向案头[10]翻贝叶[11]，随缘[12]应物不言中。

注释

①《维摩经》：佛经名，为《维摩诘所说经》的简称。此经为文学气氛最浓厚的佛门要典。

②骐骥：善跑的良马。

③宁无：岂无。

④驽马：劣马。

⑤释氏：释迦牟尼。

⑥空色相：佛家语，指世间一切色法（物质）的本性（内在真实性）都是空无所有。

⑦谩：通“漫”，广泛。

⑧柏酒：用柏叶所浸制的酒。古代风俗，于元旦时饮用柏酒，以柏叶后凋耐久，取其长寿之义。

⑨郁葱：盛多的样子。

⑩案头：桌上。

⑪贝叶：印度贝多罗（Pattra）树的叶子。古印度人先用水浸泡其叶，待干后再将佛经书写其上。因此佛经又称为贝叶经。

⑫随缘：佛家语，顺应机缘，任其自然。

秋日过网溪[1]别墅赠啸霞[2]词兄

故人艺圃网溪边，车往车还近市廛[3]。菊爱蕊姿如少女，橘开象戏是真仙[4]。

诗名君恐为花掩，画境郎能试笔传。趁此秋晴观客少，重来文字续前缘。

注释

①网溪：地名。在今新北市永和区中正桥畔。

②啸霞：杨仲佐，字啸霞，新北市中和区人。能诗，喜艺菊。

③市廛：商店集中的地方。

④橘开象戏是真仙：巴邛橘园中，霜后，见橘如缶，剖开，中有三老叟象戏。一叟曰：“橘中之乐，不减商山，但不得深根固蒂耳。”一叟取龙脯食之，食讫，余脯化为龙，众乘之而去。

初秋夜谈

中元[①]节费道僧哀，额手[②]宁无[③]赞美来。顺旨[④]看移前代俗，扪心[⑤]谁起死时灰。
盆栽过此余青翠，诗论通宵杂笑诙[⑥]。却怪故人教坐待，晚斟未共醉三杯。

注释

①中元：道教称农历七月十五日为中元节。旧时道观在这一天作斋醮，僧寺则作盂兰盆斋。

②额手：将手放在额上，表示庆幸。

③宁无：岂无。

④顺旨：顺从意旨。

⑤扪心：抚摩胸口。

⑥诙：戏谑。

郑用锡

郑用锡（1778—1858），字在中，号祉亭。清朝竹堑（今新竹市）人。道光三年进士（为台湾首位进士）。十四年入京供职，十七年，以母老乞养归里，主明志书院讲席。晚年筑北郭园，常集官绅吟咏于其间，并组“竹社”，竹堑文风因之而盛。著《北郭园全集》。

北郭园即事[①]

愧无广厦庇欢颜[②]，舞鹤[③]匡床[④]日往还。四壁丝匏[⑤]有文字，数林松竹是家山。
天教境界邻城郭，地幸喧嚣[⑥]隔市寰[⑦]。我本武陵[⑧]新避世，苍茫十里掩柴关[⑨]。

注释

①即事：有感于当前事物的诗，多以即事标题，故也称即事诗。

②广厦庇欢颜：杜甫《茅屋为秋风所破歌》：“安得广厦千万间，大庇天下寒士俱欢颜。”

③舞鹤：飞舞的鹤。

④匡床：安适的床。

⑤丝匏：乐器名。金、石、土、革、丝、木、竹、匏并称八音。匏，音 páo，即笙与竽。

⑥喧嚣：音量大而嘈杂。嚣，音 xiāo。

⑦市寰：市区。寰，区域。

⑧武陵：武陵源，即桃花源。用以指清净幽美、避世隐居的所在。见陶潜《桃花源记》。

⑨柴关：柴门，柴木作的门，形容陋居，多指贫寒人家。

陈迂谷[1]中翰[2]（维英）移居狮子岩，斋额[3]曰“栖野巢”，赋此赠之

四面青山爽气浮，何人卜宅[4]最高头。此墩终属谢安石[5]，胜地今为陈太丘[6]。
古寺钟沉狮子吼[7]（地近狮子岩寺），疏林日暮鸟声幽。
分明[8]一幅倪迂[9]画，合[10]与先生雅号留。

注释

①陈迂谷：陈维英，字硕芝，号迂谷。嘉庆十六年生，同治八年殁，前清时为大龙峒名宿。曾任福州闽县教官，任满归台，应聘为宜兰仰山书院山长。咸丰年间，荣膺鹗荐，北上春闱，入直紫薇省。退隐后，掌教学海书院。维英于咸丰元年（1851）受知于台湾道兼提督学政徐宗干，荐举为孝廉方正，五年移居狮子岩（今新北市五股区观音山麓），颜其别业曰：栖野巢。

②中翰：明清时内阁中书的别称。

③额：横匾。

④卜宅：占卜决定建都的地方。后泛指择地定居。

⑤此墩终属谢安石：墩，平地上由土积累而成的小高地。南京市东隅蒋山之半山上有谢公墩，晋朝谢安曾居于此。安石，谢安字。

⑥太丘：古地名。在今河南省永城市西北。西汉于此置敬丘县，东汉改作太丘，陈寔尝为太丘长。陈寔，东汉颍川许县人。在乡里，有争讼都请他决判。

⑦狮子吼：佛家语。比喻佛说法时，音声震动人心，如狮子作吼，慑服群兽。

⑧分明：明确，清晰。

⑨倪迂：元朝画家倪瓒，号倪迂。擅水墨山水，所作多取材太湖一带景色，疏林浅水，意境清远。

⑩合：应。

读　书

自笑前身一蠹鱼[1]，白头仍向酉山[2]居。千秋[3]于我终乌有[4]，万卷如今付子虚。
只此嗜痂[5]留痼癖[6]，忽将食馔[7]弃残余。穷年兀兀[8]无长策，不为功名亦读书。

注释

①蠹鱼：虫名。蛀蚀衣服书物的蠹虫。喻指死啃书本的读书人。

②酉山：即大酉山、小酉山。在今湖南省沅陵县。大酉山有洞名大酉洞，小酉山在酉溪口，山下有石穴，中有书千卷，旧称秦人避难隐学于此。

③千秋：千年。

④乌有：汉赋中假设的人名。司马相如作《子虚赋》，文内假托乌有先生、子虚互为问答，以本无此人，所以称乌有和子虚，后用称无为“乌有”或“子虚”。

⑤嗜痂：嗜食疮痂引申为人有奇特之偏好。

⑥痼癖：极深的嗜好，很难改变。

⑦食馔：膳食。

⑧兀兀：昏沉的样子。

忍冻敲诗①

其　一

蛮烟瘴雨②暗江滨③，瘦尽梅花悟昔因④。
到底不知风雪苦，策驴犹自觅前身⑤。

注释

①敲诗：推敲诗句。

②蛮烟瘴雨：形容偏远地区荒凉的景象。

③江滨：水边。

④昔因：宿因，前世的因缘。

⑤策驴犹自觅前身：唐诗人孟浩然常骑蹇驴踏雪寻梅，谓其诗思在雪中驴子背上。唐诗人郑綮说他的诗思：“在灞桥风雪中、驴子背上。”

其　二

砚冰①料峭②笔呵③频，耸立吟肩④雪一身。
怕冷诗僮私自语，可怜辛苦作词人⑤。

注释

①砚冰：砚中之墨水因冷而结成冰。

②料峭：寒风吹袭肌肤，令人发抖的样子。后多形容春寒。

③呵：呵冻。冬日手指僵冻，或笔砚成冰，呵气而使温暖或融解。

④吟肩：诗人的肩膀。

⑤词人：诗人。

园居遣兴

半亩园林景色幽，禽鱼花木足遨游[①]。何人乘兴同看竹，斯世浮名尽幻沤[②]。

道味须从闲处玩，物情最爱静中求。此间真趣谁能识，悟到《南华》[③]蝶与周[④]。

注释

①遨游：嬉乐游逛。

②幻沤：梦幻泡影。沤，音 ōu。

③《南华》：《南华真经》的简称，即《庄子》一书的别名，庄周著。

④蝶与周：蝶与庄周。庄周，战国时宋人，一生隐于田园，不慕名利。他的思想以无用为用，以逍遥为乐，齐生死是非，而保养生命之真。庄周做梦在梦中化为蝴蝶，见《庄子·齐物论》。

即事[①]感怀

身世由来似转蓬[②]，拍浮[③]一笑总成空，
何如早返中流[④]楫[⑤]，几个归还遇顺风。

注释

①即事：目前的事物。有感于当前事物的诗，多以即事标题。

②转蓬：蓬草到秋天枯萎，遇风即随风飘转。

③拍浮：拍打漂浮，指游泳。《世说新语·任诞》："一手持蟹螯，一手持酒杯，拍浮酒池中，便足了一生。"

④中流：船行至水流的半途。

⑤楫：船桨，船。

老来娇[①]

其　一

千红万紫[②]斗繁华[③]，独立西风对暮霞。
羡汝经霜颜色好，一枝一叶胜如花。

注释

①老来娇：花名。
②千红万紫：万紫千红。形容春天百花齐放，美不胜收。
③繁华：盛开的花。

其　二

何须顾盼[1]属东君[2]，叶叶流丹映夕曛[3]。
偏向空山饶晚节[4]，秋娘[5]未许妒同群。

注释

①顾盼：观看，左顾右盼。
②东君：春神。
③夕曛：落日余晖。
④晚节：晚年的操守。
⑤秋娘：俗称年老色衰的女子。

落　叶

其　一

凄迷[1]莫辨路西东，古木萧萧[2]渡塞鸿[3]。入世何人不易节[4]，出山几辈免飘蓬[5]。
满阶月冷苔无迹，一夜霜高泪欲红。终是托根未牢固，敢将摇落[5]怨秋风。

注释

①凄迷：景物凄凉。
②萧萧：风声、雨声、草木摇落声。
③塞鸿：边塞以外地方的鸿鸟。
④易节：变节。改变本来的志节或操守。
⑤飘蓬：漂浮不定的蓬草，比喻行踪漂泊不定。
⑥摇落：凋残谢落。

其　二

叠叠重重万里沙，商音[1]四起乱筝琶[2]。空山落月惊寒蜂[3]，孤驿斜阳数暮鸦。
自古落花不返树，几时飞絮得成家。遥怜湖海飘摇子，离合关心天一涯。

注释

①商音：五音之一，其音清劲而凄厉，秋声。
②筝琶：乐器名。筝，形如瑟。琶，琵琶。
③寒蛑：蟋蟀。

遣闷

蓬门[①]寂寂久张罗[②]，兀坐[③]如僧奈老何。已分[④]闲云容我懒，可怜短墨当人磨。
春来欲访梅花讯，梦醒初听鸟雀歌。如此韶华[⑤]聊自遣，敢云托体并山阿[⑥]。

注释

①蓬门：蓬草编成的门户，形容穷人的住家。
②张罗：张网捕鸟。料理、筹备。
③兀坐：端坐。
④分：料度。
⑤韶华：春光，美好的时光。指人的青春年华。
⑥山阿：山的曲折处。

改葬先茔[①]

牛眠[②]欲卜几盘桓[③]，劫火[④]连天泪暗弹。生有宝田传世在，死无石椁[⑤]护身难。
一抔[⑥]骨肉仍同穴，百代衣冠[⑦]择所安。此后儿孙应稍慰，天长地久共漫漫[⑧]。

注释

①先茔：祖先坟墓。茔，墓地。
②牛眠：牛眠地，风水佳的墓地。
③盘桓：徘徊流连的样子。
④劫火：指世界毁灭时的大火，也称乱世的灾火。
⑤椁：古代的棺木。音 guǒ。
⑥抔：一掬之土，形容极少。音 póu。
⑦衣冠：衣服与礼帽，指官宦之家。
⑧漫漫：长久。

饯　春[1]

离筵[2]狼藉[3]落花辰，燕子莺哥孰[4]主宾。
寄语东君[5]须痛饮，十千婪尾[6]莫辞贫。

注释

①饯春：设宴送春。

②离筵：送别的筵席。

③狼藉：错乱不整的样子。

④孰：谁。

⑤东君：春神。

⑥婪尾：以酒遍敬坐客，从首席到末座。客人最后饮毕也叫婪尾，即自谦贪杯的意思。婪，音 lán。

荐阶茂才[1]小饮北郭园赠诗和原韵

其　一

幸逢孔李[2]属通家[3]，难得英龄[4]富五车[5]。愧我鬓丝[6]添作雪，羡君手笔梦生花[7]。
多时蠖屈[8]才逾壮，此去鹏抟[9]路岂赊[10]。自古晚成原大器[11]，一杯相属[12]莫咨嗟[13]。

注释

①茂才：汉代科名，即秀才。东汉时，为了避光武帝刘秀的讳，改称茂才。也指才德出众的人。

②孔李：孔子及老子。

③通家：两家世代交好，即世交。

④英龄：英年，指正当壮盛而有所作为的年龄。

⑤富五车：学富五车，比喻人读书很多，学问很渊博。

⑥鬓丝：鬓边发白如丝。

⑦手笔梦生花：梦笔生花，比喻才思横溢。《南史·文学传·纪少瑜》：“少瑜尝梦陆捶以一束青镂管笔授之云：‘我以此笔犹可用，卿自择其善者。’其文因此遒进。”又江淹少时也曾梦见有人授五色笔给他。

⑧蠖屈：形状屈曲，有如尺蠖。后常用来比喻人先屈后伸的境遇。蠖，音 huò。

⑨鹏抟：鹏鸟奋力高飞。多用以比喻仕途飞黄腾达。抟，音 tuán。

⑩赊：远。

⑪晚成原大器：大器晚成。本指大材须积久方能成器用，后也用以指人成功较晚。

⑫属：通“嘱”。

⑬咨嗟：叹息。

其　二

功深面壁[1]已多年，一梦丘迟碎锦[2]妍[3]。文选《维摩》[4]承祖德，法书[5]萧寺[6]继前贤。莲花入幕[7]称佳士，鹤氅[8]同舟望若仙[9]。曾伴词曹[10]星使[11]出，天涯衣钵[12]待人传。

注释

①面壁：佛家语，指坐禅，后用以指自修苦练而达造诣高深的境界。

②丘迟碎锦：《南史·江淹传》：“淹少以文章显，晚节才思微退，……夜梦一人自称张景阳，谓曰：‘前以一匹锦相寄，今可见还。’淹探怀中得数尺与之，此人大恚曰：‘那得割截都尽！’顾见丘迟，谓曰：‘余此数尺既无所用，以遗君。’”后因以“丘迟碎锦”比喻华美的文才。丘迟，梁乌程人，八岁能属文，辞采丽逸。碎锦，细碎的锦缎。武帝尝著《连珠》，群臣继作者数十人，迟文最美。

③妍：美丽，美好。

④《维摩》：《维摩经》，为《维摩诘所说经》的简称。此经为文学气氛最浓厚的佛门要典，尤其以“众生有病，我故病”为经文的重心，以扩展佛家悲悯情怀，极为感人。

⑤法书：名家的书法，可供效法临摹的作品。

⑥萧寺：南朝梁武帝好佛，尝造佛寺，命萧子云以飞白书题匾曰“萧寺”。

⑦莲花入幕：入莲幕。莲幕，大臣的幕府。

⑧鹤氅：用鸟羽结制而成的衣裘。

⑨同舟望若仙：后汉李膺与郭泰，曾经同舟共济，众宾望之，以为神仙，故称李郭仙舟。

⑩词曹：词林、文苑。指文人、文辞荟萃的地方。

⑪星使：古代天文学家以天节八星为使星，象征代天子宣威四方的使臣。后遂称帝王的使者为星使。

⑫衣钵：佛家语。衣指三衣，包括僧伽梨（众聚时衣）、郁多罗僧（上衣）、安陀会（内衣）。钵指食具，佛家以衣钵为师弟相传的证物，并作为佛家承传的依据。泛指师长所传授的学问、技能。

其　三

丘园[1]养拙[2]拜经神[3]，敢比躬耕[4]郑子真[5]。懒埽门庭留鼓吹[6]，曾携杖履[7]近星辰[8]。林泉[9]有梦依天上，文学何缘托海滨。幸遇足音空谷[10]责[11]，多君不薄[12]退休人。

注释

①丘园：小山的林园，引申为隐居的地方。

②养拙：涵养质朴的心性，指退隐不仕。

③经神：东汉郑玄是当时的经学大师，时人称他为经神。

④躬耕：亲自从事农耕。

⑤郑子真：汉人，名朴。修道守默，成帝时大将军王凤礼聘之，不应，家于谷口，世号谷口子真。

⑥鼓吹：古代鼓钲箫笳等合奏的乐曲。

⑦杖履：杖，拐杖，老人助行所持用；履，鞋子，离户出游所穿着。

⑧星辰：众星的总称。星是二十八宿；辰是日、月与十二星次交会的位置。

⑨林泉：林木与泉石，指隐居的地方或指退隐。

⑩足音空谷：空谷足音，比喻难得而可贵的人物或言论。

⑪贲：通“奋”。音 bēn。

⑫薄：鄙视。

其　四

七年书剑[①]感飘零，今日相逢水上萍[②]。折柬[③]相招来旧雨[④]，衔杯[⑤]无语怅晨星。

才如曲逆[⑥]贫非病，人是次公[⑦]醉亦醒。此别为君操左券[⑧]，应从千佛[⑨]列名经。

注释

①书剑：书籍和宝剑。书和剑是古代读书人毕生研求的两大目标，书代表文章，指读书做官；剑代表武艺，指仗剑从军。

②相逢水上萍：萍水相逢。萍随水而漂浮不定，比喻偶然相遇。

③折柬：折简，折半之简，言其礼轻。古人以竹简作书，谓裁纸写信。

④旧雨：旧友、老朋友。

⑤衔杯：以杯就口而饮酒。

⑥曲逆：夏桀时的女伶名。

⑦次公：汉盖宽饶字次公，为官廉正不阿，刺举无所回避。平恩侯许伯治第新成，权贵均往贺，宽饶不行，请而后往，自尊无所屈。许伯亲为酌酒，宽饶曰：“无多酌我，我乃酒狂。”丞相魏侯笑道：“次公醒而狂，何必酒也?”

⑧左券：契约的左片，由债权人收执。古代契约分割为左右两片，由双方各执其一，作为凭据。后用以比喻对事情有把握。

⑨千佛：千佛洞，旧名莫高窟，在甘肃省敦煌市东南沙鸣山。山里多石窟，其中有唐人的佛像、壁画，窟中也藏有唐人手写本佛经。

邻花居即事[①]

其 一

日月双丸弹[②]，春秋[③]一草庐[④]。寄身无别业[⑤]，退老[⑥]此幽居[⑦]。
庭静花添韵，窗阴竹补虚。有时成午梦，亦自到华胥[⑧]。

注释

①即事：有感于当前事物的诗，多以即事标题，故也称即事诗。
②日月双丸弹：太阳和月亮，形同二颗弹丸。
③春秋：一年、四季，春秋两季以代表年。
④草庐：茅屋。
⑤别业：即别墅，于本宅之外另筑的园林宅第。
⑥退老：退休养老。
⑦幽居：隐居。
⑧华胥：古代道家传说的和平安乐之国。《列子·黄帝》："昼寝而梦，游于华胥氏之国，……其国无帅长，自然而已。其民无嗜饮，自然而已。……黄帝既寝，悟然自得。"

其 二

机心[①]忘已久，群鸟亦相亲。稻啄红鹦惯[②]，笼开孔雀驯[③]。
匡床[④]供鹤料，埽壁净蛛尘[⑤]。更有能言鸭，呼名代接宾。

注释

①机心：巧诈的心计。
②稻啄红鹦惯：红鹦惯啄稻。杜甫《秋兴》："香稻啄余鹦鹉粒，碧梧栖老凤凰枝。"
③驯：善良，柔顺服从。
④匡床：安适的床。
⑤埽壁净蛛尘：把墙壁打扫干净，不留蜘蛛网的痕迹。

送述安司马[①]入郡

长亭[②]祖帐[③]正归期，父老殷勤[④]颂口碑[⑤]。奈此多情争卧辙[⑥]，那堪相送怅临歧[⑦]。
来曾何暮歌襦袴[⑧]，去有余思托赋诗。可是阳春[⑨]留不得，万家壶酒拜旌旗[⑩]。

注释

①司马：官名，清俗称兵部尚书为大司马。

②长亭：古代每十公里置驿站，称长亭，五里称短亭。

③祖帐：饯行时所设的帐幕。祭道神设帐饯别，故称祖帐。

④殷勤：情意深挚的样子，也指深挚的情意。

⑤口碑：德行称道于众人之口，有如文字刻于碑石之上。

⑥卧辙：卧于道路上阻止行事，后用作挽留去职官吏的用语。

⑦临歧：至歧路处。

⑧歌襦袴：后汉廉范，字叔度，为蜀郡太守，政治清明，人民富庶。时人作歌称颂说："廉叔度，来何暮？不禁火，民安作。平生无襦，今五袴。"襦袴，衣裤。音 rú kù。

⑨阳春：温暖的春天。比喻为政惠爱下民，使人民如沐于温暖的春光之中。

⑩旌旗：旗帜的总称。

郑用鉴

郑用鉴（1789—1867），字明卿，号藻亭。新竹人。郑月锡从弟。道光五年参加乙酉会考，以第一名获选为北台地区首位拔贡。著《静远堂诗钞》二卷。

生　涯

诗书满架作生涯，坊巷萧条有几家。
料得寒梅应惆怅[①]，满城开作寂寥花。

注释

①惆怅：悲伤、失意。

溪山晚渡

青山无数夕阳多，溪上行人发棹歌[①]。
翻忆旧游江畔路，几回清梦落鸥波。

注释

①棹歌：船夫行舟时所唱的船歌。

吾 庐

水阁[①]春阴重，池花夕气初。少焉新月上，媚[②]以淡烟疏。
苔色缘阶静，竹风吹洒如。安心尘影外，生趣满吾庐。

注释

①水阁：临水的楼阁。
②媚：美好。

郑如兰

郑如兰（1835—1911），初名德桂，字香谷，号芝田。新竹人。郑崇和之孙。郑用锡之侄。光绪十五年，以曾练勇抗法，获授候选主事，后加道衔。台湾割日之后，捐弃世务，与宾客诗酒过从，日咏于所居之北郭园。遗《偏远堂吟草》。

酬[①]陈瑞陔贡士[②]（濬芝）《书怀》索和

绿章[③]速日乞春阴，为护名花小院深。击钵[④]有声皆戛玉[⑤]，投囊[⑥]无句不堆金[⑦]。
湖山千里供舒啸，风月双清[⑧]助朗吟。坡老[⑨]肚皮何处合？肯招时辈共谈心。

注释

①酬：以诗文互相赠答。

②陈瑞陔贡士：陈濬芝，字瑞陔，一字浚芝，号纫石。新竹人，光绪八年举人，光绪廿十年考取贡士，光绪廿十四年补行殿试，以进士任考亭书院山长。贡士，清代会试中，试而未通过殿试的人称贡士。

③绿章：古代道士祷告上天时，用朱笔书写青藤纸的奏文。

④击钵：击钵诗。

⑤戛玉：叩击玉片，形容声音清脆悦耳。

⑥囊：诗囊。

⑦堆金：堆金积玉，金玉累积成堆，形容诗文多而美。

⑧风月双清：清风与明月，指风景清幽，月色皎洁。

⑨坡老：指苏东坡。

和水田[1]《北郭园即景》韵

镇日[2]闲无事，琴书且自娱。鸟声春满院，花影月当湖。

诗句投囊贮[3]，朋侪[4]折简[5]呼。园林常寓目[6]，一幅《卧游图》。

注释

①水田：吴逢清，字水田。

②镇日：整天。

③诗句投囊贮：唐李贺每一日出，骑马，从小奚奴，背负古锦囊，遇所得书投囊中，暮归足成诗。

④朋侪：朋友之辈。

⑤折简：折半之简，言其礼轻。古人以简作书，亦代指书札或信笺。

⑥寓目：瞩目，注目，注视。

《梦哉空也楼诗册》[1]题词

其一

左图右史享清闲，位置楼居近竹湾。

绝爱元龙高百尺[2]，朝朝拄笏看西山[3]。

注释

①《梦哉空也楼诗册》：日本人永井完久（住新竹）著。

②元龙高百尺：东汉陈登，字元龙。《三国志·魏志·陈登传》："汜曰：'昔遭乱过下邳，见元龙。元龙无客主之意，久不相与语，自上大床卧，使客卧下床。'备曰：'君有国士之名，今天下大乱，帝主失所，望君忧国忘家，有救世之意，而君求田问舍，言无可采，是元龙所讳也，何缘当与君语？如小人，欲卧百尺楼上，卧君于地，何但上下床之间邪？'"

③拄笏看西山：比喻在官而有闲情雅兴，亦为悠然自得貌。《世说新语·简傲》："王子猷作桓车骑参军。桓谓王曰：'卿在府日久，比当相料理。'初不答，直高视，以手版拄颊云：'西山朝来，致有爽气。'"按：手版，即笏。

其二

酒榼[1]诗瓢[2]壮宦游，仲宣[3]暇日赋清秋。

邯郸一梦[4]空千古，幻景依然蜃气楼[5]。

注释

①酒榼：盛酒的器具。榼，音 kē。

②诗瓢：藏纳诗稿的瓢。

③仲宣：三国魏文学家王粲，字仲宣。

④邯郸一梦：唐卢生在邯郸遇吕洞宾，吕以枕授生，生睡在枕上入梦，历数十年荣华富贵的故事。

⑤蜃气楼：海市蜃楼。一种因光线折射而使眼前呈现景物的幻象。多出现于海边或沙漠。蜃是一种有角的蛟龙，古人以为海中市镇、楼台是蜃吐气所形成的。

叶　声

万籁①萧然②景已秋，繁音③飞递上高楼。

庭柯④也解伤迟暮⑤，并作西风一夜愁。

注释

①万籁：泛指宇宙间所发出的一切声息。

②萧然：萧条。

③繁音：指叶声。

④柯：草木的茎干。

⑤迟暮：衰年，老年。

鸡　声

百尺扶桑①万木低，朝阳五色凤同栖。司晨②每唤千家醒，戒旦③常先百鸟啼。

旅梦催残茅店④外，吟魂⑤搅破竹篱西。刘琨⑥陡起⑦深宵舞，此日中原正鼓鼙⑧。

注释

①扶桑：植物名。

②司晨：指公鸡，因能报晓而得名。

③戒旦：警告天将破晓。

④茅店：茅草搭盖的客店，指简陋的旅舍。温庭筠《商山早行》：“鸡声茅店月，人迹板桥霜。”

⑤吟魂：作诗的灵感。

⑥刘琨：晋文学家、将领。曾与祖逖午夜闻鸡起舞。

⑦陡起：突然起来。

⑧鼓鼙：大鼓和小鼓。军中常用的乐器，行军时用以激励士气。后用以借指征战。

送　别

将星光映客星明，海上楼船[①]策太平。万里封侯班定远[②]，一行作吏谢宣城[③]。

摇鞭春试章台马[④]，出谷声迁上苑[⑤]莺。量取东瀛[⑥]千尺水，汪伦[⑦]送别有余情。

注释

①楼船：有层楼的大船。

②班定远：东汉班超投笔从戎，使西域，西域五十余国悉纳贡内属，封定远侯。

③谢宣城：南齐谢朓，文章清丽，工五言诗。尝官宣城太守，世称谢宣城。

④章台马：章台，亭台名，故址在今陕西省西安市长安区故城西南。台下有街，乃汉时妓院会聚之地，京兆尹张敞罢朝会，走马过章台街。

⑤上苑：帝王之园囿，御苑。

⑥东瀛：海上仙山瀛洲，喻指台湾。

⑦汪伦：李白《赠汪伦》："桃花潭水深千尺，不及汪伦送我情。"

北郭园[①]八咏（八首选七）

小楼听雨

小楼欹[②]枕数残更[③]，入耳潇潇[④]梦不成。

洒遍园林春色好，明朝定有卖花声[⑤]。

注释

①北郭园：在新竹，咸丰年间郑用锡所建。

②欹：倾斜。音 qī。

③残更：将尽的更鼓声，指天将明时。

④潇潇：雨声。

⑤卖花声：陆游《临安春雨初霁》："小楼一夜听春雨，深巷明朝卖杏花。"

晓亭春望

孤亭独立小楼西，眼底云山一抹[①]齐。

遥望春光何处是？石桥池畔柳初稊[②]。

注释

①抹：一扫而过。
②稊：枯树更生的幼芽。音 tí。

莲池泛舟

轻舟泛入水云乡[1]，画意诗情满碧塘。
兴尽欲随鸥侣[2]返，微风一棹送荷香。

注释

①水云乡：水云弥漫的地方，指隐士游息之处。
②鸥侣：鸥友，指隐居江湖的友人。

石桥垂钓

一蓑一笠对斜晖，新绿鳞鳞[1]水正肥。
笑我垂纶[2]方下饵[3]，转愁阳桥[4]误投机[5]。

注释

①鳞鳞：成纹层层如鱼鳞，常用以形容雪或水波。
②垂纶：垂钓。纶，钓丝。
③饵：鱼饵。
④阳桥：鱼名。
⑤误投机：被投机所误。

小山丛竹

叠石为山小更奇，二分种竹恰相宜。
小山招我淮南隐[1]，劲节[2]虚心是我师。

注释

①淮南隐：汉淮南王刘安的门客淮南小山有《招隐士》一篇。
②劲节：坚贞不移的操守，强劲的枝干。

曲槛看花

万紫千红直到秋，阑干十二景全收。
看花次第[1]过重九[2]，醉插黄昏满白头。

注释

①次第：转眼，顷刻。
②重九：农历九月九日，即重阳节。

陌田观稼

满地黄云大有年[1]，一家生计此为先。
欲知稼穑[2]艰难意，自卜村居爱水田。

注释

①大有年：大丰收的年岁。
②稼穑：农事的总称，春耕为稼，秋收为穑。

春雨和维丞[1]韵

浓阴一抹起瀛东[2]，拂面寒催柳絮风。海国入春天忽漏，云山泼墨[3]画难工。
平池水涨轻皴碧，曲径花繁渐褪红。写到米颠[4]烟雨景，好将笠屐[5]补诗翁[6]。

注释

①维丞：即秀才林易图，字维丞。福建闽侯人。祖籍竹堑（即今新竹市），著《潜园寓草》。

②瀛东：东瀛，海上仙山之一。瀛洲，喻指台湾。

③泼墨：中国山水画的一种。以水墨倾泻挥洒，其势若泼而得名。

④米颠：即米芾，因其人狂纵不羁而得名，擅山水画，落笔不求工细，喜用水墨点染。

⑤笠屐：戴笠帽，穿木屐。

⑥诗翁：指维丞。

同游香山寺归赠维丞

寻幽选胜爱林泉，别有襟期[1]别有天。笑我琴书消永昼[2]，羡君梅鹤[3]结清缘。

谋生计拙诗偏富，交友情深老益坚。世外浮名[4]浑不管，闲拼樽酒送残年。

注释

①襟期：心中所思，即情怀、怀抱。

②永昼：漫长的白天 。

③梅鹤：植梅养鹤。

④浮名：虚浮不实的名声。

鲁惠泉内史[1]以巧月[2]十七日招饮敝园，时值悬弧[3]，赠诗和韵

敢云此地绝嚣尘[4]，洒落[5]如君今可人[6]。啸傲[7]园林过盛夏，唱酬[8]歌曲拟《阳春》[9]。

山斋径开三三径[10]，海屋筹添[11]一一频。千里神交[12]原夙契[13]，岂惟杯酒日相亲。

注释

①内史：官名，专掌函牍。

②巧月：俗称农历七月，因七月七日有乞巧的风俗而得名。

③悬弧：生男孩的标示。古代风俗尚武，家中生男孩，便在门左挂弓一张。后男子生日也称悬弧。

④嚣尘：喧闹多尘，喻纷扰的人生。

⑤洒落：洒脱自然，不受拘束。

⑥可人：指品性行为使人满意的人。

⑦啸傲：歌咏旷放，不受拘束。

⑧唱酬：以诗词往来酬答。

⑨《阳春》：古代楚国曲名，泛指高格调的歌曲。

⑩三径：三条小径。西汉末年兖州刺史蒋诩因王莽专政而隐居，家园中开三径，与求仲、羊仲两人交游，后用以比喻隐士居所或泛指家园。

⑪海屋筹添：原谓长寿。后用为祝寿之词。筹是算筹，古代计算数字的小木棒，同海屋添筹。

⑫神交：凭神灵的力量相交。指精神相交、心灵相契；亦指久慕其人而未曾谋面的交谊。

⑬夙契：夙，旧，从前；契，交情。

和友竹[1]《春日偶成》韵

其　一

沂水[2]归来日，兴怀咏暮春[3]。多文真拟富，乐道岂忧贫[4]。
柳线[5]青如染，秧针[6]绿正匀。倚栏闲伫立[7]，花片落依巾。

注释

①友竹：王松，字友竹。新竹人。

②沂水：水名，源出山东省沂山。《论语·先进》："（曾点）曰：'莫春者，春服既成，冠者五六人，童子六七人，浴乎沂，风乎舞雩，咏而归。'"

③暮春：春季的末期，指农历三月。

④乐道岂忧贫：即忧道不忧贫。

⑤柳线：柳树的枝条。以其形状下垂细长如线，故名。

⑥秧针：指水稻秧苗的叶尖如针。

⑦伫立：久立。

其　二

人情虽反覆[1]，世事要和平。集益开三径[2]，摊书拥百城[3]。
园林娱此日，诗酒了余生。不速[4]谁为客，清谈茗共烹。

注释

①反覆：变化无常。

②三径：三条小径。西汉末年兖州刺史蒋诩因王莽专政而隐居，家园中开三径，与求仲、羊仲两人交游，后用以比喻隐士居所或泛指家园。

③书拥百城：藏书甚多，环列如城。《北史·李谧传》："丈夫拥书万卷，何假南面百城。"

④不速：不受召请而自来。

其　三

隙地[1]栽花木，呼僮汲水[2]浇。读书终有志，好礼又何骄。
自顾情多否？谁能免俗聊[3]。壶中长岁月，清福[4]此生消。

注释

①隙地：空地，未耕种的田地。

②汲水：取水。

③俗聊：闲谈。
④清福：清闲之福。

其　四

大笔何苍莽[1]，波澜折几回。赏心随地寄，奇想擘天开[2]。
过客[3]常悬榻[4]，留朋共举杯。风流都占尽，林下美人来[5]。

注释

①苍莽：形容空阔无边。
②擘天开：开天。擘，裂开，切开。
③过客：过路的人。
④悬榻：指礼遇贤士。东汉陈蕃任太守时，不接待宾客，只与徐稚交好。稚来时，专设一榻，去时便将榻悬挂起来。
⑤林下美人来：明高启《梅花》："雪满山中高士卧，月明林下美人来。"

林维丞[1]赏菊，索和原韵

其　一

黄花泛酒[2]迹非陈，陶令[3]相逢分外[4]亲。篱畔萧疏[5]犹故我[6]，坐中淡雅恰宜人。
名园到晚谁堪冷，老圃[7]经霜倍有神。知己如翁真洒脱[8]，几时赏识[9]出风尘[10]。

注释

①林维丞：秀才林易图，字维丞。
②泛酒：把酒杯翻过来，意谓干杯。
③陶令：晋陶潜，曾任彭泽县令，此处借指林维丞。
④分外：特别，格外。
⑤萧疏：寂寞，凄凉。
⑥故我：旧日之我。
⑦老圃：老园丁，久于种植蔬菜有经验的人。
⑧洒脱：不受拘束的样子。
⑨赏识：能够识别、培养 。
⑩风尘：行于道上，多为风尘所苦，后用以形容行旅的艰辛。

其　二

铖芥相投[1]榻下陈，一番谈笑一番亲。孤芳[2]本不谐流俗[3]，冷艳[4]偏宜伴老人。
花到秾[5]时争妩媚[6]，我从淡处见精神。园中独作群芳殿，凡卉[7]何从步后尘[8]。

注释

①鍼芥相投：鍼，即针。磁石能引针，琥珀能拾芥，因以鍼芥相投比喻人性情相契合。

②孤芳：独特的芳香，比喻人品高洁脱俗。

③流俗：流行的习俗，指世俗的人。

④冷艳：形容耐寒的花。

⑤秾：花木繁盛。

⑥妩媚：姿态容仪美好可爱。

⑦凡卉：一般的花朵。

⑧后尘：身后扬起的尘土，比喻跟随于他人之后。

郑家珍

郑家珍（1866—1928），字伯玙，号雪汀，新竹人。年二十七，由廪生中试，为光绪甲午科举人。对天文、地理、历法、算术、星相、卜筮均深入研究，各有著述。著《雪蕉山馆诗集》。

无 题

其 一

婀娜[①]临波巧弄姿，痴心欲赋《渡江词》。

十年未觉春风梦，犹作扬州杜牧之[②]。

注释

①婀娜：姿态柔美的样子。

②扬州杜牧之：唐杜牧，字牧之。其《遣怀》诗："十年一觉扬州梦，赢得青楼薄幸名。"

其 二

金莲[①]贴地齿留纹，勾起春情到十分。

准待洞庭好风月，乞将如愿向龙君[②]。

注释

①金莲：《南史·齐东昏侯纪》："又凿金为莲花以帖地，令潘妃行其上，曰：'此步

步生莲花也。'" 后因称女子之纤足为金莲。

②龙君：龙王。

丙寅[1]岁暮归省[2]留别诸同人

客地俄[3]经两履端[4]，屺[5]云西望路漫漫[6]。愁中风雨催偏急，梦里关山[7]越尚难。

飞雪久拚[8]堆鬓白，流霞未许驻颜丹[9]。归帆不日思明指，无限深情托暮澜。

注释

①丙寅：公元一九二六年，民国十五年。

②归省：返乡省亲。

③俄：不久，须臾。

④履端：一年的开端，即元旦。

⑤屺：山无草木。

⑥漫漫：长远无涯际状。

⑦关山：指家乡。

⑧拚：飞。

⑨流霞未许驻颜丹：留住容貌，使不衰老。流霞，传说中的仙酒，驻颜。

村 居

杖履[1]逍遥自在春，休论水智与山仁[2]。语能归澹皆书味，乐到无言是性真。

静坐许参[3]心上佛，村居便作画中人。年年汲古[4]延修绠[5]，何日源头得问津[6]。

注释

①杖履：拄杖漫行。

②水智与山仁：《论语·雍也》："智者乐水，仁者乐山。"

③参：参禅，禅家透过参究而悟入禅境。

④汲古：钻研或收藏古籍、古物，如汲水于井。韩愈《秋怀》："归愚识夷涂，汲古得修绠。"

⑤修绠：汲水用的长绳。

⑥问津：询问渡口，寻访或探求。

归途口占[①]

绿叶成阴雨乍晴，无边画意眼前生。春花有梦犹余尾，时鸟迎人已变声。
杨柳渡头蓝水暗，枌榆[②]社里午烟轻。怜余作客无多日，东望犹深故国[③]情。

注释

①口占：作诗不起草。
②枌榆：泛指故乡。
③故国：故乡，乡里。

寄　内[①]

其　一

杨柳台城已作花，故园西望水无涯。怜卿千里心相逐，劳我三更梦到家。
明月茜[②]窗梅影淡，暮天翠袖[③]竹枝斜。春寒料峭[④]关情甚，为嘱衣餐两有加。

注释

①内：内人，妻子。
②茜：绛红色。
③翠袖：青绿色衣袖，泛指女人的装束。
④料峭：寒风吹袭肌肤，令人发抖的样子。后多形容春寒。

其　二

怕闻时鸟作新声，婪尾春[①]中费计程。乡梦唤回凭燕子，归心枨触[②]到鸧鹒[③]。
绿波南浦[④]三春思，红豆[⑤]东风两地情。不日垂杨亲系马，绣帘[⑥]开处唤卿卿[⑦]。

注释

①婪尾春：芍药花春末始绽放，故又称婪尾春，取其最后之意。
②枨触：内心受到外物刺激而有所感。枨，音 chéng。
③鸧鹒：黄鹂。音 cāng gēng。
④南浦：用以指送别的地方。
⑤红豆：红豆树，文学作品中常用以象征爱情或相思。
⑥绣帘：绣有花纹的帘幕。
⑦卿卿：《世说新语·惑溺》："王安丰妇常卿安丰，安丰曰：'妇人卿婿，于礼为不

敬，后勿复尔。’妇曰：‘亲卿爱卿，是以卿卿，我不卿卿，谁当卿卿？’遂恒听之。”后以卿字连用，作为相互亲昵之称。

癸亥[①]腊月[②]归省[③]留别诸生及居停[④]主人

鷦鹩[⑤]权借一枝安，尚有程门立雪[⑥]寒。攻玉[⑦]他山惭匪石，谈心入室羡如兰。

延宾侃母[⑧]垂青眼[⑨]，寄食王孙赋素餐[⑩]。聚首无多旋[⑪]话别，骊驹未唱[⑫]泪先弹。

注释

①癸亥：公元一九二三年，民国十二年。

②腊月：农历十二月。

③归省：返乡省亲。

④居停：寄寓之地方。

⑤鷦鹩：鸟名。《庄子・逍遥游》：“鷦鹩巢于深林，不过一枝。”喻希求不多。

⑥程门立雪：比喻师道之严及学生对老师的尊敬，典出程颐和弟子游酢及杨时的故事。

⑦攻玉：琢磨玉石。比喻砥砺学行，或借鉴他人的长处以治己短。《诗・小雅・鹤鸣》：“他山之石，可以为错。”

⑧侃母：东晋陶侃之母亲，家贫，有客人来时，把自己的头发剪了，换酒食，诚意款待。

⑨青眼：器重对方，予以正视。

⑩素餐：徒享官禄，不尽职责。

⑪旋：随即。

⑫骊驹未唱：骊歌未唱。骊歌，离别之歌。

春夜闻雨（注：三月中浣[①]）

其一

觉来怕问夜如何，屈指春光已半过。

偏是踏青[②]消息近，乡心枨触[③]雨声多。

注释

①中浣：中旬。唐官制，每十日一休沐，故称十日为浣，如上浣、中浣、下浣。

②踏青：春天到野外郊游。古代踏青的日期，因各地习俗不同而有差异，有农历正月初八、二月初三或三月初三的曲水宴。

③枨触：内心受到外界刺激而有所感触。枨，音 chéng。

其　二

乡梦初回已四更，雨声淅沥[①]杂风声。
相思南国[②]知何限，红豆[③]情芽一夜生。

注释

①淅沥：形容下雨、下雪的声音。

②南国：泛指南方。

③红豆：相思子的异名，也用以比喻爱情或相思。王维《相思》："红豆生南国，春来发几枝。愿君多采撷，此物最相思。"

郑秋涵

郑秋涵，字虚一，号锦帆，又号霁光。新竹人，郑用鉴之曾孙，郑如洪之孙。曾从鹭门周少云学文，乙未年，移居鹤浦，宣统元年携眷回台，设帐授徒。民国十三年，移居清水，晚年返故乡，为竹社社员。著《虚一诗集》。

夏　村

村中风物美，暇日且娱游。敛翼[①]栖林鹭，昂头卧涧牛。
榕阴消溽暑[②]，竹影罩清流。多少夏畦病[③]，庙堂[④]孰[⑤]解忧。

注释

①敛翼：收束翅膀，比喻退缩不前。

②溽暑：酷暑。

③夏畦病：夏畦，指夏天在田地里劳动的人；病，劳苦。《孟子·滕文公下》："胁肩谄笑，病于夏畦。"

④庙堂：朝廷，宗庙。

⑤孰：谁。

梨　花

洗妆人去近黄昏，粉蝶飞飞合[①]断魂[②]。十里笼烟迷野径，一枝带雨掩柴门。
传神画到春无色，乘兴吟来雪有痕。遥指青旗[③]沽酒处，前村讶是杏花村[④]。

注释

①合：应该，应当。

②断魂：魂销神往，比喻情深或极度感伤。

③青旗：酒旗。

④杏花村：地名，在今安徽省池州市贵池区城西。杜牧《清明》："借问酒家何处有？牧童遥指杏花村。"

秋兴

时局朝昏[1]屡变更，秋风忽动故园情。人来就学为师友，我得知交当弟兄。

茅屋月明斜树影，山窗夜静入泉声。伤心别有难言事，忧愤[2]多攻后半生。

注释

①朝昏：早晚。

②忧愤：忧郁愤懑。

夏夜清水池边作

众木含青霭[1]，孤村傍碧岑[2]。烟霞消世虑，水月印诗心。

渐有凉风至，全无暑气侵。泠然称善[3]也，危坐[4]正披襟[5]。

注释

①青霭：指云气。因其色紫，故称。

②碧岑：苍绿的山丘。

③泠然称善：泠然，轻妙貌。《庄子·逍遥游》："夫列子御风，泠然善也。"

④危坐：端坐。

⑤披襟：敞开衣襟，舒畅胸怀。

祝林献堂[1]兄令祖母罗太夫人米寿[2]

八十还加八岁人，麻姑[3]掷米[4]讶前身。衣冠[5]世代文兼武，定省[6]孙曾[7]夜复晨。

万事无如为善乐，一生只是恤贫[8]真。雾峰更筑莱园好，颐养[9]天年[10]百福[11]臻[12]。

注释

①林献堂：林大春，一名朝琛，字献堂，以字行，号灌园。台中市雾峰区人。

②米寿：八十八岁。
③麻姑：神话中仙女名。曾在绛珠河边用灵芝酿酒，为西王母祝寿。
④掷米：传说仙女麻姑掷米于地，皆成珍珠。
⑤衣冠：指官宦之家。
⑥定省：子女早晚向父母亲长请安的礼节。
⑦孙曾：孙子和曾孙，泛指后代。
⑧恤贫：救济贫民。
⑨颐养：保养。
⑩天年：自然的年寿。
⑪百福：多福。
⑫臻：到达。

木叶蝶

（出台湾埔里社）

身世飘零事已非，终朝只是探花归。无端[1]绕树深深见[2]，忽讶辞枝故故[3]飞。

庄叟[4]梦迷春草碧，谢家[5]诗写晚林绯[6]。吹嘘[7]剪纸浑相似，不逐秋风点客衣。

注释

①无端：没来由，无理由。
②深深见：杜甫《曲江》“穿花蛱蝶深深见”。
③故故：鸟鸣声。
④庄叟：庄周，曾梦化成蝴蝶。
⑤谢家：指南朝宋人谢灵运。纵情山水，隐会稽东山，作《山居赋》以自明。
⑥绯：红色。
⑦吹嘘：吹拂。

和王子春茂才[1]《留别》原韵

论交文字日相依，谁料今朝欲久违[2]。题壁尚留长句在，渡江待整片帆归。

猿声岸上啼寒雪，树色天边挂夕晖。别后晨昏须保重，凭君强饭并增衣。

注释

①茂才：即秀才。东汉时，为了避光武帝刘秀的讳，改称茂才。也指才德出众的人。
②违：离开。

游法雨寺

自笑尘缘[①]脱未能，回头彼岸[②]可同登。为寻古寺来参佛[③]，始信名山本属僧。

海上波涛看渺渺[④]，天中殿阁起层层。禅房[⑤]小憩[⑥]真幽寂[⑦]，风定茶烟一榻凝。

注释

①尘缘：佛家语。佛家以色、势、香、味、触、法为六尘，六尘为嗜欲之所缘，故称尘缘。亦指世俗之缘。

②回头彼岸：即回头是岸。醒悟前非，改过从善。彼岸，佛家语，梵语 para，音译为波罗。脱离此岸尘世的烦恼，而得涅槃的彼岸。意谓生死如海，成佛为彼岸。

③参佛：参拜释迦牟尼佛。

④渺渺：幽微辽远的样子。

⑤禅房：佛家语，僧人住宿的房屋。

⑥憩：休息。

⑦幽寂：幽雅寂静。

杂感

往事追思[①]剧[②]可怜，西风渐老菊花天。弟兄在昔经离乱，陵谷[③]而今亦变迁。

身后题名凭石碣[④]，生前行世藉诗篇。王侯将相知多少？一向山丘永寂然[⑤]。

注释

①追思：回想往事。

②剧：甚，极。

③陵谷：山岭和深谷。比喻世事变迁，高下易位。

④石碣：墓碑。

⑤寂然：安静无声的样子。

夜坐有感

满腹牢骚[①]发叹声，山妻伴我坐深更，何堪一日无柴米，未必千秋有姓名。

士到穷时甘耐苦，民逢乱世不聊生[②]。谁将整顿乾坤手，扫尽烽烟[③]见太平。

注释

①满腹牢骚：牢骚充满肚腹。喻内心忧愤不平。

②不聊生：民不聊生，百姓无以维生。

③烽烟：边境有警，白天举烟，夜晚举火以报警。喻战乱、动乱。

言 志

老到吟诗兴未阑①，居然长吉②呕心肝③。仙方不藉朱颜④驻⑤，俗辈惟将白眼⑥看。
所愿举家无百病，但求每日足三餐，何时抛得尘寰⑦去，啸傲⑧烟波一钓竿。

注释

①未阑：未尽。

②长吉：唐代诗人李贺，字长吉。年少即工诗，死时年仅二十七。作诗善于熔铸词采，富于想象，以创新瑰丽之诗境，因过于矜奇，有时流于晦涩。

③呕心肝：呕出心血，比喻费尽心力。

④朱颜：红润的容颜，泛指少年美好的面容。

⑤驻：停留，止住。朱颜驻，驻颜，留住容貌，使不衰老。

⑥白眼：眼中因躁怒而多白色。表示鄙视、厌恶的态度。

⑦尘寰：尘世。

⑧啸傲：歌咏旷放，不受拘束。

乙未①之乱，移居鹤浦②，至己酉③挈眷④旋梓⑤感作

浪迹⑥多年一梦成，家山烽火最心惊，仲宣⑦曾作《登楼赋》，元亮⑧难忘爱菊情。
亲友重逢今日老，儿童半在异乡生。归来栖隐⑨园林好，不管人间辱与荣。

注释

①乙未：公元一八九五年，光绪廿一年，这年中日两国签订《马关条约》。

②鹤浦：地名，在今金门县金城镇。

③己酉：公元一九〇九年，宣统元年。

④挈眷：携眷，携带眷属。

⑤旋梓：还乡。

⑥浪迹：到各地漫游而行迹不定。

⑦仲宣：三国时魏文学家王粲，字仲宣。文思敏锐，以短赋名于时。因避乱，从西京（长安）往荆州依附刘表，但不为表所重视。一日登当阳县城楼，触景怀乡，因作《登楼赋》以抒其悲苦烦闷之情。后人遂以王粲登楼作为文人远离家乡，怀才不遇的典故。

⑧元亮：晋陶潜，字元亮。江西浔阳柴桑人。嗜爱菊花。

⑨栖隐：隐居。

祭宗祠作

庙貌巍然[1]世泽[2]长，至今人说郑公乡[3]。登堂父老仪容[4]肃，绕砌孙曾[5]拜跪忙。
一代衣冠[6]遗制度，千秋[7]俎豆[8]自馨香[9]。要知春礿[10]冬烝[11]日，报本微忱[12]永不忘。

注释

①巍然：高大。

②世泽：祖先的余荫遗泽。

③郑公乡：《后汉书·郑玄传》："国相孔融深敬于玄，屣履造门，告高密县为玄特立一乡，曰：'然则公者仁德之正号，不必三事大夫也。今郑君乡，宜曰郑公乡。'"后以"郑公乡"赞誉别人的乡里。

④仪容：容态。

⑤孙曾：孙子和曾孙，泛指后代。

⑥衣冠：衣服与礼帽，指官宦之家。

⑦千秋：千年，形容岁月之远。

⑧俎豆：古代祭祀时，盛祭品的两种器皿。引申为祭祀崇奉的意思。

⑨馨香：芳香，也比喻德化远播，可流传后代的好名声。

⑩礿：祭名。夏、殷时春祭宗庙叫礿。音 yuè。

⑪烝：祭祀的通称。音 zhēng。

⑫微忱：微薄的心意，自称本心的谦辞。

郑鹏云

郑鹏云，字毓臣，新竹人，清台北府廪生。曾与同邑陈朝龙纂修《新竹县志》，并辑《师友风义录》。

丁酉[1]孟秋[2]感怀七律

踏遍槐黄[3]迹已陈[4]，江湖落拓[5]一闲身。功名有分三生定，时事如棋一局新。
五度秋风曾老我，二分明月正怀人。瀛东多少观光客，桂籍[6]留题亦宿因[7]。
（谓吴澄秋、陈子潜诸广文[8]均归籍应试）（谓嘉义黄采侯孝廉[9]鸿藻[10]）

注释

①丁酉：公元一八八五年，光绪十一年。

②孟秋：秋季的第一个月。

③槐黄：槐花黄。唐代长安举子，落第者自六月以后不出京回家，借住静坊庙院及闲宅居住，习业作文，直到当年七月再献上新作的文章，谓之过夏。时逢槐花正黄，后遂以槐花黄指举子忙于准备考试的季节。

④迹已陈：已成为陈迹。

⑤落拓：穷困失意。

⑥桂籍：旧时科举考试登进士第的名籍为桂籍。

⑦宿因：前世的因缘。

⑧广文：明清时儒学教官的别称。

⑨孝廉：明清时称举人为孝廉。

⑩鸿藻：富丽的文采。

太平岩在鹭门[①]之东，相传为先世延平郡王读书处，外镌有“石笑”二字，书此志感

石不能言开口笑，读书深处有莓苔。
草鸡[②]莫问当年事，鲲海[③]骑鲸[④]去不回。

注释

①鹭门：即厦门。

②草鸡：王渔洋《池北偶谈·厦门砖刻》：“明季崇祯庚辰岁，有闽僧贯一者，居鹭门（即今厦门）。夜坐，见篱外坡陀有光，连三夕。怪之，因掘地得古砖，背印两圆花突起，面刻古隶四行，其文曰：‘草鸡夜鸣，长耳大尾。干头衔鼠，拍水而起。杀人如麻，血成海水。起年灭年，六甲更始。庚小熙皞，太平千纪。’凡四十字。闽县陈衎盘生，明末著《槎上老舌》一书，备记其语，至今癸亥四十四年矣。识者曰：‘鸡，“酉”字也，加草头大尾长耳，“郑”字也，干头，“甲”字，鼠，“子”字也。谓郑芝龙以天启甲子起海中为群盗也。明年甲子，距前甲子六十年矣。庚小熙皞，寓年号也。前年万正色克复金门、厦门，今年施琅克澎湖，郑克塽上表乞降，台湾悉平，六十年海氛一朝荡涤，此固国家灵长之福，而天数已预定矣，异哉！’”

③鲲海：鲲洋，台海。

④骑鲸：乘鲸，借指死亡。

和周玉香广文[①]赠句原韵

诗成珠玉[②]句惊奇，别馆[③]清樽唱和诗[④]。
衣带鲲洋唯一水[⑤]，春潮有信负归期。

注释

①广文：明清时儒学教官的别称。

②珠玉：珠与玉。指珍贵的东西。比喻文辞的华美。

③别馆：别墅。

④和诗：按照他人赠诗的诗题来作诗，作为赠答。

⑤衣带鲲洋唯一水：鲲，明清时期之古屿七鲲身，在今安平附近。鲲洋一衣带水，河流的宽仅如一带，称为一衣带水，形容其狭窄。后世泛指江河湖海皆不足阻碍，即谓台海之宽如一带之隔。

留园雅集席上集事（二首选一）

东望瀛堧[①]百感哀，骚坛[②]韵事话又开。

名园宴会群英集，料有新诗继《福台》[③]。

自注：《东宁诗》一名《福台新咏》，四明沈光文、宛陵韩又琦、关中赵行可、会稽陈元图、无锡郑廷桂、榕城林弈、丹霞吴蕖、轮山杨宗城、螺阳王际慧前后唱和之作。

注释

①瀛堧：海岸，海边。借指台湾。瀛，海；堧，水边空地，音 ruán。

②骚坛：诗坛。

③《福台》：即《福台新咏》，为明末清初沈光文及诸多诗人唱和之作。据连横《台湾诗乘》之记载："清人得台，游宦渐集，斯庵亦老矣，犹出而结诗社，名曰：'东吟'，所称《福台新咏》者也。斯庵作序，载台湾文存，是为诗社之始。序中所列十四人，曰无锡季蓉洲麒光、曰宛陵韩震西又琦、曰金陵赵苍直龙旋、曰福州陈克瑄鸿猷、曰无锡郑紫山廷桂、曰武林韦念南渡、曰福州翁辅生德昌、曰无锡华苍崖衮、曰会稽陈易佩元图、曰金陵林贞一起元、曰上虞屠仲美士彦、曰福州何明卿士凤、曰泉州陈云卿雄略、曰宁波沈斯庵光文。而张鹭洲《瀛堧百咏》末章云：'《福台新咏》萃群英，调绝音希孰继声。'注谓《东宁诗》一名《福台新咏》。四明沈光文，宛陵韩又琦，关中赵行可，会稽陈元图，无锡华衮，郑廷桂，榕城林弈，丹霞吴蕖，轮山杨宗城，螺阳王际慧，前后唱和之作。闻吴有《桴园诗集》，杨有《碧浪园诗》，按鹭洲所注之人，与《东吟社序》略有不同。东吟社中唯季蓉洲为诸罗知县，著《海外集》一卷，林贞一为府经历，余皆流寓，无可考。《福台新咏》亦久失传。"

舟过平户吊前明延平郡王

已从金厦据双门，还要骑鲸到七鲲[①]。能使红毛[②]归故物，敢将赤手抗中原。
英风飒爽[③]飞鸾岛，旧雨凄凉梦蝶园[④]。三百年来明养士[⑤]，如君才算报君恩。
（飞鸾岛，在平户延平郡王所生地）

注释

①七鲲：地名。即明末清初时之七鲲身屿。在今安平附近。

②红毛：荷兰人。

③飒爽：神采飞扬貌。

④梦蝶园：明遗老李茂春别墅。李茂春，福建龙溪人，永历十八年从郑经来台。故址在永康里，即今台南市法华寺。

⑤养士：养育的人才。

王 松

王松，字友竹，号寄生，别署沧海遗民。新竹人。乙未之役，避难蚶江，后返故里，蛰居所居“如此江山楼”，纵酒赋诗。主北郭园三十年，民国十九年卒。著有《台阳诗话》、《沧海遗民誊稿》、《友竹行窝遗稿》等书，民族意识强烈。

写 怀

独立苍茫[①]诵《楚辞》[②]，无才经世[③]愧须眉[④]。干戈[⑤]不死贫犹幸，锋镝[⑥]余生窜[⑦]可悲。
邻里痛思全盛日，国家忍见就衰时！而今勉守松楸[⑧]地，豺虎[⑨]丛中和[⑩]杜[⑪]诗。
（墓陷贼中）

注释

①苍茫：旷远无边、视野迷茫的样子。

②《楚辞》：西汉刘向辑。收录有屈原、宋玉等人的辞赋及刘向自己的作品。

③经世：治理天下。

④须眉：胡须与眉毛，古人对成年男子的通称。

⑤干戈：兵器的总称，比喻战争。

⑥锋镝：刀刃和箭头，泛指武器。

⑦窜：匿，藏；逃，逃避。
⑧松楸：松树和楸树。因多植于墓地，故用以指墓地。
⑨豺虎：豺和虎。喻指盗寇乱贼。
⑩和：和诗。
⑪杜：杜甫。

春日闲居

过却春光懒出门，岂因富贵放金樽。事贪了彻[①]从头问，书怕遗忘信手[②]翻。
冷暖人情当自立，崎岖[③]世道[④]不堪言。平生家国惭无补，心迹知谁肯见原。

注释

①了彻：了悟，明白。
②信手：随手。
③崎岖：倾侧不平。
④世道：人世间的道路。指纷纭万变的社会状态。世间，社会，社会道德风尚。

山居适兴

颠狂[①]原不合时宜，自别王城乐莫支[②]。妻拙堪为山水伴[③]，书多差[④]喜见闻奇。
曲江[⑤]对镜怜形影，彭泽[⑥]编诗纪岁时。热血一腔何处洒？且将耕读教豚儿[⑦]。

注释

①颠狂：精神失常。
②乐莫支：乐不可支，形容非常快乐的样子。
③山水伴：游山玩水之伴侣。
④差：颇，最。
⑤曲江：曲江池，在陕西省西安市长安区东南。每年中和、上巳，游客如云，秀士登科，亦赐宴于此。
⑥彭泽：地名。属江西省，晋陶潜尝为彭泽县令。
⑦豚儿：自称其子之谦辞。

郑香谷[①]主政[②]（如兰）挽词[③]

考终[④]富寿复何悲？怅触[⑤]生平有挽词。今世酬恩偏觉负，来生识面莫教迟。
五千道德[⑥]仙心古，八百[⑦]孤寒客泪垂。老我底须[⑧]愁永诀[⑨]，九京[⑩]聚首不多时。

注释

①郑香谷：郑如兰，字香谷。新竹人。
②主政：主掌家政者，犹主人。
③挽词：指哀悼死者的辞章，包括诗、文、歌、词等，古代多用韵文写成。
④考终：享尽天年。
⑤枨触：触动。枨，音 chéng。
⑥五千道德：老子著《道德经》，言道德之意，凡五千余言。
⑦八百：八百日。
⑧底须：何须。
⑨永诀：永别，指死别。
⑩九京：九原，春秋时晋大夫的墓地，后亦泛指墓地。

杂 感

互市①纷纷海禁②开，于今时局更堪哀。书中每有同心事，朝右偏无济世③才！
遣闷烹茶烧落叶，消闲看竹破新苔。近来眠食多忘却，不独人间百念灰。

注释

①互市：指台湾与大陆间的通商贸易。
②海禁：清廷对渡航台湾者加以严格管制，不准携家带眷，禁止粤地人员来台等。
③济世：救济世人。

山居遣兴

不求名利寸心安，且把诗篇割爱删。案①有奇书消白昼，门无俗客对青山。
身为清节衣冠②后，自爱风流水石间。半世生涯浑是醉，一凭③鱼鸟笑痴顽④。

注释

①案：几桌。
②衣冠：衣以章身，冠以敛发，士大夫所服。因以称缙绅之家。
③一凭：一任。
④痴顽：愚昧顽固，常为自谦之词。

村居偶得

此境清心目，重来路恐迷。水明平野阔，云压众山低。
鹅鸭浮蒲渚[①]，牛羊卧柳堤。村居风俗古，疑是武陵溪[②]。

注释

①蒲渚：蒲，水草名；渚，小洲。

②武陵溪：即通往桃花源（武陵源）的水流。

村中即事

林下埋头倦送迎[①]，偶闻时事也堪惊。朝多安石[②]更新法，世少汾阳[③]复旧京。
恋岫[④]云无争出意，在山泉有不平鸣[⑤]，何须更羡功名贵，《诗话》[⑥]新编两卷成。

注释

①送迎：送往迎来。

②安石：宋王安石，性强忮，临于自信，议论高奇，立意改革政治，推行新法，以求成过急，任用非人，功效未见，弊端不少。

③汾阳：唐郭子仪，平安史之乱，功为中兴诸将冠，封汾阳王。

④恋岫：陶潜《归去来兮辞》："云无心以出岫，鸟倦飞而知还。"岫，山。

⑤不平鸣：韩愈《送孟东野序》："大凡物不得其平则鸣。"

⑥《诗话》：评论诗歌、诗人、诗派及记录诗人故实的著作。此处指《台阳诗话》。

书　愤

生逢割地[①]亦徒忧，烽火[②]连天尚不休。家有两姑难作妇，国无一士觅封侯[③]。
安危于我何轻重，得失劳人问去留。大局不禁长太息[④]，华夷[⑤]从此是春秋[⑥]。

注释

①割地：指台湾割让给日本。

②烽火：边境有警，白天举烟，夜晚举火以报警。喻战乱、动乱。

③觅封侯：出外寻求富贵荣华。

④太息：长长的叹息。

⑤华夷：华指汉族，夷指非汉族。

⑥春秋：时代名。系因孔子作《春秋》一书而得。

寄怀郑香谷[①]主政[②]（如兰）

闻说康成[③]在，干戈[④]苦未休。离情分一水，别恨满孤舟。
入梦怜衰老，关心定去留。思君今夕泪，随梦向东流。

注释

①郑香谷：郑如兰，字香谷。新竹人。
②主政：主掌家政者，犹主人。
③康成：汉郑玄，字康成。博通诸经。此处借指郑香谷。
④干戈：兵器的总称，比喻战争。

春日闲居

肥遁[①]兼全宠辱[②]身，香炉茶椀足怡神[③]。不才[④]愿作池中物[⑤]，得意羞看世上人。
杜老[⑥]奇愁吟苦竹，放翁[⑦]异梦靖[⑧]边尘[⑨]。举头怕见青青柳，抱膝长吟又一春。

注释

①肥遁：退隐。
②宠辱：得失。
③怡神：使心情怡乐。
④不才：自称之辞。
⑤池中物：比喻蛰居一个小地方，没有远大抱负的人。
⑥杜老：杜甫。
⑦放翁：陆游，字放翁，诗风格雄浑豪放，有“爱国诗人”之称。
⑧靖：安定，平定。
⑨边尘：边地的尘土，代称边境战事。

题洪逸雅[①]茂才[②]（以南）墨兰

一瓣心香属所南[③]，遗民[④]心事更何堪。
泪痕墨渖[⑤]潇湘雨，风叶露根花两三。

注释

①洪逸雅：洪以南，字逸雅。台北艋舺人。
②茂才：东汉时，秀才改称茂才，避光武帝刘秀讳也。又指才德出众的人。

③所南：郑所南，宋末连江人，自名所南，一名思肖，字忆翁，皆示意赵宋不肯北面事元之意。午居坐必南向，常向南痛哭，厌闻北语。善画墨兰。入元，画兰不画土，谓土已为番人夺去矣。

④遗民：留遗之民。亦称不仕异代之人。

⑤墨渖：墨汁。

和瑶京[1]弟《有感》元韵[2]

毵毵[3]杨柳绿阴成，镇日[4]流莺[5]不住鸣。壮士有谁歌《出塞》[6]，孤臣犹自梦朝京[7]。功名多是前生定，富贵何须抵死[8]争。把臂与君偕隐去，群仙料亦下山迎。

注释

①瑶京：王瑶京，新竹人。清光绪间人，工诗。

②元韵：原韵。

③毵毵：长貌。

④镇日：整天。

⑤流莺：黄莺。

⑥《出塞》：即《出塞》曲，后来唐代诗人作边塞的诗也用这个名称。

⑦朝京：至京城拜见天子。

⑧抵死：冒死。

海上望台湾

如此江山坐付人，陋[1]他肉食[2]善谋身。
乘桴[3]何用频回首，懒学长沙[4]论过秦[5]。

注释

①陋：鄙劣不良。

②肉食：古代高官厚爵者以食肉为常，故用以称享有厚禄的官员。

③桴：用竹子或木材编成的竹排或木排。大的叫筏，小的叫桴。

④长沙：西汉政论家、辞赋家贾谊，文帝时外放为长沙王太傅。贾谊往长沙就任时，渡湘水作《吊屈原》以抒发哀怨。在长沙见猫头鹰，以为不祥，而作《鹏鸟赋》，此外又有《过秦论》等著名政论文章。

⑤论过秦：过秦，即《过秦论》，汉贾谊作。评论秦所犯的过错，以作汉代的鉴戒。全文要旨在说明秦朝的覆亡，在于不施仁义的政治，单靠山河的险阻、兵力的强大，是促成其覆亡的主因。文分上中下三篇。

丙申[1]除夕[2]

痴呆[3]不卖[4]穷难送[5]，如愿于今更懒求。赊券奈无台避债[6]，祭诗聊借酒浇愁[7]。

那堪时事频焦额[8]，已卜余生莫出头[9]。归去自佳留不恶[10]，岂宜怨李与恩牛[11]。

注释

①丙申：公元一八九六年，光绪二十二年。

②除夕：农历十二月最后一天的晚上。也泛指一年的最后一天。

③痴呆：痴呆愚笨。

④卖：炫耀。

⑤穷难送：即难送穷。送穷，祭送穷鬼以除贫。唐人风俗，以农历人日前一日（正月初六）为送穷日。又有以农历正月二十九为送穷日。

⑥台避债：避债台。周景王所筑。后因周赧王避债于此，故名。

⑦浇愁：借酒消愁，解除烦闷。

⑧焦额：焦头烂额。形容救火时烧伤的样子。后用以比喻为事所困，十分狼狈。

⑨出头：出人头地。

⑩归去自佳留不恶：回故乡虽然好，外地居留也不坏。

⑪怨李与恩牛：唐代穆宗、敬宗、文宗、武宗、宣宗五世，以牛僧孺、李宗闵为首，与以李德裕父子为首的朋党，两派互相争权排挤，前后将近四十年。

宿山寺偶题

寒恋重衾[1]睡起迟，梦中啼笑似儿时。天心[2]颠倒愁无益，人事萧条[3]酒莫辞。

自别王城[4]惟种菜，偶来佛寺为寻诗。如今休听长安[5]事，除却云山总不思。

注释

①重衾：厚的大被。

②天心：天帝的心意。

③萧条：寂寥冷落。

④王城：帝王的都城。

⑤长安：地名，在今陕西省西安市蓝田县西，为历代建都之地。京师的泛称。

登城东楼

登陴[1]望阙[2]叹拳空[3]，时事浮云[4]大海东。绕郭溪声秋雨后，满楼山色夕阳中。

移家人困搬姜鼠[5]，守土[6]民愚负蝂虫[7]。一片热肠[8]双冷眼[9]，愁来只合问苍穹[10]。

注释

①陴：城上小墙。中留洞孔，可以窥望。音 pí。

②阙：古代官庙门外建立的二台，其间阙然有路可通。指帝王的居处。

③拳空：赤手空拳，空手，一无所有。

④浮云：天空中飘浮的云。比喻世事变幻无常。

⑤移家人困搬姜鼠：搬家的人其身心如同搬移生姜的老鼠一样疲惫。

⑥守土：防卫疆土。后来泛指地方官吏掌理一个地区的政事。

⑦负蝂虫：蝜蝂虫，虫名。柳宗元《蝜蝂虫》："蝜蝂虫者，善负小虫也。行遇物辄持取，卬其首负之，背愈重，虽困剧不止也。"

⑧热肠：热心。

⑨冷眼：指超然或漠不关心的态度。

⑩苍穹：天空。

陈槐泽

陈槐泽（1885—？），名心南，号翕庵。原居新竹中港，幼随父迁居松山。曾任松山国校汉文教师。与魏清德结金兰契，嗣入星社。星社成立后，受聘任指导。著《翕翁吟草》。

登观音山[①]分赋[②]

曾来拾级[③]汗盈袍，拂策[④]看人兴又豪。既共凭高[⑤]还望远，谁思所得自偿劳。

双尖翠落凌云寺，一路红翻夹竹桃[⑥]。甚欲更行登绝顶[⑦]，下方暮色动林皋[⑧]。

注释

①观音山：山名，在新北市。

②分赋：分韵赋诗。古时数人聚会作诗，共同选定数字为韵，并由各人分拈韵字，依韵赋诗。

③拾级：顺台阶而上。

④拂策：搀扶、支撑、簇拥。

⑤凭高：临据高处。

⑥夹竹桃：常绿灌木。花具香味，通常为红色，可供观赏。

⑦绝顶：山的最高处。

⑧皋：高地。

狮山[①]纪游

藤葛今犹未上攀，禅房信宿[②]石林间。听经常念南无佛[③]，嗟我重来鬓有斑。
愿彼无双米芾[④]字，长藏第一故乡山。内人手拾新红叶，归献慈帏[⑤]定解颜[⑥]。

注释

①狮山：狮头山。
②信宿：连住两夜。
③南无佛：南无阿弥陀佛。
④米芾：北宋书画家。工书，行草自成一家，用笔俊迈。
⑤慈帏：指母亲。
⑥解颜：开口而笑。

稻江[①]除夕寄李翁天骥

愚人[②]无事挂心肠，卧看家人送岁忙。稚子[③]春衣争试着，老妻朝赛早新妆。
亦烧爆竹香萦[④]户，仍办围炉酒满觞。却忆李翁能念旧，三年除夕在他乡。

注释

①稻江：地名，即今台北市之大稻埕。
②愚人：作者自称。
③稚子：幼子。
④萦：盘旋。

大窠坑道上作

健脚当年颇自夸，迩来[①]行远稍思车。俗勤溪坝还栽稻，春晚山梅正发花。
细石软涂新道路，覆茅张笕[②]野人家。笑逢田父[③]询城市，却羡红尘[④]富物华[⑤]。

注释

①迩来：近来。
②笕：引水的长竹管。音 jiǎn。
③田父：老农夫。
④红尘：飞扬的尘埃，形容繁华热闹。
⑤物华：风光，景物。

聊息庐家讌[1]有作

书画明窗生古香，扫空案牍[2]整匡床[3]。八年公事连髭[4]白，一赋闲[5]居清梦长。
诞日哄堂[6]忙里乐，陂[7]流绕户暑时凉。正因旧有金兰契[8]，家讌还来伴举觞。

注释

①讌：聚饮，宴会。
②案牍：指官府的公文书信，后也用指文字篇章。
③匡床：安适的床。
④髭：生在嘴唇上边的短须。音 zī。
⑤赋闲：晋潘岳辞官家居，作《闲居赋》，后人因称罢官或闲居无事为赋闲。
⑥哄堂：满屋子的人。哄，音 hòng。
⑦陂：水流弯曲处。
⑧金兰契：至交，深厚的友谊。

会饯[1]蔡北仑于涵虚楼

宿恙[2]于今想已安，朝携铁策[3]下层峦。西来翰墨[4]饶奇气，南国风霜过大寒[5]。
从此应多新事迹，论交不失旧朋欢。涵虚却笑尤先至，独听琴歌是《伐檀》[6]。

注释

①饯：设宴送行。
②宿恙：宿疾，旧有的疾病。
③铁策：铁拐。
④翰墨：笔墨，也作文辞的代称。
⑤大寒：节气名。二十四节气之一。在国历一月二十日或二十一日。
⑥《伐檀》：《伐檀集》，书名，宋黄庶撰，诗、文各一集。黄庶为黄庭坚父。

送林锦铭之鹭门[1]

渡厦行装正急治[2]，还携晋帖[3]示书痴。朋侪[4]分道多腾达[5]，社讌关心又别离。
二岛[6]相望衣带水[7]，老梧应有凤栖枝[8]。送君江阁看云雨，勉寄新诗慰夙知。

注释

①鹭门：地名，即今厦门。

②治：整束，准备外出。

③晋帖：晋代书法家的字帖。

④朋侪：朋友之辈。

⑤腾达：发迹，指升官发财。

⑥二岛：台湾与厦门。

⑦衣带水：一衣带水，河流的宽仅如衣带，形容其狭窄，后泛指江河湖海皆不足为阻碍。

⑧老梧应有凤栖枝：杜甫《秋兴》："碧梧栖老凤凰枝。"

郑登瀛

郑登瀛，字十洲，号竹溪诗隐。新竹人。郑用锡之曾孙，郑如梁之孙。早岁曾创办酒厂，迨日人实行专卖，强迫征收，其后即不治生产，敛迹北郭园。"九一八"事变后，登瀛恐贾祸子孙，乃将诗稿中民族意识强烈者予以焚毁。今存《郑十洲先生遗稿》。

园居

其一

小小亭台曲曲池，苍松成荫竹成篱。
旁人艳羡[①]饶清福，身在园中不自知。

注释

①艳羡：羡慕。

其二

小螺山下小蜗居[①]，绿树清流绕竹庐。
笑向檐前修竹问，此间避俗竟何如？

注释

①蜗居：隘陋之居处，常用作谦称。

淡江[1]偶成

一枝兰桨[2]鸭头波[3]，容与中流自在过。
十里水光山四面，沿堤来往丽人多。

注释

①淡江：淡水河。

②兰桨：以木兰树干制作的桨。

③鸭头波：指绿如鸭头顶毛之河水，绿波。

祝擎甫从叔[1]五十

其 一

座满春风[2]酒满壶，碧桃花里祝悬弧[3]。
江淹彩笔[4]丘迟锦[5]，借作人间百寿图[6]。

注释

①从叔：父亲的堂兄弟，年纪比父亲小的，称为从叔，即堂叔。从，音 cóng。

②春风：春天温和的风。比喻和蔼可亲的气象或恩惠。

③悬弧：生男孩的标示。古代风俗尚武，家中生男孩，便在门左挂弓一张。后男子生日也称悬弧。

④江淹彩笔：江淹，南朝梁文学家，少孤贫好学，以诗文著名。尝宿于冶亭，梦一丈夫自称郭璞，谓淹曰："吾有笔在卿处多年，可以见还。"淹乃探怀中，得五色笔一以授之。

⑤丘迟锦：《南史·江淹传》："淹少以文章显，晚节才思微退……夜梦一人自称张景阳，谓曰：'前以一匹锦相寄，今可见还。'淹探怀中得数尺与之，此人大恚曰：'那得割截都尽！'顾见丘迟，谓曰：'余此数尺既无所用，以遗君。'"后因以"丘迟碎锦"比喻华美的文才。

⑥百寿图：于一纸上摹写一百个古今各体寿字成图，多用以祝寿。

其 二

不求藻祝[1]只求真，漫[2]把谀词[3]献颂频。
自有齐眉[4]三代庆，天伦[5]乐事一家春。

注释

①藻祝：以华美文辞祝颂。

②漫：放纵，不受拘束。胡乱，随意，任意。

③谀词：谄媚的言辞，奉承话。

④齐眉：捧用饮食器与眉同高，表示相敬。

⑤天伦：兄先弟后，是天然伦次，因称兄弟为天伦。今也泛称父母子弟的亲情为天伦。

蔡启运[1]先生归竹，将组诗社，赋呈

管弦声里醉瑶觞[2]，共宴诗人返梓桑[3]。吟社竹梅传韵事，故山樱笋劝新尝。

当筵旧雨联新雨[4]，满座花香杂酒香。我唱《鹧鸪天》[5]一曲，知音喜遇蔡中郎[6]。

注释

①蔡启运：蔡启运，字振丰，苗栗县苑里人。曾于新竹组竹梅吟社。

②瑶觞：玉做的酒杯。

③梓桑：即桑梓，故乡。

④旧雨联新雨：杜甫《秋述》：“秋，杜子卧病长安旅次，多雨生鱼，青苔及榻，常时车马之客，旧，雨来；今，雨不来。”按：指旧时宾客，下雨也来；而现在的新宾客却遇雨就不来。后因以旧雨比喻故友，今雨比喻新交。

⑤《鹧鸪天》：词牌名。

⑥蔡中郎：东汉蔡邕。博学，好辞章、天文、术数、书画，善鼓琴，尤工八分书。曾拜中郎将。此处借指蔡启运。

润庵[1]君就报馆聘赋赠

真堪吐气与扬眉[2]，五色江花[3]入梦时。白雪阳春[4]高格调，光风霁月[5]好襟期[6]。

竹城桃李留春色，蓬岛[7]文章起旧衰[8]。此去期君大手笔，人心世道一扶持[9]。

注释

①润庵：魏清德，字润庵。新竹人。

②吐气与扬眉：得意的样子。形容人在久困之后，一旦得志，心情畅快，舒展怀抱的样子。

③五色江花：南朝江淹某夕梦一丈夫，自称郭璞，谓淹曰：“吾有笔在卿处多年，可以见还。”淹乃探怀中，得五色笔一以授之。

④白雪阳春：古代楚国歌曲名。后世琴曲谱也有《阳春》、《白雪》二曲。泛指高格调的歌曲。

⑤光风霁月：比喻胸襟开朗，品德高洁。

⑥襟期：心中所思。即情怀、怀抱。

⑦蓬岛：海上仙山蓬莱，借指台湾。

⑧文章起旧衰：韩愈之文章沉雄奥衍，文笔闳中肆外，能卓然自成一家，苏轼尝称其文起八代之衰。

⑨扶持：牵挽，搀扶。

板桥别墅

莺啼燕语板桥庄，柳暗花明[①]绿野堂[②]。
清福主人只诗酒，不知世上有沧桑[③]。

注释

①柳暗花明：宋陆游《游山西村》："柳暗花明又一村。"形容乡村的美好春光。

②绿野堂：唐裴度之别墅，此处借指板桥别墅。

③沧桑：沧海变桑田。比喻世事多变，人生无常。

纯甫[①]词兄归竹

每怀室迩[②]人偏远，季雅今朝又结邻。汐社[③]交朋多赋别，客囊书画未为贫。
休嫌冷淡青毡[④]物，依旧清高皂帽[⑤]身。也算还乡同衣锦[⑥]，琼林[⑦]添得一枝新。

注释

①纯甫：张津梁，字纯甫，又字涛邨，号兴汉（有时单书汉），别署老钝，又号筑客。新竹人。

②迩：近，接近。

③汐社：宋遗民谢翱创立的文社名。

④青毡：青色的毛毡。《晋书·王羲之传》："夜卧斋中，而有人入其室，盗物都尽。献之徐曰：'偷儿，青毡我家旧物，可特置之。'群盗惊走。"后用作传家旧物的代称。

⑤皂帽：黑帽。

⑥还乡同衣锦：衣锦还乡。

⑦琼林：宋代苑名，位汴京。宋徽宗政和二年，宴新及第进士于此。

落 花

满院飞红堕地轻，过墙几片逐流莺[1]。依他芳草原非计，未免东风太薄情。

榻畔梦迷蝴蝶[2]影，雨中啼乱鹧鸪声。飘零翻[3]羡杨花好，得化青萍[4]又一生。

注释

①流莺：黄莺。

②梦迷蝴蝶：战国时人庄周梦化为蝴蝶。

③翻：反而。

④青萍：一年生草本，浮池沼水面上。《群芳谱》谓浮萍为杨花入水所化。

积雨口占[1]

听春楼上日提壶[2]，半醉凭栏兴不孤。

如此园林烟雨里，天然一幅辋川图[3]。

注释

①口占：作诗不起草，随口吟诵而成。

②壶：酒壶。

③辋川图：唐王维所画的辋川山水图，有二十景。

寿薇郎[1]林君五十

家世鳣堂[2]艳士林[3]，弟兄强半是诗人。埙篪[4]乐奏长生曲，弧矢门悬[5]元旦辰。

莲喜后房[6]多有子，蔗甘晚境[7]自成春。阿谁[8]伯玉[9]知非比，福慧[10]双修结好因。

注释

①薇郎：林薇郎，人名。

②鳣堂：讲学之堂，即讲堂。鳣，音 zhān。

③士林：泛指文士。

④埙篪：乐器名。埙，用土制，篪，以竹制成。二者声音可以调和相应。也用以比喻兄弟间的和睦、友善。音 xūn chí。

⑤弧矢门悬：悬弧。生男子的标示。古代风俗尚武，家中生男孩，便在门左挂弓一张。后男子生日也称悬弧。

⑥莲喜后房：莲房，莲蓬。莲开花时，着生雌蕊的构造——花托，膨大呈倒圆锥形，

平顶，上有二十至三十个小孔，每孔生一心皮，受精后发育而成的果实，即藏在花托的小孔中，各孔分隔如房，故名莲房。

⑦蔗甘晚境：晋顾恺之吃甘蔗，从尾吃到头，愈吃愈甜。人每怪之，恺之回答："渐入佳境。"比喻境遇先苦后甜。

⑧阿谁：谁，何人。

⑨伯玉：春秋卫国大夫蘧伯玉，即蘧瑗，行年五十，而知四十九之非。

⑩福慧：佛家修道，在身心两方面，乃指福慧双修。福，是为人群社会的利他行为；慧，是由戒生定，由定生慧，直贯菩提大道的自我解脱，此二者缺一不可。

养斋[①]叔花甲[②]志庆

金山[③]十亩自闲闲[④]，何用将金别买山[⑤]。蔗境[⑥]能贻[⑦]君子谷[⑧]，药方常疗故人瘝[⑨]。

田庐免逐鲲身[⑩]去，风雅[⑪]犹操牛耳[⑫]还。更祝古稀[⑬]同健在，长随诗酒竹林间。

注释

①养斋：郑以庠，字养斋，新竹人，廪生。新竹北郭园郑用鉴之孙，曾任竹社社长。

②花甲：年满六十。

③金山：地名。在今新竹市东区科园高中附近。

④闲闲：从容自得貌，从容不迫貌。

⑤买山：购置山地，作为隐居之处。《世说新语·排调》："支道林因人就深公买印山。深公答曰：'未闻巢、由买山而隐。'"后人遂用买山作辞官归隐的代称。

⑥蔗境：比喻境遇先苦后甜，渐入佳境。

⑦贻：遗留，留传。

⑧君子谷：对谷物的美称。

⑨瘝：病痛。音 guān。

⑩鲲身：七鲲身。明清时代的古屿。在台南以西，后因海水淤积，已与台湾陆地相连。

⑪风雅：风流儒雅。

⑫牛耳：古时诸侯国君会盟，割牛耳歃血为誓，用珠盘盛牛耳，由主盟者持盘让参与盟会的人分尝，表示诚意信守，因此称主持盟会者为执牛耳或操牛耳。

⑬古稀：称人年七十。

林占梅

林占梅，字雪邨，号鹤山。新竹人。饶于财，无纨绔气，进士黄骧云奇之，以女妻之，挈游京师。道光廿一年，英人进犯基隆，倡捐防费，获奖，以贡生加道衔。廿三年，防堵八里坌口，又捐巨款。廿四年，彰嘉各地，漳泉械斗，募勇抗守大甲区溪，以防其蔓延，赏戴花翎。同治初年，戴春潮之变，出资招募，收复大甲、彰化，事定，加布政使衔。工诗书。精音乐，尤善琴。著《潜园琴余简编》。

关渡舟行即事

破晓[①]波光一镜澄[②]，瞳瞳[③]旭日[④]正东升。篷窗[⑤]露润襟如湿，帆席风微桨乍增。

吟咏恰邀知己友，跏趺[⑥]长似坐禅僧。枫林偶泊浑无事，闲看渔翁补旧罾[⑦]。

注释

①破晓：清早。

②澄：水静而清。

③瞳瞳：旭日渐明的样子。

④旭日：刚出的太阳。

⑤篷窗：船窗。

⑥跏趺：佛家语。佛教修持中盘足而坐的一种坐法，将两足背交叠在大腿上，即盘膝而坐，据佛经说可以减少妄念，集中思想。音 jiā fū。

⑦罾：渔网。音 zēng。

读吴修轩上舍[①]（希潜）诗集题词（二首选一）

缅忆[②]交游曾几时？相看鬓发渐成丝。科名[③]而外无余憾，经济尤深岂独思。

半世庾山[④]常作赋，平生魏野[⑤]不求知。廿年叹我同蹭蹬[⑥]，觅句推敲[⑦]只自怡。

注释

①上舍：清时称监生为上舍。

②缅忆：遥忆。

③科名：科举的名目，也指科举中试。

④庾山：南北朝庾信，字子山。擅长诗文辞赋。他虽然显赫，但因国丧家亡，屈身事敌，请归不许，内心十分痛苦，所以后期诗赋表现了对乡国的怀念和身世的感伤。作《哀江南赋》。

⑤魏野：宋人，筑草堂居东郊。又自号草堂居士，性善吟咏，不求闻达。

⑥蹭蹬：失势的样子。困顿、失意。音 cèng dèng。

⑦推敲：对诗文辞赋字句的斟酌。

与家①卓人孝廉②论诗

生平趣向正无偏，使《典》③驱《坟》④出自然。遣兴⑤不分唐宋格，耽吟常见《性灵》⑥篇。呕肝莫漫⑦追长吉⑧，得手何须托惠连⑨。脱去浮词医尽俗，红尘⑩关过始成仙。

注释

①家：本家、家族。

②孝廉：明清称举人为孝廉。

③《典》：五帝之书。

④《坟》：《三坟》的简称，亦以泛指古代的典籍。

⑤遣兴：排解愁闷，抒发情怀，解闷散心。

⑥《性灵》：才情的自然流露。明公安派评文章主性灵之说，清袁枚论诗，因袭公安派的"独抒性灵，不拘格套"而主性灵说，以直抒胸臆，自然抒发的作品为性灵之作。

⑦漫：欺诳。

⑧长吉：唐诗人李贺，字长吉。作诗善于熔铸辞采，富于想象，以创新奇瑰丽之境。

⑨惠连：南朝宋文学家，工诗文，能书画。族兄谢灵运，每对惠连，辄得佳语，后在永嘉西堂，竟日思诗不就，寤寐之间，忽见惠连，即成"池塘生春草，园柳变鸣禽"之句。

⑩红尘：飞扬的尘埃。佛、道家称俗世为红尘。

暖暖①山庄夜步

历落②芳藤棘作笆③，护堤老木郁④槎枒⑤。滩头⑥作响泉添韵，露脚⑦闻香稻著花⑧。隔水萤光疑鬼火，前林鸡唱⑨有人家。半规⑩残月苍凉甚，兴尽方知去路赊⑪。

注释

①暖暖：地名，在基隆市。

②历落：错杂、参差不齐的样子。

③笆：篱笆。

④郁：树木丛生的样子。

⑤槎枒：参差不齐的样子。

⑥滩头：滩上。

⑦露脚：露下。

⑧著花：开花。

⑨鸡唱：鸡啼。

⑩半规：半圆形。
⑪赊：长。

题林山人草堂

苍松翠柏尽成蹊[1]，篱落[2]周遭[3]护碧栖。水底波摇潭鲤戏，山坳[4]昼永竹鸡啼。
小楼坐眺时扶槛[5]，曲径行吟每杖藜[6]。我爱溪前平野外，层峦如画白云低。

注释

①蹊：步行小径。《史记·李将军传赞》：“桃李不言，下自成蹊。”
②篱落：篱笆。
③周遭：周围。
④坳：地洼下处。
⑤槛：栏杆。
⑥杖藜：拄着手杖行走。藜，野生植物，茎坚韧，可为杖。

初晴艋溪小泊

绕峡穿崖曲折行，朦胧[1]旭日[2]弄新晴。云埋林麓[3]山家隐，雨漫溪流水道平。
沃野青黄[4]禾半熟，沿堤斑驳[5]笋初生。吟航[6]小泊垂杨下，欹[7]枕篷窗[8]听语莺。

注释

①朦胧：模糊不清的样子。
②旭日：刚出的太阳。
③林麓：山林。
④青黄：新秧与旧谷。
⑤斑驳：色杂不纯。
⑥吟航：诗人搭的船。
⑦欹：倾斜。
⑧篷窗：船窗。

营山脚庄，夜望贼垒[1]作

灯火如星帜[2]若云，眼中蝼蚁[3]尚纷纷[4]。三申[5]平日严师律，一战明朝扫寇氛。
背水[6]宜排韩信阵，撼山[7]难犯岳家军。料他破胆将宵遁[8]，班马[9]声喧彻夜[10]闻。

注释

①垒：营堡，堡垒。

②帜：旗帜。

③蝼蚁：蝼蛄与蚁，比喻微小。

④纷纷：杂乱的样子。

⑤三申：再三告诫、叮咛的意思。

⑥背水：汉将韩信率兵击赵，出井陉口，使万人以背临水而为阵，及战，大破赵军，诸将皆贺，问背水之故，信曰："陷之死地而后生，投之亡地而后存也。"

⑦撼山：岳飞所率领的军队，抗拒金兵，英勇善战，金人有"撼山易，撼岳家军难"之语。

⑧遁：逃走。

⑨班马：离群之马。

⑩彻夜：整夜。

薄暮[1]过新庄山脚

芳藤历历[2]径平沙，修竹[3]柴门野老[4]家。牛背数声村笛远，渡头十里酒旗斜。

晴云曳[5]白归春岫[6]，落日摇红幻暮霞。此际吟情溪上好，闲看田父[7]话桑麻。

注释

①薄暮：太阳快下山，暮色将尽的时候，即傍晚。

②历历：清楚、分明的样子。

③修竹：修长的竹子。

④野老：居于田野的老人。

⑤曳：拖，拉，引。

⑥岫：山穴、山。

⑦田父：老农夫。

内湖道中

日暖风和正插田，嫩苗遇雨倍芊芊[1]。营巢鸠拙呼雌共[2]，放犽[3]牛闲带犊[4]眠。

四壁云烟供啸傲[5]，一村泉石足流连[6]，何时结屋双溪畔，抱鹤携琴拟散仙[7]。

注释

①芊芊：草木茂盛的样子。

②鸠拙呼雌共：鸠鸟性拙，不善营巢，而居于鹊筑成的巢中。天将雨，鸠则逐其妇，晴则呼之。

③軏：古代车子辕木与衡木连接的关键。音 yuè。

④犊：小牛。

⑤啸傲：歌咏旷放，不受拘束。

⑥流连：依恋不舍，徘徊滞留。

⑦散仙：在天宫未授职务的仙人。比喻逍遥自在的人。

嵌顶庄冲寒①晚归

历尽山隈②复水隈，沿崖一径尚崔巍③。云腾海峤④奔骄马，风撼林垌⑤怒吼雷。

受冻皴⑥颜如著酒，冲寒禁口若衔枚⑦。归时未暇行装卸，自拨红炉暖绿醅⑧。

注释

①冲寒：冒寒。

②隈：山的弯曲处；水流弯曲处。

③崔巍：高峻的样子。

④海峤：海边乡山的地方。

⑤林垌：郊野。野外称林，林外称垌。垌，音 dòng。

⑥皴：肌肤粗糙或受冻开裂。音 cūn。

⑦衔枚：衔枚。枚，形如竹筷，两端有带子，可系在脖子上，古代行军进击敌人时，常令兵士横含在口中，防止喧嚣。

⑧绿醅：浮绿色泡沫的酒。

遣 兴

棕鞋桐帽喜偷闲，强半生涯落寞①间。闭户无聊惟种菜，登楼有兴为看山。

云中仙鹤招难到，天外飞禽倦自还。岁月蹉跎②生感慨，检囊③亲把旧诗删。

注释

①落寞：冷落寂寞。

②蹉跎：指光阴虚度，年华消逝。

③囊：诗囊。贮存诗文的锦囊。

吴汤兴

吴汤兴（1860—1895），字绍文，清苗栗铜锣湾人，廪生。光绪乙未抗日之役，以统领名义筹饷募勇，奋力抵御。后退至彰化，战殁。其妻闻报，亦投水死。

闻　道

闻道[①]神龙[②]片甲残，海天北望泪潸潸[③]。

书生杀敌浑无事，再与倭儿[④]战一番。

注释

①闻道：听说。

②神龙：喻抗日之士兵。

③潸潸：形容哭泣不止。

④倭儿：日本兵。

张津梁

张津梁（1888—1941），字涛邨，又字纯甫，号兴汉，又号筑客。新竹人。幼承家学，喜诗文。先人本为新竹巨贾，后因回禄之灾，商行付之一炬，自此家道中落。弱冠时来台北担任乾元药行会计工作。后受聘于基隆颜云年之义和商行，再识颜氏兄弟，代撰文章。其后讲学稻江，并于各地授课生徒。曾为竹社社员，并与林湘沅、林述三、李腾岳等人创立星社。擅书法，精古物之鉴定。著《守墨楼吟稿》等书。

祝栎社[①]三十年大会

其　一

红羊历劫[②]死灰心[③]，忍听秋虫[④]草际吟。空谷弃才[⑤]支大厦，爨薪[⑥]众响起孤琴。

百年而后堪知世，一日之长有赏音。推挽[⑦]无能吾少贱，中坚人物[⑧]望中深。

注释

①栎社：诗社名。在雾峰。栎为不材之木，而诗人又自谦学非所用，因此以栎为社名。

②红羊历劫：指国难。宋理宗时柴望作《丙丁龟鉴》一书，历记自秦庄襄王五十二年

丙午，迄五代后汉天福十二年丁未，千余年来的运数，其中凡值丙午、丁未的年份，皆有乱事。后人以丙、丁均属火，色赤，未为羊，故称红羊劫。

③死灰心：心如死灰。比喻内心静定，无所思虑。

④秋虫：秋季夜鸣的虫。

⑤空谷弃才：栎木因木理斜曲，古代多作炭薪。古人常喻作不材之木。

⑥爨薪：指焦尾琴。《后汉书·蔡邕传》："吴人有烧桐以爨者，邕闻火烈之声，知其良木，因请而裁为琴，果有美音，而其尾犹焦，故时人名曰焦尾琴焉。"

⑦推挽：前牵后推，使物体向前。引荐，荐举。

⑧中坚人物：一团体之重心。

其　二

莱园[1]碑石耸峻嶒[2]，钟响骚坛[3]韵有棱[4]。一代清流[5]明复社[6]，千秋钩党[7]汉甘陵[8]。

九州伯[9]裔湖[10]谁长，三户[11]民风楚式凭[12]。又听关山震金鼓[13]，几人穷海最难胜。

注释

①莱园：在雾峰。为林献堂之父亲林文钦所兴建之园林。

②峻嶒：山貌。

③骚坛：诗坛。

④棱：威势。

⑤清流：古时称勇于批评时政、反对腐败而有名望、操守的士人。

⑥复社：明末的结社之一。以江南文人及士大夫为主。天启时，张溥、陈贞慧等组织应社；崇祯时，又于吴县集会南北诸省若干文社，继东林讲学批评时政，号称复社，取复兴绝学的意思，声势甚盛。

⑦钩党：谓相牵引为同党。

⑧甘陵：《后汉书·党锢传序》："初，桓帝为蠡吾侯，受学于甘陵周福，及即帝位，擢福为尚书。时同郡河南尹房植有名当朝，乡人为之谣曰：'天下规矩房伯武，因师获印周仲进。'二家宾客，互相讥揣，遂各树朋徒，渐成尤隙。由是甘陵有南北部，党人之议，自此始矣。"此为士大夫树党之始。后成典实，用以泛称朋党。

⑨九州伯：上古九州的方伯。方伯，诸侯之长。

⑩湖：湖南、湖北。

⑪三户：三家。即楚灭亡后孑遗之人民。《史记·项羽本纪》："楚虽三户，亡秦必楚。"

⑫式凭：依靠，依附。

⑬关山震金鼓：金鼓，金钲和鼓。鼓用以进众，金用以止众。二者都是节制军旅行动进止的用器。杜甫《秋兴》："直北关山金鼓震，征西车马羽书驰。"

陋园[1]即事

园林端[2]不费[3]经营，楼阁华严[4]弹指[5]生。脱颖锥[6]曾食客重，买山钱[7]为故人轻。

九秋[8]觞咏[9]酬黄菊，一树婆娑[10]艳紫荆[11]。君子之居何陋有[12]？三神[13]况复是蓬瀛[14]。

注释

①陋园：颜云年（瑞芳人，后移居基隆）之花园别墅。

②端：根本。

③不费：不费心。

④华严：指华严宗所说的大乘境界。

⑤弹指：佛家语。弹击指头。以手作拳，屈食指，以打拇指捻弹作声。有四种意思：一表示许诺，二表示欢喜，三表示警觉，四表示极短的时间。

⑥脱颖锥：喻才能出众者。《史记·平原君虞卿列传》："平原君曰：'夫贤士之处世也，譬若锥之处囊中，其末立见……脱而出，非特其末见而已。'"

⑦买山钱：《世说新语·排调》："支道林因人就深公买印山，深公曰：'未闻巢、由买山而隐。'"

⑧九秋：秋季九十日。

⑨觞咏：饮酒咏诗。

⑩婆娑：舞动的样子。

⑪艳紫荆：树名。

⑫君子之居何陋有：刘禹锡《陋室铭》："孔子云：何陋之有？"

⑬三神：三神山。秦、汉方士称东海中仙人所住的地方。

⑭蓬瀛：蓬莱与瀛洲，皆仙山名。

清明后一日黄楼[1]雅集

人老寻常[2]不自谦，喜晴愁雨亦何嫌。来时日已檐头出，节过泥犹屐齿[3]黏。

归客往还如避面，同人言笑每掀髯[4]。明朝省墓观山[5]去，凄动黄楼乍寝苫[6]。

注释

①黄楼：黄水沛之住宅。黄水沛，字桂舟。台北市人。曾与林湘沅、林述三、张纯甫、骆香林、吴梦周、李腾岳等人共组星社。著《黄楼诗》。

②寻常：通常。

③屐齿：木屐底部的齿。

④髯：面颊上的须。

⑤观山：观音山，山名，在新北市。

⑥寝苫：居丧时，用草所织的寝席。《文选·潘岳传·寡妇吟》：“易锦茵以苫席兮，代罗帱以素帷。”刘良注：“居丧者，寝苫张素帷。言居夫丧，故以苫席易锦褥，以素帷代罗帱。帱，帐也。”

初冬与同人访五亩宅

鸡栖[1]豚栅[2]接瓜篱，茅舍初冬得雨时。共听打窗忘坐久，未因泞路[3]悔归迟。

好朋儿女犹能耐[4]，款客鱼蔬孰肯辞。不见经旬生鄙客[5]，圆山风物足吾思。

注释

①鸡栖：鸡之止息。

②豚栅：用竹木所编成的篱落以供养猪。

③泞路：烂泥的道路。

④能耐：能忍耐，能等待。

⑤鄙客：地位低微的人。

赵一山[1]前辈寿词

词章学出旧经师[2]，默续斯文[3]不自居。木铎[4]天将遗一老，黄钟[5]人勿弃三闾[6]。

附云士得称名路，立雪[7]门多问字车。莫讶登盘苜蓿[8]淡，西山[9]薇蕨[10]久推渠。

注释

①赵一山：赵益山，字一山。淡水人，居台北。

②经师：泛指传授知识的教师。

③斯文：原指西周的礼乐教化制度。后世引申为儒者或文人之称。

④木铎：古代宣布政教法令时，用以警众的一种金口木舌的大铃。

⑤黄钟：古代乐律名。相传黄帝时，伶伦截竹为管，管长九寸，圆九分，所发的音为黄钟，声调最宏大响亮，是中国古乐的标准音。

⑥三闾：《离骚序》：“屈原与楚同姓，仕于怀王，为三闾大夫。三闾之职，掌王族三姓，曰昭、屈、景，屈原序其谱属，率其贤良以厉国王。”

⑦立雪：弟子站在雪中等候拜师求教的故事。后用以比喻弟子恭敬受教。

⑧苜蓿：植物名，豆科，一年生草本，嫩叶可食。

⑨西山：首阳山。相传伯夷、叔齐耻不食周粟，在此采薇而食，遂至饿死。

⑩薇蕨：薇和蕨。穷人所吃的野菜。

长沙丸舟中

五十年华迫我来，室家[①]观念又相催。窄肠忽起无明火[②]，枵腹[③]难消有限杯。

颈后痈疽[④]生对口，旅中药石[⑤]遇庸材[⑥]。归舟今日宁[⑦]嫌小，早一日行得早回。

注释

①室家：夫妇。《诗·周南·桃夭》："桃之夭夭，灼灼其华。之子于归，宜其室家。"

②无明火：同无名火。痴忘之念、欲火，亦作怒火。

③枵腹：空着肚子。指饥饿。

④痈疽：恶疮。在皮肤表面的叫痈，在皮肉深处的叫疽。音 yōng jū。

⑤药石：治病的药物和砭石。泛指药物。

⑥庸材：才能平庸的人。此处指庸医，即医术不高明的医生。

⑦宁：岂。

铁砧山房[①]雅集

大甲溪流日夜忙，铁砧山色尚苍苍[②]。人来丁卯桥[③]边路，我望延平井[④]底光。

风月一庭吟啸[⑤]地，江山半线垦耕场。《福台新咏》[⑥]今何处，还有钟声钵韵长。

注释

①铁砧山房：铁砧山，山名，在台中市大甲区。铁砧山房，为许天奎之住宅。

②苍苍：深绿色。

③丁卯桥：桥名。唐诗人许浑有别墅于润州（今江苏省镇江市）丁卯桥旁。

④延平井：即剑井。相传郑成功屯兵铁砧山，军队被围困，缺水，郑成功乃拔剑插地，水即自地底下涌出，水四时不涸，今存剑井一口。

⑤吟啸：吟咏，长歌。

⑥《福台新咏》：据连横《台湾诗乘》之记载："清人得台，游宦渐集，斯庵亦老矣，犹出而结诗社，名曰：'东吟'，所称《福台新咏》者也。斯庵作序，载台湾文存，是为诗社之始。序中所列十四人，曰无锡季蓉洲麟光、曰宛陵韩震西又琦、曰金陵赵苍直龙旋、曰福州陈克瑄鸿猷、曰无锡郑紫山廷桂、曰武林韦念南渡、曰福州翁辅生德昌、曰无锡华苍崖衮、曰会稽陈易佩元图、曰金陵林贞一起元、曰上虞屠仲美士彦、曰福州何明卿士凤、曰泉州陈云卿雄略、曰宁波沈斯庵光文。而张鹭洲《瀛堧百咏》末章云：'《福台新咏》萃群英，调绝音希孰继声。'注谓《东宁诗》一名《福台新咏》。四明沈光文，宛陵韩又琦，关中赵行可，会稽陈元图，无锡华衮、郑廷桂，榕城林弈，丹霞吴蕖，轮山杨宗城，螺阳王际慧，前后唱和之作。闻吴有《桴园诗集》，杨有《碧浪园诗》，按鹭洲所注

之人，与《东吟社序》略有不同。东吟社中唯季蓉洲为诸罗知县，著《海外集》一卷，林贞一为府经历，余皆流寓，无可考。《福台新咏》亦久失传。”

祝陈老伯母荣寿，兼贺觉斋[1]续弦[2]

君家有庆友朋讙[3]，文酒[4]芳时话续鸾[5]。教子能承前室爱，事亲久得北堂[6]欢。

故交弗忘情原正，伯氏[7]司婚[8]礼始完。好是袖诗[9]来寿母，更添花烛[10]照衣冠[11]。

注释

①觉斋：陈薰南，字觉斋。新竹人。

②续弦：古代常以琴瑟比喻夫妇，故称丧妻为断弦，再娶为续弦。

③讙：喜悦。通“欢”。

④文酒：指饮酒赋诗消遣一类的事。

⑤续鸾：续鸾胶。相传鸾胶是一种用鸾鸟的脂肪炼成的黏胶，能用来黏接弓弩断弦。后用续鸾胶等称男子的再娶。

⑥北堂：指主妇所居之堂，引申指母亲。

⑦伯氏：长兄。

⑧司婚：主持婚礼。

⑨袖诗：藏在袖中的诗文。

⑩花烛：画有纹饰的蜡烛。多在喜庆时点用。六朝、唐、宋时结婚皆燃花烛，后遂用为正式结婚的代辞。

⑪衣冠：衣服与礼帽，指官宦之家或缙绅、士大夫。

陈薰南

陈薰南，字觉斋。新竹人。

秋夜宿乌来

漠漠[1]秋风草已零[2]，乱山深处一灯青。

番人夜半吹芦管[3]，梦里惊闻战血腥。

注释

①漠漠：密布的样子。

②零：凋零。

③芦管：截取芦茎而制成的乐器。

黄运和

黄运和，字文畅。苗栗人。

挽黄仲明先生

风雨楼头夜漏三[①]，光芒星斗[②]坠天南。
只今世路多荆棘，赢得黄粱一梦[③]酣！

注释

①漏三：漏已三更。漏，古代计时器；三，指三更。

②星斗：众星的泛称。

③黄粱一梦：卢生在邯郸逆旅中遇到道人吕翁，授以枕头，卧枕入梦。梦中历尽人生荣辱浮沉的变化。醒后却发现主人所炊煮的黄粱还未煮熟。比喻荣华富贵终归虚幻。

彭镜泉

彭镜泉，新竹竹东人。

过杞林[①]读书处有感

其　一

梯云[②]依旧榜[③]茅庐[④]，卅载前曾此读书。
昔日少年今白首，浮生若梦[⑤]信非虚。

注释

①杞林：地名。

②梯云：旧读书堂名。

③榜：匾额。

④茅庐：草屋。

⑤浮生若梦：人生短促，有如梦幻。李白《春夜宴桃李园序》："浮生若梦，为欢几何！"

其　二

文字沧桑[1]剧[2]可哀，升堂[3]谁复执经[4]来。
诗书自昔遭秦火[5]，愁向前朝话劫灰[6]。

注释

①沧桑：沧海变桑田。比喻世事多变，人生无常。
②剧：极，甚。
③升堂：登上厅堂。
④执经：手持经书，从师受业。
⑤秦火：指秦始皇采纳李斯的建议，用火烧毁书籍的事情。
⑥劫灰：兵火余烬。

其　三

风雨潇潇[1]翰墨林[2]，故山猿鹤渺难寻。
重来莫问存亡事，寥落晨星感不禁[3]。

注释

①潇潇：风暴雨急的样子。
②翰墨林：文章笔墨荟萃之地。即文苑、文坛。
③不禁：无法制止。

李逸樵

李逸樵（1883—1945），名祖唐，字逸樵，以字行，工书，新竹人。竹社社员。

送蔡伯毅[1]之中华

君本瑚琏[2]器，应供在庙堂[3]。幽兰伍小草[4]，掩抑[5]失芬芳。
当此雄飞[6]日，伫盼[7]耀国光。一言遥相赠，在远勿遗忘！

注释

①蔡伯毅：字北仑，号顽铁道人。台中人，日本早稻田大学毕业。曾在上海担任律师。

②瑚琏：瑚和琏。是古代宗庙祭祀时盛黍稷的礼器。因其贵重，故常用以比喻人才能出众，品格高尚，足以担当重任。

③庙堂：朝廷。

④幽兰伍小草：幽兰与小草为伍。《琴操·猗兰操》："夫兰为王者香，今乃独茂与众草为伍，譬犹贤者不逢时，与鄙夫为伦也。"

⑤掩抑：遮盖、遮挡、压制。

⑥雄飞：比喻奋发有为，意气飞扬。

⑦伫盼：久立而盼望。

陈 瑚

陈瑚（1875—1922），苗栗县苑里人。幼读经史，习制艺。乙未割台后，以所愿不能得遂，乃改志经商。曾应台中新闻社聘为汉文部编辑记者，以雄于文，下笔数千言，颇富时誉。为栎社会员，并加入"台湾文社"，曾任苗栗县苑里区长，又经营帽席公司，使大甲区帽名扬遐迩。著《枕山诗钞》。

访痴仙[①]山庄即事[②]

来访庞公[③]宅，云山郭外横。萍蓬[④]游子迹，鸡黍故人情[⑤]。
栗里[⑥]安耕稼，桃源隐姓名。醇醪[⑦]拚一醉，重与话鸥盟[⑧]。

注释

①痴仙：林朝崧，字俊堂，号痴仙。台中市雾峰区人。

②即事：有感于当前事物的诗，多以即事标题，故也称即事诗。

③庞公：庞德公。东汉襄阳人。躬耕于岘山，与诸葛亮、司马徽、徐庶等人交游。后隐归鹿门山，采药以终。此处借指痴仙。

④萍蓬：多年生草本。比喻辗转迁徙，没有固定居所。

⑤鸡黍故人情：孟浩然《过故人庄》："故人具鸡黍，邀我至田家。"

⑥栗里：古地名，在今江西省九江市西南。晋陶渊明曾居于此。

⑦醇醪：醇厚的美酒。音 chún láo。

⑧鸥盟：与鸥为盟。指隐居江湖。

宿痴仙山庄赋赠

遁迹[①]山林愿久违[②]，幽居来访竟忘归。桑麻乐事身堪老，铅椠[③]谋生计已非。

酿秫[④]家藏千日酒[⑤]，登山人采首阳薇[⑥]。知君蕉鹿[⑦]忘机[⑧]早，便欲从今卧翠微[⑨]。

注释

①遁迹：隐藏形迹。遁，音 dùn。

②久违：久别。

③铅椠：铅指铅笔粉，椠即木牍，都是古代用以书写的文具。后也指著述及校雠。

④秫：带有黏性的稷，可以酿酒。

⑤千日酒：传说中山人狄希造千日酒，饮后能醉千日。

⑥首阳薇：伯夷、叔齐因耻不食周粟，隐于首阳山采薇而食。

⑦蕉鹿：樵夫得鹿而喜，藏于隍中，覆以蕉叶，后遍寻不得，以为是梦中事。比喻人生的得失无常。

⑧忘机：消除机巧之心。常用以指甘于淡泊，与世无争。

⑨翠微：青山。

步槐庭[①]见寄原韵

十载知交我与君，不妨近况远相闻。作裘我愿千家覆，染指[②]人疑一脔分[③]。

尘世马牛空自苦，深山鹿豕[④]可同群。元龙[⑤]豪气应如昔，百尺楼[⑥]高迥[⑦]入云。

注释

①槐庭：陈怀澄，号槐庭，彰化县鹿港人。

②染指：用手指沾染，后用来比喻沾染非分的利益。

③脔分：分割，割切。脔，切成细块的鱼肉。音 luán。

④鹿豕：鹿与猪，用以比喻鄙野无知之物。

⑤元龙：三国魏人陈登，字元龙。

⑥百尺楼：《三国志·魏志·陈登传》：汜曰："昔遭乱过下邳，见元龙。元龙无客主之意，久不相与语，自上大床卧，使客卧下床。"备曰："君有国士之名，今天下大乱，帝主失所，望君忧国忘家，有救世之意，而君求田问舍，言无可采，是元龙所讳也，何缘当与君语？如小人，欲卧百尺楼上，卧君于地，何但上下床之间邪？"

⑦迥：遥远。

谢颂臣[①]前辈六十寿诗

硕果[②]天留一逸民[③]，红羊劫[④]尽白头新。悬壶[⑤]卖药能医世，携妓登山亦可人。

刘向[⑥]传经贻后裔，班超投笔[⑦]感前尘。百年未许归生圹[⑧]，海屋筹添[⑨]数百春。

注释

①谢颂臣：谢道隆，字颂臣，台中市丰原人。

②硕果：巨大的果实。后指难得而仅存的东西。

③逸民：节行超逸，遁世隐居的人。

④红羊劫：指国难。

⑤悬壶：称行医、卖药。

⑥刘向：西汉学术大家。长于经学、目录学及文学。曾校阅经传诸子诗赋，以首创的图书七分法撰成《别录》一书，为我国最早的目录分类。

⑦班超投笔：东汉班超，少有大志，曾叹道："犹当效傅介子、张骞立功异域，以取封侯，安能久事笔砚间乎!"遂投笔从戎。

⑧生圹：生前预先建造的墓穴。

⑨海屋筹添：原谓长寿。后用作祝人长寿的吉祥话。筹是算筹，古代计算数字的小木棒。

铁砧山[①]吊古

凭吊[②]空山感百端，延平[③]创业最艰难。孤军地拓田横[④]岛，上将身登韩信[⑤]坛。

井水一泓冰雪冷，剑光万丈斗牛[⑥]寒。铁砧胜迹堪千古，想见英雄立马看。

注释

①铁砧山：山名，在台中市大甲区。山上有剑井，相传郑成功军队被围困时，成功拔剑插地，泉水即自地下涌出。

②凭吊：思旧怀古，就当前的景象追思往昔。

③延平：即延平郡王郑成功。

④田横：秦末狄县人，汉高祖统一全国，田横率领徒众五百人逃入海岛，汉高祖派人招降，田横羞为汉臣，自杀。

⑤韩信：汉初淮阴人，善用兵，助汉高祖灭项羽。

⑥斗牛：斗宿和牛宿。

戊申[①]十月雨后怡园[②]小集，把酒持螯赏菊花，一乐事也，同游者蔡君启运[③]、舍弟联玉[④]

其　一

凉秋结伴叩柴扃[⑤]，雨后寒英忽满庭。篱下看花无俗客，花前扫叶有园丁。

月移瘦影描三径[⑥]，风送幽香透曲棂[⑦]。橘绿橙黄[⑧]输此景，斯言寄与老坡听。

注释

①戊申：公元一九〇八年，光绪卅四年。

②怡园：苗栗县苑里人郑济若（郑聪楫）之别墅。又吴小鲁之别墅亦名怡园。

③蔡君启运：蔡启运，字振丰，苗栗县苑里人。

④联玉：陈贯，字联玉，苗栗县苑里人。

⑤柴扃：柴门。

⑥三径：三条小径。西汉末年蒋诩隐居，家园中开三径，与求仲、羊仲两人交游。后常用以比喻隐士居所或家园。

⑦棂：栏杆上或窗上的木格子。音 líng。

⑧橘绿橙黄：苏轼《赠刘景文》："一年好景君须记，最是橙黄橘绿时。"

其　二

怡园小隐[①]有诗人，手植黄花养性真。风露一庭秋色淡，琼瑶[②]满圃月华[③]新。

心如陶令[④]无官累，地似柴桑[⑤]少市尘。难得持螯还对酒，忘机[⑥]合署[⑦]葛天[⑧]民。

注释

①小隐：结庐于山林而不出仕。

②琼瑶：美玉，美石。这里指菊花。

③月华：月光，月色。

④陶令：晋陶潜，曾任彭泽县令，因不为五斗米折腰，遂辞官归隐。

⑤柴桑：地名。在江西省九江市西南。晋陶潜故里称为柴桑里。

⑥忘机：消除机巧之心。常用以指甘于淡泊，与世无争。

⑦署：题字，签名。

⑧葛天：传说为上古时帝王，是远古社会理想的政治领袖人物。

其　三

醉后将归未忍归，菊畦[①]绕遍到斜晖。一堂雅集诗分赋[②]，十月新寒蟹正肥。

人已忘言[③]花自淡，秋能传信叶初飞。帽檐[④]不用黄英[⑤]插，三径[⑥]幽香袭满衣。

注释

①畦：田埂。音 qí。

②诗分赋：分韵赋诗。古时几人在一起相约作诗，事先规定某一些字为韵，每人分得一字，便根据这一字所属韵目中包括的字为韵作诗，并且要用分得的字作为这首诗中的一个韵脚。

③忘言：谓心中领会其意，不需用言语来说明。

④帽檐：帽缘。

⑤黄英：黄花，菊花。

⑥三径：三条小径。西汉末年蒋诩隐居，家园中开三径，与求仲、羊仲两人交游，后常用以比喻隐士居所或泛指家园。

题济若[①]怡园别墅，步启运[②]社长原韵[③]

其　一

满庭绿草衬残红，曲径回栏一水通。蛙奏池中供鼓吹[④]，山横门外作屏风。

辋川[⑤]花鸟皆诗料，栗里[⑥]烟云尽化工[⑦]，何日趣园[⑧]开别墅，春光分领苑西东。

注释

①济若：郑济若，名聪楫，苗栗县苑里人。栎社社员。

②启运：蔡启运，字振丰，苗栗县苑里人。栎社社长。

③步原韵：步韵，根据别人诗篇所用的韵，并且依原韵先后次序写出的诗。

④鼓吹：鼓钲箫笳等合奏的乐曲。

⑤辋川：地名。在陕西省蓝田县南。唐时王维在此建有别墅。

⑥栗里：地名。在今江西省九江市西南。晋陶潜曾居此。

⑦化工：自然界创造万物的力量，即天工。

⑧趣园：蔡启运的居处。

其　二

修竹[①]当门夏亦寒，绝胜[②]钓客住江干[③]。牢骚似我人皆笑，风雅[④]如君世所难。

留客一堂终夜话，爱花镇日[⑤]几回看。结交敢屈为龙尾，又见辽东管幼安[⑥]。

注释

①修竹：修长的竹子。

②绝胜：绝对胜过。

③江干：江边。

④风雅：风流儒雅。

⑤镇日：整天。

⑥管幼安：三国魏人管宁，字幼安。自幼笃志于学，曾与华歆同席读书。有人乘轩冕过门，歆放下书往看，幼安即与割席分坐。汉末黄巾作乱，避居辽东，聚徒讲诗书，民众受到感化，无人斗讼。

夏日田家杂兴

引蔓[①]匏瓜[②]已上棚，向阳葵槿[③]正繁英[④]。
南窗一觉羲皇[⑤]梦，卧听西畴[⑥]打稻声。

注释

①蔓：草本蔓生植物细长不能直立的枝茎。

②匏瓜：一年生草本植物。果实比葫芦大，老熟后可剖制成器具。匏，音 páo。

③葵槿：葵，蔬菜名。槿，木槿，木名。

④英：花也。

⑤羲皇：指伏羲氏。古人想象羲皇之世其民皆恬静闲适，故隐逸之士自称羲皇上人。

⑥西畴：西边的田。陶潜《归去来兮辞》："农人告余以春及，将有事乎西畴。"亦泛指田地。

村居即事

其　一

花明柳暗自成村[①]，怕听催租叩户[②]喧。
安得此中无历日，一溪流水隔桃源[③]。

注释

①花明柳暗自成村：宋陆游《游山西村》诗："山重水复疑无路，柳暗花明又一村。"形容乡村的美好春光。

②叩户：敲门。

③桃源：陶潜《桃花源记》所称之武陵源。

其　二

流水平桥雨乍晴，家家妇女饷[①]秋耕。
斜阳小立看秧马[②]，便欲烟蓑老此生。

注释

①饷：馈食于人。进食。

②秧马：插秧用的农具。苏轼《秧马歌引》："予昔游武昌，见农夫皆骑秧马。以榆枣为腹，欲其滑；以楸桐为背，欲其轻。腹如小舟，昂其首尾，背如覆瓦，以便两髀雀跃于泥中，系束藁其首以缚秧。"

步启运①社长见赠原韵

久筑吟坛②树帜旌③，海东到处识君名。锦囊④得句收方满，彩笔⑤无花梦忽生。

老去风情⑥犹健在，年来汐社⑦不寒盟。司勋⑧若赴华堂⑨宴，定有狂言四座惊。

注释

①启运：蔡启运，字振丰。苗栗县苑里人，栎社社长。

②吟坛：诗坛。

③帜旌：旌旗。

④锦囊：锦制的袋子。古人用以珍藏贵重物品或诗稿。

⑤彩笔：五色笔，着施五彩的美笔，比喻有文才。南朝江淹尝于冶亭，梦一丈夫自称郭璞，谓淹曰："吾有笔在卿处多年，可以见还。"淹乃探怀中得五色笔一以授之。

⑥风情：风采神情。

⑦汐社：宋遗民谢翱创立的文社名，此处借指栎社。

⑧司勋：官名。指唐诗人杜牧，曾任司勋员外郎。

⑨华堂：华丽的厅堂。

家居即事

其 一

儿童吮笔①学涂鸦②，浓墨淋漓③看齿牙。

覷④隙⑤背人乱挥洒⑥，秋蛇春蚓⑦满窗纱。

注释

①吮笔：口含毛笔。

②涂鸦：用笔随意涂画，比喻书写笨拙鄙劣。

③淋漓：沾湿或液体下滴的样子。

④覷：窥伺，看。音 qù。

⑤隙：缝隙，间隙，极狭窄的空间。

⑥挥洒：形容写字或作画时运笔自如，笔致自然。
⑦蚓：蚯蚓。

其　二

寒灯伴我两咿唔[①]，识字阿洲胜阿图。
不管吟髭[②]捻[③]欲断，苦持书卷问之无。

注释

①咿唔：读书声。音 yī wū。
②吟髭：诗人的胡须。髭，生在嘴唇上边的短须，音 zī。
③捻：用手指捏搓。音 niǎn。

其　三

种梨栽柿果何求，树纵成阴人白头。
不及黄花[①]篱下笑，一樽迳[②]醉故园秋。

注释

①黄花：菊花。
②迳：直。

其　四

绕舍幽篁[①]百尺生，清风习习[②]好禽鸣。
子猷[③]到此休相问，我亦嫌人识姓名。

注释

①幽篁：幽竹。篁，竹子通称。
②习习：和舒的样子。
③子猷：晋王徽之，字子猷。羲之子。爱竹成癖，曾指竹说："何可一日无此君邪！"

其　五

一池春水绿差差[①]，浪说[②]荷枯亦一奇。
寄语沙鸥休冷眼[③]，伫[④]看莲叶接天时。

注释

①差差：不齐的样子。音 cī cī。

②浪说：轻率胡言。

③冷眼：指超然或漠不相关的态度。

④伫：久立。

其 六

漏雨蜗居①上藓苔②，空谈广厦③养贤才。
却欣松树随年茂，育子春禽放胆④来。

注释

①蜗居：自谦住宅陋小。

②藓苔：青苔。

③广厦：高大的房屋。

④放胆：大胆而无顾忌。

陈 贯

陈贯（1882—1936），字联玉，苗栗县苑里人。陈瑚之弟。与乃兄有一门双璧之誉。台湾总督府国语学校国语部毕业，任公学校教员。为栎社社员，台湾文社创立，为创社理事之一，曾任台湾新闻记者、苗栗县苑里庄长。居闲养兰赏菊，晚年放情诗酒。著《豁轩诗集》。

和韵①赠怡园②主人

石榴开透最高枝，幽鸟翩跹③得意时。好雨频催芳草长，浓阴密护落花迟。
石泉跋涉宜芒履④，冠冕⑤堂皇⑥逊竹皮。世事纷纷抛枕外，生涯都付数篇诗。

注释

①和韵：按照他人赠诗所用的韵来作诗，作为赠答。和，音 hè。

②怡园：苗栗县苑里人郑济若（郑聪楫）之别墅。又吴小鲁之别墅亦名怡园。

③翩跹：轻举、飞舞的样子。音 piān xiān。

④芒履：草鞋。

⑤冠冕：帽子。

⑥堂皇：光明正大，尊贵严正。

红 竹

猗猗[①]清影晓霞侵，三两竿横曲槛[②]阴。
料是子猷[③]酣醉后，余杯分与此君斟。

注释

①猗猗：美盛貌。《诗·卫风·淇奥》："瞻彼淇奥，绿竹猗猗。"

②曲槛：栏杆。

③子猷：晋王徽之，字子猷，爱竹成癖，曾指竹说："何可一日无此君邪！"

追怀刘壮肃[①]公

片壤经营志可哀，抚摩故垒独低回[②]。十年孤岛传新政，一代中原数异才。
沧海成田[③]应痛哭，忠魂化鹤[④]合重来。大墩[⑤]墩畔城楼在，凭吊斜阳又几回。

注释

①刘壮肃：刘铭传，字壮肃。光绪十年，法国海军侵袭台湾北部，他受命为台湾巡抚，击退法军。后开发山地，兴建铁路，颇有政绩。

②低回：流连。

③沧海成田：沧海变桑田。

④化鹤：古以为鹤为仙禽，学道成仙的人，相传可化成鹤鸟而来去自由。

⑤大墩：地名，即今台中市。

夏日杂咏

竹阴密罩小塘西，荡漾[①]波光浸曲堤。半榻凉风人梦醒，一湾绿水鹭飞低。
萋迷[②]芳草连天碧，娇小幽禽隔岸啼。我爱北窗高卧客[③]，脱巾潇洒共留题。

注释

①荡漾：水波流动的样子。

②萋迷：草丛生茂密，造成视线阻隔。也指景象模糊不清。

③北窗高卧客：指陶潜。《晋书·隐逸传》："尝言夏月虚闲，高卧北窗之下，清风飒至，自谓羲皇上人。"

和云从①见赠韵

别久谈多夜欲阑②，团团明月好盘桓③。青莲④在座樽常满，徐孺⑤临轩榻尚宽。
爱静须抛荣利去，无才却怕应酬⑥难。他年偕隐箕山⑦下，莫使功名上钓竿。

注释

①云从：庄龙，字云从。台中市大甲区人。
②阑：尽。
③盘桓：徘徊流连的样子。
④青莲：李白，号青莲居士。
⑤徐孺：徐稚，东汉南昌人，字孺子。陈蕃为太守，以礼请署功曹，稚不能却，既谒而退，蕃在郡不接宾客，特为稚设一榻，去则悬之。
⑥应酬：往来交际。
⑦箕山：山名。在河南省登封东南。相传尧时巢父、许由隐居于此。

即席呈汤心海①秀才

十里行程岂异乡，莺花②妆点好春光。层峦环护高人宅，胜地同流曲水觞③。
我喜珊瑚归铁网④，客如月殿⑤咏《霓裳》⑥。西园⑦今夕初开宴，何惜轮蹄一日忙。

注释

①汤心海：苗栗县通宵人。
②莺花：黄莺和花朵，指春日景物。
③曲水觞：曲水流觞。指农历三月上旬巳日众集于水滨宴饮，以除不祥。
④珊瑚归铁网：用铁网捞取珊瑚。引申指收罗珍品或人才。
⑤月殿：月宫。
⑥《霓裳》：《霓裳羽衣曲》，唐代宫廷舞曲。玄宗至月宫，闻仙乐，及归，但记其半，会敬述进《婆罗门曲》，声调相符，遂以月中所闻为散序，敬述所进为曲，而名《霓裳羽衣》。
⑦西园：曹操所建园林。在邺县，古今题咏甚多。

秋日寄兄

五人季仲①两人存，兄又天涯自走奔。累我偏成孤掌叹②，与谁对话素心③言。
埙篪④唱和⑤知何日？枕被凄凉卧不温。寄语黄花三径⑥待，东篱⑦好共倒芳樽。

注释

①季仲：季，最小的儿子。仲，为次子。

②孤掌叹：叹孤掌难鸣。

③素心：心地纯正质朴。

④埙篪：乐器名。埙，用土制成；篪，以竹制成。二者声音可以调和相应。

⑤唱和：即甲方诗人赠给乙方诗词，乙方根据甲方所赠的诗词的原韵作诗回答。或乙方回答甲方所赠的诗词，根据原作的意思而另自用韵。

⑥三径：三条小径。起于蒋诩的故事，后用以比喻隐士居所或泛指家园。

⑦东篱：东边的篱笆。因晋陶渊明的《饮酒》有“采菊东篱下，悠然见南山”的句子，所以后来就借以指菊花或种菊的地方。

过火焰山[①]即景

夕阳斜照翠微[②]烟，过眼风光晚更妍[③]。千仞断崖横路畔，几株枯木立山巅。

水清石瘦忘机[④]地，草碧禽啼得意天。最是诗人途上乐，足疲犹自擘吟笺[⑤]。

注释

①火焰山：山名，在大安溪北。

②翠微：浅淡葱翠的山色，青山。

③妍：美好。

④忘机：消除机巧之心。常用以指甘于淡泊，与世无争。

⑤擘吟笺：擘笺，裁纸作诗。

竹社[①]雅集（民国七年戊午）

竹风轻飏[②]笔生花[③]，四海鸥群[④]本一家。文酒[⑤]因缘陪惨绿[⑥]，诗章新颖合笼纱[⑦]。

不愁坛坫[⑧]成孤掌[⑨]，肯把鳞鸿[⑩]带一涯。东海云龙[⑪]常在念，愿随裙屐[⑫]赋尖叉[⑬]。

注释

①竹社：诗社名，在新竹市。

②飏：飞扬，飘扬。

③笔生花：妙笔生花，比喻文思巧妙。

④鸥群：指由各地而来之众多诗人。

⑤文酒：指饮酒赋诗一类消遣事。

⑥惨绿：惨绿年华，指风华正茂的青年时期。

⑦笼纱：碧纱笼。五代王播少孤贫，尝客扬州惠昭寺木兰院，随僧斋食。诸僧厌怠，播至，已饭矣。后二纪，播自重位出镇是邦，因访旧游，向之题已皆碧纱幕其上，播继以二绝句曰："……上堂已了各西东，惭愧阇黎饭后钟。二十年来尘扑面，如今始得碧纱笼。"宋魏野尝从寇准游陕府僧舍，各有留题。后复同游，见寇准之诗，已用碧纱笼护，而野诗独否，尘昏满壁。时有从行官伎，颇慧黠，即以袂就拂之。野徐曰："若得常将红袖拂，也应胜似碧纱笼。"寇准大笑。后以"碧纱笼"为诗为人重的典故。

⑧坛坫：会盟之处。指文人时常聚集应酬，而为世所宗仰的地方。坫，音 diàn。

⑨孤掌：孤掌难鸣。比喻孤独无助，不能有所作为。

⑩鳞鸿：书信的代称。鳞，指鱼；鸿，指雁。

⑪云龙：《易·乾》："云从龙，风从虎。圣人作而万物睹。"以喻豪杰。

⑫裙屐：裙，下裳；屐，木底鞋。原指六朝贵游子弟的衣着。后泛指富家子弟的时髦装束。亦借指衣着时髦的富家子弟。

⑬尖叉：指作诗用险僻字为韵。宋苏轼《东坡集》有《雪后书北台壁》与《谢人见和前篇诗》都用"尖"、"叉"字为韵，是用险韵的显著例子，故以尖叉为险韵的代称。险韵，作诗用生僻字为韵。

赠郑星五①词兄

其　一

廿年潦倒②破毡寒③，聊向荒村共考槃④。
沧海横流⑤休介意，一肩书剑一身安。

注释

①郑星五：诗人，宗炳奎。台中市大甲区人。

②潦倒：颓废，散漫。

③破毡寒：破寒毡。

④考槃：本为《诗·卫风》篇名。因诗咏贤者隐居乐道，后乃指隐居穷处而乐道。《诗·卫风·考槃序》："考槃，刺庄公也。不能继先公之业，使贤者退而穷处。"

⑤沧海横流：大海之水到处泛滥，造成灾祸。比喻乱世。

其　二

吟侣①新添郑鹧鸪②，阮郎③无复泣穷途。
衍波笺④里生花笔⑤，从此池塘梦不孤。

注释

①吟侣：诗友。

②新添郑鹧鸪：郑鹧鸪，指唐诗人郑谷。七岁就会作诗，所作《鹧鸪》，传诵于当时，时人名之为郑鹧鸪。此处指郑养斋，新竹人，有“小郑鹧鸪”之称。

③阮郎：三国魏思想家、文学家阮籍。时率意，独驾不由径路，车迹所穷，辄恸哭而返。

④衍波笺：诗笺名。《诗话总龟》卷三四引宋王直方《直方诗话》：“萧贯少时，尝梦至宫廷中……见群妇人如神仙，视贯，惊问何所从来？贯愕然，亦不知对。贯自陈进士，能为诗。中有一人授贯纸，曰：‘此所谓衍波笺，烦赋《宫中晓寒歌》。’贯援笔立成。”

⑤生花笔：生花妙笔，比喻文思巧妙。

许天奎

许天奎，字铁峰。台中市外埔区人。著有《铁峰山房唱和诗集》、《铁峰诗话》、《铁峰诗集》。

哭庄云从[①]先生

其　一

蹉跎何补志何成，噩耗[②]传来暗自惊。
枉读诗书过万卷，一生赢得是狂名。

注释

①庄云从：庄龙，字云从。台中市大甲区人。

②噩耗：凶讯，令人惊愕的消息。通常指人死或不好的消息。

其　二

平生铁砚共研磨，卅载相从患难多。
多幸《南村遗稿》[①]在，感人文字哭当歌。

注释

①《南村遗稿》：庄云从所作之诗集。

其　三

年来一掬[①]多情泪，洒向庄生化蝶[②]来。
凄绝[③]秋高人影瘦，黄花相对酒边开。

注释

①掬：两手捧取。

②庄生化蝶：庄周梦中化为蝴蝶。庄生，借指庄云从。

③凄绝：凄凉。

其　四

《玉树》①凋残恨莫论，九原②何处为招魂。
伤心大甲溪边路，宿草③斜阳冷墓门。

注释

①《玉树》：《玉树后庭花》，为陈后主所作，内容赞美其妃嫔的姿色。

②九原：山名。在今山西省绛县北境。为春秋晋卿大夫的墓地所在。后世以九原为墓地的代称。

③宿草：隔年的草。后用以指墓地，成为丧逝的典故。

铁砧山①吊延平王次雪汀先生韵

徘徊不见汉旌旗，故老曾传此驻师。鹿耳②南来王气尽，金门西望海涛悲。
英雄枉费芟③荆棘，宗社④终当付黍离⑤。井水未干祠⑥未没，西风吊古读残碑。

注释

①铁砧山：山名。在台中市大甲区。相传延平郡王郑成功部队曾被困于此，成功乃拔剑插地，泉水即自地下涌出，四时不涸，今称为剑井。现有国姓庙及石碑一座为纪。

②鹿耳：鹿耳门。

③芟：割除。音 shān。

④宗社：宗庙与社稷，比喻国家。

⑤黍离：《诗·王风》篇名。东周大夫出行至旧都镐京，见宗庙宫室毁坏，尽为禾黍，伤心感叹而作此诗。后来感慨国家灭亡，宗庙宫殿毁坏，常称黍离之悲。

⑥祠：国姓庙。

大安①飞帆

其　一

樯②头一幅夕阳中，饱受西风去鸟同。天外遥悬蒲叶绿，水边低映蓼花红。
隔江《玉树》③歌商女④，倚棹⑤烟蓑坐钓翁。怅触⑥前朝兴废感，沙滩何处觅艨艟⑦。

注释

①大安：大安港。在台中市大安区。

②樯：帆柱。

③《玉树》：《玉树后庭花》，陈后主作。

④商女：歌女。

⑤倚棹：靠着船桨，犹言泛舟。

⑥枨触：触发、触动。枨，音 chéng。

⑦艨艟：战船，形状狭长，用以冲撞敌船。音 méng chōng。

其　二

编成蒲幅对孤篷，欸乃[1]声传两岸枫。一片高悬桃叶渡[2]，半江斜挂鲤鱼风[3]。

鹢头[4]掩映沧溟外，鸟翮[5]回翔夕照中。更向铁砧山上望，樯竿[6]隐隐[7]晚霞红。

注释

①欸乃：行船橹声。节歌声。欸，音 ǎi。

②桃叶渡：渡口名。在今江苏省南京市秦淮河畔。相传晋王献之在此送爱妾桃叶，临渡口作歌赠之，因而得名。此处借指大安溪之渡口。

③鲤鱼风：九月的风，指秋风。

④鹢头：画鹢。《晋书·王濬传》："濬作大船连舫，以木为城，起楼橹，开出四门，又画鹢首怪兽于船首，以惧江神。"后因为船之通称。

⑤翮：羽茎。

⑥樯竿：帆柱，桅杆。

⑦隐隐：不分明的样子。

游大安感作

其　一

良港天然号大安，避风西北有沙滩。
归桡[1]唱晚云宵际，海色波光夕照残。

注释

①桡：楫，舟旁拨水之具，借指船。

其　二

商埠繁华忆昔年，艨艟[①]去后剩渔船。
笙歌画舫[②]归何处？惟见沙鸥浴水边。

注释

①艨艟：战船，形状狭长，用以冲撞敌船。音 méng chōng。
②画舫：彩饰图像的游船。

其　三

海市楼台[①]变化多，偶来大海瞰清波。
浴沂[②]借问诸名辈，悟到升沉[③]感若何？

注释

①海市楼台：海市蜃楼。
②浴沂：在沂水中洗浴。为曾皙对孔子言志时语。后引申为清高淡泊的情操。
③升沉：登进与沦落。多指宦途的进退。

其　四

清风习习[①]水波平，无数渔舟拽网[②]行。
毕竟海滨生计足，稻田虽旱海堪耕。

注释

①习习：和舒貌。
②拽网：拖网，俗称牵罟。拽，音 zhuài。

闲居杂咏

其　一

南窗[①]小坐暮春初，凭几[②]重翻种树书。
壮志[③]未酬[④]人欲老，楝花风[⑤]里赋闲[⑥]居。

注释

①南窗：向南的窗子。因窗多朝南，故亦泛指窗子。

②凭几：靠着桌子。

③壮志：豪壮的志愿、襟怀；伟大的志向。

④酬：实行，实现。

⑤楝花风：二十四番花信风之一，时当暮春。

⑥赋闲：晋代潘岳辞官家居，作《闲居赋》，后因称罢官闲居、失业无事为“赋闲”。

其　二

处世昏昏一梦间，忍将白发对青山。

浮生[①]岁月诚辜负[②]，说到功名[③]更赧颜[④]。

注释

①浮生：语本《庄子·刻意》：“其生若浮，其死若休。”以人生在世，虚浮不定，因称人生为“浮生”。

②辜负：亏负，对不住。

③功名：功业和名声。也指旧科举称号或官职名位。

④赧颜：羞惭脸红，惭愧。

题江山楼[①]

江山畴昔[②]属何人？杨柳楼台醉冶春[③]。

谁料南朝旧歌妓，《后庭》[④]一曲又翻新。

注释

①江山楼：酒楼名。在今台北市重庆北路、归绥街、甘州街交汇处。

②畴昔：往日，从前。

③冶春：游春。

④《后庭》：即《玉树后庭花》，乐府吴声歌曲名，南朝陈后主作。《陈书·皇后传·后主张贵妃》：“后主每引宾客对贵妃等游宴，则使诸贵人及女学士与狎客共赋新诗，互相赠答。采其尤艳丽者以为曲词，被以新声……其曲有《玉树后庭花》……大指所归，皆美张贵妃、孔贵嫔之容色也。”

归家即景[①]

其　一

绿杨袅袅[②]雨余天，溪北溪南草色妍[③]。

绝好[④]牧童牛背笛，一声吹破陇头[⑤]烟。

注释

①即景：就眼前的景物（吟诗、作文或绘画等）。
②袅袅：摇曳的样子。
③妍：美丽，美好。
④绝好：非常好。
⑤陇头：畦，田块。

其 二

曳杖[1]归来又暮春[2]，落花飞絮压征尘[3]。
绿阴匝地[4]泉声滑，笑指吾庐近水滨。

注释

①曳杖：拖着拐杖。
②暮春：春末，农历三月。
③征尘：路上扬起的尘埃。
④匝地：遍地。

其 三

三春[1]烟景[2]北原西，树影岚光[3]碧草齐。
指点铁砧山上路，白云低处子规[4]啼。

注释

①三春：春季三个月；或春季的第三个月，暮春。
②烟景：春天的景色，云烟缭绕的景色。
③岚光：山间雾气经日光照射而发出的光彩。
④子规：杜鹃鸟。

岁暮书感和子昭[1]韵

局促[2]辕驹[3]计未安，梅花香里腊[4]将残。奔轮[5]日月过偏易，充栋[6]诗书读尽难。
世味[7]尝深惟自悔，人情险处不堪看。嗟予性拙[8]应株守[9]，闭户溪山耐岁寒。

注释

①子昭：蔡世贤，字子昭，又字天弧，鹿港人。
②局促：狭窄，不宽敞。形容见识、心胸或作品的意境狭隘。

③辕驹：辕下驹，指车辕下不惯驾车之幼马。亦比喻少见世面，器局不大之人。

④腊：农历十二月。腊将残，腊月将尽时，即残冬。

⑤奔轮：奔驰。

⑥充栋：形容藏书、著述之富，可以堆满屋子。

⑦世味：人世滋味，社会人情。

⑧拙：笨拙，迟钝。

⑨株守：守株待兔，比喻拘泥守旧。

志贺师[①]执教鞭满十三载，同人为开祝宴赋此以赠

坐拥皋比[②]十四春，平生文字见精神。本为汐社[③]风流客，来作南瀛[④]月旦[⑤]人。

绛帐[⑥]时亲栽桃李[⑦]，门墙[⑧]日复绕鸿鳞[⑨]。先生自有忘机[⑩]处，得意垆头[⑪]漉酒巾[⑫]。

注释

①志贺师：即志贺哲太郎，日本人，在台服务廿六年，爱护台籍学生，所赚薪水全部捐助给贫困学生。

②皋比：虎皮制的座席，后指教师的讲席、讲座。音 gāo bǐ。

③汐社：宋遗民谢翱创立的文社名。

④南瀛：瀛，本指海上仙山瀛洲。此处指台湾。

⑤月旦：指月旦评，谓品评人物。典出《后汉书·许劭传》："初，劭与靖俱有高名，好共核论乡党人物，每月辄更其名题，故汝南俗有月旦评焉。"

⑥绛帐：《后汉书·马融传》："融才高博洽，为世通儒，教养诸生，常有千数……居宇器服，多存侈饰。常坐高堂，施绛纱帐，前授生徒，后列女乐，弟子以次相传，鲜有入其室者。"后因以"绛帐"为师门、讲习之敬称。

⑦桃李：《韩诗外传》卷七："夫春树桃李，夏得阴其下，秋得食其实。"后遂以"桃李"比喻栽培的后辈和所教的门生。

⑧门墙：《论语·子张》："夫子之墙数仞，不得其门而入，不见宗庙之美，百官之富。得其门者或寡矣。"后因称师门为"门墙"。

⑨鸿鳞：《汉书·苏武传》载有雁足传书之事，汉蔡邕《饮马长城窟行》有"客从远方来，遗我双鲤鱼，呼儿烹鲤鱼，中有尺素书"之句。后人糅合两事用"鸿鳞"指代书信。

⑩忘机：消除机巧之心。常用以指甘于淡泊，与世无争。

⑪垆头：酒店安置酒瓮的土墩子。亦用为酒店的代称。

⑫漉酒巾：滤酒的布巾。泛指葛巾。

五十初度述怀

其一

养生[①]术劣又孱躯[②]，惭愧初登大衍[③]图。咄咄书空[④]仍故我，劳劳[⑤]行役[⑥]慎前途。

老惟蛰伏[⑦]成迂叟[⑧]，拙守鸠居[⑨]等腐儒[⑩]。却幸仔肩才卸去[⑪]，知非伯玉[⑫]未全殊。

注释

①养生：保养生命，以尽天年。

②孱躯：衰弱的身体。孱，衰颓，弱小，懦弱。

③大衍：《易·系辞上》："大衍之数五十。"韩康伯注引王弼曰："演天地之数，所赖者五十也。"孔颖达疏引京房曰："五十者谓十日、十二辰、二十八宿也。"后以"大衍"为五十的代称。

④咄咄书空：晋殷浩被桓温黜放后，终日以手指画空间，虚构字形，作"咄咄怪事"四字。

⑤劳劳：忧伤惆怅的样子。

⑥行役：因劳役或公务而在外奔波跋涉。

⑦蛰伏：动物由于环境温度或其他因素的改变，以致不能正常生活，于是不食不动，称之蛰伏。

⑧迂叟：迂腐笨拙的老人。

⑨拙守鸠居：相传鸠鸟性笨拙，不善营巢，常占据他鸟的巢而栖息。

⑩腐儒：思想迂陋无用的儒生。

⑪仔肩才卸去：方卸仔肩，才放下担负。

⑫知非伯玉：春秋时卫国大夫蘧瑗，字伯玉，孔子弟子，年五十而知四十九之非。

其二

逝水年华[①]鬓欲皤[②]，回头往事总蹉跎[③]。时光虚掷真无谓[④]，老大徒伤[⑤]可奈何。

今是昨非[⑥]迷渐觉，得难失易过偏多[⑦]。名山著作[⑧]诚遗憾，且向樽前发浩歌[⑨]。

注释

①逝水年华：时间的消逝有如流水一般。

②皤：老人须发白的样子。音pó。

③蹉跎：指光阴虚度，年华消逝。

④无谓：无意义，不当。

⑤老大徒伤：年岁已大，毫无建树，只有悲伤。

⑥今是昨非：领悟过去的不对，现在加以改正。

⑦偏多：特别多。

⑧名山著作：世称著作的事。《史记·太史公自序》："厥协六经异传，整齐百家杂语，藏之名山，副在京师，俟后世圣人君子。"言正本藏之书府，副本留京师也。

⑨浩歌：长歌，放声歌唱。

其　三

出门频厌杂嚣尘[①]，久矣烟霞[②]寄此身。索句寻诗常拥被，箴言[③]笃行[④]每书绅[⑤]。
未完婚嫁心长系，随分[⑥]鹭鸥意最亲。不尽芳兰空谷怨[⑦]，山中且署[⑧]"老遗民[⑨]"。

注释

①嚣尘：喧闹多尘。此处指纷扰的人世。

②烟霞：泛指山光水色。

③箴言：劝勉规诫的言辞。

④笃行：切实履行。

⑤书绅：书写在衣带上，表示牢记不忘之意。

⑥随分：随顺本分。

⑦芳兰空谷怨：孔子历聘诸侯，诸侯莫能任，自卫反鲁，过隐谷之中，见芗兰独茂，喟然叹曰："夫兰当为王者香，今乃独茂，与众草为伍，譬犹贤者不逢时，与鄙夫为伦也。"乃止车，援琴鼓之，作《猗兰操》。

⑧署：题字，签名。

⑨遗民：朝代改换后，不肯在新廷任职的人。

其　四

沧桑[①]劫[②]历几经秋[③]，弹指[④]青春换白头。卅载名场[⑤]频潦倒[⑥]，一身浊世[⑦]任沉浮[⑧]。
高踪[⑨]甚欲依盘谷[⑩]，佳句真难步柳州[⑪]。差喜[⑫]年来腰脚健，林泉[⑬]是处足清游。

注释

①沧桑：沧海变桑田，比喻时势的变迁或人事的变化。

②劫：灾祸。

③秋：年。

④弹指：用以形容极短的时间。

⑤名场：古代的考场，以其为士子争名之处，故称名场。

⑥潦倒：颓废，散漫。

⑦浊世：乱世。

⑧沉浮：指人事的荣枯盛衰。

⑨高踪：不平凡、高尚的行迹或成就。

⑩盘谷：地名，在今河南省济源市北。唐李愿曾隐居于此，韩愈有《送李愿归盘

谷序》。

⑪柳州：唐柳宗元，字子厚，贞元进士，曾任柳州刺史，世称柳柳州。与韩愈同倡古文运动。散文峭拔矫健。

⑫差喜：略微高兴。

⑬林泉：林木与泉石，指隐居的地方。

杜香国

杜香国，字芗谷，号甲溪，大甲区人。工诗。

对酒书怀

重对旗亭[1]酒，年华[2]痛饮过。愁随新月上，恨似乱山多。
怀远空惆怅，当筵唤奈何[3]。红儿[4]不解事。又唱《懊侬歌》[5]。

注释

①旗亭：酒楼。

②年华：岁月，时光。

③唤奈何：《世说新语·任诞》：“桓子野每闻清歌，辄唤奈何。”唤，呼叫。晋桓伊，小字子野，工音律，尤善吹笛。

④红儿：唐雕阴官伎。即杜红儿，善歌。喻指酒女。

⑤《懊侬歌》：即《懊侬曲》，乐府吴声歌曲。为南朝时描写男女之间爱情的民歌。

大墩[1]旅次叠访樱航[2]不遇戏寄一绝

对酒看花兴尚浓，旗亭[3]踏遍不相逢。
谁知咫尺[4]东邻路，似隔蓬山一万重[5]。
（予寓君西邻）

注释

①大墩：地名。即今台中市。

②樱航：李荣煌，字樱航，台中市人。

③旗亭：酒楼。

④咫尺：八寸曰咫，十寸曰尺。咫尺形容距离极近。

⑤蓬山一万重：李商隐《无题》："刘郎已恨蓬山远，更隔蓬山一万重。"蓬山相传为仙人居住的地方，在此喻樱航居住的地方。

陈材芳挽诗（三首选二）

其 一

东海兴诗日，胡为便化仙。苦吟[①]成白发，遗恨泣黄泉[②]。
痛涸[③]西河泪，愁思锦绣篇[④]。即今春雨里，感逝对灯前。

注释

①苦吟：为推敲诗句，一再吟诵。
②黄泉：地下，阴间。
③涸：枯竭。音 hé。
④锦绣篇：谓华丽的诗篇。

其 二

牛马[①]艰难甚，君真驾鹤[②]游。安能长不死，从此免牢愁[③]。
世已青蝇吊[④]，天成白玉楼[⑤]。早归犹是福，多寿亦多羞。

注释

①牛马：做牛做马。
②驾鹤：死亡的讳称。
③牢愁：忧郁愁苦。
④青蝇吊：生前没有知己的人，死后无吊客，而只有青蝇来凭吊。
⑤白玉楼：相传唐诗人李贺之死，系受天帝之召而赴白玉楼。后遂以"白玉楼成"称文人之死。

病中寄某录事[①]

旬日不相见，无聊独忆卿[②]。杜门[③]因小病，爽约[④]负多情。
月挂团圆影，虫吟继续声。遥遥劳梦想，欹枕到天明。

注释

①录事：妓女的别称。
②卿：朋友间的尊称。

③杜门：闭门。指隐居不出。

④爽约：违约，失信。

庄 龙

庄龙，字云从，别号南村。台中市大甲区人。师范学校毕业，执教鞭数年。著有《云从诗草》、《南村遗稿》等。

鳌峰[1]访惠如[2]社兄赋赠

相逢樽酒暮春时，携手凭栏慰素思[3]。雨霁波光涵[4]树远，院深鸟语出花迟。

三层楼阁居弘景[5]，半榻茶烟感牧之[6]。闲坐与君清话久，却忘红粉[7]数归期。

注释

①鳌峰：山名，在台中市清水区。

②惠如：蔡惠如，字铁生，清水人。栎社社员。

③素思：向来的心思。

④涵：滋润，涵养。

⑤弘景：南朝陶弘景，隐居句曲山，武帝礼聘不出，但常常向他请教政事，时人称为“山中宰相”。

⑥牧之：唐诗人杜牧，字牧之。

⑦红粉：妇人妆饰所用的胭脂与白粉。指美女。

归大甲，喜沧玉[1]社兄过访

其 一

绿阴满地乱啼莺，看竹人来雨乍晴。三月春愁随雾散，十年心事共杯倾。

倦游渐欲亲鸥鹭，知己真堪托死生。明日君归门又闭，嶒崚[2]傲骨少逢迎[3]。

注释

①沧玉：陈瑚，字沧玉，苗栗县苑里人。栎社社员。

②嶒崚：山势高峻不平的样子。形容气节高尚，气概不凡。音 céng léng。

③逢迎：奉承，谄媚。接待。

其二

廿四星霜[①]指一弹，浮生[②]随处滞征鞍[③]。身多俗累言愁惯，家有衰亲作客难。
病里送春诗句少，灯前遇旧酒肠宽。梨花满地犹堪赏，秉烛何妨共倚栏。

注释

①星霜：霜每年遇寒而降，因此以星霜比喻岁月。
②浮生：人生。
③征鞍：旅行在外的人所乘的马。

詹园[①]访痴仙[②]社兄赋赠

移家犹傍石泉清，瘦竹高花画不成。春水溶溶[③]溪睡鸭，晚风淡淡柳藏莺。
十年杜牧醒前梦[④]，一卷《南华》[⑤]悟此生。近日奚囊[⑥]添几许？卷帘烟雨近清明。

注释

①詹园：詹厝园。为痴仙晚年居住之处。
②痴仙：林朝崧，字俊堂，号痴仙，台中市雾峰区人。栎社社员。
③溶溶：水势盛大的样子。
④十年杜牧醒前梦：唐杜牧《遣怀》：“十年一觉扬州梦，赢得青楼薄幸名。”
⑤《南华》：《南华真经》的简称。即《庄子》一书的别名。
⑥奚囊：唐李贺奚奴所背的古锦囊，后用为诗囊。奚奴，女奴，今泛称仆役为奚奴。

秋日登楼口占[①]

闲上层楼放眼看，惊心岁月似跳丸[②]。菊拖暮雨枝枝瘦，枫染新霜叶叶丹。
薄酒可赊成醉易，故园虽近欲归难。斜阳无赖[③]西风急，倚槛[④]讵怜客袖单。

注释

①口占：作诗不起草，随口吟诵而成的，称口占。占，音 zhàn。
②跳丸：古代杂戏的一种，用手抛掷两个以上弹丸的杂技。比喻日月运行。
③无赖：无聊，引申为多事、烦人。
④槛：栏杆。

题十宜楼①步槐庭②社兄见赠原韵

突兀③高楼起海滨，家风投辖④好留宾。烦君折柬⑤招吟侣，笑我持杯劝主人。

梦绕烟花来北里⑥，身随蝴蝶过西邻。牧之⑦未了湖州约，话别匆匆感慨频。

注释

①十宜楼：楼名。在彰化县鹿港九曲巷。以往为文人经常聚会之所，目前为县三级古迹。

②槐庭：陈怀澄，字槐庭，鹿港人。

③突兀：高耸貌。

④投辖：汉陈遵好客，每次宴会，总是取下客人的车辖投入井中，使车子不能行走。后以投辖比喻主人留客的殷勤。

⑤折柬：折简，折半之简，言其礼轻。古人以竹简作书，亦代指书札或信笺。

⑥北里：唐长安平康里，因在城北，故称北里。又其地为妓院所在，故后称妓院所在地为北里。

⑦牧之：唐诗人杜牧，字牧之。曾往湖州，见一女子方十余岁，约定十年后娶之，十四年后守湖州，而前女子已嫁人并生两小孩矣。

步枕山①社兄见赠原韵

牢落②长卿③不自哀，且携书箧④访高才。神仙洞府吟诗地，花月因缘话酒杯。

扣角⑤敢存宁戚⑥意，披裘将老子陵⑦台。多君赠句相期许，肝胆倾余笑口开。

注释

①枕山：陈瑚，一字沧玉，另字枕山，苗栗县苑里人。

②牢落：空虚寂寞，无所寄托。

③长卿：西汉辞赋家司马相如，字长卿，成都人。景帝时为武骑常侍，因病免。

④书箧：书箱。

⑤扣角：敲击牛角，后成为求仕的典故。

⑥宁戚：春秋时卫人，相齐桓公。修德不用而商贾，宿齐东门外，桓公夜出，宁戚方饭牛叩角而商歌；桓公闻之，知其贤，举以为相。元好问《除夜》："折腰真有陶潜兴，扣角空传宁戚歌。"

⑦子陵：东汉严光，字子陵。少与光武帝同游学，光武即位，因厌恶政治险恶，归隐富春山，以耕钓为乐。

挽邱月坡秀才（二首选一）

沦落台疆二十秋，可怜一病竟难瘳[1]。岂真驾鹤[2]归蓬岛[3]？应是修文[4]赴玉楼[5]。

白发别家还别世，黄泉[6]埋骨不埋忧。如今吊汝无他物，半束生刍[7]献墓头。

注释

①瘳：病愈，引申为恢复元气。音 chōu。

②驾鹤：周灵王太子，名晋，好吹笙作凤鸣，在嵩山修炼二十年，乘鹤仙去。今为死之婉称。

③蓬岛：蓬莱仙岛。

④修文：文人之死称为修文。

⑤赴玉楼：即玉楼凌召，亦即文人早死。玉楼：仙人住处。

⑥黄泉：地下，阴间。

⑦生刍：吊丧的礼物。

寄豁轩[1]

旗鼓骚坛领一军，懒随纨绔[2]醉红裙[3]。酒边豪气吞沧海，驴背新诗写白云。

十载弟兄同院读，半溪烟水与鸥分。松枝尘尾玄谈[4]妙，自别仙家不再闻。

注释

①豁轩：陈贯，字联玉，号豁轩。苗栗县苑里人。栎社社员。

②纨绔：称富贵子弟之不学者。音 wán kù。

③红裙：借指酒女。

④尘尾玄谈：执尘尾而清谈。尘尾，拂尘，古时清谈名士常持尘尾，因此后世称客座清谈为尘尾玄谈。玄谈，玄妙之言论。

重游大安有感

半醉来寻白鹭群，石堤西畔正斜曛[1]。箫声寂寞空流水，海气荒凉起暮云。

赤壁重游苏玉局[2]，扬州感旧杜司勋[3]。那堪叶落秋风里，入夜萧萧[4]送客闻。

注释

①曛：日入余光。

②苏玉局：玉局，宋祠官名。苏轼曾任职玉局观。游赤壁，作前后《赤壁赋》。

③杜司勋：唐杜牧，曾游扬州，并赴京任司勋员外郎。

④萧萧：风声。

春日客中杂感

其一

归卧林泉[1]计未成，他乡寂寞掩柴荆[2]。诗如嚼蜡[3]浑无味，心似奇峰每不平。

得意花枝墙外笑，逢时草色雨中生。不将远客愁吹去，近日春风亦世情。

注释

①林泉：林木与泉石，指隐居的地方。

②柴荆：乡居用木板、荆条编制成的门。也指村舍。

③嚼蜡：味如嚼蜡，比喻无味，泛指无乐趣的事情。

其二

行李[1]萧然[2]数卷书，故园回首感何如？云荒旧业花三径，霜冷慈亲发半梳。

两地梦魂飞蛱蝶，十年驽马[3]困盐车[4]。王孙莫纵登楼[5]目，芳草萋萋绿映裾。

注释

①行李：指外出旅行的人所携带的行装。

②萧然：空寂的样子。

③驽马：劣马。

④困盐车：《战国策·楚策四》：“君亦闻骥乎？其骥之齿至矣，服盐车而上太行。蹄申膝折，尾湛胕溃，漉汁洒地，白汗交流，中阪迁延，负辕不能上。”此指用良马拉盐车，比喻良才屈抑，用非所长。

⑤登楼：三国魏王粲，由于避乱，从西京（长安）往荆州依附刘表，但不为表所重视，一日登当阳县（在今湖北省当阳市）城楼，触景怀乡，感怀身世，因作《登楼赋》以抒其悲苦烦闷之情。后人遂以王粲登楼作为文人远离家乡，怀才不遇的典故。

林朝崧

林朝崧，字俊堂，号痴仙。台中市雾峰区人。光绪十四年入邑庠，十九年补廪生。乙未年割台，避乱泉州。返台后，与赖绍尧等人组织栎社。旋移居詹厝园，筑无闷草堂。著《无闷草堂诗存》。

次韵[①]和仲衡[②]《过田居》之作

竹树连云暮色苍，草堂樽酒话悲伤。一家楚越书传雁，十载干戈[③]劫换羊[④]。

故物道南求犊鼻[⑤]，行装驴背卸诗囊。远游何似归耕好，身种胡麻妇种桑。

注释

①次韵：和韵的一种。诗人在和别人的诗时，仿照原诗用韵的次序作诗的，称次韵，也称步韵。

②仲衡：林资铨，字仲衡，号壶隐。台中市雾峰区人，林朝栋次子。

③干戈：兵器的通称，比喻战争。

④劫换羊：指国难。宋理宗时柴望作《丙丁龟鉴》一书，历记自秦庄襄王五十二年丙午，迄五代后汉天福十二年丁未，千余年来的运数，其中凡值丙午、丁未的年份，皆有乱事，后人以丙、丁均属火，色赤，未为羊，故称红羊劫。《殷尧藩·李节度平虏诗》："太平从此销兵甲，记取红羊换劫年。"

⑤道南求犊鼻：晋洛阳阮氏居道南者贫而多才，居道北诸阮皆富。七月七日，北阮盛晒衣服，皆锦绮粲目，阮咸以竿挂大布犊鼻裈（一种长至膝盖的短裤，为汉人佣保的衣着）于庭，人或怪之，答曰："未能免俗，聊复汝耳。"

次和庄君云从[①]辱赠原韵

刻画[②]无盐[③]费写生，瑶篇[④]叠赠[⑤]愧深情。北山人或嘲充隐[⑥]，南亩[⑦]君胡慕力耕。

荒径几时寻蒋诩[⑧]，酒杯此日忆公荣[⑨]。甲城绛帐[⑩]围丝竹[⑪]，想见玄谈[⑫]娓娓[⑬]清。

注释

①庄君云从：庄龙，字云从。台中市大甲区人。栎社社员。工诗。

②刻画：雕绣绘画，仔细描摹。

③无盐：即钟离春，齐国无盐邑（今山东省东平县）人。貌极丑，后为丑女的通称。

④瑶篇：对他人书信或诗作的美称。

⑤叠赠：多次赠送。

⑥北山人或嘲充隐：北山，即钟山，又名紫金山。周彦伦先隐于北山，后应诏出为海盐县令。欲过北山，孔稚圭作《北山移文》假山灵之意移之，使不许得至。

⑦南亩：南边的田亩。因南亩向阳，利于农作物生长，古人多向南方开垦农田，后泛称田地为南亩。

⑧蒋诩：汉杜陵人，廉直有名声，王莽居摄，告病归里，卧不出户。

⑨公荣：刘公荣，晋人，嗜酒，与人饮，杂秽非类。

⑩绛帐：深红色的帷帐。东汉马融常作高堂，施绛纱帐，前授生徒，后列女乐。后因

称师长或讲座为绛帐。

⑪丝竹：指琴、瑟、箫、管等乐器。也用作音乐的总称。

⑫玄谈：关于老庄虚无玄理的言论。

⑬娓娓：言辞委婉。

春夜筱云山庄[1]小集，限文韵[2]

绝好亭园又会文，六朝裙屐[3]集如云。长卿[4]后至才居右，考叔[5]先登勇冠军[6]。

佳节莺花春过半，小楼风月夜平分。当筵莫怪诗肠[7]涩[8]，须谅狂奴[9]酒态醺[10]。

注释

①筱云山庄：前清举人吕汝修的祖宅，建于清同治五年（1886），位于台中市神冈区，目前为市定古迹。

②限文韵：诗人约集写诗，在“十二文”的韵目中随意抽出几个字来，作诗的人必须把这个字全部作为韵脚，只是用韵时字的次序可以随意安排。例如《红楼梦》第卅七回，叙述贾宝玉、探春等四人作《咏白海棠》的七言律诗，即限定用上平声“十三元”韵目中的“门、盆、魂、痕、昏”等五字为韵。但台湾的击钵诗，限文韵，是指“十二文”的韵目中任何文字都可以作为韵脚，而不指定其中几个字才能作为韵脚。

③六朝裙屐：六朝指吴、东晋和南朝的宋、齐、梁、陈国都金陵。裙，下裳；屐，木底鞋。裙屐原指六朝贵游子弟的衣着。后泛称富家子弟的时髦装饰。

④长卿：西汉辞赋家司马相如，字长卿。

⑤考叔：春秋郑国颍考叔。郑庄公因生母帮助同胞弟段叛己，乃幽置其母于城颍，发誓说：“不及黄泉，无相见也。”后考叔俟机以言语感悟庄公，使母子于隧中相见，慈孝如初。时人皆称赞考叔为纯孝。

⑥勇冠军：勇冠三军，勇敢为三军之最。比喻才能出众。

⑦诗肠：作诗的情思。

⑧涩：阻塞、迟钝。这里指文字生硬。

⑨狂奴：作者谦称。

⑩醺：酒醉。

落　花

回首繁华事可悲，飘零况在日斜时。眼看榆荚[1]飞相趁，肠断金铃[2]系已迟。

叶暗巢蜂初熟蜜，庭空啄[3]雀尚争枝。匆匆小劫家园里，岂独长安似弈棋[4]。

注释

①榆荚：榆树所结的果实。先结果，后长叶，果实像小钱，相连成串。

②金铃：护花铃，用来吓阻鸟鹊保护花朵免受伤害的金铃。

③啄：鸟雀鸣叫。

④长安似弈棋：杜甫《秋兴》："闻道长安似弈棋，百年世事不胜悲。"

送何作舟秀才归淮海①

千古繁华地，扬州廿四桥②。梅花官阁酒③，明月玉楼箫④。

去好亲龙剑⑤，归休傍翠翘⑥。从来行乐处，容易壮心销⑦。

注释

①淮海：地名，即扬州，今江苏省江都市。

②廿四桥：在今江苏省江都市城西门外。二十四桥有两种说法，一为二十四座桥，二为桥名二十四桥。

③梅花官阁酒：南朝梁人何逊，官尚书水部郎。何逊在扬州任建安王记室，在扬州见早梅盛开，作《咏早梅》诗。

④明月玉楼箫：杜牧《寄扬州韩绰判官》："二十四桥明月夜，玉人何处教吹箫？"

⑤龙剑：龙渊剑，亦名龙泉剑。

⑥翠翘：妇人的发饰。

⑦容易壮心销：壮心容易销。

次韵答悔之①见赠（二首选一）

无心用世惟耽②酒，有口逢人只说诗。

醉不愿醒歌当哭，此生当卖几多痴③。

注释

①悔之：赖绍尧，字悔之。彰化大村人。栎社社员。

②耽：爱悦，过度爱好而沉醉其间。

③痴：糊涂，癫狂，不慧。

次韵[1]和蔡惠如[2]《病中有感》

斗室[3]清香习静[4]时，耳根[5]洗尽竹兼丝[6]。寻春已觉樊川梦[7]，止酒初吟彭泽[8]诗。
脱离火坑[9]君自勇，步趋[10]芳躅[11]我能为。相期更勉藏山业[12]，没世无名最可悲。

注释

①次韵：诗人在和别人的诗时，仿照原诗用韵的先后次序作诗。

②蔡惠如：字铁生，台中市清水区人，栎社社员，著《铁生诗草》。

③斗室：言其室之小。

④习静：习养静寂的心性，亦指过幽静生活。

⑤耳根：佛家语，六根之一，指耳朵。

⑥竹兼丝：丝竹，琴瑟箫管之属，亦用为音乐之总称。

⑦樊川梦：唐诗人杜牧，著《樊川集》。杜牧《遣怀》："十年一觉扬州梦，赢得青楼薄幸名。"

⑧彭泽：晋诗人陶渊明，嗜酒，曾任彭泽县令。

⑨火坑：比喻处境极困苦。

⑩步趋：追随。

⑪躅：迹也。音 zhú。

⑫藏山业：汉司马迁《报任少卿书》："仆诚以著此书，藏诸名山，传之其人。"原谓将著作藏于书府，传之后人。后谓著作极有价值，能传之后世。

沪 尾[1]

其 一

江边柳树系归舟，十载重来怕上楼。
望断鹭门[2]衣带隔[3]，鸟飞不到水悠悠[4]。

注释

①沪尾：地名，今新北市淡水区。

②鹭门：地名，即今厦门。

③衣带隔：一水相隔，仅如衣带，言其狭也。

④悠悠：悠长遥远的样子。

其 二

无因击汰[1]更扬舲[2]，江上怀人兰芷[3]馨。
浪卷前潮何处去？观音山色自青青。

注释

①击汰：拍击水波，亦指划船。

②扬舲：扬帆。舲，小船。

③兰芷：兰草与白芷，皆香草，转喻美德。

杂忆二首

其　一

海外[1]当年说甲兵[2]，闾阎[3]鼎食复钟鸣[4]。春藏华屋神仙艳，月入兰房梦寐清。

乡里尽多冠盖[5]族，楼台时有管弦[6]声。岂知今日东西廨[7]，憔悴机云[8]弟与兄。

注释

①海外：四海之外。古人认为中国为海所包围，故以海外指中国以外的地方。

②甲兵：坚甲利兵，军事所用。亦为军事之代称。

③闾阎：里巷内外的门，泛指民户、平民。

④鼎食复钟鸣：富贵大家族开饭时要敲钟会集，列鼎而食，食前方丈，奢侈豪华之至。

⑤冠盖：仕宦之冠服车盖，亦用为仕宦者之称。

⑥管弦：乐器。箫之类皆用管；琴瑟之类皆用弦。

⑦廨：官府兴建的房舍。音 xiè。

⑧机云：晋吴郡人陆机、陆云兄弟，时称二陆。同事成都王颖。机被诛，云亦遇害。

其　二

山边庐舍水边篱，芳卉千枝柳万枝。三月莺花[1]佳丽地，十年寰海[2]太平时。

辋川[3]泉石皆堪画，梓泽[4]宾朋尽解诗。一自扁舟[5]逃难后，故园东望只增悲。

注释

①莺花：黄莺和花朵，指春日景物。

②寰海：天下、世界，包括宇内水陆之总称。

③辋川：水名，在陕西省蓝田县南。唐王维有别业于此。王维曾作《辋川图》。

④梓泽：地名，在今河南省洛阳市西北，晋石崇金谷园在此。

⑤扁舟：小舟。

采茶歌

其　一

娉娉袅袅[①]采茶娘，不采蘼芜不采桑。
日暮子规[②]劝归去，荒山草露易沾裳。

注释

①娉娉袅袅：娉娉，美好貌。袅袅，体态柔美的样子。杜牧《赠别》："娉娉袅袅十三余，豆蔻梢头二月初。"

②子规：杜鹃鸟。俗谓其鸣声曰："不如归去。"

其　二

上山采茶筋力苦，下山饮茶喉舌甘。
谁识个中甘苦趣，朝朝暮暮自携篮。

其　三

鹧鸪[①]声里忆哥哥，亲拣云芽[②]远寄他。
一一枪旗[③]依自采，渴怀七碗[④]莫嫌多。

注释

①鹧鸪：鸟名。俗谓其鸣曰："行不得也哥哥。"

②云芽：云雾茶之嫩芽。

③枪旗：绿茶之一种。由带顶芽的小叶制成，芽尖细如枪，叶开展如旗，故得此名。

④七碗：唐诗人卢仝好茶，曾作诗云："一碗喉吻润。二碗破孤闷。三碗搜枯肠，唯有文字五千卷。四碗发轻汗，平生不平事，尽向毛孔散。五碗肌肤清。六碗通仙灵。七碗吃不得也，唯觉两腋习习清风生。"

其　四

凤饼[①]龙团[②]讵[③]足珍，愿君常忆采茶人。
纤纤女手缝裳好，底事[④]提筐[⑤]忘苦辛？

注释

①凤饼：茶名，饼上印有凤文，故得此名。

②龙团：茶名。制茶为圆饼，上印龙凤文，宋时专供御饮。

③讵：岂也。音 jù。

④底事：何事。

⑤筐：盛物竹器。

诵铨侄[①]《追悼王兰生师》诗，怆然[②]感赋

小阮[③]哀词悼故师，师才磊落[④]实堪思。生如杜甫长为客，死胜扬雄[⑤]尚有儿。

从事曾持三尺剑[⑥]，传家惟剩一囊诗。悠悠四载修文[⑦]去，人世沧桑[⑧]知不知？

注释

①铨侄：林朝崧之侄儿林资铨。台中市雾峰区人。

②怆然：悲伤。

③小阮：指晋阮咸。阮籍、阮咸叔侄同列名竹林七贤，都是当时的名士，人称籍为大阮，咸为小阮。后世因以小阮为侄的通称。此处指林资铨。

④磊落：比喻人容仪俊伟的样子。也形容人志向高远，洒脱不拘的样子。

⑤扬雄：汉成都人，字子云。为人口吃，以辞赋著称，作《法言》、《太玄》，认为“有生者必有死，有始者必有终”。

⑥三尺剑：古剑长凡三尺，故称。《史记·高祖本纪》：“吾以布衣提三尺剑取天下，此非天命乎？”

⑦修文：文人之死称修文。

⑧沧桑：比喻时势的变迁或人事的变化，为沧海桑田的省称。

次绍尧[①]《九日[②]寄雾山[③]栎社[④]诸友》韵

其　一

满目河山感慨多，叶飞如雨水增波。丹枫白雁生秋兴[⑤]，紫蟹黄花共醉歌。

头戴南冠[⑥]长已矣，手遮西日奈愁何。登高能赋知无益，和汝题餻[⑦]且一哦。

注释

①绍尧：赖绍尧，字悔之，栎社社员，彰化县大村人。

②九日：农历九月九日，重阳节，有登高的习俗。

③雾山：雾峰。

④栎社：诗社名。在台中市雾峰区，为林朝崧等人所创立。

⑤秋兴：因秋而兴起的感慨。

⑥南冠：指南方楚人的帽子。后比喻远使或被囚禁的犯人。《左传·成公九年》：“晋

侯观于军府，见钟仪曰：‘南冠而絷者谁也！’有司对曰：‘郑人所献楚囚也。’”

⑦题餻：指唐刘禹锡重阳题诗不敢用“餻”字的故事。刘禹锡作《九日诗》，欲用“餻”字，以五经中无之，辍不复为。宋子京以为不然。故子京《九日食餻》有咏云：“飙馆轻霜拂曙袍，糗糍花饮斗分曹，刘郎不敢题餻字，虚负诗中一世豪。”后遂以“题餻”作为重阳题诗的典故。“餻”，同“糕”。

其二

惨淡①青山落叶多，海门②无日不风波。登高易洒新亭③泪，送客愁闻《易水歌》④。

东汉遗民推管邴⑤，南朝才子重阴何⑥。千秋⑦未觉风流⑧绝，烂熳⑨怜君日醉哦。

注释

①惨淡：形容景象的凄凉萧索。

②海门：海口。

③新亭：亭名，故址在今南京市南，三国吴时建筑，曾是东晋东渡名士常游宴的地方。

④《易水歌》：古歌名。战国燕太子丹命荆轲到秦国刺秦王，丹在易水（今河北省易县境内）送别，高渐离击筑，荆轲和乐而歌：“风萧萧兮易水寒，壮士一去兮不复还。”

⑤管邴：管宁及邴原。管宁，自幼笃志于学，曾与华歆同席读书。有人乘轩冕过门，歆放下书往看。宁即与割席分坐。汉末黄巾作乱，避居辽东，聚徒讲诗学，民众被感化，无人斗讼。邴原，操守和学问与郑玄齐名，后事曹操，官至五官将长史。

⑥阴何：阴铿与何逊。阴铿，梁时任湘东王法曹行参军，陈时任晋陵太守、员外散骑常侍。工诗赋，尤善描写山林的五言诗。何逊，梁人，八岁赋诗，官至尚书水部郎。诗有名于当时。著有《何水部集》。

⑦千秋：千年。形容岁月久远。

⑧风流：风俗教化。

⑨烂熳：性情率真、天真无邪的样子，光彩焕发。同“烂漫”。

九月十五夜同栎社诸子莱园①治酒

诗酒西园②集上才，道南诸阮③喜追陪。清风自入芝兰④室，明月来窥竹叶⑤杯。

消受⑥溪山幽兴⑦发，扫除尘俗⑧雅怀开。商量今日须酣畅⑨，莫管东方曙色⑩催⑪。

注释

①莱园：园林名。在台中市雾峰区，林献堂所筑。

②西园：曹操所建的园林，在邺县，古今题咏甚多，喻指莱园。

③道南诸阮：晋朝居洛阳之阮氏，处北者皆富，处南者贫而多才。

④芝兰：芝草与兰草，皆香草名。比喻君子德操之美。

⑤竹叶：竹叶青，酒名。

⑥消受：享受，受用。

⑦幽兴：幽情，高雅的情致。

⑧尘俗：指日常生活中的礼仪、习俗等事。

⑨酣畅：尽情饮酒。

⑩曙色：黎明时的天色。

⑪催：催促。

恭祝升三①社兄令堂②八十晋一

昔年曾卜孟③家邻，拜母登堂骨肉④亲。十亩躬耕⑤陈仲子⑥，一门奉法郝夫人⑦。

小康⑧身自安荆布⑨，阴德⑩天常报凤麟⑪。百岁桃花源里住，不知东海几扬尘⑫？

注释

①升三：张丽俊，字升三，台中市丰原区人，栎社社员。

②令堂：对别人母亲的尊称。

③孟：孟子。相传孟子幼年时，邻里环境不好，孟母三次迁居，使孟子得到较好的学习环境。

④骨肉：骨和肉，比喻至亲。

⑤躬耕：亲自从事农耕。

⑥陈仲子：战国时齐高士，又称于陵子，贵族出身，他因不满当时的政治情况，乃举家到于陵耕田、种菜、纺织，在当时有很好的名声。

⑦郝夫人：晋王浑妻钟氏与弟妻郝氏，德行过人，为后世贤妇的楷模。《世说新语·贤媛》："王司徒妇，钟氏女，太傅曾孙，亦有俊才女德。钟郝为娣姒，雅相亲重，钟不以贵陵郝，郝不以贱下钟，东海家内，则郝夫人之法；京陵家内，范钟夫人之礼。"

⑧小康：略有资产、衣食不缺的小富家庭。

⑨荆布：用荆枝做钗，用麻布做裙子。形容妇女衣着俭朴。也用来比喻能吃苦的贤德女子。《太平御览·服用部·钗》："《列女传》曰：'梁鸿妻孟光，荆钗布裙。'"

⑩阴德：不为人知的善行。

⑪凤麟：凤凰与麒麟，比喻杰出、罕见的人才。

⑫东海几扬尘：《神仙传·麻姑》："麻姑自云言：'接待以来已见东海三为桑田，向到蓬莱，水又浅于往者会时略半也，岂将复为陵陆乎？'方平笑曰：'圣人皆言，海中复扬尘也。'"比喻时势变易快速。

台湾杂咏

河山绣锦古东宁[①]，霸业[②]兴亡几度经？终岁有花天气暖，四边无地海潮青。

居人粤语[③]兼闽语，分野[④]牛星[⑤]又女星[⑥]。欲上红毛城[⑦]上望，蛮烟蜑雨[⑧]昼冥冥[⑨]。

注释

①东宁：指明郑时代的台湾。永历十五年郑成功攻克台湾，改台湾为东都，十八年，郑经又改称为东宁。

②霸业：称霸天下的功业。

③粤语：这里指客家话。

④分野：天上星宿所相配的地域。

⑤牛星：牵牛星。

⑥女星：织女星。

⑦红毛城：西洋人所建的城堡。指台南市之赤嵌城，即俗称的安平古堡。

⑧蛮烟蜑雨：形容偏远地区荒凉的景象。蜑：南方种族名。音 dàn。

⑨冥冥：昏暗。

秋夜旅怀

十千[①]夜醉新丰[②]酒，逆旅[③]何人识马周[④]？孤枕梦回灯晕[⑤]冷，六街[⑥]尘净雨声收。

西风不断吹黄叶，残月犹看挂小楼。转眼炎凉[⑦]无限恨，匣中雄剑欲鸣秋。

注释

①十千：一万，比喻众多。曹植《名都篇》："归来宴平乐，美酒斗十千。"

②新丰：地名，在今陕西省临潼区北。

③逆旅：迎接旅客的地方，即旅馆。

④马周：唐清河人。少孤贫，好学，尤精《诗》、《传》，落拓不为州里所敬。后西游长安，舍于中郎将何常家中。贞观三年，太宗令百官上书言时政得失，周为何陈便宜二十余事，太宗赏识其能，遂被任用。其处事精密，甚获当时人称誉。后周病消渴，太宗躬为调药，皇太子亲临问疾。

⑤晕：灯火的外焰。

⑥六街：唐、宋时京城有六街，由金吾街使管辖，下设左右金吾将军维持六街的治安。

⑦炎凉：比喻人情的冷暖变化。

枯 树

仙鹤归飞认旧枝，荒山坐老岁寒枝。心空尽有客人处，材大终无构厦时[①]。
千尺排云[②]犹气势，百年阅世[③]几荣衰。婆娑[④]月里阎浮[⑤]影，羡煞[⑥]风霜总不知。

注释

①材大终无构厦时：杜甫《古柏行》："志士幽人莫怨嗟，古来材大难为用。"
②排云：排开云层，多形容高。
③阅世：经历时世。
④婆娑：放纵闲散而逸乐的样子。
⑤阎浮：佛家语，树名。
⑥羡煞：羡极，羡甚。

猿

山果为粮腹已充，自鸣得意向秋风。接联饮涧[①]危[②]悬树，跳掷穿云巧避弓。
生就兽心贪更黠[③]，戴来人面戏偏[④]工。一时喜怒浑无定，只恐狙公[⑤]术也穷。

注释

①饮涧：在溪涧中饮水，多指在山谷中生活。
②危：高。
③黠：狡猾。音 xiá。
④偏：特别。
⑤狙公：养猴的老人。

赠槐庭[①]

闭门索句陈无己[②]，不见三年今眼明。病喜免为断胫鹤[③]，饮须拚作吸水鲸[④]。
诗敦累夜灯同剪，客散高楼雨又晴。近事细谈真羡汝，阶前添得两兰茎。

注释

①槐庭：陈怀澄，字槐庭。彰化县鹿港人。栎社社员。

②陈无己：宋朝陈师道，字无己，为文师曾巩，工诗，为人高介有节，安贫乐道。宋徐度《却扫编》卷中："陈师道，字无己，与诸生徜徉林下，或愀然而归，径登榻，引被自覆，呻吟久之，矍然而兴，取笔直书，则一诗成矣。"后因以"闭门索句"形容作诗时

冥思苦想。黄庭坚《病起荆江亭即事》诗之九：闭门觅句陈无己，对客挥毫秦少游。”

③断胫鹤：断折小腿的鹤。《庄子·骈拇》：“凫胫虽短，续之则忧；鹤胫虽长，断之则悲。”

④吸水鲸：豪饮的鲸鱼。杜甫《饮中八仙歌》：“饮如长鲸吸百川，衔杯乐圣称世贤。”

林资修

林资修（1880—1939），字南强，号幼春，晚号老秋。台中市雾峰区人，自幼好学，年十六即通经史百家。为栎社社员。梁任公游台时，以“海南才子”目之。民国七年，与蔡惠如等创台湾文社。九年以后，与献堂致力于台湾民族抗日运动。著《南强诗集》。

中秋前一夕月下久坐

水流东涌月西流，坐待河清①岂善谋。鬼影幢幢②飞蝙蝠，虫吟细细答鸺鹠③。

御风④上界⑤今何见，望气空山事可忧。输与观潮老枚叔⑥，笔端传出广陵⑦秋。

注释

①坐待河清：古人认为黄河清，为太平之兆，然相传黄河之水，千年一清，后以之喻太平的时世难以等待。

②幢幢：摇曳不定的样子。

③鸺鹠：鸟名。昼目无所见，夜则目至明。古书上常视为不祥之鸟。

④御风：乘风，借助风力而行。

⑤上界：天界。道教、佛教所指神仙居住的地方。

⑥枚叔：西汉辞赋家枚乘，字叔。

⑦广陵：郡名，故城在今江苏省江都市东北。

奉和①任公②先生原韵之作

忧患③余生④识此人，夷吾⑤江左⑥更无伦。十年魂梦居门下⑦，二老⑧风流照海滨。

一笑戏言三户⑨在，相看清泪两行新。楚囚⑩忍死非无意，终拟南冠⑪对角巾⑫。

注释

①奉和：即按别人作诗所押的韵作诗。

②任公：梁启超，字任公，广东新会人。

③忧患：忧愁、忧虑。也指悲天悯人的胸怀。

④余生：晚年，暮年，残生。

⑤夷吾：春秋齐人管仲，名夷吾，齐桓公为相，通货积财，富国强兵，尊周室，攘戎狄，九合诸侯，一匡天下。

⑥夷吾江左：用以称许辅国救民之人才，本指晋朝之王导，此处借指任公。

⑦门下：对人的尊称，同阁下。

⑧二老：指梁启超、荷庵（汤明水）。

⑨三户：三户人家。后常用以比喻地小人寡，犹可发愤图强。《史记·项羽本纪》："楚虽三户，亡秦必楚也。"

⑩楚囚：本指被俘虏的楚国人，后借喻处境窘迫、无计可施的人。

⑪南冠：本指南方楚人的帽子，后比喻远使或被囚禁的犯人。

⑫角巾：有棱角的头巾，方巾。为古代隐士的冠饰。

寄梁钝庵[①]

大王[②]已失苏季子[③]，枵妪[④]独哀韩王孙[⑤]。衣食于人诚细故[⑥]，英雄视此为殊恩[⑦]。

青衫和泪客万里，白发到头悲百根。老大[⑧]怕谈少年事，江湖不见孟尝[⑨]门。

注释

①梁钝庵：梁成枬，字子嘉，号钝庵，广东佛山三水人。乙未割台时抗日，力竭始去。

②大王：秦王。

③苏季子：苏秦。曾说秦王书十上而说不行，黑貂之裘敝，黄金百斤尽，资用乏绝，去秦而归。

④枵妪：饥饿的妇女。妪，妇女的通称，音 yù。

⑤韩王孙：韩信。为布衣时，钓于淮阴城下，其中一漂母见韩信饥饿，便一连数十天送饭给他吃。韩信高兴地说："吾必有以重报母。"漂母怒说："大丈夫不能自食，吾哀王孙而进食，岂望报乎？"

⑥细故：琐碎的小事。

⑦殊恩：特别的恩惠。

⑧老大：年纪大。

⑨孟尝：孟尝君，战国四公子之一，好养士，门下食客数千人。

秋晚写哀

偶向郊原[1]看夕晖，云烟满眼欲安归。草凋草长天多事，人哭人歌境日非。

水浅小鱼争下濑[2]，风高馋[3]隼[4]遽[5]成围。前途未定吾生晚，对此真无泪可挥。

注释

①郊原：郊外的平原。

②濑：急流的水，浅可见底的水流。

③馋：贪吃。

④隼：鹫鹰。音 sǔn。

⑤遽：仓促，急速。

雅棠[1]以信索诗监中，逾期不成，报以长句，兼呈小眉[2]词长

泥中岂复谈诗地，莲社[3]偏多好事人。三上[4]作文吾自喜，千金享帚若为珍[5]。

虽缘北雁曾愆约[6]，合让东施更效颦[7]。墨水五升公试办，孙山[8]终奋夺标[9]身。

注释

①雅棠：连横，号雅棠，台南市人。

②小眉：林景仁，字小眉，新北市板桥区人。

③莲社：东晋僧侣慧远所组成的佛教社团，此处借指栎社。

④三上：指最适宜构思文章的三处场所。欧阳修《归田录序》："余生平所作文章，多在三上，乃马上、枕上、厕上也。"

⑤千金享帚若为珍：家有破旧的扫帚，犹自以为价值千金。比喻珍惜自己的器物，或比喻人无自知之明。

⑥愆约：失约。愆，音 qiān。

⑦东施更效颦：比喻丑拙者强效美好，不得其美，反益增丑拙。或作东施效颦。

⑧孙山：宋吴人。应试中举，名列榜末。

⑨夺标：夺取锦标。龙舟有夺标之戏。后用来比喻考试登第或比赛优胜。

狱中感春，赋《落花》诗以自遣

系[1]久悬知[2]景物非，强揩[3]病眼吊斜晖。九旬[4]化碧[5]将为厉[6]，举国招魂[7]未忍飞。

历劫[8]尚当甘坠落，几生修得到芳菲。因风寄谢枝头鸟，极口催归何处归？

注释

①系：拘囚。

②悬知：预料，揣度。

③揩：擦拭。音 kāi。

④九旬：九十天。

⑤化碧：鲜血化为碧血。多用以称颂忠臣志士。

⑥厉：恶鬼。

⑦招魂：招死者之魂。

⑧劫：灾祸。

三月十二夜听雨不寐

元气①淋漓②夜气侵，薄寒微袭五更衾。愁云渐合疑天压，积潦③横流④想陆沉⑤。

斗室⑥已无花雨梦，坳堂⑦真有芥舟⑧心。平生滴沥⑨穷檐⑩泪，独和啾啾⑪冻雀吟。

注释

①元气：人之精气。

②淋漓：盛多，充盛。

③积潦：成灾的积水，洪涝。

④横流：水道阻塞，水由两旁流出而泛滥。形容局势动荡。

⑤陆沉：谓陆地沉入海底。

⑥斗室：狭小的房间。

⑦坳堂：堂上的低洼处。《庄子·逍遥游》：“覆杯水于坳堂之上，则芥为之舟。”坳，音 ào。

⑧芥舟：芥，小草。后因以“芥舟”比喻小舟。

⑨滴沥：流滴。

⑩檐：屋檐，屋瓦边滴水的部分。

⑪啾啾：鸟虫的鸣叫声。

洞箫曲

（俚谚①嘲②吸烟者，为老猴吹洞箫，老病沦落③无以自解，作《洞箫曲》三绝抒哀）

其　一

少年拟逐白猿公，一剑穿云古越④中。

急管⑤夜来吹不断，前身原是可怜虫。

注释

①俚谚：民间流传通俗而富有意义的语句。

②嘲：调笑，用言语戏谑他人。

③沦落：沉沦、衰微、没落。

④越：古国名。疆域有今江苏北部运河以东、江苏、安徽南部、江西东部和浙江北部。

⑤急管：节奏快速的管乐曲或音乐。

其　二

中岁[1]随人赋洞箫，瓶笙[2]屋角夜刁刁[3]。
如今树倒猴狲散[4]，犹自吹灯破寂寥。

注释

①中岁：中年。

②瓶笙：古时以瓶煮水，水将沸时，声音幽细如吹笙，故称为“瓶笙”。

③刁刁：摇动的样子。

④树倒猴狲散：比喻因势利而相结合的人，一旦为首的失势败亡，依附的徒众即随之四散。

其　三

白头聊[1]自写生平[2]，颇负吟风啸月[3]名。
三阕[4]人间可哀曲，洞箫幽咽[5]本无声。

注释

①聊：且也。

②生平：一生。

③吟风啸月：谓以风花雪月等自然景物为题材作诗词。吟玩风月，形容心情闲适洒脱。

④阕：歌曲或词一首叫一阕。音 què。

⑤幽咽：低沉微弱的声音。形容哭泣、饮泣声。音 yōu yè。

癸酉初夏莱园小集

其　一

四月五日天气阴，喜迎旧雨[1]来竹林。
花苏草润禾稼[2]起，也洗诗人尘俗[3]襟。

注释

①旧雨：旧友。
②禾稼：泛指谷物。谷类中连秆的称禾，去秆的称稼。
③尘俗：指日常生活中的礼仪、习俗等事。

其　二

柳丝拂水竹干霄[1]，山鸟提壶[2]忽见招。
便觉诗芽随处茁[3]，红尘[4]隔断木棉桥[5]。

注释

①干霄：高入云霄。
②提壶：鸟名，即提壶芦。
③茁：生长。
④红尘：飞扬的尘埃。
⑤木棉桥：莱园十景之一。

其　三

山楼四面拓明窗，乘兴还来倒酒缸。
春色似因吾辈驻[1]，花间飞出蝶双双。

注释

①驻：停留，止住。

其　四

小习池[1]头柳眼青，荔支岛[2]上醉吟醒。
十年不奏钧天乐[3]，合有游鱼出水听[4]。

注释

①小习池：莱园十景之一。
②荔支岛：莱园十景之一。亦作“荔枝岛”。
③钧天乐：钧天广乐。指天上的音乐。钧天，上帝所居之官；广乐，宽广之乐。
④游鱼出水听：比喻琴音佳妙。《琅琊代醉编·游鱼听琴》：“伯牙鼓琴，游鱼出听。”

其　五

夕佳亭[①]子立黄昏，时有山猿对影蹲[②]。
今日老梅顽石下，鸟声人语总春温。

注释

①夕佳亭：亭名。莱园十景之一。

②蹲：兽类伸前肢而坐。

其　六

望月峰[①]头一振衣[②]，谪仙[③]诗句满烟扉。
何当叫出云中月，来照仙人化鹤归[④]。

注释

①望月峰：莱园十景之一。

②振衣：抖衣去尘。

③谪仙：称誉一个人才学俱异，清超拔俗，就像谪降尘世的人。

④仙人化鹤归：相传汉辽东人丁令威在灵虚山学道成仙，后化鹤归来。

其　七

垂老重来集考槃[①]，才华虽谢气巑岏[②]。
烦君一置东篱酒，更尽渊明[③]十日欢。

注释

①考槃：考槃轩。莱园十景之一。

②巑岏：峻峭的山峰。音 cuán wán。

③渊明：晋陶潜，字渊明。

漫　兴[①]

山翁心事本悠悠[②]，坐看风云满眼秋。兵气北连罗刹国[③]，市交南阻大洋洲[④]。
近传木杮[⑤]浮巴蜀[⑥]，合有星槎犯斗牛[⑦]。老病健忘[⑧]翻[⑨]自幸，等闲[⑩]消尽百年忧。

注释

①漫兴：随兴之所至而率意赋诗。

②悠悠：安闲的样子。

③罗刹国：俄罗斯的别名。

④大洋洲：太平洋上岛屿的总称。以澳大利亚大陆为主体，介于亚洲、美洲、南极洲三大陆之间。

⑤木柿：砍剑下来的碎木片、木皮。《晋书·王濬传》："武帝伐吴，诏濬修舟舰……濬造船于蜀，其木柿蔽江而下。"

⑥巴蜀：秦汉时的巴、蜀二郡。辖地在今四川省，后世因以巴蜀为四川省的别称。

⑦星槎犯斗牛：古神话传说中天河与海相连，往来其间的木筏，叫"星槎"。《博物志·三》："旧说云：天河与海通，近世有人居海渚者，年年八月有浮槎去来不失期，人有奇志，立飞阁于查上，多赍粮，乘槎而去……至一处，见一丈夫牵牛渚次饮之……问：'此是何处？'答曰：'君还至蜀郡，访严君平则知之。'……后至蜀，问君平，曰：'某年月日有客星犯牵牛宿。'计年月正是此人到天河时也。"

⑧健忘：容易遗忘。

⑨翻：反而。

⑩等闲：平常，随便。

秋扇

死灰[①]早料祸燃眉[②]，袖手[③]年来不自持。陌上西风惊庾亮[④]，箧[⑤]中明月咏班姬[⑥]。
偶过小院流萤[⑦]地，却忆章台拊马[⑧]时。弃妇逐臣同一叹，热心珍重独题诗。

注释

①死灰：已熄火的冷灰，比喻心中静止，毫无生意。

②燃眉：火烧眉毛，比喻事情急迫。

③袖手：把手藏在袖中，比喻旁观而不过问事情。不能或不参与其事。

④庾亮：东晋人。好《老》、《庄》，善谈论，风格峻整。曾任江、荆、豫州刺史，与幕僚殷浩、王胡之等登武昌南楼赏月，谈咏竟夕。

⑤箧：藏物的长方形竹器。音 qiè。

⑥班姬：指汉成帝的妃子班婕妤。贤才通辩，能诗歌。成帝选入宫中为婕妤。后为赵飞燕所谮，退侍太后于长信宫，作《怨歌行》"新裂齐纨素，皎洁如霜雪。裁为合欢扇，团团似明月。出入君怀袖，动摇微风发。常恐秋节至，凉飙夺炎热。弃捐箧笥中，恩情中道绝"以自伤。

⑦流萤：到处飞行的萤火虫。

⑧章台拊马：章台，章台街。在今陕西省西安市长安区西南，汉时妓院会聚之地。拊，拍打、轻击，抚摸。音 fǔ。《汉书·张敞传》："然敞无威仪，时罢朝会，过走马章台街，使御吏驱，自以便面拊马。"便面，古人用以遮面的扇状物，也称"屏面"，盖不欲见人，以此自障面，则得其便，故曰便面。

送 春

来自梅边去柳边，飘茵坠溷[①]总由天。剩将短梦迷蝴蝶[②]，那有闲情拜杜鹃。

眼底莺花[③]非小劫[④]，陌头车马异当年。江南最是销魂地，不独文通[⑤]解黯然[⑥]。

注释

①飘茵坠溷：茵，茵席。垫。柔嫩的草类。溷，厕所，音 hùn。飘落于茵席或粪溷之中。比喻人生境遇的不同，取决于偶然的机缘。《南史·范缜传》："竟陵王子良盛招宾客，缜亦豫焉，尝侍子良，子良精信释教，而缜盛称无佛。子良问曰：'君不信因果，何得富贵贫贱？'缜答曰：'人生如树花同发，随风而堕，自有拂帘幌坠于茵席之上，自有关篱墙落于粪溷之中。坠茵席者，殿下是也；落粪溷者，下官是也。贵贱虽复殊途，因果竟在何处？'"

②迷蝴蝶：唐李商隐《锦瑟》："庄生晓梦迷蝴蝶，望帝春心托杜鹃。"

③莺花：黄莺和花朵。指春日景物。

④小劫：佛家语。指一个长单位的时间。《法苑珠林·劫量篇·疫病部》："佛世尊说：一小劫者，名为一劫；二十小劫，亦名一劫。"

⑤文通：南朝梁文学家江淹，字文通。

⑥黯然：心情沮丧、失意的样子。《文选·江淹·别赋》："黯然销魂者，唯别而已矣。"

林资铨

林资铨（1877—1940），字仲衡，号壶隐。雾峰林朝栋次子。光绪十九年应童子试，所赋"春晴"排律，满场惊服。乙未割台，随父及兄弟避难泉州，嗣往福州、上海、北京游历。后赴日本，入东京中央大学就读。返台后，加入栎社，与从叔朝崧、从弟资修，有"栎社三杰"之称。著《仲衡诗集》。

台北元旦感作再叠前韵[①]

其 一

爆竹声声万象新，花明柳媚各争春。
高吟击钵开瀛社[②]，笑煞桃符[③]索句人。

注释

①再叠前韵：对以前自己所作的诗，用相同的韵再作诗一次，称为叠前韵；以后如用相同的韵，又再重复作诗一次，称为再叠前韵。

②瀛社：台北市诗社名，于1909年创立。

③桃符：古代新年时用桃木板画神荼、郁垒二神或书写二神之名于其上，悬于门户旁，用以驱鬼、避邪，称为桃符。至五代后蜀又于桃符板上书写联句. 后又改以纸代桃木，遂演变为今日之春联。

其　二

挟妓游山忆谢公①，管弦声里太忙匆。

到门贺岁停车客，名刺②纷如落叶红。

注释

①谢公：东晋谢安隐居会稽东山，放情丘壑，然每游赏，必以妓女从。

②名刺：名片。古未有纸，将自己的名字书写在竹片或木板上，拜访时用以通报姓名。

诸罗春色

诸罗①绕郭水平堤，镇日②寻春曳③杖藜④。关岭⑤泉温人入浴，玉山雪积客留题。

木棉花软迎风舞，帝雉⑥声娇唤雨啼。我自吴公祠⑦畔去，朗吟⑧直到夕阳西。

注释

①诸罗：地名，即今嘉义。

②镇日：整天，由早到晚。

③曳：牵引。

④杖藜：藜杖，拐杖。

⑤关岭：关子岭。

⑥帝雉：禽鸟名。

⑦吴公祠：吴凤庙。

⑧朗吟：高声地吟诵。

秋日寿东山主人[1]

东山佳日会文豪，携屐[2]登临兴倍高。四座客来歌进酒，五旬人合庆蟠桃[3]。

群欣暑退抛纨扇[4]，我愧诗成夺锦袍[5]。底事[6]百杯甘受罚，病躯星夜[7]席先逃。

注释

①东山主人：吴子瑜，字少侯，号小鲁，台中市东势人。有东山别墅，植荔枝三千株。

②携屐：携带登山屐，表示即将登山。

③蟠桃：神话中的仙桃。

④纨扇：细绢制成的团扇。

⑤夺锦袍：武后游洛阳龙门，诏从臣赋诗，左史东方虬诗先成，武后赐锦袍，宋之问俄顷献，武后览之嗟赏，更夺袍以赐。后因称竞赛中获胜为夺锦袍。

⑥底事：何事。

⑦星夜：连夜，形容急速。

荷　花

其　一

香风吹到浣纱津[1]，冉冉[2]红妆出水新。

一朵撩人[3]娇欲语，西施端合是前身。

注释

①浣纱津：即浣纱溪，又名若耶溪，在今浙江省绍兴市南若耶山下，溪旁有浣纱石，相传为西施浣纱处。

②冉冉：行进的样子，动的样子。

③撩人：诱人，动人。

其　二

秀质微沾晓露明，幽香细飏[1]晚风轻。

横塘[2]十里花齐放，错讶[3]潘妃[4]步步生[5]。

注释

①飏：飞扬，飘扬。

②横塘：泛指水塘。

③讶：惊诧，疑怪。

④潘妃：南朝齐东昏侯之妃，有姿色。

⑤步步生：步步生莲花。南朝齐东昏侯因以在宫中为其宠妃潘妃造金莲贴地，令潘步其上，称之为“步步生莲花”。

紫薇

其一

瑞露根新上苑①移，微红淡白两三枝。
玉堂②多少题诗客，谁识风流杜牧之③。

注释

①上苑：帝王之园囿，亦称御苑。

②玉堂：玉饰的殿堂。官署名，在未央宫。

③杜牧之：唐朝诗人杜牧，字牧之。

其二

丝纶阁①下影横陈，绿幄②朱房掩冉③新。
莫道微之④能见爱，一丛镇日⑤伴词人。

注释

①丝纶阁：草拟帝王诏书的地方。旧称帝王的诏书为“丝纶”。

②幄：形同房屋的大帐幕。

③掩冉：摇曳貌。

④微之：唐诗人元稹，字微之。

⑤镇日：整天，从早到晚。

梅花

春信①到南枝，花魁②更有谁。漫③将桃李质，来比雪霜姿。
一笑吟诗处，三生④入梦时。孤山林处士⑤，惟尔最相知。

注释

①春信：春天的信息。

②花魁：百花的魁首。梅花开在百花之先，故有“花魁”之称。

③漫：随意，胡乱。

④三生：指前生、今生、来生。

⑤孤山林处士：宋朝隐士林逋隐居西湖孤山，植梅养鹤，人称“梅妻鹤子”。

还 乡

少年名姓列通侯[①]，衣锦今为梓里[②]游。钓水耕山空有迹，斗鸡走狗[③]已无俦[④]。

集成感旧诗千首，泪洒酬恩酒一瓯。笑煞[⑤]当时苏季子[⑥]，床头金尽[⑦]敝貂裘[⑧]。

注释

①通侯：爵位名。

②梓里：故乡。

③斗鸡走狗：游手好闲者所为之嬉戏。

④俦：伴侣，同类。

⑤笑煞：笑甚，笑极。

⑥苏季子：战国时苏秦，字季子。

⑦床头金尽：钱财耗尽。

⑧貂裘：用貂皮制成的衣裘。苏秦说秦王，十上而说不行，黑貂之裘敝，黄金百斤尽，资用乏绝，去秦而归。

重游宝觉寺次陈雪沧原韵

推敲[①]随意到空门[②]，且喜前林日未昏。满眼云烟山欲活，关心松菊径犹存。

客愁驱尽尘缘断，禅理参来[③]笑语温。我爱远公[④]甘寂寞，桃花源[⑤]里自成村。

注释

①推敲：斟酌、修改诗句。

②空门：佛教天台宗谓通达真性和实相的四门教法之一，以悟空入道。

③禅理参来：参，领悟，琢磨。参禅是佛教禅家的修持方法，有游访问禅、参究禅理、打坐禅思等形式。

④远公：晋庐山东林寺高僧慧远。

⑤桃花源：晋陶潜作《桃花源记》，谓有渔人从桃花源入一山洞，见秦时避乱者的后裔居其间。后遂用以指避世隐居的地方。

题静远楼

高阁三层倚太清①，招邀诗酒快平生。宅传庾信②临江卜，人识韩康③卖药名。

几席④常罗书万卷，埙篪⑤互奏月三更。我来未敢题黄鹤⑥，愿向鸥波续旧盟。

注释

①太清：天空。

②庾信：北周文学家。庾信《小园赋》："余有数亩敝庐，寂寞人外，聊以拟伏腊，聊以避风霜，虽复晏婴近市，不求朝夕之利。"

③韩康：汉代人，字伯休。常游名山，采药卖于长安市中。时有女子买药于康，怒康守价，乃曰："公是韩伯休邪，乃不二价乎?"

④几席：几和席。为古人凭依、坐卧的器具。

⑤埙篪：古代乐器。二者合奏时声音相应和。因常以之比喻兄弟亲密和睦。篪，音 chí。

⑥未敢题黄鹤：像李白一样不敢在黄鹤楼题诗。

村居感怀

青山影里白云居，流水弯弯绕竹庐。晓汲①寒泉宵待月，起寻芳草卧看书。

狂才甘受群儿谤②，小病何妨俗客疏。笑我懒于嵇叔夜③，壮心不似少年初。

注释

①汲：从井或泉里取水，亦泛指打水。柳宗元《渔翁》："渔翁夜傍西岩宿，晓汲清湘燃楚竹。"

②谤：指责别人的过失。

③嵇叔夜：三国魏人嵇康，字叔夜，嗜酒，孤高不阿。

秋　柳

其　一

秋柳何憔悴，江头玉笛停。腰愁今日折，眼忆早春青。

系马西南岸，啼乌长短亭①。白门②摇落③处，回首雨冥冥④。

注释

①长短亭：古代每十里置驿站，称长亭，五里为短亭。

②白门：白下门，在今南京市。

③摇落：凋残，零落。

④冥冥：昏暗。

其　二

万缕[1]婆娑[2]影，天涯夕照殷。树犹如此[3]瘦，条忆旧时攀。

翠减西风里，黄迷古道间。秋来凉信紧，凄绝玉门关[4]。

注释

①缕：柳枝。

②婆娑：舞动的样子。

③树犹如此：晋桓温曾说："昔年移柳，依依汉南，今看摇落，凄怆江潭，树犹如此，人何以堪。"

④玉门关：关名。在今甘肃省敦煌市西，为古代通往西域的要道。

用少陵[1]韵三首

吹　笛

满天风露共凄清[2]，何处飞来玉笛声。孤馆[3]梦回乡思切，高楼人倚月华[4]明。

《落梅》[5]渺渺[6]频西望，《折柳》[7]依依[8]想北征。遮莫[9]曲终鸡四唱，新愁潜向枕边生。

注释

①少陵：唐代诗人杜甫曾居住在少陵（今陕西省西安市长安区东南），因此自号少陵野老，人称杜少陵。

②凄清：悲伤凄凉，凄凉静寂。

③孤馆：只身居住的馆舍。

④月华：月光，月色。

⑤《落梅》：《梅花落》曲调名，为汉横吹曲。《乐府诗集·梅花落曲·解题》："《梅花落》，本笛中曲也。按唐大角曲亦有《大单于》、《小单于》、《大梅花》、《小梅花》等曲，今其声犹有存者。"

⑥渺渺：幽微辽远的样子。

⑦《折柳》：古乐曲名，为南朝以来送别或思人的歌曲。也称《折杨柳》。

⑧依依：形容茂盛而柔弱的样子。

⑨遮莫：这么，尽教，任凭。唐宋人俚语，常用以入诗，但晋时已有此语。

登 高

不尽关河①鼓角②哀，万牛难挽夕阳回。江南木叶猿声叫，塞北霜深雁阵③来。

萧瑟④乾坤⑤双旅鬓，登临身世一高台。少年悔作悲秋⑥咏，醉倒花前白玉杯。

注释

①关河：泛指一般山河险要之地。

②鼓角：鼓和号角。军中传布号令、声张军威的器具，夜晚则用来报时。

③雁阵：群雁飞行时所排列的整齐队形。

④萧瑟：形容被秋风吹动的声音。也用以形容寂寞凄凉。

⑤乾坤：天地。

⑥悲秋：对着秋景而伤悲。《楚辞·宋玉·九辩》："悲哉秋之为气也，萧瑟兮草木摇落而变衰。"杜甫《九日蓝田崔氏庄》："老去悲秋强自宽，兴来今日尽君欢。"

夜

极目①高楼爽气清，秋声浩荡②壮心惊。月明深巷千砧起，风急遥天③一雁鸣。

鲈脍他乡游子泪④，干戈⑤故国远人情。年来伏枕春申浦⑥，夜夜忧时望帝城。

注释

①极目：纵目，用尽目力远望。

②浩荡：形容声音壮阔。

③遥天：远天。

④鲈脍他乡游子泪：西晋文学家张翰，字季鹰，吴郡吴人，因见政事混乱，乃托词思念故乡莼菜、莼羹、鲈鱼脍等物，辞官归吴。

⑤干戈：兵器的通称，此处比喻战争。

⑥春申浦：春申江，简称申江，因战国楚春申君黄歇而得名。上海市原名春申江，又名黄歇浦。

秋 夜

露下风微秋气清，高楼独坐欲三更。一天星斗①无云掩，四处灯光似月明。

脱帽偶翻诗卷看，持螯②聊引酒杯倾。夜阑③忽忆亘阳近，检点④萸囊⑤暗自惊。

注释

①星斗：众星的泛称。

②持螯：指吃蟹。晋毕卓，嗜酒，性情放达，曾言："得酒满数百斛船，右手持酒杯，左手持蟹螯，拍浮酒船中，便足了一生。"

③夜阑：夜深，指夜将尽时。

④检点：检查，清理。

⑤萸囊：装盛茱萸的袋子。古时在重阳节佩戴，据说可以避灾除邪。

中秋即事

其一

金樽[①]檀板[②]敞[③]琼筵[④]，夜到中秋倍可怜。

碧落[⑤]无云清似水，大家看月倚香肩。

注释

①金樽：酒樽的美称。

②檀板：檀木拍板，为奏乐打拍之用。

③敞：开。

④琼筵：丰盛的筵席，山珍海味并陈的盛宴。

⑤碧落：道家语，指天空。

其二

中庭[①]羯鼓[②]急催花，芗泽[③]微闻鬓影斜。

三叠阳关[④]肠欲断，纤纤[⑤]玉手拨琵琶。

注释

①中庭：庭中。

②羯鼓：古羯族乐器名。形似漆桶，用两杖击之，声音急促高烈。

③芗泽：芳泽、香气。芗，同香。

④三叠阳关：同《阳关三叠》，曲调名，也称《阳关曲》，本名《渭城曲》。王维《渭城曲》："渭城朝雨浥轻尘，客舍青青柳色新。劝君更尽一杯酒，西出阳关无故人。"后歌入乐府，遂为唐人的送别曲。《阳关三叠》的唱法极多。

⑤纤纤：柔美的样子，多用来形容手。

梁启超

梁启超（1873—1929），近代政治家、文学家，字卓如，号任公，别署饮冰室主人。广东新会人，曾参与康有为等的戊戌变法，人并称其为康梁。著有《饮冰室全集》。曾于公元一九一一年来台，与台湾诗人唱酬，并居雾峰莱园，与栎社之诗人雅集。

辛亥二月二十四日，偕荷庵[1]及女儿令娴[2]乘笠户丸游台湾，廿八日抵鸡笼山[3]，舟中杂兴

其　一

我生去住本悠悠[4]，偏是逢春爱远游。
历劫[5]有心还惜别，樱花深处是并州[6]。
（首途时，双涛园繁樱正作花，娴儿以辜负一年花事为憾）

注释

①荷庵：汤觉顿（叡）或名汤明水。康有为之学生。
②令娴：梁启超之长女梁思顺（1893—1966），古典诗词研究之专家，爱好古典诗词。
③鸡笼山：山名，在今基隆市。
④悠悠：安闲的样子。
⑤劫：灾祸。
⑥并州：地名。相传大禹治水时，将宇内分为九州，并州为九州之一。其地约在今山西太原、大同一带。贾岛《渡桑干诗》："无端更渡桑干水，却望并州是故乡。"

其　二

明知此是伤心地，亦到维舟首重回。
十七年中多少事，春帆楼[1]下晚涛哀。
（二十五日，舟泊马关）

注释

①春帆楼：在日本马关。李鸿章与日本伊藤博文在此签订《马关条约》，将台湾割让予日本。

其　三

天风浩浩[1]引飞舲[2]，睡起樯钟报几程。
天末虹随残雨霁，波间鸥带夕阳明。

注释

①浩浩：水盛大的样子。

②舲：有窗牖的小船。

其　四

万丈霞标[1]散雾珠，海中涌出日如盂[2]。
骄儿[3]拍手勤相问："得似罗浮[4]日观无?"
（与娴儿观日出）

注释

①霞标：语出晋孙绰《游天台山赋》："赤城霞起以建标。"后用以称赤城山的标记。宋沈遘《天台山送僧象微归山》诗："赤城建霞标，上与牛斗附。"又指山峰。

②盂：盛汤浆或饮食一类的器具。

③骄儿：受宠爱的孩子，即令娴。

④罗浮：山名，在广东省惠州市博罗县的西北部，神奇瑰秀，相传东晋葛洪得仙术于此，赵师雄在此遇梅花仙女，后多用为咏梅典实。

其　五

天淡云闲清昼同，弹棋蹴鞠[1]各能雄。
闲心欲取《春灯谜》[2]，领取苏家舶趠风[3]。
（舟客为种种娱戏）

注释

①蹴鞠：古代军中借踢球以习武的一种游戏。音 cù jū。

②《春灯谜》：书名。明阮大铖撰。剧中以韦节度与宇文生元宵打灯谜为引，引出无限波澜来。

③舶趠风：季节风。苏轼有《舶趠风》诗。趠，古同踔，音 chuō。

其　六

沧波[1]一去情何极，白鸟频来意似阑。
欲指海云红尽处，招人应是浙东山。
（二十七日，舟掠温、台界而南）

注释

①沧波：海涛、海浪。

其　七

汉家故是负珠崖①，覆水东流岂复西。
我遇龟年②无可诉，听谈天宝③只伤凄。
（舟中有台湾遗民，谈亡台时事颇详）

注释

①汉家故是负珠崖：珠崖，地名。在今海南岛海口市琼山区东南。汉文帝时珠崖数反，贾捐之上书请罢弃之，帝从之。喻指清廷割让台湾予日本。

②龟年：唐代乐师李龟年，通音律，能撰曲，善歌唱。安史之乱后，流落江南，不知所终。

③天宝：唐玄宗年号，此处喻指天宝遗事。

其　八

迢递①西南有好风，故人相望意何穷。
不劳青鸟②传消息，早有灵犀③一点通。
（未至台湾前一日，林献堂以无线电报祝海行安善）

注释

①迢递：遥远的样子。

②青鸟：古代传说中西王母的使者，后常喻指使者。

③灵犀：犀牛角，旧说犀牛是一种神异的野兽，角中有像线一般的白纹，直通两端。因以比喻两心相印，情意相通。

其　九

东海波光入酒卮①，樯②乌吉语报朝曦③。
而翁载得愁千斛④，代作兹游⑤一段奇。
（二十八日，为娴儿生日）

注释

①酒卮：酒杯。卮，圆形酒器，音 zhī。

②樯：帆柱。

③朝曦：朝晖。

④愁千斛：喻愁之多也。斛，十斗，音 hú。

⑤兹游：此游。

其　十

番番[1]鱼鸟似相亲，满眼云山绿向人。
前路欲寻泷吏[2]问，惜非吾土忽伤神。
（望鸡笼[3]）

注释

①番番：喧哗多言的样子。

②泷吏：长驻急流边以保行舟安全的小吏。

③鸡笼：地名，即今之基隆。

三月三日，遗老[1]百余辈设欢迎会于台北故城之荟芳楼[2]，敬赋长句奉谢

其　一

侧身[3]天地远无归，王粲[4]生涯似落晖。花鸟向人成脉脉[5]，海云终古自飞飞。
尊前相见难啼笑[6]，华表归来[7]有是非。万死一询诸父老，岂缘汉节[8]始沾衣。

注释

①遗老：指国家灭亡后所遗留下来的人民。也指朝代改换后，不肯在新朝廷任职的人。

②荟芳楼：即东蕙芳楼，在今台北市延平北路霞海城隍庙附近。

③侧身：置身。

④王粲：三国魏文学家。避乱荆州，依刘表，以貌丑矮小而未被重用。其后仕魏，官侍中，为建安七子之一。

⑤脉脉：含情看，默默不语。

⑥难啼笑：啼笑皆非。

⑦华表归来：汉辽东人丁令威，在灵虚山学道成仙，后化鹤归来，栖止于城门华表柱上。有少年欲射之，鹤乃飞鸣作人言："有鸟有鸟丁令威，去家千年今始归。城郭如故人民非，何不学仙冢累累？"

⑧汉节：汉代皇帝所授的符节，此处指苏武。

其　二

忆附公车昔上书[1]，罪言犹及徙薪[2]初。珠崖[3]一掷谁当惜，精卫[4]千年愿总虚。
曹社[5]鬼谋成永叹，楚人天授[6]欲何如？最怜有限哀时泪，更洒昆明劫火[7]余。

注释

①公车昔上书：指清光绪廿一年（1895）四月，清政府在中日甲午战争中失败，派李鸿章签订《马关条约》，引起全国人民的反对。是年康有为与学生梁启超等人在京会试，而在康氏之策划下，由梁氏出面发动，号召各省参考之举人一千三百余人联名上万言书，提出拒签和约、迁都再战、变法图强三项主张，震撼全国，史称“公车上书”。公车为举人应试之代称。

②徙薪：《汉书·霍光传》：“臣闻客有过主人者，见其灶直突，傍有积薪。客谓主人，更为曲突，远徙其薪，不者且有火患。主人嘿然不应。俄而家果火，邻里共救之，幸而得息。于是杀牛置酒，谢其邻人。灼烂者在于上行，余各以功次坐，而不录言曲突者。人谓主人曰：‘向使听客之言，不费牛酒，终亡火患。今论功而请宾，曲突徙薪亡恩泽，焦头烂额者为上客耶？’主人乃寤而请之。”

③珠崖：地名。在今海南岛琼山区东南。汉文帝时珠崖数反，贾捐之上书请罢弃之，帝从之。此处喻指清朝将台湾割让予日本。

④精卫，鸟名。相传炎帝之女溺死，化作精卫，常衔石以填海。

⑤曹社：曹国的社官。曹国将亡时，曹人梦见众人立于社前，商量灭亡曹国。后引申为国家将亡的意思。

⑥天授：上天所赋予。

⑦昆明劫火：兵火。

其　三

间气①神奇表大瀛，伏波②横海③旧知名。南来蛇鸟延平④垒，北向云山壮肃⑤城。
万里好风回舶趠⑥，百年丽日照春耕。谁言莺老花飞后，赢得胥涛⑦日夜声。

注释

①间气：古人认为英雄豪杰，上应星象，禀天地特殊之气，问世而出，故稍杰出之人才为间气。

②伏波：将军之名号，东汉马援曾为伏波将军。

③横海：汉将军之名号，指能横行海上。

④延平：延平郡王郑成功。

⑤壮肃：刘铭传，字壮肃。清末名将。法国侵扰台湾时，其曾受命为台湾巡抚，击退法军。

⑥回舶趠：舶趠风，季节风。

⑦胥涛：传说伍子胥死后，尸沉浙江，为潮神，因称浙江潮为胥涛。也指称澎湃的波浪。

其　四

劫灰经眼尘尘[1]改，华发[2]侵颠[3]日日新。破碎山河谁料得？艰难兄弟自相亲。

余生饮泪[4]尝杯酒，对面长歌哭古人。留取他年搜野史[5]，高楼[6]风雨纪残春。

注释

①尘尘：世界。

②华发：白发。

③颠：头顶。

④饮泪：饮泣。

⑤野史：私家编撰的史书，不同于史官所记的正史。

⑥高楼：指荟芳楼。

栎社[1]诸贤见招

其　一

大道风吹海气腥，道旁荠麦长青青。

水云意外空明处，一角人间野史[2]亭。

注释

①栎社：诗社名，在今台中市雾峰区。

②野史：私家编撰的文书，不同于史官所记的正史。

其　二

中散[1]养生惟中酒[2]，东坡[3]畏事好吟诗。

将心写入江潭泪，消得天荒地老[4]时。

注释

①中散：三国魏人嵇康。娶魏宗室长乐公主，赐中散大夫。

②中酒：酒醉。中，音 zhòng。

③东坡：苏轼，号东坡居士。

④天荒地老：犹言地之为老，天之为荒，形容极其感人。

其　三

天涯所至饶斤斧[①]，可有名山养弃材？
政恐风低云断处，十围远籁作声哀！

注释

①斤斧：斧头。

其　四

清时[①]我亦成樗散[②]，分[③]作神州[④]袖手[⑤]人。
凭语沙边旧鸥鹭，倘容占席暂相亲。

注释

①清时：升平之世。
②樗散：本指人不为世所用，如被散置不用的樗木。后多用作自谦之词。樗，音 chū。
③分：甘心。
④神州：中国。
⑤袖手：把手藏在袖中，比喻旁观而不过问事情。或谓不能或不欲参与其事。

辛亥[①]清明后一日，同荷庵及林痴仙[②]、献堂[③]、幼春[④]、陈槐庭[⑤]夜宴于雾峰之莱园，女儿令娴侍焉，以“主称会面难，一举累十觞[⑥]”为韵，分得“难”字、“累”字[⑦]

其　一

此日足可惜，来日更大难。但对素心[⑧]人，何必怀百端。
广庭春月白，芳草清露汚[⑨]。江山不改旧，天宇[⑩]自高寒。
兹[⑪]游虽多感，美襟良亦殚[⑫]。思逐花前发，愁供酒杯宽。
主人知余意，谈谑[⑬]到更阑[⑭]。人生几清明[⑮]，明旦[⑯]成古欢[⑰]。

注释

①辛亥：公元一九一一年，宣统三年。
②林痴仙：林朝崧，字俊堂，号痴仙，台中市雾峰区人。栎社社员。
③献堂：林献堂，名大椿，号灌园，以字行，台中市雾峰区人，栎社社员。
④幼春：林资修，字南强，号幼春，台中市雾峰区人。栎社社员。
⑤陈槐庭：陈怀澄，号槐庭，彰化鹿港人。栎社社员。

⑥主称会面难，一举累十觞：语出杜甫《赠卫八处士》。

⑦分得“难”字、“累”字：古时几人在一起相约作诗，事先规定用某一些字为韵，每人分得一字或数字，便根据这些字所属韵目中包括的字为韵作诗，并要用分得的字作为这首诗中的韵脚。梁启超分得“难”字、“累”字，因此此诗中第一首的第二句便以“难”字为韵，第二首的第十句便以“累”字为韵。

⑧素心：心地纯正朴质。

⑨漙：露多貌。音 tuán。

⑩天宇：天空。

⑪兹：此。

⑫殚：弊病，音 dān。

⑬讌：相聚叙谈。

⑭更阑：更漏已残，指夜已深。

⑮清明：清明节。

⑯明旦：明早。

⑰古欢：旧欢。

其　二

平生[①]飞动意，阅世[②]成止水。有如挂壁弨[③]，屡张[④]复旋弛[⑤]。
居夷[⑥]久矣陋[⑦]，远交得数子。逃虚闻足音，安得不欢喜。
但念所托邦，危兀[⑧]若棋累[⑨]。昔痛雏不育，今忧室将毁。
不见汉珠崖[⑩]，吾土亦信美。艰难岂足道，一弃若敝屣[⑪]。
悠悠我之思，行迈[⑫]正靡靡[⑬]。俛仰[⑭]对新亭[⑮]，劳歌[⑯]吾其已！

注释

①平生：平日，平时。

②阅世：经历时世。

③弨：放松弓弦，恢复弓弦的原样。弨，音 chāo。

④张：开弓，拉紧弓弦。

⑤弛：放松弓弦。

⑥夷：边远、海外的地方。

⑦陋：见识疏浅、言辞粗鄙。

⑧危兀：危险不安。

⑨累：过错。

⑩珠崖：地名，在海南岛琼山区东南，因其地产珠，故名。汉元帝时珠崖数反，贾捐之书请罢弃之，帝从之。此处喻指台湾。

⑪弃若敝屣：像破鞋一般把它丢弃不用。

⑫行迈：行走。

⑬靡靡：迟缓的样子。

⑭俛仰：俯仰。

⑮新亭：亭名，故址在今南京市南，是东晋时东渡名士常游宴的地方。

⑯劳歌：劳后者之歌。又离歌，送别之歌。

次韵酬林痴仙[1]见赠

十年魂梦断中州[2]，一往沉冥[3]得此游。历劫[4]此身成落瓠[5]，浮天无岸有虚舟[6]。

过江人物仍王谢[7]，望眼山川接越瓯[8]。且莫秋风怨迟暮[9]，夕阳正在海西头。

注释

①林痴仙：林朝崧，灵峰人，号痴仙。

②中州：中原。

③沉冥：泯然无迹，不苟所为的样子。

④劫：灾祸。

⑤落瓠：瓠落，谓大而无用。《庄子·逍遥游》："剖之以为瓠，则瓠落无所容。"瓠，音 hù。

⑥虚舟：空船。

⑦过江人物仍王谢：过江，指晋五胡乱华，元帝渡江，自洛阳迁都建业（南京）。王、谢，指王导、谢安。

⑧越瓯：地名，在今浙江省永嘉县一带。汉为东瓯国地，古越族居住处。

⑨迟暮：比喻衰年、晚年。

献堂[1]继尊甫[2]兵部公之志，筑莱园以奉重闱[3]太夫人；余游台，馆余于园之五桂楼，敬赋

周余重见老莱[4]衣，稍喜先畴[5]愿不违。满眼云山随宴坐[6]，百年花鸟答春晖。

沧桑[7]牢落[8]供诗健，丛桂招邀有梦归。我亦敝庐三亩在，可怜游子老征骓[9]。

注释

①献堂：林献堂，台中市雾峰区人。

②尊甫：尊称别人的父母。林献堂父亲林文钦于光绪一年入泮，法人犯台，募集佃兵五百人驻台南，器械粮秣具备，并捐巨款助军，以资助铨郎中，分兵部武库司供用。

③重闱：祖父母或父母。

④老莱：春秋楚人老莱子，性至孝，年七十，常穿五色彩衣，学作婴儿戏，以娱其亲。

⑤先畴：祖先遗下的田亩。

⑥宴坐：闲坐、静坐。

⑦沧桑：比喻时势的变迁或人事的变化，为沧海桑田的简称。

⑧牢落：空虚寂寞，无所寄托。稀疏、零落。

⑨征騑：旅人远行的车马。

赠林幼春[①]

南阮北阮[②]多畸士[③]，我识仲容[④]殊绝伦[⑤]。才气犹堪绝大漠[⑥]，生涯谁遣卧漳滨[⑦]。（君方病肺）

呕心词赋歌当哭，沉恨江山久更新。我本哀时最萧瑟，亦逢庾信[⑧]一沾巾。

注释

①林幼春：林资修，台中市雾峰区人，号幼春。林献堂之侄儿。

②南阮北阮：晋朝居洛阳之阮氏，居南者阮贫而多才，居北诸阮皆富。

③畸士：本指乖异人伦、不合世俗的人。后又称奇异的人、与众不同的人。

④仲容：晋朝阮咸，字仲容。精通音律，善弹琵琶，为竹林七贤之一，与叔父阮籍齐名。

⑤绝伦：同类中无可比拟者。

⑥绝大漠：绝，即横渡。大漠，大沙漠，即戈壁沙漠。

⑦卧漳滨：即卧病静居调养，幼春身瘦如鹤，体弱多病，二十余岁即有肺病，吸食鸦片成瘾。

⑧庾信：南北朝时期的文学家。虽显赫，但因国丧家亡，屈身事敌，请归不许，内心十分痛苦。《哀江南赋》等为其代表作。

莱园杂咏

其　一

人物自是徐孺子[①]，山林不数[②]何将军[③]。

稍喜兹游[④]得奇绝[⑤]，莱园[⑥]占尽月三分。

注释

①徐孺子：东汉徐稚，字孺子。家贫，耕躬而食，性恭俭义让，朝廷多次征聘，不仕，筑室隐居，时称南州高士。陈蕃为太守，以礼请署功曹，稚不能却，既谒而退，蕃在郡不接客，特为稚设一榻，去则悬之。

②不数：即不亚于。

③何将军：杜甫有《陪郑广文游何将军山林诗》十首及《重遇何氏》五首，皆咏何

将军山林胜况。山林在陕西韦曲塔陂。

④兹游：此游。

⑤奇绝：妙极。

⑥莱园：在雾峰。为林献堂之父林文钦于光绪十九年中举之后所建，是效法老莱子“彩衣娱亲”故事，为让其母亲罗太夫人有休闲之地而建。

其二

娟娟[①]华月雾峰头，泛泛[②]光风五桂楼[③]。
传语王孙[④]应好住，海隅[⑤]景物胜中州[⑥]。
（五桂楼）

注释

①娟娟：美好的样子。

②泛泛：漂浮不定的样子。音 fàn fàn。

③五桂楼：乃为纪念五堂兄弟，即烈堂、澄堂、阶堂、纪堂、献堂，于楼前植五棵桂树，义取《三字经》“窦燕山，有义方，教五子，名俱扬”而名。

④王孙：帝王的子孙、后代。公子。喻指林献堂。

⑤海隅：海边，指雾峰。

⑥中州，即中原。

其三

久分[①]生涯托轴迈[②]，齑盐[③]送老意如何？
奇情未合销除尽，风雨中宵一啸歌。
（考槃[④]轩）

注释

①分：料度，甘心。

②轴迈：病因。《诗·卫风·考盘》：“考盘在阿，硕人之迈。……考槃在陆，硕人之轴。”笺：“迈，饥意之轴，病也。”

③齑盐：腌菜和盐。素食。指清贫的生活。音 jī yán。

④考槃：《诗·卫风》篇名。美贤者隐居涧谷之间，而硕大宽广无戚戚之意。

其四

一湾流水接红墙，自憩[①]圆阴纳午凉。
遗老[②]若知天宝[③]恨，新词休唱《荔枝香》[④]。
（荔枝岛[⑤]上有歌台）

注释

①憩：休息。

②遗老：前朝的旧臣。历练丰富、博闻广见的老人。

③天宝：唐玄宗年号。

④《荔枝香》：词调名。《新唐书·礼乐志十二》："帝幸骊山，杨贵妃生日，命小部张乐长生殿，因奏新曲，未有名，会南方进荔枝，因名曰《荔枝香》。"

⑤荔枝岛：岛上种荔枝而得名，岛上有歌台，春秋佳日，梨园在此演戏娱乐。

其五

小亭隐几①到黄昏，瘦竹高花净不喧。
最是夕阳无限好，残红苍莽②接中原。
（夕佳亭）

注释

①隐几：靠着几案。

②苍莽：苍茫无边的天色，形容空阔无边的大地或山峰。

其六

溪纱浣罢月华①明，荇带②蒲衣③各有情。
我识蓬莱④水清浅，出山原似在山清。
（捣衣涧⑤）

注释

①月华：月之光华。

②荇带：用荇菜编成的带子。

③蒲衣：用蒲草编成的衣服，泛指粗劣的服装。

④蓬莱水清浅：《神仙传·王远》："已见东海三为桑田，向到蓬莱水乃浅。"

⑤捣衣涧：发源于火焰山九九峰，蜿蜒流过莱园，烘托无数景致，平时流水潺潺，林间啼鸟，村妇捣衣，别有乡村风光。

其七

一池春水干谁事，丈人对此能息机①。
高柳吹绵②鸭稳睡，荔枝作花③鱼正肥。
（小习池）

注释

①息机：摆脱世务，绝意名利。
②绵：柳絮。
③作花：开花。

其　八

春烟漠漠[①]雨萧萧[②]，劫后逢春爱寂寥[③]。
谁遣蜀魂[④]啼不了，泪痕红上木棉桥[⑤]。
（木棉桥）

注释

①漠漠：密布的样子。
②萧萧：雨声。
③寂寥：寂静。
④蜀魂：即子规鸟，相传为蜀帝杜宇魂魄所化。
⑤木棉桥：因桥畔有一木棉树而得名。

其　九

澹[①]雾笼豁月上陂[②]，晓来春已满南枝。
君家故事吾能记，可似孤山[③]鹤返时？
（万梅崦）

注释

①澹：淡薄，浅淡。
②陂：山坡。
③孤山：山名，在杭州市西湖中。宋处士林逋曾在此隐居，植梅养鹤以自娱，人称“梅妻鹤子”。

其　十

绵绵[①]列岫[②]烟如织，暖暖[③]平畴[④]翠欲流。
好是扶筇[⑤]千步磴[⑥]，依稀[⑦]风景似扬州。
（千步磴）

注释

①绵绵：连绵不断的样子。

②岫：峰峦。
③暧暧：模糊昏暗的样子。
④平畴：平坦的田地。
⑤扶筇：拄杖。
⑥磴：石阶。
⑦依稀：仿佛。

其十一

望月峰头白露滋[1]，南飞乌鹊怨无枝。
不知消瘦姮娥[2]影，还得娟娟似旧时。
（望月峰）

注释

①滋：润泽。
②姮娥：神话中的月中女神，相传为后羿之妻，又名嫦娥。西王母赐予后羿不死之药，姮娥偷吃以后，奔向月宫。

其十二

鸾吪凤靡[1]送年华[2]，颇识吾生信有涯。
惆怅无因成小隐[3]，卖书犹欲问东家[4]。

注释

①鸾吪凤靡：本指凤鸾之死，后用为哀挽之辞。
②年华：时光。
③小隐：结庐于山林中而不出仕。
④东家：即主人。

台湾竹枝词[1]

其　一

郎家住在三重埔，妾家住在白石湖。
路头相望无几步，郎试回头见妾无？
（首两句直用原文）

注释

①梁任公之《竹枝词》乃由台湾之《相褒歌》点窜成章，此种歌词在当时风靡全岛，尤以茶山为盛。

其　二

韭菜花开心一枝，花正黄时叶正肥。
愿郎摘花连叶摘，到死心头不肯离。
（首句直用原文）

其　三

相思树底说相思，思郎恨郎郎不知。
树头结得相思子，可是郎行思妾时？
（全岛所至植相思树）

其　四

手握柴刀入柴山，柴心未断做柴攀。
郎自薄情出手易，柴枝离树何时还？
（首两句直用原文）

其　五

郎槌大鼓妾打锣，稽首[①]天西妈祖婆。
今生够受相思苦，乞取他生无折磨。
（台人最迷信，所谓天上圣母者，亦称妈祖婆，谓其神来自福建，每岁三月迎赛若狂）

注释

①稽首：古时九拜中最恭敬的行礼法。

其　六

绿阴阴处打槟榔，蘸[①]得蒟酱[②]待劝郎。
愿郎到口莫嫌涩，个中甘苦郎细尝。

注释

①蘸：以液体沾染他物或用物蘸取液体。音 zhàn。
②蒟酱：植物名，常绿蔓藤，果实可制酱。蒟，音 jǔ。

其 七

芋芒花开直胜笔，梧桐揃[1]尾西照日。
郎如雾里向阳花，妾似风前出头叶。
（首两句直用原文）

注释

①揃：剪下，揃通剪。

其 八

教郎早来郎恰晚，教郎大步郎宽宽。
满拟待郎十年好，五年未满愁心肝。
（全首皆用原文点窜数字）

其 九

蕉叶长大难遮阳，蔗花虽好不禁霜。
蕉肥蔗老有人食，欲寄郎行愁路长。
（首句用原文）

其 十

郎行赠妾猩猩木[1]，妾赠郎行蝴蝶兰。
猩红血泪有时尽，蝶翅低垂那得干？

注释

①猩猩木：即一品红，观赏植物名，枝头开花。入冬，花序下的叶子转为红色，下部的叶子仍为绿色，颇美丽。

林献堂

林献堂（1881—1956），名大椿，字献堂，号灌园，以字行。台中市雾峰区人。宣统二年，入栎社为社员，民国十年以后，执栎社牛耳达二十余年。日本据台中期以后，领导台湾文化启蒙及民族抗日运动。晚年自我放逐，寓居东京，终客死于异域。著《灌园诗集》。

新春听莺（留东①诗友会）

岁月匆匆又一年，客中小集亦欣然。长堤柳色侵书幌②，外苑莺声达舞筵。

诗共清吟追雅颂③，身无俗累即神仙。双柑斗酒④将安用？倾耳东窗拂晓⑤天。

注释

①东：东京。

②幌：帷幔，窗帘。

③雅颂：雅和颂都是诗经的内容分类的名称，也是乐曲的分类名称。雅乐是朝廷的乐曲，颂指宗庙祭祀的乐曲，世因称“雅颂”为中正平和的音乐，也指太平盛世的音乐。

④双柑斗酒：南朝宋人戴颙春日携斗酒双柑，听黄莺弄声。柑为酒器。

⑤拂晓：黎明。

铁炮碑①成自题长句志感

红衣②斑剥③土花鲜，掣电④轰雷世局迁。即墨解围⑤虽用火，晋阳⑥不陷定由天。

每谈浩劫⑦惊余烬⑧，暂恐流传⑨误后贤。六十年间平陈迹⑩，两行清泪坠碑前。

注释

①铁炮碑：在雾峰。纪念清同治元年戴春潮之乱时，雾峰林家以寡击溃匪徒三万六千人的英勇事迹而立之石碑。

②红衣：表示外表为红色。

③斑剥：剥落而成斑点。

④掣电：闪电。

⑤即墨解围：即墨，地名。战国，齐人田单曾以火牛攻势大破燕军于此，在今山东省平度市东南。解围，解除被敌军包围的困局。

⑥晋阳：地名。晋赵鞅据此叛变，智伯用晋水灌晋阳。

⑦浩劫：巨大的灾难。

⑧余烬：燃烧后的灰烬。
⑨流传：流行传布。
⑩陈迹：古迹。

步植亭亲家见赠原韵

喜读诗篇结构新，能将窠臼[①]尽推陈[②]。江山无恙供吟料，日月相催似转轮。
世事那堪皆袖手[③]，天心未许作闲人。扶持文运吾侪[④]责，同结鸥盟[⑤]物外身。

注释

①窠臼：比喻旧有的现成格式，老套子。
②推陈：排除旧的，生出新的来。
③袖手：藏手于袖，谓不能或不欲参与其事。
④侪：辈，类。
⑤鸥盟：谓与鸥鸟为友，比喻隐退。

步铁骨生原韵[①]

薰风[②]远送故人来，正植樱花次第[③]开。诗思吟成堪比雪，世情心死已如灰[④]。
乍逢即刻翻言别，一醉何时共举杯。闻说故乡粮食尽，每因南望独登台。

注释

①步铁骨生原韵：步原韵，根据别人诗篇所用的韵，并且依原韵先后次序作诗。
②薰风：和暖的风。
③次第：依次。
④心死已如灰：已心如死灰。

三溪园雅集

海风浩荡[①]晚潮生，天际归舟一叶轻。云锁[②]斜阳留暮色，人来断岸听涛声。
三溪此日开吟会，四海何年得洗兵[③]。倦鸟还林栖不定，待春轩外独迟行。

注释

①浩荡：广大旷远。

②锁：封闭，封锁。

③洗兵：传说周武王出师遇雨，认为是老天洗刷兵器，后擒纣灭商，战争停息。

步蕴白[1]姊丈夏日寄怀原韵

绿阴深处晚风和，免受炎威唤奈何。大地无从寻净土[2]，青山有约结吟窝。

人闲且喜身皆健，心静常同井不波。暂待秋风扫烟雾，故园重见月明多。

注释

①蕴白：吕琯星，字蕴白，台中市神冈区乡人。

②净土：佛国。

莱园雅集

良辰雅会思无穷，践约[1]人来碧霭[2]中。救世有心难下笔，适时小技是雕虫[3]。

万梅崦[4]里花初放，五桂楼[5]头酒正红。今夕开怀同一醉，任他流水决西东。

注释

①践约：履行约定的事。

②碧霭：青绿色的云气。

③小技是雕虫：雕虫小技，指辞赋小道或微小技能。

④万梅崦：在雾峰莱园内。

⑤五桂楼：楼名，在莱园内，乃为纪念五堂兄弟，即烈堂、澄堂、阶堂、纪堂、献堂，于楼前植五棵桂树，义取《三字经》中之"窦燕山，有义方，教五子，名俱扬"而名。

栎社花朝[1]雅集

霏霏[2]细雨百花开，同向芳园践约来。旧好新知交履舄[3]，青松翠竹映楼台。

当筵酒煖多仙客，分韵[4]诗成见逸才[5]。四十年间佳子弟，重扶栎社辟蒿莱[6]。

（新入社九人均为旧友子弟）

注释

①花朝：旧俗以农历二月十五日为百花生日，故称此日为花朝。

②霏霏：雨雪盛貌。

③交履舄：形容男女杂坐不拘礼节之态。单底的鞋子称履；复底的称舄。舄，音 xì。

④分韵：数人相约赋诗，选择若干字为韵，各人分拈，依拈得之韵作诗。
⑤逸才：出众的人才。
⑥蒿莱：野草，杂草。

栎社消寒雅集

驱车远赴故人期，促膝①谈心喜可知。竹叶②浮香倾北海③，梅花忍冻绽④南枝。
高楼倚槛闲吹笛，小阁围炉共赋诗。正是人生行乐事，请君莫问夜何时。

注释

①促膝：对坐而膝相接近。多形容亲切交谈或密谈。
②竹叶：竹叶青，酒名。
③北海：汉末文学家孔融，曾为北海相。
④绽：开。

和景南①见赠之作

双鲤②来时始识荆③，感君相厚慰生平。文章经国④今无用，翰墨⑤论交在所迎。
一读新篇浑锦绣，自惭拙作当琼瑛⑥。丁丁⑦伐木山深处，求友声中喜听莺。

注释

①景南：黄景南。字耐秋，新北市三峡人。
②双鲤：一底一盖，把书信夹在里面的鱼形木板，常指代书信。
③识荆：李白《与韩荆州书》："生不用封万户侯，但愿一识韩荆州。"后因以"识荆"为初次识面的敬辞。
④文章经国：曹丕《典论·论文》："盖文章，经国之大业，不朽之盛事。"
⑤翰墨：笔墨。
⑥琼瑛：美石似玉者。
⑦丁丁：伐木声。《诗·小雅·伐木》："伐木丁丁。"

陪任公、荷庵①两先生雅集莱园，以"主称会面难，一举累十觞"为韵，分得"称"字

大任天方降②，从游愧未能。来观沧海日，如饮玉壶冰③。
即事忘宾主，伤春老废兴。劳人为世出，先借寿觞④称⑤。

注释

①任公、荷庵：梁启超，字任公。汤觉顿，字荷庵。于辛亥年（公元一九一一年）来台，与诗人聚会于雾峰莱园。

②大任天方降：天方降大任。

③如饮玉壶冰：如饮冰。梁启超著有《饮冰室全集》。

④觞：酒器。

⑤称：称寿，祝人长寿。

步小鲁[①]表弟《寄怀》原韵

其 一

寒灯孤馆[②]夜沉沉，忽接飞鸿[③]惠好音。遥忆孱[④]躯难独步，高吟佳句见知心。

东山[⑤]梅笑寻檐索，江户[⑥]春归踏雪寻。远隔烟波万余里，何时绿蚁[⑦]喜同斟。

注释

①小鲁：吴少侯，字小鲁，另字子瑜，台中人，栎社社员。

②孤馆：孤寂的客舍。

③飞鸿：飞翔中的鸿雁，喻指书信。

④孱：衰颓。

⑤东山：地名，小鲁有别墅于此。

⑥江户：日本东京的旧称。

⑦绿蚁：浮在酒上的绿色泡沫，也用来作为酒的代称。

其 二

淀桥[①]风月尚清新，暂作桃源避世人。老至始悲疏学业，道衰何处觅儒巾[②]。

怡园柳叶初舒绿，上野[③]樱花欲趁春。两地唱酬[④]何日会，醉吟联坐草如茵[⑤]。

（怡园是小鲁别墅）

注释

①淀桥：桥名，在日本东京新宿区一带。

②儒巾：古代儒生所戴的头巾。

③上野：公园名，在日本东京，以樱花著名。

④唱酬：以诗词相赠答。

⑤茵：柔嫩的草类。车中厚的坐垫。垫子。

和南都[1]《寄怀》之作

花前盥手[2]读新诗，问病还兼慰别离。步履[3]未痊[4]劳盼念，榴花开遍是归期。
城门失火鱼将及[5]，绣幕来风燕不知。若得余闲挥健笔，唤醒迷梦[6]未为迟。

注释

①南都：陈逢源，字南都，台南市人。

②盥手：洗手。盥，音 guàn。

③步履：行步。履，脚步。

④痊：病愈。

⑤城门失火鱼将及：相传春秋战国时，宋国池仲鱼住在城门附近，城门起火时延烧至仲鱼家，将他烧死；一说宋城门失火，为了取水灌救，池中水被汲干，鱼都枯死了。即城门失火，殃及池鱼。

⑥迷梦：沉迷不悟的梦想。

和可轩见寄

清词丽句实堪珍，万里京华[1]寄故人。莺语间关[2]传雅韵，梅花芬馥[3]绝纤尘[4]。
待看沧海[5]平狂浪，远入名山作隐沦[6]。把酒论文当有日，料应不负故园春。

注释

①京华：京师。因京师为文物荟萃之所，故称京师为京华。

②间关：宛转。

③芬馥：香气浓烈散发。

④纤尘：微尘，细埃。

⑤沧海：大海。

⑥隐沦：隐士。

和少奇[1]《寄怀》之作

祸福原来多不定，塞翁失马[2]亦云然。自从折足经三月，得读新诗数百篇。
我愧身心难免俗[3]，君持言论总无偏。民声畅达良非易，莫厌操觚[4]卸仔肩[5]。
（时少奇为《新民报》记者）

注释

①少奇：叶荣钟，字少奇。彰化县鹿港人。日本中央大学毕业，致力于台湾文化启蒙及抗日运动。

②塞翁失马：比喻祸福无常。

③免俗：行为殊异于世俗。

④操觚：执简，指作文。觚，木简，古人用以代纸。

⑤卸仔肩：把肩上的重担放下，指解除所负任务。

元旦（庚辰[1]）

北风凛冽[2]拂旌旗[3]，寒恋重衾[4]睡起迟。共饮屠苏[5]延命酒，重吟《除夕感怀》诗。
贺正[6]陆续来亲友，祝电缤纷[7]答故知[8]。花甲[9]一周今日始，支筇[10]何事独沉思。

注释

①庚辰：公元一九四〇年，民国廿九年。

②凛冽：非常寒冷。

③旌旗：旗帜的总称。

④重衾：重叠的大被。

⑤屠苏：酒名。古代风俗于农历正月初一饮屠苏酒，据说可除瘟疫。

⑥贺正：祝贺元旦。贺年、贺岁。

⑦缤纷：众多的样子。

⑧故知：故交，旧友。

⑨花甲：即一甲子。年满六十。

⑩筇：手杖。

九月二十六日颠踬[1]折足得鹤亭[2]老兄《寄怀》之作赋此奉和

偶因失慎致伤痍[3]，足折全身痛不支[4]。仰卧四旬才学坐，喜吟万里《寄怀》诗。
养疴[5]江户[6]艰初步，雅会莱园订后期。多谢故人珍重意，樱花开遍是归时。

注释

①颠踬：跌倒。踬，音 zhì。

②鹤亭：傅锡祺，号鹤亭，台中市潭子区人，栎社社员。

③痍：创伤。

④痛不支：形容疼痛之甚。

⑤养疴：调养疾病。

⑥江户：日本东京的旧称。

傅锡祺

傅锡祺，字复澄，号鹤亭。台中市潭子区人，光绪十九年生员。日据时为塾师，主《台湾新报》汉文栏笔政，执栎社牛耳。著《鹤亭诗集》。

再次痴仙[①]韵，送仲衡[②]游东京

其　一

环球知识日求新，耻作辕驹[③]老此身。君去乘风酬壮志，我来折柳[④]赠行人。

孤帆匹马天涯远，黄卷青灯[⑤]客里亲。上野[⑥]樱花开未了，入都[⑦]犹及见残春。

注释

①痴仙：林朝崧，台中市雾峰区人。

②仲衡：林仲衡，字壶隐，台中人。

③辕驹：辕下驹，车辕下的小马。比喻有所畏忌，不能自由施展，而显得局促不安的样子。

④折柳：古人送客远行，攀折柳条赠别，故以折柳作为赠别或送别的代称。

⑤黄卷青灯：指佛经及佛前供设的灯火，是描写佛教徒的居处或生活，也比喻书生读书的生活。

⑥上野：日本东京之上野公园。

⑦都：东京。

其　二

盛传文物萃[①]皇居，为借他山[②]别故庐。人效吴风新断发，地多秦火未焚书。

殊方[③]父子欢相聚，绝岛亲朋惜暂疏。缥缈[④]蓬莱[⑤]何日返？三千弱水[⑥]放船初。

注释

①萃：聚集。

②他山：即他山之石。他山的粗石，可以磨玉。比喻为朋友互相规过之意。

③殊方：异域，指风俗习惯不同的地方。

④缥缈：高远、隐约的样子。

⑤蓬莱：海上仙山名，此处指台湾。

⑥三千弱水：弱水有三千里之长。

其 三

容易轻装便出门，壮心肯为利名昏？一船琴剑航神户，三月莺花别大墩[①]。

故里欲输新学入，客囊还检旧书温。同舟难逐林宗[②]去，卖赋惭余滞兔园[③]。

注释

①大墩：地名，今台中市。

②林宗：东汉太学生领袖郭泰，字林宗。曾经与李膺同舟共济，世称李郭。

③兔园：汉武帝之子刘武（梁孝王）的园囿。奇果异树，瑰禽怪兽毕备，宫观相连数十里。在今河南省商丘市东。指作为游乐和招纳宾客的场所。此处借指雾峰林家花园。

秦始皇

百二雄关[①]拥帝居，恃强恃险[②]究何如？博浪[③]狙击还留铁，黄石[④]潜传尚有书。

万里征尘[⑤]人逐鹿[⑥]，十年苛政[⑦]獭驱鱼[⑧]。三泉[⑨]地下应知悔，不早施仁一统初[⑩]。

注释

①百二雄关：《史记·高祖本纪》："秦，形胜之国，带河山之险，县隔千里，持戟百万，秦得百二焉。"谓秦地险固，二万人足当诸侯百万人也。

②恃强恃险：依赖国力强大与地形之险固。

③博浪：地名，在今河南省阳武县，东南有博浪沙，是汉张良使大力士以锥击杀秦始皇的地方。

④黄石：黄石公，秦隐士，即世俗所称的圯上老人。相传张良游下邳时，授以《太公兵法》。

⑤征尘：旅途中的风尘。引申有长途远涉，劳碌辛苦的意思。

⑥逐鹿：猎鹿，比喻争夺政权王位。

⑦苛政：暴虐苛刻的政治。

⑧獭驱鱼：《说文》："獭，水狗也，食鱼。"《孟子·离娄上》："为渊驱鱼者，獭也。"驱，驱逐。

⑨三泉：三重的泉水。指地下深处，引申为埋葬死者的地方。

⑩不早施仁一统初：不早在统一中国之初施仁政。

悼亡[1]（四首选二）

其　一

归[2]我盈盈[3]十五时，平生妇道[4]未曾亏。蒸藜不拂曾参[5]意，举案常齐德曜眉[6]。

满望鹿车[7]长共挽，那知鸡骨卒难支。回春[8]至竟无灵药，枉[9]遣诸儿急学医。

注释

①悼亡：追念死者。晋潘岳妻死，作《悼亡诗》三首。后人因称悼念妻子为悼亡。

②归：女子出嫁。

③盈盈：美好的样子。

④妇道：妇人应遵守的规矩。

⑤曾参：春秋鲁人，孔子弟子，事亲至孝。因妻子煮藜菜不熟而供奉后母，便休弃其妻。

⑥举案常齐德曜眉：后汉梁鸿与妻孟光（字德曜）的故事。吃饭时举起托盘与眉同高，比喻夫妇间相敬如宾。案，即盛食品的托盘。

⑦鹿车：用人力推拉小车子。以其仅容一鹿，故名。《后汉书·列女传·鲍宣妻》："妻子悉归侍御服饰，更著短布裳，与宣共挽鹿车归乡里。"

⑧回春：俗称医术高明，能使垂危的病人复生为回春。

⑨枉：徒然，白费。

其　二

妇人有德岂须才，笑口时因内顾开。茹苦[1]一生无怨语，持家廿载薄私财。

忘劳井臼[2]常身任，力疾衣裳尚手裁。往事如今回首处，从头历历[3]总堪哀。

注释

①茹苦：吃苦。比喻饱尝辛苦。

②井臼：井以汲水，臼以舂米，都是家务事，因以比喻主持家务。

③历历：清楚、分明的样子。

丁巳[1]除夕

家人聚散亦何常，死别生离总可伤。蜡烛有心[2]垂老泪，屠苏[3]无力醉愁肠。

辽阳归鹤[4]迟千载，历下[5]征鸿滞[6]一方。回首团圆魂欲断，强为言笑慰高堂[7]。

注释

①丁巳：公元一九一七年，民国六年。

②蜡烛有心：杜牧《赠别》："蜡烛有心还惜别，替人垂泪到天明。"

③屠苏：酒名。古代风俗于农历正月初一饮屠苏酒，据说可以除瘟疫。

④辽阳归鹤：传说汉辽东人丁令威学道后成仙，化鹤归来，落城门华表柱上。时有少年，举弓欲射之，鹤乃飞，徘徊空中而言曰："有鸟有鸟丁令威，去家千年今始归。城郭如故人民非，何不学仙冢累累？"

⑤历下：地名。在今山东省济南市历城区。亭名，在历城区大明湖西。

⑥滞：久留，停留。

⑦高堂：称父母。

送 春

无计留春去稍迟，落花狼藉[①]草离离[②]。
小园漫[③]洒临岐[④]泪，定有东风再到时。

注释

①狼藉：散乱的样子。

②离离：繁盛的样子。

③漫：满遍，弥漫。

④临岐：至歧路处。岐，同"歧"。

文 姬[①]

红颜[②]流落塞垣[③]深，盼到刀环[④]感不禁。
留别家山归别子，临岐[⑤]碎尽美人心。

注释

①文姬：东汉女诗人蔡琰，字文姬，蔡邕之女，初嫁河东卫仲道，夫亡无子，归娘家。兴平年间，文姬辗转为匈奴骑兵所获，嫁给左贤王，居十二年，生二子。曹操与邕好，于是派遣使者以金璧赎回，她思乡而又不忍别子，因有《悲愤诗》之作。

②红颜：指美丽的少女。

③塞垣：指长城。

④刀环：刀头的环。环、还同音，故以环隐喻还意。

⑤临岐：至歧路处。岐，同"歧"。

飞　絮[1]

飘泊天涯别恨深，隋堤[2]消息总沉沉。
伤心坠溷[3]沾泥后，无力重飞近柳阴。

注释

①絮：白色而轻软的花，即柳絮。
②隋堤：隋炀帝开通济渠，并治渠筑御道，植杨柳，后人称为隋堤。
③坠溷：落在粪坑。音 hùn。

六月朔日[1]怡园[2]夜坐

广庭团坐夜三更，领略新茶气味清。雨歇余云犹有迹，风微独树不闻声。
纵谈渐至增悲喜，得句忙书付品评[3]。只惜无诗重赠别，主人旦日[4]欲西征[5]。

注释

①朔日：农历每月的初一日。
②怡园：吴小鲁之别墅。在今台中市太平区兴隆村吴家花园。
③品评：依照作品的等第加以评论。
④旦日：明日，天亮时。
⑤西征：西行。

莱园雅集（十二月二十七日）

一瓣心香礼首功，莱园半日主宾同。庭隅[1]忆旧名留石，座上谈诗气吐虹[2]。
（是日对栎社创立功劳者，故林痴仙君等八人举行追念祭）
红树青山增兴味，酒兵[3]笔阵[4]有雌雄[5]。良宵未肯轻辜负，登耀华堂[6]月现东。
（夏历为十月二十日）

注释

①隅：角落，偏远的地方。
②气吐虹：气势如虹。气势之盛，足贯长虹。形容意气的壮盛。
③酒兵：指酒。饮酒可以解愁，如用兵能克敌，故称酒兵。
④笔阵：形容行文雄健，有如兵阵。
⑤雌雄：公的和母的，此处比喻胜败。
⑥华堂：华丽的厅堂。

清潭吾宗邮示《周甲[1]逾[2]六感述》次韵却寄[3]

游戏人间数十春，当年亲见海扬尘[4]。凌空[5]无冀翔云表[6]，送老将身傍水滨。

填架诗书为挚友[7]，隔墙木石是芳邻。既衰戒得吾能记，肯复摇精与耗神。

注释

①周甲：满六十年。干支纪年一甲子为六十年，故称。

②逾：越过。

③却寄：回寄。

④海扬尘：比喻时势变异快速。《神仙传·麻姑》："麻姑自说云：'接待以来已见东海三为桑田，向到蓬莱，水又浅于往者会时略半也，岂将复为陵陆乎？'方平笑曰：'圣人皆言，海中复扬尘也。'"

⑤凌空：上升到空中。

⑥云表：云外。

⑦挚友：真诚的友人。

次韵雪峰[1]见赠

闻警方愁会合难，见停车客顿心宽。颇疑老友仓皇[2]去，岂厌腐儒[3]粗粝[4]餐。

（九月十六日招宴诸吟友，午后二点忽有空袭警报）

渭树有人怀李白[5]，杖藜[6]何日过苏韩[7]。别来诗境骎骎[8]进，再晤真当刮目看[9]。

注释

①雪峰：洪元煌，字雪峰。

②仓皇：匆促的样子

③腐儒：思想迂陋无用的书生。

④粗粝：粗米。

⑤渭树有人怀李白：杜甫《春日忆李白》："白也诗无敌，飘然思不群。清新庾开府，俊逸鲍参军。渭北春天树，江东日暮云。何时一樽酒，重与细论文？"

⑥杖藜：以藜为杖，泛指拄杖而行。

⑦苏韩：苏轼、韩愈。

⑧骎骎：马跑快的样子，比喻急速、迅速。音 qīn qīn。

⑨刮目看：拭眼相看，表示不再用旧时眼光来看。

次韵陈君雪沧见赠

溪居别后半年违，革履[1]声临陋巷扉。密树阴浓足凉味，长空云满却炎晖[2]。

纵谈铿[3]似洪钟[4]发，得句丽于庶草[5]菲[6]。愿效君家投客辖[7]，杯盘但愧缺甘肥。

注释

①革履：皮鞋。

②炎晖：日光。

③铿：金石相击的声音。

④洪钟：巨大的钟，比喻人的声音响亮。

⑤庶草：百草，众草。

⑥菲：芳菲，草茂盛的样子。

⑦投客辖：汉陈遵好客，每次宴会，总是取下客人的车辖投入井中，使车子不能行走。后因以投辖比喻主人留客的殷勤。辖，车辆两头扣住軎的插闩。

次韵雪沧[1]《春日过访》

柴门报道客停骢[2]，庭草墙花绿间红。信笔[3]直书惊子捷[4]，嗜痂成癖[5]笑吾同。

无多殽核[6]羞春酒，只见儿孙有古风[7]。寂寞每怀猿鹤侣，清谈[8]半日乐融融[9]。

注释

①雪沧：王雪沧，字少涛，别署小维摩。台北人。诗书画艺称三绝。

②骢：骏马。

③信笔：随意挥笔，指写作或画画不费心思。

④捷：敏捷，迅速。

⑤嗜痂成癖：嗜痂，嗜食疮痂，引申为人有奇特的偏好。成癖，嗜好而入迷。

⑥殽核：菜肴和水果。殽同肴，菜肴，音 yáo。

⑦古风：古人的风尚。

⑧清谈：指魏晋玄谈。当时士大夫有谈《老》、《庄》、《周易》三玄，崇尚名理的风气。也指清雅的言论。

⑨乐融融：和乐的样子。

次韵梓舟[1]《春日过访》

胜日来敲野老[2]门，出言却怪过推尊[3]。但期斤斧[4]饶[5]樗栎[6]，且以箪瓢[7]长子孙。处世任呼牛与马[8]，吟诗喜共白和元[9]。恼人咫尺[10]难常聚，君自城居我自村。（雪沧同来）

注释

①梓舟：蔡说剑，字梓舟，台中市丰原区人。

②野老：居于四野的老人。作者自称。

③推尊：推举尊崇。

④斤斧：斧头。

⑤饶：原谅，宽恕。

⑥樗栎：樗树和栎木。古代认为是不材之木。音 chū lì。

⑦箪瓢：箪，食器；瓢，饮器。比喻安贫守俭。

⑧任呼牛与马：任人称牛和马。牛马，牛与马，比喻供人驱使的奴隶。

⑨白和元：唐代诗人白居易和元稹。二人为好友，文学主张及作品风格亦相近，故并称元白。

⑩咫尺：八寸曰咫，十寸曰尺。咫尺，形容距离极近。

林炳煌

林炳煌（1866—1936），一名联辉，字耀亭，号守拙，署树德居士。台中市人。幼年于松月书室读书，年廿六，考入台湾（今台中）县学，光绪十九年生员。日本占据台湾以后，历任台中区长、台中市协议会会员等职。栎社会员。著《松月书室吟草》。

花月吟

百花园内月华[1]侵，欲赏名花戴月[2]寻。月色花香成二美，花朝月夕值千金。吟花弄月敲[3]新句，对月评花理素琴[4]。载酒花前邀月饮，与他花月契[5]同心。

注释

①月华：月光，月色。

②戴月：立于月光之下。

③敲：推敲诗句。

④素琴：无装饰的琴。
⑤契：交情。投合。

采莲娃

夕阳池沼荡兰桡[①]，鬓影分明渡板桥。桨拨绿荷云舫[②]过，风翻红袖美人娇。
晶莹[③]素手攀花去，潋滟[④]波光对镜描。采罢湘裙犹带湿，回头羞向玉郎[⑤]招。

注释

①兰桡：用木兰树做成的桡，指代船。
②云舫：绘有云彩图案的船。
③晶莹：明亮透彻或透明闪亮。
④潋滟：水波荡漾、波光映照的样子。
⑤玉郎：女子对丈夫或情人之昵称。

祝郑擎甫先生暨德配[①]王夫人六旬双庆

人生处境乐如何，乐善好施寿益多。喜见双星佳日丽，欣逢二月惠风和。
西池[②]席暖桃方熟，北海樽开[③]酒且歌。朱履[④]盈庭同祝嘏[⑤]，冈陵颂句[⑥]好搜罗。

注释

①德配：对他人妻子的尊称。
②西池：相传为西王母所居瑶池的异称。
③北海樽开：汉末文学家孔融，曾任北海相，时称孔北海。性好宾客，宴饮无虚日，尝曰："座上客常满，樽中酒不空，吾无忧矣。"
④朱履：红色的鞋，古代贵显所穿，
⑤祝嘏：旧称贺帝王、贵族生日。今日为贺寿的通称。
⑥冈陵颂句：《诗·小雅·天保》："如山如阜，如冈如陵。"冈陵，小山丘，丘陵。明无名氏《鸣凤记·严嵩庆寿》："筵开相府胜蓬莱，寿比冈陵位鼎台。"

寄怀槐庭[①]、沧玉[②]、锡祺[③]诸君子

老圃[④]偏蒙屈驾[⑤]游，山斋消暑竹初修。知君雅意相磋切，愧我粗心妄唱酬[⑥]。
笙磬同音清调叶[⑦]，芝兰入室暗香[⑧]浮。吟旌[⑨]何日重来此，莫负黄花晚节秋[⑩]。

注释

①槐庭：陈怀澄，号槐庭，彰化县鹿港人，栎社会员。
②沧玉：陈瑚，字沧玉，苗栗县苑里人，栎社会员。
③锡祺：傅锡祺，台中市丰原区人，栎社会员。
④老圃：老园丁，久于种植蔬菜有经验的人。
⑤屈驾：委曲大驾。敬辞，用以称人来临。
⑥唱酬：以诗词往来酬答。
⑦叶：和合。
⑧暗香：清幽的香气。
⑨吟旌：诗人的旗帜。
⑩晚节秋：晚秋。

新　雁

其　一

云间排字[1]忽惊秋，飞入衡阳[2]忆旧游。
信是南楼才到客，未防矰缴[3]下芦洲[4]。

注释

①排字：雁飞行时排成“一”字或“人”字形。
②衡阳：地名，在湖南省。南有回雁峰，相传雁至衡阳不过，遇春而回，以此为界。
③矰缴：系以丝绳，用以射飞鸟的短箭。音 zēng jiǎo。
④芦洲：生长着芦草的沙洲。

其　二

江南凉气近初秋，列阵分行学自由。
试问成名题塔[1]者，何曾学得羽毛柔。

注释

①成名题塔：雁塔题名。唐代新进士在曲江宴会以后，常题名于雁塔，后用以指考中进士。雁塔指大雁塔，在西安市慈恩寺中。

丁卯[1]除夕即事[2]

周甲[3]明朝复始年，小园梅放得春先。还随野老[4]同祈谷[5]，欲写桃符[6]自擘笺[7]。
爆竹千家沿俗例，屠苏[8]一盏祭诗篇。荆妻[9]频指诸孙笑，绕膝争分压岁钱。

注释

①丁卯：公元一九二七年，民国十六年。

②即事：有感于当前事物的诗，多以“即事”为标题。

③周甲：岁月、年岁。

④野老：居于田野的老人。

⑤祈谷：祈求五谷丰收。

⑥桃符：古代新年时用桃木板画门神或书写门神之名悬于门户旁，用以驱鬼、避邪，称为桃符。至五代后蜀时又于桃符板上书写联句，后又改以纸代桃木，遂演变为今日之春联。

⑦擘笺：裁纸。

⑧屠苏：酒名。古代风俗于农历正月初一饮屠苏酒，据说可除瘟疫。

⑨荆妻：旧时谦称自己的妻子。

曼倩[1]偷桃[2]

其　一

西池[3]席暖醉流霞[4]，可是蓬莱[5]第一家。
多谢东方[6]好身手，窃来佳果乐无涯。

注释

①曼倩：西汉文学家东方朔，字曼倩。

②偷桃：古神话，西王母种桃，三千年一结子。东方朔曾三次偷食，乃被谪降至人间。

③西池：相传为西王母瑶池的异称。

④流霞：传说中的仙酒名。

⑤蓬莱：海上仙山之一。

⑥东方：东方朔。

其　二

千年佳果实堪夸，臣朔[1]由来望太奢。
胜会瑶池[2]能有几？窃来寿母胜餐霞[3]。

注释

①臣朔：西汉东方朔，武帝时待诏金马门，官至太中大夫。

②瑶池：仙境，古代神话中西王母所居之地。

③餐霞：以朝霞为食，为道家修炼之术。

垂钓

磻溪[①]有老鬓如丝，日日经纶[②]手自持。
勿谓一竿生计[③]拙，桃源风景足栖迟[④]。

注释

①磻溪：溪名，在陕西省宝鸡市东南，相传姜太公垂钓于此。

②经纶：治理钓丝。

③生计：谋生的方法、能力。

④栖迟：淹留，隐居。游息，流连。

辛未[①]栎社[②]三十年大会即事

问谁大雅[③]起扶轮[④]，三十年前结社新。樗栎[⑤]散材[⑥]逃劫运，山川闲气萃诗人。
不无碑石垂千古，定有珠玑[⑦]出众宾。文酒[⑧]风流成韵事，肯教虚负小阳春[⑨]。

注释

①辛未：公元一九三一年，民国廿年。

②栎社：诗社名，光绪廿八年成立，取名因：“吾学非所用，是为弃材；心若死灰，是为朽木。今夫栎，不材之木也，吾以为帜焉，其有乐从吾游者，志吾帜。”

③大雅：诗经的体裁之一。对才德高尚的人的赞词。

④扶轮：扶翼车轮，指在旁推进。

⑤樗栎：樗树与栎树。古代认为是不材之木，因用以比喻才能低下。多用作自谦之辞。

⑥散材：无用的木材，比喻不成才的人。

⑦珠玑：珍玉珠宝，比喻优美的诗文。

⑧文酒：指饮酒赋诗消遣一类的事。

⑨小阳春：农历十月。

赠 别

重来遍览好山河，底事[1]骊驹又放歌[2]。
上策治安[3]知有待，定教同室免操戈[4]。

注释

①底事：何事。

②骊驹又放歌：唱骊歌，唱离别之歌。

③上策治安：贾谊任梁王太傅时，上书汉文帝《治安策》，不为文帝所用。

④同室免操戈：免同室操戈。同一室之人，彼此持戈相杀，后多指内部互争或兄弟不睦，称为同室操戈。

浊 酒

其 一

举杯何必辨淄渑[1]，尽日花前饮数升。
一卷《汉书》[2]犹可下，醉余心事欲飞腾[3]。

注释

①淄渑：二水名。在山东省境内。古代传说二水味道不同，合则难辨。

②《汉书》：书名。东汉班固撰。

③飞腾：迅速飞起，急遽上升。

其 二

一杯红友[1]当良朋，欲解愁怀叹未能。
但愿樽中长不竭，醉醒[2]贤圣[3]任人称。

注释

①红友：薄酒的别称。

②醉醒：他人皆沉醉，唯独自己一人清醒。《楚辞·屈原·渔父》：“举世皆浊我独清，众人皆醉我独醒。”

③贤圣：李白《将进酒》：“古来圣贤皆寂寞，唯有饮者留其名。”

陈锡金

陈锡金，字基六，号蛰村。台中市清水区人，光绪间生员。著有《鳌峰诗草》、《铁崖诗钞》。

客恨

地棘天荆客路艰，三年枉①唱念家山。笏袍②子美③鹃空拜，城郭丁威④鹤未还。
无奈龙蛇⑤方起陆，那堪虎豹又当关。穷途我亦猖狂⑥甚，狼藉⑦青衫泪点斑。

注释

①枉：徒然，白费。

②笏袍：笏，古代朝见君时所执的狭长板子，用玉、竹木制成。后世唯品官执之。袍，官服。

③子美：唐代诗人杜甫，字子美。

④丁威：丁令威。古时神话传说中的人物。相传为汉辽东人，在灵虚山学道成仙，后化鹤归来，栖止于城门华表柱上。有少年欲射之，鹤乃飞鸣作人言："有鸟有鸟丁令威，去家千年今始归。城郭如故人民非，何不学仙冢累累。"

⑤龙蛇：比喻非常之人。

⑥猖狂：放肆，任意而行。

⑦狼藉：错乱不整的样子。

漫题（二首选一）

偃蹇①空山里，新亭②泪眼开。黄鸡催日去，苍狗幻云③来。
身世鸾栖棘④，功名蚁梦槐⑤。闲愁无处遣，黑劫⑥正飞灰⑦。

注释

①偃蹇：屈曲、委屈的样子。音 yǎn jiǎn。

②新亭：亭名。故址在今南京市南。三国吴时建筑。曾是东渡名士常游宴的地方。

③苍狗幻云：白云苍狗。喻世事变化无常。

④鸾栖棘：鸾，鸾凤；棘，枳棘，皆多刺，故称恶木。

⑤蚁梦槐：唐《南柯太守传》写淳于棼在古槐树下，梦入大槐安国，娶该国公主为妻，任南柯太守二十年，极尽显贵，后与敌国作战失败，被遣回，回忆梦中所经历，原来是做梦进入槐树南枝下的蚁穴。

⑥黑劫：劫难。

⑦飞灰：古代以律管中葭飞动的情形来探测节气。

偶成

转瞬[①]乾坤[②]老，惊心岁月奔。有歌弹短铗[③]，无赋卖《长门》[④]。

调胃蛾眉豆[⑤]，遮身犊鼻裈[⑥]。只怜贫又病，遑[⑦]计饱兼温。

注释

①转瞬：转动眼珠，比喻极短的时间。

②乾坤：天地。

③弹短铗：敲击剑柄。铗，剑柄。战国齐国孟尝君的食客冯谖弹铗而歌："长铗归来乎！食无鱼。"又歌："长铗归来乎！出无车。"又歌："长铗归来乎！无以为家。"

④《长门》：即《长门赋》。汉陈皇后退居长门宫，愁闷悲思，闻司马相如工文章，奉黄金百斤，令为解愁之辞，相如为作《长门赋》，帝见而伤之，复得亲幸。

⑤蛾眉豆：植物名，扁豆的别称。

⑥犊鼻裈：一种长至膝盖的短裤。为汉人佣保的衣着。音 dú bí kūn。

⑦遑：闲暇。

庚子[①]秋怀

鲤鱼[②]雁雨四山秋，蜃雾[③]蛟烟万古愁。入世已如萍在水，藏身只合芥为舟[④]。

人从江北争分鹿[⑤]，我隐墙东等侩[⑥]牛。有债至今呼负负[⑦]，无亭何处署"休休"[⑧]？

注释

①庚子：公元一九〇〇年，光绪廿六年。

②鲤鱼：鲤鱼风，九月的风，指秋风。

③蜃雾：蜃气，即海市蜃楼，古人以为是水中族物蜃吐出的气所产生。

④芥为舟：芥舟，指小船。《庄子·逍遥游》："覆杯水于坳堂之上，则芥为之舟。"

⑤争分鹿：逐鹿、猎鹿，比喻争夺政权王位。

⑥侩：买卖的中间人。

⑦负负：非常惭愧的样子。

⑧休休：退休。唐司空图年老退隐，题其亭名为"休休"。

看 花

看花有兴且随缘，辟谷[①]无方莫学仙。
三折肱[②]难肉白骨[③]，一弹指[④]易过青年。

注释

①辟谷：道士的修炼术之一，不吃五谷，以求成仙。

②三折肱：多次折断手臂，指经验丰富。多次折断手臂就能懂得医治折臂的方法，称为“三折肱为良医”。

③肉白骨：使白骨复生肌肉，即令死者复生。

④弹指：表示时间，用以形容极短的时间。

大安秋望

其 一

一江[①]风打钓鱼船，十里潮荒种蛤田[②]。
歌板[③]酒旗都不见，冷清清是白鸥天。

注释

①一江：指大安溪，在台中市境内。

②蛤田：养殖蛤蜊之沙地。

③歌板：拍板，用以打拍子，打击乐器的一种。

其 二

摇落[①]江山客恨添，寓斋寂寂[②]坐恹恹[③]。
蓼花[④]红雨芦花雪，一样秋痕入眼帘。

注释

①摇落：凋残，零落。

②寂寂：落寞安静，沉寂无声。

③恹恹：精神萎靡不振的样子。音 yān yān。

④蓼花：蓼草花。蓼，湿地一年生草本植物。

秋感二首

其　一

频年漂泊滞[①]江湖，慷慨[②]悲歌[③]醉唾壶[④]。名士由来羞画饼[⑤]，丈夫自古志悬弧[⑥]。
诚知天地方龙战[⑦]，不信人才出狗屠[⑧]。沧海茫茫豪气在，私将明镜照头颅。

注释

①滞：久留，停留。

②慷慨：悲叹。

③悲歌：哀声歌唱。

④唾壶：供唾痰用的壶。晋王敦每酒后，辄咏魏武帝乐府歌曰：“老骥伏枥，志在千里；烈士暮年，壮心未已。”以如意打唾壶为节，壶边尽缺。

⑤画饼：画饼充饥。

⑥悬弧：生男孩的标示。古代风俗尚武，家中生男孩，便在门左挂弓一张。后男子生日也称悬弧。

⑦龙战：阴阳交战，比喻群雄割据相争。

⑧狗屠：杀狗为生的人，又泛指地位低贱的人。

其　二

大江东去日西斜，身世无聊百感加。两鬓不堪成白雪，一年容易又黄花[①]。
人争驱逐中原鹿[②]，我独优游[③]下泽车[④]。萧瑟秋风怕凭吊[⑤]，六朝金粉[⑥]剩寒鸦[⑦]。

注释

①黄花：菊花。

②逐中原鹿：逐鹿中原。谓争夺中原之政权王位。逐鹿，猎鹿，比喻争夺政权王位。

③优游：闲暇自得的样子。

④下泽车：一种便于沼泽地行驶的短毂轻便车。

⑤凭吊：思旧怀古，就当前的景色，追思往昔。

⑥六朝金粉：指吴、东晋和南朝的宋、齐、梁、陈国都金陵的靡丽繁华景象。

⑦寒鸦：鸟的一种，又称慈鸦，或指寒天的乌鸦。

寄怀许蕴白[1]明府[2]

催诗击钵[3]竹城[4]春，翘首[5]江云暗怆神[6]。万里浮沉[7]双鲤信[8]，十年沦没七鲲身[9]。别君昔洒哀时泪，老我今犹彻骨贫。惭谢知交期望切，金鳌顶上属何人。

（君赠余诗有“相期大雅[10]扶轮[11]手，早日金鳌[12]顶上行”句）

注释

①许蕴白：许南英，字蕴白，台南市人。光绪十六年恩科进士。

②明府：唐以后称县令为明府。

③催诗击钵：击钵催诗。指梁萧文琰击铜钵立韵为诗，而音灭诗成的故事。今台湾之击钵催诗，为诗人在指定之时日及地点集会，先推选数人为词宗，再由词宗择定诗题及拈韵后，诗人即按诗题及诗韵作诗，并于指定时间内交稿。

④竹城：新竹。

⑤翘首：举首而望。也形容盼望殷切。

⑥怆神：伤心。

⑦浮沉：旧称投寄书信而半途遗失为付诸浮沉。也称洪乔之误。

⑧双鲤信：书信。古人在绢上写信，常结成双鲤形寄出。

⑨七鲲身：屿名，在今台南安平附近，今已淤积而与台南西部陆地连接。

⑩大雅：《诗经》体裁之一，共三十一篇，大抵为西周时代的作品。文人相称的敬辞。

⑪扶轮：扶翼车轮，指在车旁推进。

⑫鳌：鳌峰，在作者家乡台中市清水区。

莱园喜晤魏润庵[1]兄

三年前访稻江[2]春，鸿爪[3]依稀[4]话旧因[5]。惠我曾为东道主[6]，思君每问北来人。词坛一代风骚[7]古，铁笔千秋月旦[8]新。今日樽前须痛饮，不妨沉醉吐车茵[9]。

注释

①魏润庵：魏清德，字润庵，新竹人，瀛社第三任社长。

②稻江：地名，即今台北市大稻埕。

③鸿爪：鸿鸟的爪印，比喻往事的痕迹。

④依稀：仿佛，不清楚的样子。

⑤旧因：前生种下的因缘。

⑥东道主：泛指款待或宴客的主人。

⑦风骚：《诗经》与《楚辞》的合称。风指《诗经》中的《国风》，骚指《楚辞》中的《离骚》。泛指诗词文章。

⑧月旦：品评人物，即月旦评。

⑨吐车茵：谓醉后过失。车茵，车上垫的席子，车座垫。

雨过十三蓁

东风淅淅[①]雨潇潇[②]，泥泞[③]难行路又遥。
山鸟一声人梦觉，笋舆[④]才过十三蓁。

注释

①淅淅：微风声。淅，音 xī。

②潇潇：雨声。

③泥泞：水土相和，黏烂而滑。

④笋舆：竹轿。

家[①]瑞陔[②]进士寄诗问近况，次韵奉答

瀛堧[③]宿梦[④]醒春婆[⑤]，风雨空山一啸歌。老蠹[⑥]生涯书少味，闲鸥世界水犹波。
敢嫌蜗室[⑦]三间小，幸免鹑衣百结[⑧]多。莫问辋川[⑨]近消息，半龛[⑩]灯火病维摩[⑪]。

注释

①家：本家，家族。

②瑞陔：陈濬芝，字瑞陔，号纫石，新竹人。光绪二十四年进士。

③瀛堧：海边，海岸。瀛，海。堧，岸，音 ruán。

④宿梦：旧梦。

⑤春婆：春梦婆。原指向苏轼说一场春梦的老妇，后用以比喻荣华富贵的变幻无常。《侯鲭录·七》：东坡老人在昌化，尝负大瓢，行歌于田间，有老妇年七十，谓坡云："内翰昔日富贵，一场春梦。"

⑥蠹：蠹书虫，埋首苦读的人。喻人死读书。相当于今人所说的书呆子。

⑦蜗室：喻称居舍简陋狭小。

⑧鹑衣百结：形容衣服破烂不堪。鹑衣，破旧的衣服。因鹑鸟尾秃，像弊衣短结而得名。鹑，音 chún。

⑨辋川：水名，在陕西省蓝田县南，唐时王维在此建有别墅。

⑩龛：寺塔下的小室或安置佛像的小室。

⑪病维摩：疾病缠身的维摩诘。维摩诘，与释迦牟尼同时，为毗耶离城的大居士，曾向佛弟子舍利弗、弥勒、文殊师利等讲说大乘教义。

哭家瑞陔进士

南宫[①]一劫了前途，返棹[②]清溪竟永徂[③]。梅社[④]昔曾悬赤帜[⑤]，竹城[⑥]今已等黄垆[⑦]。

未甘呼应同牛马[⑧]，何害春秋促蟪蛄[⑨]。只恨华堂[⑩]新建就，才来贺燕便啼乌[⑪]。

注释

①南宫：古尚书省。

②返棹：返家的船只，即返乡。

③永徂：永别。徂，死，去世，音 cú。

④梅社：诗社名。

⑤赤帜：韩信攻赵，计诱赵军出城追击，另使轻骑入赵城，拔赵旗，立汉赤帜。后以赤帜表示自成一家。

⑥竹城：即新竹市。

⑦黄垆：地下，黄泉之下。

⑧未甘呼应同牛马：不肯甘心像牛马一样供人呼唤驱使。

⑨蟪蛄：虫名，蝉科。蟪蛄夏生秋死，故不知有春冬二季，比喻寿命短而见识少。促，短促。

⑩华堂：华丽的厅堂。

⑪才来贺燕便啼乌：才要来道贺华堂新建的燕子，却变成来哭啼的乌鸦。

蔡启运

蔡启运，字振丰，号应时。苗栗县苑里人。栎社社员，曾任社长。著有《养余轩诗钞》。

阑 干

其 一

记得花前与酒前，小凭每值晚凉天。低扶有影春如梦，独倚无人日似年。

十二雕成看屈曲[①]，三千围住尽婵娟[②]。等闲[③]且把诗童唤，待汝新茶雨后煎[④]。

注释

①屈曲：事物情状的曲折。

②婵娟：形态美好的样子。指美人。

③等闲：平常，随便。

④煎：煮。

其二

几番打扫仗园丁，静把莺声仔细听。十里芰荷[1]香暗度，一楼风月酒初醒。

不教花信[2]三春[3]漏，恰对山光半角青。入夜有人闲倚久，笑看团扇[4]扑流萤[5]。

注释

①芰荷：出水的荷叶。

②花信：花卉开放的信息。

③三春：泛指春天。

④团扇：圆形的扇子。

⑤流萤：萤火虫。

避居公馆庄感作

咫尺[1]桃源[2]又有津[3]，桑麻鸡犬自成春。微名冷比残宵梦，故友来如隔世人。

久累刘伶[4]惟酒债，暂随元亮[5]作闲身。耽[6]吟于事虽无补，聊洗胸中几斛[7]尘。

注释

①咫尺：八寸为咫，十寸为尺。形容距离极近。

②桃源：桃花源，即陶潜所述之武陵源。

③津：进入桃花源之渡口。

④刘伶：西晋名士，为竹林七贤之一。性嗜酒，常乘鹿车携酒，使人荷锸相随，说：“死便埋我。”作《酒德颂》。

⑤元亮：晋陶潜，字元亮。

⑥耽：爱悦，过度爱好而沉醉其间。

⑦斛：十斗。

秋斋有感

万籁[1]声喧山色深，山居静坐费沉吟[2]。战秋竹作回天[3]势，爱暖葵[4]存向日心。

屠狗早羞为哙伍[5]，缚鸡自笑是淮阴[6]。此身七尺宁[7]无谓[8]，四十功名博一衿[9]。

注释

①万籁：泛称宇宙万物所发出的一切声息。凡孔窍所发出的声音，皆称为籁。

②沉吟：深思，沉思。

③回天：能移转不易挽回的形势。

④葵：向日葵。

⑤哙伍：汉韩信羞与曾以屠狗为业的樊哙为伍，俱为列侯。后代称平庸之辈。

⑥淮阴：地名，在江苏省淮安县西北，汉初韩信为淮阴人。

⑦宁：岂。

⑧无谓：无意义，不当。

⑨衿：心胸。

白菊

转眼①风霜三径②深，白衣送酒③是知音。
陶公④老去头如雪，淡里交情说到今。

注释

①转眼：转动眼珠，比喻极短的时间。

②三径：三条小径。西汉末年兖州刺史蒋诩因王莽专政而隐居，家园中开三径，与求仲、羊仲两人交游。

③白衣送酒：陶潜九月九日无酒，于宅边东篱下菊丛中，摘菊盈把，坐其侧，未几，望见一白衣人至，乃刺史王宏送酒也，即便就酌而后归。古时服贱役者身穿白衣，故称童仆为白衣人。

④陶公：晋陶潜。

蔡惠如

蔡惠如（1881—1929），字铁生。台中市清水区人，栎社社员，倡台湾文社，以弘扬祖国文化。又与林献堂设新民会、台湾文化协会，并创办台湾青年杂志社，启发民族思想。著有《铁生诗草》。

船发新墟①

孤舟解缆②北溪行，风疾帆飞水有声。
十里横滩双桨急，怒涛时作不平鸣。

注释

①新墟：地名，在香港。

②解缆：开船。

游万寿山[1]有感

其 一

西石离宫[2]创造艰，禁门深闭落花闲。
颐和园[3]已成陈迹，青史惟留万寿山。

注释

①万寿山：山名。在北京市永定河北岸。约占颐和园全园面积的四分之一。清高宗为庆祝他母亲六十寿辰，广建园林。光绪十四年，慈禧挪用海军军费，改建为颐和园。

②离宫：行宫。即古代天子出巡时所停留的临时居所。

③颐和园：在北平市西北万寿山麓。清光绪十四年慈禧太后就清漪园旧址改筑。后八国联军入京，多所摧毁。

其 二

峨峨[1]杰阁[2]与长廊，虎踞龙蟠[3]出上方。
二百余年王气尽，空留山色吊斜阳。

注释

①峨峨：高貌。

②杰阁：高耸的楼阁。

③虎踞龙蟠：形容地势险峻雄壮，通常指帝都而言。也作“虎踞龙盘”。

用丘念台[1]君韵，寄呈伊若[2]社兄

蓬莱岛[3]上过新年，乡思千重郁[4]不宣。绣口[5]尽供谈韵事，寒香[6]谁与写诗篇？
一枝健笔扶公理，并世清才让此贤。太息[7]红羊经劫[8]后，至今未许望青天[9]！

注释

①丘念台：丘逢甲的儿子。

②伊若：庄嵩，一字太岳，另字伊若，彰化县鹿港人。

③蓬莱岛：海上仙山之一，借喻台湾。

④郁：闭塞、蕴结。

⑤绣口：比喻文章辞藻华丽而富有诗文才华。

⑥寒香：梅花的香气。

⑦太息：长长的叹息。

⑧红羊经劫：国难。宋理宗时柴望记载了自秦襄王至五代后汉丁未千余年来的运数，其中凡值丙午、丁未的年份，皆有乱事，后人以丙、丁属火，色赤，未为羊，故称红羊劫。

⑨青天：苍天，碧空。喻贤明的官吏。

狱中①有感

其 一

异卉奇花袅②细丝③，恍然④缧绁⑤亦如斯。闭门习静⑥跏趺⑦坐，把卷潜心⑧密致⑨思。
七子同盟先自觉，百年大计有谁知。苦中乐处光阴易，荡荡⑩春风过一时。

注释

①狱中：作者富民族思想，曾罹日入狱。

②袅：摇曳。

③细丝：蜘蛛网。

④恍然：仿佛，好像。

⑤缧绁：拘系犯人的绳索。音 léi xiè。

⑥习静：习养静寂的心性，亦指过幽静生活。

⑦跏趺：佛教修持中盘足而坐的一种坐法。将两足背交叠在大腿上。音 jiā fū。

⑧潜心：专心，用心精深。

⑨密致：细密。

⑩荡荡：动荡不定。

其 二

翘首①枌榆②日未斜，如何咫尺③即天涯。湖山依旧春将去，面首翻新我敢夸。
清水鱼虾多活泼，雾峰桃李尽秾华④。几年辛苦南飞鹊⑤，绕树依依⑥恋故家。

注释

①翘首：举首而望，也形容盼望殷切。

②枌榆：本指汉高祖的故里。后用作故乡的代称。

③咫尺：八寸曰咫，十寸曰尺。咫尺形容距离极近。

④秾华：盛开的花。

⑤南飞鹊：乌鹊南飞。曹操《短歌行》："月明星稀，乌鹊南飞，绕树三匝，无枝可依。"

⑥依依：流连、不忍分别的样子。

丘逢甲

丘逢甲（1864—1912），字仙根。祖籍广东蕉岭，先人迁居台湾，同治甲子年生于苗栗。二十六岁中进士，任工部主事，后返台，讲学于台中衡文等书院。甲午战后，助唐景崧组织台湾民众抗日，失败后，回广东故乡，从事教育工作，自署台湾遗民，民国成立，改名沧海。曾代表广东到南京参加组织临时政府，辛劳病死。著有《柏庄诗草》、《岭云海日楼诗钞》。

离台诗

（将行矣，草此数章聊写积愤，妹倩①张君请珍藏之，十年之后，有心人重若拱璧②矣，海东遗民③草）

其　一

辛相④有权能割地，孤臣⑤无力可回天。
扁舟⑥去作鸱夷子⑦，回首河山意黯然⑧。

注释

①妹倩：妹婿。即张晓峰。

②拱璧：大璧。后用以喻极其珍贵之物。

③海东遗民：逢甲自署"台湾遗民"。海东，指台湾。

④宰相：指李鸿章。

⑤孤臣：丘逢甲自称。

⑥扁舟：小船。

⑦鸱夷子：即鸱夷子皮。范蠡帮助越王破了吴国，后见越王义薄，乃扁舟游五湖，变姓名，自谓鸱夷子皮。

⑧黯然：感伤沮丧貌。

其　二

虎韬豹略[①]且收藏，休说承明[②]执戟郎[③]。
至竟虬髯[④]成底事[⑤]，宫中一炬类咸阳[⑥]？

注释

①虎韬豹略：虎韬，古代兵书《六韬》之一，泛指兵书。豹略，古代兵书《六韬》中有“豹略”篇，后因以“豹略”指用兵的韬略。

②承明：汉宫殿名。在未央宫内。

③执戟郎：秦汉时的宫廷侍卫官。因值勤时手持戟，故名。

④虬髯：蜷曲的连鬓胡须。隋末豪侠张仲坚，须赤而蜷曲似虬，号虬髯客。仲坚有雄才大略，见世方乱，欲起事争天下，会李靖携红拂奔经灵石，遇于旅舍，因与靖至太原，得见李世民，识为英主，乃悉以其家所有赠靖别去。

⑤底事：何事。

⑥宫中一炬类咸阳：项羽在鸿门之宴后，率领大军进入咸阳，他看到秦宫的富丽代表秦皇的暴政，就放了一把火，把秦宫烧毁，大火烧了三个月。

其　三

卷土重来未可知[①]，江山亦要伟人持。
成名竖子[②]知多少，海上谁来建义旗[③]？

注释

①卷土重来未可知：唐杜牧《题乌江亭》：“胜败兵家事不期，包羞忍耻是男儿。江东子弟多才俊，卷土重来未可知。”

②成名竖子：竖子，对人的鄙称，犹今言“小子”。《晋书·阮籍传》：阮籍尝登广武，观楚汉战处，叹曰：“时无英雄，使竖子成名。”后指无能者侥幸得以成名。

③义旗：为正义而战的或起义的军队的旗帜。亦俗指义师。

其　四

从此中原恐陆沉[①]，东周积弱[②]又于今。
入山冷眼观时局，荆棘铜驼[③]感慨深。

注释

①陆沉：陆地无水而沉，比喻国土沦陷于敌手。

②东周积弱：东周，朝代名。周自平王东迁迄赧王，均都雒邑，史称东周。东周前半

期为春秋时代，周室衰微，诸侯相继争霸。积弱，长期衰弱。

③荆棘铜驼：汉铸铜驼两座，原置洛阳宫外。晋索靖有远量，知天下将乱，指铜驼叹曰：“会见汝在荆棘中耳！”后因以喻世乱荒凉。

其　五

英雄退步即神仙，火气消除道德编①。
我不神仙聊剑侠，仇头斩尽再升天。

注释

①火气消除道德编：消除火气靠《道德经》。火气，怒气。《道德经》相传为老子所著。分上、下两篇。因上、下两篇首句各有“道”字与“德”字而得名。

其　六

乱世团圆①骨肉②难，弟兄离别正心酸。
奉亲且作渔樵③隐，到处名山可挂单④。

注释

①团圆：亲属团聚，多指夫妻或父母子女而言。

②骨肉：身体。比喻至亲，指父母、兄弟、子女等亲人。

③渔樵：打鱼砍柴，渔人和樵夫，指隐居。

④挂单：行脚僧就寺院投宿。单，指僧堂里的名单。游方僧投宿寺院，把衣钵挂在名单下，故称。

有感书赠义军旧书记（四首选三）

其　一

拜将坛高卓①义旗②，五洲③睽目④属雄师⑤。
当时力保危台意，只有军前壮士知。

注释

①卓：建立，竖立。

②义旗：本指为维护正义而战的军队的旗帜，因以代称义师。

③五洲：泛指世界各地。

④睽目：张目注视。

⑤雄师：雄劲善战的军队。

其　二

宰相有权能割地，孤臣无力可回天。
啼鹃[1]唤起东都[2]梦，沉郁[3]风云已五年。
（别台旧句）

注释

①啼鹃：杜鹃鸟。
②东都：台湾。郑成功攻克台湾，改台湾为东都。
③沉郁：沉闷忧郁。

其　三

凤凰台[1]上望乡关[2]，地老天荒[3]故将闲。
自写鄂王词[4]在壁，从头整顿旧河山[5]。

注释

①凤凰台：台名，在今广东省阳江市东北凤凰山上。
②乡关：故乡。
③地老天荒：谓改朝换代。
④鄂王词：岳飞手书《满江红》词。岳飞死后，嘉定中被追封为鄂王。
⑤从头整顿旧河山：岳飞《满江红》："待从头，收拾旧山河，朝天阙。"

端阳日与季平饮东山酒楼

其　一

客中蒲酒[1]醉人香，山半高楼饮海光。
君是还乡我归国，一尊[2]风雨共端阳。

注释

①蒲酒：菖蒲酒。
②尊：同"樽"。

其　二

江上千帆打鼓声，人间毕竟慕忠名。
劝君且尽尊中酒，看斗龙舟[1]吊屈平[2]。

注释

①斗龙舟：赛龙舟。

②屈平：战国楚人屈原，名平，别号灵均。

去岁往长乐[1]劝学[2]，今闻学堂已开，喜而有作

五华[3]闻说讲堂开，不负南行衍教[4]来。释菜[5]本宜先圣庙[6]，驱车忆上越王台[7]。

山多赤土无林学，溪壅[8]黄沙易水灾。今日树人[9]兼树木[10]，早兴地利起人才。

注释

①长乐：地名。在广东省境内。清属嘉应县，民国时期改为五华县。

②劝学：鼓励人努力学习。

③五华：地名，五华县。

④衍教：演教，传教。

⑤释菜：古代入学时祭祀至圣先师的一种典礼。

⑥先圣庙：孔子庙，孔子被称为至圣先师。

⑦越王台：台名，在今广州市，为纪念南越王赵佗之古迹。

⑧壅：壅塞。

⑨树人：比喻培育、训练人才。

⑩树木：种树。

春日寄怀菽园[1]新加坡

其　一

极目[2]天南赤道遥，远楼高筑岛云飘。海山苍莽[3]连诸国，古碣[4]荒凉话六朝[5]。

（《南洋蠡测》云：“新加坡华人墓碑有梁朝年号者。”）

蛮语[6]未谙花代解，边愁无际酒难浇。都将万里相思意，付予重溟[7]早晚潮。

注释

①菽园：丘菽园，名炜爱，福建海澄人，清举人，经商南洋。

②极目：纵目，用尽目力远望。

③苍莽：广阔无边的样子。

④碣：圆顶石碑。

⑤六朝：三国吴、东晋和南朝的宋、齐、梁、陈，相继建都建康（今南京市），史称六朝。

⑥蛮语：指南洋居民的语言。

⑦重溟：指海。

其 二

珠海[①]星洲[②]两寓公[③]，眼看时局感应同。饥驱彩凤成凡鸟[④]，聋迫神龙化蛰虫[⑤]。

鬼国夜开跳月宴，阴天春足妒花风。手挼[⑥]斗柄[⑦]愁相语，东指齐州[⑧]劫火[⑨]中。

注释

①珠海：地名。在广东省境内。

②星洲：新加坡。

③寓公：古时国家灭亡而寓居他国的诸侯，泛称有官吏身份而寄居外乡的人。

④彩凤成凡鸟：晋嵇康与吕安善，每一相思，千里命驾。安后来，值康不在，康之弟喜出户延之，不入。题门上作“凤（鳯）”字而去。喜不觉，犹以为忻，故作“凤（鳯）”字，凡鸟也。

⑤蛰虫：藏在泥土中过冬的虫豸。

⑥挼：揉搓，摩挲。音 ruó。

⑦斗柄：指北斗的第五至第七星。喻权柄，大权。

⑧齐州：中州，古时指中国。

⑨劫火：世界毁灭的大火，乱世的大火。

自 笑

自笑婆娑[①]大海南，名山无地筑茅庵[②]。艰难乡物愁都米，憔卒文心赘客[③]谈。

（潮[④]人谓台米曰都米，以台湾号东都[⑤]也，又台人内渡者，皆目之曰客）

细雨梦寻荒迳菊，微霜馋[⑥]忆故园柑。年来忧患才思损，已似嵇康七不堪[⑦]。

注释

①婆娑：盘桓，逗留。

②茅庵：茅庐，草舍。

③赘客：客居他乡的人。

④潮：广东潮州。

⑤东都：台湾。郑成功攻克台湾，改台湾为东都。

⑥馋：贪吃，想吃。

⑦嵇康七不堪：三国魏人嵇康不满当时执政的司马师、司马昭等。司马集团的山涛推荐他做选曹郎，他表示拒绝，在《与山巨源绝交书》中陈列自己不能出仕的原因，“有必不堪者七，甚不可者二”。后来诗文中把“七不堪”作为疏懒或才能不称的典故。

答台中友人（四首选一）

闻君犹采首山薇[①]，欲话中原泪满衣。四海共推天子[②]圣，百年难复大朝[③]威。

玩神[④]民托袄神教[⑤]，避税商悬异国旗。一样已无干净土[⑥]，可怜扶义[⑦]说西归。

注释

①采首山薇：《史记·伯夷列传》："武王已平殷乱，天下宗周，而伯夷、叔齐耻之，义不食周粟，隐于首阳山，采薇而食之。"

②天子：皇帝。

③大朝：清朝。

④玩神：沉迷。

⑤袄神教：即拜火教，泛指西方传入中国的天主教、基督教等宗教。

⑥干净土：净土。指庄敬洁净、没有五浊的极乐世界。佛国。

⑦扶义：仗义。

寄家[①]菽园[②]孝廉[③]（三首选一）

翠暖珠香侍舞筵，七洲[④]洋外辟诗天。华灯[⑤]夜敞红云宴，吟钵[⑥]朝飞白雪[⑦]篇。

胸次[⑧]难消兵十万，眼中同醉客三千。高歌自抱神州感，漫[⑨]作寻常侠少年。

注释

①家：本家。家族。

②菽园：丘菽园，名炜爱，福建海澄人，清举人，经商南洋。

③孝廉：明清两代对举人的称呼。

④七洲：世界七大洲。

⑤华灯：雕饰精美的灯，彩灯。

⑥吟钵：击钵吟诗。

⑦白雪：喻指高雅的诗词。

⑧胸次：胸间，胸怀。

⑨漫：放纵，散漫，不受拘束。

次颂臣[①]《感怀》韵

其　一

天涯烽火客西归，沦落[②]宁教[③]素志[④]违[⑤]。

解道[⑥]哥哥行不得[⑦]，鹧鸪言语未曾非。

注释

①颂臣：谢道隆，字颂臣，葫芦墩（今台中市丰原区）人。栎社社员。丘逢甲之表兄。

②沦落：流落，漂泊。

③宁教：岂使。

④素志：平素的志愿。

⑤违：违背，违反。

⑥解道：知道。

⑦哥哥行不得：古人谐鹧鸪的鸣声为“行不得也哥哥”，诗文中常用以表示思念故乡。

其　二

何劳珍药寄当归[①]，养志[②]萱堂[③]愿已违。

回首楼台沉蜃气[④]，故山虽好事全非。

注释

①当归：多年生草本。根入药，有镇静、补血、调经等作用。

②养志：谓奉养之道，能承顺父母之意志也。

③萱堂：古制，北堂为主妇之室，后因以“萱堂”指母亲的居室，并借以指母亲。

④蜃气：一种大气光学现象。指光线经过不同密度的空气层后发生显著折射，使远处景物显现在半空中或地面上的奇异现象。常发生在海上或沙漠地区。古人误以为蜃吐气而成，故称。

旅夜书怀

一身万里云无定[①]，孤馆残更月欲斜。湖海频年思弟妹，干戈[②]余劫[③]起龙蛇[④]。

九秋[⑤]客况愁中酒[⑥]，四海人心散后沙[⑦]。倚枕不眠思故事[⑧]，汉朝终始在三巴[⑨]。

注释

①云无定：谓一生如同空中漂泊不定的浮云。

②干戈：古时战争，多用干戈，因以干戈为兵器的总称。又引申为战事之意。

③余劫：灾难之后，劫余。

④龙蛇：龙和蛇，喻贤和不肖的两种人。

⑤九秋：秋天，九月深秋，九年。

⑥中酒：饮酒半酣时。

⑦散后沙：一盘散沙。

⑧故事：旧事。

⑨三巴：古地名。巴郡、巴东、巴西的合称。相当于今四川嘉陵江和綦江流域以东的大部分地区。

四月十六夜东山[①]与台客话月

万事应教付酒杯，眼看云合又云开。中天月色雨余[②]好，大海潮声风送来。

人物只今思故国，江山从古属雄才[③]。飘零剩有乡心在，夜半骑鲸[④]梦渡台。

注释

①东山：地名。在今广东潮阳市东。

②雨余：雨后。

③雄才：出众的才能。

④骑鲸：骑鲸鱼。比喻隐遁或游仙。

陈肇兴

陈肇兴（？—1860 前后），字伯康，号陶村。彰化人。道光末年入白沙书院，咸丰八年举于乡。筑所居“古香楼”，读书歌咏以自娱。同治元年，戴万生变，先生慨然投笔从戎，彰化城陷，只身冒险，逃入集集，日则奋练悍民，支援官军诛叛逆，夜则秉烛赋诗。事平，设教于乡里。著《陶村诗稿》、《咄咄吟》等书。

扫墓感作

记得趋庭鲤对[①]时，一灯豆火课孤儿。九原[②]今日言犹在，五鼎[③]他年报岂知。

宿草春经霉雨润，杜鹃声带血痕悲。墓门满目增惆怅，泪洒东风桧柏枝。

注释

①趋庭鲤对：原指孔子的儿子孔鲤趋而过庭，闻孔子言诗礼。后因喻子承父教。

②九原：九泉，黄泉。

③五鼎：古代行祭礼时，大夫用五个鼎，分别盛羊、豕、肤（切肉）、鱼、腊五种供品。

暮春书怀

一日阴晴互变迁，如醒如醉困人天。落花又满东西路，流水无分上下田。

轹辘[1]蔗车连夜响，丁东[2]秧鼓接畦[3]喧。几回绿酒红灯下，忆到儿时忽惘然[4]。

注释

①轹辘：载甘蔗车的声音。

②丁东：鼓声。

③畦：种植稻禾瓜果的田地。

④惘然：失志不得意的样子。

初夏郊行

黑云初散雨初晴，一望郊原绿已平。好鸟逢人如问讯，野花满眼不知名。

晚烟几簇笼修竹，新涨千畦长早秔[1]。屈指[2]纳禾[3]期已近，老农相对有讙[4]声。

注释

①秔：秔同“粳”。水稻的一种。音 jīng。

②屈指：弯曲手指计算事物的数目。

③纳禾：采收稻谷。

④讙：同“欢”。

哭赖汝明秀才

无诸城[1]畔叫巫阳[2]，万里招魂[3]道路长。十载苦心事场屋[4]，一衿[5]误汝葬他乡。

生为才子天应忌，死傍名臣骨亦香。多恐益君双白泪，哀吟不敢奠椒浆[6]。

（秀才葬于林少穆[7]中丞墓侧）

注释

①无诸城：地名，在福州。

②巫阳：神医名。

③招魂：招回死者的灵魂。

④场屋：科举考试时取士之地方。也称科场。

⑤衿：衣服的结带。

⑥椒浆：以椒浸制的酒浆，古代多用以祭神。
⑦林少穆：林则徐，字少穆。明、清两代称巡抚为中丞。

冬日漫兴

野馆归来百事乖[①]，攻愁[②]唯仗酒千杯。诗当得意逢人诵，家到无钱怕客来。
乱叶随风飘不定，野花著雨落犹开。庭前此日萧条[③]甚，好去军山[④]探早梅。

注释

①乖：违背、不和。
②攻愁：消愁。
③萧条：寂寥冷落。
④军山：山名，彰化八卦山之别名。

经废园有感

玉圯[①]金铺久化烟，楼台易主半茫然。十年冷暖堂前燕，一世推移[②]海上田[③]。
芳草有情还自绿，野花无恙故争妍。翻云覆雨[④]寻常事，不独乌衣[⑤]看可怜。

注释

①圯：土桥。
②推移：变迁，转移。
③海上田：沧海变桑田。
④翻云覆雨：比喻人的行为反复无常。也指玩弄手法，欺上瞒下。
⑤乌衣：黑色的衣服。南京市有乌衣巷，晋代贵族王导、谢安等皆曾居于此。

书斋偶兴

其　一

长歌弹铗[①]客无能，一砚相随伴老僧。糊口[②]只凭三寸舌，问心犹欠十年灯。
诗情惭减缘租吏[③]，世事粗尝畏友朋。谬[④]作人师吾岂好，可怜猿鹤误担簦[⑤]。

注释

①长歌弹铗：战国时人冯谖尝为孟尝君的食客，初以食无鱼、出无车、无以为家，三为长铗归来歌，后得其所求。

②糊口：填饱肚子。有生活艰难，勉强可得温饱之意。

③租吏：催租吏。催纳赋税之官吏。宋诗人潘大临，字邠老。湖北黄冈人。家贫。闻搅林风生，题壁曰："满城风雨近重阳"，忽催租人至，遂败意而止。

④谬：错误，荒诞。

⑤担簦：背着伞。谓奔走，跋涉。

其　二

舐[1]笔和铅学点鸦[2]，年年涂抹[3]作生涯。挥毫直扫千人阵，握管俄[4]开五色花[5]。
漫道时文非载道，须知小技亦名家。诸君莫但贪私[6]样，平淡由来烂似霞。

注释

①舐：以舌卷取食物或舔物。

②点鸦：涂鸦。

③涂抹：以笔随便图画。

④俄：须臾，片刻。

⑤五色花：五色笔。

⑥贪私：贪求私利。

古香楼[1]落成移居即事（四首选二）

其　一

尘中何处可忘机[2]，先世犹存两板扉。海燕[3]十年频易主，茅龙[4]三岁一更衣。
牵萝[5]补屋功粗定，倚树为巢计不非。从此看山欣纵目[6]，海天万里一鹏飞。

注释

①古香楼：作者在彰化所建之楼房名。

②忘机：涤静与人计较或奸诈虚伪的心机。比喻心地纯朴，不与人争。

③海燕：动物名，形似燕而非燕类。

④茅龙：相传仙人所骑的神物。

⑤萝：女萝。

⑥纵目：直竖的眼睛。

其　二

为藏万卷筑高楼，邺架[1]曹仓[2]次第[3]收。四壁诗笺书五色，一窗灯火照千秋。
旧庐乍返乡邻熟，破屋重新鼠雀愁。昔日南村今北郭，此生卜宅[4]总如鸠[5]。

注释

①邺架：唐李泌封邺侯，他父亲藏书二万余卷，置架陈列，后世称人藏书丰富为邺架。

②曹仓：东汉曹曾积石以藏书，谓之曹曾家书，或称曹仓，泛指藏书的仓库。

③次第：依次。

④卜宅：占卜建都的地方。

⑤如鸠：自称性拙的谦称。鸠，鸟名。不善营巢，取鸟巢居之。

柴 关[1]

清泉白石锁[2]柴关，豪气销残梦寐间。屈指[3]百年惊渐老，回头万事不如闲。

悠悠落日牛羊下，策策[4]空林倦鸟还。唯有丹心[5]依旧在，浮云望断海中山。

注释

①柴关：柴门。

②锁：幽闭。

③屈指：弯曲手指计算事物的数目。

④策策：状声词，相当于沙沙。

⑤丹心：忠心，赤诚之心。

许荫亭

许荫亭，字剑渔。彰化鹿港人。著《鸣剑斋遗草》。

感 怀

不堪回首旧山河，瀛海[1]滔滔[2]付逝波[3]。万户有烟皆劫火[4]，三台[5]无地不干戈[6]。

故交饮恨[7]埋芳草，新鬼衔冤[8]衣女萝[9]。莫道英雄心便死，满腔热泪此时多。

注释

①瀛海：大海。

②滔滔：水势盛大的样子。

③逝波：流去的水。

④劫火：世界毁灭的大火，乱世的灾火。

⑤三台：指台湾，因为有台北、台中、台南，故有此称。

⑥干戈：兵器的总称，干是盾牌，戈是平头戟，比喻战争。

⑦饮恨：受屈含恨而无从诉说。

⑧衔冤：无辜受罪，即含冤。

⑨女萝：植物名，即菘萝，多附生在松枝上，成丝状下垂。《楚辞·九歌·山鬼》："若有人兮山之阿，被薜荔兮带女萝。"

秋　思

豪情愿逐五陵[1]游，琴剑飘零志未酬[2]。万里西风吹去雁，一天明月送行舟。

狂吟欲夺长枪槊[3]，沽酒难消野店秋。毕竟壮心浇不尽，拼将沉醉唱《凉州》[4]。

注释

①五陵：汉代五位皇帝的陵墓，泛指豪门望族聚居的地方。

②酬：实现愿望。

③枪槊：兵器名。枪，古时长柄有尖头的兵器；槊，即长矛。

④《凉州》：《凉州词》，唐代歌曲名。

蔡世贤

蔡世贤，字子昭，一字天弧。彰化鹿港人。日据时期寓台中。设帐授徒。著《蕉窗吟草》。

次韵和近樗见寄

劳劳[1]心力奈将殚[2]，来日生涯更大难。渐老已深尝世味，后时宁免笑儒酸[3]。

一篇诗句颁[4]珠玉，十载交情见胆肝[5]。独有客愁消未得，赋闲[6]终愧不如潘。

注释

①劳劳：忧伤惆怅的样子。

②殚：穷尽。

③儒酸：寒士的酸腐。

④颁：公布。

⑤胆肝：肝胆相照。

⑥赋闲：晋潘岳辞官家居，作《闲居赋》，后人因称罢官或闲居无事为赋闲，今也指失业。

游莱园

一泓[1]流水漾[2]微波，无限青山见黛螺[3]。
唤起江湖十年梦，夕佳亭[4]外落花多。

注释

①泓：平静清澈的深潭。

②漾：水的波光摇荡。

③黛螺：绘画或画眉所用的青黑色颜料。喻指青色的山景。

④夕佳亭：亭名，在雾峰莱园内。

鹤亭社长[1]三顾寓庐，皆以俗冗，弗获晤谈，赋此奉寄

尘劳日日为谁忙，几枉高轩[2]过草堂。客至未能三径[3]扫，春归犹染一庭香。
久疏绛帐[4]矜[5]诗胆，渐少嘉宾涸酒肠[6]。却喜风流徐孺子[7]，肯违薄俗[8]访伧荒[9]。

注释

①鹤亭社长：即栎社社长傅锡祺，号鹤亭。

②高轩：称贵客乘坐的车子。

③三径：三条小径。西汉末年蒋诩因王莽专政而隐居，家园中开三径，与求仲、羊仲两人交游。后用以比喻隐士居所或指家园。

④绛帐：红色的帷帐。东汉马融常坐高堂，施绛纱帐，前授生徒，后列女乐。后因称师长或讲座为绛帐。

⑤矜：顾惜。

⑥酒肠：饮酒人的肚肠，引申为饮酒的兴致。

⑦徐孺子：东汉徐稚，字孺子，南昌人。耕躬而食，性恭俭义让，朝廷多次征聘，不仕，筑室隐居，时称南州高士。

⑧薄俗：风俗不淳厚。

⑨伧荒：人物鄙陋，未受教育，地域荒远，交通不便。

洪　繻

洪繻，本名攀桂，学名一枝，字月樵。彰化县鹿港人。清光绪乙未年台湾割让日本后，改名繻，字弃生。民国十年，作大陆之游。著有《寄鹤斋诗集》等。

兵火之后，旧时街衢[①]但存瓦砾，感赋

惊天蓦地[②]起兵戎[③]，闾左[④]繁华瞬息空。喧路鹳鹅[⑤]同上蔡[⑥]，失家鸡犬异新丰[⑦]。
蔓烟无复炊烟绿，烽火犹疑燹火[⑧]红。旧日楼台何处认，乱堆残瓦夕阳中。

注释

①街衢：四通八达的街道。
②蓦地：忽然。蓦，音 mò。
③兵戎：战争、战乱。
④闾左：居于里门左边的百姓。
⑤鹳鹅：鸟名。
⑥上蔡：地名。秦李斯专权，为赵高所陷，下狱。伏诛前，顾其子曰：“欲牵黄犬，臂苍鹰，出上蔡东门，逐狡兔，岂可得乎?”
⑦新丰：地名。汉初置。故城在今陕西西安市临潼区东北。
⑧燹火：野火，兵火。燹，音 xiǎn。

闻日军搜山感赋

乾坤[①]长肃杀[②]，海上战争多。番队[③]日鸣炮，山民夜枕戈[④]。
炎昆[⑤]糅玉石[⑥]，覆卵[⑦]扫巢窠[⑧]。世界今如此，苍生[⑨]且奈何!

注释

①乾坤：天地。
②肃杀：严厉摧残。多用以形容秋天草木枯落的萧条景象。
③番队：指日本军队。
④夜枕戈：枕戈待旦。
⑤炎昆：《书·胤征》：“火炎昆岗，玉石俱焚。”后以“炎昆”喻司归于尽。
⑥糅玉石：混杂或掺杂玉与石。糅，音 róu。
⑦覆卵：鸟巢倾覆，卵皆破碎。比喻全家遭祸，无一幸免。
⑧巢窠：鸟巢。
⑨苍生：百姓、众民。

金山[1]即目

其　一

吞江亭下妙高台[2]，台外江光净不埃。
杨柳两湾云两坞，吴舟凫水入山来。

注释

①金山：即紫金山。在南京市。

②妙高台：台名。在南京市。

其　二

高台已共离宫[1]杳，明月犹临磴道[2]边。
《水调歌头》来再弄[3]，层层红树接诸天[4]。

注释

①离宫：行宫。即古代天子出巡时所停留的临时居所。

②磴道：登山的石路。

③弄：奏乐。

④诸天：佛家语。佛经上说欲界有六天，色界的四禅有十八天，无色界的四处有四天，其他有日天、月天、韦驮天等诸天神，总称为诸天。后泛称天界、天空。

北固山[1]登望

江天楼阁渺茫间，天堑[2]江城两面环。寺内近寻梁武[3]迹，云边远见晋王[4]山。
象焦[5]锁钥[6]金陵道，京岘[7]凭依铁瓮[8]关。六代[9]犹余驰马路，如虹石径枕[10]波湾。

注释

①北固山：山名。在江苏省镇江县北，山凸入长江，三面临水，地势险固。

②天堑：天然险要的地方。

③梁武：梁武帝。甘露寺天监中有《御书榜北固楼》六字。

④晋王：东晋皇帝。

⑤象焦：象山、焦山。象山在镇江北，焦山在镇江东，两山对峙。

⑥锁钥：锁及钥匙。指防守、防御。

⑦京岘：南京及岘山（在浙江省北部）。

⑧铁瓮：城名，指京口（今镇江）北固山前的一座古城，为三国时孙权所筑。

⑨六代：吴、东晋、宋、齐、梁、陈都建都在建康，就是现在的南京市，合称六代。
⑩枕：临、靠近。

下蜀港[1]书所见

其一

洪流[2]一带浸长空，车路西行水向东。
叶叶满江红日下，白帆如雪飘江风。

注释

①下蜀港：地名，在今江苏省句容县北。
②洪流：大水流。

其二

千片云帆港面开，隔江山下晋王台[1]。
滁河[2]渡口舟如水，应有人歌桃叶[3]来。

注释

①晋王台：台名，东晋王广曾驻此平江南。
②滁河：河名，为长江下游之支流。
③桃叶：相传晋王献之送爱妾桃叶，临渡口作歌赠之。

有怀

人同流水逝，心似乱云飞。草绿春迷路，花开昼掩扉[1]。
江干[2]逢杜若[3]，天外惜芳菲[4]。鸿雁何时到，琴弦手自挥。

注释

①扉：门扇。
②江干：江边。
③杜若：多年生草本。
④芳菲：花草的香气。也用以指花草。

晚 眺

暮色青山尽，寒天旷野[1]低。霜催归雁北，人在夕阳西。

云水帆无际，樵渔路已迷。凭栏闲眺望，烟外草萋萋[2]。

注释

①旷野：宽阔的原野。

②萋萋：草木茂盛的样子。

春 晴

天爱河阳[1]满县春，嫩晴烘出一时新。轻鞭小扇看花路，蜡屐[2]单衫拾翠[3]人。

深院暖风莺坐柳，大堤芳草马骄尘。杖头须把青钱挂[4]，沽酒[5]胡姬[6]在隔邻。

注释

①河阳：地名。在今河南省孟州市西。晋朝潘岳曾任河阳令，于城内遍植桃花。

②蜡屐：用蜡润拭木屐。《世说新语·雅量》："或有诣阮，见自吹火蜡屐，因叹曰：'未知一生当著几量屐。'"

③拾翠：指妇女春日嬉游。

④杖头须把青钱挂：晋朝阮脩每逢外出，辄以百钱挂杖头，见酒肆，酣饮方归。

⑤沽酒：卖酒。

⑥胡姬：指西域一带女子。古诗中多指酒肆中卖酒的女子。

秋怀（十四首选三）

其 二

一夕西风一夕秋，他乡泥爪[1]作勾留。林园辜负三生[2]望，人事销磨两鬓愁。

落日大江枫树冷，乱烟空渚[3]楚萍浮。年来每怕闻鸿雁[4]，长笛声声懒倚楼。

注释

①泥爪：鸿爪，比喻往事的痕迹。

②三生：即三世转生。指人生有过去、现在和未来三世。

③渚：小洲，水边。

④鸿雁：鸟名。大曰鸿，小曰雁。

其　五

风吹砧杵[①]动千家，酌酒吟诗惜岁华[②]。短梦飘流随落叶，残容销瘦似黄花[③]。

英雄心事浪淘尽，闲散巾簪雨垫斜[④]。一度思量一惆怅[⑤]，可怜暮色满天涯。

注释

①砧杵：捣衣石与捣衣用的棒槌。

②岁华：年华、岁月。或指美好的光景。

③黄花：菊花。

④巾簪雨垫斜：东汉郭泰，字林宗，名重一时。尝遇雨，巾一角沾湿而折叠一角起来，时人慕效，故意折巾一角，称为林宗巾。

⑤惆怅：悲伤。

其　九

雪满寒山月满庭，陶公[①]酒气未全醒。菊开篱下[②]逢人傲，柳在门前[③]对我青。

釜[④]里无鱼空学钓，笼中有鹤懒梳翎[⑤]。车声谁复来穷巷，且喜朝朝户可扃[⑥]。

注释

①陶公：晋陶潜。

②菊开篱下：陶潜《饮酒》："采菊东篱下，悠然见南山。"

③柳在门前：陶潜《五柳先生传》："宅边有五柳树。"

④釜：烹饪器。

⑤梳翎：鸟类整理羽毛。

⑥扃：关闭。音 jiōng。

秋望二首

其　一

万里西风散故关[①]，长天尽处见前山。深林叶落千峰出，远浦[②]云斜一水湾。

村店人归秋草外，渔樵路入夕阳间。登楼每向楼头倚，沙鸟无情日日还。

注释

①故关：故乡。

②浦：水滨。

其　二

山自沉沉水自流，西风无处不新秋。梧桐已老寒烟色，芦荻犹牵落日愁。

边地光阴催戍客[1]，海天云影带行舟。来鸿去马无多路，尽夕依依[2]杜若[3]洲[4]。

注释

①戍客：离开家乡戍守边疆的人。

②依依：流连不忍分别的样子。

③杜若：多年生草本植物。

④洲：水中可居者。

春　柳

一种春情万种条，柔肠弱缕女郎腰。软烟孤棹[1]秦淮[2]渡，细雨青旗[3]古灞桥[4]。

低护酒家摇夕照，斜黏珠箔[5]近花朝[6]。飘零莫道无才思[7]，趁得春风上碧霄[8]。

注释

①棹：船边拨水器。又借以代船。

②秦淮：河名。至南京市东南入长江。旧时南京之歌舞楼馆骈列两岸，画舫游艇，纷集其间，夙称金陵胜地。

③青旗：酒旗。

④灞桥：在陕西省西安市长安区东。桥横灞水上。古人多于此送别，故又名销魂桥。

⑤珠箔：珠帘。

⑥花朝：俗谓二月十二日为百花生日，称为花朝。亦有谓二月二日为花朝节，或以二月十五日为花朝。

⑦无才思：韩愈《晚春》：“杨花榆荚无才思，惟解漫天作雪飞。”

⑧碧霄：青天。

庄　嵩

庄嵩（1880—1938），号太岳。彰化县鹿港人。出身书香世家，父士哲为清之明经，叔士勋为举人。日本据台后入台中师范，毕业后执教乡校六年。迨林朝崧创栎社，邀之为社友，并为雾峰林家西席；于雾峰创革新青年会及一新义塾，讲授国学垂三十余年。与施家本、丁宝濂于鹿港创设大冶吟社。著《太岳诗草》。

辛未[①]栎社三十年纪念大会即事[②]

卅年岁月去堂堂[③]，相对惊看鬓发苍。但喜故欢联白社[④]，不妨残梦续黄粱[⑤]。
石碑屹屹[⑥]题名旧，铜钵喧喧[⑦]写韵长。留得一篇《沿革志》[⑧]，千秋雅故纪词场。

注释

①辛未：公元一九三一年。民国廿年。

②即事：有感于当前事物的诗，多以“即事”为标题，故也称即事诗。

③堂堂：公然，毫无顾忌。

④白社：地名。在今河南省洛阳市东。其地有丛祠，故名。晋董京常宿白社中。后人称隐士所居为白社。

⑤黄粱：卢生在邯郸逆旅中遇到道人吕翁，授以枕头，卧枕入梦。梦中历尽人生荣辱浮沉的变化，醒后却发现主人所炊煮的黄粱还未煮熟。

⑥屹屹：高耸的样子。

⑦铜钵喧喧：击钵催诗的响声。

⑧《沿革志》：《栎社沿革志略》。

中秋夜罗蕉麓[①]先生见过山馆赠诗，依韵[②]奉酬

月波[③]滟滟[④]欲翻银，序[⑤]入中秋夜色新。翰墨[⑥]有缘来旧雨[⑦]，琴樽无恙话前尘。
烟雨腕底龙蛇[⑧]气，灯火斋头虮虱[⑨]身。多谢江东老昭谏[⑩]，玉笺[⑪]惠及拙书人。

注释

①罗蕉麓：罗秀惠，字蕉麓。台南市人。光绪间举人。工书法。

②依韵：按照别人原诗所押的韵作诗。

③月波：月光。

④滟滟：波光荡漾的样子。

⑤序：季节。

⑥翰墨：笔墨。

⑦旧雨：旧友。

⑧龙蛇：龙和蛇。比喻异乎寻常的人。

⑨虮虱：虱子与虱卵。桓温入关，王猛被褐而谒之，一面谈当世之事，扪蝨而言，旁若无人。虱，同蝨。

⑩昭谏：明谏。谏，谏言，规劝。

⑪玉笺：笺的美称。

重阳后一日登圆山

正是黄花竞秀初，名丘十里走轻车。携筇[①]客至题糕[②]后，落帽[③]人来对酒余。
裙屐[④]于今都雅士，江山如此总愁予。剑潭那得清如许[⑤]，俯仰兴亡一问渠。

注释

①筇：手杖。

②题糕：唐刘梦得作《九日诗》，欲用餻字，以《五经》中无之，辍不复为。后遂以“题糕”作为重阳题诗的典故。糕，同餻。

③落帽：孟嘉为征西桓温参军。九月九日，温宴龙山，僚左毕集。时佐吏并着戎服，有风至，吹嘉帽坠落，嘉不之觉。温使左右勿言，欲观其举止。嘉良久如厕，温令嘉还见，命孙盛作文嘲嘉，著嘉坐处。嘉还见，即答之，其文甚美，四座嗟叹。后来以落帽为重阳登高的典故。

④裙屐：原指贵游子弟的衣着。泛称富家子弟的时髦装饰。

⑤清如许：朱熹《观书有感》：“问渠那得清如许，为有源头活水来。”

步李汉如[①]原韵

其一

前年邂逅[②]帝京[③]天，羡煞中原逐鹿[④]先。
客舍酒酣[⑤]挥健笔，玉[⑥]溪妙句得家传。

注释

①李汉如：李黄海，字汉如。澎湖人，移居树林。曾寓天津等地。

②邂逅：不期而遇。无意中与人相会。

③帝京：京城。

④中原逐鹿：中原猎鹿。比喻争夺中原政权王位。

⑤酒酣：酒醉。

⑥玉溪：唐诗人李商隐，号玉溪生。

其二

为杨[①]为墨[②]引苍茫[③]，歌哭随人莫笑佯[④]。
时势推移[⑤]贤不免，此身讵[⑥]敢决行藏[⑦]。

注释

①杨：战国杨朱。其学说主为我，重生，贵己，不拔一毛以利天下。

②墨：战国初年思想家墨翟。曾为宋国大夫，后周游列国，宣扬兼爱、非攻的思想。

③苍茫：旷野无边。

④佯：诈伪。

⑤推移：变迁，转移。

⑥讵：岂，何。

⑦行藏：出仕或退隐。

酬[1]痴仙[2]社兄即次其见赠原韵

订交独恨十年迟，绝爱风骚[3]笔一枝。潇洒襟怀[4]无我相[5]，淋漓翰墨[6]有声诗。

故家乔木[7]长牵念，汐社[8]清才最系思。莫叹斯文[9]沦丧[10]久，扶轮[11]大雅[12]要相期。

注释

①酬：以诗文互相赠答。

②痴仙：林朝崧，字俊堂。号痴仙。台中市雾峰区人。栎社首任社长。

③风骚：《诗经》与《楚辞》的合称。风指《诗经》中的《国风》，骚指《楚辞》中的《离骚》。泛指诗词文章。

④襟怀：胸怀。

⑤无我相：佛家语。谓世上不存在实体的自我，以诸法无我为根本义。

⑥翰墨：笔墨。

⑦乔木：树木中具有一主干，且树干在地面上至相当高度后始行分枝者。

⑧汐社：宋遗民谢翱创立的文社名。此处喻指栎社。

⑨斯文：原指西周的礼乐教化制度。斯，语词。后世引申为儒者或文人之称。

⑩沦丧：沦没丧亡；丧失。

⑪扶轮：扶翼车轮。指在旁推进。

⑫大雅：《诗经》体裁之一。旧训雅为正，谓诗歌之正声。

戏次痴仙[1]韵《赠叶香校书》[2]

素手[3]调筝玉几前，芳心脉脉[4]托朱絃。雨云楚岫[5]原疑梦，风月[6]秦楼[7]莫问年。

双桨摇魂桃叶渡[8]，一灯对酒《鹧鸪天》[9]。齐奴[10]竟负绿珠约[11]，多事垂杨绾[12]堕鞭。

注释

①痴仙：林朝崧，号痴仙。

②校书：古代对有文才的妓女的雅称。

③素手：白净的手。

④脉脉：默默地用眼神或行动表达情意的样子。

⑤雨云楚岫：楚王游于高唐，怠而画寝，梦见一妇人曰：妾巫山之女也。为高唐之客，闻君游高唐，愿荐枕席。王因幸之。去辞而曰：妾在巫山之阳，高丘之岨，旦为朝云，暮为行雨。因喻指男女欢合。

⑥风月：风花雪月。指各种寻欢作乐、花天酒地的浪荡行为。

⑦秦楼：本指传说中喜爱音乐的秦穆公女儿弄玉和善吹箫的丈夫萧史所住的凤楼。后转用为妓院的别称。

⑧桃叶渡：渡口名。在今江苏省南京市秦淮河畔。相传晋王献之在此送爱妾桃叶，临渡口作歌赠之，因而得名。

⑨鹧鸪天：词牌名。

⑩齐奴：晋石崇的小名。

⑪绿珠约：石崇喜爱的歌妓名绿珠，美而艳，善吹笛。时中书令孙秀使人向崇求索绿珠，崇勃然怒曰："绿珠吾所爱，不可得也。"秀甚恼怒，矫诏收崇等。介士到门，崇对绿珠说："吾今为尔得罪。"绿珠因感念崇之雅爱，遂自投于楼下而死。崇被杀。介士，穿戴甲胄的兵士。

⑫绾：盘绕，系结。

栎社雅集

其　一

联翩①裙屐②会名流，酒盏诗篇乐唱酬③。
正是莱园④风景好，百花楼里月当头。

注释

①联翩：鸟飞的样子。形容相连不绝、前后相接。

②裙屐：原指贵游子弟的衣着。泛称富家子弟的时髦装饰。

③唱酬：以诗词往来酬答。

④莱园：在台中市雾峰区。林献堂兴建。

其　二

曲折红桥潋滟①波，沿隄丝柳绿鬖髿②。
水心亭③畔歌声沸，累我闻来唤奈何④。

注释

①潋滟：水波相连的样子，水波光漾、波光照映的样子。

②鬖髿：头发散乱的样子。音 sān suō。

③水心亭：亭名。

④唤奈何：《世说新语·任诞》：“桓子野每闻清歌，辄唤‘奈何’。”晋桓伊，小字子野。工音律，尤善吹笛。

其　三

九曲阑干独倚时，花香脉脉①月迟迟。
管弦杂沓②催添酒，翰墨③琳琅④竟斗诗。

注释

①脉脉：默默地用眼神或行动表达情意的样子。

②杂沓：众多而纷杂的样子。

③翰墨：笔墨。

④琳琅：精美的玉石。比喻诗文的华丽。

其　四

红墙白屋自为家，二月春风开楝花。
刻烛①夜深酒击钵②，四更还听笑声哗。

注释

①刻烛：刻烛计时，限时交稿。

②击钵：诗人集会作诗，以击钵催促交稿。

楝　花

其　一

夭桃灼灼①柳丝丝，秾绿娇红斗丽姿。
廿四番风②容易过，春阴休怨独开迟。

注释

①夭桃灼灼：《诗·周南·桃夭》：“桃之夭夭，灼灼其华。”夭夭，美盛的样子。灼灼，花茂盛鲜艳的样子。

②廿四番风：应二十四候花期而来的风。古人认为风应花期而来，故称信。由小寒到

谷雨共八个节气，一百二十日，每五日为一候，每候应一种花信。小寒：一候梅花、二候山茶、三候水仙；大寒：一候瑞香、二候兰花、三候山礬；立春：一候迎春、二候樱桃、三候望春；雨水：一候菜花、二候杏花、三候李花；惊蛰：一候桃花、二候棠梨、三候蔷薇；春分：一候海棠、二候梨花、三候木兰；清明：一候桐花、二候麦花、三候柳花；谷雨：一候牡丹、二候酴醾、三候楝花；楝花竟则立夏。

其　二

过尽番风开较迟，任他红紫竞芳时。
柳花零落桃花谢，莫抱春阴迟暮[1]悲。

注释

①迟暮：傍晚、天快黑的时候。指晚年。

白　莲

谪降[1]瑶池[2]到水涯，琼枝玉骨斗吴娃[3]。
漫[4]夸傅粉何郎[5]面，洗却铅华[6]韵绝佳。

注释

①谪降：民间传说，天上神仙有罪被罚，降落到人间。
②瑶池：仙境。在古代神话中，相传为西王母所居之地。
③吴娃：指吴地的美女。
④漫：随意，任意。
⑤傅粉何郎：指三国魏何宴。何宴美容仪，脸白，魏明帝以为他涂粉。
⑥铅华：化妆用的白色铅笔。

中秋夜怀四弟垂胜狱中

客里过中秋，羁怀[1]无限愁。月犹前岁皎，人抱百年忧[2]。
有弟都分散[3]，何心恋去留。天涯雁序[4]断，盼[5]切夜云收。

注释

①羁怀：漂泊异乡的心情。
②人抱百年忧：《古诗十九首》之十五："生年不满百，常怀千岁忧。"
③有弟都分散：杜甫《月夜忆舍弟》："有弟皆分散，无家问死生。"

④雁序：群雁飞行时整齐有序的行列。比喻兄弟。

⑤盻：含恨睁目怒视。音 xì。

双溪[①]渔火

夹岸江枫瑟瑟[②]秋，两三明灭认瓜州[③]。
霜风落月疏星外，似逐萤灯远近流。

注释

①双溪：指台湾中部之大安溪及大甲溪。

②瑟瑟：风声。

③两三明灭认瓜州：唐张祜《题金陵渡》："潮落夜江斜月里，两三星火是瓜州。"瓜州在江苏省江都市西南四十里江滨。地当运河之口，与镇江斜值。此处之瓜州，借指双溪。

舟中望九州[①]

其 一

拂袂[②]楼船事壮游，凭舷[③]俯仰[④]思悠悠。
眼中一片扶桑[⑤]影，海外真看更九州。

注释

①九州：中国古代分全国为九州。后用以泛指中国。李商隐《马嵬》："海外徒闻更九州。"

②拂袂：拂袖。甩动衣袖。

③舷：船边。

④俯仰：低头与抬头。

⑤扶桑：日本的代称。又指日所出处。

其 二

积水安知沧海东，飘然一粟[①]远乘风。
柁[②]楼极目[③]苍茫际，数点烟云巨浸中。

注释

①一粟：颗粒如粟状之物。比喻微小。

②柁：正船的器具。置于船尾。同舵。音 duò。
③极目：纵目，用尽目力远望。

癸丑[①]中秋夜月蚀与同人置酒台中公园水阁迟月

年年佳会趁良时，莫为盈亏便系思[②]。翠袖[③]风前人倚槛[④]，绿樽席上客哦诗。
苍黄[⑤]夜色迷深树，错落[⑥]灯光蘸[⑦]小池。底事[⑧]姮娥[⑨]太羞涩[⑩]，拨云欲出故迟迟。

注释

①癸丑：公元一九一三年。民国二年。
②系思：牵挂，挂心。
③翠袖：青绿色的衣袖。泛指女子的装束。亦指女子。
④槛：栏杆。
⑤苍黄：黄而发青；暗黄色。
⑥错落：交相错杂。
⑦蘸：将物体浸入水中。音 zhàn。
⑧底事：何事。
⑨姮娥：神话中的月中女神，即嫦娥。借指月亮。
⑩羞涩：心怀羞愧，举动不自然。

山中留客

其　一

柴门[①]寂寂[②]日长扃[③]，深幸今朝驻[④]玉軿[⑤]。
底事[⑥]骊歌[⑦]偏[⑧]唱急，却教猿鹤笑居停[⑨]。

注释

①柴门：以柴做成的门。
②寂寂：落寞之意。
③扃：门扇上镶钮。关闭。音 jiōng。
④驻：车马停止。
⑤軿：有帷盖的车子。
⑥底事：何事。
⑦骊歌：告别的歌。骊驹之歌的省称。
⑧偏：最；很；特别。
⑨居停：寄寓的地方。

其　二

论交早已订忘形[①]，何事征骖[②]未肯停。
痛饮[③]直须留十日，与君同醉复同醒。

注释

①忘形：忘己之形体。朋友间相交之神，若遗忘之者，亦曰忘形。
②征骖：旅人远行的车马。骖，一车驾三马，音 cān。
③痛饮：尽情地饮酒。

女诗人

其　一

居然出口便成章，也逐骚人击钵[①]忙。好句每多羞涩[②]气，摊笺[③]时带粉脂香。
漫[④]将谢女[⑤]夸高步[⑥]，肯让班姬[⑦]说擅长。他日《国风》[⑧]歌燕尔[⑨]，新诗合自赋催妆[⑩]。

注释

①击钵：作击钵诗。
②羞涩：心怀羞愧，举动不自然。
③摊笺：摊开纸张，准备题诗。
④漫：多。
⑤谢女：指晋女诗人谢道韫。泛指女郎或女才。
⑥高步：超群出众。
⑦班姬：汉朝女才子班昭。班彪女，班固妹。早寡，博学多才。
⑧《国风》：《诗经》中的一部分。大抵是周初至春秋间各诸侯国的民间诗歌，共一百六十篇。
⑨燕尔：指新婚。《诗·邶风·谷风》：“燕尔新婚，如兄如弟。”
⑩赋催妆：赋诗催促新妇梳妆。催妆，旧俗新妇出嫁，必多次催促，始梳妆客行。

其　二

吟坛[①]绝妙[②]好词章，能事居然出女郎。呼作诗家原不忝[③]，便称学士又何妨。
推敲[④]独擅香奁体[⑤]，题咏频登翰墨场[⑥]。漫道[⑦]句多脂粉气，由来锦绣是心肠[⑧]。

注释

①吟坛：诗坛。

②绝妙：好到极点。

③忝：辱也。俗用为谦辞。

④推敲：斟酌字句。

⑤香奁体：凡诗词专以妇女身边琐事为题材，多绮罗脂粉之语者。又称艳体。

⑥翰墨场：翰墨林。笔墨之林。比喻文章汇集之处。犹文坛。

⑦漫道：莫说，不要讲。

⑧锦绣是心肠：锦绣肝肠。谓满腹诗文，善出佳句。

癸丑①正月②十六夜酒后书感

巢覆从知卵不全③，得鱼何事便忘荃④。漫漫⑤精卫⑥难填海，黯黯⑦娲皇⑧未补天。

几见回甘同蔗境⑨，也应留命待桑田⑩。愚公⑪谩作移山计，铁砚于今尚未穿⑫。

注释

①癸丑：公元一九一三年。民国二年。

②正月：农历一月。

③巢覆从知卵不全：从知覆巢之下无完卵。鸟巢倾覆，卵皆破碎。比喻全家遭祸，无一幸免。

④荃：用以捕鱼的竹器。

⑤漫漫：长久。

⑥精卫：古代神话中的神鸟。本是炎帝的女儿。游于东海而溺死，灵魂化为精卫鸟，常衔着西山木石，要把东海填平。

⑦黯黯：昏暗不明的样子。

⑧娲皇：女娲氏。古女帝王。相传能炼五色石补天，断鳌足立四极，聚芦灰，止滔水。

⑨蔗境：比喻境遇先苦后甜。晋顾恺之吃甘蔗，从尾吃到头，愈吃愈甜。人每怪之。恺之曰："渐入佳境。"

⑩桑田：种植桑树的土地。后为田地的通称。比喻世事无常，变化迅速。

⑪愚公：中国古代神话中的人物。北山有愚公，年将九十，因屋前有太行与王屋两山阻碍出入，愚公遂下决心要把山铲平，智叟笑他愚蠢，愚公说："我死有子，子又有孙，孙又生子，而山不加增，何苦而不平？"于是愚公率子孙挖山不止，终于感动上苍；上苍派夸蛾氏二子把山移走。谩，漫长，通"曼"。

⑫铁砚于今尚未穿：铁砚未穿。除非铁砚磨穿，所定志向决不动摇。比喻意志坚定，未达既定目的，决不改业。

赖绍尧

赖绍尧，字悔之，彰化大村人。光绪年间生员。日据时代任大庄区长，与林朝崧共组栎社，任社长。著有《逍遥诗草》。

哭蔡启运[1]社长

诗星一夜坠光芒，湖海同声哭蔡襄[2]。文采风流[3]今未已，飞扬跋扈[4]我犹狂。
敢凭后死雄坛坫[5]，欲起先生质[6]瓣香[7]。穗帐[8]不亲坟宿草[9]，招魂[10]谁为觅巫阳[11]。

注释

①蔡启运：字振丰，苗栗县苑里人。栎社社员。

②蔡襄：北宋书法家。工诗文，通史学，仁宗天圣进士。此处借指蔡启运。

③文采风流：指优雅的举止，潇洒的风度。

④飞扬跋扈：专横无道，不循常轨。

⑤坛坫：文人时常聚集应酬，而为世所宗仰的地方。音 tán diàn。

⑥质：进献。

⑦瓣香：拈香一瓣，以表示对他人的敬仰。

⑧穗帐：设在灵柩前的帐幕。

⑨宿草：《礼记·檀弓上》：“朋友之墓，有宿草而不哭焉。”后用以指墓地，成为丧逝的典故。

⑩招魂：招回死者的灵魂。

⑪巫阳：神医名。

送陈瘦云之禹域[1]

橐笔[2]初为万里游，春风一棹[3]入神州[4]。海天袖手[5]看龙剑[6]，宗社[7]伤心有鬼谋。
尽有新诗题到处，虽非吾土且淹留[8]。此行若过汉阳渡，吊古[9]先翻鹦鹉洲[10]。

注释

①禹域：禹平水患，别九州，故世称中国为禹域。

②橐笔：古时史官，手持囊橐，插笔于头颈，立在帝王大臣左右，准备随时记事。后喻指文人的笔墨生涯。

③棹：划船的工具。舟船。

④神州：中国。

⑤袖手：把手藏在袖中。比喻旁观而不过问事情；不能或不欲参与其事。

⑥龙剑：龙渊剑。古剑名。唐人避高祖（李渊）讳，改称龙泉。

⑦宗社：宗庙与社稷。比喻国家。

⑧淹留：久留。

⑨吊古：凭吊古迹，感怀旧事。

⑩鹦鹉洲：洲名。在今湖北省武汉市汉阳地区。

送献堂[①]、旭东、如桢三君之中国

低首樊笼[②]貉一丘[③]，飘然忽作御风[④]游。鲲鹏[⑤]变化渺千里，鸾凤翱翔隘[⑥]十洲。大海珊瑚凭网取[⑦]，小山丛桂漫[⑧]淹留[⑨]。年来我亦伤幽废[⑩]，欲附沧溟[⑪]泛钓舟。

注释

①献堂：林献堂，台中市雾峰区人。

②樊笼：关禁鸟兽的笼子。

③貉一丘：一丘之貉。比喻同类。貉，音 hé。

④御风：乘风。借助风力而行。

⑤鲲鹏：古代传说中的大鱼和大鸟。比喻至大之物。《庄子·逍遥游》："北冥有鱼，其名为鲲，鲲之大，不知其几千里也，化而为鸟，其名为鹏。"

⑥隘：狭窄。

⑦珊瑚凭网取：用铁网捞取珊瑚。唐时海人采珊瑚的方法。后用以比喻搜罗珍宝或奇才。

⑧漫：聊且。

⑨淹留：久留。

⑩幽废：幽居罢黜。

⑪沧溟：沧海。

秋怀二首

其 一

白露下庭除[①]，凋丧[②]先蒲柳[③]。生物有何私，弱质难自守。
岂无涧底松，郁郁[④]千年寿。亦云抱坚贞，非徒得天厚。
感此不成寐，起坐惊叹久。谁与共此心，愿托岁寒友[⑤]。

注释

①庭除：庭院台阶。

②凋丧：凋落丧亡。

③蒲柳：植物名，即水杨。

④郁郁：草木茂盛的样子。左思《咏史》："郁郁涧底松，离离山上苗。"
⑤岁寒友：松、竹、梅称岁寒三友。

其　二

唧唧[1]阶下虫，嗷嗷[2]林中羽。万籁[3]迸一吟，谁怜商与徵[4]。
回薄[5]壮士心，萧瑟[6]幽人[7]耳。所感各殊情，哀伤异欢喜。
凄凄[8]我何为，肯学悲秋[9]士。

注释

①唧唧：虫鸣声。
②嗷嗷：哀鸣声。
③万籁：泛称宇宙万物所发出的一切声音。籁，从孔穴中发出的声音。
④商与徵：商与徵皆为五音之一。商，金音属秋。《礼记·月令》："孟夏之月，……其音徵。"徵，音 zhǐ。
⑤回薄：摇荡。
⑥萧瑟：草木被秋风吹袭的声音。
⑦幽人：闲居隐逸的人，即隐士。
⑧凄凄：悲痛，哀伤。
⑨悲秋：对着秋景而伤悲。《楚辞·宋玉·九辩》："悲哉秋之为气也，萧瑟兮草木摇落而变衰。"杜甫《九日蓝田崔氏庄》："老去悲秋强自宽。"

陈怀澄

陈怀澄，字沁园，号槐庭，彰化县鹿港人。生员。日据时期，曾任鹿港区长、街长及台中洲协议会员。著有《沁园诗草》。

辛亥[1]清明后一日，同梁任公[2]莱园小集，以"主称会面难，一举累十觞"为韵；拈得"主"、"举"二字

暮春花正繁，主人开别墅；好鸟枝头鸣，嘤嘤[3]集俦侣[4]。交情杂新旧，
天气半凉暑；入夜浇诗脾[5]，鼎茗呼僮煮。座有岭南客[6]，轩轩[7]远霞举[8]。
闻名十二年，旧恨山川阻；东海扬帆来，故墟叹禾黍[9]！衷情托毫素[10]，
吟声多激楚[11]；吾知掞天[12]才，囊锥[13]非久处。斯会信天缘，毋忘于缟纻[14]！
山水好怡情，莫怨非吾土！王粲[15]赋《登楼》，徒作越吟苦。芳草铺座茵[16]，
松枝当谈麈[17]；及此春日妍[18]，作诗会今雨[19]。江山有废兴[20]，难易风月主。

注释

①辛亥：公元一九一一年。民国前一年。

②梁任公：梁启超，字任公。

③嘤嘤：鸟和鸣声。低语声。比喻朋友意气相投。

④俦侣：伴侣，朋辈。

⑤诗脾：诗思。

⑥岭南客：指梁启超。

⑦轩轩：仪态轩昂貌。

⑧霞举：风度轩昂貌。

⑨禾黍：《诗·王风·黍离序》："《黍离》，闵宗周也。周大夫行役至宗周，过故宗庙宫室，尽为禾黍。闵宗周之颠覆，彷徨不忍去而作是诗也。"后以"禾黍"为悲悯故国破败或胜地废圮之典。

⑩毫素：毛笔和写字作画用的白色纸绢。指文章、书信。

⑪激楚：高亢凄清。激愤悲痛。

⑫掞天：光芒照天。掞，音 shàn。

⑬囊锥：囊锥露颖。比喻显露才华。

⑭缟纻：《左传·襄公二十九年》："吴季札聘于郑，见子产，如旧相识。与之缟带，子产献纻衣焉。"后因以"缟纻"喻深厚的友谊。亦指朋友间的互相馈赠。

⑮王粲：东汉人。在荆州依刘表，意不自得，且痛家国丧乱，乃以"登楼"为题作赋，借写眼前事物，以抒郁愤之情。

⑯茵：垫子。指成片的嫩草。

⑰谈麈：古人清谈时所执的麈尾（拂尘）。

⑱妍：美好。

⑲今雨：新近结交的朋友。

⑳废兴：兴亡，盛衰。

春日游台中公园

其一

远望鹞峰①霁色②开，春闲曳杖③此徘徊。看花喜近孤山④宅，会客堪流曲水⑤杯。

岛上乍移新树木，池中幻出好亭台。入园不问谁宾主，随处游观亦快哉⑥。

注释

①鹞峰：山名。在台中市东势区，为台中八景之一。

②霁色：晴朗的天色。

③曳杖：拿着拐杖。

④孤山：山名。在浙江杭州西湖中。宋林逋曾隐居于此，喜种梅养鹤，世称孤山处士。

⑤曲水：古代风俗尚武，于农历三月上巳日就水滨宴饮，认为可袚除不祥，后人因引水环曲成渠，流觞取饮，相饮为乐，称为曲水。

⑥快哉：本指凉爽舒畅。引申为心中欢悦畅快。

其　二

江山变态几经秋①，尽日嬉春②为小留。地方经营堪培塿③，风光绮丽到林丘。

何人麦饭墦间祭④？有客芒鞋⑤陌上游。华表鹤归⑥应有泪，一墩⑦高峙北门楼。

注释

①经秋：经年。

②嬉春：游乐于春光之中。

③培塿：小土丘。

④墦间祭：祭扫。《孟子·离娄下》："卒之东郭墦间之祭者，乞其余。"

⑤芒鞋：用芒茎外皮编成的鞋。亦泛指草鞋。

⑥华表鹤归：丁令威，本辽东人，学道于灵虚山，后化鹤归辽，栖止于城门华表柱，时有少年，举弓欲射之，鹤乃飞，徘徊空中而言曰："有鸟有鸟丁令威，去家千年今始归。城郭如故人民非，何不学仙冢累累？"遂高上冲天，后以"华表归鹤"指久别之人。

⑦墩：平地上由土积累而成的小高地。

其　三

如画高墩夕照阴，暮春乘兴偶登临。一丘莽莽①悲兴废②，双眼茫茫③阅古今。

曲折水亭浮蜃气④，摩挲⑤石像听虫吟。曾闻片晌⑥滕王宴⑦，费尽民间十万金。

注释

①莽莽：渺茫，迷茫。

②兴废：盛衰，兴亡。

③茫茫：渺茫，模糊不清。

④蜃气：一种大气光学现象。光线经过不同密度的空气层后发生显著折射，使远处景物显现在半空中或地面上的幻象。常发生在海上或沙漠地区。古人误以为是由蜃（传说中有角的蛟）吐气而成，故称。

⑤摩挲：抚摸。

⑥片晌：片刻。

⑦滕王宴：唐高祖子元婴为洪州刺史时建滕王阁。其后阎伯玙为洪州牧，宴群僚于阁上，王勃省父过此，即席作《滕王阁序》。

吕敦礼

吕敦礼（1891—1908），字鲤庭，号厚庵，今台中市神冈区人。清代秀才。清光绪卅四年（公元一九〇八年）十月病故。著有《原庵遗草》。

对酒，用太白[①]韵二首

其一

长绳难系日，鞭石[②]难渡海。悠悠[③]忍百年，神仙又安在？
富贵不足慕，文章空藻采[④]。金石[⑤]变坚质，沧桑亦迁改[⑥]。
买酒有金钱，不饮将谁待？

注释

①太白：唐诗人李白，字太白。

②鞭石：以鞭击石。相传秦始皇于海中作石桥，欲渡海看日出处，时有神人，能驱石下海，石去不远，神辄鞭之，皆流血。

③悠悠：悠长遥远的样子。

④藻采：华丽的辞藻。

⑤金石：比喻坚固、坚贞。

⑥沧桑亦迁改：沧海变桑田。

其二

善恶亦同归，岁月去不来。世网[①]苦缠人，谁能摆脱开。
十千沽美酒，与君倾尊罍[②]。取乐艳阳时，莫待霜雪催。
百年能几何？奄忽[③]入泉台[④]。累累[⑤]道旁冢，日暮飞尘埃。
君看古昔人，于今安在哉？

注释

①世网：指用来约束人的各种礼教、规范。

②尊罍：尊，酒器。罍，酒樽。

③奄忽：急遽。

④泉台：坟墓。

⑤累累：形容繁多。

栎社开雅集，适抱病[1]不得赴；怅怅[2]赋此，寄呈诸社友

空斋卧病雨萧萧[3]，虚负诸君折柬[4]招。芳杜[5]欲搴[6]应恨晚，羽觞[7]重泛岂云遥。

踪如萍水多离合，身似林柯[8]半谢凋。各自呻吟[9]谈笑处，一樽风月黯魂销[10]。

注释

①抱病：有病缠身。

②怅怅：失意惆怅的样子。

③萧萧：雨声。

④折柬：折简。折半之简。言其礼轻。古人以竹简作书。亦代指书札或信笺。

⑤芳杜：香草名。杜衡，又名杜若。

⑥搴：拔取。音 qiān。

⑦羽觞：盛酒的爵。有两翼，状如雀鸟。一说觞之两侧插鸟羽，意在促人速饮。

⑧柯：草木的茎干。

⑨呻吟：朗读。

⑩黯魂销：心神沮丧而魂魄离散躯壳。

赠痴仙[1]岳叔

落拓[2]青衫海上回，柴关[3]深掩傍山隈[4]。

城中歌吹江村哭，无限悲愁付酒杯。

注释

①痴仙：林朝崧，号痴仙。台中市雾峰区人。

②落拓：性行放浪，不拘小节。穷困失意。

③柴关：柴门。

④山隈：山的弯曲处。

赠幼春[1]

壮怀[2]苦思不羁[3]才，乐府[4]篇篇庾信[5]哀。

心血一腔都呕出[6]，看君捶碎凤凰台[7]。

注释

①幼春：林南强，字幼春，台中市雾峰区人，栎社社员。

②壮怀：开阔的胸襟和远大的志向。

③不羁：才质高远不可羁系。

④乐府：本指乐府官署所采集制作的乐歌。也用以称魏、晋至唐代可以入乐的诗歌，以及后人仿效乐府古题的作品。宋、元、明以后的词、散曲和戏曲，因配合音乐，有时也用此称。

⑤庾信：南北朝时期的文学家。他虽显赫，但因国丧家亡，屈身事敌，请归不许，内心十分痛苦，因此作《哀江南赋》。

⑥心血一腔都呕出：呕出心血。比喻费尽心力。

⑦凤凰台：台名。故址在今南京市南。

壬寅[1]九月十五夜，同栎社[2]诸子莱园[3]置酒

相见岁能几？相逢且尽欢。空山猿叫夜，高阁客凭栏。

白露吟边落，黄花[4]醉里看。不须愁烛短，明月出云端。

注释

①壬寅：清光绪二十八年（1902）。

②栎社：诗社名。清光绪二十年（壬寅）成立于雾峰。

③莱园：在雾峰，为林献堂父亲林文钦兴建之园邸。

④黄花：菊花。

寄怀林仲衡[1]内弟

吴江[2]游子动乡思，征棹[3]归来话乱离。北向孤鸿啼避弋[4]，南飞乌鹊怨无枝[5]。

膏腴[6]旧业田存砚，兵燹[7]余生鬓欲丝。十载还家辽海鹤[8]，行装惟剩一囊诗。

注释

①林仲衡：林资铨。字仲衡，号壶隐。台中市雾峰区人。栎社社员。

②吴江：吴淞江的别名。又县名。在江苏省吴县南，吴县今已并入苏州。

③征棹：远行的船。

④弋：用绳系箭以射。

⑤南飞乌鹊怨无枝：曹操《短歌行》：“月明星稀，乌鹊南飞，绕树三匝，何枝可依？”

⑥膏腴：形容土地的肥沃。田存砚，即砚田。以砚为田，即笔耕。

⑦兵燹：因战乱而遭受焚烧破坏。燹，火烧，音 xiǎn。

⑧辽海鹤：古代传说辽东人丁令威在灵虚山学道成仙，后化鹤归来，栖止于城门华表柱上。

赠痴叔[1]《田居》

乌纱[2]掷去闭柴关[3]，野服逍遥十亩间。家世勋名[4]钟鼎[5]盛，平生踪迹鹭鸥闲。
豆棚瓜架商安置，农父樵夫约往还。君复本来丘壑[6]性，梅花仿佛在孤山[7]。

注释

①痴叔：林朝崧，号痴仙。台中市雾峰区人。栎社首任社长。
②乌纱：乌纱帽。
③柴关：柴门。
④勋名：功名。
⑤钟鼎：钟和鼎。上面多铭刻记事表功的文字。指高宫重任或富贵。
⑥丘壑：隐者所居的深山幽谷。
⑦孤山：在西湖。宋处士林逋隐居于此，植梅养鹤，人称之为“梅妻鹤子”。

鹭江[1]旅次[2]有感

牢落[3]关河[4]愿已违[5]，天涯春色未曾归。花明驿路[6]香黏袖，柳拂征鞍[7]绿染衣。
鸿雁行疏音断绝，杜鹃声彻梦依稀[8]。年年异县为寒食，不及寻巢燕子飞。

注释

①鹭江：今之厦门。
②旅次：旅行在外寄居的地方。
③牢落：空虚寂寞，无所寄托。寥落，荒废。
④关河：泛指一般山河险要之地。
⑤违：乖戾，违背。离去。
⑥驿路：驿道。驿马所经的道路，即官方交通的要道。
⑦征鞍：旅行在外的人所乘的马。
⑧依稀：仿佛，不清楚的样子。

吴德功

吴德功（1850—1924），字汝能，号立轩。清朝彰化人。岁贡生。著有《戴案纪略》、《施案纪略》、《瑞桃斋诗稿》、《瑞桃斋文稿》等。

癸巳[①]乡试[②]，遇风泊舟不行

试罢归家急，携朋共买舟。乡关[③]千里远，风雨一天秋。
笥箧[④]堆船积，波涛阻客留。高堂[⑤]殷盼望，何日卜刀头[⑥]。

注释

①癸巳：公元一八九三年，光绪十九年。

②乡试：明清两代，每三年在各省省城所举办选拔人才的考试。应考资格为本省的生员（秀才）、监生、荫生、贡生等。每逢子、卯、午、酉年的正科，遇有朝廷因庆典而举办的考试。考试在秋天八月，考四书经义、诗、策问等，考中者为举人，可以到北京会试。

③乡关：家乡。

④笥箧：笥，装饭及衣之竹器，音 sì；箧，藏物之具，音 qiè。

⑤高堂：父母。

⑥刀头：还也。刀头有环，环与还音同，故云。

哭醒甫[①]老夫子

洒落[②]高才久著名，倡持风雅渡东瀛[③]。

（客岁先生开荔谱吟社，募友张君赠《四六》一篇，有“倡持风雅”四句）

芸编[④]独秉千秋[⑤]笔，荔社空余月旦评[⑥]。

（公著《东瀛集》十卷，皆有论；去年遭风，沉没海中）（公阄[⑦]诗会，名曰荔谱吟社）

八卷新诗经手订，一团和气共心倾。

（公著《龙江诗话》八卷）

苍天曷[⑧]不延眉寿[⑨]，衣钵[⑩]留传与后生。

注释

①醒甫：马清枢，字子诩，号醒甫。福建侯官人。

②洒落：洒脱，不受拘束。

③东瀛：指海上仙山之瀛洲。此处借指台湾。

④芸编：芸可辟蠹，古人藏书多用之，故谓书为芸编。

⑤千秋：千年，谓其寿命之长也。

⑥月旦评：品评人物。

⑦阄：拈阄。分析财物或协同处事时，事先暗书字于纸而卷之，令各取其一，有如掣签，以凭取决。音 jiū。

⑧曷：何。

⑨眉寿：颂祝语。长寿之意。旧说以为有长眉毛者是寿征，故称长寿为眉寿。

⑩衣钵：佛家语。衣指三衣，包括僧伽梨（聚众时衣）、郁多罗僧（上衣）、安陀会（内衣）。钵指食具。佛家以衣钵为师徒相传的法器，并作为佛法承传的依据。

明延平王

雄心誓与国存亡，蹇蹇[①]精忠气激昂。诸葛一生终辅汉，沙陀[②]三世永称唐。

招徕[③]频却[④]天朝诏[⑤]，拓辟来开盘古[⑥]荒。堪叹骑鲸[⑦]人去后，朱家[⑧]苗裔[⑨]孰扶匡[⑩]。

注释

①蹇蹇：忠诚耿直的样子。音 jiǎn jiǎn。

②沙陀：部族名。本西突厥别部处月种。三世，指朱邪执宜、赤心、克用。

③招徕：招致。

④却：拒也。

⑤天朝诏：清廷之招降书。

⑥盘古：相传为开天辟地、首出创世的人，即盘古氏。

⑦骑鲸：乘鲸。借指死亡或隐遁。

⑧朱家：明朝皇帝姓朱。

⑨苗裔：后代。

⑩扶匡：扶助，辅助。

割台有感

军书旁午[①]割全台，数日奇闻遍九垓[②]。约议马关[③]权相[④]定，敕交[⑤]燕埠[⑥]使臣来。

西清[⑦]谏士[⑧]图恢复，东土遗民[⑨]欲挽回[⑩]。太息[⑪]淡江[⑫]花锦地，尸横遍野哭声哀。

注释

①军书旁午：形容军务忙碌。旁午，事务纷杂。

②九垓：九天之上。垓，重也。

③约议马关：在马关订立条约。

④权相：宰相。指李鸿章。

⑤敕交：皇帝以文书谕告臣下。

⑥燕埠：北京。

⑦西清：清北京官内南书房的别称。

⑧谏士：负责谏诤天子过失的人士。

⑨遗民：不仕异代之人。

⑩挽回：使事物好转或恢复原状。
⑪太息：长叹息。
⑫淡江：淡水河。

台乱有感

兵戈[①]巨变起瀛东[②]，拥立藩王[③]志岂同！保险[④]守分[⑤]南北郡，调兵势隔马牛风[⑥]。
中朝[⑦]将相唯和解，寰海[⑧]编氓[⑨]敢怨恫[⑩]！锦绣江山成决裂[⑪]，何堪回首问苍穹[⑫]。

注释

①兵戈：干戈。借指战争。
②瀛东：海上仙山之瀛洲。借指台湾。
③藩王：藩国之王。古时分封及臣服之国，谓之藩国。
④保险：凭险要之地以自保。
⑤守分：安守本分，不做非分的事。
⑥马牛风：风马牛不相及。指相隔甚远。比喻事不相干。
⑦中朝：清廷。
⑧寰海：大地，包括水陆之总称。
⑨编氓：编列户籍之平民。
⑩恫：痛也。音 dòng。
⑪决裂：分裂。
⑫苍穹：苍天。

小春有感（四首录二）

丁酉[①]之春，台湾县知事村上义雄叠遣通译三谷到家延访，委以嘱托之任：爰作七律四首以辞之。

其　一

纡尊降贵[②]盛容仪，赏识风尘欲絷维[③]。延聘频烦通译使[④]，挽推[⑤]叠费役场司[⑥]。
官资[⑦]嘱托优崇极，士贲[⑧]绅章[⑨]宠锡[⑩]施。下问刍荛[⑪]能不耻，草茅葑菲[⑫]采[⑬]无遗。

注释

①丁酉：公元一八九七年。光绪廿三年。《马关条约》签订后两年。
②纡尊降贵：屈抑自己尊贵的地位。指为人谦卑自谦。

③絷维：本为拘绊马足、拴系马缰，以示留客之意。后用以喻挽留人才。絷，音 zhí。

④通译使：翻译官。

⑤挽推：比喻荐拔人才。

⑥役场司：县知事。指村上义雄。

⑦官资：任官的资历。

⑧赉：赏赐。音 jī。

⑨绅章：绅，绅带，束在腰间而一端下垂的大带；章，印，旌旗。

⑩宠锡：优厚的恩赐。

⑪刍荛：刈草为刍，采薪为荛，故以刍荛指樵夫。后用以比喻见闻不广的人。

⑫葑菲：二菜名。指蔓菁与葍之类的菜。一说指萝卜与地瓜。音 fēng fēi。

⑬采：光彩。

其　二

驰驱[①]应召[②]志虽伸，其奈庭闱[③]有老亲。愿奉寿椿[④]终百岁，聊当寸草报三春[⑤]。

幸逢龚遂[⑥]为贤守，且许游闲作散人[⑦]。驽拙[⑧]病躯何补救，奚[⑨]烦延揽费殷勤[⑩]。

注释

①驰驱：替人奔走效力。

②应召：接受任官就职。

③庭闱：本指父母所居。后借指父母。

④寿椿：高龄，高寿。高龄的父亲。《庄子·逍遥游》："上古有大椿者，以八千岁为春，八千岁为秋。"

⑤寸草报三春：以寸草心报答三春晖。孟郊《游子吟》："谁言寸草心，报得三春晖。"

⑥龚遂：西汉山阳人。宣帝时为渤海太守，渤海时逢饥荒，民多盗，遂开仓济民，劝民农桑，民皆卖剑买牛，卖刀买犊，境内大治。

⑦散人：闲散无用或不为世用的人。后多用以泛称隐士。

⑧驽拙：才能低劣。

⑨奚：为什么。

⑩殷勤：情意深挚的样子。也指深挚的情意。

杨树德

杨树德，字笑侬。彰化人。业医。著有《白沙吟草》。

访虚谷词兄

架上牙签[①]万卷余，楝花[②]时节闭门居。头颅无复分新旧，口语焉能任毁誉[③]。

满榻茶烟留客后，半窗月影照人初。年来自觉精神减，一事输君不读书。

注释

①牙签：藏书者在书函上所著以备检取的标志。古以象牙制成，故称牙签。

②楝花：楝树开的花朵。古人认为风应花期而来，江南自小寒至谷雨共一百二十日，每五日为一候，共二十四候，每候应一种花信。梅花风最早，楝花风最后。

③毁誉：非议与称赞。有褒贬的意思。

夏日枕霞庵雅集，喜逢虚谷、蘅秋归自东都[①]，喜赠

蕉衫坐受晚风微，曲奏《霓裳》[②]兴欲飞。玉宇[③]月明骚客聚，蓬莱[④]水浅故人归。

热心只合投时好，傲骨自甘与世违。且喜元龙[⑤]豪气在，谈诗话旧两依依。

注释

①东都：东京都。

②《霓裳》：《霓裳羽衣曲》。唐代宫廷舞曲名。为唐玄宗时所增饰的西凉乐曲。

③玉宇：指天上。或指巍峨瑰丽的厅堂。

④蓬莱：山名。古代传说中东方的海中仙山。

⑤元龙：三国魏陈登，字元龙。为人忠亮高爽，有扶世救民的大志；沉稳有谋略。

过牛埔庄访啸霞[①]先生，用其《夜宿西云寺》韵

五云楼阁望依稀[②]，晓雾未干雾湿衣。境似仙源谁作记？人如倦鸟自知归。

哀时感事欷歔[③]久，说偈[④]谈禅引证微[⑤]。他日移家来此住，一村烟雨共忘机[⑥]。

注释

①啸霞：杨仲佐，字啸霞。新北市人。

②依稀：仿佛。

③欷歔：悲泣抽咽的声音。音 xī xū。

④偈：佛家语。四句为一偈，多为颂词，所以又称偈颂。

⑤微：精妙。

⑥忘机：涤净与人计较或奸诈虚伪的心机。比喻心地纯朴，不与人争。

黄天民归自东都[①]，喜而有赠

海客遥从天外归，翩翩[②]裘马自轻肥[③]。雪泥鸿爪[④]悲沦落，文物龙头[⑤]叹式微[⑥]。

旧雨[⑦]情深嫌漏[⑧]短，新诗律细贵知希。骚坛[⑨]消息君休问，一昔风流渐渐非。

注释

①东都：东京都。

②翩翩：形容风采、文辞的美好。

③裘马自轻肥：穿轻裘，乘肥马。比喻显贵的人，或豪奢的生活。

④雪泥鸿爪：雪地上偶然留下的鸿雁爪印。比喻往事遗留的痕迹。也指人生际遇不定，踪迹无常。

⑤龙头：科举时代的状元称为龙头。三国魏有华歆、邴原、管宁三立同窗好友，时人以龙比喻三人：歆为龙头，原为龙腹，宁为龙尾。

⑥式微：衰落。泛称事物由盛而衰。

⑦旧雨：比喻旧友、老朋友。

⑧漏：古代计时器。喻指时间。

⑨骚坛：诗坛。

次蘅秋过马关见寄韵

津头[①]漠漠[②]晚潮平，秋水长天一色清。远望神州[③]王气尽，回看孤岛[④]夕阳明。

杜陵尽有伤时泪[⑤]，庾信[⑥]宁[⑦]无故国情？待得樱花红烂熳[⑧]，与君剪烛[⑨]话东瀛[⑩]。

注释

①津头：渡口。为水陆交通的枢纽。

②漠漠：寂静无声。

③神州：指中土、中国。

④孤岛：指台湾。

⑤杜陵尽有伤时泪：杜陵，指唐代诗人杜甫，因曾居杜陵（今陕西省西安市长安区东南），自称杜陵布衣。杜甫《春望》诗云：“感时花溅泪，怅别鸟惊心。”

⑥庾信：南北朝时文学家，字子山。博览群书，擅长诗文辞赋。初仕梁，后出使西魏，被留。他虽显赫，但因国丧家亡，屈身事敌，请归不许，内心十分痛苦，所以后期诗赋表现了他对乡国的怀念和身世的感伤。

⑦宁：岂。

⑧烂熳：光彩焕发。

⑨剪烛：剪烛西窗。语出李商隐《夜雨寄北》诗：“何当共剪西窗烛，却话巴山夜雨

时。”后遂以“剪烛西窗”为促膝夜谈之典。

⑩东瀛：指日本。

寄怀林攀龙[1]甥东京

自修尺柬[2]寄逋仙[3]，曲槛低徊[4]夜未眠。灯暗六街[5]寒有雨，炉红斗室[6]净无烟。

求师蓬岛[7]人争羡，击筑[8]燕京[9]我自怜。倘假天缘能作合，放船拟即到君边。

注释

①林攀龙：人名。林献堂之子。

②尺柬：书信。

③逋仙：本指宋代隐士林逋。此处借指林攀龙。

④低徊：徘徊。

⑤六街：唐宋时京城有六街，由金吾街使管辖。后以六街为都城闹市的代称。

⑥斗室：比喻狭小的房间或房子。

⑦蓬岛：本指海上仙山之蓬莱。此处指日本。

⑧击筑：筑，古代的一种弦乐器，似筝，以竹尺击之，声音悲壮。《史记·刺客列传》：“至易水之上，既祖，取道，高渐离击筑，荆轲和而歌，为变徵之声，士皆垂泪涕泣。”后以“击筑”喻指慷慨悲歌或悲歌送别。

⑨燕京：北京。

次韵和懒云《岁暮书感》

岁星聚处未分明，东望方瞻斗柄[1]横。缄口[2]罔谈[3]时局好，抽身[4]休与世人争。

白鸥狎[5]久知人性，鹦鹉言多讳[6]姓名。薄酒一尊诗一首，梅花相对足怡情[7]。

注释

①斗柄：斗杓。指北斗七星中的第五星至第七星。

②缄口：闭口不说话。

③罔谈：不谈。

④抽身：脱身离去。

⑤狎：亲昵，亲近。

⑥讳：忌避，隐蔽。

⑦怡情：使心情怡乐。

次韵蘅秋《东渡留别》韵

祖道①休辞小宴开，送君东去各衔杯②。情牵杨柳歌三叠③，泪洒西风赋七哀④。

立论⑤曾闻翻铁案⑥，消寒⑦且共拨炉灰。匡时⑧有策年方富，肯诵渊明《归去来》⑨。

注释

①祖道：古人外出时，先祭道路之神的一种礼仪。后因称饯行为祖道。

②衔杯：以杯就口而饮酒。

③杨柳歌三叠：指王维的《阳关三叠》。本名《渭城曲》。其词："渭城朝雨浥轻尘，客舍青青柳色新；劝君更尽一杯酒，西出阳关无故人。"这是唐人的送别曲。

④七哀：魏晋乐府的一种诗题。起于汉末。汉王粲、三国曹植、晋张载皆有《七哀诗》，为反映社会动乱、抒发悲伤的五言诗。七哀，谓哀痛而哀、义而哀、感而哀、怨而哀、耳目闻见而哀、口叹而哀、鼻酸而哀。

⑤立论：提出看法；确立论点。

⑥翻铁案：推翻已经判定的案子。或推翻他人已经论定的学说。

⑦消寒：消寒会。旧俗入冬后，亲朋相聚，宴饮作乐，谓之消寒会。此俗唐代即有，也叫暖冬会。

⑧匡时：挽救时弊。

⑨渊明《归去来》：晋陶潜，一名渊明。曾任彭泽县令八十多天，因不为五斗米折腰，遂辞职归隐，作《归去来兮辞》以见志。

无题

闲将一卷玉溪①诗，自向妆台②教侍儿③。

莺老春残④香梦醒，美人心事夜灯知。

注释

①玉溪：唐诗人李商隐别号玉溪生。

②妆台：梳妆台。

③侍儿：婢女。

④莺老春残：喻指年纪大。

陈枕山

陈枕山，台中市人。著《陈枕山诗抄》，未刊。

铁砧山[①]怀古

凭吊空山感百端，延平创业最艰难。孤军地拓田横[②]岛，上将身登韩信[③]坛。

井水一泓冰雪冷，剑光万丈斗牛[④]寒。铁砧胜迹堪千古，想见英雄立马看。

注释

①铁砧山：山名。在台中市大甲区。传说郑成功的部队被围困驻扎于此，缺水，成功乃拔剑插入土中，井水即自地下涌出，味甚甘洌。现存剑井一口，四时水不涸。

②田横：秦末人。兄齐王田荣死后，田横继续统领众人，自立为齐王。汉高祖统一全国，田横率领徒众五百人逃入海岛。

③韩信：汉初淮阴人。善用兵，助汉高祖灭项羽，封为楚王，与张良、萧何称汉兴三杰。

④斗牛：斗宿和牛宿。

施梅樵

施梅樵，字天鹤。彰化县鹿港人。乙未年，避乱晋江，后回台，设帐授徒。与洪弃生等倡设鹿苑吟社。著有《卷涛阁诗草》、《鹿港诗集》等。善行草。

秋怀，次丘仙根[①]韵（八首录二）

其　一

掀天揭地[②]志难酬[③]，人海[④]身藏四十秋。落魄懒弹冯子铗[⑤]，遣怀思上庾公楼[⑥]。

舞衫台榭成春梦，烟雨湖山入钓舟。袖手[⑦]棋枰[⑧]看结局，蓬壶[⑨]水浅约同游。

注释

①丘仙根：丘逢甲，字仙根。

②掀天揭地：翻天覆地。形容声势浩大，气势雄伟。

③酬：实现愿望。

④人海：指人群众多，一望如海。

⑤冯子铗：战国时冯驩，尝为孟尝君的食客，初以食无鱼、出无事、无以为家，三为长铗归来歌，后得其所求。铗，剑把。

⑥庾公楼：楼名。晋庾亮曾任江、荆、豫州刺史，与幕僚殷浩、王胡之等登武昌南楼赏月，谈咏竟夕，流为美谈。后江州州治移浔阳，好事者又在此建楼，名为庾公楼。

⑦袖手：把手藏在袖中。比喻旁观而不过问事情。谓不能或不欲参与其事。

⑧棋枰：棋盘。

⑨蓬壶：上古传说中的海上仙山名，即蓬莱。

其　二

俯仰[1]苍茫[2]一卷开，啸歌会筑凤凰台[3]。穷途[4]顿[5]觉衣冠[6]贱，劫火[7]谁怜文字灰！

列国富强夸霸术，圣朝俊彦属仙才。江东王气留今日，知有奇人起草莱[8]。

注释

①俯仰：低头与抬头。比喻极短的时间。

②苍茫：旷野无边、视野迷茫的样子。

③凤凰台：台名。故址在今南京市南。相传晋升平间，有鸟栖集于此，时人称为凤凰，因筑台，名为凤凰台。

④穷途：穷困的环境，遭遇。

⑤顿：急遽，突然地。

⑥衣冠：衣服与礼帽。指官宦之家。

⑦劫火：佛家语。世界从建立到毁灭为一劫。劫火，指世界毁灭时的大火，后也称乱世的灾火。

⑧草莱：丛生的野草。

林玉书

林玉书（1882—1964），号卧云，又号香亭。嘉义市人。台湾总督府医事专校毕业。早年即与嘉义之诗人筹组茗香吟会，并创立罗山吟社，后改组为嘉社。诗、书、画俱佳，善绘松竹，又爱好养兰及下围棋。晚年退隐高雄市南园。著有《醉霞亭诗稿》、《卧云吟草》。

五十初度

其　一

半纪[1]光阴忽忽[2]过，依然故我感蹉跎[3]。逢人漫说[4]知天命[5]，对镜还嗟奈老何[6]。

学《易》[7]潜心[8]期补过，寻诗撑眼费张罗[9]。闲非不管安吾素，一味韬光[10]养性[11]和。

注释

①半纪：半世纪。五十年。

②忽忽：匆匆，时间快速消逝的样子。

③蹉跎：指光阴虚度，年华消逝。

④漫说：别说，不要说。

⑤天命：寿命。《论语·为政》："五十而知天命。"

⑥奈老何：汉武帝行幸河东，祠后土，顾视帝京，欣然中流，与群臣燕饮，自作《秋风辞》："……欢乐极兮哀情多，少壮几时兮奈老何！"

⑦《易》：《易经》，即《周易》，是古代卜筮之书。

⑧潜心：专心，用心精深。

⑨张罗：收罗，料理。

⑩韬光：收敛光彩，比喻人怀才不露。

⑪养性：涵养天赋的善性。《孟子·尽心上》："存其心，养其性，所以事天也。"

其　二

五十星霜[1]历四朝，乐天知命[2]自逍遥。事干媚世[3]慵[4]开眼，生怕居官愧折腰[5]。

三窟[6]乍营师狡兔，一枝获稳效鷦鹩[7]。倡随[8]偶值银婚[9]祝，儿女成行笑语娇。

注释

①星霜：比喻岁月。

②乐天知命：乐于顺承天命，而安守本分。

③媚世：讨好鄙陋的世人。

④慵：懒。

⑤折腰：弯腰。鞠躬拜谒。喻指屈身事人。

⑥三窟：狡兔三窟。比喻藏身处多，便于避祸而保身。

⑦鷦鹩：生活在森林里，所栖不过一枝而已，希求不多，遂用来勉人知足寡欲。《庄子·逍遥游》："鷦鹩巢于深林，不过一枝；偃鼠饮河，不过满腹。"

⑧倡随：夫唱妇随。

⑨银婚：西俗指结婚二十五周年纪念。

春日即事

其　一

一春无事只寻诗，诗思[1]飘然得句奇。

奇警[2]偶从天外落，吟笺[3]旋[4]见墨淋漓[5]。

注释

①诗思：赋诗的动机及情思。
②奇警：诗文为了加强修辞效果，运用了一些精练奇特、警策动人的句子。
③吟笺：诗稿。
④旋：随即，俄顷。不久，立刻。
⑤淋漓：形容充盛、酣畅的样子。

其　二

一春无事只看花，访遍山城处士①家。
万紫千红浑不管，爱他梅古影横斜②。

注释

①处士：指有道德学问而未做官或不做官的人。
②影横斜：宋林逋《山园小梅》："疏影横斜水清浅，暗香浮动月黄昏。"

其　三

一春无事只衔杯①，又报知音②剥啄③来。
斗酒莫辞今夕醉，浮生④几见好花开。

注释

①衔杯：以杯就口而饮酒。
②知音：知己。
③剥啄：敲门声。
④浮生：人生。

其　四

一春无事只挥毫①，书画生涯逸兴②多。
趣自天真③神入妙，花前长醉且高歌。

注释

①挥毫：运笔书写。
②逸兴：超俗的兴致。
③天真：天性。指未受礼俗影响的本性。

其　五

一春无事惯酣眠[①]，半为防寒半学禅[②]。
菊解迎年兰拜岁，未应抛弃杏花天[③]。

注释

①酣眠：熟睡，沉睡。
②学禅：学佛。
③杏花天：清明节前后杏花开的日子。

其　六

一春无事忍春寒，世变宁[①]甘袖手[②]看。
报道亚东烽火急，喟然[③]翘首[④]独凭阑。

注释

①宁：岂。
②袖手：把手藏在袖中。比喻旁观而不过问事情。
③喟然：叹息。
④翘首：举首而望。形容盼望殷切。

祝德和[①]女史[②]台展入选

才华飘逸[③]女青莲[④]，吟笔灵兼画笔妍。誉播金闺留粉本[⑤]，艺垂玉版[⑥]染苍烟。
二长早已师荆浩[⑦]，三绝居然继郑虔[⑧]。始信台阳[⑨]巾帼[⑩]界，扬眉吐气[⑪]让君先。

注释

①德和：张李德和。嘉义人。
②女史：女官名。掌管礼仪文书。后用为女子的美称。
③飘逸：洒脱自然。
④青莲：李白，号青莲居士。
⑤粉本：图画的初稿。
⑥玉版：刊刻文字的白石板。
⑦荆浩：五代后梁画家。隐居太行山洪谷。擅山水，常对景写生，自称兼得吴道子用笔与项容用墨之长。
⑧郑虔：唐画家。工诗、书，尤擅山水画，曾将自作诗画献上，皇帝题曰“郑虔三绝”。

⑨台阳：台阳美展。或称台湾。

⑩巾帼：妇女的头巾与发饰。女子的代称。

⑪扬眉吐气：得意的样子。

玉山春望

其一

玉峰峰上豁[1]吟眸[2]，万象咸熙[3]一瞥收。花绚[4]嫩红娇北里[5]，草翻新绿媚南州[6]。

山环野店韶光[7]丽，水绕田家淑气柔。不尽芳菲春烂缦[8]，武峦[9]深处绮罗浮[10]。

注释

①豁：开通，开阔。

②吟眸：指诗人的视野。元范康《竹叶舟》第一折：“暇日相携登眺，凭高处共豁吟眸。”

③咸熙：咸，和睦，同心；熙，和乐，和悦。

④绚：灿烂。文采。

⑤北里：唐长安平康里。其地为妓院所在，故后称妓院所在地为北里。或指在北的村里。

⑥南州：泛指南方地区。

⑦韶光：美好的时光。也指春光。

⑧烂缦：烂漫。光彩焕发。

⑨武峦：嘉义的别号。

⑩罗浮：山名。在广东省惠州市博罗县。神奇瑰秀，相传东晋葛洪得仙术于此。

其二

序[1]届莺花[2]雪未消，玉山绝顶[3]耸吟腰。情随六合[4]韶光远，目极三台[5]淑气饶。

操节[6]只耽[7]松竹茂，媚时不数李桃娇。夕阳一角乾坤醉，春在鲲溟[8]上下潮。

注释

①序：季节。

②莺花：黄莺和花朵。指春日景物。

③绝顶：山的最高处。

④六合：指上下和四方。

⑤三台：台湾的别称。因台湾有台北、台中、台南，故称台湾为三台。

⑥操节：节操。人所执持的志行。

⑦耽：爱悦，过度爱好而沉醉其间。

⑧鲲溟：台湾安平外海古有七鲲身屿，故台海曰鲲溟，或鲲洋。

送杨亭太守挂冠[1]归里

理剧[2]治烦不易才，何当骊唱[3]返蓬莱[4]。武城[5]诵雅矜[6]循吏[7]，单父[8]扬徽仰轶材[9]。乍展经纶[10]刚十载，可知声价[11]重全台。摇鞭喜值春三月，万本桃花百里开。

注释

①挂冠：辞官。

②剧：繁多。

③骊唱：唱离别之歌。

④蓬莱：海上仙山名。喻指故里。

⑤武城：《论语·阳货》："子之武城，闻弦歌之声。"朱熹集注："弦，琴瑟也。时子游为武城宰，以礼乐为教，故邑人皆弦歌也。"后借指礼化教育。

⑥矜：尊敬，崇尚。

⑦循吏：奉公守法的官吏。

⑧单父：地名。在今山东省单县南。春秋时鲁国的都邑，宓子贱为单父宰，鸣琴，身不下堂而单父治。后人因以"单父琴"为称颂地方官吏治绩之典。

⑨轶材：超越众人的才能。

⑩经纶：治理丝缕时，理出丝绪叫经，编丝成绳叫纶。引申为经营治理国家大事。

⑪声价：名誉和身份地位。

阿里山樱

花开阿里自年年，万朵娇红态欲仙。几树光摇春雪丽，漫山[1]色斗晓霞妍。

玉山仿佛来天外，吉野[2]分明到眼前。领略[3]拟携樽酒去，醉余长啸沼平[4]巅。

注释

①漫山：遍山。

②吉野：樱花种类名，即吉野樱。

③领略：欣赏。

④沼平：地名。在今嘉义县阿里山上。

赋似[①]静香书室主人

主人爱客柬[②]吟俦[③]，美尽东南[④]快唱酬[⑤]。万虑能销缘洒脱[⑥]，一尘不染自风流。

琴堂回溯音俱渺，檨[⑦]圃重来迹尚留。剧[⑧]喜满园春烂熳[⑨]，杏花环绕静香楼。

注释

①似：给，与。

②柬：信札，请帖。即邀请。

③吟俦：诗人，诗友。

④美尽东南：指东南地方人、物的秀美。王勃《滕王阁序》："宾主尽东南之美。"

⑤唱酬：以诗词往来酬答。

⑥洒脱：不受拘束的样子。

⑦檨：芒果。

⑧剧：甚，极。

⑨烂熳：烂漫。光彩焕发。

椿萱并茂[①]

长庚[②]宝婺[③]两辉光，瑞兆严慈[④]寿且康。祝宴夙[⑤]开金玳瑁[⑥]，彩屏翻绣老鸳鸯。

筹添海屋[⑦]莱衣[⑧]舞，兰茁中庭桂子香。嘉偶天教娱蔗境[⑨]，曰耆曰艾[⑩]有余庆[⑪]。

注释

①椿萱并茂：喻父母健在。世以椿称父，以萱称母。

②长庚：金星。又名太白。

③宝婺：婺女星。赞颂妇女的用词。

④严慈：指父母。

⑤夙：肃静。

⑥玳瑁：动物名。可供制装饰品。

⑦筹添海屋：本作长寿。后用作祝人长寿的吉祥话。筹是算筹，古代计算数字的小木棒。

⑧莱衣：春秋楚人老莱子性至孝，年七十，常穿着五色彩衣，学作婴儿戏，以娱其亲。

⑨蔗境：比喻境遇先苦后甜。

⑩耆、艾：老人的通称。六十岁者为耆，五十岁者为艾。

⑪庆：语气词，用在句末，无义。音 qìng。

《正气歌》题后

力尽孤军竟奈何，凛然[①]长啸浩然[②]歌。且留正气归天地，宁忍[③]浮生[④]避斧柯[⑤]。

七尺雄躯头可断，千秋大义志难磨。纸间恍见须眉动，笔挟风霜[⑥]慷慨多。

注释

①凛然：正直严肃、令人敬畏的样子。

②浩然：盛大纯一的样子。

③宁忍：岂忍。

④浮生：指人生。

⑤斧柯：斧头与木柄。比喻政权。

⑥风霜：风和霜。比喻严峻的气势。

张李德和

张李德和（1893—1972），字连玉，号罗山女史、琳琅山阁主人、题襟亭主人、逸园主人。西螺人。年廿，于归嘉义医生张锦灿，为清贡生张元荣之季媳。幼入活源书塾，从表姑母刘氏学。勤于习艺，擅长诗文，且识音律、绘事，复精刺绣。台北第三高女毕业，教职四载。著《琳琅山阁吟草》。

挽林维朝[①]秀才

世交歉我淡中亲，忽报骑鲸[②]倍怆神[③]。华国[④]文章余笔砚，传家诗礼化乡邻。

众经言论推名士，天亦何心萎哲人[⑤]。牛耳[⑥]骚坛[⑦]今已矣，典型[⑧]回溯[⑨]正襟[⑩]频。

注释

①林维朝：字德卿，号翰堂，别署怡园主人。嘉义县林县长金生之祖父。

②骑鲸：乘鲸。借指死亡或隐遁。

③怆神：悲伤。

④华国：光耀国家。

⑤萎哲人：本来用以指圣贤将要凋萎逝世。后世用为吊丧之词。

⑥牛耳：古时诸侯国君会盟，割牛耳歃血为誓，以互相信守。用珠盘盛牛耳，由主盟者持盘让参与盟会的人分尝，表示诚意信守，因此称主持盟会者为执牛耳。

⑦骚坛：诗坛。

⑧典型：模范。

⑨回溯：回忆。

⑩正襟：端正衣襟，以示严肃，即端正仪容。

和徐处士[1]瑶韵[2]

日月蹉跎[3]唤奈何[4]，那堪愁恨逐骊歌[5]。
未遑[6]折柳[7]挥鞭去，应怕长亭[8]洒泪多。

注释

①处士：指有道德学问而未做官或不做官的人。

②瑶韵：对人诗作的美称。

③蹉跎：指光阴虚度，年华消逝。

④唤奈何：呼奈何。《世说新语·任诞》："桓子野每闻清歌，辄唤'奈何'。"晋桓伊，小字子野，工音律，尤善吹笛。

⑤骊歌：告别的歌。

⑥未遑：来不及，没有闲暇。

⑦折柳：攀折柳条。古人送客远行，攀折柳条送别，故以折柳作为赠别或送别的代称。

⑧长亭：古代每十里置驿站，称长亭，五里称短亭。

桃　花

武陵[1]春色正繁华，掩映溪光两岸斜。洞口有香皆是浪，天台[2]无树不流霞[3]。
神仙一去舟空返，刘阮重来路已赊[4]。笑煞人间摇落[5]感，三千年次[6]始开花。

注释

①武陵：武陵源，即桃花源。用以指清静幽美、避世隐居之所在。见陶潜《桃花源记》。

②天台：山名。在浙江省天台县北。为仙霞岭脉的东支。古神话有刘晨、阮肇入天台、采药遇仙的故事，相传即此山。

③流霞：流动的云霞。

④赊：渺茫；消失。

⑤摇落：凋残零落。

⑥三千年次：《武帝·内传》：七月七日，西王母降，以仙桃四颗与帝。帝食辄收其核，欲种之。母曰："此桃三千年一生实，中夏地薄，种之不生。"帝乃止。

古战场

其 一

黄沙漠漠[①]乱平芜[②]，枯骨成堆穴野狐。
回首英雄威武地，千秋留得过人吁[③]。

注释

①漠漠：密布的样子。
②平芜：平旷的草地。
③吁：惊叹。

其 二

平沙极目[①]惨模糊，一望累累[②]万骨枯。
闻道天阴常鬼哭，只今不辨汉和胡。

注释

①极目：穷尽目力，眺望远方。
②累累：形容繁多、重叠、连贯成串的样子。

题菊蝶图

一年容易又重阳，篱菊丛金放晚香。傲雪傲霜标[①]劲节[②]，描神描骨费猜量。不随春艳能超俗，独占秋光最擅场[③]。知己惟逢彭泽令[④]，笑添舞蝶漫成章。

注释

①标：显出，表明。
②劲节：坚贞不移的操守。
③擅场：以强胜弱，专据一场。
④彭泽令：晋陶潜，曾任彭泽县令。

郑香圃[1]先生来访

其　一

夕雨淋漓[2]冒雨来，离怀雅逐笑颜开。
劫余不尽沧桑[3]话，回首前尘叹几回。

注释

①郑香圃：字清渠，号梅痴。新竹人。好画金石，尤爱梅、兰、竹、菊。

②淋漓：沾湿或液体下滴的样子。

③沧桑：沧海变桑田。比喻世事多变，人生无常。

其　二

沛然[1]甘雨[2]似黄金，刻烛[3]敲诗[4]兴更深。
风雅[5]羡君真矍铄[6]，桃城[7]十载喜重临。

注释

①沛然：雨盛大的样子。

②甘雨：及时雨。

③刻烛：刻烛计时，限时交稿。

④敲诗：推敲诗句。指对诗文辞赋字句的斟酌。

⑤风雅：指真挚感人、有益于教化的优秀作品或文风。

⑥矍铄：老而强健。

⑦桃城：嘉义的古称。

诸罗[1]春色

满城桃李艳成蹊[2]，二月芳菲[3]渐整齐。罗列[4]万峰花没径，纡回[5]八掌[6]草盈堤。
香浮玉枕[7]山容笑，云合仙岩鸟语低。如此韶华[8]春未半，子规[9]底事[10]尽情啼。

注释

①诸罗：嘉义的古名。

②桃李艳成蹊：《史记·李将军传赞》："桃李不言，下自成蹊。"桃李花开，不需言语，也能引人注目。比喻实至名归。

③芳菲：花草的香气。也用以称花草。

④罗列：陈列，排列。

⑤纡回：屈曲回旋。
⑥八掌：八掌溪。在嘉义县内。
⑦玉枕：山名。
⑧韶华：春光，美好的时光。
⑨子规：杜鹃鸟。
⑩底事：何事。

偶感二绝

其　一

临窗对镜理晨妆，正看鸦雏立屋梁。
忽得一声莲子卖，不堪卒听断回肠[①]。
（父嗜莲子故云）

注释

①回肠：肠子转动。比喻忧伤至极，辗转不解。

其　二

悲心触目[①]尽成伤，鹤发[②]堂空几断肠。
薰曝葛衣[③]端午节，倚阑洒泪为爷娘。

注释

①触目：目光所接触到的。指所见。
②鹤发：白发，发白如鹤羽。
③葛衣：葛布制成的衣服。

避　暑

轻衫软屧[①]步长堤，消夏湾头绿荫低。水鸭凌波[②]翻玉屑[③]，沙鸥戏浪滚银泥[④]。
调冰公子风飘袖，切藕佳人露湿笄[⑤]。葵扇[⑥]带来何所用，扑将萤火伴归蹄。

注释

①屧：古时鞋的衬底。也用以指鞋子。音 xiè。
②凌波：起伏荡漾的波涛。
③玉屑：玉的碎屑。比喻波浪。

④银泥：银白色的粉脂。借指泥沙。
⑤笄：古时男女系发或固定弁冕用的簪。音 jī。
⑥葵扇：蒲葵叶制成的团扇。

关子岭避暑

蒸人酷热苦相催，焉得槐风阵阵来。涤虑[1]拟登关岭表，赏心好傍水源隈[2]。
花繁转厌红光闹，柳密还欣绿荫堆。羡煞[3]此间云物丽，不须更筑纳凉台[4]。

注释

①涤虑：消除忧虑。
②隈：水流弯曲处。
③羡煞：羡甚，羡极。
④纳凉：暑天乘凉。

陈　辉

陈辉，字旭初，号明之。台南市人。乾隆三年（1738）举人。

鹿耳门[1]夜泊

冷雨沧江上，移舟泊海门[2]。清歌闻戍客，短笛隐渔村。
水阔潮千顷，天空月一痕。摇摇[3]游子[4]意，归梦忆家园。

注释

①鹿耳门：岛名。原在台湾七鲲身屿及北线尾屿以北。郑成功率军到台湾最先登陆的地点。后西海岸泥沙淤积，已与台湾本岛相连，大约在今台南市西北边鱼塭地区。
②海门：鹿耳门。
③摇摇：心神摇荡不安。
④游子：远走他乡的人。

再泊月眉湾

（俗称隙仔，在鹿耳门前，北风可以泊舟，余遭风泊此旬余）

鹿耳门前几溯洄[①]，月眉湾作避风台。
舟师[②]不畏东流急，唤得小船载酒来。

注释

①溯洄：逆流而上。

②舟师：古时的水上军队。船夫；舵手。

小　斋

僻处心常静，幽栖[①]意自闲。种花分隙地[②]，闭户似深山。
日涌浓烟里，风摇积翠[③]间。不须寻酒伴，独坐亦开颜[④]。

注释

①幽栖：幽居。

②隙地：空地，未耕种的田地。

③积翠：累积翠绿。指青山。

④开颜：展开笑颜。表示高兴的样子。

中秋书感

碧汉[①]无尘一色秋，疏星淡月片云收。霜沾桂树寒香满，风度桐梢瘦影幽。
几曲微吟[②]依海岸，半空清响起江楼。谁家玉笛横吹[③]里，却把《关山》[④]动客愁。

注释

①碧汉：碧天银汉的合称。指天空。

②微吟：低吟。

③横吹：古乐器名，即横笛，又称短箫。乐曲名。横吹曲。

④《关山》：《关山月》。汉代乐府横吹曲名。多描写边塞萧条、兵士久征、大漠荒凉、征人思归等情感。

鹭江[1]即事

一派[2]鹭江水，遥遥碧岸西，风帆依石影，烟火薄[3]云梯[4]。

海色群山合，潮声入屿低。行人栖泊处，极目[5]旅情迷。

注释

①鹭江：江名。在厦门。

②派：水的支流。

③薄：接近，逼近。

④云梯：比喻升天成仙之路。

⑤极目：穷尽目力，眺望远方。

渡安平

碧流春色海天宽，岛屿苍茫[1]雨后看。半棹[2]斜翻云影碎，片帆[3]遥送浪花残。

沙浮曲岸渔人宅，树隐孤村战将坛。曾是昔年歌舞地，空城寂寞暮烟寒。

注释

①苍茫：旷野无边、视野迷茫的样子。

②棹：划船的工具。借指舟船。

③片帆：孤帆。

春日游海会寺[1]

翠竹青榕小径通，招提[2]旧是馆娃宫[3]。昙花冷对妆楼月，贝叶[4]寒生舞殿风。

野色苍茫留院落[5]，溪烟黯澹[6]入帘栊[7]。寻春莫问欢娱事，霸业[8]兴亡总是空。

注释

①海会寺：原为郑经的别墅。清廷改建为海会寺，即今开元寺。

②招提：佛家语。为四方之意。后成为寺院、僧寺的别名。

③馆娃宫：西施居住的宫殿。春秋吴王夫差所筑。此处喻指郑经的别墅。

④贝叶：佛经。

⑤院落：庭院。

⑥黯澹：黯淡。黑暗不光明的样子。

⑦帘栊：竹帘与窗牖。

⑧霸业：称霸天下的功业。

赤嵌城[1]

鹿耳[2]鲲身[3]岛屿连，云光海色雨晴天。江帆晓渡波中影，市井[4]寒炊竹外烟。

山似画屏[5]常染黛[6]，水如冰镜日磨鲜。凭高[7]得趣闲瞻眺[8]，万里乡关[9]一望悬[10]。

注释

①赤嵌城：古城名。在今台南市。荷兰人占领台南后所建，后改名为热兰遮城，郑成功攻克台湾，改为承天府。清初倒塌失修，今只留砖砌土台和古炮，称为安平古堡。

②鹿耳：鹿耳门。

③鲲身：七鲲身。原为台南市西南海中的古岛屿，自南而北，绵延七岛。荷兰人在此建热兰遮城，郑成功收复台湾后，改城为安平城，俗称赤嵌城。18世纪后港湾填淤成平地，岛屿遂与台南市西郊陆地相连接。

④市井：古代无正式的市集，人们将货物聚于井边买卖，称市井。后遂通称市街为市井。

⑤画屏：有彩色图画的屏风。

⑥黛：青黑色。

⑦凭高：临据高处。

⑧瞻眺：观望。

⑨乡关：故乡。

⑩望悬：悬望。挂心系念。

小店仔[1]夜宿

尘途未整远行装，夜息还同客异乡。一盏寒灯吟落拓[2]，三更旅舍话凄凉。

茅檐梦破芙蓉[3]月，竹榻思侵荻苇[4]霜。晓起鸡声咿喔[5]处，数村烟水昼苍苍[6]。

注释

①小店仔：客栈名。

②落拓：穷困失意。景况凄凉。

③芙蓉：荷花。

④荻苇：多年生草本植物。芦与荻。

⑤咿喔：鸡鸣声。

⑥苍苍：深蓝色。

晓发小店仔

碧草横塘[①]露未消，计程[②]烟水望中遥。数声鸡犬当[③]山店，十里园林近野桥。

人在石厨炊火起，客临茅屋酒帘[④]飘。匆匆行李[⑤]随青镂[⑥]，度竹穿榕看采樵。

注释

①塘：池塘。

②计程：计算要走的路程。

③当：正对着。

④酒帘：酒家的标志。

⑤行李：指外出旅行的人所携带的行装。

⑥青镂：宝刀名。

依仁[①]道中

踽踽[②]行来望翠微[③]，晚风吹度拂征衣[④]。樣林[⑤]斜影迷樵径，竹坞[⑥]繁阴引钓矶[⑦]。

路转纡回[⑧]溪鸟散，山横黯淡[⑨]野人归。乡村扰扰[⑩]何时靖[⑪]，万马频嘶未解围[⑫]。

（时王师十万进讨）

注释

①依仁：地名。在今台南市仁德区境内。

②踽踽：独行无伴的样子。

③翠微：浅淡葱翠的山色。也指青山。

④征衣：行旅在外的御寒衣服。

⑤樣林：地名。在台南之宁南坊，与马兵营相接，原为勇卫黄安之住宅，收归清廷之后，改为施靖海祠，因地震倒塌，改筑为天妃庙，目前已被摧毁。

⑥竹坞：四面种竹的地方。

⑦钓矶：钓鱼时所坐的岩石。

⑧纡回：屈曲回旋。

⑨黯淡：黑暗不光明的样子。

⑩扰扰：紊乱的样子。

⑪靖：停止。

⑫解围：解除被敌军包围的危困。

琉球山[1]

翠屿[2]孤悬[3]在水隈[4]，青葱[5]疑是小蓬莱[6]。云连远影岚[7]光动，日映高峰海色开。恍惚[8]鳌游千尺水，苍茫浪激数声雷。信知南极[9]瀛堧[10]地，物产犹传鹦鹉杯[11]。

注释

①琉球山：小琉球。在屏东县西之一小岛。
②屿：水上突出的陆地，大者为岛，小者为屿。
③孤悬：孤立，无所依靠。
④水隈：水边。
⑤青葱：草木茂盛的样子。
⑥蓬莱：海上仙山之一。
⑦岚：山气、山间的雾。
⑧恍惚：神智、意识模糊。
⑨南极：磁针指向南端的方向。
⑩瀛堧：海岸，海边。堧，音 ruán。
⑪鹦鹉杯：用鹦鹉螺的壳制成形似鹦鹉的杯状装饰品。

买　隐[1]

买隐山村迹已深，轩车[2]过客莫相寻。清泉白石通幽趣，野鹤溪鸥共素心[3]。
看罢晴云峰有色，钓余寒月水成阴。许由[4]自有高风在，未辍[5]箕山[6]得意吟。

注释

①买隐：购置山地，作为隐居之处。
②轩车：曲辕而有帷幕的马车，是古代大夫以上的车。
③素心：平素之心。心地纯正朴质。
④许由：上古高士。相传尧欲让天下，由不受，隐耕于箕山之下，尧又召为九州长，由不听，洗耳于颍水。
⑤辍：暂停。
⑥箕山：山名。在河南省东北部登封市东南。

章　甫

章甫，字申友，别号半崧。台南市人。生于乾隆嘉庆年间。生员。著《半崧集》。

秋日仰峰晚眺

万象森罗[1]晚眺中，茫茫[2]海阔与天空。马蹄投驿忙行客，牛背还村认牧童。

风势送云归岫[3]白，霞光带日返江红。静观自乐乾坤[4]大，点缀[5]秋容各不同。

注释

①森罗：形容数量众多，如森林一般排列。

②茫茫：辽阔旷远的样子。

③岫：山洞，岩穴。

④乾坤：天地。

⑤点缀：衬托，装饰。

送别陈朝修

其　一

伊人家在水云乡[1]，偶合萍踪[2]到海疆。我愧非师徒日长，君真好友可年忘[3]。

（时未从予游）

相投臭味黏胶漆[4]，共溯元胎[5]认梓桑[6]。从此金兰添簿录[7]，芳名告祖又焚香。

注释

①水云乡：水云弥漫的地方。指隐士游息之处。

②萍踪：浮萍漂泊的踪迹。比喻行止无定，不能安居。

③好友可年忘：可为忘年之交。因敬慕他人的才品学识而不拘年龄大小、辈分高低，相与为友。

④相投臭味黏胶漆：指行为、嗜好相同而相交，相黏如胶似漆。形容结合得坚固。

⑤元胎：未有天地之先的混沌状态。亦指孕育万物的大道。

⑥梓桑：桑梓。故乡。

⑦金兰簿录：知心朋友或结拜兄弟的记录或谱系。常用以互相交换，以为凭证。

其　二

数晨数夕几多时？四月相逢十月离。书担催装儒者[1]具，香奁[2]细检美人思。

（时在郡纳宠[3]同归）

前途一去经年别，后会重来隔岁期。记话春宵寻旧约，安排银烛待敲诗[4]。

注释

①儒者：研究儒家学术的人。
②香奁：妇女梳妆时所用的匣子。
③纳宠：纳妾。
④敲诗：推敲诗句。指对诗文、辞赋、字句的斟酌。

次韵《中秋郡署[1]红梅早开》

不是寻春踏雪时，暗香[2]偏着冷香吹。桥头恨看三冬[3]晚，岭上输开[4]十月迟。
疏影[5]微酣[6]高士[7]梦，新妆半醉美人姿。这间生意[8]何先茁[9]，试问姮娥[10]可得知？

注释

①郡署：郑氏之承天府。
②暗香：清幽的香气。指梅花。
③三冬：冬季三月。代表冬季。
④输开：晚开，慢开。
⑤疏影：疏落的影子。形容梅花的姿态。宋林逋《山园小梅》："疏影横斜水清浅。"
⑥酣：熟睡，沉睡。
⑦高士：品德高尚的人。古时多指不做官的隐士。
⑧生意：生机、生气。
⑨茁：成长壮大。
⑩姮娥：神话中的月中女神，相传为后羿之妻。又名嫦娥。

六十春咏

老天开泰亦阳三[1]，奈我官骸渐不堪。吾辈几曾周甲子[2]，故人半已尽丁男[3]。
羊肠[4]竞转输豪侠，马齿徒加[5]益恧惭[6]。幸得于乡初曳杖[7]，且分野色[8]过桥南。

注释

①开泰亦阳三：三阳开泰。新年的祝词。三阳，是天地三阳之气；开泰，开始佳运。
②周甲子：六十年。
③丁男：从事某种劳动的男子。
④羊肠：形容狭窄曲折的小路。
⑤马齿徒加：马齿徒长。年纪徒增而无建树。自谦之辞。
⑥恧惭：惭愧。恧，音 nǜ。

⑦曳杖：持着拐杖。
⑧野色：原野的景色。

乙丑[①]洋匪勾引山贼围台城[②]，平后志庆（二首选一）

妖氛[③]突起海城边，海上氛迷山上连。枭鸟[④]痴思[⑤]巢据地，鲸鱼妄想网疏[⑥]天。
七旬锁住三军堞[⑦]，百战焚烧八面烟。义愤同仇民力并，云梯[⑧]摇撼任狂颠[⑨]。

注释

①乙丑：公元一八〇五年。嘉庆十年。
②台城：指台南城。
③妖氛：怪异而不吉祥之气。多指灾祸。
④枭鸟：猫头鹰。称凶狠不驯，专做违法勾当的人。
⑤痴思：脱离现实的空想。
⑥网疏：漏网。
⑦堞：城上的低矮土墙，形如齿状，设有箭孔，可射箭或窥视。
⑧云梯：古代攻城、窥城或登城用的长梯。
⑨狂颠：狂乱，失却常态。

与施迺庚、郭乃承、游诚伯、李尔冲宿鼓山延客堂

宿得山房万念清，不贪势利不贪名。微茫[①]梵语[②]空中味，潇洒[③]松涛[④]世外声。
觉破长眠钟报晓，醒余痴梦漏[⑤]残更。即今点化[⑥]思回首，误落人间已半生。

注释

①微茫：景象隐约模糊。
②梵语：本指公元前五世纪使用的古天竺语。此处指佛教作法时赞叹歌咏的声音。
③潇洒：高雅，洒脱。
④松涛：风吹松林所发出的有如波涛的声音。
⑤漏：古代计时器。
⑥点化：本为道家一种点石成金之术。引申为指点教化。

甲戌[①]九月二十一夜，予方有秋兴，适奎垣以诗见贶[②]，清话更阑[③]，叠次其韵[④]，感赋二律（选一）

悲秋[⑤]搔首[⑥]不胜簪[⑦]，万籁无声秋气沉。世味尝来寒士淡，人情阅至老儒深。
半生事业羞双鬓，千古文章共寸心[⑧]。吾党风流[⑨]云散后，几曾夜话到于今！

注释

①甲戌：公元一八一四年。嘉庆十九年。

②贶：赐给。音 kuàng。

③更阑：更漏已残。指夜已深。

④叠次其韵：仿照原诗用韵的次序作诗的，称次韵。如再度次韵时，称为叠次其韵。

⑤悲秋：对着秋景而悲伤。《楚辞·宋玉·九辩》："悲哉秋之为气也，萧瑟兮草木摇落而变衰。"杜甫《九日蓝田崔氏庄》："老去悲秋强自宽。"

⑥搔首：抓头搔发。形容人若有所思的样子。

⑦不胜簪：头发稀疏而插不住发簪。簪，插定发髻或冠的长针。

⑧寸心：即心。心的地位，方寸而已，所以称寸心。杜甫《偶题》："文章千古事，得失寸心知。"

⑨风流：有高才而不拘礼法的一种气派。

胡殿鹏

胡殿鹏（？—1933），字子程，号南溟。台南市人。廪生。光绪乙未之役，内渡厦门，际遇困顿，而为文有奇气。民国廿二年卒。著有《南溟诗草》、《大冶一炉诗话》等书。

和谢友我茂才[①]游东京、上海、西湖《留别》原韵

风马云车踏落花，客中吟兴[②]自高奢[③]。骏河[④]天地雄东土[⑤]，上海风烟古汉家。
南国至今通日本，文章未许恨夷华[⑥]。俊游应有奚囊[⑦]富，到处楼台听画琶。

注释

①茂才：汉代科名，即秀才。东汉时，为了避光武帝刘秀的讳，改称茂才。也指才德出众的人。

②吟兴：诗兴。

③高奢：多。美好。
④骏河：日本古国名。在今静冈县。
⑤东土：指日本。
⑥夷华：夷，东方之种族名。华，中华。
⑦奚囊：诗囊。

题赠谢籁轩[1]令咸[2]星楼[3]君并贺书斋落成（选二）

其　一

与君数载游仙梦，题咏人多话六朝[4]。
争羡谢家风月好，鲜新翡翠[5]戏兰苕[6]。

注释

①谢籁轩：台南市人。南社创社社员。
②令咸：令侄。
③星楼：谢国文，字星楼。台南市人。
④六朝：吴、东晋、宋、齐、梁、陈都建都在建康，合称为六朝。
⑤翡翠：鸟名。
⑥兰苕：兰花。郭璞《游仙诗》："翡翠戏兰苕，容色更相鲜。"

其　二

乌衣[1]不改旧风流，又见东山[2]谢朓楼[3]。
最喜清狂[4]犹未减，年来偏爱竹林游。

注释

①乌衣：黑衣，即晋时王导、谢安诸贵族皆属南京市东南之乌衣巷，其子弟世称为乌衣郎。
②东山：谢安因病辞归居浙江省上虞市东山。后引申为隐居之处。
③谢朓楼：谢公楼。谢朓为宣城太守时所建之高斋地。一名北楼。
④清狂：痴癫。放逸不羁。

古　剑

一剑亡秦不帝西，荡平[1]天地为昂低[2]。
江山憔悴荆轲[3]死，《易水歌》[4]残马尚嘶。

注释

①荡平：平定。

②昂低：上下、高低不定。

③荆轲：战国卫国人。后为燕太子丹上客。带着秦逃亡将军樊於期的首级和夹有匕首的督亢地图为礼物入秦，欲谋刺秦王政。献图时，图穷匕见，刺秦王不成，被杀。

④《易水歌》：战国燕太子丹命荆轲到秦国刺秦王，丹在易水（今河北省易县境内）送别，高渐离击筑，荆轲和乐而歌："风萧萧兮易水寒，壮士一去兮不复返。"

送黄茂笙[①]昆仲[②]游满、韩

秋风相送七鲲[③]洲，万里辽东策壮游。磊落[④]光明千古月，魁奇[⑤]倔起[⑥]一峰头。

得天神气屠牛刃[⑦]，负地文章造凤楼[⑧]。爱尔弟兄能接踵[⑨]，相思无限水西流。

注释

①黄茂笙：黄欣，字茂笙，号固园主人。台南市人，日本明治大学法学士。曾任台南西区区长、总督府评议会委员等职。

②昆仲：称呼别人兄弟的敬辞。昆，指兄；仲，排行老二。

③七鲲：地名，七鲲身。在今台南市以西。明清时为一岛屿，后因海水淤积而与台南西面陆地连接。

④磊落：形容胸怀坦荡。

⑤魁奇：杰出，不同凡俗。

⑥倔起：特起，突起。指平起于众人之中。倔，音 jué。

⑦屠牛刃：牛刀。

⑧凤楼：五凤楼。古楼名。唐在洛阳建五凤楼，玄宗曾在下聚饮，命三百里内县令、刺史带声乐参加。梁太祖朱温即位，重建五凤楼，去地百丈，高入半空，上有五凤翘翼。后喻文章巨匠为五凤楼手。

⑨接踵：脚跟相接。相继不绝的意思。

拟泰山观日行

雄鸡一声天下鸣，日光岳岳[①]海光青。万里扶桑[②]碧云横，千岛起伏如蛟腾。

变化出没天为惊，泰山盘盘[③]三千里。隔岸而观扪[④]烛比，齐州九点散如烟[⑤]。

渤海澌澎[⑥]洪涛起，悲歌浩荡天地间。漭漭[⑦]黄河去不还，炎荒[⑧]六月开冰日。

长白山[⑨]头未解颜[⑩]。

注释

①岳岳：高立或直立的样子。

②扶桑：古国名。后用为日本的代称。

③盘盘：回旋曲折的样子。

④扪：持也。

⑤九点散如烟：齐烟九点。凭高俯视九州，一览入望，无有高下，且至渺小。

⑥澥澎：水浪声。

⑦漭漭：水面广大辽远的样子。

⑧炎荒：南方酷热荒远之地。

⑨长白山：山名。在山东省邹平县南，为泰山的副岳。因山中云气长白，故名。

⑩解颜：开口而笑。喻指山中长白的云气仍未消失。

施琼芳

施琼芳（1815—1868）。清台湾县治（今台南市）人。道光十七年（1837）拔贡。道光廿五年（1845）恩科进士，诠选六部主事，久滞京曹。嗣补江苏知县，未就职，乞养回台。寻任海东书院山长。著《石兰山馆遗稿》。

怀古二首

其　一

纷沓[1]人间世，浮云局几更。烂柯棋[2]历劫[3]，横槊[4]酒鏖兵[5]。
阅代[6]天应老，流年水有声。临风凭吊[7]处，无限古今情。

注释

①纷沓：纷纷来临。形容频繁、繁杂。纷至沓来的简称。

②烂柯棋：相传晋王质到山上伐木，见一群童子在树林里下棋嬉戏，质因置斧旁观。童子给质一粒如枣核之物，质含之不觉饥饿。不久，童子催归，质才发觉斧柯已烂，回家后亲故殆尽，而离家已经数十年。

③劫：灾祸。

④横槊：在军旅中横置戈矛。

⑤鏖兵：竭尽力量，苦战不休。

⑥阅代：经过一代。

⑦凭吊：思旧怀古，就当前的景象，追思往昔。

其　二

重覩[①]丹青[②]貌，英雄迹已陈[③]。悲欢一编史，俛仰[④]百年身。
醒眼观天下，平心论古人。千秋疑狱[⑤]在，旧案孰[⑥]翻新。

注释

①覩：睹。音 dǔ。
②丹青：丹砂和青雘。泛指绘画时所用的颜料。史籍代称。
③迹已陈：已陈迹。已成过去的事迹。
④俛仰：俯仰。
⑤狱：罪，过失。
⑥孰：谁。

读《琵琶行》[①]书后

秋满浔阳[②]路，离筵夜听歌。欢场消岁月，宦海[③]阅[④]风波[⑤]。
感遇千秋共，知音[⑥]一曲多。青衫[⑦]人已去，江水奈情何。

注释

①《琵琶行》：白居易于元和十年任九江郡司马，于浔阳江头送客，闻船中夜弹琵琶者，因作长短句《琵琶行》。
②浔阳：江名。在江西省九江市。
③宦海：官场。因官场的升沉如海潮的起伏无定。
④阅：经历。
⑤风波：风浪。比喻人事的种种纷扰变乱。
⑥知音：知己。
⑦青衫：青色的衣衫，古代职位低的官员穿着蓝色的长衫。青衫人，指白居易。

青门瓜[①]

其　一

累朝[②]封建[③]局全收，容得东陵一故侯。
赖有青门瓜数亩，烧[④]余片土为秦留。

注释

①青门瓜：汉初，秦遗臣东陵侯召平沦为平民。种瓜于长安城东青门外。瓜美，世称青门瓜，又名东陵瓜。

②累朝：好几个朝代。历朝，历代。

③封建：古代帝王把爵位、土地分封给诸侯，诸侯在封地内建立邦国。

④烧：放火烧野草。

其　二

满目河山感废兴[1]，青门瓜老卷苍藤。
桃花不染亡秦恨，开落春风自武陵[2]。

注释

①废兴：兴亡。衰败或兴起。

②武陵：晋陶潜《桃花源记》中所述的武陵源。

寒食日郊行

队队[1]肩舆[2]簇簇[3]衣，浇坟酒罢未言归。
深情儿女原无限，又向荒祠[4]拜五妃。

注释

①队队：群队。

②肩舆：轿子。

③簇簇：丛聚。

④荒祠：五妃祠。在台城南门外。五妃，明宁靖王朱术桂从死侍姬袁氏、王氏、荷姑、梅姑、秀姐。

柳枝词

其　一

小桃花发燕呢喃[1]，绿意红情斗正酣[2]。
最爱汉宫人柳树，三眠三起[3]似春蚕[4]。

注释

①呢喃：燕子的鸣叫声。

②酣：剧烈，猛烈。

③三眠三起：《三辅旧事》："汉苑中有柳，状如人形，一日三起三倒。"

④似春蚕：似蚕眠。蚕由卵孵化，体生黑毛，稍长则蜕皮，当其蜕皮前，体并非黑而略透明，且不食不动，俗称之为眠，约隔六七日眠一次，凡眠四次。

其　二

旗亭[1]风袅[2]碧丝[3]新，一曲骊歌[4]酒几巡[5]。
系得离愁亲万缕，无情杨柳有情人。

注释

①旗亭：酒楼。

②袅：摇摆。

③碧丝：绿丝。绿色柳枝。

④骊歌：告别的歌。

⑤巡：遍，周。

其　三

赤栏桥畔树高低，眼嫩腰纤[1]绿未齐。
安得秦淮[2]金缕曲[3]，春风吹度玉关西[4]。

注释

①眼嫩腰纤：柳树的嫩芽和柔条。

②秦淮：河名。秦时所开凿，故名。绕经南京城东南入长江。旧时南京的歌楼舞馆、画舫游艇，多纷集于此。

③金缕曲：唐李秋娘《金缕衣》："劝君莫惜金缕衣，劝君惜取少年时，花开堪折直须折，莫待无花空折枝。"

④春风吹度玉关西：王之涣《凉州词》："羌笛何须怨杨柳，春风不度玉门关。"玉关：玉门关。

其　四

垂垂[1]灞岸[2]碧鬘鬖[3]，烟雨迷离黛色[4]酣[5]。
一自河梁[6]人去后，斜阳芳草望江南。

注释

①垂垂：形容下垂的样子。下落，下降。

②灞岸：灞桥。汉唐时，长安人送客东行，常于灞桥折柳送别。
③𩮾毵：下垂的样子。音 lán sān。
④黛色：青黝的山色或树色。
⑤酣：浓厚。
⑥河梁：指送别的地方。古代送人至河桥而别。

其　五

碧缕①轻盈翠带长，谢庭飞絮②昔吟香。
东皇③借与宫袍色，便入灵和④斗众芳。

注释

①碧缕：绿色的柳枝。
②谢庭飞絮：东晋才女谢道韫，尝在家遇雪，叔父谢安曰："何所似乜?"安兄子朗曰："散盐空中差可拟。"道韫曰："未若柳絮因风起。"安大悦。
③东皇：东帝。春神。
④灵和：《南史·张裕传》：绪吐纳风流……刘悛之为益州，献蜀柳数株，枝条甚长，状若丝缕。时旧宫芳林苑始成，武帝以植于太昌灵和殿前，常玩赏咨嗟，曰："此杨柳风流可爱，似张绪当年时。"

其　六

渔家帆影酒家旗，露色烟光点染奇。
他日移根来太液①，休将细靥②妒蛾眉③。

注释

①太液：池名。汉时的太液池在长安西北。唐时的太液池在大明宫含凉殿后。
②靥：脸颊上的酒窝。妇女面颊上所涂的妆饰。
③蛾眉：美人的秀眉。喻指美女。

其　七

绝唱①当年记渭城②，至今乐府③少依声④。
只留客舍青青柳，仍向离筵⑤管送迎。

注释

①绝唱：形容诗文出类拔萃，无与伦比，继起无人。

②渭城：王维《送元二使安西》：“渭城朝雨浥轻尘，客舍青青柳色新。劝君更尽一杯酒，西出阳关无故人。”

③乐府：诗体名。本指乐府官署所采集制作的乐歌，也用以称魏、晋至唐代可以入乐的诗歌，以及后人仿效乐府古题的作品。

④依声：倚声。一般填词之法，多依循前人词调的格律，将字填入。

⑤离筵：送别的筵席。

其　八

陌上[1]春回黍谷[2]温，玉娥金茧浅深痕。
六桥[3]烟雨莺啼歇，怕向秋风话白门[4]。

注释

①陌上：田间的小路。

②黍谷：山名。在河北省密云县西南。传说黍谷地美而寒，五谷不生，邹衍居住之后，吹律而温气生，燕人得以种黍其中。

③六桥：指杭州西湖的堤桥。外湖和里湖都有六桥。

④白门：指南朝宋都城建康城西门。阴阳家以西方为金，金气白，故称白门。后遂称金陵为白门。

其　九

长条[1]窣地[2]踠[3]苍苔，眉妩[4]休嫌小弱材。
为忆当年陶令[5]宅，曾随三径菊松栽[6]。

注释

①长条：柳枝。

②窣地：拂地，垂拂到达地上。窣，音 sū。

③踠：屈曲着脚。

④眉妩：双眉妩媚可爱。

⑤陶令：晋陶潜曾任彭泽令。

⑥三径菊松栽：晋陶潜宅边有五柳树，因号五柳先生。陶潜《归去来兮辞》：“三径就荒，松菊犹存。”

安平晚渡

漫唱[1]“风波不可行”[2]，限兹[3]衣带[4]隔安平。寒沙航泊新潮岸，落日人归古戍城。来往蒲帆[5]随鹭影，呼招匏[6]叶杂渔声。海滨邹鲁[7]风[8]偏朴[9]，不似秦淮[10]艳送迎。

注释

①漫唱：漫道，莫说，别说。

②风波不可行：李白《横江词》："横江馆前津吏迎，向余东指海云生。郎今欲渡缘何事，如此风波不可行。"

③兹：此，这里。

④衣带：一衣带水。河流的宽仅如衣带。形容其狭窄。后世泛指江河湖海皆不足为阻碍。

⑤蒲帆：以蒲叶编成的船帆。

⑥匏：葫芦科，果实扁圆巨大，可供食用；果皮使干，可做容器。

⑦海滨邹鲁：指台湾。孔子是鲁人，孟子是邹人，后世遂以邹鲁称文教兴盛的地区。

⑧风：风气，风俗。

⑨偏朴：独朴。非常朴素。

⑩秦淮：河名。在南京附近。旧时南京的歌舞楼馆、画舫游艇，多纷集于此。

徐州道中偶兴

祖逖[①]先鞭郑綮[②]驴，燕山路尽出青徐[③]。雨防子训能留客[④]，尘恼元规不避车[⑤]。

吊古诗成中酒[⑥]后，还家梦醒灭灯初。吴山越水经过遍，正好归还读旧书。

注释

①祖逖：《晋书·刘琨传》："吾枕戈待旦，志枭逆虏，常恐祖生先吾着鞭。"

②郑綮：唐荥阳人。善诗而多诙谐，时号郑五歇后体。曾说他的诗思："在灞桥风雪中、驴子背上。"

③青徐：青州、徐州，均为古九州之一。

④子训能留客：《事类统编·天文三·雨》引晋陆机《要览》："昔羽山有神人焉，逍遥于中岳，与左元放共游蓟子训所。坐欲起，子训应欲留之，二日之中三雨，今呼五日三雨，亦为留客雨。"

⑤元规不避车：《晋书·王导传》：时亮（庾亮）虽居外镇，而执朝廷之权，既据上流，拥强兵，趋向者多归之。道内不能平，常遇西风尘起，举扇自蔽，徐曰："元规尘污人。"后以"避尘"指代其事。明夏完淳《大哀赋》："但知安石（谢安）之赌墅，何止元规（庾亮）之避尘。"

⑥中酒：饮酒半酣时。

初夏即事

临水高楼习静[1]居，铜匜[2]篆[3]袅[4]碧帷[5]疏。庭阴啼鸟叶浓处，天气困人梅熟初。

午后客稀容袒[6]服，睡余日永[7]但观书。爱他闲趣薰风[8]解，一过南窗室自虚。

注释

①习静：习养寂静的心性，亦指过幽静的生活。

②匜：古代洗手盛水的用器。音 yí。

③篆：盘香，或香的烟缕。

④袅：摇摆。

⑤帷：布幕。

⑥袒：裸，露。

⑦日永：日长。

⑧薰风：柔和的风。指夏季的南风。《史记·乐书》：“南风之薰兮，可以解吾民之愠兮。”

晓　行

挨过花朝[1]客绪[2]萦[3]，微茫[4]残月送晨征[5]。剧[6]怜春梦行千里，无那[7]羁愁[8]怕五更。

羌笛[9]关山[10]新乐府[11]，唐诗风景古华清[12]。吟鞭[13]驴背[14]轻寒起，错讶[15]余辉[16]是雪明。

注释

①花朝：俗称农历二月十二日为百花生日，也称花朝。或指二月二日，或指二月十五日。

②客绪：作客他乡的心情。

③萦：旋绕。

④微茫：景色隐约模糊。

⑤征：远行。

⑥剧：甚，极。

⑦无那：无奈。

⑧羁愁：漂泊异乡，以致心中愁闷。

⑨羌笛：乐器名。因出于羌族，故名。

⑩关山：《关山月》。汉代乐府横吹曲名。多描写边塞萧条、兵士久征、大漠荒寂、征人思归等情感。

⑪新乐府：是从古乐府演变革新的一种新体诗。创始于初唐，沿用汉魏六朝乐府旧题，虽辞为乐府，已不被于声律。

⑫华清：华清池。
⑬吟鞭：诗人骑马或骑驴驱策所用的鞭子。
⑭驴背：唐诗人郑綮说他的诗思："在灞桥风雪中、驴子背上。"
⑮讶：诧异。
⑯余辉：余晖。落日余光。

题颜旸谷司训[1]《春山访友图》

其　一

一路寻春款[2]竹关[3]，马蹄踏遍落红间。
与君约辨莺花[4]课，夜弄瑶琴[5]昼看山。

注释

①司训：明、清时县学教谕（教官）的名称。
②款：叩关，敲门。
③竹关：竹门。
④莺花：黄莺和花朵。指春日景物。
⑤瑶琴：以玉为饰的琴。为琴之美称。

其　二

一鞭花气[1]一囊琴，笑倩[2]闲云指径寻。
行过春山应十里，故人家更在山深。

注释

①花气：花朵的香气。
②笑倩：口颊含笑的样子。《诗·卫风·硕人》："巧笑倩兮。"

其　三

曾约奚囊[1]结胜游，移家近已入花稠[2]。
茅檐[3]不似青山近，时露春光到马头。

注释

①奚囊：唐李贺奚奴所背的古锦囊。后用为诗囊。
②花稠：花丛。稠，又密又多。
③茅檐：茅屋的屋檐。

亭 柳

底事①江亭祖道②尘，强攀弱缕③诉伤春。
章台④自抱风流恨，那把离情管别人。

注释

①底事：何事。

②祖道：古代为出行者祭祀路神，并饮宴送行。

③缕：柳枝。

④章台：汉长安街名。《汉书·张敞传》："敞无威仪，时罢朝会，过走马章台街，使御史驱，自以便面拊马。"泛指妓院聚集之地。

读史二首（存一）

勋名①泡影②幻须臾③，今古悠悠④孰知愚。谢傅情高偏小草⑤，留侯⑥志大不魁梧⑦。
六朝⑧门第归裙屐⑨，七国⑩英雄出侩屠⑪。青史⑫聊堪供下酒⑬，十千⑭径醉莫辞沽⑮。

注释

①勋名：功名。

②泡影：泡与影皆非实有，喻世间万法之虚假。

③须臾：时间不久。

④悠悠：忧思貌。

⑤谢傅情高偏小草：谢傅，晋谢安。小草，中药名，远志的苗，可供药用。《世说新语·排调》："于时有人饷桓公药草，中有远志。公取以问谢：'此药又名小草，何一物而有二称？'谢未既答。时郝隆在坐，应声答曰：'此甚易解，处则为远志，出则为小草。'谢甚有惭色。"

⑥留侯：汉高祖封功臣张良为留侯。

⑦魁梧：形容身材雄伟高大。

⑧六朝：吴、东晋、宋、齐、梁、陈，先后建都于建康（今南京市），合称六朝。

⑨裙屐：裙，下裳；屐，木底鞋。指六朝贵族子弟的衣着。

⑩七国：谓战国时期互争雄长之七国。

⑪侩屠：侩，买卖的中间人；屠，宰杀牲畜的人。

⑫青史：古以竹简记事曰杀青，后因称史册曰青史。

⑬下酒：能够助饮的菜肴果品。

⑭十千：一万。极言甚多。指万钱。

⑮沽：买。

西湖寻梅

拥背薰笼[①]拟卧冬，梅魂[②]催起兴偏浓。
春前预试登山屐[③]，行尽南高[④]雪后峰。

注释

①薰笼：有笼覆盖的薰炉。可用以取暖或薰烤衣服。

②梅魂：梅花的精神。

③登山屐：南朝宋诗人谢灵运游山时常穿的一种有齿的木屐。《南史·谢灵运传》：“寻山陟岭，必造幽峻……登蹑常着木屐，上山则去其前齿，下山去其后齿。”后常用作登山探幽的典故。

④南高：南高峰。在西湖。

苑　柳

三眠人柳[①]映仙桃，上苑[②]春风托地高。
不管人间离别事，生来只识壮元袍。

注释

①三眠人柳：《三辅故事》：“汉苑中有柳状如人形，号曰人柳，一日三眠三起。”

②上苑：帝王的园囿，亦曰御苑。

施士洁

施士洁（1855—1922），名应嘉，字沄舫，号芸况，又号喆园，晚号耐公。台南市人，进士施琼芳次子。光绪三年进士，点内阁中书。性放诞，不喜仕进，归里掌教于白沙、崇文、海东等书院。后入唐景崧幕，与丘逢甲等人日夕酬唱。乙未割台，携眷内渡，后任同安县马巷厅长。民国六年，应聘入闽修志局；既而，寄居鼓浪屿，郁郁而终。著《后苏龛合集》。

郭封君六十寿诗

白手成家[1]到白头，汾阳[2]不愧此箕裘[3]。鸱夷[4]自昔传三徙[5]，《鸿范》[6]于今备九畴[7]。陆贾[8]装归买山隐，向平[9]事了杖乡[10]游。古稀偻指[11]称觥[12]日，仙鹤重添海屋筹[13]。

注释

①白手成家：自持其力，没有任何凭借而创建家业。

②汾阳：地名。唐郭子仪封汾阳侯。

③箕裘：指制畚箕、补皮衣之事。本喻指由易至难的学习方式。后则转指父亲的技艺或事业，凡能承继父亲技艺事业的，便称为克绍箕裘。

④鸱夷：春秋时越国的范蠡，自号鸱夷子皮。

⑤三徙：迁徙三次。

⑥《鸿范》：大法。《尚书》篇名。

⑦九畴：夏禹治理天下的九种大法。

⑧陆贾：汉初思想家、辞赋家。

⑨向平：东汉高士。隐居不仕，子女婚嫁既毕，遂漫游五岳名山。

⑩杖乡：古礼，六十岁者可拄杖于乡中，后用以称六十岁的人为杖乡。

⑪偻指：屈指一算。偻，音 lǚ。

⑫称觥：称觞。举杯敬酒。觥，音 gōng。

⑬添海屋筹：海屋添筹。祝人长寿的吉祥话。

菽庄[1]寿菊雅集次健人[2]韵
（乙卯[3]十一月二日）

万里西风浪屿[4]来，黄金幻作此花开[5]。才人锦绣空双眼，隐者园亭寿一杯。（园中多购泰西[6]种）

日涉颇谙陶令[7]趣，夕餐顿起左徒[8]哀。老夫秋骨偏增健，饮水新从郦[9]谷回。

注释

①菽庄：在鼓浪屿。诗人林尔嘉居住于此。

②健人：林景仁，字健人，号小眉。新北市板桥人。林尔嘉之子。

③乙卯：公元一九一五年。民国四年。

④浪屿：鼓浪屿。

⑤黄金幻作此花开：谓菊花系由黄金变幻而成。

⑥泰西：欧美各国。

⑦陶令：陶潜曾任彭泽县令。

⑧左徒：战国时官名。指屈原。
⑨郰：地名。春秋时鲁地名。

中坜旅馆题壁

梦觉肩舆[①]已到门，呼僮吹火坐黄昏。异乡回首云千里，长路伤心酒一尊。
红烛难消游子泪，青衫[②]尚系美人魂。邻鸡底事[③]轻相扰，况奈孤眠夜不温！

注释

①肩舆：轿子。
②青衫：青色的衣衫。古代职位低的官员穿着蓝色的长衫，便服也称青衫。
③底事：何事。

登赤嵌楼望安平口

其　一

一度登临一惘然[①]，红毛遗迹[②]渺苍烟。两三点鸟层霄[③]外，十万人家落照[④]边。
隐约[⑤]市声当暮沸[⑥]，微茫[⑦]山影抱城圆[⑧]。我来正值[⑨]凉风起，鼓角[⑩]防秋[⑪]又几年。

注释

①惘然：神志恍惚的样子。
②红毛遗迹：指赤嵌楼。红毛，指荷兰人。
③层霄：天空高远的地方。
④落照：落日，落日余晖。
⑤隐约：不明显、不分明的样子。
⑥沸：鼎沸。
⑦微茫：景象隐约模糊。
⑧抱城圆：围绕着圆城。
⑨值：正当。
⑩鼓角：鼓和号角。军中传布号令、声张军威的器具。夜晚则用来报时。
⑪防秋：秋际的边防。调兵守边。

其　二

蓬飘不到此间楼，难得乡关[①]共胜游。绕郭[②]岚[③]光初过雨，隔帘海气欲生秋。
数声钟磬[④]前朝寺，一片帆樯[⑤]估客[⑥]舟。极目[⑦]城西纷蜃市[⑧]，腥尘无地可埋愁。

注释

①乡关：故乡。

②郭：城墙。

③岚：山气，山间的雾。

④钟磬：钟声和磬声。

⑤帆樯：帆柱。

⑥估客：商人。

⑦极目：穷尽目力，眺望远方。

⑧蜃市：海市蜃楼。一种因光线折射而使眼前呈现景物的幻象，多出现于海边或沙漠。蜃是一种有角的蛟龙，古人认为海中的市镇、楼台是蜃吐气而形成的。

其　三

鹿耳[①]鲲身[②]水一方，草鸡[③]仙去霸图[④]荒。茫茫天地此烟景，寂寂[⑤]江山空夕阳。

不觉目随高鸟远，悠悠心引片云长。园林到处供诗料[⑥]，谁吊瀛[⑦]南古战场？

注释

①鹿耳：地名，鹿耳门。在今台南市西北海边鱼塭地区。郑成功率军到台湾最先登陆的地点。

②鲲身：地名。即明清时的七鲲身屿。原为台南市西南海中的古岛屿。自南而北，绵延七岛。17世纪时荷兰人曾在此建热兰遮城。18世纪后港湾逐渐淤浅，1882年在一次大洪水中，港湾填淤成平地，岛屿遂与台南市西郊陆地相连接。身又作鯓。

③草鸡：郑氏入台时有“草鸡”之谶。王渔洋《池北偶谈·厦门砖刻》：明季崇祯庚辰岁，有闽僧贯一者，居鹭门（今厦门）。夜坐，见篱外坡陀有光，连三夕。怪之，因掘地得古砖，背印两圆花突起，面刻古隶四行，其文曰：“草鸡夜鸣，长耳大尾。干头衔鼠，拍水而起。杀人如麻，血成海水。起年灭年，六甲更始。庚小熙皞，太平千纪。”凡四十字。闽县陈衎盘生，明末著《槎上老舌》一书，备记其语，至今癸亥四十四年矣。识者曰：鸡，“酉”字也，加草头大尾长耳，“郑”字也，干头，“甲”字，鼠，“子”字也。谓郑芝龙以天启甲子起海中为群盗也。明年甲子，距前甲子六十年矣。庚小熙皞，寓年号也。前年万正色克复金门、厦门，今年施琅克澎湖，郑克塽上表乞降，台湾悉平。六十年海氛一朝荡涤，此固国家灵长之福，而天数已预定矣，异哉！

④霸图：建立霸业、事功的意图。

⑤寂寂：落寞安静。

⑥诗料：作诗的材料。

⑦瀛：本指海上仙山瀛洲，此处借指台湾。

墙 东

懒学墙东[1]避世贤，邵窝安乐[2]胜神仙。无情岂是英雄汉？有梦何妨淡定禅。

读史一生关慧业[3]，看花到老得真诠[4]。秋风萧瑟[5]秋云薄，如此风云亦可怜。

注释

①墙东：元朝陆文奎，读书过目成诵，终身不忘，博通经史百家。宋亡，隐居城东，学者称之为墙东先生。

②邵窝安乐：宋朝邵雍自号安乐先生，称自宅为安乐窝。

③慧业：佛家语。通达世相本质毕竟空义，而能从事有益于人群的工作，称为慧业。

④真诠：经典的正确解释。

⑤萧瑟：草木被秋风吹袭的声音。

黄母萧太君[1]寿诗

鹭江[2]千顷此汪汪[3]，我为金萱[4]侑[5]一觞[6]。设帨[7]荷花重闰寿[8]，舞衣莱子[9]恰归装。

瑶池[10]王母仙灵[11]集，丹穴[12]封君[13]史乘[14]光。词客幸叨[15]西幄[16]宴，红毹[17]曲谱《荔枝香》[18]。

注释

①太君：帝制时代官员母亲的封号。后用以敬称他人的母亲。

②鹭江：水名。在今厦门市。

③汪汪：水宽广的样子。

④金萱：美丽的萱堂。萱堂指母亲的居室，并借指母亲。

⑤侑：劝。多用于酒食宴饮。音 yòu。

⑥觞：盛有酒浆的酒器。

⑦设帨：摆设佩巾，表示生女。或指女子的生辰。帨，音 shuì。

⑧重闰寿：因农历闰月，因而为两次生日祝寿。

⑨莱子：老莱子。春秋楚人，性至孝，年七十，常穿着五色彩衣，学做婴儿戏，以娱其亲。

⑩瑶池：仙境。在古代神话中，相传为西王母所居之地。

⑪仙灵：神仙。

⑫丹穴：古地名。《尔雅·释地》："太平之人仁，丹穴之人智。"

⑬封君：受封的妇女。

⑭史乘：史书。

⑮叨：忝。音 tāo。

⑯幄：帏帐。

⑰红毹：红毛毯。毹，音 shū。

⑱《荔枝香》：词调名。《新唐书·礼乐志十二》："帝幸骊山，杨贵妃生日，命小部张乐长生殿，因奏新曲，未有名，会南方进荔枝，因名曰：《荔枝香》。"

和李学樵[1]《移居》韵

谪仙[2]海上赋闲[3]居，遥讯江春一纸书。南陌寻花诗客蹇[4]，西园载曲[5]酒人车。

画图辋野[6]王摩诘，文学江都董仲舒[7]。老我阎浮[8]千百劫，神州无地卜瓜庐[9]。

注释

①李学樵：李天民，字学樵。台北人。曾组芦洲诗社，复以画名。

②谪仙：称誉一个人才学优异、清超拔俗，就像谪降尘世的仙人。

③赋闲：晋潘岳辞官家居，作《闲居赋》，后人遂称罢官或闲居无事为赋闲。

④蹇：停留。

⑤曲：酒母。泛称酒。

⑥画图辋野：唐王维所作之《辋川图》。王维，字摩诘。工诗，善绘事。

⑦董仲舒：西汉人。武帝时应诏对策，任江都相。江都，地名，在今江苏省仪征市东北，曾为江北繁荣地区，今渐衰。

⑧阎浮：佛家语。树名。

⑨瓜庐：蜗庐，形容蜗牛壳的小屋。

欧阳节母寿诗

欧阳[1]画荻[2]古遗徽[3]，今日松筠[4]节更稀。母德嘉禾[5]旌[6]梓里[7]，儿心寸草[8]报萱帏[9]。

怀清台[10]上封丹穴[11]，娱老堂前舞彩衣[12]。行义[13]题门高绰楔[14]，千春[15]邑乘[16]管彤[17]辉。

注释

①欧阳：欧阳修。

②画荻：以荻画地学书。欧阳修四岁而孤，家贫，母郑氏以荻画地教他学书，后遂用以称颂母教。

③徽：美善。

④松筠：松竹。

⑤嘉禾：谷粒又多又大的禾稻，古时认为是吉祥的象征。

⑥旌：表彰。

⑦梓里：乡里，家乡。

⑧寸草：孟郊《游子吟》："谁言寸草心，报得三春晖。"

⑨萱帏：萱闱。对他人母亲的敬称。

⑩怀清台：台名。秦始皇为贞妇巴清所筑。

⑪丹穴：产丹砂的山穴。《史记·货殖列传·猗顿》："巴蜀寡妇清，其先得丹穴而擅其利数世。"

⑫舞彩衣：春秋时楚老莱子事亲至孝，行年七十，仍着五彩衣以娱双亲。

⑬行义：德行风义。

⑭绰楔：古时树立在居所正门两旁，用以表彰忠孝节义的木柱。楔，音 xiē。

⑮千春：千年。

⑯邑乘：地方上的史书。

⑰管彤：赤笔管。为古代女史记事规诲所用。

次芸园韵[1]

鹭门[2]十载怅分携[3]，梦里知君忆虎溪[4]。
幸有数行泥爪[5]迹，先芬[6]尺幅[7]为留题。
（昔年为其先德[8]题图）

注释

①次韵：诗人在和别人的诗时，根据别人诗篇所用的韵，并且依照原韵的先后次序作诗的，称次韵。

②鹭门：厦门岛。

③分携：分手，别离。

④虎溪：溪名。在江西省九江市南庐山东林寺前。相传高僧慧远，曾住锡东林，每送客至此溪，虎则号鸣，因号虎溪。

⑤泥爪：鸿爪。鸿鸟的爪印。比喻往事的痕迹。苏轼《和子由渑池怀旧》："人生到处知何似？应似飞鸿踏雪泥。泥上偶然留指爪，鸿飞那复计东西？"

⑥芬：比喻盛德美名。

⑦尺幅：指书画。

⑧先德：称人的祖先。

代怡堂和薇屏韵

其　一

忽捧新编[1]小院东，英光直射斗牛宫[2]。人耽[3]栗里[4]林泉乐，诗爱樊川[5]骨格雄。
九日[6]黄花逢客里，一尊绿酒涤[7]胸中。愧余无物酬佳节，半世空为俗所笼。

注释

①新编：新完成的诗篇。

②斗牛宫：指南斗和牵牛宫。

③耽：爱乐。

④栗里：古地名。在今江西省九江市西南。晋陶渊明曾居此。

⑤樊川：水名。在今陕西省西安市长安区南。杜牧祖先居长安樊川，因称杜樊川。杜牧著有《樊川集》。此处借指杜牧。

⑥九日：农历九月九日，即重阳节。

⑦涤：洗涤，冲洗。

其 二

名场潦倒卅余年，旧梦沉沉欲化烟。壮岁须眉惭木偶，儒家衣钵[1]枉薪传。

聊娱永夜[2]频开瓮，拟和阳春[3]细擘笺[4]。数载交情真莫逆[5]，好从文字证因缘。

注释

①衣钵：衣指僧伽梨（众聚时衣）、郁多罗僧（上衣）、安陀会（内衣）。钵指食具。泛指师长所传授的学问、技能。

②永夜：长夜。

③阳春：词调名。也作《阳春曲》。泛指高格调的歌曲。

④擘笺：裁纸。

⑤莫逆：本指心意相通，毫无阻逆。后世用来表示深厚的友谊。

秋 砧[1]

其 一

一声声入大刀头[2]，游子关河[3]少妇楼。弱杵[4]敲残门巷冷，乱笳[5]迸作塞垣[6]愁。

商音[7]和月心俱碎，石气[8]含霜指不柔。白帝城[9]高烽正急，授衣[10]辛苦几时休?

注释

①砧：捣衣石。

②大刀头：西汉李陵被迫投降匈奴，汉派李陵旧友任立政至匈奴，暗劝李陵还汉，任以政以眼看李陵，以手摸刀环。环，谐声“还”，以示李陵还回汉廷。大刀头有环，后作为“还”的谐隐语。

③关河：泛指一般山河险要之地。

④杵：捣衣、捶衣用的棒槌。

⑤笳：胡笳。

⑥塞垣：指长城。

⑦商音：秋声。

⑧石气：秋砧的寒气。

⑨白帝城：地名。在今重庆市奉节县东。

⑩授衣：准备寒衣。古代妇女于九月时制冬衣，以备御寒。

其 二

空闺夕籁动萧骚[1]，绝塞[2]霜浓月正高。一曲断肠歌捣练[3]，数声和泪寄同袍。

宫商[4]五答千家怨，銕石[5]双敲十指劳。时节那堪刀尺[6]响，又催木叶下亭皋[7]？

注释

①萧骚：状声词。形容雨声、风动竹声等。

②绝塞：极远的边塞。

③歌捣练：《捣练子》，词牌名。

④宫商：宫、商、角、徵、羽合称五音。古人通常以宫作音阶的第一级音。商，音清劲而凄厉。

⑤銕石：铁和石。銕，铁的古字。音 tiě。

⑥刀尺：裁制衣服的剪刀和尺。杜甫《秋兴》：“寒衣处处催刀尺，白帝城高急暮砧。”

⑦亭皋：水边的平地。

竹堑[1]登高和林丈薇屏韵

其 一

秋风万里海门东，有客寻幽到梵宫[2]。人向异乡招酒侣，天教佳节助诗雄[3]。

年年萸菊[4]供吟料，处处峰峦入望中。活脱[5]如公真可羡，愁予何日谢[6]樊笼[7]？

注释

①竹堑：地名。今台湾省新竹市。

②梵宫：原指梵天的宫殿。后多指佛寺。

③诗雄：杰出的诗人。

④萸菊：茱萸和菊花。

⑤活脱：活泼、灵活。

⑥谢：除去。

⑦樊笼：关鸟兽的笼子。比喻受束缚、不自由的境地。

其　二

铁砚磨穿二十年，韶年[①]过眼已成烟。空留画饼[②]虚名在，愧乏题餻[③]妙句传。

旅次闲抛三寸管[④]，宵来快读五云笺[⑤]。也知白雪[⑥]高难和，聊共逋仙[⑦]结后缘。

注释

①韶年：青年时之光阴。

②画饼：画成的饼。比喻徒有虚名、无补实用的人和物。

③题餻：亦作“题糕”。指唐刘禹锡重阳题诗不敢用“餻”字的故事。宋邵博《闻见后录》卷十九：“刘梦得作《九日诗》，欲用餻字，以《五经》中无之，辍不复为。宋子京以为不然。”故子京《九日食餻》有咏云：“飚馆轻霜拂曙袍，糗糍花饮斗分曹，刘郎不敢题餻字，虚负诗中一世豪。”后遂以“题餻”作为重阳题诗的典故。餻，同糕。

④三寸管：毛笔。

⑤五云笺：五色笺。

⑥白雪：《白雪》、《阳春》是战国时期楚国的两支高雅歌曲。后亦用以泛指高雅的诗歌和其他文学艺术。

⑦逋仙：宋诗人林逋。

乙未[①]除夕山斋题壁

匆匆[②]廿载故乡违[③]，亲友无多友更稀。亭馆九荒松菊在，溪山虽好钓游非。

伤心旧雨[④]成黄土[⑤]，到眼浮云[⑥]幻白衣[⑦]。我是辽东丁令鹤[⑧]，百年华表[⑨]始来归。

注释

①乙未：公元一八九五年。清光绪二十一年。是年中日订立《马关条约》。

②匆匆：急遽。

③违：离。

④旧雨：旧友。

⑤黄土：坟墓。

⑥浮云：天空中飘浮的云。比喻世事变幻无常。

⑦幻白衣：白衣苍狗。比喻世事变幻无常。同“白云苍狗”。

⑧辽东丁令鹤：古代神话中的人物丁令威，相传为辽东人，在灵虚山学道成仙，后化鹤归来，栖止于城门华表柱上。有少年欲射之，鹤乃飞鸣作人言：“有鸟有鸟丁令威，去家千年今始归，城郭如故人民非，何不学先仙冢累累。”

⑨华表：建在桥梁、城门、宫殿、帝王坟前的大柱。有标识及装饰作用。

元　夕[①]

杀气辽阳[②]正渺漫[③]，鹭门[④]佳节醉乡宽。须眉[⑤]落拓愁中见，骨肉[⑥]团栾[⑦]劫后难。

浮白[⑧]何人同领略[⑨]？栖鸟与我共酸寒[⑩]。可怜十度灯宵[⑪]月，不向瀛南[⑫]故国[⑬]看。

注释

①元夕：上元之夜。元宵。

②辽阳：地名。在今辽宁省内。

③渺漫：渺茫。

④鹭门：地名。即厦门。

⑤须眉：胡须与眉毛。

⑥骨肉：骨和肉。比喻至亲。

⑦团栾：团聚。

⑧浮白：罚人饮酒。也指满饮一大杯酒。

⑨领略：领会。

⑩酸寒：寒酸。

⑪灯宵：元宵。

⑫瀛南：台南，作者的故乡。瀛，海上仙山瀛洲，借指台湾。

⑬故国：故乡。

元旦病中和芝生韵

其　一

天教奇险试医才，药盏[①]权[②]为饯岁[③]杯。妙手回春[④]惊又喜，吟魂[⑤]送腊[⑥]去还来。

雏姬[⑦]罢进屠苏酒[⑧]，病叟重燃粪壤[⑨]灰。明日满城冠盖[⑩]闹，自怜倦眼[⑪]未曾开。

注释

①药盏：装药的小杯子。盏，小杯子。

②权：权宜，变通；充当，当作。

③饯岁：设酒宴送别旧岁。

④妙手回春：谓医术高明，技能高妙。

⑤吟魂：诗情；诗思。

⑥腊：农历十二月。

⑦雏姬：雏，年轻；姬，妾，侍妾。

⑧屠苏酒：酒名。《荆楚岁时记》：“正月一日是三元之日也，长幼以次拜贺，进屠苏酒。”

⑨粪壤：拌有肥料的灰土。
⑩冠盖：仕宦之冠服车盖。
⑪倦眼：倦于阅视的或疲倦的眼睛。

其　二

万家爆竹刺桐城[①]，老子[②]呻吟[③]作和声。拥被身惟防冷暖，垂帏[④]目不辨阴晴。
五辛[⑤]未敢登槃[⑥]荐[⑦]，百丑翻[⑧]嫌对镜明。举世欣欣[⑨]依戚戚[⑩]，使人到此意难平[⑪]！

注释

①刺桐城：福建泉州。
②老子：作者自称。
③呻吟：因忧劳苦病而嗟叹。
④帏：帐也。

⑤五辛：五种辛味的蔬菜，也称五荤，即用葱、蒜、韭、蓼蒿、芥五种辛物做成的菜肴。佛教僧侣按戒律不许吃五辛。
⑥槃：同盘。
⑦荐：祭祀时献牲。
⑧翻：反而。
⑨欣欣：喜乐的样子。
⑩戚戚：忧惧。
⑪难平：愤恨难平。

毓臣席上次米溪韵（三首选二）

其　一

滴尽铜驼[①]泪，于今又几年？
自怜香案吏[②]，一谪不成仙。

注释

①铜驼：《晋书·索靖传》：靖有先识远量，知天下将乱，指洛阳宫门铜驼叹曰：“会见汝在荆棘中耳。”
②香案吏：指宫廷中随侍帝王的官员。

其　三

中东[①]互唇齿[②]，君我亦忘年[③]。
绝好同舟谊，人间李郭[④]仙。

注释

①中东：指中国和东洋日本。.

②唇齿：比喻互相依存而有共同利益的双方。

③忘年：忘记年月。不拘年龄、行辈，以德才相敬慕。

④李郭：指李膺与郭泰。《后汉书·郭太传》载，李膺与郭泰同舟共济，众宾望之，以为神仙。后常用为友人相亲之典。

寄和赵剑楼[1]韵

不分[2]苍苍[3]果忌才[4]，林泉[5]一席强安排。管宁[6]避地家何在？高适[7]攻诗志未灰。

劫后鲸氛[8]沉赤嵌，老来骏骨[9]失金台[10]。倚楼宗派[11]吟身[12]健，共说翁真矍铄[13]哉！

注释

①赵剑楼：赵益山，字文徽，号一山，新北市淡水区人。精岐黄术，乙未割台后，悬壶稻江（今台北市大稻埕），设帐授徒。著有《剑楼诗集》。

②不分：不料。

③苍苍：苍天。

④忌才：嫉妒贤才。

⑤林泉：林木与泉石。指隐居的地方或指退隐。

⑥管宁：三国魏人，字幼安。汉末黄巾作乱，避居辽东，聚徒讲诗书，民众受到感化，无人斗讼。

⑦高适：唐诗人。出身贫寒，历任淮南、西川节度使，仕终散骑常侍。所作边塞诗，多古体、乐府，对边塞的地势景色和青年保国卫土的豪情有突出的描写。

⑧鲸氛：欲鲸吞或兼并的妖气。

⑨骏骨：骏马的骨头。比喻贤才。

⑩金台：黄金台。古地名。在今北京市大兴区东南，北易水南。相传燕昭王欲报齐人灭国之仇，特在易水东南筑黄金台，布金于上，以招延天下贤士。

⑪宗派：指某些团体，如学术、宗教等，因各有宗旨传承所衍生的派别。

⑫吟身：诗人的身体。

⑬矍铄：老而强健。音 jué shuò。

赠水仙女校书[1]次菽庄[2]韵

其　一

乡亲苏小[3]惜余春，犹是杨枝[4]未嫁身。

梦觉樊川[5]成薄幸[6]，青楼[7]依亦过来人。

注释

①校书：古代对有文才的伎女的雅称。

②菽庄：林尔嘉，字菽庄。新北市板桥人。

③苏小：苏小小。六朝南齐著名歌伎。才高貌美，家住钱塘（杭州），常乘油壁香车。又宋代著名歌伎亦名苏小小，钱塘人，苏盼奴的妹妹，颇工诗词，后嫁给赵院判。

④杨枝：樊素。唐伎女，白居易之侍妾，以善唱《杨柳枝》而得名。

⑤樊川：指唐诗人杜牧，著《樊川集》。

⑥薄幸：薄情、寡情。杜牧《遣怀》："十年一觉扬州梦，赢得青楼薄幸名。"

⑦青楼：妓院。

其　二

伤心一曲杜秋娘[①]，逋客[②]辞家二十霜。
莫问人间鹣鲽[③]事，罗敷[④]陌上已无桑[⑤]。

注释

①杜秋娘：唐金陵女子。善诗词，初为镇海节度使李锜妾，所歌《金缕衣曲》，一时传诵。后锜谋叛伏诛，秋娘没籍入宫，穆宗命为皇子傅姆，后赐归金陵，终老于家。

②逋客：避世的人。作者自称。

③鹣鲽：鹣为比翼鸟，鲽为比目鱼。后人以鹣鲽比喻夫妻相亲相爱。

④罗敷：人名。姓秦，邯郸人，战国时王仁的妻子。《玉台新咏·佚名·日出东南行》："秦氏有好女，自名为罗敷。"

⑤陌上已无桑：王仁后为赵王家令，罗敷出采桑于陌上，赵王登台见而悦之，因饮酒欲夺焉。罗敷乃弹筝，作《陌上歌》以自明焉。

海客[①]谈瀛轩和菽庄主人[②]韵

天然图画蒋南沙[③]，经济[④]山林老作家。门对草堂双桨泊，园通菊径一篱斜。
谈瀛有客吟仙李[⑤]，赋海何人拟木华[⑥]？满地黄金秋富贵，白头七见菽庄花。

注释

①海客：流浪江湖的人。

②菽庄主人：林尔嘉，字菽庄，新北市板桥人。居福建鼓浪屿。

③蒋南沙：清画家蒋廷锡，号南沙。江苏常熟人。善绘花卉，康熙时赐进士。

④经济：经世济民。

⑤仙李：诗仙李白。

⑥木华：晋文学家，字玄虚。今广州人。曾任太傅杨骏的主簿。作品奇丽壮阔，隽美脱俗，精于描绘，想象力丰富。所撰辞赋，今仅存《海赋》一篇。

罗秀惠

罗秀惠，字蔚村，号蕉麓。台南市人，光绪间举人，日据后，人风流不羁，别署花花世界生。工书法。

次韵[①]送林小眉[②]之鹭门[③]

乾坤[④]放眼更谁怜？云水[⑤]情移海上连。埋首[⑥]债台千垒块[⑦]，等身价值五铢钱[⑧]。
骊歌[⑨]三叠[⑩]春迟饯[⑪]，画鹢[⑫]分飞缆莫牵。安借天风听雅奏，浪浪[⑬]镇日[⑭]抵长年。
（予滞南而君行）

注释

①次韵：诗人在和别人的诗时，仿照原诗用韵的次序作诗。

②林小眉：林景仁，字小眉。新北市板桥人。

③鹭门：今厦门。

④乾坤：天地。

⑤云水：指行脚僧或游方道士。他们到处为家，行踪不定，有如行云流水。

⑥埋首：埋头。

⑦垒块：比喻郁闷不平之气。

⑧五铢钱：钱名。始铸于汉武帝，重量五铢，上有“五铢”两篆字。

⑨骊歌：告别的歌。

⑩三叠：古时奏曲反复咏唱某句三遍的方法。

⑪饯：设宴送行。

⑫画鹢：本指画鹢于船首。后用以指船。

⑬浪浪：泪流的样子。

⑭镇日：整天。

苏君菱槎[1]将归里，席上草呈

东宁[2]新咏斐[3]成章，百叠裁云[4]熨织缃[5]。长吉[6]呕肝囊尽锦，文通[7]梦笔彩生芒。（近作《东宁百咏》）

谶鸡[8]绝海伟人古，歌凤[9]接舆[10]遁世[11]狂。今日酌君杯酒乐，鲁戈[12]无计驻斜阳。

注释

①苏君菱槎：苏镜潭，字菱槎。福建晋江人。

②东宁：台湾。郑成功攻克台湾，改台湾为东都，郑经又改称为东宁。

③斐：有文采的样子。音 fěi。

④裁云：裁剪行云。比喻裁剪技艺精妙新巧。

⑤缃：浅黄色的布帛。

⑥长吉：唐诗人李贺，字长吉。年少即工诗。死时年仅二十七岁。

⑦文通：南朝梁文学家江淹，字文通。梦见有人授五色笔给他，才思大尽。

⑧谶鸡：谶，预言吉凶的文字、图录。王渔洋《池北偶谈·厦门砖刻》：明季崇祯庚辰岁，有闽僧贯一者，居鹭门（今厦门）。夜坐，见篱外坡陀有光，连三夕。怪之，因掘地得古砖，背印两圆花突起，面刻古隶四行，其文曰：“草鸡夜鸣，长耳大尾。干头衔鼠，拍水而起。杀人如麻，血成海水。起年灭年，六甲更始。庚小熙皞，太平千纪。”凡四十字。闽县陈衎盘生，明末著《槎上老舌》一书，备记其语，至今癸亥四十四年矣。识者曰：鸡，“酉”字也，加草头大尾长耳，“郑”字也，干头，“甲”字，鼠，“子”字也。谓郑芝龙以天启甲子起海中为群盗也。明年甲子，距前甲子六十年矣。庚小熙皞，寓年号也。前年万正色克复金门、厦门，今年施琅克澎湖，郑克塽上表乞降，台湾悉平。六十年海氛一朝荡涤，此固国家灵长之福，而天数已预定矣，异哉！

⑨歌凤：春秋时楚狂接舆尝过访孔子，歌“凤兮凤兮，何德之衰”以讽喻孔子，言其明知世乱不可为而犹为之。

⑩接舆：春秋时楚国高士，佯狂避世，曾迎孔子的车而歌。

⑪遁世：独自隐居，避开俗世。遁，音 dùn。

⑫鲁戈：春秋时鲁阳公与韩构难，战酣，日暮，援戈而挥之，日为之反三舍。

送林季丞[1]之英伦

骊珠摘颔[2]龙跨头，骊歌[3]叠唱天为秋。诗人一去鸥盟[4]愁，习闻海客谈瀛洲[5]。

安得挂席拾海月，相浮[6]大白[7]酣舵楼[8]。有客同舟航故里，耿耿[9]篷窗[10]催漏矢[11]。

跋烛[12]白战[13]星月凉，中有仙眷鸿与光[14]。幔亭[15]广乐武彝君[16]，赢得新妇谐参军。

鲲身[17]旧渔乘龙客，龙门[18]声价荆州分。自从泛棹游鲲岛[19]，夺得锦标树蝥蠹[20]。

（君为鲁邨翁快婿，鲲身翁号也）

流行自在轻艨艟[21]，苏门更啸竹林[22]风（谓小眉）。睡狮怒嘲抛拄杖，别从海外图淬掌[23]。

兴动东坡横气机，谲诡[24]波云层胸荡[25]。断流壮绝快投鞭[26]，移情大小剌[27]琴船。

乘风万里破骇浪[28]，功成投笔摹燕然[29]。归来策上长安贾[30]，奋扬国光辉白社[31]。

相逢马上揖[32]雄风，车笠[33]故人凭君下。吁嗟《阳关》[34]一曲哂巴渝[35]，吹竽[36]语滥齐东野。

注释

①林季丞：林尔准，字季丞，新北市板桥人。

②骊珠摘颔：古代传说深渊中有骊龙，其颔下有千金之珠，得之不易。后世用为诗文中肯、得其精蕴之比喻。

③骊歌：离别的歌。

④鸥盟：与鸥为友，指隐居江湖。

⑤瀛洲：海上仙山之一。指台湾。

⑥浮：罚酒。

⑦白：罚酒的杯子。

⑧舵楼：船上操舵之室。亦指后舱室。

⑨耿耿：心中挂怀，烦躁不安的样子。

⑩篷窗：船窗。

⑪漏矢：漏箭。漏壶中用作指标的箭，随水之浮沉而上下移动以计时间。

⑫跋烛：火炬或烛燃尽残余的部分。跋，音 bá。

⑬白战：作近体诗时，限制其不得用某些常用的字眼。

⑭鸿与光：梁鸿与孟光。

⑮幔亭：张挂帐幕围成的亭子。

⑯武彝君：地官名。相传于八月十五日大会村人于武夷山，置幔亭，化虹桥通山下。

⑰鲲身：明清时之七鲲身屿，在安平附近，现已淤积而与台南市西部陆地连接。

⑱龙门：比喻显赫的名位。《后汉书·党锢传·李膺》："士有被其容接者，名为登龙门。"李白《与韩荆州书》："一登龙门，则声誉十倍。"

⑲鲲岛：七鲲身屿。

⑳蝥纛：旗名。

㉑艨艟：古代战船。

㉒竹林：竹林七贤。

㉓淬掌：用火灼烧手掌。比喻刻苦读书。淬，音 cuì。

㉔谲诡：怪诞、变化莫测。音 jué guǐ。

㉕胸荡：洗涤心胸。

㉖断流投鞭：比喻军队众多。《晋书·前秦载记·苻坚下》：苻坚曰："以吾众旅，投鞭于江，足断其流。"

㉗刺：撑船，划船。

㉘骇浪：汹涌惊人的大浪。

㉙燕然：燕然山，即今蒙古杭爱山。东汉窦宪大破北单于，登燕然山，刻石记功而还。

㉚长安贾：西汉政论家、辞赋家贾谊，文帝时外放为长安王太傅。上书文帝《治安策》，提出政治改革计划。

㉛白社：地名。在今河南省洛阳市东。晋朝董京常宿白社中。后人称隐士所居为白社。

㉜揖：拱手为礼。

㉝车笠：古代闽浙一带的百越民族，朴实忠厚，初相交友的人会祭拜发誓说："君乘车，我带笠，它日相逢下车揖；君担簦，我跨马，它日相逢为君下。"

㉞《阳关》：曲调名。本名《渭城曲》，后歌入乐府，遂为唐人的送别曲。

㉟巴渝：秦汉时期的巴、渝地区。辖地在今四川省。

㊱吹竽：齐宣王使人吹竽必三百人，南郭处士为王吹竽，宣王悦之，廪食以数百人。湣王立，好一一听之，处士逃。喻责人之才能未能担当其务。

次韵酬[1]文访[2]

贳酒[3]钱赊挂杖头[4]，蓬门[5]罗雀网[6]重愁。春忙未必因花累，天坠何尝抱杞忧[7]。

恨海几时能烂石[8]，狂流底处可维舟[9]。扪心[10]自视都灰冷，默坐枯禅[11]借佛酬。

注释

①酬：以诗文互相赠达。

②文访：林熊祥，字文访，新北市板桥人。

③贳酒：赊酒。贳，音 shì。

④挂杖头：晋阮修常步行，每以百钱挂杖头，至酒市独饮。

⑤蓬门：蓬草编成的门户。形容穷人的住家。

⑥罗雀网：设网来捕雀。比喻门庭冷落。

⑦杞忧：《列子》有杞国人忧虑天崩坠的故事，后比喻多余、没有必要的忧虑。

⑧恨海几时能烂石：恨几时海枯石烂。

⑨维舟：系船靠岸停泊。

⑩扪心：抚摸胸口。

⑪枯禅：静坐参禅。因其万念俱息，形如枯木。

叠前韵[1]兼呈季丞[2]、小眉[3]

斐亭[4]钟歇海东头，踵事[5]犹堪写旅愁。罄竹[6]珠成胸溢恨，树萱[7]讵信背忘忧。

八叉[8]漫击狂吟钵，一剑安求尚刻舟[9]。平视繁华伤老眼，竹林[10]清唱阮[11]贤酬。

注释

①叠前韵：指诗中押韵的每一个韵字与以前所作诗的韵字相同。

②季丞：林尔准，字季丞，新北市板桥人。

③小眉：林景仁，字小眉，新北市板桥人。

④斐亭：亭名。在台南之道署内，康熙卅二年建。亭之左右种竹。唐景崧担任巡抚时，常邀僚属及诗人在此作文酒之宴，拈题选句，击钵催诗。

⑤踵事：继承前人的作为而使之更加美好。

⑥罄竹：罪恶多端，非简策所能尽载。今凡事端繁多，非笔墨所能尽记，也用以形容事实（多指罪恶）很多，难以说完。

⑦萱：萱草，又名忘忧草。食之昏然如醉，因名忘忧。

⑧八叉：唐朝诗人温庭筠才情高，运思迅捷，每次参加考试，押韵作赋，叉手八次就完成八韵，号称温八叉。

⑨刻舟：楚人有涉江者，其剑自舟中坠于水，遽契其舟曰："是吾剑之所从坠。"舟止，从其所契者入水求之，舟已行矣，而剑不行。比喻拘泥守旧，固执不通。

⑩竹林：竹林七贤。

⑪阮：阮籍，其与嵇康、山涛等人交游，号称"竹林七贤"。

洪铁涛

洪铁涛（？—1948），名荒，一名坤益，号黑潮，又号忏红，别署剃刀先生、花头陀、缺陷天尊。台南市人。南社社员。工诗，擅书法。

春莺曲（为春莺吟社作）

飞花飞絮满春城，连理枝[1]头啼早莺。香雾空蒙[2]汉宫晓，千门万户皆春声。

舌尖剪剪[3]玲珑[4]玉，百啭新声听不足。杏花春雨红楼人，杨柳晚风金缕曲[5]。

嘤嘤[6]求得同心侣，睍睆[7]花间作绮语[8]。似惜芳年宛转啼，柔情都在无声处。

金梭抛掷[9]万花深，费尽三春织锦心。何当一作凤凰啸，宫树如云栖上林[10]。

注释

①连理枝：不同的两棵树，其枝干相连为一体。

②空蒙：形容云烟或水汽迷茫的样子。

③剪剪：齐整貌。

④玲珑：玉声。用以形容春莺鸣叫的声音。

⑤金缕曲：曲调名，即《金缕衣》。

⑥嘤嘤：鸟鸣声。

⑦睍睆：清雅美好的样子。音 xiàn huàn。

⑧绮语：美好的声音。

⑨金梭抛掷：比喻春莺往来频繁如梭。掷，投。

⑩上林：苑名。位于长安城西。一在洛阳城西。

固园[1]席上，次韵答茅原华山[2]

置酒思登谢朓楼[3]，樽前意气动千秋。东隅已失追西日[4]，大海无垠[5]纳细流。

相马谁怜皮骨在，探骊愧作爪鳞收[6]。也知咫尺[7]仙槎[8]远，好借诗篇纪胜游。

注释

①固园：黄欣，字茂笙，号固园主人。台南市人。日本明治大学法学士。

②茅原华山：日本人名。

③谢朓楼：谢公楼。谢朓为宣城太守时所建之高斋。一名北楼。

④东隅已失追西日：失之东隅收之桑榆。东隅，日出处，也指早晨；桑榆，日落处，也指日暮。

⑤垠：边界，涯岸。

⑥探骊愧作爪鳞收：谓探骊应得珠，而得爪鳞则无用。按古代传说深渊中有骊龙，其颌下有千金之珠，得之不易。

⑦咫尺：咫为八寸，尺为十寸。咫尺表示极近之距离。

⑧仙槎：神话中能来往于海上和天河之间的竹木筏。指船。

和芳园[1]《闲情四首》

其　一

哀丝豪竹日纷纷[2]，听唱秋娘歌劝君[3]。

莫怨近来踪迹断，郎情原不薄秋云。

注释

①芳园：陈逢源，一字芳园。台南市人。

②纷纷：乱，杂。

③秋娘歌劝君：唐杜秋娘《金缕衣》："劝君莫惜金缕衣，劝君惜取少年时。花开堪折直须折，莫待无花空折枝。"

其　二

薄命花开孽海①深，年年春色任浮沉②。
可知听雨秋斋夜，灰尽冬郎③一片心。

注释

①孽海：指由于种种恶因使沦溺于海。

②浮沉：在水中或空中忽上忽下。埋没，沉沦。

③冬郎：唐代诗人韩偓的小名。韩偓之辞藻艳丽，号为香奁体。

其　三

回首欢场①旧识多，花能劝酒鸟能歌。
萧娘②老去云英③嫁，辄④遣英雄唤奈何⑤。

注释

①欢场：欢乐的场景或场面。

②萧娘：女子的泛称。

③云英：唐仙女名。裴航过蓝桥驿，娶为妻，后夫妇俱入玉峰，饵丹仙去。

④辄：即，就。

⑤唤奈何：《世说新语·任诞》："桓子野每闻清歌，辄唤'奈何'。"晋桓伊，小字子野，工音律，尤善吹笛。唤，呼叫，叫喊。

其　四

白圭①原不玷②闲情，自信心如井水清。
锦障③愿开三万里，让他烟月④燕和莺⑤。

注释

①白圭：古代白玉制的礼器。《诗·大雅·抑》："白圭之玷，尚可磨也。"

②玷：玷污，污辱。

③锦障：遮蔽风尘或视线的锦制屏幕。王君夫作紫丝布步障碧绫里四十里；石崇作锦

步障五十里以敌之。

④烟月：烟花风月。指风流韵事。

⑤燕和莺：莺燕。喻指妓女。

和芳园《留别》韵

风片雨丝正乱零，吟边话别客衫情。观樱向岛[①]花如海，放鹤西湖[②]月满亭。

宝剑豪游劳梦寐[③]，锦帆[④]前路祝安宁。寒山[⑤]钟与华岩[⑥]瀑，遥夜知君洗耳听。

注释

①向岛：地名。在日本东京都。

②放鹤西湖：宋处士林逋在西湖孤山隐居植梅养鹤。

③梦寐：睡梦中。也指时时刻刻。

④锦帆：锦制的美丽船帆。

⑤寒山：寺名。在苏州。

⑥华岩：瀑布名。在日本本州日光。

怀人诗

裁诗[①]每喜得骊珠[②]，旧侣春莺半已无。
今日相如[③]难卖赋，文君[④]犹幸喜当垆[⑤]。
（南社少壮派另设春莺吟社）（夫人在台南营酒家）

注释

①裁诗：作诗。

②骊珠：宝珠。传说出自骊龙颔下，故名。比喻珍贵的人或物。

③相如：汉陈皇后退居长门宫，愁闷悲思，闻司马相如工文章，奉黄金百斤，令为解愁之辞。相如为作《长门赋》，帝见而伤之，复得亲幸。

④文君：汉司马相如以琴挑逗富商卓文孙新寡的女儿卓文君，文君私奔，与相如在临邛卖酒，卓文君当垆。

⑤当垆：指卖酒。垆，放酒坛的土墩。

国姓梅[①]

欲屈南枝向北难[②]，寒梅不共霸图[③]残。
春来几点横天地，疑是孤臣[④]血未干。

注释

①国姓梅：明隆武元年（清顺治二年），隆武赐成功国姓，人因称郑成功为国姓爷。台南延平郡王祠有古红梅一株，相传为郑成功手植，先时此梅在鸿指园，沈文肃公建祠时乃移于此。咏者颇多。

②欲屈南枝向北难：要把朝南的梅枝弯曲而成朝北，并非易事。隐喻郑成功决心奋战，不向清朝轻易投降。

③霸图：称霸的雄图。犹霸业，王业。谓建立政权。

④孤臣：指郑成功。

许南英

许南英（1855—1917），字子蕴，号蕴白（一作允白），署窥园主人、留发头陀、龙马书生等。台南市人。光绪十六年恩科进士，授兵部车驾清吏司主事，不就。归台后，究心垦土化番之务；嗣应聘协修通志。乙未之后，筹办台南团练局，任统领，屯兵番界，以备一战。日军入台南，悬像索之，乃内渡。旋游南洋；返国后历任知县、同知。武昌革命起义，投袂从之，被推为闽南革命政府民事局长，摄龙溪县事。民国五年赴苏门答腊棉兰，翌年卒。著《窥园留草》。

读宋人张泽民《梅花》诗，戏次其韵[①]

其　一

花魁[②]曾独占，冷僻[③]本天生。万卉春皆共，乾坤[④]气独清。

暗香[⑤]怜寂寞，老干任纵横[⑥]。冷落谁为友？山矾[⑦]认作兄。

注释

①次其韵：次韵。和韵的一种。诗人在和别人的诗时，根据别人诗篇所用的韵，并且仿照原诗用韵的先后次序作诗的，称次韵。

②花魁：百花的魁首。

③冷僻：冷清偏僻。

④乾坤：天地。

⑤暗香：清幽的香气。

⑥纵横：交错；众多。

⑦山矾：常绿灌木或小乔木。早春开花，花白色。

其　二

昨夜开满枝，春色到疏篱。独对滕六[1]坐，休令巽二[2]知。
空山高士行，绝世[3]美人姿。酌酒与君饮，今宵慰所思。

注释

①滕六：雪神名。范成大《正六日风雪大作》："滕六无端巽二痴，翻天作恶破春迟。"

②巽二：风神名。

③绝世：容貌极美，举世无双。

寄怀郑养斋[1]

北郭园[2]林黯夕晖，主人摇落[3]景全非！看诗我不藏人善，入世君真与俗违。
冰雪[4]清操[5]新白帽[6]，风流文采旧乌衣[7]。鹧鸪本是中原鸟，变调长啼"去不归"[8]。
（养斋能诗，时有"小郑鹧鸪"[9]之号）

注释

①郑养斋：新竹人，廪生。新竹北郭园郑用鉴先生之孙。

②北郭园：园名。在新竹。为郑用锡、郑用鉴、郑养斋等家族之园林。

③摇落：凋残衰谢。

④冰雪：如冰似雪。比喻晶莹洁白。多用来形容人的纯真或聪明。

⑤清操：高尚的操守。

⑥白帽：南朝皇帝平时所戴的高顶白纱帽。至陈时则为一般人士所通用。隋初皇帝及官员平时戴乌纱帽，接待宾客时，则戴白纱帽。

⑦乌衣：黑色衣服。东晋望族王谢两家子弟多居乌衣巷（在今南京市）。

⑧去不归：郑养斋曾离台客居厦门。

⑨小郑鹧鸪：郑养斋有"小郑鹧鸪"之雅号。按唐郑谷鹧鸪诗最佳，人称"郑鹧鸪"，其咏《鹧鸪》云："雨昏青草湖边过，花落黄陵庙里啼。"

游开元寺小集，同云石[1]、籁轩[2]分韵得"鱼"字[3]

其　一

白云苍狗[4]成空幻，自在如僧信不如。老去名心无罣碍[5]，年来结习[6]尽删除。
初闻磬韵诸天[7]净，歇尽蝉声万籁[8]虚。半日清闲长兀坐[9]，夕阳无语下林于[10]。

注释

①云石：赵钟麒，字云石，台南市人。南社社员。

②籁轩：谢籁轩。南社社员。

③分韵得“鱼”字：古时数人聚会作诗，共同选定数字为韵．并由各人分拈韵字，依韵赋诗，称为分韵。因诗人许南英拈得“鱼”字，因此以“六鱼”韵部之文字押韵作诗。

④白云苍狗：比喻世事变化不定。杜甫《可叹》：“天上浮云似白衣，斯须改变如苍狗。”

⑤罣碍：佛家语。指令身心不自在的一切烦恼障碍。

⑥结习：佛家语。指人世间的爱恨恶欲等烦恼。

⑦诸天：佛家语。佛经上说欲界有六天，色界的四禅有十八天，无色界的四处有四天，其他有日天、月天、韦驮天等诸天神，总称为诸天。后泛称天界、天空。

⑧万籁：泛称宇宙万物所发出的一切声息。凡孔窍所发出的声音，皆称为籁。

⑨兀坐：端坐，静坐。

⑩林于：竹名。

其　二

一肚牢骚不合宜，自家心事自家知。老犹作客游终倦，少不为僧悔已迟。

弥勒跏趺[1]成一笑，耶稣安息远相期。昙花落尽诸天净，笑与山僧强说诗。

注释

①跏趺：佛家语。佛教修持中盘足而坐的一种坐法。将两足背交叠在大腿上，即盘膝而坐。跏趺，音 jiā fū。

寄汪杏泉[1]并贺其纳宠[2]

其　一

世事如棋变局新，信陵[3]醇酒[4]绝无伦[5]。

年来预筑阿娇屋[6]，散尽黄金换美人。

注释

①汪杏泉：汪春源，字杏泉，号少义，晚号柳塘，台南市人，光绪十四年举人，光绪十五年进士，著有《柳塘诗文集》。

②纳宠：纳妾。

③信陵：战国四公子之一。魏昭王少子，名无忌。信而下士，有食客三千人。

④醇酒：醇厚的美酒。

⑤绝无伦：无与伦比。

⑥阿娇屋：阿娇，汉武帝陈皇后的小名。《汉武故事》：胶东王数岁，公主抱置膝上问曰："儿欲得妇否？"……笑对曰："好！若得阿娇作妇，当作金屋贮之。"

其　二

春风入幕久无书，翘望[①]阃云讯起居。
闻道[②]近来慵[③]早起，新来阃宪令何如？

注释

①翘望：举首而望。

②闻道：听说。

③慵：懒。

④阃：闺门，指妇女的居处，借指妇女。音 kǔn。

其　三

素心[①]惜与故人违，二月帘栊[②]燕子飞。
洞口桃花春似海，仙风不放阮郎[③]归。

注释

①素心：素愿，本心，平素之心。

②帘栊：竹帘与窗牖。

③阮郎：汉明帝永平五年，会稽剡县刘晨、阮肇共入天台山采药迷路，巧遇二位丽质仙女，被邀至家中，并招为婿。阮郎本指阮肇。后亦借指与丽人结缘之男子。

窥园[①]漫兴

其　一

就花缺处补茅庐，拟似衡门[②]泌水[③]居。幽径半村还半郭，小窗宜画亦宜书。
阶前生意[④]栽红药[⑤]，篱外秋光种绿蔬。除却搢绅[⑥]官气习，秀才风味[⑦]忆当初。

注释

①窥园：许南英，署窥园主人。

②衡门：以横木为门。比喻简陋的房屋。引申为隐居者的住宅。

③泌水：快速的水流。《诗·陈风·衡门》："泌之洋洋，可以乐饥。"乐饥，可以玩乐而忘饥。

④生意：生机，生气。

⑤红药：花名，即芍药。

⑥搢绅：古代仕宦的人插笏于绅带。后遂称士大夫为搢绅。搢，插，音 jìn。

⑦秀才风味：许南英，为秀才、恩科进士及第。

其 二

秋风石迳[1]长苍苔，久与衙门[2]谢往来[3]。天上时时云狗幻[4]，人间处处火牛催[5]。

豫章[6]旧榻无徐穉[7]，易水[8]荒台吊郭隗[9]。笑尔枢曹[10]闲散吏[11]，不当官去愧无才。

注释

①迳：同径，小道，小路。

②衙门：官吏办公的地方。

③谢往来：谢绝往来。

④云狗幻：白云苍狗。比喻世事变化不定。

⑤火牛催：比喻催赶之急迫。火牛，战国时，燕国攻打齐国，齐将田单集城内千余头牛，为绛缯衣，画以五彩龙文，以油浸苇，束于牛尾，点火燃烧，冲向敌军，燕军大败，史称火牛阵。

⑥豫章：地名。在今江西省南昌市。

⑦徐穉：东汉南昌人，家贫，耕躬而食，性恭俭义让，朝廷多次征聘，不仕，筑室隐居，时称南山高士。陈蕃为太守，以礼请署功曹，穉不能却，既谒而退，蕃在郡不接宾客，特为穉设一榻，去则悬之。

⑧易水：水名。源出河北省西部易县境内。

⑨郭隗：战国燕人，昭王欲征求贤士，以报齐仇，问郭隗，郭隗说："大王欲招贤，先从隗始。"于是昭王为隗造宫室，以师礼待之。

⑩枢曹：枢，中央政府发号施令的机构。曹，古代分职办事的部门。

⑪散吏：闲散的官员。

其 三

天生傲骨[1]自嶙峋[2]，不合时宜只合贫。容我读书皆造化[3]，课[4]人艺圃[5]亦经纶[6]。

云雨翻覆一双手[7]，冰雪消磨七尺身。不信驽骀[8]鞭不起，也曾驰骋[9]九京[10]尘。

注释

①傲骨：高傲不屈的风骨。

②嶙峋：山石重叠高耸的样子。形容气节高尚；气概不凡。

③造化：指大自然的创造化育。福分、运气。

④课：评议、考核。

⑤艺圃：指艺苑、艺林。

⑥经纶：治理丝缕时，理出丝绪叫经，编丝成绳叫纶。引申为经营治理国家大事。

⑦云雨翻覆一双手：一手翻云，一手覆雨。比喻人的行为反复无常。也指玩弄手法，欺上瞒下。

⑧驽骀：驽和骀，都是拙劣的马。用以比喻才能低下的人。音 nú tái。

⑨驰骋：奔走。

⑩九京：九原。九州大地。指中国。

其 四

相逢俱是济世①贤，愧我无能着祖鞭②。厚禄故人无一字，措资散吏③又三年。

杜陵老屋秋风破④，庾亮高楼夜月圆⑤。兰秀菊芳长误我，酒酣频唤奈何⑥天。

注释

①济世：救助世人。

②祖鞭：比喻奋勉争先或勉励人努力进取。祖，晋朝之祖逖。刘琨曰："吾枕戈待旦，志枭逆虏，常恐祖生先吾着鞭。"

③散吏：闲散的官员。

④杜陵老屋秋风破：杜陵，地名，在今陕西省西安市长安区。陵西为杜甫旧宅，故杜甫自称杜陵布衣。杜甫曾作诗《茅屋为秋风所破歌》。

⑤庾亮高楼夜月圆：晋庾亮曾任江、荆、豫州刺史，与幕僚殷浩、王胡之等登武昌南楼赏月，谈咏竟夕。

⑥唤奈何：《世说新语·任诞》："桓子野每闻清歌，辄唤'奈何'。"唤，呼叫。桓伊，小字子野。晋谯国人。工音律，尤善吹笛，名满江左。

品 菊

秋色漫①相争，霜花种种呈②。如人甘澹泊③，等我费详评。

傲骨谁堪瘦？孤芳④孰⑤最清？何当邀赏识，老圃⑥冠群英！

注释

①漫：放纵，不受拘束。胡乱，随意，任意。徒然，枉然。

②呈：呈现，显示。

③澹泊：恬淡寡欲。同淡泊。

④孤芳：独特的芳香。比喻高洁脱俗。

⑤孰：谁。

⑥老圃：老园丁，长久种植蔬菜有经验的人。

乙卯[①]上巳[②]菽庄[③]修禊[④]分韵[⑤]，得“群”字[⑥]

形骸放浪[⑦]聊乘化[⑧]，千载风流晋右军。我亦咏觞[⑨]同一致，公[⑩]然山水竟平分[⑪]。

偶逢令节[⑫]陪时彦[⑬]，得与清流[⑭]挹[⑮]古芬。不管苍生[⑯]霖雨[⑰]事，招邀谢傅[⑱]与同群。

注释

①乙卯：公元一九一五年。民国四年。

②上巳：农历三月上旬的巳日，自古有修禊，以除不祥的习俗。

③菽庄：林尔嘉在鼓浪屿之别墅。

④修禊：古时在农历三月上巳日，临水宴会，以祓除不祥。

⑤分韵：古人数人聚会作诗，共同选定数字为韵，并由各人分拈韵字，依韵赋诗。

⑥得“群”字：数人聚会作诗，共同选定数字为韵，因诗人拈得“群”字，即用“群”字所属韵部之文字押韵作诗。

⑦形骸放浪：放浪形骸。恣意放纵，不加检束。

⑧乘化：适应顺从自然的变化而生活。

⑨咏觞：觞咏。饮酒咏诗。

⑩公：指林尔嘉。

⑪山水竟平分：既游山亦玩水。

⑫令节：佳节，指上巳。

⑬时彦：当代的才俊、名士。

⑭清流：古时称勇于批评时政、反对腐败而有名望的士人。

⑮挹：酌取。牵引。

⑯苍生：百姓，众民。

⑰霖雨：连绵的雨。甘霖。

⑱谢傅：晋人谢安，卒谥文靖，赠太傅，世称谢太傅。

寄南洋林小眉[①]、庄贻华[②]

其一

风急霜天一雁书，奚囊[③]得句近何如？
婿乡知否桃源[④]里，翘望[⑤]南云讯起居。
（少眉时往日里探其岳丈，贻华偕行）

注释

①林小眉：林景仁，号小眉。林尔嘉之子。

②庄贻华：庄隶荫，字贻华。福建惠安人。板桥林伯寿之表兄。寓台北数十年。著有《耕余吟草》。

③奚囊：唐李贺奚奴所背的古锦囊。后用为诗囊。

④桃源：武陵源。桃花源。

⑤翘望：举首而望。

其　二

抗手[1]飞吟过七洲，群瞻李郭[2]御仙舟。
此行悔不从君后，梦寐[3]沧溟[4]海尽头。
（时欲邀我同游，因事未果）

注释

①抗手：举首为礼。

②李郭：后汉李膺与郭泰，曾经同舟共济，世称李郭。此处借指林小眉、庄贻华二人。

③梦寐：睡梦中。也比喻时时刻刻。

④沧溟：大海。

满城风雨近重阳

满城风雨近重阳，旅客他乡是故乡。遍插茱萸[1]犹有恨，独看鸿雁不成行。

悲秋[2]自古诗多好，败兴[3]从今事正长。羡杀[4]孤高[5]篱下菊，保持晚节[6]傲新霜。

注释

①茱萸：植物名，气味香烈。我国风俗在重阳节佩戴茱萸，可以祛邪气，避灾殃。

②悲秋：对着秋景而伤悲。《楚辞·宋玉·九辩》："悲哉秋之为气也，萧瑟兮草木摇落而变衰。"杜甫《九日蓝田崔氏庄》："老去悲秋强自宽，兴来今日尽君欢。"

③败兴：扫兴，败坏雅兴。

④羡杀：羡极，羡甚。

⑤孤高：特立高耸。比喻志节卓立脱俗。

⑥晚节：晚年的操守。

与韩国人李容机笔谈有感而作

累[1]若丧家犬[2]，飘蓬[3]一李生。颠连[4]箕子国[5]，踯躅[6]越王城[7]。

恋国有余泪，歧途[8]何处行！谁怜君失路[9]，馈赆[10]策[11]前程。

（李生行李被窃，来署告借，赠以十金）

注释

①累：拘禁，囚系。延罪无辜，不以罪死。

②丧家犬：比喻人失意不得志，或无所归依的样子。

③飘蓬：飘浮不定的蓬草。比喻行踪不定。

④颠连：颠沛流连。狼狈困顿，涕泣流连。

⑤箕子国：商纣的叔父箕子，因纣无道，屡谏不听，乃披发佯狂为奴，因而被囚。周武王克殷，释箕子之囚，以箕子归镐京。后箕子避往朝鲜，遂为朝鲜始祖。

⑥踯躅：徘徊不进的样子。音 zhí zhú。

⑦越王城：指今广州市。秦始皇时赵佗为南海龙川令，秦亡后，在此自立为南越王，故称。许南英曾任广州三水知县。

⑧歧途：歧路；岔路。

⑨失路：迷路。譬喻不得志。

⑩馈赆：赠送远行者的财物。音 kuì jìn。

⑪策：勉励。谋划，督促。

残　梅

春来攀折[1]小江干[2]，安插铜瓶冻已干。孕子[3]微酸须夏令[4]，怜卿[5]太苦谢年残。

寿阳[6]南内含香冷，婕妤长门[7]望幸[8]难。寂寞空山相慰藉，高岑[9]老鹤守天寒。

注释

①攀折：拉断，折取。

②江干：江边，江畔。

③孕子：生梅子。

④夏令：夏天。

⑤卿：残梅。

⑥寿阳：南朝宋武帝女寿阳公主曾睡在含章殿檐下，梅花正好落在额上，成五出之花，因而模仿其形状作梅花妆。

⑦婕妤长门：婕妤，汉宫中女官名。长门，汉宫殿名。西汉班婕妤，成帝时选入宫中，后为赵飞燕所谮，退侍太后于长信宫，作赋自伤。西汉陈皇后退居长门宫，愁闷悲

思，闻司马相如工文章，奉黄金百斤，令为解愁之词，相如为之作《长门赋》，帝见而伤之，复得亲幸。

⑧幸：被君王宠爱。

⑨岑：山小而高。

汪杏泉[1]寿辰登堂拜祝，书此志感，即以奉贺

驰逐[2]文场[3]皆弱冠[4]，浮沉[5]宦海[6]共灰心[7]。羡君气节龙之蛰[8]，有子和鸣鹤在阴[9]。
不死竟逢新世界，余生[10]未忘旧山林。登堂一笑留君我，索取中山酒[11]一斟。

注释

①汪杏泉：汪春源，字杏泉，号少义，晚号柳塘。台南市人。光绪十四年举人，光绪廿五年进士。著有《柳塘诗文集》。

②驰逐：追逐，竞争。

③文场：文坛。科举取士的考场。

④弱冠：古代男子到了二十岁初加冠的，叫弱冠。后用以指年少。

⑤浮沉：盛衰得失。

⑥宦海：官场。因官场的升沉如海潮的起伏无定，故称宦海。

⑦灰心：心意寂然，有如死灰。

⑧龙之蛰：潜藏在水中的蛟龙。

⑨有子和鸣鹤在阴：《周易·中孚》曰："鹤鸣在阴，其子和之；我有好爵，吾与尔靡之。"

⑩余生：晚年，暮年，残生。

⑪中山酒：相传产于中山的一种名酒，又称千日酒。亦泛指美酒。《搜神记》："狄希，中山人也，能造千日酒，饮之千日醉。"

壬子[1]冬日吴园小集，以"鸳鸯"命题，林湘畹得双元[2]，谢籁轩、赵云石俱得眼[3]。余兴未已，往宝美楼开宴

神仙不羡羡鸳鸯，搁笔[4]低头让老湘[5]。争似[6]芙蓉[7]夸及第[8]，故应竹叶[9]喜称觞[10]。
美人自古无常态，醇酒[11]今宵有别肠[12]。我占便宜舒[13]老眼，累人破费[14]阮公囊[15]。

注释

①壬子：公元一九一二年。民国元年。

②双元：诗人集会作诗，经左右两词宗评定均得状元（第一名）。

③眼：诗人集会作诗经词宗评选为榜眼（第二名）。

④搁笔：放下笔，停止写作。

⑤老湘：指林湘畹。

⑥争似：怎似。

⑦芙蓉：荷花的别名。《全唐诗话·高蟾》载：高蟾未及弟时，曾有诗："天上碧桃和露种，日边红杏倚云栽。芙蓉生在秋江上，不向东风怨未开。"意思是芙蓉秋天开，不要向春风抱怨它未开，只是时机未到而已。

⑧及第：旧称科举中试为及第。

⑨竹叶：酒名，即竹叶青。

⑩称觞：举杯敬酒。

⑪醇酒：纯正浓厚的美酒。

⑫别肠：容酒之肠，指善于饮酒的人。

⑬舒：张开。使舒适。

⑭破费：花费钱财。

⑮阮公囊：阮囊。指晋人阮孚的钱袋。

岁暮约王泳翔窥园[1]饮酒

腊鼓[2]频催岁欲阑[3]，与君促膝[4]强为欢。杯中有酒消愁易，海外无台避债[5]难。

贾岛[6]尚余诗可祭，冯驩[7]那肯铗[8]空弹？小园报道梅花放，约尔[9]探春共倚栏。

注释

①窥园：作者许南英，署窥园主人。

②腊鼓：古时有于腊八日击鼓以除疫的习俗。

③阑：晚，尽。

④促膝：古时席地而坐彼此近谈时，膝盖便相近，叫促膝。后作为知心谈话的意思。

⑤台避债：避债台。周景王所筑。后因周赧王避债于此，故称。

⑥贾岛：唐诗人。初落拓为僧，后还俗。好苦吟，常因思索诗句而忘我。诗锤炼精深，力求新奇，与韩愈、孟郊等同具怪僻风格，有"郊寒岛瘦"之称。

⑦冯驩：战国时人。尝为孟尝君的食客，初以食无鱼、出无车、无以为家，三为长铗归来歌，后得其所求。

⑧铗：剑把。

⑨尔：你。

王泳翔索题秋海棠画扇

十年不赋闲花草，王子[①]多情泥[②]短吟。看画剧[③]怜花薄命[④]，怀人顿[⑤]触我伤心。
栏干屈曲[⑥]烟犹重，帘幕[⑦]低垂月未沉。夜奏通明[⑧]重乞借，秋阴可否换春阴?

注释

①王子：指王泳翔。
②泥：用软语要求。音 nì。
③剧：极，甚。
④薄命：福浅命薄。
⑤顿：突然地。
⑥屈曲：弯曲。
⑦帘幕：竹帘和帷幔。
⑧通明：通明殿。古传天上玉帝的神殿名。

谢国文

谢国文（1889—1938），字星楼，号省庐，一作醒楼，晚号稻门老汉。台南市人。清邑庠生谢友我之子。与叔谢籁轩、赵云石、陈瘦云等人创办南社。后赴日本东京留学，屡赴大陆名山大川游览。著《省庐遗稿》。

嵌城[①]秋望

登高遥望白云间，渚碧沙明水一弯。唱晚渔歌喧鹿耳[②]，惊秋樵响乱冈山。
忍看落日江东去，又见孤鸿海上还。如此秋光太萧瑟[③]，鲲[④]涛犹自撼江关[⑤]。

注释

①嵌城：赤嵌城，在今台南市。荷兰人所建，后改名热兰遮城，郑成功收复台湾后，改为承天府。清初倒塌失修。今只留砖砌土台和古炮，称为安平古堡。
②鹿耳：地名，鹿耳门。
③萧瑟：形容寂寞凄凉。
④鲲：指明清时之古屿七鲲身。
⑤江关：港口。

秋日访献池、君山、汉东诸君，蒙雅意殷眷[①]攀留[②]竟日，诗酒盘桓[③]，临岐[④]赋此留别

虫声唧唧[⑤]故园秋，镇日[⑥]高斋作梦游。饮酒评花添逸兴[⑦]，谈棋歌管[⑧]助清幽。
数行诗句囊中得，一片风光笔底收。别后相思无尽处，不堪寒夜月当楼。

注释

①殷眷：殷勤。
②攀留：挽留。
③盘桓：徘徊流连的样子。
④临岐：至歧路处。岐，同“歧”。
⑤唧唧：虫鸣声。
⑥镇日：整天。从早到晚。
⑦逸兴：超俗的兴致。
⑧歌管：唱歌奏乐。管，指各类管乐器，泛指乐器。

冬日题梅轩赠林君山词兄

闲居好是近村边，插竹编篱护野田。隔岸夜闻千峡浪，重林晓看一筒烟[①]。
家无俗客何妨醉，座有梅花更可怜[②]。赋就雪中相对饮，清高我独羡逋仙[③]。

注释

①筒烟：烟囱中放出的炊烟。
②可怜：可爱。
③逋仙：宋朝处士林逋，字和靖。植梅养鹤，人称梅妻鹤子。

冬夜即事

高楼寂寂重帘垂，起视园林万木悲。乱雪漫漫[①]三径[②]积，寒风淅淅[③]一灯吹[④]。
横窗梅影诗魂冷，出阁钟声夜漏[⑤]迟。岁岁流光同此过，莫将吟兴[⑥]对愁眉。

注释

①漫漫：满遍，弥漫。
②三径：三条小径。西汉末年蒋诩隐居不仕，家园中开三径，与求仲、羊仲两人交游。后用以比喻隐士居所或泛指家园。

③淅淅：微风声。

④一灯吹：吹一灯。

⑤漏：古时计时器，漏壶。

⑥吟兴：诗兴。

安平泛月

扁舟[1]伊哑[2]出江关[3]，万顷波光水一湾。拂面斜风随曲岸，当头孤月照空山。

鲲身[4]灯影诗魂杳，鹿耳[5]潮声醉梦还。何处高楼夜吹笛，余音犹绕白云间。

注释

①扁舟：小舟。

②伊哑：船启动时发出的声音。

③江关：港口。

④鲲身：地名，即明清时期的古屿七鲲身。后因海沙淤积而与台南市西部的陆地相连。

⑤鹿耳：鹿耳门，岛名。郑成功率军到台湾最先登陆的地点。后因海岸泥沙淤积，已与台湾本岛相接。

遣闷

空斋静坐夜萧萧[1]，独对梨花睡色娇。引醉风吹芳草梦，无声雨滴美人蕉[2]。

一腔抑郁[3]将诗遣，万斛[4]牢骚[5]付酒消。转眼春光流水过，满城灯火又元宵。

注释

①萧萧：冷落凄清的样子。

②美人蕉：植物名。

③抑郁：心有怨恨，不能诉说而烦闷。

④斛：十斗。

⑤牢骚：内心忧愤不平。

重阳访菊

年年有约重阳日，载酒来寻陶令[1]门。三径[2]花开迎我笑，一篱影瘦向谁论。

孤香冷入诗人梦，晚节[3]犹存处士[4]魂。为问柴桑[5]近消息，西风相对淡无言。

注释

①陶令：晋陶潜，曾任彭泽令，因称陶令。
②三径：三条小径。比喻隐士居所或泛指家园。
③晚节：晚年的操守。
④处士：有道德学问而未做官或不做官的人。
⑤柴桑：地名。在今江西省九江市西南，晋陶潜之故里。

杭州客中哭卢韫山社友

与君岁岁梦仙乡，诗酒生涯类楚狂①。一叶②江湖形放浪③，百年家国眼凄凉。

玉川④无复听茶鼓⑤，潘岳⑥犹传赋吊亡。今日观潮作南吼，洒将热泪出钱塘⑦。

注释

①楚狂：指春秋时楚人接舆。佯狂避世，时人称为楚狂。引申为狂士的通称。
②叶：世，代。
③形放浪：放浪形骸。指言行放纵，不拘形迹。
④玉川：唐代诗人卢仝，自号玉川子。
⑤茶鼓：僧院击鼓召集家人饮茶称为茶鼓。
⑥潘岳：晋朝人。文辞艳丽，尤长哀诔。著《悼亡诗》。
⑦钱塘：江名。在浙江省。

申江①留别

其　一

送客秋风过酒楼，骊歌②声调唱《苏州》③。
迷蒙④黄埔江边雨，洒上征衫⑤点点愁。

注释

①申江：春申江，后指上海。
②骊歌：告别的歌。
③《苏州》：《苏州夜曲》。
④迷蒙：昏暗不明。
⑤征衫：征衣。行旅在外的御寒衣服。

其　二

莫趁东流棹[1]不回，神仙佳景恋蓬莱[2]。
霜华[3]容易梅花发，春报江南燕又来。

注释

①棹：拨水使船前进的用具。也借指船。
②蓬莱：海上仙山名。喻指台湾。
③霜华：霜；霜花。

《出塞》[1]拟作

萧萧[2]秋气一天高，去马鸣鞭响佩珂[3]。落日旌旗[4]明塞[5]外，连天鼓角[6]壮山河。
苍凉古戍人烟绝，黯淡[7]孤城旅雁[8]多。极目[9]乡关[10]何处所，尘沙万里客中过。

注释

①《出塞》：出要塞，出长城。汉横吹曲名，李延年所作。后来唐代人作边塞诗，也用这个名称，然其曲调与汉代不同。
②萧萧：马鸣声。风声、雨声、草木摇落声。
③佩珂：玉珂。马勒上面的贝饰。色白似玉，振动有声。
④旌旗：旗帜的总称。
⑤塞：边界、屏障。指国家险要之地。
⑥鼓角：鼓和号角。军中传布号令、声张军威的器具，夜晚则用来报时。
⑦黯淡：黑暗不光明的样子。形容景象悲惨或不鲜明。
⑧旅雁：南徙之雁，群飞之雁。
⑨极目：穷尽目力，眺望远方。
⑩乡关：故乡。

送刘申甫岳叔偕家大人游东京、南清[1]诸名胜

扁舟[2]相送出基津[3]，帆影迢迢[4]渐向寅[5]。一路风光波似镜，万山烟树景犹春。
江湖载酒吟怀[6]老，沪浦[7]观光着眼新。取次[8]钱塘[9]堪选胜，三生石[10]上话前因。

注释

①南清：地名。在日本千叶县木更津市。

②扁舟：小舟。

③基津：基隆港。

④迢迢：遥远的样子。

⑤寅：前进。

⑥吟怀：吟咏情怀。

⑦沪浦：上海市。

⑧取次：次第，挨次。

⑨钱塘：江名。在浙江省。

⑩三生石：本为宣扬佛教轮回宿命的故事。据《甘泽谣·圆观》记载：唐代僧圆观与友李源约定，待他死后十二年，在杭州天竺寺见面。十二年后，李源到寺前，见圆观托身的牧童唱道："三生石上旧精魂，赏月吟风莫要论；惭愧情人远相访，此身虽异性长存。"后因附会称杭州天竺寺后面的山石为三生石。诗文中也把三生石作为因缘前定的典故。

饮竹溪寺①

赤嵌城②外暮烟低，荒草丛林认竹溪。流水钟声孤寺冷，断霞③人影远山迷。
相将④兰若⑤倾壶榼⑥，来作征鸿踏雪泥⑦。忽忽⑧风光看又过，寒鸦⑨啼送夕阳西。

注释

①竹溪寺：寺名。在今台南市健康路及大同路一带。

②赤嵌城：古城名。明末荷兰侵占台湾时所筑。其地有二：一在一鲲身（其时为一小岛，今安平），崇祯三年筑。又名红毛城、安平城。一在今台南市，永历四年筑。通称赤嵌楼或红毛楼。

③断霞：片断的云霞。

④将：扶持；携带。

⑤兰若：指寺院。梵语阿兰若（Āranyaka）的省称。意为寂静无苦恼烦乱之处。

⑥壶榼：泛指盛酒或茶水的容器。

⑦征鸿踏雪泥：苏轼《和子由渑池怀旧》："人生到处知何似？应似飞鸿踏雪泥。泥上偶然留指爪，鸿飞那复计东西？"征鸿，征雁，迁徙的雁，多指秋天南飞的雁。

⑧忽忽：倏忽，急速貌。迷糊，恍惚。

⑨寒鸦：乌鸦的一种，也称慈鸦。形体比普通乌鸦小，叫声较尖。

与剑花①夜话次家叔籁轩②韵

相见灯前尚黑头，依依③未忘旧交游。春风梦熟吹花落，细雨宵阑④扫榻留⑤。
飘泊鹓鸾⑥情弥好，凋零亲友感难休。知君万里鹏云志，众鸟啾啾⑦孰与俦⑧。

注释

①剑花：连横，号剑花，台南市人。连战先生之祖父。

②籁轩：谢籁轩，南社之创办人。

③依依：流连不忍分别的样子。

④宵阑：夜阑，夜深。指夜将尽时。

⑤扫榻留：打扫睡榻以留客人住宿。

⑥鹓鸾：鹓鸰和鹭鸟。比喻高贵之士。

⑦啾啾：鸟鸣声。

⑧俦：相等。

送黄茂笙[①]游学东京

万年从师入帝畿[②]，书生应抱此襟期[③]。不才我愧同羁驷[④]，有志君宁[⑤]久伏雌[⑥]。

夜雨可怜人去后，春潮莫遣[⑦]信来迟。河梁[⑧]尊酒愁何限，官柳[⑨]条条总系思[⑩]。

注释

①黄茂笙：黄欣，字茂笙，号固园主人。台南市人。日本明治大学法学士，曾任总督府评议会委员等职。

②帝畿：京畿。指京都或京都及其附近地区。指东京。畿，音jī。

③襟期：心中所思，即情怀、怀抱。

④羁驷：被维系牵制而无法施展的马匹。

⑤宁：岂。

⑥伏雌：孵卵的母鸡。

⑦遣：使，教。

⑧河梁：指送别的地方。古代送人至河桥而别。

⑨官柳：官府所植的柳树。

⑩系思：挂心，牵挂。

暮春郊行

其 一

一瞥[①]春风淡欲无，暖风飞絮满平湖。

偷闲我爱郊行去，为访烟波旧钓徒[②]。

注释

①瞥：过目，眼光迅速掠过。

②烟波旧钓徒：唐张志和去官后，舟居江湖，自称烟波钓徒。

其二

扶筇[1]漫步[2]出城隅[3]，花事[4]阑珊[5]蝶影孤。
绝好春风吹水面，新荷叶上老盘珠[6]。

注释

①扶筇：拄杖而行。筇，音 qióng。

②漫步：任意而行。

③城隅：城角，城曲处。

④花事：游春赏花之事。

⑤阑珊：残尽，将尽。

⑥盘珠：露珠。

连横

连横（1878—1936），字武公，号雅堂或雅棠，又号剑花。台南市人。连战先生之祖父。曾任职《台湾日报》、《台南新报》汉文部，民国后入清史馆、《台湾诗荟月刊》编辑部。著有《台湾通史》、《台湾语典》、《台湾诗乘》、《剑花室诗集》、《文集》等。

梨花

其一

东风如醉怕开门，芳草萋萋[1]绿满园。歌舞楼台春未老，秋千院落月无痕。
玉钩[2]宛转[3]通诗意，《金缕》[4]依稀入梦痕。独倚阑干看丽影，嫣红姹紫[5]总难论。

注释

①萋萋：茂盛。

②玉钩：比喻新月。

③宛转：缠绵多情，依依动人。

④《金缕》：《金缕衣》，曲调名。

⑤嫣红姹紫：指各种色彩艳丽的花。

其　二

谁移瑶种[①]自瀛洲[②]，淡淡春情为尔留。一树琼云侵镜槛，满庭玉雨扑帘钩[③]。

杨枝[④]未嫁司勋[⑤]瘦，桃叶[⑥]迟来子敬[⑦]愁。惆怅前溪旧词曲，忍令寂寞下重楼。

注释

①瑶种：瑶树。古传说中的玉树。指梨花。

②瀛洲：海上仙山名。

③帘钩：竹帘的挂钩。

④杨枝：指唐白居易的侍妾樊素。樊素善唱《杨枝曲》，故以曲名人。后常用以为典，泛指侍妾婢女或所思恋的女子。

⑤司勋：官名，指杜牧。牧尝为司勋员外郎，故称。

⑥桃叶：晋王献之之爱妾名。

⑦子敬：晋王献之，字子敬。曾送爱妾桃叶于渡口，并作歌赠之。

其　三

一杯新酿醉江滨，日日看花意更亲。亭角晓风寻旧梦，楼头夜雨记前因。

霓裳[①]倦舞怜妃子[②]，香粉轻施斗美人。为语东皇[③]勤惜护，莫教叶底度残春。

注释

①霓裳：霓裳羽衣舞。唐代宫廷舞之一。舞者手执彩带，配合《霓裳羽衣曲》而歌舞。

②妃子：指杨贵妃。

③东皇：东帝。春神。

寄南社[①]诸子（是日会于黄氏固园[②]）

我依北斗思南斗，每觉春声杂夏声。天上楼台原是梦，人间草木岂无情？

中年荡荡[③]多哀乐，故旧寥寥[④]感死生。差[⑤]喜固园今夜月，酒筹诗笔互纵横[⑥]。

注释

①南社：诗社名。在台南市。

②固园：黄欣，号固园主人。台南市人。

③荡荡：飘荡貌。

④寥寥：形容数量少。

⑤差：略微。

⑥纵横：交错貌；杂乱貌；多貌。

酬南强[①]

黄金何处筑高台[②]？已死燕昭老郭隗[③]。射虎屠龙原易事，拔天辟地有奇才。

一生肝胆酬巾帼[④]，千古文章付劫灰[⑤]。三十功名尘与土[⑥]，且持樽酒对寒梅。

注释

①南强：林资修，字南强。台中市雾峰区人。

②黄金何处筑高台：战国燕昭王筑黄金台，置千金于台上，延请天下贤士。故址在今河北省易县东南北易水南。

③郭隗：战国燕人。昭王欲争求贤士，以报齐仇，问郭隗，郭隗说：“大王欲招贤，先从隗始。”于是昭王为隗造宫室，以师礼待之。乐毅、邹衍、剧辛等闻风而至。

④巾帼：古代妇女的头巾和发饰。后因以为妇女的代称。

⑤劫灰：兵火余烬。

⑥三十功名尘与土：岳飞《满江红》：“三十功名尘与土，八千里路云和月。”

曾鹤生过访，忽风雨骤至，口占[①]

满庭生意[②]长青苔，桃李当门两扇开。旧雨[③]忽连新雨[④]至，东风偏挟朔风[⑤]来。

半生热血余诗稿，一座清谈[⑥]对酒杯。道是天公[⑦]能解意，不教落日送人回。

注释

①口占：作诗文不起草稿，随口而成。

②生意：生气，生机。

③旧雨：旧友。

④新雨：新友。

⑤朔风：北风。

⑥清谈：清雅的言论。

⑦天公：天帝。

莱园[1]夜宴

群龙[2]血战[3]小乾坤[4]，尘垢秕糠[5]讵[6]足论。四海弟兄难久聚，千秋道义此长存。

疏狂[7]未忍歌当哭，潦倒何辞酒痛吞。独上高楼望天末，雾峰山月正黄昏。

注释

①莱园：地名。在台中市雾峰区。为林献堂之父亲林文钦兴建的园邸。

②群龙：指与会之诗人。

③血战：指击钵催诗。

④小乾坤：小天地。喻指莱园。

⑤秕糠：瘪谷和米糠。喻琐碎、无用之物。

⑥讵：岂，何。音 jù。

⑦疏狂：狂放不羁。

鹭江[1]秋感

其　一

西风落木鹭门[2]秋，漂泊人如不系舟。家国事多难稳卧，英雄气壮岂长愁？

霸才无主[3]伤王粲[4]，奇相伊人识马周[5]。潦倒且倾村店酒，菊花开到故园不[6]？

注释

①鹭江：厦门。

②鹭门：厦门。

③霸才无主：唐温庭筠《过陈琳墓》："词客有灵应笑我，霸才无主始怜君。"

④王粲：三国魏人。字仲宣。文思敏捷，以短赋名于时。后避乱荆州，依刘表，以貌丑矮小而未被重用。

⑤马周：唐清何人。少孤贫，好学，尤精《诗》、《传》。贞观三年，太宗令百官上书言时政得失，周为中郎将何常陈便宜二十余事，太宗赏识其能，遂被任用。后周病消渴，太宗躬为调药，皇太子亲临问疾。

⑥不：否。音 fǒu。

其　二

登楼遥望海门[1]东，万派商声[2]失断鸿[3]。漂泊风尘看剑老，浮沉[4]身世笑诗雄。

连天雨脚翻涛白，极浦[5]云根射日红。最是悲秋尝作客[6]，伤今吊古恨无穷。

注释

①海门：海口。

②商声：悲怆的声音。常指秋声而言。

③断鸿：离群独飞的孤雁。

④浮沉：盛衰得失。

⑤极浦：远处的水边。

⑥最是悲秋尝作客：杜甫《登高》："万里悲秋常作客，百年多病独登台。"

其　三

延平[①]霸业[②]久销亡，两岛难将一苇航[③]。西北妖氛[④]传露布[⑤]，东南大局失云章[⑥]。满城风雨思乡泪，匝地[⑦]干戈[⑧]吊国殇[⑨]。入夜笳声吹到枕，梦魂无定赋归乡[⑩]。

注释

①延平：指延平郡王郑成功。

②霸业：称霸天下的功业。

③苇航：小舟。明徐渭《镜湖竹枝词》："杏子红衫一女郎，郁金衣带一苇航。"

④妖氛：怪异而不吉祥之气。多指灾祸。

⑤露布：军旅文书；征讨的檄文。

⑥云章：《诗·大雅·棫朴》："倬彼云汉，为章于天。"郑玄笺："云汉之在天，其为文章，譬犹天子为法度于天下。"后用"云章"指帝王的文章。

⑦匝地：遍地。

⑧干戈：兵器的总称。多借指战争。

⑨国殇：为国牺牲的人。

⑩赋归乡：归乡，返家。

其　四

天河[①]万里水横斜，泛海难浮博望槎[②]。边塞[③]征夫[④]弹剑铗[⑤]，隔江商妇奏琵琶[⑥]。琴樽寄兴消豪气，松菊惊秋感岁华[⑦]。咄咄书空[⑧]题雁字[⑨]，倚栏信手[⑩]数归鸦。

注释

①天河：银河。

②博望槎：汉武帝令张骞穷河源，乘槎经月而去，至一处，见城郭如官府，室内有一女织，又见一丈夫牵牛饮河，骞问云："此是何处？"答曰："可问严君平。"织女取楮机石与骞而还。张骞曾封博望侯。槎，木筏，竹筏。

③边塞：边境的关塞。

④征夫：在外服劳役或兵役的人。

⑤弹剑铗：敲击剑柄。铗，剑柄。战国齐国孟尝君的食客冯谖弹铗而歌："长铗归来乎！食无鱼。"又歌："长铗归来乎！出无车。"又歌："长铗归来乎！无以为家。"后世遂用以比喻有求于人。

⑥隔江商妇奏琵琶：唐白居易《琵琶行》述白居易夜晚在浔阳江头送客，闻船中夜弹琵琶者，本为长安女子，年长色衰后，嫁与商人为妇，乃邀她弹奏琵琶，感慨之余，作《琵琶行》以赠之。

⑦岁华：年华，岁月。或指美好的光景。

⑧咄咄书空：晋殷浩被桓温黜放后，终日以手指画空间，虚构字形，作"咄咄怪事"四字。

⑨雁字：雁飞行时所排成的行列。群雁飞行时，常排成"一"字或"人"字形。

⑩信手：随手。

席　上

刻烛①传觞尽此宵，平明②准看海门③潮。春风梅柳当前秀④，故国云山入梦遥。

苏武居胡仍杖节⑤，伍员⑥复楚且吹箫。人生聚散何须念，回首枌榆⑦感寂寥。

注释

①刻烛：古人刻度数于烛，烧以计时。

②平明：天刚亮时，破晓。

③海门：海口。

④秀：泛指草木的花。

⑤杖节：手持旌节。古时大臣出使或将帅出征，皇帝皆授给符节，作为凭证，并为权力的象征。

⑥伍员：春秋楚国人。父奢、兄尚为楚平王所杀，投奔吴国，无以糊口，吹箫乞食于吴市。

⑦枌榆：本指汉高祖的里社。后用作故乡的代称。

立春日郊行

春阳初动柳条青，尚有寒花满野塍①。

（台南气候温和，此时菊花尚盛）

载酒空寻黄檗寺，搜诗重上绿榕亭。

（寺在镇北门外，花木幽邃，今废）（亭在鸿趾园，一名四合亭）

百年日月催人老，半壁江山历劫腥。

好是索居[2]无俗事，归来仍诵《法华经》[3]。

注释

①塍：田间土埂。音 chéng。

②索居：离朋友而散处。

③《法华经》：佛经名，为《妙法莲华经》的简称。

端阳已过，庭菊尚开，晚凉对此，宠之以诗

蒲[1]紫榴江映醉觞，庭前有菊尚芬芳。东篱[2]得气秋先到，南国[3]餐英[4]夏自长。

大隐[5]市中闲日月，高人世外忘炎凉[6]。涉江欲采寒花赠，箫鼓[7]纷纷竞渡[8]忙。

注释

①蒲：菖蒲，草名。

②东篱：东边的篱笆。晋陶潜《饮酒》有“采菊东篱下，悠然见南山”的句子，所以借以指菊花或种菊的地方。

③南国：泛指南方。

④餐英：以落花为食。诗文中常用来指文人雅士高尚的情致。

⑤大隐：隐居在都市中的贤者，与隐居在山林中的小隐对称。

⑥炎凉：本指气候之不常。喻人情之冷暖。

⑦箫鼓：箫与鼓的声音。

⑧竞渡：龙舟竞渡。

寄王香禅[1]女士津门[2]

短衣跃马出关[3]时，一笑归来鬓未丝。两戒[4]山河曾展览[5]，百年日月仨奔驰。

书生合具屠龙[6]技，烈士空吟伏骥[7]诗。准拟[8]闭门求寂静，禅心[9]玄味[10]远相期[11]。

注释

①王香禅：王梦痴，字香禅。台北艋舺（今台北市万华区）人。曾学诗于连横及赵一山。

②津门：地名，即天津。

③关：指山海关。

④两戒：两界。指台湾与中国大陆。

⑤展览：广泛地游历。

⑥屠龙：杀龙。《庄子·列御寇》：“朱泙漫学屠龙于支离益，单千金之家，三年技

成，而无所用其巧。"后因以指高超的技艺。

⑦伏骥：三国魏曹操《步出夏门行》："老骥伏枥，志在千里；烈士暮年，壮心不已。"后用为壮志未酬之典故。

⑧准拟：准备，打算。

⑨禅心：佛家语。谓清静寂定的心。

⑩玄味：深奥的旨趣，常指老庄之道。

⑪相期：相约，相会。

出居庸关

万山东走护居庸[①]，一剑当关[②]路不通。大漠[③]盘雕[④]秋气黑，长城饮马[⑤]夕阳红。

弃繻[⑥]慷慨能筹策，投笔[⑦]功臣记凿空[⑧]。今日匈奴犹未灭，妖氛[⑨]直逼塞垣[⑩]雄。

（时库伦独立，方传牧马南下）

注释

①居庸：关名。在居庸山（在北京市昌平区西北）上，两山夹峙，悬崖峭壁。

②一剑当关：一夫当关，万夫莫开。形容地势险要，易守难攻。

③大漠：大沙漠，戈壁沙漠。

④盘雕：在空中盘旋的鹫鸟。鹫，性凶猛，似鹰而大。

⑤长城饮马：饮马长城窟。长城之下有泉窟，可以供马饮水。比喻边境地区或北方寒凉及战火频仍之处。

⑥弃繻：《汉书·终军传》：初，军从济南当诣博士，步入关，关吏予军繻。军问："以此何为？"吏曰："为复传，还当以合符。"军曰："大丈夫西游，终不复传还。"乃弃繻而去。繻，帛边。书帛裂而为之，合为符信，作为出入关卡的凭证。弃繻，表示决心在关中创立事业。后因用为年少立大志之典。繻，音 xū 或 rú。

⑦投笔：班超家贫，常为官佣书以供养。久劳苦，尝辍业投笔叹曰："大丈夫无它志略，犹当效傅介子、张骞立功异域，以取封侯，安能久事笔砚间乎！"

⑧凿空：凿山使通，开发道路。《史记·大宛列传》："然张骞凿空，其后使往者皆称博望侯，以为质于外国，外国由此信之。"

⑨妖氛：妖气。

⑩塞垣：指长城。

广武山[①]

大旗落日马飞扬，蔓草[②]平沙辟战场。天以黄河限南北[③]，我来广武吊兴亡。

八千子弟[④]沙虫[⑤]泣，一代君臣走犬狂[⑥]。终古[⑦]美人[⑧]恩莫庇[⑨]，楚歌楚舞总凄凉。

注释

①广武山：山名。在今河南省荥阳市东北。秦末楚、汉两军隔广武而阵，即此地。

②蔓草：蔓延滋生的野草。

③以黄河限南北：刘邦和项羽在黄河的南岸荥阳、成皋间对峙。

④八千子弟：项羽与江东子弟八千人渡江而西，但战败，无面目见江东父老，在乌江亭拔剑自刎而死。

⑤沙虫：一种细小而有毒的虫，也叫沙虱。

⑥一代君臣走犬狂：一代的臣子只是供皇帝使唤的走狗。

⑦终古：自古以来。

⑧美人：楚项王爱姬虞美人。羽败垓下，她以歌和项王；汉兵已略地，四方楚歌声。

⑨庇：庇护。佑护、保护。

《柳絮》限韵，同南社①诸子作

饯春②影里唱吴讴③，万点霏霏④扑画楼⑤。三月烟花⑥随云马，一堤晴雪逐浮鸥。
玉钩⑦帘外人如梦，红板桥头水亦愁。莫怨东风太零乱，也生能化绿萍⑧不？

注释

①南社：诗社名。在台南。

②饯春：送春。

③吴讴：吴地歌谣。

④霏霏：纷飞的样子。

⑤画楼：彩饰的楼。

⑥烟花：指春天艳丽的景色。

⑦玉钩：弯月，弦月。

⑧化绿萍：《群芳谱》谓浮萍为柳絮入水所化。

出关①别曼君

孔雀南飞②马首东③，虬髯、侠拂④感怀同。心伤云雨⑤飘零后，眼倦鱼龙⑥曼衍⑦中。
上帝梦梦⑧天亦醉，群雌粥粥⑨汝偏雄⑩。涉江欲采芳馨⑪赠，十丈芙蓉⑫落晚红。

注释

①出关：离开山海关前往东北。

②孔雀南飞：喻曼君前往南方。

③马首东：马首向东。喻指连横前往东北。

④虬髯、侠拂：隋末豪侠张仲坚、须赤而蜷曲似虬，号虬髯客。仲坚有雄才大略，见世方乱，欲起事争天下，会李靖携红拂奔经灵石，遇于旅舍，因与靖至太原，得见李世民，识为英主，乃悉以其家所有赠靖别去。

⑤云雨：指男女欢合。

⑥鱼龙：鱼与龙。比喻争斗的各样人物。

⑦曼衍：分布、散布。

⑧梦梦：昏乱不明。

⑨粥粥：卑谦或柔弱的样子。

⑩雄：勇武。

⑪涉江欲采芳馨：《古诗十九首》之六："涉江采芙蓉，兰泽多芳草。采之欲遗谁？所思在远道。"

⑫芙蓉：荷花。

黄欣

黄欣，字茂笙，号南鸣，又号西圃、四梅主人、万年布衣，别号固园主人。台南市人。日本明治大学法学士，曾任总督府评议会委员等职。民国十一、十二年之间，并游览南洋及中国东北。与弟溪泉均好吟咏，人称"固园二雅"。著有《固园文存》

游学东京，留别诸友

江山摇落[①]欲何之？万里魂销[②]此一时。去国却无王粲赋[③]，遣怀[④]偏爱杜陵[⑤]诗。

飞鹏自觉冲霄易，驽马[⑥]其如引步迟。不觅封侯[⑦]行万里，可怜两鬓暂成丝。

注释

①摇落：零落。

②魂销：灵魂离体而消失。

③去国却无王粲赋：三国魏文学家王粲，字仲宣。由于避乱，从西京（长安）往荆州依附刘表，但不为表所重视。一日登当阳县（今当阳市）城楼，触景怀乡，感怀身世，因作《登楼赋》以抒其悲苦烦闷之情。后人遂以王粲登楼作赋为文人远离家乡、怀才不遇的典故。

④遣怀：排遣情怀。

⑤杜陵：地名。在今陕西省西安市长安区东南。杜甫曾居于此，自称杜陵布衣，故指杜甫。

⑥驽马：劣马。

⑦觅封侯：寻求荣华富贵。

访魏润庵[①]述旧

闲来猿鹤偶寻盟，隐士幽居[②]一再经。砚可为田凭手辟，文多传世久心倾。

东山[③]裙屐[④]高吟会，南国风骚[⑤]有正声[⑥]。当日相逢两年少，关门回首不胜情。

注释

①魏润庵：魏清德，字润庵。瀛社第三任社长。

②幽居：清幽僻静的居处。

③东山：晋谢安为著作郎，因病辞归，居浙江省上虞县（现绍兴市上虞区）东山。后引申为隐居之处。

④裙屐：裙，下裳；屐，木底鞋。原指六朝贵游子弟的衣着。后泛指富家子弟的时髦装束，亦借指衣着时髦的富家子弟。

⑤风骚：《诗经》与《楚辞》的合称。风指《诗经》中的《国风》，骚指《楚辞》中的《离骚》。泛指诗词文章。

⑥正声：合乎中正之道的诗篇。

送陈筱竹之鹭门[①]

匆匆行色白头新，湖海元龙[②]劫后身。三月春风亲杖履[③]，十年客路饱烟尘[④]。

灵均[⑤]有泪终非达[⑥]，老杜[⑦]无家不是贫。今日送君倍惆怅，天涯我亦乍归人。

注释

①鹭门：地名。即今厦门市。

②元龙：东汉陈登，字元龙。有扶世救民的大志，沉稳有谋略，任广陵、东城太守，因平吕布有功，封伏波将军。此处喻指陈筱竹。

③杖履：手杖与鞋子。古礼，五十岁老人可扶杖；又古人入室必脱鞋于户外，为尊敬长辈，长者可先入室，后脱鞋。此为对老者、尊者的敬称。

④烟尘：尘埃。

⑤灵均：战国楚人屈原，字灵均。曾辅佐怀王内修政治，外亢强秦。后因遭谤，前后两次流放。终因不忍看着国家沦亡，遂投汨罗江以尸谏。

⑥达：显达。

⑦老杜：唐诗人杜甫，人称老杜；诗人杜牧，人称小杜。

剑花[1]归来再主《南报》，赋此以赠

一代才华信有余，梁园[2]无地借相如[3]。关河[4]到处难为客，风雨中霄[5]且著书。
太史[6]自称“牛马走”[7]，伊人[8]宛在鹭鸥居[9]。江湖我亦扁舟[10]侣，拟买青山共结庐[11]。

注释

①剑花：连横，号剑花，字武公。台南市人。

②梁园：园囿名。西汉时梁孝王所建的宫室园囿，用以游乐和集会。

③相如：汉司马相如，少好书，学击剑。通西南夷有功，拜孝文园令，以病免。

④关河：本指函谷、蒲津、龙门、合河等关和黄河，后泛指一般山河险要之地。

⑤中霄：半夜。霄，夜间，通宵。

⑥太史：古官名。为史官。此处指司马迁。

⑦牛马走：如牛马一般供人役使，为人奔走的仆役。常用作自谦之词。司马迁《报任少卿书》：“太史公，牛马走。”

⑧伊人：这个人，或那个人。

⑨鹭鸥居：鹭和鸥的居处。喻指隐士居住的地方。

⑩扁舟：小舟。

⑪结庐：构筑房屋。

哭胡南溟[1]先生

人间莫道接舆[2]狂，健笔锋芒[3]射八方。《大冶一炉》[4]铸经史[5]，江河独曲唱宫商[6]。
无家半世依贫弟，有子成年类老娘。今日溘然长逝[7]去，可怜身后尚茫茫。

注释

①胡南溟：胡殿鹏，号南溟，台南市人。

②接舆：春秋时楚国高士，佯狂避世，曾迎孔子的车而歌，劝孔子归隐，故称接舆。

③锋芒：刀剑的尖端。比喻人的锐气。

④《大冶一炉》：书名，胡南溟著。

⑤经史：经书和史书。

⑥宫商：最古的音阶仅用五音，五音为宫、商、角、徵、羽。泛指音乐、乐曲。

⑦溘然长逝：忽然长逝。指人死亡。

云南道上

西望昆明匹马行，中原今日尚鏖兵[1]。也知禹域[2]消王气，为访滇池[3]入故城。

山石狰狞[4]能独立，野花烂漫[5]不知名。卧龙[6]勋业[7]今何在？一局安危未可轻。

注释

①鏖兵：鏖战。竭尽力量，苦战不休。

②禹域：中国的别称。夏禹治理洪水后，分全国为九州，故称中国为禹域。

③滇池：湖名。又名昆明湖。在云南省昆明市城南。

④狰狞：凶恶的样子。多指面目凶恶可怕。

⑤烂漫：光彩焕发。

⑥卧龙：比喻特出而未见用显达的奇才。《三国志·蜀志·诸葛亮传》：谓先生曰：“诸葛孔明者，卧龙也。将军岂愿见之乎?”

⑦勋业：功业。

出盘谷[1]

风雨萧萧[2]出罗京[3]，故人相送倍关情。湄河[4]水绿春花艳，盘谷山青细草平。

古塔摩天[5]藏佛骨，轻车动地走雷声。南来欲吊兴亡事，赤手[6]谁能掣[7]巨鲸。

注释

①盘谷：泰国国都曼谷的另一译名。

②萧萧：风声、雨声、草木摇落声。

③罗京：盘谷。罗，即暹罗，今名泰国。

④湄河：湄公河。发源于中国青藏高原东部，流入缅甸、老挝、泰国、柬埔寨、越南等国。

⑤摩天：高度几乎可以触及天。形容极高。

⑥赤手：空手。

⑦掣：牵引，抽取。

正月五日舟过赤道

十年梦到南洋岛，今日才离北半球。客路又添新马齿[1]，炎荒[2]早脱旧羊裘[3]。

海当赤道波尤绿，花有春容叶不秋。樯[4]影低回[5]人徙倚[6]，水痕天色两悠悠[7]。

注释

①添新马齿：马齿徒长，指年纪徒增而无建树。因马的牙齿随着年龄而增长，故数马的牙齿可知其年龄。

②炎荒：南方酷热荒远之地。

③羊裘：羊毛衣。

④樯：帆柱。

⑤低回：徘徊。

⑥徙倚：低回，流连徘徊。站立。

⑦悠悠：悠长遥远的样子。

送戴汝修之扶桑[1]、沪、杭[2]

五月南薰[3]好，扁舟[4]出海门[5]。乱云迷故国[6]，落日望中原。
郁郁[7]吾居此，滔滔[8]世竞存。男儿四方志，愿化北溟鲲[9]。

注释

①扶桑：日本的代称。

②沪、杭：上海、杭州。

③南薰：薰风。夏季的南风。

④扁舟：小舟。

⑤海门：海口。

⑥故国：故乡。

⑦郁郁：闷闷不乐。

⑧滔滔：盛大的样子。

⑨化北溟鲲：鲲鱼化为鹏鸟。《庄子·逍遥游》："北冥有鱼，其名为鲲，鲲之大，不知其几千里也。化而为鸟，其名为鹏。鹏之背，不知其几千里也。"冥，即溟，海。

《诗荟》[1]发刊题赠雅棠先生

大雅[2]扶轮[3]几辈存，独标[4]赤帜[5]张吾军[6]。等身著述[7]题黄绢[8]，遗老[9]胸怀卧白云。
一代雄才谁步武[10]？十年高谊[11]重斯文[12]。凭君又握生花管[13]，南国[14]骚坛[15]好树勋[16]。

注释

①《诗荟》：书名，即《台湾诗荟》，连雅堂主编。

②大雅：《诗经》体裁之一。《诗经》分《风》、《雅》、《颂》三部分，《雅》又分

《小雅》、《大雅》。

③扶轮：扶翼车轮。指在旁推进。

④独标：一人独自标举、倡导。

⑤赤帜：红色的旗帜。比喻榜样，典范。

⑥张吾军：张我军。新文学作家。新北市板桥区人。北平师范大学国文系毕业。是把大陆新文学革命介绍到台湾的第一人。著有《张我军文集》等书。倡言反对台湾的“击钵吟”。

⑦等身著述：著作等身。作品与身体同高。形容人著作很多。

⑧黄绢：黄色之绢。黄绢幼妇，即“绝妙”两字的隐语。

⑨遗老：前朝的旧臣。也指历练丰富、博闻广见的老人。

⑩步武：追随前人足迹而行。比喻模仿、效法。步，行步。武，足迹。

⑪高谊：崇高的情谊。

⑫斯文：礼乐教化制度。

⑬生花管：生花妙笔。比喻文思巧妙。《开元天宝遗事·梦笔头生花》：“李太白少时，梦所用之笔头上生花后天才赡逸，名闻天下。”管，笔也。

⑭南国：泛指南方。

⑮骚坛：诗坛。

⑯树勋：建立功勋。

白鸥吟社[1]诸君子招饮席上赋呈

红尘[2]莽莽[3]锁[4]晴岚[5]，北郭风光取次[6]探。半亩夕阳人叱犊[7]，几分秋色客停骖[8]。
剧怜[9]旧雨[10]频过访，除却新诗无所耽[11]。佳景流连心已醉，又从文宴[12]听高谈[13]。

注释

①白鸥吟社：诗社名。在台南市北门区。

②红尘：飞扬的尘埃。佛、道家称俗世为红尘。

③莽莽：广大而无边的样子。

④锁：幽闭。

⑤晴岚：晴天时山上的雾气。

⑥取次：随便，任意。

⑦叱犊：用口发声以驱牛。

⑧停骖：将马勒住，停止前行。

⑨剧怜：甚怜，极爱。

⑩旧雨：老友。

⑪耽：爱悦，过度爱好而沉醉其间。

⑫文宴：文人的宴会。

⑬高谈：空泛而漫无边际地谈论。

固园[1]席上次韵答茅原华山[2]

翩翩[3]裙屐[4]共登楼，千里神驰[5]已六秋[6]。大地谈瀛[7]来海客，小园高会有名流。风光异国三春[8]好，坛坫[9]奇勋一战收。我亦蓬莱[10]旧吟侣，裁诗[11]端合[12]纪前游。

注释

①固园：黄欣居住的园邸。

②茅原华山：日本诗人名。

③翩翩：形容风采。文辞的美好。

④裙屐：裙，下裳；屐，木底鞋。原指六朝贵游子弟的衣着，后泛指富家子弟的时髦装饰，亦借指衣着时髦的富家子弟。

⑤神驰：心意相通，神交。

⑥六秋：六年。

⑦瀛：瀛洲，指日本。

⑧三春：泛指春天，因春天有三个月。

⑨坛坫：指文人时常聚集应酬，而为世所宗仰的地方。坫，音 diàn。

⑩蓬莱：海上仙山名。指台湾。

⑪裁诗：裁剪字句以成诗。此处即作诗。

⑫端合：正应该。

芳园[1]狱中[2]来诗，赋此答之

周文[3]羑里[4]韩非[5]秦，贤哲[6]休嫌缧绁[7]身。一服赭衣[8]安足辱，三烧白玉可成仁[9]。也知羊祜[10]非行鸩[11]，岂有曾参果杀人[12]。劝汝漫挥孤愤[13]泪，埋冤[14]何处有冤民[15]。

注释

①芳园：陈逢源，字芳园。台南市人。著有《溪山烟雨楼诗集》。

②狱中：陈逢源在日时代，曾因抗日运动被捕入狱。

③周文：周文王。

④羑里：古地名。殷纣囚禁周文王的地方。在今河南省汤阴县北。音 yǒu lǐ。

⑤韩非：战国时思想家。喜刑名法术之学，与李斯同为荀卿学生，曾屡次书谏韩王而不见用，于是发愤著书十余万言，号“韩非子”，后为李斯所害，死于秦。

⑥贤哲：贤士。

⑦缧绁：拘禁犯人的绳索。引申为牢狱。音 léi xiè。

⑧赭衣：古时囚犯穿赤褐色衣，遂以赭衣代称囚犯。

⑨成仁：成就仁德。后世也称为正义而牺牲生命为成仁。《论语·卫灵公》："志士仁人，无求生以害人，有杀身以成仁。"

⑩羊祜：晋人。武帝时镇襄阳，务修德，甚得江汉人心。南州人征市日闻祜丧，莫不号恸，罢市。

⑪行鸩：毒害。鸩，传说中的一种毒鸟，以羽浸酒，饮之立死，音 zhèn。

⑫曾参果杀人：指曾参之母疑其子杀人事。比喻流言可畏。曾参，春秋鲁人，孔子弟子。《战国策·秦策二》：昔者曾子处费。费人有与曾子同名族者而杀人。人告曾子母曰："曾参杀人。"曾子母曰："吾子不杀人。"织自若。有顷焉，人又曰："曾参杀人。"其母尚织自若也，顷之，一人又告之曰："曾参杀人。"其母惧，投杼逾墙而走。

⑬孤愤：行径孤直，愤世嫉俗。

⑭埋冤：埋怨。对人有怨言，责备别人。

⑮冤民：含冤受屈的人。

陈望曾

陈望曾，字省三，号鲁村。本噶玛兰人，后徙台南。同治十三年进士，授内阁中书，清光绪年间，久任官内地，官至广东布政使，乙未年割台后，尝返里省亲，旋仍内渡，隐居香港。

和施士洁原韵

太平山[①]下闭门居，海上词人[②]递[③]鲤书[④]。避地遗民[⑤]思故国[⑥]，怀乡有客鉴前车[⑦]。
公麟[⑧]书法千秋在，伯虎[⑨]诗篇万卷舒。轮奂[⑩]君家完与美，稻香卜筑[⑪]结吟庐。

注释

①太平山：山名。在香港。

②词人：诗人。

③递：传送。

④鲤书：书信。

⑤遗民：指国家灭亡后所遗留下来的人民。也指朝代改换后，不肯在新朝廷任职的人。

⑥故国：故乡。

⑦鉴前车：前车之鉴。比喻过去的经验或教训足以作为后来的借鉴。

⑧公麟：北宋画家李公麟。擅人物鞍马，重写生。对后世人物画深具影响。

⑨伯虎：明代文学家唐寅，字伯虎。

⑩轮奂：形容房屋的高大华美。《礼记·檀弓下》：晋献文子成室，晋大夫发焉，张老曰："美哉轮焉！美哉奂焉！"轮，轮囷，言高大；奂，言众多。

⑪卜筑：选择土地建筑房屋。

王汉秋

王汉秋，字咏裳。台南市人。

闻　警

鹿耳门①前吼怒涛②，奇愁郁勃③索香醪④。
记曾风雨苍凉⑤夜，灯影摇红续豹韬⑥？

注释

①鹿耳门：岛名。原在台湾七鲲身屿及北线尾屿以北，郑成功率军到台湾最先登陆的地点。后西海岸泥沙淤积，已与台湾本岛相接。大约在今台南市西北海边鱼塭地区。"鹿耳听涛"为台湾八景之一。

②怒涛：汹涌澎湃的波浪。

③郁勃：很茂盛的样子。

④醪：与滓相混的醇酒，即浊酒。

⑤苍凉：凄凉寒冷。

⑥豹韬：古名书《六韬》中有《豹韬》。后借指用兵的策略，也用以指统兵的将军。

黄溪泉

黄溪泉，字谿荃。台南市人。黄欣弟。

九日①会献堂②、幼春③、汝南诸先生于固园

重阳秋气到茅庐，访旧欣迎长者车。红友④一樽名士酒，黄花⑤三径⑥野人居。
故山莽莽⑦登何处？短发毵毵⑧健有余。宴罢诗成君莫笑，平生积习⑨已难除。

注释

①九日：农历九月九日，即重阳节。

②献堂：林献堂，台中市雾峰区人。

③幼春：林资修，号幼春。台中市雾峰区人。

④红友：浊酒之别称。

⑤黄花：菊花。

⑥三径：三条小径。起于蒋诩的故事。西汉末年兖州刺史蒋诩因王莽专政而隐居，家园中开三径，与求仲、羊仲两人交游。后用以比喻隐士居所或泛指家园。

⑦莽莽：草木茂盛的样子。

⑧毵毵：细长的样子。音 sān sān。

⑨积习：积久而成，难以更改的习惯。

陈廷宪

陈廷宪，嘉庆八年（1803）任澎湖通判，十年卸任。工诗。

澎湖杂诗

其　一

为避尘埃到海滨，海中依旧有黄尘。
风波满眼才登岸，又打惊沙乱打人。

其　二

阴云忽起飓风生，雪岭银峰顷刻成。
不独船中人胆落[①]，山头闲看心乜惊。

注释

①胆落：形容极端的惊惧。

其　三

偃草[①]吹花臭味同，从来未识鲤鱼风[②]。
炉烟忽变薰莸[③]气，疑是龙涎[④]落鼎[⑤]中。

注释

①偃草：风吹草倒。
②鲤鱼风：九月的风。指秋风。
③薰莸：薰和莸。香草和臭草。音 xūn yóu。
④龙涎：香料名。
⑤鼎：一种三足两耳的容具。

其 四

润下[1]因何自上来，空中真有撒盐才[2]。
庖人[3]若解为霖味，清水调羹只用梅。
（澎岛四面环海，无高山障蔽，每至八九月，飓风鼓浪、海水喷沫、漫空泼野，俗称盐雨）

注释

①润下：雨水往下流降。也指水。
②撒盐才：《世说新语·言语》：谢太傅寒雪日内集，与儿女讲论文义。俄而雪骤，公欣然曰："白雪纷纷何所似？"兄子胡儿曰："撒盐空中差可拟。"
③庖人：厨师。

其 五

晓起惟闻雀斗争，夜来还有白鸠鸣。
寻常凡鸟都如凤[1]，到老何曾听一声。

注释

①凡鸟都如凤：凡鸟，比喻庸才。把"凤（鳳）"字拆开来就是"凡鸟"。《世说新语·简傲》：嵇康与吕安善，每一相思，千里命驾。安后来，值康不在，喜出户延之，不入，题门上作"凤（鳳）"字而去。喜不自觉，犹以为欣。故作"凤（鳳）"字，凡鸟也。

其 六

重译[1]难通异地宾，舆台[2]陪隶[3]是比邻[4]。
不逢徐福[5]求仙至，那有乘桴[6]访戴[7]人。

注释

①重译：经过多次的翻译。
②舆台：奴仆，贱役。指卑微的人。

③陪隶：仆隶。

④比邻：近邻。

⑤徐福：秦方士。曾上书始皇，言海上有三仙山，始皇乃遣之率童男女数千人，入海求仙，而一去不返。

⑥乘桴：搭乘用竹子或木材编成的竹排或木排。

⑦访戴：指晋王徽之雪夜访戴逵之事。后用为访友之词。

其　七

岛屿平铺几点沙，人从鳌背立生涯。
烟波万顷天连水，得见青山才是家。
（澎无高山，秋来风起，衰草黄落，四山皆赤，绝少苍翠）

其　八

终古无人见郁葱[①]，不材榕树亦惊风。
只除铁网中间觅，倒有珊瑚七尺红。

（环岛不产树木，唯人家栽植榕柳，风威摧折，不甚高大。外堑海中有珊瑚树，红毛[②]曾百计探取，鲸鱼守之不得下）

注释

①郁葱：盛多的样子。

②红毛：荷兰人。

其　九

莎草[①]蘼芜[②]见亦难，休论春菊与秋兰。
前身折尽看花福，应是河阳[③]旧宰官。
（岛中无园林，可供游玩）

注释

①莎草：一种多年生草本植物。

②蘼芜：香草名。

③河阳：地名，在今河南省孟州市西。晋潘岳曾任河阳令，于城内遍植桃花。

其　十

天生甘薯海中餐，细切银丝日炙[1]干。
但祝千箱居积满，不劳引领[2]望台湾。
（澎无稻粱，居人以薯干供食，名曰薯米）

注释

①炙：烧烤。
②引领：伸长脖子远望。形容盼望的殷切。

其十一

待雨凭天插地瓜，不知秧稻可开花。
若非戍米[1]源源[2]济，万灶几无粒食家。

注释

①戍米：军需用米。
②源源：形容连续不断，没有穷尽的样子。

其十二

浪激沙团万窍[1]穿，犬牙相错[2]胜花砖。
从兹版筑[3]成无用，百堵[4]皆兴不费钱。
（海底乱石磊砢[5]松脆，俗名老古。拾运到家，俟盐气尽即成坚实，用以筑墙，比屋皆然）

注释

①窍：洞孔。音 qiào。
②犬牙相错：犬齿形状尖突，且参差不齐，故用以比喻交错的地势或地形。
③版筑：筑土墙时，以两板相夹，中置泥土，而以杵将土捣紧。
④堵：土墙。
⑤磊砢：众石累积的样子。

其十三

及肩墙已费经营，百堵雄关[1]岂易成。
直把澎湖当蓬岛[2]，神仙居住本无城。
（文武驻县营署俱不设城）

注释

①雄关：形势险要足以控制四方的关口。

②蓬岛：蓬莱仙岛。

其十四

裙布终身即富饶，翻[①]嫌罗绮[②]太轻飘。
桑麻机杼[③]浑多事，自有鲛人会织绡[④]。

（澎俗古朴，男女衣服悉用布素。不产桑麻，女人无纺织之事，居常喜着青布衣裙，间有近市者衣服绫缎。然习俗勤俭，真有唐、魏遗风，胜台之华丽远矣）

注释

①翻：反而。

②罗绮：轻软的丝织品。

③机杼：织布机和梭子；织布机的代称。

④鲛人会织绡：相传鲛人居住在海底，能织丝绡，入水不湿。

其十五

近水生涯海当田，吐余螺壳尚论钱。
烧成不独涂墙好，还与舟人补漏船。

（海产朱螺如指大，拾起盈筐，以针挑肉，食之味甘。其壳杂蛎房烧灰，利赖无穷）

其十六

一束生刍[①]未肯烧，只缘黄犊[②]腹犹枵[③]。
更从牛后传薪火，曝向斜阳胜采樵。
（澎无薪木，民以牛粪晒干供炊爨[④]，名牛柴）

注释

①生刍：新割的青草。

②黄犊：黄牛。犊，小牛。

③腹犹枵：枵腹，空腹，空着肚子，指饥饿。

④炊爨：炊事。音 chuī cuàn。

其十七

海阔常多拔木风，工师[①]亦作小房拢[②]。
自家门户低头惯，行到高堂尚曲躬[③]。
（民居多矮房，无广堂广厦）

注释

①工师：工匠。
②房拢：房屋。
③曲躬：弯腰。

其十八

拾遗[①]专赖海扬波，捕水耕山得几何。
但祝丰年生意好，不争澳[②]口破船多。
（滨海居民，遇海舶失事，争拾版片，捞取货物，常获厚利）

注释

①拾遗：拾起他人失物而占为己有。
②澳：可供船舶停泊的水湾。

其十九

钲鼓[①]喧哗闹九衢[②]，一条草簟[③]当氍毹[④]。
舳舻[⑤]亦到江南地，曾听钧天广乐[⑥]无？
（声皆泉腔[⑦]）

注释

①钲鼓：古时行军击钲使士兵肃静，击鼓使士兵前进。钲，古代行军时的打击乐器，音 zhēng。

②九衢：指四通八达的大道。衢，音 qú。

③草簟：草席。

④氍毹：用野蚕丝和兽毛混纺而成的纺织品。音 qú shū。

⑤舳舻：泛指船只。音 zhú lú。

⑥钧天广乐：天上的音乐。

⑦泉腔：泉州口音。

其二十

鸡林[1]尚识香山[2]句，沧海宁[3]无子建[4]才。
岂是天公留混沌[5]，不教人带锦囊[6]来。
（澎士吟咏，未解音律）

注释

①鸡林：古国名，即新罗，在今韩国境内。
②香山：白居易，晚年居香山，号香山居士。
③宁：岂，何。
④子建：三国魏人曹植，字子建。曹操第三子，富于才学。
⑤混沌：天地还没有形成之前的混合状态。
⑥锦囊：锦制的袋子，古人用以藏珍贵物品或诗稿。

李逢时

李逢时（1829—1876），字泰阶。宜兰人。同治间举人，素好吟咏，有《泰阶诗稿》一卷，计古近体诗一百四十首，殁后遗失。

三　貂[1]

寻诗不觉到三貂，海外看山兴更遥。一岭横飞严锁钥[2]，三峰并出插云霄。
林穿古道纡[3]征骑[4]，径入深丛噪乱蜩[5]。此去岭头天尺五[5]，好随羊角[7]上扶摇[8]。

注释

①三貂：即三貂岭，地名，在今新北市东部。
②锁钥：指防守、守御。
③纡：萦绕回旋。
④征骑：旅人远行的车马。
⑤蜩：蝉。音 tiáo。
⑥尺五：一尺五寸，比喻距离极近。
⑦羊角：曲而上升的旋风。
⑧扶摇：自下盘旋而上的暴风。

东 海

三港西来一派[①]通，气凌苍莽[②]欲翻空。潮声怒石鞭皆下，水势浮天转自东。

（厅志：乌石、加礼、过岭为厅辖三港）

蜃市[③]晴云连海碧，龟山晓日浴波红。灵源直与京都[④]接，此去长乘万里风。

（“龟山朝日”为厅志八景之一）

注释

①派：水流。

②苍莽：形容空阔无边的大地或山峰。

③蜃市：海市蜃楼。一种因光线折射而使眼前呈现景物的幻象，多出现于海边或沙漠。蜃是一种有角的蛟，古人以为海中市镇、楼台是蜃吐气所形成的。

④京都：京师。

泖 鼻[①]

海上横拖泖鼻长，下临无际气汪洋[②]。鱼龙任纵潮伸缩[③]，船楫[④]无虞[⑤]石隐藏。

喷薄[⑥]风云营惨澹[⑦]，吹嘘[⑧]日月焕光芒。东瀛[⑨]别有饶名胜，鹿耳[⑩]鲲身[⑪]水一方。

注释

①泖鼻：即今台湾岛东北海岸鼻头角。

②汪洋：大海。

③潮伸缩：涨潮及退潮。

④船楫：船和桨。

⑤虞：疑虑。忧虑。

⑥喷薄：突然喷涌而出的样子。

⑦惨澹：暗淡无色。

⑧吹嘘：吹拂。吐气。

⑨东瀛：瀛洲。海上仙山名。此处借指台湾。

⑩鹿耳：鹿耳门，岛名。原在台湾七鲲身屿及北线尾屿以北，郑成功率军到台湾最先登陆的地点。后西海岸泥沙淤积，已与台湾本岛相接，大约在今台南市西北海边渔塭地区。

⑪鲲身：七鲲身。原为台湾省台南市西南海中的古岛屿。自南而北，绵延七岛。18世纪后港湾逐渐淤浅，1882年在一次大洪水中，港湾填淤成平地，岛屿遂与台南市西郊陆地相连接。

三貂岭[1]遇雪

朔风[2]吹雨冻征衣[3]，强附青萝上翠微[4]。诗思每从驴背得[5]，雪花争踏马蹄归。

千山落叶空啼鸟，万壑[6]流泉挂夕晖。日暮天空长寂寞，小桥沽酒[7]醉云扉。

注释

①三貂岭：山名，在台湾省新北市东部。

②朔风：北风。

③征衣：远行或出征的人所穿着的衣服。

④翠微：青山。

⑤诗思每从驴背得：唐诗人郑綮说他的诗思在灞桥风雪中、驴子背上。

⑥万壑：形容山谷、聚水的沟坑众多。

⑦沽酒：买酒。

柯培元

柯培元，字复子，号易堂。山东历城人，以举人知瓯宁县。道光十五年（1835），任噶玛兰（今宜兰）通判，曾辑《噶玛兰志略》十四卷，于道光十七年（1837）六月成书，未刊。后调任广东。

龟山歌

千岁老龟化为石，遍体绿毛眼深碧。蹒跚[1]欲上蓬莱山[2]，道逢巨鳌[3]话仙迹[4]。

天风惨澹[5]迷寒云，水路苍莽[6]震霹雳[7]。缩头潜浮波之心[8]，奔浪汩没[9]露其脊[10]。

不计岁月皴莓苔[11]，竟饱烟霞附沙碛[12]。细草如麟群鹿游，深涧穿胁[13]老猿据。

我家东鲁[14]有龟山，宣圣[15]《琴操》[16]何戚戚[17]。我望金沙有龟山，迩英[18]说书[19]叹啧啧[20]。

兹龟避地兼避人[21]，不为世人十朋锡[22]。我行正值春风生，遥见空中翠新滴。

曳尾泥中[23]甘沉埋[24]，昂首[25]天外去咫尺[26]。更闻中央澄清潭，中有金鲤化梭掷[27]。

吁嗟乎！龟兮龟兮如有灵，力捍蛟龙[28]斩荆棘，买山[29]有愿终成杼[30]，此间支床[31]学闭息[32]。

注释

①蹒跚：足跛而走路一瘸一拐的样子。

②蓬莱山：海上仙山名。

③鳌：海中大鳖。

④仙迹：仙踪。仙人之行踪。因龟鳌皆视为仙，故称其行踪为仙迹。

⑤惨澹：暗淡无色。

⑥苍莽：形容空阔无边的大地或山峰。

⑦霹雳：迅雷。

⑧波之心：水中。

⑨汩没：沉沦，沉没。

⑩脊：背脊。

⑪皴莓苔：皮上积存层层的青苔。皴，音 cūn。

⑫附沙碛：身上粘附沙石。沙碛，水中的沙石。碛，音 qì。

⑬胁：横穿山之两边。脊，身体左右两边。

⑭东鲁：山东。柯培元是山东人。

⑮宣圣：指孔子。汉平帝追谥孔子为褒城宣尼公，自汉以来历代皆尊孔子为圣人。因此称孔子为宣圣。

⑯《琴操》：指《龟山操》，琴曲名，相传为孔子所作。《琴操·龟山操》："《龟山操》者，孔子所作也。齐人馈女乐，季桓子受之，鲁君闭门不听朝……孔子欲谏不得，退而望鲁，鲁有龟山蔽之，辟季氏于龟山，托势位于斧柯，季氏专政，犹龟山蔽鲁也。"

⑰戚戚：忧伤。

⑱迩英：殿阁名，建于宋仁宗景祐二年。

⑲说书：讲学。宋朝杨时，著书讲学，在传播理学方面影响很大，晚年隐于龟山，世称龟山先生

⑳啧啧：赞叹声。

㉑兹龟避地兼避人：此龟为逃避灾祸而避居此地，也为了逃避世俗之人，才在此隐居。

㉒不为世人十朋锡：不作世人占卜决疑之用。《周易·损卦》："六五，或益之十朋之龟，弗克违，元吉。"朋，古代货币单位，相传以五贝或二贝为一朋。十朋，言价值之昂贵。锡，赐，赐给。

㉓曳尾泥中：乌龟拖着尾巴行走在泥涂上，而不愿毁身灭性，以取爵禄于庙堂之中。《庄子·秋水》："吾闻楚有神龟，死已三千岁矣，王巾笥而藏之庙堂之上，此龟者，宁其死为留骨而贵乎？宁其生而曳尾于涂中乎？"比喻逍遥自在的隐逸生活。

㉔沉堙：沉没。堙，音 yīn。

㉕昂首：抬头。

㉖去咫尺：形容距离很近。

㉗梭掷：像织布的纬线一样来往穿梭。《志略·山川志》："龟山……中汇一潭，清水澄澈，有赤鲤大数尺。"

㉘力捍蛟龙：抵抗蛟龙的侵袭。

㉙买山：购买山地，作隐居之处。《世说新语·排调》：支道林因人就深公买印山。深公答曰："未闻巢、由买山而隐。"后人遂用买山作辞官归隐的代称。

㉚桴：用竹子或木材编成的竹排或木排。

㉛支床：龟床，用龟支撑床足。《史记·龟策列传》：“南方老人用龟支撑床足，行二十余岁，老人死，移床，龟尚生不死。”后指隐者所用的卧具。

㉜闭息：龟息，佛家语，指呼吸调息如龟。是道家养生法之一，据说修炼此法可以吸气维生，不饮不食而能长生。

熟番[1]歌

人畏生番[2]猛如虎，人欺熟番贱如土。强者畏之弱者欺，毋乃人心太不古[3]。
熟番归化勤躬耕[4]，荒埔将垦唐人[5]争。唐人争去饿且死，翻悔不如从前生。
传闻城中贤父母[6]，走向城中崩厥首[7]。啁啾磔格[8]无人通，言不分明画以手[9]。
诉未终，官若聋，窃窥[10]堂上有怒容。堂上怒，呼杖具[11]，杖毕垂头听官谕[12]。
嗟尔番，尔何言。尔与唐人皆赤子[13]。让耕让畔胡弗闻[14]。吁嗟[15]乎！生番杀人
汉奸[16]诱，熟番独被唐人丑[17]，为父母者[18]虑其后。

注释

①熟番：散居平地或山麓，而已汉化之原住民。

②生番：深居内山而尚未汉化之原住民。

③人心太不古：无古仁人之心。

④躬耕：亲自从事农耕。

⑤唐人：由大陆移民来台之汉人。

⑥城中贤父母：城市中的官员。父母，指父母官。

⑦崩厥首：叩头。厥，其，他。

⑧啁啾磔格：啁啾，细碎的声音，本指鸟鸣声。磔格，本指风吹竹的声音。此处啁啾磔格，均指熟番的语言。

⑨画以手：比手画脚。

⑩窃窥：偷看。

⑪杖具：刑具。

⑫官谕：官员的晓谕、训示。

⑬赤子：人民。

⑭胡弗闻：何充耳不闻。

⑮吁嗟：嗟叹词。

⑯汉奸：卖国贼。多为本身利益甘心受外人收买、利用而出卖国家利益之人。

⑰丑：憎恶。

⑱父母者：为人父母者。此处指官员。

生番歌

风薅缠挂[①]傀儡山[②]，山前山后阴且寒。怪石丛箐[③]巨龟卧，横眼[④]老干修蛇[⑤]盘[⑥]。
呦[⑦]鹿成群觅仙草，捷猿结伴寻甘泉。蕉叶为庐竹为壁，松皮作瓦棕为椽[⑧]。
中有毛人[⑨]聚赤族[⑩]，喧作鸟语攀云端[⑪]。黔面[⑫]文身[⑬]喜跳舞，唐人头颅汉人奸[⑭]。
或言[⑮]嬴秦[⑯]遣徐福[⑰]，或言零丁洋[⑱]贩船。或言云南梁王[⑲]后，或言日本荷兰传。
不识不知竟太古[⑳]，以似以续[㉑]为葛天[㉒]。薙发[㉓]输饷[㉔]归王化[㉕]，女则学织男耕田。
人生大欲[㉖]先饮食，此辈喜见汉衣冠[㉗]。我朝[㉘]舆图[㉙]轶[㉚]千古，梯山航海[㉛]暨[㉜]极边。
天之所生地所载，几希[㉝]禽兽诚可叹。吁嗟乎！此亦穷黎[㉞]无告者[㉟]，圣人仁政怀与安[㊱]。

注释

①缠挂：纠缠悬挂。

②傀儡山：山名。

③丛箐：丛杂密集的竹林。

④横眼：横眉怒眼。耸眉竖眼。形容面目凶恶的样子。

⑤修蛇：长蛇。

⑥盘：盘绕。

⑦呦：鹿鸣声。《诗·小雅·鹿鸣》："呦呦鹿鸣，食野之苹。"

⑧椽：承屋瓦的圆木。

⑨毛人：披发裸身的人。

⑩赤族：裸体的人群。

⑪攀云端：爬上高大的树木，有如置身在云端。

⑫黔面：黑面。黔，黑色。

⑬文身：在人类皮肤上留下永久性的图案或花纹。文身一般都以针刺皮肤，再擦上如锅烟之类不易消失的颜料。

⑭奸：私通。

⑮或言：有人说。

⑯嬴秦：秦国姓嬴，故称秦为嬴秦。

⑰徐福：秦方士。曾上书始皇，言海上有蓬莱、方丈、瀛洲三仙山，始皇乃遣之率童男女数千人，入海求仙，而一去不返。

⑱零丁洋：广东珠江口的海面。意谓生番是宋朝文天祥在零丁洋战败逃亡的人所遗留的子孙。

⑲梁王：指元时梁王（元世祖第五子忽哥赤），曾在云南省北部祥云县北之梁王山建行宫。意谓生番是元朝梁王的后裔。

⑳太古：上古时代。

㉑以似以续：《诗·周颂·良相》："以似以续。"似，继续，继承。

㉒葛天：葛天氏，传说为上古时帝王。是远古社会理想化的政治领袖人物。

㉓薙发：剃头。薙，剪除。音 tì。

㉔输饷：给耕作者送食。

㉕王化：帝王的德化。

㉖大欲：最大的欲望。

㉗汉衣冠：穿上汉人的衣着，表示接受汉文化的洗礼。衣冠，衣服与礼帽。

㉘我朝：清朝。

㉙舆图：疆土。

㉚轶：散失。

㉛梯山航海：缘梯登山，乘舟渡海。形容跋涉远道，经历阻险。

㉜暨：至，到。

㉝几希：不多，很少。

㉞黎：黎民，庶民，人民。

㉟无告者：喻指穷苦百姓。无告，无处可诉苦。

㊱怀与安：《论语·公冶长》："老少安之，朋友信之，少者怀之。"即使老者得以安静，使少者怀之以恩。

汤围[①]

其一

华清[②]第二汤，赐浴[③]世所艳[④]。
海外[⑤]有温泉，波空浮潋滟[⑥]。

注释

①汤围：汤，温泉。围，周围，场地。

②华清：华清池，温泉名。在今陕西省西安市临潼区骊山的西北麓，有硫黄温泉。

③赐浴：白居易《长恨歌》："春寒赐浴华清池，温泉水滑洗凝脂。"

④艳：羡慕。

⑤海外：四海之外。古人认为中国大陆为海所包围，故指中国大陆以外的地方为"海外"。此处指台湾。

⑥潋滟：水波荡漾、波光映照的样子。

其二

嘉树[①]荫泉上，泉中水若沸。
曲折山溪间，翻览[②]青草郁[③]。

注释

①嘉树：美好的树木。阮籍《咏怀》："嘉树下成蹊，东园桃与李。"
②翻览：翻山越岭到处察看。
③郁：草木丛生的样子。

过草岭[1]

荒草没人作风浪，我御[2]天风绝顶[3]上。风吹飞瀑冲石过，雾漫[4]殢[5]云涨。
老猿攀枝窥[6]行人，怪鸟啼烟弄新吭[7]。千年老树无能名[8]，十丈悬崖[9]陡[10]相向。
下瞰[11]大海疑幽冥[12]，仰视天光透微亮。安得化险为平夷[13]，中外同歌王道[14]荡[15]。

注释

①草岭：山名。在宜兰北方，与三貂岭相接，古为淡水进入兰阳地区之要道。
②御：乘。
③绝顶：山的最高处。
④漫：满遍，弥漫。
⑤殢：缠绵。即殢雨尤云。音 tì。
⑥窥：看，视。
⑦吭：感叹词。表愤怒或鄙斥。音 háng。
⑧无能名：说不出它的树名。
⑨悬崖：高峭矗立的山崖。
⑩陡：山势峻峭。
⑪瞰：眺望、远望。
⑫幽冥：地狱或阴间。
⑬化险为平夷：化险为夷。
⑭王道：王者所行的正道，与"霸道"相对。
⑮荡：宽坦，广大。

杨廷理

杨廷理，字双梧。广西马平人，以贡生补知县，曾任台湾府道。任噶玛兰（今宜兰）通判。著《东游诗草》一卷。

相度筑城建署地基[1]有作

其 一

背山面海势宏开，百里平原实壮哉。六万生灵新户口[2]，三千田甲日蒿莱[3]。

邨舂[4]夜急船初泊，岸涌晨喧雨欲来。浮议频年无定局[5]，开疆端赖出群才。

注释

①相度筑城建署地基：作者奉委筹办开兰设置事宜，肩负筑城重任，到处查勘地形，寻找适宜厅地。相度，查看计量。相，音 xiàng。

②六万生灵新户口：指吴沙等移民入垦后之人数。生灵，泛指一般民众，即生民、人民。

③蒿莱：野草，杂草。

④邨舂：用碓舂米。舂，音 chōng。

⑤浮议频年无定局：指嘉庆元年，吴沙入垦以后，奏请把噶玛兰收入版图的建议，延宕多年未有定局。浮议，没有证据的议论，或指里巷流言。

其 二

度阡越陌到溪洲，溪水汤汤[1]夹岸流。天道[2]难窥原不测，人心易动合为仇[3]。

奸民鸟散应防聚，佳士云腾定寡俦[4]。蒇事料须三载后[4]，敢辞劳世勚[6]惮[7]持筹[8]？

注释

①汤汤：大水急流、水势盛大的样子。汤，音 shāng。

②天道：宇宙自然的法则。

③人心易动合为仇：人心容易浮动，漳人泉人难免结仇对立。

④佳士云腾定寡俦：设学后定有佳士，宦途显达，少有匹敌。

⑤蒇事料须三载后：蒇事，事情料想三年后才能告成（指剿朱渍匪徒）。已经圆满解决。蒇，音 wēi。料想三年后才能告成。

⑥劳勚：疲惫，劳苦。勚，音 yì。

⑦惮：畏惧。音 dàn。

⑧持筹：主持谋划。

重定噶玛兰[1]全图

其 一

尺幅[2]图成噶玛兰，旁观[3]慎勿薄[4]弹丸[5]。一关横锁炊烟壮，两港平铺海若宽。

金面翠开云吐纳[6]，玉山白映雪迷漫。筹边[7]久已承天语[8]，贾傅[9]频频策治安。

注释

①噶玛兰：地名，即今之宜兰。

②尺幅：图画的画幅。

③旁观：旁观者。

④薄：轻视。

⑤弹丸：弹弓射击所用的丸。形容窄小。

⑥吐纳：吐故纳新。

⑦筹边：筹划边地事务。

⑧承天语：朝廷允诺。

⑨贾傅：西汉贾谊，政论家、辞赋家。文帝时外放为长沙王太傅，曾上书汉文帝《治安策》，对诸侯王、匈奴、富豪、游侠、教育、法律、礼仪等问题提出主张。

其　二

三农力穑[①]趁春晴，雨霁[②]烟消极望平。山拟半规[③]深且邃[④]，溪如双带浊且清。

培元[⑤]布化[⑥]思良吏，划界分疆顺兆氓[⑦]。他日浓阴怀旧泽，听人谈说九芎城[⑧]。

注释

①穑：收割谷物。泛指耕作。

②雨霁：雨停放晴。

③规：圆形。

④邃：深远。音 suì。

⑤培元：柯培元，山东历城人，以举人知瓯县，道光十五年任噶玛兰厅通判。

⑥布化：布施教化。

⑦兆氓：兆民。氓，人民，音 méng。

⑧九芎城：今宜兰市。以其九芎木坚，内城植以固城池，外城普栽刺竹。

罗东道中

凌晨[①]闲揽辔[②]，极目[③]望清秋。地判东南势，溪通清浊流。

炊烟[④]村远近，帆影海沉浮。鸥鹭应驯[⑤]我，三年五次游。

注释

①凌晨：清晨。

②揽辔：抓住马缰。

③极目：穷尽目力，眺望远方。

④炊烟：炊爨之烟。
⑤驯：善良，柔顺服从。

丁卯[1]九日[2]锡口[3]道中

几年安坐赋闲[4]居，佳节倥偬[5]寄笋舆[6]。
餸酒倩[7]谁重遗客，海山笑我枉陈书。

（时朱濆窜泊苏澳、蛤仔难，奸民多与通者，余先请爱总戎[3]以百步兵相助，并请王总戎拨小哨船[9]数只泊乌石港以备策应，皆不许）

萑苻[10]肆志[11]妖氛重，黎庶[12]惊心眼界舒。漫道[13]经行曾万里，危巅[14]措足[15]步徐徐。

（自锡口至蛤仔难经三貂岭，危险异常，人多畏之）

注释

①丁卯：公元一八六七年，同治六年。
②九日：农历九月九日，即重阳节。
③锡口：地名，在今台北市松山一带。
④赋闲：失职无事。
⑤倥偬：困苦。
⑥笋舆：竹轿。
⑦倩：请。
⑧总戎：主军事者。
⑨哨船：旧时巡逻的快艇。
⑩萑苻：葭苇丛密之泽，易为盗贼藏隐之所；后因称为盗薮。音 huán fú。
⑪肆志：纵意。
⑫黎庶：百姓，人民。
⑬漫道：不要说。
⑭危巅：高峻之山顶。
⑮措足：安置脚。

上三貂岭去

衡岳[1]开云旧仰韩[2]，我来何幸度艰难。脚非实地何曾踏，境涉危机亦少安。

（淡北终岁阴雨，惟六、七月稍霁）

古径无人猿啸树，层巅[3]有路海观澜[4]。莫辞劳瘁[5]希恬养[6]，忍使番黎[7]白眼看。

注释

①衡岳：山名，在湖南省境，为五岳中之南岳。此处借指三貂岭。

②仰韩：唐李白《与韩荆州书》：白闻天下谈士相聚而言曰："生不用封万户侯，但愿一识韩荆州。"何令人之景慕一至于此邪！唐韩朝宗曾为荆州长史，喜拔用后进，为时人所重。后因以仰韩为初见面的敬辞，意谓久欲相识。

③层巅：层峦，山形复叠，延绵不已。

④澜：大波。

⑤劳瘁：心劳力瘁。因辛劳过度，而致身体衰弱。

⑥恬养：安养。

⑦番黎：当地原住民。

李望洋

李望洋（1829—1903），字子观，号静斋。清朝头围堡（今头城镇）人。咸丰九年（1859）举人。以父母丧，家居守制，并倡修仰山书院，创建五夫子祠、孔圣庙。同治十年（1871），入都会试，考取大挑一等，分甘肃试用知县，曾宦游鄂、豫、陕、甘凡十三载。光绪十年（1884）辞官，翌年回籍，协助刘铭传抗法，并兼长仰山书院。台湾割日后，曾任宜兰支厅参事。著《西行吟草》。

漫兴①二月十二日

自羁②俗累久无诗，多负银台③墨一池。爱竹难寻当道笛，吟梅何处觅南枝。

牡丹斗艳过三月，芍药争芳入夏时。恨见春郊惟绿草，踏青④人约去迟迟。

注释

①漫兴：随兴之所至而率意赋诗。

②羁：系，捆绑。约束。

③银台：官署名。

④踏青：春天时到野外郊游。

省邸①思家

极目②天涯万里余，谁教塞雁为传书。乡心日逐河流远，宦迹时随柳影疏。

瓦鹊有情应语汝，野花虽艳转芳余。鹓班③散后闲无事，静坐窗前想故居。

注释

①省邸：官邸。

②极目：穷尽目力，眺望远方。

③鹓班：即朝班。鹓鸟飞行时行列整齐，故用以比喻官员上朝的行列。

初秋有感

自寓甘城[1]两度秋[2]，朔风[3]吹袂起新愁。莫嫌柳岸无青眼[4]，且戴棉冠待白头。

冷逼江枫红欲坠，寒侵塞草绿难留。长亭[5]十里三更月，空照黄河一水沟。

注释

①甘城：甘肃省。

②两度秋：经两年。

③朔风：北风。

④青眼：柳眼。初发的柳芽细长如眼，故称。

⑤长亭：古代每十里置驿站，称长亭。

基隆有警

海外音书断几年，天南又报起烽烟。彼苍[1]偏抑英雄志，吾道难期遇合缘。

北斗七星光渐动，东瀛[2]一岛势孤悬[3]。自来中外皆遵约，何意西人启衅[4]先。

注释

①彼苍：苍天。

②东瀛：指台湾。

③孤悬：孤立，无所依靠。

④启衅：引发嫌隙；挑起争端。衅，音 xìn。

寄吾庐

解组[1]归来倏[2]岁余，宜兰城北寄吾庐。时邀明月为知己，幸有清风不弃余。

朋辈喜逢今日面，闲中补读少年书。茫茫世局谁能识，人事沧桑[3]迭[4]乘除[5]。

注释

①解组：解去官印、辞去官职。解绶、解印。

②倏：疾连。音 shù。
③沧桑：沧海变桑田。比喻时势的变迁或人事的变化。
④迭：屡次。更换。
⑤乘除：消长。

宜兰杂咏

其　一

张弓形势[1]是宜兰，万叠高山拥长官。
生面别开东海角，龟峰[2]耸峙似弹丸。
（兰阳形势）

注释

①张弓形势：谓宜兰的地形狭长有如一把张开的弓。
②龟峰：龟山岛。在宜兰东部海面。

其　二

玉山高并岁常寒，秋水澄清一色看。
七十余年归治化[1]，番黎[2]今亦整衣冠。
（民番集处）

注释

①治化：治国化民。
②番黎：当地原住民。

其　三

版籍[1]图收七十年，万家烟火戴尧天[2]。
菁华[3]自是随时发，文运何曾限海边。
（文风日上）

注释

①版籍：疆域，领土。
②尧天：指尧能效法天理以教化天下。
③菁华：事物中最精纯，最有价值的。

其　四

万山屏障竹围城，欹枕时闻海浪声。
报道春帆归石港[1]，人人争看弄潮旌。
（货船入口）

注释

①石港：即今之乌石港。

其　五

西山爽气入斜阳，城市人来个个忙。
买得米鱼归去后，三餐无馁[1]傲羲皇[2]。
（乡多鱼米）

注释

①馁：饥饿。
②羲皇：羲皇上人，太古时代之人。

其　六

潮来汐去万千遭，巨浪翻空撼石鳌[1]。
为问灵胥[2]何抱恨，激成东海怒波涛。
（北关海潮）

注释

①石鳌：形状像鳌的巨石。指龟山岛。
②灵胥：水神，指伍子胥。

其　七

龟蒙[1]耸翠锁中流，万顷烟波濯素秋[2]。
天为我兰开半面，好观海日滚金球[3]。
（龟山晓日）

注释

①龟蒙：本指山东省泰山山脉的龟山和蒙山，此处指龟山。

②素秋：即秋季。古代阴阳五行家，以金配秋，其色白，故称秋季为素秋。

③滚金球：喻早晨的太阳。

其 八

五岳归来又看山，三貂[1]一路透重关。
谁知海角成源洞，别有桃花不改颜。
（境比桃源）

注释

①三貂：山名，在新北市东方，宜兰北方。

二月三日沪上[1]乡友林渭川邀到茶馆听诸女史[2]弹唱

偶尔寻春到上洋[3]，无边光景百花场。琵琶遮面弹《明月》，珠翠缠头[4]唱《别凰[5]》。
皓齿云鬟[6]声嫩嫩，蛮腰[7]莲步气扬扬。不知二八嫦娥侣，列在蟾宫[8]第几行？

注释

①沪上：即上海。

②女史：女官名，掌管礼仪文书，后世用为女子的美称。

③上洋：即沪上，上海。

④缠头：古代艺人把布帛缠在头上作装饰。又因表演完毕时，观众常以罗锦相赠，所以也称赠送给歌舞者的锦帛叫缠头。

⑤别凰：凤别凰。

⑥云鬟：形容妇女头发卷曲如云。

⑦蛮腰：小蛮腰。小蛮，白居易的侍妾。白居易尝为诗曰：“樱桃樊素口，杨柳小蛮腰。”

⑧蟾宫：月宫。

癸酉[1]午节前一日省寓[2]忆家中儿子

天涯地角极西东，宦海[3]茫茫寄此躬。榆树[4]有钱空落叶，杨枝无力不胜风。
山皆濯濯[5]牛何牧？路尽迢迢马易穷。明日端阳犹旧岁，遐思[6]插艾[7]两儿童。

注释

①癸酉：公元一八七三年，清同治十二年。

②省寓：官舍。

③宦海：官场。因官场的升沉如海潮的起伏无定，故称。

④榆树：树名。树先结果，后长叶，果实形状似铜钱，故名榆钱。

⑤濯濯：山无草木光秃秃的样子。

⑥遐思：遥想。

⑦艾：艾草。

省邸[1]晓起思兰阳亲友

（八月初七日）

托迹金城[2]秋又秋，边风萧飒[3]不胜愁。五泉[4]暗雨寒孤枕，两鬓新霜白上头。

鹓鹭班[5]中同听鼓，衣冠[6]队里学藏鸠。伊人白露苍葭外[7]，洄溯[8]徒[9]殷[10]在水求。

注释

①省邸：官邸。

②金城：地名，在今甘肃省皋兰县西北的黄河北岸。

③萧飒：冷漠。

④五泉：五泉山，在甘肃省。

⑤鹓鹭班：即朝班。鹓鸟飞行时行列整齐，故用以比喻官员上朝的行列。

⑥衣冠：衣服与礼帽。代指官宦之家。代称缙绅、士大夫。

⑦伊人白露苍葭外：《诗·秦风·蒹葭》："蒹葭苍苍，白露为霜，所谓伊人，在水一方。"

⑧洄溯：逆水而上。

⑨徒：仅，只有。

⑩殷：多也。

闺　思

（七月廿日在官舍思家故托言此）

其　一

寄语征人[1]秋又秋，何因宦海任沉浮[2]？

回头好作还乡梦，莫似长江水自流。

注释

①征人：远行或出征的人。

②沉浮：指人事的荣枯盛衰。

其二

寄语征人秋又秋，寒衣制就向谁谋？
劝君莫恋边城柳，一夜经霜色已不[1]？

注释

①不：否。音 fǒu。

其三

寄语征人秋又秋，谁教万里觅封侯[1]？
知君夙有[2]从龙[3]志，际会风云[4]合[5]出头。

注释

①觅封侯：出外寻求富贵荣华。

②夙有：早有。

③从龙：比喻随从帝王创业。龙是帝王的象征。

④际会风云：风云际会，际遇得时，赶上机会。

⑤合：应，该。

乙亥[1]二月十五日感兴

渭城[2]郊外万山凌[3]，二月河流尚结冰。瘦骨渐成秋后菊，客身常伴雨中灯。
疏林落月空啼鸟，远寺晨钟独老僧。抚字[4]残黎[5]无别术，惟期百谷顺时登。

注释

①乙亥：公元一八七五年，光绪元年。

②渭城：地名，在今陕西省咸阳市东。

③凌：积冰。冰出水。

④抚字：抚爱养育。

⑤黎：百姓。

十六日夜忆家书久不寄来

历观往事鉴前车[①]，出宰无忘志学初。驿马[②]只传回去信，边鸿不带寄来书。

莫嫌小邑难对政，且劝灾黎[③]广种锄。百二秦关[④]今夜月，应分余照到吾庐。

注释

①往事鉴前车：前车之鉴。

②驿马：专供驿站传递文书用的马匹。

③灾黎：灾民。

④百二秦关：《史记·高祖本纪》："秦，形胜之国，带河山之险，县隔千里，持戟百万，秦得百二焉。"意谓秦地险固，二万人足当诸侯百万人。又谓诸侯持戟百万，秦地险固，一倍于天下，故云得百二焉，言倍之也。

李灿煌

李灿煌（1882—1944），字石鲸，又字硕卿，号秋鳞，又号退婴。先世由闽来台，居今新北市树林区，壮岁移居基隆，时颜云年筑环镜楼，受聘为记室，相与鼓吹风雅，性狷介，富民族思想，设保粹书房于新兴街，历时廿载，及门弟子多精击钵吟。著《东台吟草》。

钓鱼歌

村居无所事，携篮钓鱼去。一笠复一竿，长垂芦花处。自从侵晨[①]出，终朝不获一。多恐饵[②]未香，非关鱼不食。鱼不食兮烟波[③]阔。篮里无鱼人笑拙[④]，罢钓归来日已西。有人沽酒[⑤]待鱼啜[⑥]，问侬[⑦]如何一鱼无，无乃古今鱼性各有殊。那知时节到凉秋，水冷游鱼不上钩。吁嗟乎[⑧]！人生意气不相投[⑨]，何异风前之马牛[⑩]，君不见古之夔龙[⑪]与巢由[⑫]。

注释

①侵晨：拂晓。

②饵：鱼饵。

③烟波：云烟和水波。此处指雾霭苍茫的水面。

④拙：迟钝，不灵巧。

⑤沽酒：买酒。

⑥啜：尝，吃。音 chuò。

⑦侬：我。

⑧吁嗟乎：叹词。

⑨意气不相投：志趣不投合。

⑩风前之马牛：即风马牛不相及。指相隔遥远。比喻事不相干。

⑪夔龙：相传为舜的二臣名。夔为乐官，龙为谏官。

⑫巢由：指巢父、许由。尧时的隐逸高士。

基津[1]橹声

欸乃[2]微闻鼓棹[3]余，数声渔笛[4]和徐徐[5]。港门摇曳[6]疑天籁[7]，洞口喧腾[8]透草庐。
夜月洲前人击楫[9]，秋风濠上[10]客观鱼。审知[11]始信烟波[12]乐，白首低吟叹不如。

注释

①基津：基隆港。

②欸乃：形声词。形容行船摇橹的声音。一说船夫所唱的歌声。音 ǎi nǎi。

③鼓棹：击桨，摇动船桨。

④渔笛：渔人的笛声。

⑤徐徐：安稳的样子。迟缓的样子。

⑥摇曳：摇动。逍遥自在。

⑦天籁：自然的音响。

⑧喧腾：指声音喧闹。

⑨击楫：敲打船桨。

⑩濠上：濠水之滨。《庄子·秋水》：庄子与惠子游于濠梁之上，庄子曰："鲦鱼出游从容，是鱼之乐也。"濠水，水名，在安徽省东部。

⑪审知：由审查而明白。亦谓清楚地知道，确知。

⑫烟波：云烟与水波。此处指雾霭苍茫的水面。

照空灯[1]

煌煌[2]直射九重天[3]，防敌功高巧孰[4]传。万丈光腾银汉[5]外，一篝[6]影彻白云边。
文明已觉由空夺，灿烂无须借火燃。只恐乾坤[7]多黑暗，毫芒[8]能否照三千[9]。

注释

①照空灯：探照灯。

②煌煌：明亮的样子。

③九重天：指天。传说天有九层。喻指天的高处。

④孰：谁。

⑤银汉：银河。

⑥篝：篝灯。置于笼中的灯，即灯笼。

⑦乾坤：天地。

⑧毫芒：比喻细微的东西。

⑨三千：三千世界。佛家语。原来是古印度传说中一个极大世界的名称。如以须弥山为中心，铁围山为外郭，是一个小世界。合一千个小世界为小千世界，合一千个小千世界为中千世界，合一千个中千世界为大千世界，总称三千世界。佛教沿用其说，以三千世界为释迦牟尼所教化的范围。

徐 福[1]

大计千秋[2]说树人，东洋[3]屈指首移民。童男童女新开族，蓬水[4]蓬山[5]远避秦。

生聚渐繁三岛[6]上，凿耕遥在九州[7]滨。迄今海外寻遗躅[8]，犹见丰碑[9]一角珍。

注释

①徐福：秦方士。也作徐市。曾上书秦始皇，言海上有蓬莱、方丈、瀛洲三仙山。始皇乃遣之率童男女数千人，入海求仙，而一去不返。

②千秋：千年。

③东洋：指日本。

④蓬水：通往海上仙山蓬莱之水面。

⑤蓬山：蓬莱山。古代传说中东方的海上仙山。

⑥三岛：本指海上三仙山蓬莱、方丈、瀛洲。此处借指日本。

⑦九州：中国古代分全国为九州。后用以泛指中国。

⑧遗躅：遗迹。躅，足迹，音 zhú。日本纪伊新宫山，尚有徐福墓的遗迹。

⑨丰碑：记载死者功德的大石碑。泛指墓碑。

桃花浪[1]

隐约[2]仙源隔一方，滔滔[3]锦浪[4]涨斜阳。

满溪水腻[5]流脂去，疑是阿房[6]正晓妆。

注释

①桃花浪：农历二、三月，桃花盛开时，河水猛涨，浪涛汹涌，称桃花浪。

②隐约：不明显、不分明的样子。

③滔滔：水势盛大的样子。

④锦浪：白浪。

⑤腻：油腻，指脂油过剩的食物。

⑥阿房：梵语，地狱中鬼卒名。《唐诗纪事》卷六引唐郑愚《大沩灵祐师铭》："牛阿房，鬼王通，专觑补，见西东。"

阿里山神木

一柱擎天[①]茁[②]太初[③]，东南半壁[④]望扶疏[⑤]。
鲲溟[⑥]指日需梁栋，伐取孙枝[⑦]绰有余[⑧]。

注释

①一柱擎天：本指独立的山峰，像擎天的柱石。此处指阿里山神木之高大。

②茁：生长。

③太初：上古时代。

④半壁：半边。

⑤扶疏：枝叶繁茂的样子。

⑥鲲溟：鲲海。鲲，指台湾明清时代的古屿七鲲身。此处借指台湾。

⑦孙枝：树木旁枝所生的新枝。

⑧绰有余：绰绰有余。形容非常宽裕，足以应付。

苏　秦[①]

合从[②]聊解半生惭，六国黄金信手探。
转眼[③]术穷盟誓破，悔从鬼谷[④]学空谈。

注释

①苏秦：战国政治家。洛阳人，字季子。相传学于鬼谷子，研究当时诸侯间的政治关系。起初游说秦惠王吞并天下，惠王没有用他。后来游说齐、楚、燕、赵、韩、魏六国，使六国南北纵向联合起来抵抗西方的秦国，为纵约之长，并兼作六国的宰相，使秦国的军队不敢出函谷关，达十五年之久。后来他的纵约被张仪所破坏，便到齐国作客卿，和齐大夫争宠，齐大夫派人把他刺死。

②合从：战国时，苏秦游说六国诸侯，主张六国联合起来对抗秦，因六国的土地南北相连，故称合从。也作合纵。

③转眼：转动眼珠。形容极短的时间。

④鬼谷：鬼谷子。战国楚人，纵横家之祖，为苏秦、张仪之师。居汉滨鬼谷山，所以称鬼谷先生。著有《鬼谷子》一书。

瑞芳金山即事

万两黄金一首诗，重轻难语俗人知①。

黄金耗尽诗名在，始信千秋胜一时②。

注释

①重轻难语俗人知：谓黄金万两和一首诗，孰重孰轻，难以告知俗人使其知晓。

②千秋胜一时：谓黄金一时即可耗尽，而诗却可名垂千古。千秋，千年。

颜云年

颜云年（1911—1960），号吟龙。基隆鲽鱼坑人。少负奇气，好读书，尤耽吟咏。从事矿业于瑞芳，终成巨富。尤知回馈社会，兴学校，救济贫民。民国元年建环镜楼，广邀全台诗人唱和。后建陋园，日与文士唱酬。著《陋园吟集》行世。

新年雪

纷纷白雪下瑶台①，喜见人间万象回②。点点随风疑作絮③，飘飘著树欲成梅。

柳因被压芽难茁④，杏为冲寒⑤蕊未开。知是丰年先预兆⑥，故教六出⑦并春来。

注释

①瑶台：古代神话中仙人所居之地。

②万象回：万象回春。

③絮：柳絮。

④茁：生长。

⑤冲寒：冒寒。

⑥预兆：事情发生前所显示出来的迹象。

⑦六出：雪的代称。雪花的结晶成六角形，所以称为六出。

有　感

历尽艰辛世路①岖②，廿年废学未忘儒。登坛击钵诗三社，入洞催工矿③百区。

云雨④经纶⑤非所望，林泉⑥啸傲⑦自堪娱。连骑结驷⑧称端木⑨，货殖⑩由来计不迂⑪。

注释

①世路：人所经历的各种社会情态。

②岖：崎岖。形容事情困顿不顺利。

③矿：煤矿。

④云雨：指男女欢合。

⑤经纶：治理丝缕时，理出丝绪叫经，编丝成绳叫纶，统称经纶。引申为经营治理国家大事。

⑥林泉：林木与泉石。指隐居的地方或指退隐。

⑦啸傲：歌咏旷放，不受拘束。

⑧连骑结驷：车前四马并辔而行。形容显贵。

⑨端木：复姓。孔子学生端木赐，即子贡。善经商，家累千金。

⑩货殖：买卖财物赚取利润，即经商之意。

⑪迂：言行迂阔不切实际。

舟中偶成

大海茫茫一叶[①]飘，连宵[②]梦稳去来潮。恨无佳句酬[③]知己[④]，喜有名花慰寂寥。

日暮渔人来泛泛[⑤]，春归水鸟去遥遥。神州风景真如画，一路天然未易描。

注释

①叶：叶舟。比喻小船，轻舟。

②连宵：连夜。

③酬：报答。

④知己：交情深厚，了解自己的人。

⑤泛泛：飘浮。

海边松

虬[①]枝一角拂云烟，错节盘根[②]不计年。涛[③]势涌来龙欲化[④]，岁寒守尽鹤俱怜。

飙[⑤]风声与潮声合，苍翠影添水影鲜。莫怨大材难世用[⑥]，槎枒[⑦]留障海东天。

注释

①虬：蜷曲的样子。

②错节盘根：树枝交错，树根盘曲。

③涛：松涛。

④龙欲化：欲化龙。
⑤飙：扶摇风。从下回旋而上的暴风。
⑥大材难世用：杜甫《古柏行》："志士幽人莫怨嗟，古来材大难为用。"
⑦槎枒：参差不齐的样子。

苔　钱[1]

雨余[2]野绿上阶端，无数青蚨[3]一例看。
似此薄圆如可用，人间何事叹贫寒。

注释

①苔钱：即苔。因苔点形圆如铜钱，故称。
②雨余：雨后。
③青蚨：虫名。《搜神记·青蚨》："南方有虫……又名青蚨。形似蝉而稍大。味辛美，可食。生子必依草叶，大如蚕子。取其子，母即飞来，不以远近。虽潜取其子，母必知处。以母血涂钱八十一文，以子血涂钱八十一文。每市物，或先用母钱，或先用子钱，皆复飞归，轮转无已。"后世因称钱为青蚨。

半面美人

恍似[1]蟾痕[2]挂碧霄[3]，云衣[4]半掩未明宵。
团圆若待逢三五[5]，便放芙蓉[6]满面娇。

注释

①恍似：好像。
②蟾痕：蟾影。月影。
③碧霄：青天，蓝空。
④云衣：指云气。
⑤三五：农历每月十五日。
⑥芙蓉：荷花。

秋　槎[1]

广寒宫[2]里桂香浮，不作桃花逐水流。
倘有大罗[3]天上曲，依舷[4]还许一闻不[5]。

注释

①槎：木筏，竹筏。

②广寒宫：传说唐玄宗于八月望日游月中，见一大官府，榜曰："广寒清虚之府。"后来称月中仙宫为广寒宫。

③大罗：大罗天。道家语。道家以大罗为最高的天，指仙界。

④舷：船边。

⑤不：否。音 fǒu。

吕伯雄

吕伯雄（1900—1988），字伯融。新北市双溪区三貂岭人。廿五岁时内渡，入上海法政学院就读。民国廿四年筹组台湾革命党，从事抗日复台工作。台湾革命同盟会成立后，任南方执行部组织处长，与同志及夫人石中英驰驱于闽、赣各地。光复后回台。"二·二八事件"后，绝意政治，创设台北古亭基督长老教会，任长老及名誉长老达卅年。著《竹筠轩伯雄吟草》。

参观静庄菊花展览有感

（民国四十一年壬辰菊月念日）

雅士移苗植静庄，浮金点玉[1]一园芳。"昆仑雪"映黄英蕊，"鲲岛秋"藏翠叶妆。
"白鹭州"中"狮子舞"，"天边月"里"麝脂香"。"渔村春色"隐蜂蝶，堪称名花节耐霜。

注：凡有引号者均系菊花名。"昆仑雪"为全白。"鲲岛秋"为黄白紫色。"白鹭州"为白色，"狮子舞"为黄金色。"天边月"、"麝脂香"均为白色。"渔村春色"为金黄色。皆甚肥大如大碗者也。

注释

①浮金点玉：指黄色及白色之菊花。

秋日双溪[1]谒三忠公[2]

秋高貂岭[3]泛清流，扢雅[4]豪吟正气浮。晋谒三公忠义范，顿惭一代国家羞。
中原糜烂[5]无宁日，孤岛维宜慎运筹。水火灾黎[6]昂待救，解悬[7]翘首望瀛洲[8]。

注释

①双溪：地名。在新北市。

②三忠公：三忠公指文天祥、陆秀夫、张世杰，三人为宋帝昺尽忠而死。但宋被元所夺而亡国。

③貂岭：三貂岭。山名，在新北市东方。

④抗雅：抗《雅》扬《风》。抗，张扬，《雅》、《风》均为《诗经》六义之一。

⑤糜烂：毁伤溃坏，如粥一般稀烂。

⑥灾黎：灾民。

⑦解悬：解救苦难。即解民倒悬。

⑧瀛洲：海上仙山名。此处借指台湾。

为《芸香阁俪玉吟草》[1]编校后有感

其 一

统观四卷俚言[2]辞，作者心情尚巧思。
六十年来苍狗幻[3]，风光世事入诗词。

注释

①《芸香阁俪玉吟草》：吕伯雄夫人石中英所著之诗集。

②俚言：鄙俗之言。

③苍狗幻：白云苍狗。比喻世事变化不定。

其 二

赞谲[1]无言只自知，轻描淡写警偏私。
话中多少寓讽世[2]，端方[3]图强振国基。

注释

①赞谲：称赞，多言。

②讽世：讥刺世间。

③端方：正直。

其 三

却惭编校不专精，难免疏虞[1]处处呈。
俗简字多混句读，未能规正愧心盲[2]。

注释

①疏虞：疏忽。

②心盲：精神病态之一。视觉器官虽无缺损，但视觉的认识不完全。

其　四

千首诗词岂尽优，录余吟稿亦非莸①。
遗珠②漫怪珊瑚网③，篇幅难容无限收。

注释

①莸：败类。

②遗珠：失去珍珠。

③珊瑚网：捞取珊瑚的铁网。引申指收罗珍品或人才的措施。

台湾光复卅周年纪念有感

其　一

光复而今三十春①，欣欣鲲岛②乐天伦。疮痍③糜烂④勤修饰，文物精华力革新。
社会安康期有日，庶黎⑤贫富待平均。金瓯⑥伤缺深遗恨，再造河山拯万民。

注释

①三十春：卅年。

②鲲岛：本指明清时期之古屿七鲲身（已因海水淤积而与台南市西部陆地连接）。此处借指台湾。

③疮痍：民生凋敝。

④糜烂：毁伤溃坏。

⑤庶黎：人民。

⑥金瓯：金制的瓯。以喻国土的完整巩固。

其　二

还珠①卅载忆当年，抗战艰难映眼前。几百万人抛血肉，两千多日冒烽烟。
春帆②耻辱虽伸雪，夏甸③沉沦剧④可怜。十亿同胞罹水火⑤，一心共策挽回天。

注释

①还珠：合浦珠还。物失复得。指台湾光复。

②春帆：春帆楼。在日本马关，李鸿章与伊藤博文在此签订《马关条约》。

③夏甸：中国国土。夏，古代汉民族自称，也称华夏。甸，古代征赋划分田里、区域的单位。

④剧：甚，极。

⑤罹水火：陷身于水深火热之中。

敬悼慈母

民国卅四年十二月十二日，由厦返台后，闻悉吾母已于六年前——民国廿八年四月十日归天，享年六十四岁。

其 一

获悉萱堂[1]萎六秋[2]，呼天抢地[3]痛何由。当时拜别叮咛语，此日归来夙愿[4]酬[5]。半世方壶[6]伸劫恨，百年华夏[7]雪仇雠[8]。伤心未见吾还土，易箦[9]应知有怨尤[10]。

注释

①萱堂：指母亲。

②六秋：六年。

③呼天抢地：形容极度悲痛的样子。

④夙愿：平素的愿望。

⑤酬：实现愿望。

⑥方壶：传说中神山名。一名方丈。

⑦华夏：原指中国中原地区，又为中国的古称。

⑧仇雠：仇人；冤家对头。

⑨易箦：更换寝席。箦，华美的竹席，音 zé。后因以称人病重将死为易箦。

⑩怨尤：埋怨责怪。

其 二

归来正欲报春晖[1]，泣血椎心[2]隔世违。懿训[3]谆谆唯爱国，萍踪[4]步步守清徽[5]。

当年抱负青山改，今日忍看旭日非。翘首[6]白云慈范杳，兴思风木[7]痛萱帏[8]。

注释

①春晖：春天温和的阳光。比喻母亲养育子女的恩情。

②泣血椎心：形容极为悲痛。

③懿训：美好的言论。也专用以指母训。

④萍踪：比喻漂泊不定的行踪。

⑤清徽：清高廉洁的操守。

⑥翘首：举首而望。形容盼望殷切。

⑦风木：比喻父母去世，儿女不得奉养尽孝。

⑧萱帏：对母亲的敬称。

甲午中秋夜半听雨有感

平分秋色漏三更，滴沥[①]帘前耳欲鸣。知是广寒[②]神圣泪，忍看大地鹤猿惊。

九州[③]土赤血脂染，万里山灰白骨横。有日生民登衽席[④]，人间天上共晶莹[⑤]。

注释

①滴沥：水下滴。也用以形容滴水的声音。

②广寒：广寒宫。或称月。

③九州：中国古代分全国为九州。后用以泛指中国。

④衽席：享宴所设的席位。借指太平安居的生活。

⑤晶莹：明亮透彻或透明闪亮。

石中英

石中英（1889—1980），字俪玉，号如玉。台南市人。设芸香阁书房，并组芸香吟诗，招集女子切磋诗文。早年习医，民国十八年赴闽，就职漳州地方病院。嗣与吕伯雄结缡，随夫婿从事抗日工作，驱骋于闽、赣之间。光复后返台。著有《芸香阁俪玉吟草》。

和许剑英先生《别后感怀》原韵并以作答

一苇航[①]之隔浪天，《阳关》[②]唱罢各凄然。他乡久住羞空袖，故里赋归[③]愧著鞭。

屡欲修书难下笔，几回磨墨懒摊笺[④]。嵇琴[⑤]阮啸[⑥]我无份，猥[⑦]望官民上下圆。

注释

①苇航：小舟。

②《阳关》：《阳关三叠》。本名《渭城曲》。王维《渭城曲》：“渭城朝雨浥轻尘，客舍青青柳色新。劝君更尽一杯酒，西出阳关无故人。”后歌入乐府，遂为唐人的送别曲。

③赋归：归乡，返家。

④摊笺：摊开锦笺。笺，精美的小幅纸张，供题诗等用。

⑤嵇琴：三国魏人嵇康，字叔夜。擅琴。
⑥阮啸：三国魏人阮籍，字嗣宗。嗜酒能啸。
⑦猥：众，盛，多。

丁亥[1]端午有感

日扫庭除[2]且自娱，时煎茶饭岂佯[3]愚。避秦漫[4]羡桃源[5]路，完楚终沉汨水[6]隅。

死也难沾西伯[7]泽，生兮不遇帝尧衢[8]。追怀江畔行吟[9]日，耿耿[10]贞忠一大夫[11]。

注释

①丁亥：公元一九四七年，民国三十六年。
②庭除：庭阶。
③佯：诈。
④漫：满遍，弥漫。
⑤桃源：晋陶潜《桃花源记》中之武陵源。
⑥汨水：汨罗江。
⑦西伯：周文王。
⑧衢：四通八达的道路。《列子·仲尼》：尧乃微服游于康衢。
⑨江畔行吟：战国楚人屈原，被楚王流放，常行吟泽畔。
⑩耿耿：光明。
⑪一大夫：屈原曾任三闾大夫。

辛卯[1]中秋后一日夜阑[2]胡床[3]坐月

绚彩[4]银蟾[5]斗玉檠[6]，露凝丹桂夜凄清。乡心故国萦千里，逆旅[7]荒园叹几声。

泻地[8]余辉难觅迹，凌霄[9]幽籁更无情。昨宵底事[10]垂帘幕，直到而今始放明。

注释

①辛卯：公元一九五一年。
②夜阑：夜深。指夜将尽时。
③胡床：可以折叠的一种轻便座具，又名交床。原为胡人所造，故名。
④绚彩：光彩炫耀的样子。
⑤银蟾：即月亮。古神话中以为月中有蟾蜍。
⑥檠：灯架，烛台。引申为灯。
⑦逆旅：客舍。
⑧泻地：落地。

⑨凌霄：迫近云霄。形容高耸的样子。

⑩底事：何事。

己丑[1]端午诗人节有感

安排角黍[2]酬佳节，遥望三湘[3]一叹吁[4]。劣性未能随俗例，循潮焉有向污趋。

风吹蒲剑[5]棱棱[6]锐，露滴榴花点点朱。回忆昔年诗鼻祖[7]，《离骚》[8]读罢泪成珠。

注释

①己丑：公元一九四九年。

②角黍：粽子。

③三湘：三湘说法有多种，泛指湖南。

④叹吁：叹气。

⑤蒲剑：蒲叶的形状像长剑，故称蒲剑。旧俗在端午日，把似剑的蒲叶挂在门上以避邪。

⑥棱棱：严寒的样子。

⑦鼻祖：始祖，创始之人。诗鼻祖，指屈原。

⑧《离骚》：《楚辞》篇名，战国楚人屈原撰。

蔷薇花

折来仙苑好花枝，半吐芳芬半点脂。红萼笼烟迷翠袖，娇容带露插琼瓷[1]。

为防窃玉[2]浑身刺，故作含风换骨姿。寄语芳园诸姊妹，坚贞惟有自矜持[3]。

注释

①琼瓷：美丽的花瓶。

②窃玉：偷采花。

③矜持：刻意谨言慎行，一本正经。

雨夜书怀

蕉雨纱窗日正昏，落花满地不扃门[1]。有心拾翠[2]难遮恨，岂意飞红尽创痕。

屋漏安堪愁夜雨，更长容易醒惊魂。三间草舍欣无恙[3]，犹幸藩篱[4]傍小村。

注释

①扃门：关门。扃，从外面关闭门户用的门闩。扃，音 jiōng。
②拾翠：妇女春日嬉游。
③无恙：平安。
④藩篱：用竹或木编成的围栅，即篱笆。

骆香林

骆香林（1895—1977），名荣基，字香林，以字行。新竹人。后移居花莲。尝从宿儒赵一山学文，并与李腾岳、黄水沛等人同组星社。尝任花莲县文献委员会主任委员。余暇浸淫摄影，纵情山水，搜集奇石。著有《骆香林全集》。

郊居杂咏

其 一

锄畦[1]束架[2]事如麻，一室荒郊渐作家。杨柳未添移后[3]叶，蔷薇已放雨中花。
飞来好鸟时时唤，急长春蔬日日嘉。自笑残年方学圃，墙阴留隙[4]种新瓜。

注释

①畦：田埂。
②束架：用绳捆缚以搭盖竹架。
③移后：移植之后。
④隙：隙地，空地。

其 二

篱落[1]幽花照眼明，蜀葵[2]未蕊但抽茎。岭云犹在晴无望，砂砾闲行履[3]有声。
漠漠烟光天一色，泠泠[4]琴韵夜三更。柴门客去香初烬[5]，寂寞空堂似水清。

注释

①篱落：篱笆。
②蜀葵：植物名，又名一丈红，可供观赏及药用。
③履：鞋子。

④泠泠：形容声音清脆入耳。

⑤烬：火烧后剩下的余灰。

次韵绍尧[1]《留别》

其 一

黄云晚稼熟深秋，掩映离筵[2]净客愁。此去谁同莲社[3]酒，时来好继竹林[4]游。

为山九仞[5]余怀抱，覆水坳堂[6]愧芥舟[7]。大地不应尘劫坏，两年风月海东陬[8]。

注释

①绍尧：赖绍尧，字悔之，彰化大村人。

②离筵：送别的筵席。

③莲社：东晋僧侣慧远所组成的佛教团体。

④竹林：魏晋间阮籍、嵇康、山涛、向秀、刘伶、阮咸、王戎常游于竹林之下，世称竹林七贤。

⑤为山九仞：《书·旅獒》："为山九仞，功亏一篑。"仞，七尺，一说八尺。

⑥坳堂：可容水的低洼地。《庄子·逍遥游》："覆杯水于坳堂之上，则芥为之舟。"音 ào táng。

⑦芥舟：指小船。

⑧海东陬：指台湾的花莲。陬，角落，音 zōu。

其 二

诗律[1]初唐数子安[2]，文章两汉[3]富波澜。每欣攻错他山[4]在，自觉攀登蜀道难[5]。

处世犹瓶常守口[6]，择交如沐[7]必弹冠[8]。相思后夜诸罗[9]月，同照奇莱[10]一水宽。

注释

①诗律：诗的格律、格式。

②子安：唐诗人王勃，字子安。其诗感情丰富，气象浑成，尤长于五言律绝。为初唐四杰之一。

③两汉：西汉、东汉。

④攻错他山：他山之石，可用以磨玉。《诗·小雅·鹤鸣》："它山之石，可以攻错。"

⑤蜀道难：入蜀道路艰险。

⑥瓶常守口：守口如瓶。比喻出言谨慎。后来称严守秘密，不以告人。

⑦如沐：沐浴。

⑧弹冠：用指弹去帽子上的灰尘。《史记·屈原贾生列传》："新沐者必弹冠，新浴者必振衣。"

⑨诸罗：地名。即今之嘉义。

⑩奇莱：奇莱山。山名。在花莲县境。

秋日

女墙[①]绰[②]有食残瓜，饭糗[③]能甘乐靡涯[④]。下士寡妻思到老，上农百亩足维家。

奕朝[⑤]酝酿[⑥]逢官禁，避地饔飧[⑦]得福赊[⑧]。犹有陶公[⑨]清兴在，不闲斯辱九秋花[⑩]。

注释

①女墙：城上的凹凸状短墙。

②绰：多。

③饭糗：炒熟的米、麦、豆等干物。古时用作干粮，加水食用，也有再舂成粉的，撒在饵上食用。

④靡涯：无涯。

⑤奕朝：累朝。

⑥酝酿：酿酒。

⑦饔飧：煮熟的饭食。朝食为饔，夕食为飧。音 yōng sūn。

⑧赊：长，久。

⑨陶公：晋陶渊明。

⑩九秋花：菊花。九秋，秋季的九十天。

星社[①]小集

里有仁人德不孤，[②]凭将学圃笑樊须[③]。旧游入座前情在，拙作经年一字无。

浊世[④]淤泥行可虑，归途辽远醉谁扶？自怜不负朝来约，冒雨衣衫里尽濡[⑤]。

注释

①星社：诗社名。系作者与李腾岳、黄水沛等人组成。

②里有仁人德不孤：里仁为美，德不孤，必有邻。

③樊须：即樊迟。春秋鲁人。曾向孔子请学为圃。孔子曰："吾不如老圃。"

④浊世：乱世。

⑤濡：沾湿。音 rú。

寄仰山[1]

吾家风月君知否？早稻迎门一带青。净几明窗贪独坐，平心玩物[2]易忘形[3]。
桔槔[4]老圃勤浇菜，妻子丹铅[5]听点经。小善未孚[6]人弗信，三年避地尚郊坰[7]。

注释

①仰山：杜仰山。星社社员。

②玩物：沉迷于物质或小技。此处指浸淫摄影，搜集奇石。

③忘形：心思被事物所吸引，忘却躯壳的存在。

④桔槔：井上汲水的器具。以绳悬横木上，一端系水桶，一端系以重物，以省汲引之力。

⑤丹铅：丹砂和铅粉。是古人校勘文字的用具。引申指考订的工作。

⑥孚：信用，诚实。

⑦郊坰：野外。坰，音 jiōng。

内湖[1]杂咏

秋风猎猎[2]来自西，软路驱车如驾犁。细雨不妨鸟出没，薄云自放山高低。
青青莲渚[3]水漂鸭，短短竹篱人唤鸡。晚有村童卖新蟹，却教觅酒沿回溪。

注释

①内湖：地名。即今台北市内湖区。

②猎猎：风声。

③莲渚：莲塘。

奇莱[1]新霁[2]寄星社诸同人

梦寐衡门[3]雨点长，小牕虚敞[4]自生光。云山十里开清霁，风月满庭闻夜香。
旅思摇摇[5]惟纵酒，故人落落[6]隔联床。百钱餍足成都卜[7]，未信斋盐[8]有底[9]忙。

注释

①奇莱：奇莱山，山名，在花莲县。

②霁：雨止。

③衡门：以横木为门。比喻简陋的房屋，引申为隐居者的住宅。

④虚敞：空阔。

⑤摇摇：心神不定貌。

⑥落落：心神摇荡不安。

⑦百钱餍足成都卜：汉蜀人严君平，为人卜筮于成都，每日得百钱，足以自养，即闭门读《老子》。

⑧齑盐：将切成碎末的菜或肉用盐拌和。齑，音jī。

⑨底：何。

题溥心畬[1]山水

心畬先生辛卯[2]岁来花，尝同游砂婆礑，临流濯足，探取鱼虾，盖十八载矣，每对遗墨，为之怅然，

杖策[3]江边步屧[4]迟，苍崖翠柏果幽期。故侯瓜圃[5]余空砚，逸士[6]襟怀[7]在紫芝[8]。
人事当前老病死，文章遗后画书诗。廿年东海[9]欣携手，凄绝[10]沧浪濯足[11]时。

注释

①溥心畬：溥儒，字心畬。工书，善画。畬，音shē。

②辛卯：公元一九五一年。

③杖策：拄杖，扶杖。

④屧：踏、行走。

⑤故侯瓜圃：秦东陵侯召平于秦亡后，家贫，在长安城东种瓜，瓜甜甚美。

⑥逸士：品德清高或隐居山林的读书人。

⑦襟怀：胸怀，怀抱。

⑧紫芝：灵芝的一种。

⑨东海：东边的海。指台湾的花莲。

⑩凄绝：谓极其悲凉。

⑪沧浪濯足：《孟子·离娄上》：“沧浪之水清兮，可以濯我缨；沧浪之水浊兮，可以濯我足。”

《草堂漫兴[1]》寄鹭村[2]

鹿门[3]云树渺烟峦，小缚衡茆[4]亦自宽。幽梦不随流水去，好花留待太平看。
旧希老健今真健，雅欲心安业已安。一卷小诗半边日，冷香吹处独凭栏。

注释

①漫兴：随兴之所至而率意赋诗。

②鹭村：李腾岳，号鹭村。新北市芦洲区人。星社社员。

③鹿门：鹿门山之简称。在今湖北省襄阳市，后汉庞德公偕妻子登鹿门山，采药不归。后来指隐士所居。

④衡茆：隐士所居住的茅舍。

次韵[1]梦周[2]见寄

苔岑[3]臭味故依然，忆共烟霞[4]结净缘。诗到柴桑[5]无俗韵，地如箕颖[6]有遗贤。

龙钟[7]得养能扶老，天眷[8]犹存愿假年。知我南游劳远望，一肩风月海东边。

注释

①次韵：和韵的一种。诗人在和（hè）别人的诗时，仿照原诗用韵的先后次序作诗。也称步韵。

②梦周：吴梦周，台北市人。曾与骆香林等人共组星社。著《枕肱室诗草》。

③苔岑：不同的苔生在同一山崖上。比喻志同道合的朋友相聚在一起。

④烟霞：泛指山水景色。

⑤柴桑：旧地名，在今江西省九江市西南。晋朝陶潜故里称柴桑里。

⑥箕颍：尧让天下于许由，许由不受，于是遁耕于中岳箕山之下，颍水之阳。后人因以“箕”、“颍”称隐者的居处。

⑦龙钟：年老体衰的样子。

⑧天眷：上天的关爱、眷顾。

徐莘田

徐莘田，号东海，又号撷红主。澳门人。光绪二十四年（1898）秋来台。寓居基隆。

番子沟泛舟

鲤鱼风[1]细拂轻艘[2]，竹里人家吹小龙[3]。

“八”字兰桡[4]“之”字水，青山如画入篷窗[5]。

注释

①鲤鱼风：九月的风。秋风。

②轻艘：轻舟。艘，小舟。

③尨：多毛的狗。
④兰桡：用木兰树做的桨。
⑤篷窗：船窗。

王　衢

王衢，字小泉。曾任宜兰头围县丞。

和查小白《佛手[1]》韵

何因成佛果，花雨[2]散诸天[3]？指点菩提树，心参解脱[4]禅。
慈云现孤掌，明月印空拳。一握摩挲[5]相，真相护大千[6]。

注释

①佛手：植物名，果实有裂纹如拳或开张如指。

②花雨：指天上神女散下百花。《维摩经义疏·观众生品》："时维摩诘室有一天女，见诸大人，闻所说法，便现其身，即以天花散诸菩萨大弟子上。花至诸菩萨即皆坠落，至大弟子便着不去，一切弟子神力去花，不能令去。"

③诸天：佛家语。佛经上说欲界有六天，色界的四禅有十八天，无色界的四处有四天，其他有日天、月天、韦驮天等诸天神，总称为诸天。

④解脱：佛家语。即脱离一切烦恼的束缚，此心自在的意思。与"悟道"同意。

⑤摩挲：用手抚摩。

⑥大千：大千世界。佛家语。合四大洲七山八海为一小世界，合一千个小世界为小千世界，合一千个小千世界为中千世界，合一千个中千世界为大千世界。

王少涛

王少涛，字云沧，别署小维摩。台北人。诗书画艺称三绝。晚年数游大陆，搜集宋元以下文物归台，精心研究，对鉴赏有独到见解。著《王少涛全集》

题筱云山庄[①]

其一

烟柳凝新绿，池花映澹[②]红。
贪幽人早起，静坐水声中。

注释

①筱云山庄：前清举人吕汝珍的祖宅，建于清同治五年（1866），位于台中市神冈区。目前为市定古迹。

②澹：淡。

其二

文字堪娱老[①]，林泉[②]足养神[③]。
不关人迹少，花鸟日相亲。

注释

①娱老：老人乐其晚景。

②林泉：林木与泉石。指隐居的地方或退隐。

③养神：保养精神。

其三

听水依顽石[①]，看山上小楼。
此间堪遁世[②]，万卷自优游[③]。

注释

①顽石：结构粗糙、质地低劣的石块。

②遁世：避世。

③优游：闲暇自得的样子。

偕秋溪宿赤嵌园题壁

其一

昨宿屏东馆，今来赤嵌园。斜阳怜碧草，秋色黯黄昏。
霸气[①]余孤岛[②]，神游感七鲲[③]。凭栏同北望，时局说中原。
（时正苏、浙[④]交兵[⑤]）

注释

①霸气：争雄求功的意气。

②孤岛：指台湾。

③七鲲：七鲲身。“身”又作“鯓”。原为台湾省台南市西南海中的古岛屿。自南而北，绵延七岛。17世纪荷兰人曾在此建热兰遮城，郑成功收复台湾后，改名安平城，俗称赤嵌城。18世纪后港湾逐渐淤浅，1882年在一次大洪水中，港湾填淤成平地，岛屿遂与台南市西郊陆地相连接。

④苏、浙：指江苏省、浙江省。

⑤交兵：战争，交战。

其　二

林响西风急，萧萧①落叶时。远游三十日，收拾一囊诗。

随意成闲适②，无心辟巧奇。微吟③灯影里，孤馆④夜眠迟。

注释

①萧萧：风声、雨声、草木摇落声。

②闲适：闲情逸致。安静幽雅的情趣。

③微吟：低吟。

④孤馆：孤寂的客舍。

杨仲佐

杨仲佐，字啸霞，号菊痴。新北市永和区秀朗人。能诗，喜艺菊。每值佳节，辄邀吟侣雅聚，印有《唱和集》。著有《网溪诗集》。

夜宿西云寺

林深寺隐客游稀，老树苍茫①欲湿衣。风动钟声惊鸟去，月随鹤影伴僧归。

静观物理尘缘②少，卧听梵音③道念④微。天下名山谁占尽，我来此地学忘机⑤。

注释

①苍茫：旷野无边、视野迷茫的样子。

②尘缘：佛家语。佛家以色、声、香、味、触、法为六尘，六尘为嗜欲之所缘，故称

尘缘。

③梵音：佛家语。佛门各种法会上咏唱的佛曲。

④道念：道心。学道的心。

⑤忘机：涤净与人计较或奸诈虚伪的心机。形容心地淳朴，不与人争。

叶炼金

叶炼金，字友石。台北市大稻埕人。少习医。性诙谐，人称炼仙。善兰竹，书法尤妙。

北投即事

其　一

流湍①激石水潺潺②，浴罢身闲心更闲。
最是晚来烟景好，牧童牛背唱归山。

注释

①流湍：急速的流水。湍，音 tuān。

②潺潺：水流声。

其　二

梅雨①霏霏②憩③小亭，松涛④谡谡⑤隔帘听。
尘中几处堪高卧，醉里山光眼倍青。

注释

①梅雨：梅子成熟时连续下的雨。泛指连绵雨。

②霏霏：雨丝。繁盛的样子。

③憩：休息。

④松涛：风吹松林所发出有如波涛的声音。

⑤谡谡：风声威厉的样子。音 sù sù。

偶感一首呈逸雅[1]

纲常[2]两字本天真[3]，眼底文明且让人。
美雨欧风[4]任澎湃[5]，空山独抱古时春。

注释

①逸雅：洪以南，字逸雅。台北人。曾任瀛社社长。

②纲常：指三纲领五常道。三纲即君为臣纲、父为子纲、夫为妇纲，五常为仁、义、礼、智、信。又父义、母义、兄友、弟恭、子孝，也称五常。

③天真：天性。指未受礼俗影响的本性。

④美雨欧风：指欧美的文化潮流。

⑤澎湃：波浪相激的声音。

赠蔡旨禅[1]女士

禅心[2]诗思本天真，福慧[3]修来廿四春[4]。
比似北宫[5]贞孝女，不随流俗[6]彻环瑱[7]。

注释

①蔡旨禅：名罔甘，道号明慧。澎湖马公人。九岁即长斋绣佛。赋性贞淑聪敏，既长，研习诗文，只身赴闽，入厦门美术专校深造，学成后返台，曾在新竹郑家、雾峰林烈堂家为家庭教师。尝于新竹青草湖畔灵隐寺静修，于琴棋书画皆擅长，更好吟咏。于高雄市组设闺秀诗社，名曰“莲社”。著《旨禅诗画集》。

②禅心：佛家语。指寂定的心，即静心思虑的境界。

③福慧：佛家修道，在身心两方面，乃指福慧双修。福，是为人群社会的利他行为；慧，是由戒生定，由定生慧，直贯菩提大道的自我解脱，此二者缺一不可。

④廿四春：廿四年。

⑤北宫：古时宫室向南，皇帝的寝宫在前，称南宫；王后的寝宫在后，称北宫。

⑥流俗：流行的习俗。此处指世俗之人。

⑦环瑱：金玉制的耳饰。音 huán zhèn。

题网溪别墅[1]呈啸霞[2]姻兄[3]

载酒时相过，敲诗[4]夜欲阑[5]。湖山新管领[5]，风雨故交[7]欢。
自采陶公菊[8]，还歌屈子兰[9]。人生如可隐，一梦谢邯郸[10]。

注释

①网溪别墅：啸霞的别墅。在新北市永和区。

②啸霞：杨仲佐，字啸霞。

③姻兄：对具有亲戚关系的同辈的尊称。

④敲诗：推敲诗文。

⑤阑：晚，尽。

⑥管领：管辖统领。领受。过问，理会。

⑦故交：旧友。

⑧陶公菊：晋陶渊明爱菊花。

⑨屈子兰：屈子，即屈原。《楚辞·屈原·离骚》："扈江离与辟芷兮，纫秋兰以为佩。"

⑩邯郸：指唐卢生在邯郸遇吕洞宾，吕以枕授生，生睡枕上入梦，历数十年荣华富贵的故事。

送志圆上人归南海

飘然一钵渡蓬瀛[①]，万树梅花破笑迎。法界[②]圆融[③]空是色[④]，诸天[⑤]寂寞灭犹生。

方欣象教[⑥]传东土[⑦]，转恨骊歌[⑧]唱北城[⑨]。沧海[⑩]悠悠[⑪]频怅望[⑫]，暮云低处不胜情。

注释

①蓬瀛：蓬莱与瀛洲。皆仙山名。此处借指台湾。

②法界：佛家语。一界是种类、界线，诸法有别，各有分界，叫做法界。二指所有诸法，即一切现象界。三指宇宙万有的本性。十八界之一。

③圆融：佛家语。圆满融通的意思。

④空是色：佛家语。指世间一切色法（物质）的本性（内在真实性）都是空无所有。《般若波罗蜜多心经》："色不异空，空不异色。色即是空，空即是色。"

⑤诸天：佛家语。佛经上说欲界有六天，色界的四禅有十八天，无色界的四处有四天，其他有日天、月天、章驮天等诸天神，总称为诸天。后泛指天界、天空。

⑥象教：即佛教。释迦牟尼佛离世后，弟子思慕不已，于是刻木为佛，并以形象教人，故佛教又称象教。也称像教。

⑦东土：指台湾。

⑧骊歌：告别的歌。《骊驹之歌》的省称。

⑨北城：台北。

⑩沧海：大海。以其一望无际，水深呈青苍色，故称。

⑪悠悠：悠长遥远的样子。

⑫怅望：惆怅而有所想望。

王贻瑄

王贻瑄，字怡轩。福建闽侯人。曾寓居台北。

新春二日，文访[①]邀游板桥故邸[②]

板桥图卷昔曾窥[③]，风景依然一望知。卜筑[④]足征开创业，园林如见太平时。

枌榆[⑤]里社[⑥]犹从化[⑦]，花木孙曾[⑧]已不私。春日招游清兴远，达人[⑨]述德[⑩]可无诗？

注释

①文访：林熊祥，字文访。新北市板桥区人。

②故邸：昔日的住所。

③窥：视，见。

④卜筑：选择土地建筑房屋。

⑤枌榆：本指汉高祖的里社，后用作故乡的代称。

⑥里社：古代里中祭拜土地神之处。

⑦从化：归化；归顺。

⑧孙曾：孙子和曾孙，泛指后代。

⑨达人：达观的人，行事不为世俗所拘束的人。

⑩述德：陈述圣人的道德。

次韵送小眉[①]之鹭门[②]

客怀一样倍相怜，临别还教识惠连[③]。在处人情难挟纩[④]，向来游子[⑤]不持钱。

炎曦[⑥]莫耐归思[⑦]急，佳句应知好梦牵。羡汝庭闱[⑧]饶至乐，天涯我愧滞经年。

注释

①小眉：林景仁，字小眉。新北市板桥区人。

②鹭门：地名。即今厦门市。

③惠连：南朝宋文学家谢惠连，工诗文，能书画。所作《雪赋》，以高丽称，族兄灵运特加赞赏。时以灵运为大谢，惠连为小谢。

④挟纩：披着棉衣。比喻受到勉慰，倍觉温暖。纩，音 kuàng。

⑤游子：远走他乡的人。

⑥炎曦：炽烈的日光。比喻高热。

⑦归思：回归的念头。

⑧庭闱：本指父母居所，后借指父母。

北投小集，呈文访[①]兼寄季丞[②]

留滞[③]鲲溟[④]叹过秋，一诗深与散千忧。嘉招连日难东道[⑤]，雅兴今宵又北投。(季丞连日雅招吟局)

对酒还生无限感，寻山好在不胜幽。倚栏酬唱[⑥]知才退，醉眼看人占上头。

注释

①文访：林熊祥，字文访。新北市板桥区人。

②季丞：林尔准，一名柏寿，字季丞。新北市板桥区人。

③留滞：停滞留止不前。

④鲲溟：台湾安平外海古有七鲲身屿，嘉义外有南北鲲身、青鲲身等中屿，故台海曰鲲溟或鲲洋。

⑤东道：主人的代称。

⑥酬唱：以诗词互相赠答。

林松祁

林松祁，字述庵。福建侯官人。光绪十一年（1885）举人，有遗诗一卷。

挽林少溪

（少溪，琴南[①]弟；航海死台湾）

牵裾[②]惘惘[③]去迟迟，便是人间死别时。箧[④]里剩[⑤]将慈母线[⑥]，扇头留得阿兄[⑦]诗。

龙蛇[⑧]嫁厄[⑨]天难问，烽火横江病不知。搔首[⑩]为君添一恸[⑪]，可怜生是好男儿。

注释

①琴南：林纾，字琴南。福建闽县人。光绪举人。曾翻译欧、美等名著小说一百七十余种。能诗、工画，并曾从事小说、戏曲创作。

②牵裾：曳裾。拖着长裾。

③惘惘：失意的样子。

④箧：长方形藏物的竹器。

⑤剩：余留。音 shèng。
⑥慈母线：孟郊《游子吟》：“慈母手中线，游子身上衣。”
⑦阿兄：林少溪之兄林琴南。
⑧龙蛇：龙和蛇。比喻非常之人。
⑨嫁厄：嫁祸。将灾祸转移给他人。
⑩搔首：抓头搔发。形容人发愁的样子。
⑪恸：大哭，痛哭。

送许莲荪之台湾省亲[1]

其一

别意无多尽一觞，虎门[2]形胜郁苍苍[3]。天怜孝子帆无恙，海畏才人浪不狂。
鸿雁江湖梦禾黍[4]，鹧鸪烟雨绕桄榔[5]。东南孤岛谁筹问？万里中原付夕阳。

注释

①省亲：归乡探望父母或其他尊亲。
②虎门：地名。在广东省东莞市西南海中东有大虎山，西有小虎山，对峙如门。地当珠江入海之口，有炮台，是海防重地。
③郁苍苍：郁郁苍苍，草木苍翠茂盛貌。
④禾黍：禾与黍。泛指黍稷稻麦等粮食作物。
⑤桄榔：植物名。棕榈科。常绿乔木，高十余公尺。羽状复叶甚大，由多枚线形小叶集生而成。

其二

鼙鼓[1]年来算息兵，海天一发[2]望台澎。传经有子知名父，投刺[3]无门见世情。
一事不才容我倦，万山如箭送君行。南风肃肃[4]归舟稳，可有音书寄子卿[5]？

注释

①鼙鼓：用于战阵的一种鼓。
②一发：古长度单位名。十发为程，一程为分，十分为寸。
③投刺：投递名帖以求见。
④肃肃：风声强劲。
⑤子卿：汉苏武，字子卿，武帝时出使匈奴，留在匈奴，前后共十九年。

李天民

李天民，字学樵，号鸣皋。台北人。工诗善画，以画蟹、菊、竹闻名。

游月眉山灵泉寺

其　一

苍崖翠岭拥禅关①，到此人间万虑②删③。
世上炎凉④都不管，一秋无事且看山。

注释

①禅关：佛家语。坐禅的房舍。
②万虑：一切众多的烦恼和忧虑。
③删：消除。
④炎凉：气候的冷热。此处比喻人情的冷暖变化。

其　二

管领①湖山自有诗，林中烟水雨中奇。
天然一幅王维画，惹我勾思②泼墨③时。

注释

①管领：管辖统领。领受。
②勾思：写作时对于内容、形式方面的构想，即精思。
③泼墨：中国山水画的一种。以水墨倾泻挥洒，其势若泼而得名。相传唐王洽每在酒酣时，喜作泼墨画，是泼墨画的创始人。

其　三

方壶①胜境认仙源，红树青山绕法门②。
何处别寻清净地？闲云野鹤③两无言。

注释

①方壶：古代传说山名。位于渤海以东，为神仙所居。
②法门：佛家语。修行者入道所必须经过的门径。
③闲云野鹤：比喻来去自如，无所羁绊。也指隐居闲适的生活。

庄棣荫

庄棣荫，字怡华，号瘿民。福建惠安人，板桥林柏寿之表兄。日据时期，羁台数十年，没于台北，工诗。著有《耕余吟集》。

稻江[1]即事

吊古田横[2]岛，搴芳[3]杜若[4]州。却疑天帝醉，长此霸才休！
海水三千浪，人烟[5]十二州。登楼催落日，愁思满江流。

注释

①稻江：地名。即今台北市大稻埕。

②田横：秦末人。其兄齐王田荣死后，田横继续统领众人，自立为齐王。汉高祖统一全国后，田横率领徒众五百人逃入海岛。

③搴芳：摘取花草。

④杜若：植物名。多年生草本，可供药用。

⑤人烟：住户的炊烟。亦泛指人家。

次韵和季丞[1]表弟见赠

去燕来鸿各惘然[2]，尘踪小住话吟缘。乘桴[3]早辨居夷策，游箧[4]频添哭友篇。
（去岁哭施耐公[5]，近又得汪杏泉[6]之计：吟侣凋零，为之泫然[7]）
梦入故园迟远信，天留病骨饯[8]流年[9]。先生瘦尽便便腹[10]，差免人嘲作懒边。

注释

①季丞：林柏寿，字季丞。新北市板桥区人。

②惘然：失志不得意的样子。又神志恍惚的样子。

③桴：用竹子或木材编成的竹排或木排。

④箧：长方形藏物的竹器。

⑤施耐公：施士洁，晚号耐公。台南市人。

⑥汪杏泉：汪春源，字杏泉，台南市人。光绪十四年（1888）举人，光绪二十五年进士。

⑦泫然：伤心流泪的样子。

⑧饯：送。

⑨流年：年华，时光。又算命看相的人称一年间的运期。

⑩便便腹：大腹便便。便便，形容臃肿肥满的样子，音 pián pián。《后汉书·边韶传》："韶口辩，曾画日假卧，弟子私嘲之曰：'边孝先，腹便便；懒读书，但欲眠。'韶潜闻之，应时对曰：'边为姓，孝为字；腹便便，五经笥；但欲眠，思经事。寐与周公通梦，静与孔子同志。师而可嘲，出何典籍？'闻者大惭。韶之才捷，皆此类也。"

次韵雅棠[①]《寄小眉[②]神户》

枯坐[③]藜床[④]书掩关，青铜[⑤]莫贷鬓毛斑。十年不读真成悔，一刺[⑥]难投浪得[⑦]闲。

鼓箧[⑧]异书搜海外，吹笙[⑨]逸响落云间。归来采就丹砂诀[⑩]，乞与棱棱[⑪]俗骨[⑫]删[⑬]。

注释

①雅棠：连横，号雅棠。台南市人。

②小眉：林景仁，字小眉。新北市板桥区人。

③枯坐：无事默坐。即干坐。

④藜床：藜茎所编结的床。

⑤青铜：古代的镜子多用青铜所铸，所以称镜为青铜。

⑥刺：名帖。投递名帖以求见，称投刺。

⑦浪得：徒然得到。

⑧鼓箧：打开书箱。后用以称勤学。

⑨吹笙：吹奏笙管。

⑩丹砂诀：丹诀。道家语。指炼丹成仙的秘诀。

⑪棱棱：严寒的样子。

⑫俗骨：庸俗的气质。别于"仙骨"而言。

⑬删：消除。

寄菱槎[①]鹭门[②]即次其《怀雅棠》韵

豪气高阳[③]似昔不[④]？天涯人忆仲宣楼[⑤]。蹇穷[⑥]世路[⑦]诗为祟，冷落词坛[⑧]岁又周[⑨]。（去岁稻江排日诗宴，今年朋侪云散，颇有离索之感）

时局醉沉槐穴梦[⑩]，吟怀[⑪]淡入菊花秋。无情恼却东流水，只管殷勤[⑫]送别愁。

注释

①菱槎：苏镜潭，字菱槎。福建晋江人。光绪十七年（1891）举人。日据时期曾来台，为板桥林家西席。

②鹭门：地名。即今厦门市。

③高阳：高阳酒徒。《史记·郦生陆贾列传》：初，沛公引兵过陈留，郦生踵军门上

谒……沛公方洗，问使者曰："何如人也？"使者对曰："状貌类大儒，衣儒衣，冠侧注。"沛公曰："为我谢之，言我方以天下为事，未暇见儒人也。"使者出谢……郦生瞋目案剑叱使者，曰："走！复入言沛公，吾高阳酒徒也，非儒人也。"……复入报……沛公遽雪足杖矛，曰："延客入！"后世引申为好酒而狂放不羁者之称。

④不：否。音 fǒu。

⑤仲宣楼：三国王粲，字仲宣。由于避乱，从西京（长安）往荆州依附刘表，但不为表所重视。一日登当阳（在今湖北省当阳市）城楼，触景怀乡，感怀身世，因作《登楼赋》以抒其悲苦烦闷之情。后人遂以王粲登楼作赋作为文人远离家乡、怀才不遇的典故。

⑥蹇穷：处境穷困艰难。

⑦世路：人所经历的各种社会情态。

⑧词坛：诗坛。

⑨岁又周：周岁。一年。

⑩槐穴梦：唐李公佐小说《南柯太守传》，称淳于棼在广陵郡一槐树下饮酒，梦至大槐安国，娶该国公主为妻，任南柯郡守二十年，享尽荣华，后与敌国作战失利，被遣回。醒后在槐树下见一大蚁穴，南枝又有一小穴，即梦中的槐安国和南柯郡。后遂用以比喻人生如梦，富贵无常。

⑪吟怀：吟咏情怀。

⑫殷勤：情意深挚的样子。也指深挚的情意。

赠刘篁村[1]

駏蛩[2]相怜一笑欢，药炉丹诀[3]问刘安[4]。娵隅[5]奇语惊蛮府[6]，白鹿[7]诸生拜讲坛。

短烛鏖诗[8]双管[9]秃，小楼听雨一灯寒。君家嫡派[10]长城[11]在，恼我偏师[12]制敌难。

注释

①刘篁村：刘克明，字篁村。新竹人。曾任台北市立大同中学校长。著有《中和庄志》、《篁村小稿》等书。

②駏蛩：指駏驴与蛩蛩二兽。《韩愈·醉留东野诗》："低头拜东野，愿得终始如駏蛩。"注：《孔丛子》："北方有兽名曰蟨，爱蛩蛩、駏驴，食得甘草，必啮以遗；蛩蛩、駏驴见人将来，必负蟨以走。"

③丹诀：道家语。指炼丹成仙的秘诀。

④刘安：西汉思想家、文学家。曾招致宾客方术之士数千人，以道家的自然天道观为中心，综合先秦道、法、阴阳等各家思想，集体编写成《淮南鸿烈》一书。

⑤娵隅：魏、晋、南北朝时南方人称鱼为娵隅。音 jū yú。

⑥惊蛮府：《世说新语·排调》：郝隆为桓公南蛮参军，三月三日会，作诗，……揽笔便作一句云："娵隅跃清池。"桓问："娵隅是何物？"答曰："蛮名鱼为娵隅。"桓公曰："作诗何以作蛮语？"蛮，古代称南方的种族。

⑦白鹿：白鹿洞。唐贞元中，李渤与兄涉隐居于此读书，畜一白鹿，故名。五代南唐升元年间在此建学馆。宋咸平五年置书院，后废。南宋朱熹，重建为讲学之所。

⑧鏖诗：竭尽能力，辛苦作诗。

⑨管：笔。

⑩嫡派：一脉相传的正系。

⑪长城：比喻诗文的健将。

⑫偏师：一部分军队。

旅次[①]书感

有涯[②]莫遣[③]趁[④]无涯，得失残生忏[⑤]《法华》[⑥]。往事分明堪作镜，此身消息总如花。

交求叔世[⑦]情原薄，人入中年愿不奢[⑧]。独有诗魔[⑨]降未得，关河[⑩]怅望[⑪]日西斜。

注释

①旅次：旅行在外寄居的地方。

②有涯：《庄子·齐物论》："吾生也有涯，而知也无涯，以有涯随无涯，殆已。"

③莫遣：莫使，莫教。

④趁：追逐。就，往。

⑤忏：所诵的经。音 chàn。

⑥《法华》：《法华经》，亦即《妙法莲华经》的简称。

⑦叔世：末世，衰乱的时代。

⑧奢：过度。

⑨诗魔：极言对诗的癖好、兴会。

⑩关河：泛指一般山河险要之地。

⑪怅望：惆怅而有所想望。

次韵答文访[①]并呈季丞[②]表弟

年光度尽海东头，咄咄[③]蛮天写四愁[④]。老我劳薪[⑤]仍客况[⑥]，借君浊酒散罹忧[⑦]。

弓衣[⑧]句论千金价，莼菜[⑨]秋生一叶舟[⑩]。沧海横流[⑪]今正急，无聊笔墨暂赓酬[⑫]。

注释

①文访：林熊祥，字文访。新北市板桥区人。

②季丞：林柏寿，字季丞。新北市板桥区人。

③咄咄：感叹声。

④四愁：《四愁诗》的简称。东汉张衡作。衡借诗寓意，抒发心烦纡郁之情。诗分四

章，每章七句，每句七言。后用以指抒发忧郁情怀的诗篇。

⑤劳薪：用车轴当薪柴。因车用以运载，而以车轴运转不息最为劳苦，析以为薪，故称劳薪。引申为使用不当，甚为可惜的意思。

⑥客况：离家在外的境遇。

⑦罹忧：忧愁。

⑧弓衣：装弓的袋子。

⑨莼菜：多年生草本。莼菜和鲈鱼，是江南秋天的特产，晋张翰到洛阳做官，见秋风起，乃想起故乡的莼菜，因此马上辞官回家。

⑩叶舟：比喻小船、轻舟。

⑪沧海横流：大海之水到处泛滥，造成灾祸。比喻乱世。横，音 hèng。

⑫赓酬：作诗互赠。

次韵和小眉[1]（四首选一）

朗吟[2]高会[3]酒家楼，屠狗[4]椎埋[5]觅旧游。
莫漫[6]纵谈[7]桑海[8]事，当年冠冕[9]此南州[10]。

注释

①小眉：林景仁，字小眉。新北市板桥区人。

②朗吟：高声地吟诵。

③高会：盛大的宴会。

④屠狗：宰狗。后亦泛指出身低微者，或位卑的豪杰之士。

⑤椎埋：杀人而加以掩埋。一说为挖掘坟墓，盗坟。

⑥漫：放纵，不受拘束。

⑦纵谈：广泛随意地讨论。

⑧桑海：即桑田沧海的简称。比喻世事无常，变化迅速。

⑨冠冕：冠和冕都是帽子，用以作仕宦的代称。比喻受人拥戴或出人头地。《三国志·蜀志·庞统传》："徽甚异之，称统当为南州士之冠冕。"徽，司马徽。

⑩南州：地名。指南阳。

次韵赠文访[1]

为客岁将尽，求仙路已迷。假年[2]惭老马，按剑感荒鸡。
嘘雾[3]海成市[4]，坠花风满蹊[5]。一诗相对遣，忍住惜分携[6]。

注释

①文访：林熊祥，字文访。新北市板桥区人。

②假年：给以岁月。指延长寿命。

③嘘雾：吐雾。

④海成市：海市蜃楼。一种因光线折射而使眼前呈现景物的幻象。多出现于海边或沙漠。

⑤蹊：步行小径。

⑥分携：分手，别离。

施景琛

施景琛，字涵宇。福建侯官人。民国元年奉命渡台调查实业。著有《鲲瀛日记》。

小眉[1]出示《台湾诗荟》[2]，率成四绝，并柬[3]雅棠如棣[4]

其　一

一别鲲溟[5]已十年，回思往事总如烟。
吟坛[6]旗鼓[7]今为盛，憔悴京华[8]负众仙。

注释

①小眉：林景仁，字小眉。新北市板桥区人。

②《台湾诗荟》：连雅棠编纂之诗集。

③柬：信札。

④如棣：如弟，像兄弟一样。

⑤鲲溟：台湾安平外海，古有七鲲身小屿，嘉义县外有南北鲲身、青鲲身等小屿，故台海称鲲溟。

⑥吟坛：诗坛。

⑦旗鼓：旗和鼓。

⑧京华：京师为文物所萃，因谓京师为京华。

其　二

林逋[1]沧海正归来，消息诗人讯驿梅[2]。
白社[3]衣冠[4]多健在，何年重与共衔杯[5]。

注释

①林逋：宋诗人。此处借指林小眉。

②驿梅：陆凯《赠范晔》："折梅逢驿使，寄与陇头人。江南无所有，聊赠一枝春。"寄梅送春，是表达友谊的高雅之举。

③白社：地名。在今河南省洛阳市东。其他有丛祠，故名。《晋书·隐逸传·董京》："董京……披发而行，逍遥吟咏，常宿白社中。"后人称隐士所居为白社。

④衣冠：衣服与礼帽。指官宦之家，或指衣冠文物。

⑤衔杯：以杯就口而饮。

其　三

一航咫尺[1]竟天涯，燕子依然恋故家。

盥[2]读《延平王传略》，伤心亡国《后庭花》[3]。

注释

①咫尺：八寸曰咫，十寸曰尺。形容距离很近。

②盥：洗手，以手承水冲洗。音 guàn。

③《后庭花》：曲名，即《玉树后庭花》。为陈后主时的宫廷舞曲。

其　四

诗酒佯狂[1]托海滨，偶于文字见天真[2]。

故人技痒通双鲤[3]，莫笑东施枉效颦[4]。

注释

①佯狂：诈为狂人。

②天真：天性。指未受礼俗影响的本性。

③双鲤：书信。蔡邕《饮马长城窟行》："客从远方来，遗我双鲤鱼，呼童烹鲤鱼，中有尺素书。"尺素谓绢，古人在绢上写信，常结出双鲤形寄出。

④东施枉效颦：比喻丑拙者强效美好，不得其美，反益增丑拙。相传古代美女西施皱眉很美，邻居丑女也学皱眉，结果丑得把人吓坏了。后因西施而虚构相对的丑女为东施。

林　豪

林豪，字卓人，号次逋。清福建同安金门人，咸丰二年（1852）举乡试。同治、光绪年间，数游台湾，居艋舺（今台北市万华区）。曾主于竹堑（今新竹市）潜园，并两度掌教澎湖文石书院。著《东瀛纪事》、《诵清堂诗钞》，并修《澎湖厅志》。

寄怀雪村[1]方伯[2]

不见逋仙[3]近半年，啸台矫首[4]眼将穿[5]。名园花事繁逾昔，谢女[6]诗才妙胜前。

篱畔定萦游客梦，囊中应满看山篇。秋英[7]万木含霜久，待赏芳尊句共联[8]。

注释

①雪村：林占梅，字雪村。新北市淡水区人，居新竹。

②方伯：殷周时代一方诸侯之长。后泛指地方长官。

③逋仙：本指宋代诗人林逋。此处借指雪村。

④矫首：仰首，举头。

⑤眼将穿：望眼欲穿。比喻盼望的殷切。

⑥谢女：即东晋才女，王凝之妻谢道韫。聪识有才辩，神情散朗，有林下风。

⑦秋英：菊花。英，花也。

⑧句共联：联句。旧时作诗方式的一种。两人或数人共作一诗，相联成篇。初无定式，后来习用一人出上句，续者须对成一联，再出上句，辗转相续以成篇。相传汉武帝与群臣合作的《柏梁台诗》为联句的滥觞。

重到嵌城[1]，寓同里[2]蔡茂才[3]家，感而赋此

迢迢[4]云海此倾觞，十载相看鬓欲霜。同向天涯话今昔，喜逢地主是家乡。

鸿泥印在成陈迹[5]，雁阵[6]声残各断肠。回首故山风味好，岁寒有约愿无忘。

（余于甲子初夏到台郡，为茂才哲弟[7]永勉题小照，阅今五载，而永勉已于去岁作古人矣。悲夫）

注释

①嵌城：赤嵌城。在今台南市。

②同里：同乡。

③茂才：即秀才。东汉时为了避光武帝刘秀的讳，改称茂才。也指才德出众的人。

④迢迢：遥远的样子。

⑤鸿泥印在成陈迹：雪地上偶然留下的鸿雁爪印。比喻往事遗留的痕迹。也指人生际遇不定，踪迹无常。苏轼《和子由渑池怀旧》："人生到处知何似，应似飞鸿踏雪泥；泥上偶然留指爪，鸿飞那复计东西？"

⑥雁阵：群雁飞行时所排列的整齐队形。

⑦哲弟：聪慧有智谋的弟弟。

留别潜园[①]

其 一

小住名园几度春，依然面目溷[②]风尘。江干[③]鸥侣[④]应怀我，市上猪肝久累人。

问字[⑤]青娥[⑥]留后约，题诗白石证前因[⑦]。相思树下相思泪，独对东风一怆神[⑧]。

注释

①潜园：园名。林占梅的园邸。

②溷：混浊，污浊。音 hùn。

③江干：江边。

④鸥侣：与人为友的鸥鸟。

⑤问字：请教学问或从人受学。

⑥青娥：女人名字。

⑦前因：佛家语。指一切事皆种因于前。同前缘、宿缘。

⑧怆神：伤心。

其 二

问我何缘海外羁[①]，世情此日太离奇[②]。著书炎徼[③]毫将秃[④]，射策[⑤]春明[⑥]计已迟。

客路惯冲千尺浪，行装[⑦]赢得几篇诗。马头一步一回顾，惆怅梅开客去时。

注释

①羁：寄居作客。

②离奇：奇特而不寻常。

③炎徼：南方酷热边远的地区。徼，指边疆，音 jiào。

④秃：指毛落尽。

⑤射策：古时考试方法之一。是由主考官出试题，写在简策上，分甲、乙科，列置案前，不使彰显，应试者随意抽取作答，主考官按题目难易和所答内容以定优劣。

⑥春明：唐代长安东面的城门之一，引申为京城的通称。

⑦行装：出行时所需的衣物。

重到彰化与雪村方伯[1]话别，时漏[2]将四下矣

其　一

此别知何日？相看各失声[3]。愁添千万绪，海隔十三更！
文字知交[4]泪，风波故国[5]程。残灯何黯黯[6]，怕照此时情。

注释

①方伯：殷周时代一方诸侯之长。后泛称地方长官。
②漏：古代计时器，即漏壶。
③失声：悲伤过度，气咽不能成声。
④知交：彼此相互了解的朋友。
⑤故国：故乡。
⑥黯黯：昏暗不明的样子。

其　二

几载名园住，谈诗喜欲狂。千篇同检讨，只字[1]替商量。
愿饮泉明酒[2]，休搜李贺囊[3]。来春重鼓棹[4]，有约那能忘。
（时雪村病体已剧，握手无言，泣数行下；余亦不知泪之何从也）

注释

①只字：单字，零散的字迹或文辞。
②泉明酒：泉州出产的一种美酒。
③李贺囊：唐代诗人。每旦日出，骑弱马，从小奚奴，背古锦囊，遇所得，书投囊中。
④鼓棹：击桨，摇动船桨。

台湾尚书亭[1]梅花

其　一

一树梅花几度开，尚书亭下此徘徊。
种花人去春光老，无数寒潮[2]卷地来。

注释

①尚书亭：陈清端所建，在台南郡治。陈清端，名瑸，字文焕，号眉川，康熙三十五年（1696）进士，康熙四十九年（1710）任台厦道，官至福建巡抚，卒赠礼部尚书。
②寒潮：寒风。

其　二

花落花开阅[①]岁时，古香寂寂[②]叶离披[③]。
何当一夜东风至，重见寒梅长旧枝？

注释

①阅：经历。

②寂寂：悄悄。寂静无声貌。

③离披：分散的样子。

其　三

杜牧生迟[①]独怆然[②]，残碑冷落吊荒烟。
我来搔手梅花下，不见陈遵[③]二百年。
（亭为陈清端公所建）

注释

①杜牧生迟：《唐才子传》载："大和末，往湖州，目成一女子，方十余岁，约以十年后吾来典郡，当纳之。结以金币。洎周墀入相，牧上笺乞守湖州，比至，已十四年，前女子从人，两抱雏矣。赋诗曰：自恨寻芳到已迟，往年曾见未开时。如今风摆花狼藉，绿叶成阴子满枝。"

②怆然：悲愤忧伤。

③陈遵：汉杜陵人。好客，有盛名。每饮酒，辄取客车辖投入井中，使客不得离去。此处借指陈清端。陈清端，康熙三十五年进士，官至福建巡抚，卒赠礼部尚书。

旅次[①]书怀示家[②]诗宾广文[③]

杜鹃声里雨如丝，高卧天涯感岁时。卖赋长卿[④]游兴倦，寻芳杜牧梦醒迟[⑤]。
知交[⑥]零落余歌哭，生事浮沉[⑦]易合离[⑧]。幸有故人同话旧，小窗坐对为情移。

注释

①旅次：旅行在外寄居的地方。

②家：本家，家族。

③广文：明清时儒学教官的别称。

④长卿：西汉辞赋家司马相如，字长卿。汉武帝时陈皇后退居长门宫，愁闷悲思，闻司马相如工文章，奉黄金百斤，令为解愁之辞，相如为作《长门赋》，帝见而伤之，复得

亲幸。

⑤寻芳杜牧梦醒迟：杜牧《叹花》："自恨寻芳到已迟，往年曾见未开时。如今风摆花狼藉，绿叶成阴子满枝。"

⑥知交：彼此相互了解的朋友。

⑦浮沉：盛衰得失。

⑧易合离：容易相聚和分离。

戊辰①元旦即席作

爆竹声阑②万户春，年年如愿祝良辰。但求酒价随寒减，更望诗情与岁新。

昨夜怀乡犹有泪，今朝索负③始无人。强颜④席上同谈笑，怕见杯中鬓似银。

注释

①戊辰：公元一八六八年，同治七年。

②阑：尽。

③索负：索偿。

④强颜：指人不知羞耻，厚颜。

寄怀余子和少尉①（选一）

故人幸无恙②，十载葛裘③更。芳讯几时得，离怀一水盈。

世途④愁按剑⑤，吾道合⑥躬耕⑦。安得扶桑⑧管，遗君作管城⑨！

注释

①少尉：军衔之一。

②无恙：平安无疾。

③葛裘：葛衣，葛布制成的衣服。

④世途：世道。指社会状况。

⑤按剑：以手抚剑。预示击剑之势。《史记·鲁仲连邹阳列传》："臣闻明月之珠，夜光之璧，以暗投人于道路，人无不按剑相眄者，何则？无因而至前也。"

⑥合：应该。

⑦躬耕：亲自从事农耕。

⑧扶桑：古传说东海神木。

⑨管城：管城子的省称。指笔。

黄　鹤

黄鹤，字师竹，一字俪琴。福建晋江人。

雅棠先生惠赠《诗荟》，缀[1]此志谢

其　一

中原旗鼓[2]戢[3]骚坛[4]，海外诗人刷羽翰[5]。钓逸[6]钩沉山积玉，熏香摘艳网收珊[7]。
艺林[8]奉作征文薮[9]，吟社[10]权[11]为典试官。从此三台[12]成伟著，休嗤[13]故习[14]抱儒酸[15]。

注释

①缀：缀文。连缀字句而成文章。此处指著作、写文章。
②旗鼓：旗和鼓。军中发号施令所用的工具。
③戢：安集，聚合。音 jí。
④骚坛：诗坛。
⑤羽翰：笔毫。代指文章，信札。
⑥钓逸：隐逸的钓徒。
⑦网收珊：以铁网捞取珊瑚。引申指收罗珍品或人才。
⑧艺林：文艺界。
⑨文薮：人物聚集之所。薮，音 sǒu。
⑩吟社：诗社。
⑪权：当作，作为。
⑫三台：台湾有台北、台中及台南，故诗家称台湾为三台。
⑬嗤：笑。
⑭故习：老习惯。
⑮儒酸：寒士的酸腐。

其　二

只手能扶[1]大雅[2]轮，兰茗翡翠[3]竞鲜新。每从佳句逢吟侣，夙仰芳声似故人。
（集中所采佳篇为庄怡华、林小眉、苏菱槎诸公，皆旧时吟侣。前年在厦，夙仰盛名，未识荆[4]耳）
攀附末由追骥尾[5]，溯洄[6]空自望鲲身[7]。天生可久维诗运，留作瀛东[8]间世珍。

注释

①扶：扶翼车轮。谓在侧推进。

②大雅：《诗经》的一部分。

③兰苕翡翠：翡翠，鸟名。兰苕，兰花。郭璞《游仙诗》："翡翠戏兰苕，容色更相鲜。"

④识荆：初次见到素所景慕的人。语本李白《与韩荆州书》：白闻天下谈士相聚而言曰："生不用封万户侯，但愿一识韩荆州。"何令人之景慕一至于此邪！

⑤追骥尾：寄托在千里马的尾巴。比喻追随德行好、地位高或能力强的人的后面。《史记·伯夷列传》："颜渊虽笃学，附骥尾而行益显。"

⑥溯洄：逆流而上。

⑦鲲身：七鲲身。原为台南市西南海中的古岛屿。自南而北，绵延七岛。荷兰曾在此建热兰遮城。1882年一次大洪水中，港湾填淤成平地，岛屿遂与台南市西郊陆地相连。

⑧瀛东：东瀛。瀛，海上仙山瀛洲。喻指台湾。

陈梅峰

陈梅峰，字精华。澎湖人。光绪八年（1882）生员。日据后，任澎湖厅参事，曾在高雄设帐授徒。民国二十六年卒。

秋日游剑潭[1]

剑潭十丈泻[2]寒流，衰柳萧疏[3]宿雨[4]收。雁阵[5]嘹[6]天声断续，渔灯逐浪影沉浮。

江山自古盘龙虎，干橹[7]当年犯斗牛[8]。霸气[9]未销豪气减，哦诗[10]空对水悠悠[11]。

注释

①剑潭：在台北市。一说荷人插剑于潭边大树，久而树合，另一说为郑成功投剑潭中，风雨晦明，时腾剑气。

②泻：水倾泻。排泄。

③萧疏：清冷疏散。

④宿雨：前夜所下的雨。

⑤雁阵：群雁飞行时所排列的整齐队形。

⑥嘹：鸣。

⑦干橹：小盾与大盾。

⑧斗牛：斗宿与牛宿。

⑨霸气：争雄求功的意气。

⑩哦诗：吟诗。

⑪悠悠：悠长遥远的样子。

寿王友竹[1]先生六秩[2]

此老非凡老，浮沉[3]六十年。厄穷[4]能不悯[5]，遗逸[6]岂徒然[7]！
托酒逃尘累[8]，哦诗养性天。世间多富贵，未及等身贤。

注释

①王友竹：王松，字友竹。新竹人。
②六秩：六十岁。
③浮沉：盛衰得失。
④厄穷：穷困。
⑤悯：哀矜，怜恤。
⑥遗逸：指隐士，隐居乡野不做官的知识分子。
⑦徒然：枉然，毫无效益。
⑧尘累：世事的牵累。

陈连德

陈连德，字月樵。澎湖人。少读书于泉州，与贡生陈髯僧成莫逆之交。著《海茫茫集》。

登旗山[1]旧炮台

忍把沧桑[2]问劫灰[3]，江山破碎剩荒台。
七鲲[4]风月今非旧，岂独伤心此地来。

注释

①旗山：地名。在今高雄市内。
②沧桑：沧海变桑田。比喻时势的变迁或人事的变化。
③劫灰：兵火余烬。
④七鲲：七鲲身。原为台南市西南海中的古岛屿。自南而北，绵延七岛。荷兰曾在此建热兰遮城，郑成功收复台湾后，改城为安平城，俗称赤嵌城。后因洪水，港湾填淤成平地，岛屿遂与台南市西郊陆地相连接。

杨尔材

杨尔材，字近樗。澎湖人。移居嘉义朴子。著《近樗吟草》。

寄怀蔡子昭[1]贤昆仲[2]

别来容易岁将殚[3]，遥忆机云[4]促膝[5]难。风雪知君吟思妙，江湖老我客心酸。

依人未肯居鸡口[6]，处世宁[7]甘作鼠肝[8]？天地为庐[9]供啸傲[10]，忧时怎奈鬓如潘[11]！

注释

①蔡子昭：蔡世贤，字子昭。彰化县鹿港人。

②贤昆仲：对他人兄弟的敬称。

③殚：穷尽。音 dān。

④机云：西晋陆机、陆云兄弟。吴郡华亭（今江苏省松江市）人。皆俱人才，人称“二陆”。

⑤促膝：古时席地而坐彼此近谈时，膝盖便相接近，叫促膝。后作为知心谈话的意思。

⑥鸡口：宁为鸡口，不为牛后。

⑦宁：岂也。

⑧鼠肝：比喻微末低贱的东西。

⑨庐：穹庐。

⑩啸傲：歌咏旷放，不受拘束。

⑪鬓如潘：西晋潘岳有《秋兴赋》，序中说：“余春秋三十有二，始见二毛。”而赋里也说：“斑须彭以承弁兮，素发飒以垂领。”后因以潘鬓作为中年鬓发斑白的代词。

李黄海

李黄海，字汉如，一字耐侬。澎湖人，移居新北市树林区。曾寓天津等地。著有《耐侬诗话》。

送倪少昶归台湾

元夜[1]疏星剌剌[2]风，故人相送意何穷！

归心动似春前笋，离恨遥如塞北鸿[3]。

注释

①元夜：上元夜。元宵节。

②剌剌：状风声。风急声。

③塞北鸿：长城以北的鸿雁。

金台[1]寄南强[2]、铁生[3]、呈禄、培火[4]狱中

其 一

瀛台[5]寒柏吐青森，黄耳[6]连朝报好音。滥吹初怜遁南郭[7]，清名奚幸挂东林[8]。（余在瀛台观善后会议，偶阅京报载南强诸兄下狱，颇喜故人均成政治犯。又接善后会议秘书厅通知，谓段执政[9]聘余为专门委员）

人来玄海[10]春帆远，梦断蓬山[11]尺素[12]沉。料得圜墙[13]孤睡夜，背灯应诵《白头吟》[14]。

注释

①金台：黄金台。古地名。在今北京市大兴区东南。相传燕昭王欲报齐人灭国之仇，特在易水东南筑黄金台，布金于上，以招延天下贤士。

②南强：林资修，字南强。台中市雾峰区人。

③铁生：蔡惠如，字铁生。台中市清水区人。

④培火：蔡培火。

⑤瀛台：台名。在北平清故宫西苑内太液池（今中南海）中。光绪年间戊戌政变后，德宗被慈禧太后幽禁于此，后抑郁而死。

⑥黄耳：犬名。为陆机所养。《晋书·陆机传》："初机有骏犬，名曰黄耳，甚爱之。"既而羁寓京师，久无家问，笑语犬曰："我家绝无书信，汝能赍书取消息不?"犬摇尾作声。机乃为书以竹筒盛之而系其颈，犬寻路南走，遂至其家。

⑦滥吹初怜遁南郭：《韩非子·内储说上》："齐宣王使人吹竽，必三百人，南郭处士请为王吹竽，宣王说之，廪食以数百人。宣王死，湣王立，好一一听之，处士逃。"后以此南郭处士比喻没有真才实学的人。有时也表示自谦。

⑧东林：东林党。宋杨时创建东林书院，明万历间，顾宪成罢官归里，倡议重修东林书院，与高攀龙等讲习其中，评议朝政，一时士大夫闻风响慕，遂有东林党之称。

⑨段执政：段祺瑞。民国十三年出任临时执政，十五年被迫下野，退隐天津。

⑩玄海：北方的海。

⑪蓬山：即蓬莱山，相传为仙人所居。

⑫尺素：小幅的绢帛。古人用以写信或文章。此处借指书信。

⑬圜墙：监狱。圜，音 yuán。

⑭《白头吟》：乐府楚调曲名。相传卓文君作此曲以感动司马相如，使其取消纳妾的念头。

其　二

漫随伊水向东流，待汲成渠放钓舟。海国鱼龙空曼衍[①]，春城莺燕自啁啾[②]。

每看红树悲秦赘[③]，独隔青天系楚囚[④]。谁省[⑤]新亭[⑥]南渡[⑦]后，久无旧泪哭神州。

注释

①曼衍：分布，散布。

②啁啾：鸟鸣声。音 zhōu jiū。

③秦赘：东周时秦国为促进农业生产，规定男子一成年就须离家独立，富家子弟因有田地可以分户从事生产，贫家子弟则要入赘到富家，从事劳动，这叫做秦赘。因称赘婿为“秦赘”。

④楚囚：本指被俘虏的楚国人，后借喻处境窘迫、无计可施的人。

⑤省：明白，醒悟。

⑥新亭：亭名。故址在今南京市南。三国吴时建筑，东晋安帝时重修，曾是东渡名士常游宴的地方。

⑦南渡：晋五胡乱华，元帝渡江，自洛阳迁都建业（今南京），史称南渡。

其　三

元气力回阳九[①]后，胡僧重话劫灰[②]前。也应拔剑同砍地，那有戴盆更望天[③]！

列子沉机[④]风可御[⑤]，秦王鞭石[⑥]海难填。谁言鬼火阴房阒[⑦]，各放光芒照大千[⑧]。

注释

①阳九：指灾异年景和厄运。

②劫灰：兵火余烬。

③戴盆更望天：比喻行为举止与目的正好相反。司马迁《报任少卿书》：“仆以为戴盆何以望天。”李善注：“言人戴盆则不得望天，望天则不得戴盆，事不可兼施。”

④沉机：深谋。

⑤列子风可御：风可御，乘风，借助风而行。《庄子·逍遥游》：“夫列子御风，泠然善也”

⑥秦王鞭石：相传秦始皇于海中作石桥，欲渡海看日出处，时有仙人，能驱石下海，石去不速，神辄鞭之，皆流血，至今悉赤。

⑦阒：寂静。音 qù。

⑧大千：大千世界。佛家语。合四大洲七山八海为一小世界，合一千个小世界为小千世界，合一千个小千世界为中千世界，合一千个中千世界为大千世界。

郑聪楫

郑聪楫（？—1910），字济若，号怡园。苗栗县苑里人。栎社社员。著《怡园吟稿》。

和启翁[①]偕沧玉[②]社兄《初夏过访》见赠原韵

其　一

好风吹送两吟旌[③]，娓娓[④]清谈[⑤]快莫名。日衬榴花红欲滴，苔[⑥]匀石径[⑦]绿初生。

金樽[⑧]有酒堪留客，汐社[⑨]无才愧订盟。愿向松阴同一醉，沧桑[⑩]漫话使人惊。

注释

①启翁：蔡振丰，字启运。苗栗县苑里人。栎社社员。

②沧玉：陈瑚，字沧玉。苗栗县苑里人。栎社社员。

③两吟旌：谓指启翁和沧玉两位诗人。吟旌，诗人的旗帜。

④娓娓：言辞委婉。

⑤清谈：指魏晋玄谈。当时士大夫有谈《老》、《庄》、《周易》三玄，崇尚名理的风气。也指清雅的言论。

⑥苔：青苔。

⑦石径：石头多的小路。

⑧金樽：酒樽的美称。

⑨汐社：宋朝遗老谢翱创立的文社。喻指诗社。

⑩沧桑：沧海变桑田。比喻世事多变，人生无常。

其　二

芳草榴花绿衬红，逶迤[①]小径竹间通。多删密树贪迎月，高卷疏帘欲引风。

半亩菊畦[②]休笑陋[③]，一椽[④]茅舍不求工[⑤]。题桥壮志年来尽，剩有新诗写壁东。

注释

①逶迤：弯曲而延续不断的样子。音 wēi yí。

②菊畦：菊园。畦，种植稻禾瓜果等农作物的田地。

③陋：粗略，简单。
④一椽：一间。
⑤工：装饰巧妙。

朝颜花[1]

烂漫[2]依篱晓露侵，五更朝起一相寻。
幽姿[3]只爱迎残月，未有葵花[4]向日心。

注释

①朝颜花：即牵牛花，朝开，过午即闭。缠绕性。日本名朝颜花。
②烂漫：光彩焕发。
③幽姿：高雅的姿态。
④葵花：花名，即向日葵，葵花有向日性。

郑成功

其一

三十九年[1]天命终，挽回有志总成空。
铁砧[2]胜迹[3]芳徽在，石井[4]声灵祭祀荣。

注释

①三十九年：郑成功（1624—1662）得年三十九。
②铁砧：山名。在大甲区。
③胜迹：指国姓庙及剑井。
④石井：剑井。

其二

王法[1]不遵思报国，父言弗听[2]欲兴戎[3]。
延平庙[4]貌今如故，明末应知第一功。

注释

①王法：指清政府的法令。
②父言弗听：郑成功之父亲郑芝龙劝郑成功投降清朝，郑成功不从。

③戎：征伐，战争。

④延平庙：即今国姓庙。

过云从[①]君家，步其《喜作》原韵

清樽相对夜微风，萍踪[②]重逢喜不穷。得句君偏倾白社[③]，贪杯我自醉新丰[④]。

苔侵古砌[⑤]帘分绿，烛剪西窗[⑥]纸射红。十斛[⑦]离愁谈未了，鸡声无奈起墙东。

注释

①云从：庄龙，字云从。台中市大甲区人。栎社社员。

②萍踪：比喻漂泊不定的行踪。

③白社：地名。在今河南省洛阳市东。其地有丛祠，故名。《晋书·隐逸传·董京》："董京字威辇……初与陇西计吏俱至洛阳，被发而行，逍遥吟咏，常宿白社中。"后人称隐士所居为白社。

④新丰：新丰酒。新丰，地名，在今陕西省西安市临潼区东北。

⑤砌：台阶。

⑥烛剪西窗：李商隐《夜雨寄北》："何当共剪西窗烛？却话巴山夜雨时。"

⑦十斛：谓愁之多也。斛，十斗。

王清渊

王清渊（1884—1955），字泉如，一字翎溪。苗栗县苑里山柑人。曾师事诗人郑星五。工诗及书法。曾兴建爱竹山庄，日夕吟咏其间，并与当地诗人筹组蓬山吟社，讲授汉文及致力发扬诗学。

赏 月

爱玩清辉[①]到漏[②]残，谪仙[③]良夜独盘桓[④]。
举杯邀得嫦娥[⑤]饮，对影成三[⑥]兴未阑[⑦]。

注释

①清辉：清莹的光辉。此处指月光。

②漏：古代计时器。

③谪仙：称誉一个人才学优异，清超拔俗，就像谪降尘世的人。

④盘桓：徘徊流连的样子。

⑤嫦娥：月神名。本名姮娥，为后羿妻子。相传后羿从西王母处得到长生不死药，嫦娥窃取，奔向月宫。后世因称嫦娥为月神。

⑥对影成三：李白《月下独酌》："花间一壶酒，独酌无相亲。举杯邀明月，对影成三人。"

⑦阑：晚，尽。衰。

春日眉山别墅雅集

其　一

眉山别墅集群贤①，袅袅②春风二月天。骚客③联翩④临座右，名花烂漫⑤笑庭前。

一弯绿水围金屋⑥，四顾青山照绮筵⑦。今夕西园⑧开雅宴，连篇珠玉⑨孰⑩当先。

注释

①集群贤：群贤毕至。王羲之《兰亭集序》："群贤毕至，少长咸集。"

②袅袅：风吹摇曳的样子。

③骚客：诗人。

④联翩：鸟飞的样子。形容相连不绝、前后相接。

⑤烂漫：光彩焕发。

⑥金屋：形容屋宇的华美。

⑦绮筵：丰盛精密的筵席。

⑧西园：曹操所建的园林。《大明一统志·河南布政司·彰德府》："西园在邺县旧治，魏曹操所作，古今题咏甚多。"此处借指眉山别墅。

⑨珠玉：珠与玉。比喻文辞的华美。

⑩孰：谁。

其　二

东风料峭①值春天，毕集②骚人③敞④绮筵。钵韵⑤铿锵⑥敲户外，机声⑦断续到樽前。

樱花烂漫迎人笑，梅蕊飘香傲雪妍⑧。愧我寒厨无美味，敲诗⑨煮酒聚名贤。

注释

①料峭：寒风吹袭肌肤，令人发抖的样子。后多形容春寒。

②毕集：都到了。

③骚人：诗人。

④敞：开，张开。

⑤钵韵：击钵催诗所发出的声响。

⑥铿锵：金玉声，又乐器声。音 kēng qiāng。

⑦机声：织布机的声响。

⑧梅蕊飘香傲雪妍：即梅雪争春。妍，美好。

⑨敲诗：推敲诗文。作诗。

其　三

高斋[①]此日集名贤，桃正红时柳正妍。四面云山供啸咏[②]，一庭风月好流连[③]。

多栽花竹盈门[④]秀，合种芝兰满室鲜。词客[⑤]会开名胜地，永和褉事[⑥]总堪传。

注释

①高斋：高大的屋舍。

②啸咏：长歌吟咏。

③流连：依恋不舍，徘徊滞留。

④盈门：满门。形容很多。

⑤词客：诗人。

⑥永和褉事：指东晋穆帝永和九年三月三日，王羲之与谢安、孙绰等四十一人聚会于会稽山阴（今浙江省绍兴市）的兰亭，会中文士兴起作诗的故事。

敬步陈梓芳先生《六十述怀》瑶韵[①]

其　一

花甲[②]年周[③]未白头，翩翩[④]雅度[⑤]气横秋[⑥]。桂兰[⑦]绕砌[⑧]堪娱乐，桃李成蹊[⑨]足解忧。

仲子[⑩]传家绵[⑪]祖德[⑫]，元龙[⑬]冀世[⑭]贻[⑮]孙谋。鳌峰[⑯]西望高人宅，烟景风光翠欲流。

注释

①瑶韵：对诗文的美称。

②花甲：即一甲子。以十天干、十二地支组合，每一干支代表一年，六十年一循环。因干支名号错综参互，故称花甲子，简称花甲。后称年满六十为花甲。

③年周：年满。

④翩翩：形容风采、文辞的美好。

⑤雅度：高雅的风度。

⑥气横秋：老气横秋。指盛气、老气。

⑦桂兰：兰与桂，皆为芳香的草木。比喻有美好资质的人。也比喻子孙。

⑧绕砌：围绕在台阶上。

⑨桃李成蹊：《史记·李将军传赞》：“桃李不言，下自成蹊。”桃李花开，不须言语，也能引人注目。比喻实至名归。蹊，步行小径。

⑩仲子：战国时齐国高士陈仲子，齐国贵族出身。他因不满当时政治情况，乃举家到于陵耕田、种菜、纺织，在当时有很好的名声。

⑪绵：连接，延续。

⑫祖德：祖先留下的德泽。

⑬元龙：东汉下邳人陈登，字元龙。为人忠亮高爽，有扶世救民的大志，沉稳，有谋有略。

⑭翼世：庇谋、辅助世间百姓。

⑮贻：遗留，留传。《诗·大雅·文王有声》："贻厥孙谋，以燕翼子。"

⑯鳌峰：山名。在台中市清水区。

其　二

趋庭鲤对[①]日传经，莫管倾樽醉未醒。架[②]贮[③]新书千卷富，家存旧物一衿青[④]。

处邻清水成人杰，宅近鳌山得地灵。草草[⑤]堂中词客[⑥]满，争投珠玉[⑦]祝遐龄[⑧]。

注释

①趋庭鲤对：原是孔子的儿子孔鲤趋而过庭，闻孔子言诗礼，后因喻子承父教。《论语·季氏》：尝独立，鲤趋而过庭，曰："学诗乎?"

②架：书架。

③贮：藏。

④衿青：青衿。青领。旧时学生所穿的服装。

⑤草草：杂乱不整齐。

⑥词客：诗人。

⑦珠玉：珠与玉。比喻文辞的华美。

⑧遐龄：高年、长寿。

其　三

诗颂冈陵[①]韵事悠[②]，鳌山风月足清游。襟怀[③]洒落[④]能消恨，豪气纵横[⑤]自解仇[⑥]。

坛坫[⑦]每怀莲社[⑧]友，沙边喜结水中鸥[⑨]。羡君格律年来细[⑩]，刻烛[⑪]敲诗[⑫]五夜[⑬]求。

注释

①冈陵：小山丘，丘陵。《诗·小雅·天保》："如山如阜，如冈如陵。"

②悠：长。

③襟怀：胸怀，怀抱。

④洒落：洒脱自然，不受拘束。

⑤纵横：放纵恣肆，无所忌惮。音 zòng héng。

⑥仇：仇怨，仇敌。同仇。

⑦坛坫：指文人时常聚集应酬，而为世所宗仰的地方。音 tán diàn。

⑧莲社：东晋僧侣慧远所组成的佛教社团。

⑨喜结水中鸥：喜与鸥鹭结盟。

⑩格律年来细：格律，诗律。指创作诗文所依照的格式和规律。杜甫《遣闷戏呈路十九曹长》：“晚节渐于诗律细。”言作诗用心更加精密。

⑪刻烛：刻烛计时，限时交稿。南朝梁竟陵王萧子良，与萧文琰、江洪、丘令楷等学士，夜晚聚集，刻烛为诗，每四韵诗便刻一寸，用以计时催稿。

⑫敲诗：推敲诗文。

⑬五夜：五更。

其　四

还历年臻[1]鬓未衰，鳌[2]西汐社[3]作良师。愿从艺苑[4]亲鸥鹭，敢向骚坛[5]会鼓旗[6]。
聊遣襟怀[7]吟百首，怡情[8]山水酒千卮[9]。于陵廉士[10]身犹健，花下琴樽日赋诗。

注释

①臻：到达。

②鳌：鳌山。在台中市清水区。

③汐社：南宋诗人谢翱所创办的文社。喻指诗社。

④艺苑：图书文物荟萃的地方。艺林。

⑤骚坛：诗坛。

⑥鼓旗：鼓和旗。军中发号施令所用的工具。

⑦襟怀：胸怀，怀抱。

⑧怡情：心情怡乐。

⑨卮：圆形酒器。音 zhī。

⑩于陵廉士：指战国齐人陈仲子。因隐居于陵，故号于陵子。

敬呈梁委员寒操[1]先生并希哂正[2]

自真名士自风流[3]，到处留题韵事修。健笔一枝留绝岛[4]，经纶满腹[5]誉全球。
挥笔落纸宗[6]王铎[7]，酬唱[8]联吟慕子猷[9]。为政关心怀僻壤[10]，阳春[11]难和总勘羞。

注释

①梁委员寒操：监察委员梁寒操。工诗及书法。

②哂正：微笑并指正。哂，微笑，音 shěn。

③自真名士自风流：名士的品格风度。《后汉书·方术传论》：“汉世之所谓名士者，其风流可知矣。”《世说新语·品藻》：“然门庭萧寂，居然有名士风流。”

④绝岛：远隔海外的孤岛。指台湾。

⑤经纶满腹：满腹经纶。经纶，经营治理国家大事。

⑥宗：归向。

⑦王铎：清朝孟津人。字觉斯，明天启年进士，累擢礼部尚书。顺治间降清，官至礼品尚书。博学好古，工诗文，兼善书。

⑧酬唱：以诗词互相赠答。

⑨子猷：晋人王徽之，字子猷。王羲之子。性卓荦不羁，爱竹成癖。

⑩僻壤：偏僻的地方。

⑪阳春：阳春白雪。古代楚国歌曲名。后世琴曲谱也有《阳春》、《白雪》二曲。泛指高格调的歌曲。

王竹修[①]先生令次郎[②]垂昆君新婚，作此贺之

诗赋关雎[③]窈窕[④]章，好逑[⑤]君子乐洋洋[⑥]。红丝[⑦]系出姻缘久，绿线[⑧]添来岁月长。

雪案天寒吟柳絮[⑨]，罗帏[⑩]春暖结鸳鸯。他年麟趾[⑪]螽斯[⑫]咏，博得阿翁[⑬]喜一场。

注释

①王竹修：诗人，字虚庵。台中人。

②令次郎：敬称他人的第二个儿子。

③关雎：《诗·周南》首篇篇名。

④窈窕：幽静美好的样子。《诗·周南·关雎》："窈窕淑女，君子好逑。"

⑤好逑：好的配偶。

⑥乐洋洋：因得意而十分快乐的样子。

⑦红丝：比喻姻缘。《开元天宝遗事·牵红丝娶妇》：郭元振少时，美风姿，有才艺。宰相张嘉正欲纳为婿。元振曰："知公门下有女五人，未知孰陋，事不可仓卒，更待忖之。"张曰："吾女各有姿色……吾欲令五女各持一丝，幔前使子取便牵之，得者为婿。"元振欣然从命，遂牵一红丝线，得第三女，大有姿色。

⑧绿线：绿鬓。乌黑亮丽的鬓发。指青春年少。

⑨雪案天寒吟柳絮：东晋才女谢道韫，聪识有才辩，神情散朗，有林下风。尝在家遇雪，叔父谢安曰："何所似也？"安兄子朗曰："散盐空中差可拟。"道韫曰："未若柳絮因风起。"安大悦。

⑩罗帏：丝织的帘幕、帐幕。卢照邻《长安古意》："双燕双飞绕画梁，罗帏翠被郁金香。"

⑪麟趾：麟足。《诗·周南》有《麟之趾》篇，歌颂文王子孙繁衍而化于善。后遂以麟趾喻子孙众多且贤能。

⑫螽斯：比喻子孙众多。《诗·周南·螽斯序》："《螽斯》，后妃子孙众多也。言若螽斯不妒忌，则子孙众多也。"螽，音 zhōng。

⑬阿翁：父亲。

登阿里山

其一

林深树密鸟绵蛮[①]，道路崎岖[②]折折[③]弯。
四面猿声啼不住，轻车比过万重山。

注释

①绵蛮：形容鸟鸣声。
②崎岖：山路不平。
③折折：曲折的样子。

其二

更喜攀萝[①]上碧岑[②]，入山方始觉山深。
松荫夹道鸡声远，岩径成梯鸟道[③]嵚[④]。

注释

①攀萝：女萝。地衣类隐花植物。
②碧岑：苍绿的山丘。
③鸟道：仅容飞鸟通过的道路。指险峻狭窄的山间小路。
④嵚：高峻的山。音 qīn。

其三

海拔七千三百尺，飞车直上沼平驿[①]。
登高放眼恣游[②]观，万树森森[③]松与柏。

注释

①沼平驿：上阿里山火车的终点站。
②恣游：放纵任意游览。
③森森：树木茂密的样子。

春游

其一

曳杖[①]寻诗过小蹊[②]，双柑斗酒[③]手频携。堤边杨柳鞶[④]初放，观里桃花笑未齐。
树上莺声求友切，湖边烟景使人迷。芒鞋[⑤]踏遍归来晚，一路东风送马蹄。

注释

①曳杖：持着拐杖。曳，拖，牵引，音 yè。

②蹊：步行小径。

③双柑斗酒：本为春游所携带的酒食，后借指游春。柑为酒器。《云仙杂记·二》：戴颙春携双柑斗酒，人问何之，曰："往听黄鹂声。"

④颦：皱眉。音 pín。

⑤芒鞋：草鞋。

其　二

杖藜[1]随步过桥西，柳未成阴草未齐。词赋更新吐白凤[2]，诗肠鼓吹[3]听黄鹂。

千花竞秀添诗料，万卉争妍入品题[4]。十里幽香无觅处，迂回[5]曲径出长堤。

注释

①杖藜：以藜为杖。泛指拄杖而行。

②吐白凤：指才华高赡，擅长写作。《西京杂记·二》："雄著《太玄经》，梦吐凤凰集《玄》上，顷而灭。"

③诗肠鼓吹：比喻黄鹂的鸣声。《云仙杂记·二》：戴颙春携双柑斗酒，人问何之，曰："往听黄鹂声，此俗耳针砭，诗肠鼓吹，汝知之乎?"

④品题：评论文章或人事的高下而定其目。

⑤迂回：曲折回旋。

其　三

春风陌上[1]草萋萋[2]，细雨寒烟覆柳堤。粉蝶寻芳情眷[3]切，娇莺学啭[4]韵幽凄[5]。

两边桑柘[6]笼迷径，几树桃花映小蹊[7]。何似昌黎[8]诗句好，赏心乐事两相提。

注释

①陌上：田间的小路。

②萋萋：草木茂盛的样子。

③眷：思慕、眷恋。

④啭：鸟鸣。鸟声多宛转圆润，故称。

⑤幽凄：凄凉。凄厉。

⑥桑柘：桑树与柘树。柘树，桑科，叶可以用来饲蚕。

⑦蹊：步行小径。

⑧昌黎：唐古文家、诗人韩愈，字退之。其先世居昌黎，宋元丰中，追封为昌黎伯，所以世称韩昌黎。

其　四

浓春烟景满郊西，万紫千红入眼迷。上苑[①]樱花称国色[②]，南都粉黛[③]待诗题。
杏花村外寻芳草，杨柳桥边策马蹄。历遍溪山行乐好，绿荫深处鹧鸪啼。

注释

①上苑：帝王玩赏、打猎的园囿。
②国色：颜色艳丽，绝顶美貌。
③粉黛：敷面的粉和画眉的黛。都是妇女化妆品。比喻美女。

其　五

一队裙钗[①]最整齐，相邀女伴出香闺[②]。踏青[③]士女寻芳草，拾翠[④]佳人印雪泥。
莲步[⑤]轻移新月上，纤腰柳细夕阳西。弓鞋[⑥]未尽春游兴，饱赏红妆[⑦]醉眼迷。

注释

①裙钗：裙子与头钗。因两者都是妇女的衣饰，故多用以借喻妇女。
②香闺：女子居室的美称。
③踏青：春天时到野外郊游。古代踏青的日期，因各地习俗不同而有差异，有农历正月初八、二月初二或三月初三的曲水宴。后世多以清明节出游为踏青。
④拾翠：指妇女春日嬉游。
⑤莲步：形容美女的步伐。南朝齐东昏侯淫靡，为取悦宠姬潘妃，特别做了许多金莲花，立在地上，再令潘妃走在花上，说："此步步生莲花也。"
⑥弓鞋：古代妇女所穿的弓形鞋子。
⑦红妆：指女子艳丽的妆饰。因妇女妆饰多用红色，故称。此处指美女。

敬和林玉书[①]先生《七十自寿》瑶韵[②]

其　一

古稀[③]准拟[④]赴华筵[⑤]，共颂冈陵[⑥]到百年。扰攘[⑦]干戈[⑧]心益壮，翻覆[⑨]天地节尤坚。
海云变幻谁能测，世味[⑩]辛酸我自怜。何必焦思[⑪]眠不得，荣枯[⑫]得失总由天。

注释

①林玉书：嘉义人。工诗，善画。
②瑶韵：对别人诗文的美称。
③古稀：称人年七十。杜甫《曲江》："人生七十古来稀。"

④准拟：预想，打算。

⑤华筵：丰盛精美的筵席。

⑥冈陵：小山丘，丘陵。《诗·小雅·天保》："如山如阜，如冈如陵。"

⑦扰攘：紊乱。

⑧干戈：兵器的通称。干是盾牌，戈是平头戟，为古代战争常用的兵器。此处代指战争。

⑨翻覆：反复改变。

⑩世味：人在世上所感受的种种情味。

⑪焦思：忧心苦思。

⑫荣枯：草木的盛衰。比喻人际遇上的得志与失意。

其　二

满眼春光景可矜[①]，清辉[②]照映佛前灯。辋川[③]诗画人皆仰，花下琴棋世所称。

奋翼[④]双飞多过雁，冲霄[⑤]万里大鲲鹏[⑥]。罗山[⑦]老将身犹健，松柏坚贞耐有恒。

注释

①矜：顾惜。

②清辉：清莹的光辉。

③辋川：水名。在陕西省蓝田县南。唐时王维在此建别墅。

④奋翼：振翅欲动。

⑤冲霄：冲天。直上天空。

⑥鲲鹏：一种传说中神奇的大鸟，由鲲鱼变化而成。《庄子·逍遥游》："北冥有鱼，其名为鲲。鲲之大不知其几千里也，化而为鸟，其名为鹏。鹏之背不知其几千里也。"

⑦罗山：地名。嘉义之古称。

其　三

悬弧[①]令日[②]值春阳[③]，四代堂开笑举觞[④]。山水豪游康且健，诗书雅好炽[⑤]而昌。

年登杖国[⑥]冈陵[⑦]颂，寿卜期颐[⑧]岁月长。瀛岛[⑨]骚人[⑩]欣致祝，三多[⑪]共颂有余庆[⑫]。

注释

①悬弧：生男孩的标示。古代风俗尚武，家中生男孩，便在门左挂弓一张。后男子生日也称悬弧。弧，音 hú。

②令日：吉祥的日子。

③春阳：阳春。汉焦赣《易林·井之巽》："春阳生草，夏长条枝。"

④举觞：举杯敬酒。

⑤炽：旺盛，气势昌盛。

⑥杖国：《礼记·王制》："七十杖于国。"谓七十岁可拄杖行于都邑、国都。

⑦冈陵：小山丘，丘陵。《诗·小雅·天保》："如山如阜，如冈如陵。"

⑧期颐：指百岁的老人。百年为期，百年之人须人供养，称颐。

⑨瀛岛：瀛洲。海上仙山名。借指台湾。

⑩骚人：诗人。

⑪三多：祝词。华封人祝尧有使圣人富、使圣人寿、使圣人多男子的话。世因称多福、多寿、多男子为三多。

⑫庆：语气词。用在语首，无义。音qì。

其　四

万里天台①去路悠，青云②遥远叹悲秋。满堂戏舞③诚难得，四代称觞④岂易求。

风欲起时飞石燕⑤，雨将骤至唤斑鸠⑥。寄情物理韶光⑦外，人在春风十二楼⑧。

注释

①天台：山名。在浙江省天台县北。古神话有刘晨、阮肇入天台，采药遇仙的故事，相传即此山。

②青云：天空。

③戏舞：春秋楚人老莱子性至孝，年七十，常穿着五色彩衣，学作婴儿戏，以娱其亲。

④称觞：举杯敬酒。

⑤石燕：鸟名。似蝙蝠，产石窟树穴中。

⑥斑鸠：鸟名。

⑦韶光：美好的时光。

⑧十二楼：神仙居住的地方。

其　五

同室操戈①历两朝，烽烟②靖扫③定非遥。林泉④啸傲⑤观水流，杖履⑥逍遥⑦阅暮潮。

击钵联吟传韵雅，言欢聚首听莺娇。愿期而立筹添算⑧，寿酒重携我自招。

注释

①同室操戈：同一室之人，彼此持戈相杀。后多指内部互争或兄弟不睦。

②烽烟：泛称边警、战乱。

③靖扫：靖乱。平定乱事。

④林泉：林木与泉石。指隐居的地方或指退隐。

⑤啸傲：歌咏旷放，不受拘束。

⑥杖履：杖为拐杖，老人助行所持用；履，即鞋子，离户出游所穿。引申之，即拄杖

漫行。

⑦逍遥：悠闲自得的样子。

⑧筹添算：海屋添筹。本指长寿，后用作祝人长寿的吉祥话。筹是算筹，古代计算数字的小木棒。《东坡志林·二》：尝有三老人相遇，或问之年，一人曰："海水变桑田，吾辄下一筹，尔来，吾筹已满十间屋。"

砧山[①]晚眺

其 一

延平祠[②]畔夕阳斜，寥落[③]星光丽晚霞。遥望长江[④]千顷浪，近观甲[⑤]市万人家。

黄昏村鸟啼声急，薄暮[⑥]寒鸦噪意嘉。红日西沉如画里，铁峰[⑦]名胜正堪夸。

注释

①砧山：铁砧山。在台中市大甲区。

②延平祠：国姓庙。

③寥落：稀疏，稀少。

④长江：指大安溪。

⑤甲：指大甲区。

⑥薄暮：太阳快下山，暮色将尽的时候。

⑦铁峰：铁砧山。

其 二

夕阳斜挂思多般，吊古[①]忠魂[②]泪暗弹。一树寒梅开古寺，七贤[③]瑞竹翠名峦。

前村处处炊烟[④]起，极浦[⑤]迢迢[⑥]日色阑。凭眺高峰无限感，恐惊残照落江寒。

注释

①吊古：凭吊古迹，感怀旧事。

②忠魂：忠贞的灵魂。

③七贤：魏晋嵇康、阮籍、山涛、向秀、刘伶、阮咸、王戎七人同为竹林之游，世称竹林七贤。

④炊烟：炊爨之烟。

⑤极浦：远处的水边。浦，水涯。

⑥迢迢：遥远的样子。

其　三

夕阳斜挂铁砧西，云树苍茫[①]望眼迷。孔圣丰碑[②]垂地久，延平祠宇与云齐。
兴师北伐停车处，立业开台[③]驻马蹄。残照海门[④]如画锦，名山物色灿虹霓[⑤]。

注释

①苍茫：旷远无边、视野迷茫的样子。

②孔圣丰碑：指孔德成题字之石碑。丰碑，记载死者功德的大石碑。

③开台：郑成功有开台圣王之称。

④海门：海口。

⑤虹霓：彩虹。

哭郑星五[①]夫子

其　一

爱竹山庄启绛帷[②]，执经[③]问字忆追随。多年化雨[④]曾沾感，一旦[⑤]罡风[⑥]忽逆吹。
海上鹭鸥[⑦]伤雅侣，庭前桃李[⑧]哭良师。惊传顷刻人琴杳[⑨]，愁对斜阳涕泪垂。

注释

①郑星五：诗人。台中市大甲区人。

②绛帷：绛帐。深红色的帷帐。东汉马融常坐高堂，施绛纱帐，前授生徒，后列女乐。后因称师长或讲座为绛帐。

③执经：手持经书，从师受业。

④化雨：形容教化的推行自然成功，有如及时之雨，能化生万物。后因称颂教育成功叫化雨时行。

⑤一旦：一日。

⑥罡风：道家称天空极高处的风。罡，音 gāng。

⑦鹭鸥：鹭鸶与鸥鸟。比喻忘机、悠游世外或隐居江湖的文人雅士。

⑧桃李：以桃李结实，比喻所栽培的门生或所推荐的人才。

⑨人琴杳：人琴俱亡。人逝世后，他所用的琴也随之弃置，让人哀悼。《晋书·王羲之传》：献之卒，徽之奔丧不哭，直上灵床，坐取献之琴弹之，久而不调，叹曰："呜呼子敬，人琴俱亡。"因顿绝……月余亦卒。

其　二

东瀛[①]久寓坐青毡[②]，淡薄生涯托砚田[③]。道范[④]及人齐景仰，文章寿世久流传。
为题墓碣[⑤]增惆怅，展诵诗篇倍怆然[⑥]。忆昔程门曾立雪[⑦]，从兹[⑧]听讲竟无缘。

注释

①东瀛：瀛，指海上仙山瀛洲。东瀛，指台湾。

②青毡：青色的毛毡。《晋书·王羲之传》：夜卧斋中，而有人入其室，盗物都尽。献之曰："偷儿，青毡我家旧物，可持置之。"群偷惊走。后用作传家旧物的代称。

③砚田：指砚。以砚为田，即笔耕。文人靠笔墨以维持生计，故以田喻砚。

④道范：敬称他人的容颜、风范。

⑤墓碣：墓碑。方形的叫碑，圆形的叫碣。

⑥怆然：悲伤。

⑦程门曾立雪：程门立雪。比喻师道之严及学生对老师的尊敬。典出程颐和弟子游酢及杨时的故事。《二程集·外书·十二》：游、杨初见伊川，伊川瞑目而坐，二子侍立。既觉，顾谓曰："贤辈尚在此乎？日既晚，且休矣。"及出门，门外之雪深一尺。

⑧从兹：从此。

其　三

少微星陨①失光明，片刻修文②赴玉京③。蚵壳墩④中开净土⑤，枕头山下筑佳城⑥。
两行血泪沾师袖，三度神针痛我情。续命无丝悲永诀⑦，骚坛⑧从此失康成⑨。

注释

①陨：从高处下坠。

②修文：文人之死。

③玉京：天阙，神仙居住的地方。道家书籍中，言天帝所居有黄金阙、白玉京。

④墩：平地上由土积累而成的小高地。泥石筑城的柱子。

⑤净土：佛家语。指庄严洁净，没有五浊的极乐世界。

⑥佳城：墓地。

⑦永诀：长别，永不再见。

⑧骚坛：诗坛。

⑨康成：东汉经学、数学家郑玄，字康成。有学生数千人，从远方来受学的很多。

其　四

扶轮①大雅②仗儒冠③，苦雨凄风冷杏坛④。执手难言心欲碎，相看频咽泪空弹。
未完婚嫁先辞世，顿杳音容已盖棺。他日文场持白战⑤，中坚⑥旗鼓失瞻韩⑦。

注释

①扶轮：扶翼车轮。引申为在车旁推进。

②大雅：诗经体裁之一。正大优美。对才德高尚的人的赞词。文人相称的敬辞。

③儒冠：古代儒生戴的帽子。借指儒生。

④杏坛：孔子聚徒讲学的遗地。在今山东省曲阜市孔庙殿前。后来泛指授徒讲学的所在。

⑤白战：徒手相搏。比喻作禁体诗时，限制其不得用某些常用的字眼。

⑥中坚：古代称主将所在的中军部队为中坚。后来也称骨干主力为中坚。

⑦瞻韩：唐李白《与韩荆州书》：白闻天下谈士相聚而言曰："生不用封万户侯，但愿一识韩荆州。"何令人之景慕一至此耶！唐韩朝宗曾作荆州长史，喜拔用后进，为时人所重。后因以"瞻韩"为初见面的敬辞，意谓久欲相识。

黄敬

黄敬，字景寅。新北市淡水关渡人。学者称为关渡先生，咸丰四年（1854）岁贡。著《观潮斋诗》。

基隆竹枝词

万顷波涛一叶舟①，无牵无绊②只随流。
须臾③满载鲈鱼返，贩伙④争沽⑤闹渡头⑥。

注释

①一叶舟：叶舟。比喻小船、轻舟。

②无牵无绊：无牵无挂。

③须臾：片刻，暂时。

④贩伙：贩夫，卖货物的小商人。

⑤沽：卖。

⑥渡头：渡口。过河处，摆渡处。

刘明灯

刘明灯（？—1895），字简青。湖南永定人。武举人，同治五年（1866）调台湾。

过三貂岭

双旌[1]遥向淡兰[2]来，此日登临眼界开。大小鸡笼明积雪，高低雉堞[3]挟奔雷。

寒云十里迷苍陇[4]，夹道千章[5]荫古槐。海上鲸鲵[6]今息浪，勤修武备拔英才。

注释

①旌：旗帜的总称。

②淡兰：淡水、宜兰。

③雉堞：泛指城墙。雉是三丈长一丈宽的城墙。堞是女墙，是城上凹凸相连有如齿状，作为掩护用的矮墙。

④陇：田埂。

⑤章：大材。

⑥鲸鲵：鲸。雄的叫鲸，雌的叫鲵。音 jīng ní。

姚启圣

姚启圣（1624—1683），字熙正。浙江会稽人。康熙二年（1663）举人，官至福建总督。督闽时，与靖海侯施琅平台湾。官至兵部尚书。著有《忧畏轩遗集》。

视　师[1]

提师[2]渡海极沧溟[3]，万里波涛枕上听。

此际梦回银汉[4]转，千峰明月一孤舲[5]。

注释

①视师：督率军旅。

②提师：率领军队。

③沧溟：沧海。

④银汉：银河。

⑤舲：有窗户的小船。

王凯泰

王凯泰，字幼轩，号补帆。江苏宝应人。道光三十年（1850）进士，由庶常授编修，光绪元年（1875），由福建巡抚移驻台湾，经理番社启衅事宜，是年因病内渡，遽卒。谥文勤。

波罗蜜[①]

朗诵[②]心经[③]海外州，山前不见后山求。
采菱剥栗寻常事，难得青青上佛头。

注释

①波罗蜜：佛家语。梵文 paramita 的音译，全译为波罗蜜多，是圆满无缺的意思。义译为度或到彼岸。

②朗诵：清清楚楚地高声诵读。其声情之高下，随诗文情意而变化。

③心经：佛经名。《般若波罗蜜多心经》的简称。

妈　祖

大海神灯半隐明[①]，香花供奉[②]最虔诚[③]。
湄州[④]灵迹原无二，北港[⑤]如何拜郡城。

注释

①半隐明：半隐半明。

②供奉：祭祀神佛。

③虔诚：态度恭敬、内心真诚。

④湄州：地名。在福建省。有中国最早的妈祖庙。

⑤北港：地名。在台湾省云林县。镇内古迹有妈祖庙香火最盛的朝天宫。

丁日昌

丁日昌（1823—1882），字雨生，号持静。广东丰顺人。邑诸生。光绪三年（1877）巡抚福建，渡台巡视澎湖海口。著《抚吴公犊》、《百兰山馆诗集》、《持静斋书目》。

巡视恒春

其一

东瀛[1]已是天将尽，况值东瀛最尽头。海水自来还自去，罡风[2]时发复时收。

卧薪尝胆[3]知谁共，衔石[4]移山[5]且自谋。饱听怒涛三百里，何人赤手[6]掣[7]蛟虬[8]。

注释

①东瀛：瀛，指海上神山瀛洲。此处借指台湾。

②罡风：道家称天空极高处的风。即刚风。

③卧薪尝胆：春秋时，越王勾践为吴所败，被俘，后遣归，欲报吴仇，常于座间置胆，饮食时尝其苦味，以示不忘。而吴王夫差为越所败，志欲复仇，朝夕卧于薪中，出入使人呼之曰："夫差，而忘越人之杀而父邪？"后以卧薪示不敢自安、尝胆示不求美味，以喻刻苦自励，奋发图强。

④衔石：相传炎帝之女溺死，化作精卫（一种鸟名），常衔石以填海。

⑤移山：将山移开。本《列子》愚公移山的故事。后用来比喻有志者事竟成。

⑥赤手：空手。

⑦掣：抽取，拔取。

⑧蛟虬：蛟与虬。蛟，一种龙类动物。虬，有角的小龙。

其二

人日[1]题诗寄几人，春风吹我到恒春。君门万里天何远，乡梦千重景未真。

瘴雨[2]荒烟供啸傲[3]，奇风怪石亦精神。要知无数《平蛮曲》，付与穿珠贯耳[4]民。

注释

①人日：农历正月初七。

②瘴雨：南方山林间，由于湿热蒸郁而成，能使人致病的雨。

③啸傲：歌咏旷放，不受拘束。

④穿珠贯耳：指恒春一带原住民穿戴的装饰。

易顺鼎

易顺鼎（1858—1920），字实甫，号哭庵。湖南龙阳（今湖南汉寿）人。光绪举人。官至广东钦廉道。袁世凯称帝时，任代理印铸局长。清光绪廿一年割让台湾后，奉两江总督刘坤一之命，两渡台湾。才思横溢，工诗词骈文。著有《四魂集》。子君左亦名诗人，逝于台湾。

台舟感怀（四首选一）

漫道[1]扶余[2]拥仲坚[3]，海滨邹鲁[4]日中天。潮州谪宦能驱鳄[5]，汐社[6]遗民有拜鹃。

千圣降灵留命脉，九州同气拒腥膻[7]。辽东皂帽[8]聊城矢[9]，一节徘徊愧昔贤。

注释

①漫道：别说，不要说。

②扶余：古国名。

③仲坚：隋末人虬髯客，姓张名仲坚。于旅邸遇李靖、红拂，与红拂认为兄妹。悉以其家所有赠靖，以佐李世民。临行云："此后十年，当东南数千里外有异事，是吾得事之秋也。"贞观十年，南蛮入奏："有海船千艘，甲兵十万人，入扶余国，杀其主自立。"靖知虬髯客成事，归告红拂，沥酒贺之。

④海滨邹鲁：指文教兴盛的台湾。孔子是鲁人，孟子是邹人，后世遂以邹鲁称文教兴盛的地区。

⑤潮州谪宦能驱鳄：韩愈被贬为潮州刺史，作《祭鳄鱼文》，命令鳄鱼南徙于海，不可杂处此土。

⑥汐社：宋朝遗民谢翱创立的文社名。泛指诗社。

⑦腥膻：本为牛羊鱼肉等的臭味。后常用以比喻残暴杀伐之气。

⑧辽东皂帽：三国时魏的贤人管宁，守节清高，于汉末避黄巾贼之乱，住辽东二十年，常戴黑帽，独守清操。

⑨聊城矢：战国时，燕攻齐，夺取七十余城。齐将田单收复聊城（今山东省聊城市西北），攻之年余，而城不下。齐人鲁仲连乃写信系于箭，射入城口，劝燕军撤军。燕将得信，悦服，罢兵而去，遂解齐国之围。

赠台将

鱼龙草木[1]畏威名，鸡犬桑麻[2]庆再生。燕颔虎头[3]班定远[4]，鲲身[5]鹿耳[6]郑延平。

孤城斗绝[7]三千里，一将强于百万兵。耿耿[8]丹衷[9]惟许国[10]，皇天[11]应鉴[12]此精诚[13]。

注释

①鱼龙草木：比喻不同身份或品质的人杂聚在一起。

②鸡犬桑麻：鸡鸣犬吠，桑茂麻盛。古代多用以形容农村生活安定。

③燕颔虎头：形容王公将侯的贵相。《后汉书·班超传》：相者指曰："生燕颔虎头，

飞而食肉，此万里侯相也。”也作燕颔虎颈。

④班定远：东汉班超出使西域，使西域五十余国得以安宁，且纳贡于汉，在西域三十一年，官至西域都护，受封定远侯。

⑤鲲身：七鲲身。原为台湾台南市西南海中的古岛屿。自南而北，绵延七岛，17世纪荷兰人曾在此建热兰遮城，郑成功收复台湾后，改名俗称赤嵌城。18世纪后港湾逐渐淤浅，填淤成平地，岛屿遂与台南市西郊陆地相连接。

⑥鹿耳：鹿耳门。岛名。原在台湾七鲲身屿及北线尾屿以北。1661年4月郑成功率军到台湾最先登陆的地点。后西海岸泥沙淤积，已与台湾本岛相接，大约在今台南市西北海边鱼塭地区。

⑦斗绝：陡峭险峻。孤立，孤悬。

⑧耿耿：诚信守节的样子。

⑨丹衷：丹心。忠心，赤诚之心。

⑩许国：为国舍身、效命。

⑪皇天：对天的尊称。皇以言其大。

⑫鉴：见识。

⑬精诚：真诚，赤诚。

梁成枬

梁成枬，字子嘉，号钝庵。广东三水人。负才气，不得志于乡里，渡台。刘铭传见其文奇之，檄办东势角（今台中市东势区）抚垦。乙未年割台之役，率佃兵与吴汤兴等抗日，力竭始去。

大湖①感事

瓮盎②堆人鲊③，刀枪市鹿茸④。贼难三箭定⑤，山以一丸⑥封。
搏象应全力，从禽欲发踪⑦。和番何草草⑧，牛酒赏群凶。

注释

①大湖：地名。即今苗栗县大湖乡。

②瓮盎：瓮，口小腹大的瓦质容器，音wèng。盎，一种大腹敛口的盆子，音àng。

③鲊：藏鱼。即经过加工以便于贮藏的鱼类食品。音zhǎ。

④鹿茸：雄性梅花鹿、马鹿等尚未完全骨化的幼角，上披细短茸毛，故称鹿茸。可供药用。

⑤三箭定：三箭定天山。《新唐书·薛仁贵传》：诏副郑仁泰为铁勒道行军总管，时九

姓众十余万，令骁骑数十来挑战，仁贵发三矢，辄杀三人，于是虏气慑，皆降……军中歌曰："将军三箭定天山，壮士长歌入汉关。"

⑥一丸：一丸泥。用丸泥封塞，即可阻敌。比喻地势险要。

⑦从禽欲发踪：跟着禽兽的后面走，目的是要发现踪迹。

⑧草草：草率、苟且。

丙申[1]三月初九夜有感

尝胆君臣[2]计若何？匆匆又是一年过。暮春三月今逾朔，去岁[3]兹辰[4]正议和[5]。

莫倚神灵[6]趋[7]铁马[8]，会看荆棘没铜驼[9]。腐儒[10]一饱虽无策，蒿目伤心[11]自纵歌[12]。

注释

①丙申：公元一八九六年，清光绪二十二年。

②尝胆君臣：卧薪尝胆的君臣。春秋时，越王勾践为吴所败，被俘，后遣归，欲报吴仇，常于座间置胆，饮食时尝其苦味，以示不忘。而吴王夫差为越所败，志欲报仇，朝夕卧于薪中，出入使人呼之曰："夫差，而忘越人之杀而父邪？"后以卧薪示不敢自安、尝胆示不求美味，以喻刻苦自励，奋发图强。

③去岁：乙未年，一八九五年（清光绪二十一年）。是年中日签订《马关条约》，将台湾割让予日本。

④兹辰：此时。

⑤议和：指中日签订《马关条约》。

⑥神灵：灵妙的神明。

⑦趋：追逐。

⑧铁马：披甲的战马。又指强悍勇猛的骑兵。

⑨荆棘没铜驼：宫殿荒废丛生荆棘，掩埋了门前的铜骆驼。形容变乱后的残破景象。《晋书·索靖传》：靖有先识远量，知天下将乱，指洛阳宫门铜驼，叹曰："会见汝在荆棘中耳！"

⑩腐儒：思想迂陋无用的儒生。此处是作者自谦。

⑪蒿目伤心：旧时谓志士仁人对艰危时世的关切忧虑。

⑫纵歌：放歌，狂歌。

阿罩雾[1]理主人残书

儒术[2]今当厄[3]，人言可废书[4]。市中云有虎[5]，门下叹无鱼[6]。

幸得残编在，应用敝[7]袴[8]储。蠹鱼[9]经拂拭[10]，嗜好颇同余。

注释

①阿罩雾：地名。即今台中市雾峰区。

②儒术：儒家的学术。

③厄：困境、危险急难。

④人言可废书：《史记·孟子荀卿列传》：余读《孟子》书，至梁惠王问“何以利吾国”，未尝不废书而叹也。

⑤市中云有虎：三人成市虎。比喻多人传说，能以假乱真的传言。《淮南子·说山训》：“三人成市虎。”注：“三人从市中来，皆言市中有虎，市非虎处，而人信以为有虎，故曰三人成市虎。”

⑥门下叹无鱼：战国时人冯谖，尝为孟尝君门下的食客，初以食无鱼、出无车、无以为家，三为长铗归来歌。

⑦敝：坏、破旧。

⑧袴：裤子。音 kù。

⑨蠹鱼：衣服书物中的蠹虫。喻指死啃书者，即今所称书虫。蠹，音 dù。

⑩拂拭：除去尘土污秽。

佃　客

佃客[①]结[②]茅庵[③]，邻家屋两三。快牛过子弟，健妇抵丁男[④]。

鸡犬篾箣竹[⑤]，鱼虾钴鉧潭[⑥]。逃亡今略尽，寥落[⑦]我何堪。

注释

①佃客：佃农。

②结：构筑。

③茅庵：茅舍、草屋。

④丁男：壮丁。

⑤篾箣竹：竹名。《异物志》：“篾箣国出竹。”篾箣，音 sī láo。

⑥钴鉧潭：潭名。在湖南省零陵县西。泛指潭水。

⑦寥落：寂寞。

南湖[①]至大湖风雨阻归者四日

风雨挟山浮，千溪水乱流。势危防败屋，身寄欲沉舟。

里舍[②]同交尽，薪刍[③]独客愁。等闲[④]为旅寓[⑤]，何比厌勾留[⑥]。

注释

①南湖：地名。今苗栗大湖乡南湖村。
②里舍：私人的住宅。
③薪刍：供作燃料的草或树木。
④等闲：平常，随便。
⑤旅寓：旅客所暂住的地方。
⑥勾留：因事逗留。

重五[1]日入山由苗栗至大湖

溪行有深湍[2]，山行无寸土。当暑践[3]炎石，似鱼游热釜[4]。
对岭见深林，林深防猛虎。杀人饮其血，手把髑髅[5]舞。

注释

①重五：端午节。即农历五月五日。
②湍：急速的流水。音 tuān。
③践：踏，踩踏。
④釜：烹饪器皿。今称锅。
⑤髑髅：死人的头骨。音 dú lóu。

由大湖至罩兰[1]，经八分[2]、校林[3]、栗林各处，畏途[4]也

肩舆[5]入深箐[6]，蓬蒿[7]四围合。尽日不逢人，山风惊飒飒[8]。
崖危猿跳啸，林密鸟呼答。佃屋[9]半倾欹[10]，逃亡两三腊[11]。

注释

①罩兰：地名。即今苗栗县卓兰乡。
②八分：地名。今苗栗大湖乡大湖村、明湖村一带。
③校林：大湖乡栗林村之原名。
④畏途：艰险可怕的道路。
⑤肩舆：轿子。
⑥箐：大竹林。音 jīng 或 qìng。
⑦蓬蒿：杂草。
⑧飒飒：风声。

⑨佃屋：佃农的房屋。
⑩攲：倾斜，偏斜，音 qī。
⑪腊：祭祀名。岁末，因腊祭而得名。

南湖五六里人家

山中别有天，天上落飞泉。屋后千章[①]木，门前几亩田。
不贪何祸福[②]，无患[③]即神仙。试与停骖[④]问，宁知[⑤]魏晋年[⑥]。

注释

①章：大材。
②祸福：祸，灾难，灾殃。福，人生百事，如富贵、寿考等，无不具备。
③患：忧虑，发愁。
④停骖：将马勒住，停止前行。
⑤宁知：岂知，怎知。
⑥魏晋年：魏朝和晋朝。陶潜《桃花源记》：“问今是何世？乃不知有汉，无论魏晋。”

九份[①]为南湖山背，鸟道[②]从箐[③]，过之懔懔[④]

枉[⑤]用飞泉[⑥]注，无田可种苗。火沉樟脑灶，风入苎麻寮。
木石依山鬼，烟尘出洞獠[⑦]。忽闻林密处，斧[⑧]响有人樵。

注释

①九份：地名。在今苗栗铜锣乡兴隆村。
②鸟道：仅容飞鸟通过的道路。指险峻狭窄的山间小路。
③从箐：丛杂密集的竹林。箐，音 jīng。
④懔懔：危惧的样子。
⑤枉：徒然，白费。
⑥飞泉：喷泉。瀑布。
⑦獠：岭南山中土著。此处借指台湾原住民。
⑧斧：斫木的器具。

同人议钝翁[1]主办广泰成[2]垦事

亦知覆水苦难收[3]，借箸聊为画一筹[4]。有主青山如尔愿，无情白发上人头。

莫疑枳棘[5]栖鸾凤[6]，好为儿孙作马牛[7]。今日蚕丛[8]犹待辟，不妨卧共少文游[9]。

注释

①钝翁：太平林钝翁。

②广泰成：光绪十五年（公元一八八九年）苗栗黄南球、北埔姜振干、狮潭刘玉山等人组织广泰成号，招佃开垦今南湖、栗林、东兴、新开等地。

③覆水苦难收：覆水难收。比喻事情已成定局，没有办法挽回。

④借箸聊为画一筹：借箸代筹。代人策划。《汉书·张良传》：良从外来谒汉王。汉王方食，曰："客有为我计桡楚权者。"……良曰："臣请借前箸以筹之。"

⑤枳棘：枳木与棘木。皆多刺，故称恶木为枳棘。比喻艰难的处境或残贼、谗佞之人。东汉仇香为主簿，遇会王涣曰"枳棘非鸾凤所栖"。

⑥鸾凤：鸾鸟和凤凰。比喻贤能、俊美或良善之人。

⑦为儿孙作马牛：为儿孙做牛做马。

⑧蚕丛：上古蜀王。借指蜀地。《李白·送友人入蜀》："见说蚕丛路，崎岖不易行。"

⑨文游：旧传宋苏轼、王巩、孙觉、秦观诸公及李公麟尝同游，论文饮酒，因以"文游"名之。

太平林钝翁葺茅[1]高卧[2]处，今为虎穴[3]矣

为恋田庐寄此身，田庐何意久沉沦[4]？苦思骨肉[5]愁无梦，自失山林老更贫。

倦马嘶声空识路，饥鹰侧翅紧随人。只疑误入桃源[6]里，未许渔舟再问津[7]。

注释

①葺茅：用茅草覆盖。葺，音 qì。

②高卧：高枕而卧。形容安闲的样子。

③虎穴：虎住的洞穴。比喻危险之地。

④沉沦：沉没。陷入痛苦的境地。

⑤骨肉：骨和肉。比喻至亲。

⑥桃源：晋陶潜《桃花源记》所述的武陵源。

⑦问津：问津渡的所在。陶潜《桃花源记》："后遂无问津者。"津，渡口。

答幼春[1]问讯之作

其　一

三叉河上望模糊[2]，隐隐云端见大湖。草木不随人鲊[3]腐，林箐[4]时听鬼车呼。

有如白水辞微禄[5]，直为青山误老夫。愁愧双鱼劳问讯，长贫今较一锥无[6]。

注释

①幼春：林资修，字幼春。台中市雾峰区人。栎社社员。

②模糊：不分明的样子。

③鲊：藏鱼。即经过加工以便于贮藏的鱼类食品。

④箐：竹林。音 jīng。

⑤有如白水辞微禄：微禄如饮白水，因而不受。

⑥长贫今较一锥无：贫无立锥之地。立锥，立锥于上。锥的尖端极微小，因以立锥之地比喻极小的土地。

其　二

秋霜[1]入鬓已堪怜，旧事[2]思量更黯然[3]。父子纪群交再世[4]，主宾瑜策[5]话同年。

毛锥[6]无用垂疏秃，羽扇[7]非时合[8]弃捐[9]。谁料不谈阿堵客[10]，老来偏欲乞囊钱。

注释

①秋霜：秋天的霜。此处借指白发。

②旧事：往事。

③黯然：心神沮丧、失意的样子。

④父子纪群交再世：魏孔融与陈纪及其子群交友。后因称累世的交情为纪群之交。

⑤瑜策：瑜，三国时名将周瑜。少与同年的孙策友善。策授以建威中郎将，与兵二千人，骑五十匹，时年二十四。策死，与张昭共同辅佐孙权。

⑥毛锥：毛锥子。毛笔的别称。

⑦羽扇：用鸟羽制成的扇子。

⑧合：应该。

⑨弃捐：废弃，弃置不用。《文选·班婕妤·怨歌行》："弃捐箧笥中，恩情中道绝。"

⑩不谈阿堵客：阿堵，即"钱"。六朝人的通行口语"这个"之意。晋王衍，善清淡，常嫉其妇贪浊，口未尝言钱，而称之为"阿堵物"。

其　三

乞食茫然[1]任所之[2]，言词既拙计工诗。屈原泽畔吟多苦[3]，庾信江南赋甚悲[4]。

归路渴思双马角[5]，鬻[6]身贱值五羊皮。不知七十虞[7]奚[8]老，尚有他时富贵为。

注释

①茫然：落寞失意的样子。

②任所之：率性而为。随性所至。

③屈原泽畔吟多苦：战国楚人屈原被放逐，游于江潭，行吟泽畔。

④庾信江南赋甚悲：南北朝时文学家庾信，擅长诗文辞赋，出使西魏，入长安，被留，仕于西魏。官至骠骑大将军、开府仪同三司。他虽显赫，但因国丧家亡，身敌屈事，请归不许，内心十分痛苦，作《哀江南赋》。

⑤双马角：马头生出角。比喻不可能实现的事。《史记·刺客传赞》："世言荆轲，其称太子丹之命，天雨粟，马生角也。"索隐："丹求归。秦王曰：乌头白，马生角，乃许耳。"

⑥鬻：出卖。

⑦虞：忧虑。

⑧奚：什么。

徐莘田[1]见示姹红女史[2]遗诗，并纵论[3]东洋[4]大局赋寄

东海神驹[5]性不羁[6]，美人黄土[7]怆[8]余悲。在天在地相思愿，疑云疑雨绝妙词[9]。

周鼎[10]重轻何用问，楚弓得失[11]岂能知。凭君且隐鸡笼市[12]，乞食吹箫[13]和《竹枝》[14]。

注释

①徐莘田：号东海，又号撷红主。广东澳门人。清光绪二十四年（1898）秋来台，寓基隆。

②女史：女官名。掌管礼仪文书。后世用为女子的美称。

③纵论：广泛随意地谈论。

④东洋：指日本。

⑤神驹：神奇的良马。此处借指徐莘田。

⑥羁：约束。

⑦黄土：坟墓。

⑧怆：悲伤。

⑨绝妙词：绝妙好辞。绝好的文章。

⑩周鼎：周代的传国宝鼎。即夏禹所铸的九鼎。

⑪楚弓得失：楚弓楚得。《孔子家语·好生》：楚王出游，亡弓，左右请求之。王曰："止！楚王失弓，楚人得之，又何求之?"孔子闻之曰："惜乎其不大也。不曰人遗弓，人得之而已，何必楚也?"比喻虽有所失而利不外溢。

⑫鸡笼市：地名。即今基隆。

⑬乞食吹箫：原指春秋时伍员行乞于市，后引申为失意穷困。《史记·范雎蔡泽列传》："伍子胥橐载而出昭关，夜行昼伏至于陵水，无以糊其口，膝行蒲伏，稽首肉袒，鼓腹吹篪，乞食于吴市。"

⑭《竹枝》:《竹枝词》。

霜晓漫题

日出霜华[①]碧瓦烟，敝[②]袍畏立晓风前。富非吾分[③]犹奢望[④]，老喜人称尚少年。

久客浑忘长去国，不官自算始归田[⑤]。苦无公子千金赠，辜负平生鲁仲连[⑥]。

注释

①霜华：指霜，也作霜花。

②敝：坏，破旧。

③分：名分。

④奢望：过分的想望。

⑤归田：辞官归里，退隐。

⑥鲁仲连：战国齐人，善计谋筹策，喜为人排难解纷，高蹈不仕。曾游于赵，会秦围赵急，魏使新垣衍入赵，请尊秦为帝以罢兵。仲连见衍，伸以大义，秦将闻之，为却军五十里。围解，平原君予千金，不受，遂辞而去。

破画（鹿苑吟社[①]课题）

不见完时见缺时，断缣[②]残素[③]欲何为？河山破碎谁司责[④]？人物凋零事可知。

云散风流王粲[⑤]恨，天倾地陷屈平[⑥]悲。补空当有丹青手[⑦]，欲赠如椽笔一枝[⑧]。

注释

①鹿苑吟社：诗社名。

②缣：双丝制成的细绢。色淡黄。

③素：洁白细致的生绢。

④司责：主管其事，承担责任。

⑤王粲：三国时魏文学家。避乱荆州，依刘表，因貌丑矮小而未被重用。

⑥屈平：战国楚人屈原，名平，字原，又名正则，字灵均。曾辅佐怀王，内修政治，外抗强秦。后因遭谤，前后两次被流放。终因不忍看国家沦亡，遂投汨罗江以尸谏。

⑦丹青手：画工。

⑧如椽笔一枝：如椽之笔。即大手笔。称赞他人的文章或写作才能。

赵钟麒

赵钟麒，字云石，号畸云。台南市人。光绪间廪生。长于文，雄于诗。日人据台后，与连横、胡殿鹏等鼓吹汉学，记存史迹，对乡土文化贡献卓著。

固园[①]席上次韵茅原华山[②]

百尺云中五凤楼[③]，樱花质艳竞千秋。春来瀛海[④]无双[⑤]色，人占扶桑[⑥]第一流。

文字缘深风义[⑦]合，林泉[⑧]景丽醉吟收。与君诗酒开怀饮，胜作山阴[⑨]十日游。

注释

①固园：（？—1941）黄欣，字茂笙，后改为南鸣，号固园主人。台南市人。日本明治大学法学士，曾任总督府评议会委员。

②茅原华山：日本人。

③五凤楼：古楼名。唐在洛阳建五凤楼，玄宗曾在其下聚饮，命三百里内县令、刺史带声乐参加。梁太祖朱温即位，重建五凤楼，去地百丈，高入半空，上有五凤翘翼。后喻文章巨匠为造五凤楼手。

④瀛海：瀛，指海上仙山瀛洲。此借指台湾。

⑤无双：独一无二。

⑥扶桑：古国名。后用为日本的代称。

⑦风义：风范与情谊。

⑧林泉：林木与泉石。指隐居的地方。

⑨山阴：地名。在今浙江省绍兴市。《世说新语·言语》：王子敬云：“从山阴道上行，山川相映发，使人应接不暇。”形容一路胜景之多，令人目不暇接。

省庐[①]赴楠梓坑[②]公学校之聘，以诗留别并索和章，缀[③]此以应

便作鸳鸯乐倡随[④]，书生艳福[⑤]亦非痴。只今教学宁[⑥]为养，他日趋庭早训诗[⑦]。

太傅[⑧]芝兰皆玉树[⑨]，公门桃李[⑩]满春枝。从兹昂激[⑪]青云[⑫]路，好有功名慰故知。

注释

①省庐：谢国文，字星楼，号省庐。台南市人。与赵云石等人创南社。

②楠梓坑：地名。在今高雄市楠梓区。

③缀：缀文。连缀字句而成文章。指著作、写文章。

④倡随：夫唱妇随。

⑤艳福：旧时谓有娇妻美妾，或有美女相伴之乐。

⑥宁：岂。

⑦趋庭早训诗：孔子的儿子孔鲤趋而过庭，闻孔子言诗礼。后因喻子承父教。《论语·季氏》：尝独立，鲤趋而过庭，曰："学诗乎?"

⑧太傅：古代三公之一。辅佐天子治理国事的大臣。

⑨玉树：神话中的仙树。比喻风姿高雅，才干优异的人。

⑩桃李：桃子和李子。比喻所栽培的门生或所推荐的人才。

⑪昂激：激昂。意气激扬奋发。

⑫青云：比喻高位。《史记·范雎蔡泽列传》：须贾顿首言死罪，曰："贾不意君能自致于青云之上。"后称升官为平步青云。俗谚曰："青云有路志为梯。"

送友我[①]游日本及南清[②]诸名胜，依其原韵

壮志鹏游万里天，踏花骄马快联翩[③]。东南胜地春如海，李郭同舟望若仙[④]。

五色云[⑤]瞻王帝气，三生石[⑥]证水山缘。曾经沧海寰游去，胜读《方舆》[⑦]志乘[⑧]篇。

注释

①友我：谢友我。台南市人。

②南清：地名。在日本千叶县木更津市。

③联翩：鸟飞的样子。形容相连不绝、前后相接。

④李郭同舟望若仙：后汉李膺与郭泰，曾经同舟共济，众人望之，以为神仙。

⑤五色云：五种颜色的云。古人认为是一种吉祥的征兆。

⑥三生石：《甘泽谣·圆观》记载：唐代僧圆观与友李源约定，待他死后十二年，在杭州天竺寺见面。十二年后，李源到寺前，见圆观托身的牧童唱道："三生石上旧精魂，赏月吟风不要论；惭愧情人远相访，此身虽异性长存。"后因附会称杭州天竺寺后面的山

石为三生石，诗文中也把三生石作为因缘前定的典故。

⑦《方舆》：指《方舆胜览》。宋祝穆撰，七十卷。写南宋全国十七路的地理名胜，并附有山川景物的诗文。

⑧志乘：记载历史的书。春秋时，各诸侯国都有国史，如鲁叫《春秋》，晋叫《乘》。

和谢君友我[1]《将游东京、上海、西湖留别》原韵

庭传玉树[2]秀琼花[3]，一棹[4]清游眼福奢[5]。沪浙山川足诗料[6]，蓬莱宫[7]阙本仙家。风云气象知人杰，欧亚文明感物华[8]。破浪乘风独来往，肯贪烟月恋琵琶。

（日本有琵琶湖，风月最胜，故云）

注释

①谢君友我：谢友我。谢国文之父。

②玉树：神话中的仙树。

③琼花：珍异的花木名。

④棹：船旁拨水器。此处借指船。

⑤奢：多。

⑥诗料：作诗的词汇和资料。

⑦蓬莱宫：唐代宫殿名。遗址在陕西省西安市长安区东。

⑧物华：天地万物的精华。

和谢君友我《拟游东京上海有作》原韵

其　一

江山湖海去寻幽，犹是东亚共一洲[1]。

万里归来秋月好，几人书剑[2]作豪游。

注释

①东亚共一洲：谓东京、上海同属亚洲城市。

②书剑：书籍和宝剑。书和剑是古代读书人毕生研求的两大目标，书代表文章，指读书做官；剑代表武艺，指仗剑从军。

其　二

帝乡[1]归去又江天，地杂欧亚江姓钱[2]。

看遍东樱[3]申浦[4]月，江游好趁美人船。

注释

①帝乡：天子的乡里。京师、京城。
②江姓钱：谓人物中有姓江及姓钱等各式各样之人。
③东樱：东京的樱花。
④申浦：春申浦。即黄浦江。上海市原名春申江，又名黄歇浦。